國文文法

蔡宗陽 著

《國文文法》陳序

辭章之內涵，是可用「形象思維」、「邏輯思維」與「綜合思維」加以統合的：首先就「形象思維」來說，如果是將一篇辭章所要表達之「情」或「理」，也就是「意」，主要訴諸各種偏於主觀的聯想、想像，和所選取之「景（物）」或「事」，也就是「象」，連結在一起，或者是專就個別之「情」、「理」、「景」（物）、「事」等材料本身設計其表現技巧的，皆屬「形象思維」；這涉及了「取材」與「措詞」等問題，而主要以此為探討對象的，就是意象學（狹義）、詞彙學與修辭學等。其次就「邏輯思維」來看，如果整個就「景（物）」或「事」（象）等各種材料，對應於自然規律，結合「情」與「理」（意），主要訴諸偏於客觀的聯想、想像，按秩序、變化、聯貫與統一之原則，前後加以安排、佈置，以成條理的，皆屬「邏輯思維」；這涉及了「篇章」與「語句」的邏輯結構等問題，而主要以此為研究對象的，就語句言，即文（語）法學；就篇章言，就是章法學。最後就「綜合思維」而言，一篇辭章是藉此以統合「形象思維」（偏於主觀）與「邏輯思維」（偏

於客觀）而爲一的，這涉及了決定風格、確立主旨與選擇文體等問題，而主要以此爲研究對象的，就是風格學、主題學、意象學（廣義）與文體學等。而以此整體或個別爲對象加以研究的，則統稱爲辭章學或語言學。

可知文（語）法，是在將個別「意象」（情、理、事、景（物））符號化（詞彙）、藝術化（修辭）之同時，必須要面對的，也就是在運用「形象思維」之同時要兼顧「邏輯思維」，有規律地處理所用語句的本末、先後次序，呈現語句之條理，以收到「言而有序」的效果。蔡宗陽教授多年來研究《文心雕龍》，除著眼於宏觀面之「辭章」外，又留心於微觀面之「修辭」與「文法」，從容優遊於「形象」、「邏輯」與「統合」思維之間，多所創發，這次繼《文心雕龍探賾》、《修辭學探微》、《應用修辭學》等一系列論著之後，出版《國文文法》，可說是兩岸辭章學界的一件大事，值得喝彩。

這本《國文文法》，涵容新舊、會通兩岸，取材極爲豐贍，所舉例證，不止經、史、子、集，又兼顧古典與現代、文言與白話、同實異名的術語，而且每例皆有詮證析論，大力爲溝通新舊、促進海峽兩岸學術交流搭起一座橋樑；更重要的是，本書內容深入，文字淺出，可用於課堂學習或居家自修，因此十分適合各級學校師生及海內外社會人士、外籍人士、海外華僑充當教材或參考用書。

值此出版前夕，身爲辭章學研究團隊的一分子，又忝兼萬卷樓圖書有限公司董事長，爰綴數語，用申欽佩與慶賀之意。

陳滿銘

序於臺灣師大國文系八三五研究室

二〇〇七年十二月十八日

「語法」、「文法」的燈塔

「國文文法」課程，在臺灣各大學國（中）文系多半是必修，也有些大學是選修；高中課程簡稱文法。一般大學「國文文法」、「修辭學」，各開課一學年；但有些大學「文法」、「修辭」各開課一學期，高中亦有「文法與修辭」，因此臺灣各級學校多採用「國文文法」或「文法」。大陸各級學校課程，多採用「漢語語法」或「語法」。本書以臺灣爲主，大陸爲輔，採用兼容並包方式，各章表列術語的異稱，旨在會通海峽兩岸語法、文法的學術交流，因此本書可說是一座燈塔，猶如封面上下各有兩隻鳥，即「語法」與「文法」，可以互相交流、彼此對談。

《國文文法》一書，資料豐贍，廣徵博引，攸關海峽兩岸語法、文法的書籍，廣爲搜羅。語法、文法的分類，見仁見智，莫衷一是，本書採擷各家菁英，集思廣益，博採眾議。誠如劉勰《文心雕龍・序志》所云：「有同乎舊談者，非雷同也，勢自不可異也；有異乎前論者，非苟異也，理自不可同也。同之與異，不屑古今，擘肌分理，唯務折衷。」

撰寫本書時，難免文獻不足，是以常求教於藏書豐贍的臺灣師範大學國文系國文文法教授謝新瑞老師，謝老師將大陸文法書籍慷慨借我瀏覽參閱，以補資料之不足。遇到文法疑難問題，不止向謝老師請益，尚請教國文文法專家、前高雄師範大學國文系所主任、現任教中原大學應用華語文學系資深教授何淑貞老師，上海復旦大學中文系教授宗廷虎、范曉、戴耀晶三老師，五位老師匡我良多，俾我受益匪淺，在此謹致謝意與敬意。引用資料綦多，古典、現代兼顧，臺灣師大國文系石建熙助教、簡惠琴助教、許文齡助教、蔡慧瑜助教、林宜靜助教、劉念慈助教、許雯怡助教、吳靜評助教協助良多，尤其蒐集各級學校教科書，蒲基維老師、涂玉萍老師、曾香綾老師、鄭淑方老師、蔡金錠老師鼎助搜羅，費時甚多，戮力甚鉅，在此致上無限的謝悃。臺灣師大國文系教授、名詩人、散文家陳義芝老師，特致贈今（二〇〇七）年榮獲中山文藝獎大作《爲了下一次的重逢》，便於參閱、援引，在此敬表萬分謝忱。更感謝的人，是臺灣師大國文系資深教授陳滿銘老師，一再勉勵、敦促、教導，尚有拙荊吳明足女士再三鼓勵、提供高見，國文天地雜誌社總經理梁錦興、主編陳欣欣、編輯余月霞鼎助良多，俾本書能順遂、圓滿印行，在此獻上十二萬分謝意與敬意。其實，需要感謝的人甚多，無法逐一臚列，誠如陳之藩〈謝天〉所說：「得之於人者太多，出之於己者太少。」信哉斯言也。

《國文文法》一書，舉例豐茂，以各級學校國語文教材爲主，兼顧經、史、子、集，尚有課外優良讀物，《古今文選》，名家詩文，臺灣閩南語諺語、客家諺語、大陸各族諺語、民歌，世界各國諺語，以輔助國文教材教法。至盼適用各級學校師生、社會人士、外籍人士、海外華僑，眞是一本中文文法的一盞明燈，更是照亮海峽兩岸語法、文法學術交流的一座燈塔，尤企盼一般視國文文法爲畏途，能煙消雲散。鄙人雖全力以赴，細心耐心地撰寫，但滄海遺珠，在所不免；白璧微疵，瑕不掩瑜，懇請同好方家，匡我不逮，俟再版時修訂，曷勝銘感之至。

蔡宗陽

於臺灣師大國文系八二〇研究室

二〇〇七年十二月十六日

目錄

國文文法

國文文法

第一章 緒 言

第一節 語言與文字

語言係人類表達思想、情感、想像的一套有系統的聲音符號或工具。①語言構成的要素，係語音、詞彙、語法。研究語音系統的學問，稱爲聲韻學或音韻學、語音學。研究詞彙與固定詞語的學問，稱爲詞彙學或構詞學。研究語法結構的學問，稱爲語法學或文法學。②

「語言是無形的文字，文字是無聲的語言。」人類先有語言，後有文字。誠如趙聰《語文法講話》云：「世界上無論那一種族的人，都是先有語言，後有文字；也就是說先會說話，後會寫字的。當初所以發明文字的原因，是爲記錄語言用的。所以文字的本質仍是語言，是語言的形式，是語言的一部分。按道理講，語文應該老在一起，而不應分明。」③是以語言與文字，像一刀兩面，一鳥雙翼，二者相輔相成，密不可分。

第二節　語法與文法

海峽兩岸採用「語法」爲書名者綦多，有王力《漢語語法史》、《中國語法綱要》、《中國語法理論》、《中國現代語法》、呂叔湘《語法學習》、《語法研究入門》、張志公《漢語語法常識》、朱德熙《語法講義》、劉景農《漢語文言語法》、李佐豐《上古語法研究》、錢宗武《今文尚書語法研究》、黃六平《漢語文言語法綱要》、傅雨賢《現代漢語語法學》、丁樹聲等《現代漢語語法講話》、宋玉柱《現代漢語語法基本知識》、張靜《漢語語法疑難探解》、呂冀平《漢語語法基礎》、張玉金《西周漢語語法研究》、張文國、張能甫《古漢語語法學》、高名凱《國語語法》、《漢語語法論》、《中國古代語法》、左松超《文言語法綱要》、吳仁甫《文言語法三十講》、楊伯峻、何樂士《古漢語語法及其發展》、何淑貞《尚書語法探究》、詹秀惠《世說新語語法研究》、廖東序《楚辭語法研究》、何永清《國語語法研究》、呂叔湘、朱德熙《語法修辭講話》、周靖《現代漢語語法修辭》、高葆泰《語法修辭六講》、葉子雄《語法修辭》、何淑貞《古漢語語法與修辭研究》、劉蘭英、孫全洲《語法與修辭》、楊月蓉《實用漢語語法與修辭》、于根元、蘇培實、徐樞、饒長溶《實用語法修辭》、方師鐸《國語結構語法初稿》、湯廷池《國語語法研究論集》、邢福義《漢語語法學》、劉月華、潘文娛、故韡《實用現代漢語語法》、馬眞《簡明實用漢語語法》、史存直《語法新編》、林萬青《語法修辭論集》、龔千炎《中國語法學史》。海峽兩岸採用「文法」爲書名者甚多，有劉復《中國文法講話》、王力《高等國文文法》、《中國文法學初探》、呂叔湘《中國文法要略》、黎錦熙《新著國語文法》、楊樹達《高等國文法》、趙元任《中國話的文法》、周遲明《國文比較文法》、許世瑛《中國文法講話》、何容《中國文法論》、《簡明國語文法》、黃貴放《國語文法圖解》、黃慶萱《高級中學文法與修辭》、徐芹庭《高級國文文法》、黃春貴《高級中學文法與修辭》、楊如雪《文法ABC》、《高級中學文法與修辭》、何永清《高級中學文法與修辭》上冊（下冊「修辭」，蔡宗陽撰）、楊伯峻《中國文法語文通解》、許菱祥《中文文法》、許逸之《中文文法理論》、《文法集談》、黃省三《文法修辭學》、李維棻《中國文法概論》、鄒熾昌《國語文法概要》、譚計全《白話文文法十四講》、太田辰夫著、蔣紹愚、徐昌華譯《中國語歷史文法》。語法與文法，渾言之則同，析言之則異。籠統地說，「語法」就是「文法」，「文法」就是「語法」。析言之，「語法」是指研究口頭語言構詞、造句的法則及其相關問題的學問，而「文法」則是指研究書面文字的構詞、造句法則及其相關問題的學問。④易言之，凡是研究當代語言的構詞、造句法則及其相關問題的學問，稱爲「語法」或「語法學」；凡是歸納書面文字的構詞、造句法則及其相關問題的學問，稱爲「文法」或「文法學」。⑤語言

與文字，係息息相關，二者可以互通。語言有文字記載，始能永恆保存，正如俗諺云：「話是筆，筆是蹤。」《左傳・襄公二十五年》：「言之無文，行而不遠。」綜上所述，不論採用「漢語語法」或「國文文法」、「語法學」或「文法學」、「語法」或「文法」，皆無不可。大陸各級學校語文教材多半採用「漢語語法」或「語法學」、「語法」，而臺灣各級學校國語文教材多半採用「國文文法」或「文法學」、「文法」。學術研究可以採用名異實同的不同專門術語，但教學必須採用統一用法。臺灣各大學中（國）文課程多半採用國文文法或文法與修辭，因此本書以國文文法為書名，良有以也。

第三節　國文文法的研究範圍

一般人認為文法分為白話文法、文言文法，國文文法係二者兼顧並重，並非僅論文言文法。因此，國文文法係廣義的文法，包括白話文法與文言文法。本書舉例詮證，文言、白話皆有，不偏廢其中之一，除非有些例證，不易搜羅。有些文法側重白話，文言比較罕見；有些文法則側重文言，白話比例罕見；在不得已情況下，只好從闕其中之一。從黃慶萱廣義的文法定義，可以洞悉國文文法的研究範圍，他認為「廣義的文法」有三項內涵：㈠不止講聚詞成句，也講構詞的方法，而且注意到語音和構詞的關係。㈡不限於書面文字構詞成句的法則，也兼顧口頭語言構詞成句的法則。㈢不以描述語言文字構詞成句的法則爲滿足，還企圖利用這些法則，使學者在閱讀和寫作方面，獲得更清晰的觀念、更便捷的途徑和更顯著的效果。⑥

從黃慶萱「廣義的文法」內涵，可以歸納國文文法的研究範圍有四：㈠構詞的方法、造句的法則。㈡構詞與語音的關係。㈢書面文字與口頭語言構詞造句的法則。㈣描述語言文字構詞、造句的法則，俾便閱讀與寫作。一言以蔽之，國文文法研究的主要範圍，是詞類的區分、複詞的類型、短語（又稱「語的結構」、「詞語結構」、「詞組」、「關係」）的類型、句子的成分、單句與複句的類型、書面文字、口頭語言、文言文法、白話文法。至於「描述語言文字構詞造句的法則，俾便閱讀與寫作」，既是國文文法的研究範圍，又是國文文法的研究目的。

第四節　為何要研究國文文法

一般人認爲外國人學習國語文（或稱爲「華語文」），才需要研究國文文法，本國人何需研究國文文法？本國人都會說話，但所說的話未必合乎文法，尤其是寫作。邇來基測、學測、指定考試的作文，高普考、特種考試、初等考試的論文（即「論說文」的簡稱），

時常發現不止錯別字甚多，連文章也讓閱卷委員看不懂，這是不懂得文法的緣故。因此，研究國文文法，說話能使別人聽得懂，寫出來的文章也能使別人看得懂；這是研究國文文法的目的之一。

懂得國文文法，不僅可以使人寫文章，寫得更暢順、更合乎文字的構詞、造句法則；也可以使人說話，說得更流暢、更合乎語言的構詞、造句法則；更可以使人閱讀文章，既能獲得更清晰的觀念、更便捷的途徑與更顯著的效果，又能洞悉文章的眞諦、賞析文章的美妙；這是研究國文文法的目的之二。

文言與白話結構方式不同，倘若不研究國文文法（包括文言文法、白話文法），無法洞悉文言的結構方式。文言文有各種倒裝句法，與白話文句法迥異。文言文敘事句的倒裝，又分爲否定句代詞作賓語的前置、疑問句的疑問詞作賓語之前置兩種。否定句代詞作賓語的前置，如《論語．子罕》：「未之思也，夫何遠之有？」「未之思也」，係「未思之也」的倒裝，將賓語「之」，提到述語「思」之前，這是否定句的倒裝。又如司馬光〈訓儉示康〉：「近世寇萊豪侈冠一時，然以功業大，人莫之非，子孫習其家風，今多窮困。」「人莫之非」，係「人莫非之」的倒裝，將賓語「之」字，提到述語「非」字的前面；這是否定句的倒裝。疑問句的疑問代詞作賓語之前置，如《論語．述而》：「求仁而得仁，又何怨？」「又何怨」，係「又怨何」的倒裝，將賓語「何」字，提到述語「怨」字之前；這是疑問句的倒裝。又如《史記．項羽本紀》：「項王曰：『沛公安在？』」「沛公安在」，係「沛公在安」的倒裝，將疑問代詞賓語「安」字，提到述語「在」字之前。「安」，「何」也。文言文表態句的倒裝，係表語前置於主語之前，如《論語．衛靈公》：「直哉史魚！邦有道，如矢；邦無道，如矢。」「直哉史魚」，係「史魚直哉」的倒裝，將表語「直哉」，提到主語「史魚」之前。又如蘇轍〈黃州快哉亭記〉：「快哉此風！寡人所與庶人共者耶？」「快哉此風」，係「此風快哉」的倒裝，將表語「快哉」，提到主語「此風」之前。文言倒裝句法恐多，類型亦綦多，容後析論之（另設「倒裝句」一節詳論之）。這些倒裝句法，若不研究國文文法，則無法洞悉；這是研究國文文法的目的之三。

白話文也有各種倒裝句法，白話文常用「把」字，將賓語提到述語之前，如梁啓超〈學問之趣味〉：「（你）把學問的胃口弄壞了。」此句係「（你）弄壞了學問的胃口」的倒裝，將賓語「學問的胃口」，提到述語「弄壞了」之前。又如辛鬱〈鑰匙〉：「別把屋裡的夢中人弄醒。」此句係「別弄醒屋裡的夢中人」的倒裝，將賓語「屋裡的夢中人」，提到述語「弄醒」之前。又有白話文常用「被」字將賓語提到述語之前，如佚名〈孤雁〉：「孤雁自然又得被（大家）啄了。」此句係「（大家）自然啄了孤雁」的倒裝，將賓語「孤雁」，提到主語「（大家）」之前。又羅任玲〈下午〉：「裝置皮筏救生圈，被沈默層層包圍。」此句係「沈默層層包圍裝置皮筏救生圈」的倒裝，將賓語「裝置皮筏救生圈」，提到主語「沈默」之前。此外，白話文尚有表態句表語的倒裝，如徐志摩〈我所知道的康橋〉：「靜極了，這朝來水溶溶的大道，只遠處牛奶車的鈴聲，點綴這周遭的沈默。」「靜極了，這朝來水溶溶的大道」，係「這朝來水溶溶的大道，靜極了」的倒裝，表語「靜極了」，提到主語「這朝來水溶溶的大道」之前。又如徐志摩〈巴黎鱗爪〉：「流著，溫馴的水波；流著，纏綿的恩怨。」此句係「溫馴的水波，流著；纏綿的恩怨，流著」的倒裝，將表語「流著」、「流著」，提到主語「溫馴的水波」、「纏綿的恩怨」之前。白話文的倒裝，又有賓語的倒裝、斷語的倒裝、狀語的倒裝、定語的倒裝、複句的主從倒裝、複句中名詞與代詞的倒裝、對話中說話人的倒裝。⑦若不研究國文文法，就無法洞悉白話文的眞義；這是研究國文文法的目的之四。

閩南語（又稱爲「臺語」）許多詞彙，係國語的倒裝，如同文言的「輝光」，白話係「光輝」；文言的「計會」，係白話的「會計」。「閩南語」的「鬧熱」，係「國語」的「熱鬧」；「閩南語」的「風颱」，係「國語」的「颱風」；「閩南語」的「樓頂」，係「國語」的「頂樓」；「閩南語」的「紹介」，係「國語」的「介紹」；「閩南語」的「慣習」，係「國語」的「習慣」。倘若不研究國文文法，就無法洞悉「閩南語」詞彙，係「國語」詞彙的倒裝；這是研究國文文法的目的之五。

詞類活用有助於研究，有益於教學。如《左傳．僖公三十年》「燭之武退秦師」：

「晉軍函陵，秦軍氾南。」兩個「軍」字，本是名詞；這裡活用作動詞，「駐紮」之意。「晉」、「秦」是主詞；「軍」，是述語；「函陵」、「氾南」，是賓語。又如《論語・子張》：「小人之過業必文。」「文」（音ㄨㄣˋ），「文采」之意，本是名詞；這裡活用作動詞，「文」（音ㄨㄣˋ），「掩藏」之意。又如諸葛亮〈出師表〉：「親賢臣，遠小人，此先漢所以興隆也。」「遠（音ㄩㄢˇ）」，本是形容詞；這裡活用作動詞，「遠（音ㄩㄢˋ）」，「離開」之意。詞類活用對研究、對教學皆有裨益；這是研究國文文法的目的之六。

研究國文文法，既可以使人在說話、寫作、閱讀的能力提高，又可以提升文言倒裝的辨析能力、白話倒裝的分析能力、閩南語倒裝的辨別能力，助益良多，我們何樂而不爲？

第五節　國文文法教學的原則

國語文教師從事國文文法教學，除讓學生了解構詞、造句的法則外，最重要的是，能熟悉應用文法知識，以探索語意，並觸類旁通，體會語文的奧妙，提高閱讀的興趣，提升寫作的能力，以達成國文文法的認知、技能、情意三項教學目標。國語文教師從國文文法教學，應該掌握七項原則。茲舉例詮證之、闡析之。

壹、整體部分要兼顧

沈復《浮生六記》「兒時記趣」：「余憶童稚時，能張目對日，明察秋毫。」「明察秋毫」係常用成語，出於《孟子．梁惠王上》：「明足以察秋毫之末，而不見輿薪。」本義係目光敏銳，觀察入微，可以看見秋天鳥獸新長的毫毛。比喻能洞察一切，看出極細微的地方。「明察秋毫」的文法結構，係述賓短語，又稱爲述賓結構、述賓詞組。「明察」，係述語；「秋毫」，係賓語。「明察」，係狀心短語，又稱爲狀心結構、狀心短語。「明」，係狀語、副詞；「察」，係中心語、動詞。「秋毫」，係定心短語，又稱爲定心結構、定心詞組。「秋」，係定語、名詞當形容詞用；「毫」，係中心語、名詞。又如吳魯芹《師友．文章》「數字人生」：「不欠債是美德，已經先入爲主，不容易改絃易轍。」「改絃易轍」，出於《三國志．吳志．孫休傳評》：「不能拔進良才，改弦易張。」《隋書．梁彥光傳》：「改絃易調，庶有以變其風俗。」《晉書．江統傳》：「愛易轍之勤，而得覆車之軌。」《福惠全書．蒞任部．革陋規》：「復易轍更弦，未免來鮮終之誚。」本義係改換琴絃，變更行車路。比喻改變方法、原則或辦法、制度。「改絃易轍」，係述賓式並列短語，又稱爲述賓式並列結構、述賓式並列詞組。「改絃」、「易轍」，係述賓短語。「改」、「易」，係述語、動詞；「絃」、「轍」，係中心語、名詞。此二例皆整體、部分兼顧，但最重要的是，耳提面命地提醒學生，洞悉成語的來源、意義以及文法的結構，至盼學生能靈活運用在寫作，使寫作進步神速，這才是最理想、最重要的教學目標。

貳、文法術語求統一

海峽兩岸文法術語各有不同，大陸稱「語法」、「漢語語法」，臺灣則稱「文法」、「國文文法」。由於海峽兩岸學術交流頻仍，臺灣學者由於師承不同或個人研究觀點不同，因此採用文法術語亦迥異。如許世瑛論「語的結構」，戴璉璋、楊如雪亦採用「語的結構」；但楊如雪《高級中學文法與修辭》卻採用「結構」。黃慶萱則稱「詞語結構」，何永清採用「詞語的結構」；但他的碩士論文《國語語法研究》卻採用許世瑛「語的結構」。大陸或稱「短語」、「詞組」、「結構」、「關係」、「字群」、「擴詞」、「詞群」、「仂語」，其中以「詞組」採用者較多，「短語」採用者最多。就以臺灣師大國文系曾任「國文文法」教師爲例，或採用短語、或採用詞組、或採用「語的結構」、或採用「詞語的結構」；但自始至終，則力求文法術語統一某種法。鄙人教「國文文法」，亦是以一家爲主，並一起介紹同實異名的其他術語。研究用的國文文法術語，採用何家都可以；可是教學用的國文文法術語，不論採用何家，中小學國語文教師皆無所適從，不知如何是好？這是中小學教科書開放所造成的弊端，早期未開放教科書之前，由教育部統編本，可以統一

某種術語。本書為便於海峽兩岸學術交流，採用「短語」；但其他名異實同的其他術語，一同臚列，可資參酌。其實，採用何家皆可，只是需自始至終，力求一致，不可以前後不統一，使學生如丈二金剛摸不著腦袋。

文法專家說法，見仁見智，研究學者或國語文教師不知採用何家說法較佳。建議多看文法相關典籍，如「之」，相當於「的」字，是連詞抑或介詞、結構助詞？楊樹達《詞詮．卷五》：「之，連詞，與口語「的」字相當。按《馬氏文通》以下文法諸書均謂此「之」字為介詞，今定為連詞。說詳拙著〈論之的二字之詞性〉。」⑧許世瑛《常用虛字用法淺釋．前言》：「文言裡的「之」字作動詞用，『去』的意思，那不在這兒討論外，有兩個用法，一作指稱用，和白話『他』字相當。一作連接用，和白話『的』字相當。」⑨段德森《實用古漢語虛詞》：「之，結構助詞，用在定語和名詞性中心語之間，表示其修飾、限制和被修飾、被限制的關係；用在領屬性定語後邊，『之』可以譯為『的』。」⑩「之」字有三種說法，介詞、連詞、結構助詞，各有所據，見仁見智。若就解析翔實而言，段氏之說較詳盡。

參、善加利用比較法

有些句法看似相同，但仔細分析、比較，卻發現同中有異，異中有同。如《詩經．周南．關雎》：「窈窕淑女，君子好逑」與「窈窕淑女，寤寐求之」，二者迥異。「窈窕淑女，君子好逑」，係判斷繫句，又稱爲判斷包孕句。「窈窕淑女」，係主語、定心短語。「窈窕」，係定語、並列式合義複詞（又稱聯合式合義複詞）；「淑女」，係中心語、定心短語。「淑」，係定語；「女」，係中心語。省略繫語（又稱繫詞）「是」。「君子好逑」，係主謂短語，又稱主謂結構、主謂詞組。「君子」，係主語。「好逑」，係謂語、定心短語。「好」，係定語；「逑」，係中心語。「窈窕淑女，寤寐求之」，係敘事繫句，又稱爲敘事包孕句。「寤寐」，係主語、並列短語。「求」，係述語、動詞。「之」，係賓語、代詞，指「窈窕淑女」。「窈窕淑女」，係外位賓語、定心短語。「窈窕」，係定語、並列式合義複詞（又稱爲聯合式合義複詞）。「淑女」，係中心語、定心短語。「淑」，係定語；「女」，係中心語。二例句比較，就整體言，前句「窈窕淑女」，係主語；後句「窈窕淑女」，卻是外位賓語。就個別言，前後句「窈窕淑女」，皆是定心短語，又叫定心結構、定心詞組。「窈窕淑女」，就個別言，是相同的；但就整體言，是迥異的。

有些虛詞看似相同，但仔細分析、比較，卻是大相逕庭。如《詩經．小雅．蓼莪》：「缾之罄矣，維罍之恥。」上下句兩個「之」字，看似相同，其實意義迴異。「缾之罄矣」中的「之」字，是「已經」之意；而「維罍之恥」中的「之」字，是「的」之意。吳昌瑩《經詞衍釋．卷九》：「之，猶『以』也。（詁見『以』字。此義《釋詞不載》。）」⑪吳

昌瑩《釋詞衍釋．卷九》又云：「以通已，故之訓『已』。……《禮記》：『田世而緦服之窮也。』謂服已極也。」⑫這是「鈃之罄矣」中的「之」字，解為「已經」之明證。至於「維罍之恥」中的「之」字，解為「的」之最佳註腳，詳見「㈡文法術語求統一」。

肆、靈活運用還原法

文言文的語序有許多顛倒的現象，教師必須靈活運用還原法，使學生易於了解其眞諦。如《論語．學而》：「不好犯上，而好作亂者，未之有也。」「未之有也」，係「未有之也」的倒裝。又如《史記．魯仲連列傳》：「亦太甚矣，先生之言也！」此句係「先生之言也，亦太甚矣！」的倒裝。又如《詩經．周南．桃夭》：「桃之夭夭，灼灼其華。」「灼灼其華」，係「其華灼灼」的倒裝。「華」，古「花」字。灼灼，形容紅色鮮明。又如《詩經．小雅．蓼莪》：「無父何怙？無母何恃？」此句係「無父怙何？無母恃何？」的倒裝。「怙」、「恃」，是「依賴」、「依靠」之意。《左傳．僖公三十年》「燭之武退秦師」：「夫晉，何厭之有？」「何厭之有」，係「有何厭」的倒裝。「之」，係結構助詞。「厭」，通「饜」，是「滿足」之意。《韓非子．五蠹》：「吾有老父，身死，莫之養也。」「莫之養也」，係「莫養之也」的倒裝。

白話文（又稱為語體文）亦有語序顛倒的現象，教師必須靈活運用還原法，使學生便於洞悉其眞義。如徐志摩〈我所知道的康橋〉：「靜極了，這朝來水溶溶的大道，只遠處牛奶車的鈴聲，點綴這周遭的沈默。」「靜極了，這朝來水溶溶的大道」，係「這朝來水溶溶的大道，靜極了」的倒裝。又如魯迅〈論雷峰塔的倒掉〉：「『雷峰夕照』的眞景我也見過，並不見佳，我以爲。」「並不見佳，我以爲」，係「我以爲並不見佳」的倒裝。白話詩（又稱爲語體詩）有許多語序顚倒的情況，教師必須靈活運用還原法，使學生易於明白其詩義。如余光中〈蓮池邊〉：「醒著復寐著的，是一池紅蓮。」此句係「一池紅蓮，是醒著復寐著的」之倒裝。徐志摩〈再別康橋〉：「但不能放歌，悄悄是別離的笙簫；夏蟲也爲我沈默，沈默是今晚的康橋！」「悄悄是別離的笙簫」，係「別離的笙簫是悄悄」的倒裝。「沈默是今晚的康橋」，係「今晚的康橋是沈默」的倒裝。倒裝的目的，在於加強語勢，調和音節，或錯綜句法。⑬

古典詩文有許多省略句，教師必須將省略部分還原，使學生易於理解詩文的眞義。如《詩經．小雅．蓼莪》：「父兮生我，母兮鞠我。」此句當作「父（母）生我，（父）母鞠我。」上句省略「母」字，係探下省略。下句省略「父」字，係承上省略。鞠，養也。又如《荀子．勸學》：「冰，水爲之，而寒於水。」「而寒於水」，當作「而（冰）寒於水」，省略「冰」字。又如《論語．子罕》：「三軍，可奪帥也；匹夫，不可奪志也。」此句當作「三軍，可奪（其）帥也；匹夫，不可奪（其）志也」，省略「其」字。上句

「其」字，指「三軍」；下句「其」字，指「匹夫」。又如《世說新語．德行》：「陳太丘與友期行，期日中，過中不至，太丘舍去，去後，乃至。」此句當作「陳太丘與友期行，（共）期日中，（友）過中不至，太丘舍（之）去，（太丘）去後，（友）乃至。」⑭此句若不還原其省略部分，深信學生不易理解其眞諦，只能一知半解，因此還原法在國語文教學，極爲重視，不應該忽視。

伍、與其他學科結合

國文文法有詞類活用，修辭學有轉品，二者名異實同。如《論語．子張》：「小人之過也必文。」「文」，本是名詞，這裡當動詞用，是「掩飾」之意，音ㄨㄣˋ，音隨義轉，這是一般人所謂破音字。在文法上，係詞類活用；在修辭上，則是轉品。因此，文法必須與修辭結合。「文」，音ㄨㄣˋ，「掩飾」之意，音隨義轉，因此文法必須與聲韻學、訓詁學結合。又如《孟子．梁惠王上》：「老吾老以及人之老，幼吾幼以及人之幼。」第一個「老」字，本是形容詞，這裡當動詞用，是「孝敬」之意。第一個「幼」字，本是形容詞，這裡當動詞用，是「慈愛」、「愛護」之意。這裡與文法、修辭、訓詁，皆有息息相關。又如陶淵明〈桃花源記〉：「漁人甚異之」。「異」字，本是形容詞，這裡當動詞用。「異之」，「以之爲異」，係意謂動詞。又如《左傳．僖公三十年》「秦晉殽之戰」：

「晉軍函陵，秦軍氾南。」上下句「軍」字，本是名詞，這裡當動詞用，是「駐紮」之意。這是與文法、修辭、訓詁，皆密不可分。又如《老子·第八十章》：「甘其食，美其服，安其居，樂其俗。」「甘」、「美」、「安」、「樂」，本是形容詞，這裡當意謂動詞。全句意謂「以其食爲甘，以其服爲美，以其居爲安，以其俗爲樂」。又如《論語·雍也》：「知（同「智」）者樂水，仁者樂山。」上下句「樂」字，本是形容詞，這裡當動詞用，音一幺ˋ，是「喜好」之意。這是與文法、修辭、聲韻、訓詁，都是息息相關的。

陸、應用在閱讀寫作

閱讀古代典籍，常有倒裝、省略的現象，這時必須運用還原法，更能洞悉其中眞諦。倒裝句法，如〈木蘭詩〉：「問女何所思？問女何所憶？」此句係「問女所思何？問女所憶何？」的倒裝。又如〈論語·述而〉：「甚矣，吾衰也！久矣，吾不復夢見周公。」此句係「吾衰也，甚矣！吾不復夢見周公，久矣！」的倒裝。又如《論語·泰伯》：「大哉，堯之爲君也！」此句係「堯之爲君也，大哉！」的倒裝。又如《論語·子罕》：「吾誰欺？」此句係「吾欺誰」的倒裝，有些學者認爲這是語文的正則，但後人視之爲倒裝。又如《詩經·大雅·皇矣》：「皇矣上帝。」此句係「上帝皇矣」的倒裝。「皇」，是「光明偉大」之意。又如《詩經·邶風·燕燕》：「燕燕于飛，下上其音。」「下上其

音」，係「其音下上」的倒裝。又如《詩經．小雅．賓之初筵》：「賓之初筵，溫溫其恭。」「溫溫其恭」，係「其恭溫溫」的倒裝。省略句法，如袁枚〈祭妹文〉：「前年予病，汝終宵刺探，減一分則喜，增一分則憂。」此句當作「前年予病，汝終宵刺探，（予）減一分則（汝）喜，（予）增一分則（汝）憂」。還原其省略部分，其文義更明朗化。又如曹雪芹《紅樓夢．第六回》：「我父親打發來求嬸子，上回老舅太太給嬸子的那架玻璃坑屏，明兒請個要緊的客，想借去略擺一擺，就送來。」此句當作「我父親打發（我）來求嬸子，上回老舅太太給嬸子的那架玻璃坑屏，（我們家）明兒請個要緊的客，（我父親）想借去略擺一擺，就（把他）送來。」⑮把省略部分還原，其文義自然容易理解。吾人撰寫文言，必須依照文言句法，如「吾誰欺」，不能寫作「吾欺誰」。又如「未之有也」，不能寫作「未有之也」。我們寫白話詩（又稱新詩、現代詩、語體詩），也可以運用倒裝，如余光中〈啊太眞〉：「想你啊眞眞。」此句係「眞眞想你啊！」又如吳晟〈苦笑〉：「好美啊！這些綠油油的稻子。」此句係「這些綠油油的稻子，好美啊！」的倒裝。又如余光中〈等你，在雨中〉：「等你，在時間之外。」此句係「在時間之外，等你」的倒裝。又如吳晟〈階〉：「多麼悲戚！飄零的行程。」此句係「飄零的行程，多麼悲戚！」的倒裝。省略句法，也可以運用在現代詩文，如吳晟〈階〉：「漫長的此階太長、太寂寞，請陪我，也讓我陪你。」「請陪我」，當作「請（你）陪我」，省略「你」字。又如余光中

《安石榴・埔里甘蔗》：「看我，拿著甘蔗的樣子，像吹弄著一枝仙苗。」「看我」，當作「（你）看我」，是省略（你），（你）指讀者或作者旁邊的人。

柒、運用在朗讀教學

朗讀教學一般多側重詩歌吟唱，其實還包括現代散文、古典散文的朗讀。朗讀的技巧，不論散文或詩歌，必須注意語言速度的快慢、語音的輕重、強弱和語調、節奏的變化，配合語句的停頓或連續，以表現聲調的抑揚頓挫、音律的美感，因此朗讀時必須注意在何處停頓。⑯以朱熹〈觀書有感〉爲例，朗讀時注意上四下三；易言之，上四字停頓一會兒，再朗讀下三字。如「半畝方塘（停頓）一鑑開（停頓），天光雲影（停頓）共徘徊（停頓），問渠那得（停頓）清如許（停頓），爲有源頭（停頓）活水來（停頓）。」又如孟浩然〈過故人莊〉：「故人（停頓）具雞黍（停頓），邀我（停頓）至田家（停頓）。綠樹（停頓）村邊合（停頓），青山（停頓）郭外斜（停頓）。開筵（停頓）面場圃（停頓），把酒（停頓）話桑麻（停頓）。待到（停頓）重陽日（停頓），還來（停頓）就菊花（停頓）。」一般七言詩是上四下三，五言詩則是上二下三。朗讀的原則，係依照標點符號作爲停頓的地方。一般以主語與謂語之間略作停頓，若是述賓短語，如「待到重陽日」，「待到」係述語，略作停頓；「重陽日」係賓語，略作停頓。至於停頓時間的長短，視語句的意涵、文章的情感而定。如「待到」，停頓時間較短；「重陽日」，停頓時間較長。若是一個複詞，不論音節多寡，中間不能停頓，必須一氣呵成。⑰因此，何者是主語、謂語、複詞、述語、賓語，跟文法分析有密切的關係。只要能夠掌握何處停頓、停頓時間的長短、語言速度的快慢，朗讀詩文，就可以呈現音律美、節奏感。

人有七竅，指耳目口鼻。國文文法教學掌握七項原則，深信可以得心應用，運用裕如。教學品質自然提升，學生程度自然提高，我們何樂而不為？

附錄一、第一章　注釋

① 參閱許世瑛《中國文法講話》，臺北：臺灣開明書店印行，一九六六年六月初版，一九九八年十一月二十四版，頁二；黃慶萱《高級中學文法與修辭》上冊，臺北：國立編譯館印行，一九八六年八月初版，一九九二年八月七版，頁一。

② 參閱黃慶萱《高級中學文法與修辭》上冊，頁二；楊如雪《高級中學文法與修辭》上冊，臺北：康熹文化事業股份有限公司印行，二〇〇一年十一月初版，頁三。

③ 見趙聰《語文法講話》，香港：友聯出版社印行，未註明出版日期，頁二。

④ 參閱同①，黃書，頁二至三。

⑤ 參閱②，楊書，頁二七。呂叔湘《中國文法要略》云：「寫文章的老要摹倣周秦文，這就是所謂『文言』；通常又稱爲『古文』。至於現代語寫在紙上，那就稱爲『語體文』或『白話文』。」又云：「白話有白話的文法，文言有文言的文法。……有必要時，分別稱爲白話文法和文言文法。」見該書頁四至五，臺北：文史哲出版社印行，一九七五年九月再版。

⑥ 見同①，黃書，頁三。

⑦ 詳見黃慶萱《修辭學》，臺北：三民書局印行，二〇〇二年十月增訂三版，頁八〇九至八一七。

⑧ 見楊樹達《詞詮》，上海：上海古籍出版社印行，一九八六年五月初版，頁一六三。

⑨ 見許世瑛《常用虛字用法淺釋》，臺北：復興書局印行，一九八六年十月十版，頁一。

⑩ 見段德森《實用古漢語虛詞》，太原：山西教育出版社印行，一九九〇年九月再版，頁四二。

⑪ 見吳昌瑩《經詞衍釋》，北京：中華書局印行，一九五六年十月初版，頁一七三。

⑫ 同⑪，頁一七四。

⑬ 參閱陳望道《修辭學發凡》，上海：上海人民出版社印行，一九七六年七月初版，頁

一九三。

⑭ 參閱同①，許書，頁三五八。

⑮ 同⑭。

⑯ 參閱楊如雪《文法ABC》，臺北：萬卷樓圖書股份有限公司印行，二〇〇二年二月增修版，頁一四。

⑰ 同⑯，頁一五。

第二章 字、詞、複詞

第一節 字與詞

漢朝許慎《說文解字》，是一部解說文字的專書。《說文解字・敘》云：「倉頡之初作書，蓋依類象形，故謂之文；其後形聲相益，即謂之字。文者物象之本；字者言孳乳而寖多也。」文字創造之初，僅有獨體的文；後來人事複雜，獨體的文，無法應付，才有合體的字出現。①可見文與字是有區別的，誠如鄭樵《通志・六書略》云：「獨體爲文，合體爲字。」獨體是指象形、指事，係「文」；合體是指會意、形聲，係「字」。「文」、「字」，渾言之則同，析言之則異。後人合稱「文字」，單稱「字」。字與詞，也是有區別的。一般認爲「字」是書寫符號或文字單位②，側重形體；「詞」則是表達音、義的單位，或語言單位，側重音、義。正如竺家寧《漢語詞彙學》云：「舊日的訓詁學，往往忽略『字』與『詞』的區別。事實上，前者是書寫單位，重在形體；後者是語言單位，重在音、義。」③周遲明《國文比較文法》亦云：「文字原是符號，這符號倘只有一個形體和

一個聲音，叫字（就聲音方面說，就是英語底syllable；就形體方面說，也可說是英語底（character）；若有一個或兩個以上的形體和聲音、而且表一個意義的，便叫做詞（work，也稱語詞）。」④黃慶萱《高級中學文法與修辭》上冊亦云：「字，就是文字，指的是表達心意、記錄語言的圖形符號。嚴格說來，字或文字，是文字學上的一個術語；在文法學上，是沒有它的地位的。文法學裡把句子中最小的語言單位，叫做詞。詞，或具有詞彙意義，或具有語法功能，或能表示某種感情色彩。」⑤

字與詞，是有區別的。中國語文一個字代表一個音節，有些有意義的字，如「天」字是有意義的，因此「天」字是一個詞，也是一個字，字等於詞，但在文法學上稱爲單音詞，簡稱單詞；在語言學上，稱爲自由語素。有些字雖然有音，但不能表達意義，如單一個「琵」字或「琶」字，沒有意義，不能算是詞；必須合成「琵琶」，在文法學上，稱爲複詞；在語言學上，稱爲黏著語素⑥。「琵琶」，是一種樂器的名稱，這才算是詞。「秋千」、「琉璃」、「蜻蜓」、「窈窕」、「鸚鵡」、「蝴蝶」，都是屬於這一類。因此，字不一定是詞，因爲有些字不能單獨表達意義；詞亦不一定是一個字，因爲有些詞是由許多字組成的。單音詞，雖然是詞，亦是字，但在文法學上，僅能稱爲詞，不能稱爲字。⑦字，是書寫符號，也是文字學上的術語；詞，才是表達音、義的單位，也是文法學上最小的語言單位。

詞，是文法學上句子裡最小的語言單位，假使僅有一個音節，表達意義的詞，稱爲單音詞，簡稱單詞，如《三字經》：「三光者，日月星。」「日」、「月」、「星」，皆是單音詞。倘若兩個音節，表達意義的詞，稱爲雙音詞，如徐志摩〈我所知道的康橋〉：「在康橋騎車是普遍的技術，婦人、稚子、老翁，一致享受這雙輪舞的快樂。」「康橋」、「婦人」、「稚子」、「老翁」，皆是雙音詞。又如杜甫〈聞官軍收河南河北〉：「即從巴峽穿巫峽，便下襄陽向洛陽。」「巴峽」、「巫峽」、「襄陽」、「洛陽」，皆是雙音詞。假如三個音節，表達意義的詞，稱爲三音詞。如張騰蛟〈那默默的一群〉：「這五位負責道路清潔的婦人家，也就不厭其煩的來清掃。」「婦人家」，是三音詞。又如徐志摩〈我所知道的康橋〉：「只遠處牛奶車的鈴聲，點綴這周遭的沈默。」「牛奶車」，是三音詞。如果四個音節，表達意義的詞，稱爲四音詞。如朱自清〈背影〉：「我將他給我做的紫毛大衣鋪好座位。」「紫毛大衣」，係四音詞。又如張騰蛟〈那默默的一群〉：「有一天，我就發現其中一位肥胖婦人，端著她那長長的掃把。」「肥胖婦人」，是四音詞。兩個或兩個以上音節，表達意義的詞，稱爲複音詞，簡稱複詞，又稱爲複合詞。

第二節　複詞的類型

複詞構成的方式，有音節與音節之間的聲韻關係、構成複詞成分之間的意義關係、從專名與書名的關係、從外來語翻譯而來的音譯或義譯關係四種方式，因此複詞可分為衍聲複詞、合義複詞、外來語複詞、名號複詞四大類型。

壹、衍聲複詞

所謂衍聲複詞，是指複詞的音節與音節之間，或兩音節沒有意義關係、或音節重疊、或詞根與詞綴組成、或純粹僅有聲音關係。衍聲複詞可分為雙音節衍聲複詞、疊字衍聲複詞、帶詞綴衍聲複詞三種。

一、雙音節衍聲複詞

所謂雙音節衍聲複詞，是指由兩個字構成一個詞，表達一個意義，而這兩個字不能再分析，分開後沒有個別的字義，也沒有主從意義，古人稱「聯綿字」，也作「連綿字」。王力《中國語法理論》：「所謂連綿字，就是聲音相同或相近的兩個字，疊起來成為一個詞。」如楊喚〈夏夜〉：「小妹妹夢見她變做蝴蝶在大花園裡忽東忽西地飛。」「蝴蝶」，分析成「蝴」、「蝶」，就沒有意義。因此，「蝴蝶」，是雙音節衍聲複詞。又如梁實秋《雅舍小品．蘿蔔湯的啓示》：「排骨酥爛而未成渣，蘿蔔煮透而未變泥。」「蘿蔔」，分析成「蘿」、「蔔」，就毫無意義。因此，「蘿蔔」，是雙音節衍聲複詞。雙音節衍聲複詞又分爲雙聲雙音節衍聲複詞、疊韻雙音節衍聲複詞、非雙聲非疊韻雙音衍聲複詞三類。

(一)雙聲雙音節衍聲複詞：所謂雙聲雙音節衍聲複詞，是指上下兩個字聲母相同，具有雙聲關係的衍聲複詞。如廖鴻基〈黑與白——虎鯨〉：「不能再躑躅（音ㄓˊ ㄓㄨˊ）了。」「躑躅」，聲母都是「ㄓ」，是雙聲雙音節衍聲複詞。又如楊喚〈鑰匙〉：「那（指鑰匙）姣好玲瓏的一如公主之美麗多姿。」「玲瓏」，聲母都是「ㄌ」，是雙聲雙音節衍聲複詞。又如《詩經．周南．關雎》：「悠哉悠哉，輾轉反側。」「輾轉」，聲母都是「ㄓ」，是雙聲雙音節衍聲複詞。又如鍾梅音〈鄉居閑情〉：「雲氣瀰漫，彷彿罩著輕紗的少婦。」「彷彿」，聲母都是「ㄈ」，係雙聲雙音節衍聲複詞。又如白居易〈琵琶行並序〉：「聞舟船中夜彈琵琶者，聽其音，錚錚然，有京都聲。」「琵琶」，聲母都是「ㄆ」，是雙聲雙音節衍聲複詞。又如陶淵明〈歸去來辭並序〉：「奚惆悵而獨悲？」「惆悵」，聲母都是「ㄔ」，是雙聲雙音節衍聲複詞。又如吳敬梓《儒林外史》「王冕的少年時代」：「元朝末年，出了一個嶔崎磊落的人。這人姓王名冕，在諸暨縣鄉村裡住。」「磊落」，聲母都是「ㄌ」，是雙聲雙音節衍聲複詞。又如陶淵明〈歸去來辭並序〉：「於是悵然慷慨。」「慷

慨」，聲母都是「ㄎ」，是雙聲雙音節衍聲複詞。又如熊崑珍〈路〉：「崎嶇的道路卻往往通向璀燦的前途。」「崎嶇」，聲母都是「ㄑ」，是雙聲雙音節衍聲複詞。又如歸有光〈項脊軒志〉：「庭有枇杷樹，吾妻死之年所手植也。」「枇杷」，聲母都是「ㄆ」，是雙聲雙音節衍聲複詞。此外，尚有「陸離」、「蜘蛛」、「踴躍」、「唐突」、「冒昧」、「嘹亮」、「浩瀚」、「伶俐」、「含糊」、「流連」、「恍惚」、「琉璃」、「零落」、「躊躇」、「叮噹」、「參差」、「黽勉」，皆是雙聲雙音節衍聲複詞。

(二)疊韻雙音節衍聲複詞：所謂疊韻雙音節衍聲複詞，是指上下兩個字韻母相同，具有疊韻關係的衍聲複詞。如《詩經．周南．關雎》：「窈窕淑女，君子好逑。」「窈窕」，韻母都是「ㄧㄠ」，是疊韻雙音節衍聲複詞。又如吳明足《不吐絲的蠶．書香書香》：「那些書沒有緊密的玻璃門護著，常常遭蟑螂的侵襲。」「蟑螂」，韻母都是「ㄤ」，是疊韻雙音節衍聲複詞。又如蘇軾〈赤壁賦〉：「哀吾生之須臾，羨長江之無窮。」吳敬梓〈王冕的少年時代〉：「須臾，濃雲密布，一陣大雨過了，那黑雲邊上鑲著白雲，漸漸散去。」「須臾」，韻母都是「ㄩ」，是疊韻雙音節衍聲複詞。又如陳醉雲〈蟬與螢〉：「當人們熱得打瞌睡的時候，牠們（指蟬）卻精神抖擻。」「抖擻」，韻母都是「ㄡ」，是疊韻雙音節衍聲複詞。又如沈復《浮生六記》「兒時記趣」：「神定，捉蝦蟆，鞭數十，驅之別院。」「蝦蟆」，韻母都是「ㄚ」，是疊韻雙音節衍聲複詞。又如曾志朗〈螞蟻雄兵〉：「經常有蜥蜴在一旁『虎』視眈眈。」「蜥蜴」，韻母都是「一」，係疊韻雙音節衍聲複詞。又如佚名〈燦燦的街——上海國慶夜景〉：「夜愈深，街愈顯得燦爛。」鍾梅音〈鄉居閑情〉：「沒有夕照那麼燦爛，只給你一點淡淡地喜悅，和一點淡淡地哀愁。」「燦爛」，韻母都是「ㄢ」，是疊韻雙音節衍聲複詞。又如張曉風〈情愫〉：「這是一間藍蜻蜓造訪過的地方。」「蜻蜓」（音ㄑㄧㄥ ㄊㄧㄥˊ），韻母都是「一ㄥ」，是疊韻雙音節衍聲複詞。又如《莊子‧讓王》：「日出而作，日入而息，逍遙於天地之閒而心意自得。」「逍遙」，韻母都是「一ㄠ」，是疊韻雙音節衍聲複詞。又如司馬中原〈走進春天的懷裡〉：「頭一次看見駱駝是在五歲。」「駱駝」（音ㄌㄨㄛˋ ㄊㄨㄛˊ），韻母都是「ㄨㄛ」，是疊韻雙音節衍聲複詞。又如《說苑‧正諫》：「黃雀延頸欲啄螳螂，而不知彈丸在其下也。」「螳螂」，韻母都是「ㄤ」，是疊韻雙音節衍聲複詞。此外，尚有「伶仃」、「蕭條」、「從容」、「嘮叨」、「橄欖」、「葫蘆」、「侏儒」、「囉唆」，皆是疊韻雙音節衍聲複詞。

㈢非雙聲非疊韻雙音節衍聲複詞：所謂非雙聲非疊韻雙音節衍聲複詞，是指上下兩個字既不是雙聲，又不是疊韻的衍聲複詞。如楊喚〈夏夜〉：「蝴蝶和蜜蜂們帶著花朵的蜜糖回家了。」「蝴蝶」（音ㄏㄨˊ ㄉㄧㄝˊ），既不是雙聲，又不是疊韻，係非雙聲非疊韻雙音節衍聲複詞。又如歐陽脩〈醉翁亭記〉：「傴僂提攜往來而不絕者，滁人遊也。」「傴僂」（音ㄩˇ ㄌㄡˇ），既不是雙聲，又不是疊韻，係非雙聲非疊韻雙音節衍聲複詞。又如《禮記．曲禮上》：「鸚鵡能言，不離飛鳥。」「鸚鵡」（音ㄧㄥ ㄨˇ），既不是雙聲，又不是疊韻，係非雙聲非疊韻雙音節衍聲複詞。又如《莊子．逍遙遊》：「鵬之徙於南冥也，水擊三千里，摶扶搖而上者九萬里，去以六月息者也。」「扶搖」（音ㄈㄨˊ ㄧㄠˊ），是「上行的風」之意，既不是雙聲，又不是疊韻，係非雙聲非疊韻雙音節衍聲複詞。又如曾志朗〈螞蟻雄兵〉：「原來在牠們的螞蟻洞外頭。」「螞蟻」（音ㄇㄚˇ ㄧˇ），既不是雙聲，又不是疊韻，係非雙聲非疊韻雙音節衍聲複詞。又如陳之藩〈哲學家皇帝〉：「崢嶸的現象，有時令人難以置信的。」「崢嶸」（ㄓㄥ ㄖㄨㄥˊ），既不是雙聲，又不是疊韻，係非雙聲非疊韻衍聲複詞。又如王維〈九月九日憶山東兄弟〉：「遙知兄弟登高處，遍插茱萸少一人。」「茱萸」（音ㄓㄨ ㄩˊ），古代重陽節人們所佩帶的一種植物，既不是雙聲，又不是疊韻，係非雙聲非疊韻雙音節衍聲複詞。此外，尚有「珊瑚」、「胡同」、「蚱蜢」、「芙蓉」、「玻璃」、「蝌蚪」、「窟窿」、「浩蕩」、「鹵莽」、「絡繹」、「薔薇」、「蚯蚓」、「葡萄」、「模糊」、「翱翔」、「茉莉」、「蜈蚣」、「倉庚」，皆是非雙聲非疊韻雙音節衍聲複詞。

二、疊字衍聲複詞

所謂疊字衍聲複詞，是指兩個字的音節重疊而構成的衍聲複詞，古人稱爲「重言」、「重字」。疊字衍聲複詞又分爲不疊不能用的疊字衍聲複詞、不疊也能用的疊字衍聲複詞兩種。

㈠不疊不能用的疊字衍聲複詞：所謂不疊不能用的衍聲複詞，是指兩個字的音節必須重疊才能使用的衍聲複詞。如《詩經．小雅．蓼莪》：「蓼蓼者莪。」「南山烈烈，飄風發發。」「南山律律，飄風弗弗。」「蓼蓼」、「烈烈」、「發發」、「律律」、「弗弗」，皆是不疊不能用的疊字衍聲複詞。又如〈木蘭詩〉：「唧唧復唧唧。」「但聞黃河流水鳴濺濺。」「但聞燕山胡騎聲啾啾。」「磨刀霍霍向豬羊。」「唧唧」、「濺濺」、「啾啾」、「霍霍」，皆是不疊不能用的疊字衍聲複詞。又如《詩經．周南．關雎》：「關關雎鳩。」〈周南．桃夭〉：「桃之夭夭。」「灼灼其華。」「其葉蓁蓁。」〈邶風．雄雉〉：「泄泄其羽。」〈秦風．黃鳥〉：「惴惴其栗。」〈小雅．斯干〉：「殖殖其庭。」〈周頌．執競〉：「斤斤其明。」〈商頌．那〉：「穆穆厥聲。」「關關」、「夭夭」、「灼灼」、「蓁蓁」、「泄泄」、「惴惴」、「殖殖」、「斤斤」、「穆穆」，皆是不疊不能用的疊字衍聲複詞。又如陳子昂〈登幽州臺歌〉：「念天地之悠悠，獨愴然而涕下。」「悠悠」，是不疊不能用的疊字衍聲複詞。又如白居易〈長恨歌〉：「天長地久有時盡，此恨綿綿無絕期。」「綿綿」，是不疊不能用的疊字衍聲複詞。又如余光中〈聽聽那冷雨〉：「鳥聲減了啾啾，蛙聲沈了閣閣。」「啾啾」，形容鳥鳴聲；「閣閣」，形容蛙叫聲；皆是不疊不能用的疊字衍聲複詞。又如胡適〈老鴉〉：「我大清早起，站在人家屋角上啞啞的啼。」「啞啞」，是

狀聲詞，也是不疊不能用的疊字衍聲複詞。又如白居易〈琵琶行並序〉：「大絃嘈嘈如急雨，小絃切切如私語。」「嘈嘈」，形容聲音繁而急；「切切」，形容聲音輕而細；皆是狀聲詞，也是不疊不能用的疊字衍聲複詞。又如鄭愁予〈美麗的錯誤〉：「我達達的馬蹄是美麗的錯誤。」「達達」，狀聲詞，是不疊不能用的疊字衍聲複詞。此外，尚有「丁丁」、「厭厭」、「綿綿」、「驛驛」、「喤喤」、「噲噲」、「噦噦」、「汩汩」、「芃芃」、「湜湜」、「噎噎」、「溫溫」、「赫赫」、「濯濯」，皆是《詩經》中不疊不能用的疊字衍聲複詞，不勝枚舉。

㈡不疊也能用的疊字衍聲複詞：所謂不疊也能用的疊字衍聲複詞，是指兩個字的音節不重疊也能使用的衍聲複詞。如胡適〈老鴉〉：「我不能呢呢喃喃討人家的歡喜。」「呢呢喃喃」，就是「呢喃」，這是不疊也能用的疊字衍聲複詞。又如李魁賢〈痲雀〉：「有時打成一片，有時成群散去，自自然然，歡歡喜喜。」「自自然然」，就是「自然」；「歡歡喜喜」，就是「歡喜」；皆是不疊也能用的疊字衍聲複詞。又如潘希珍《紅紗燈》「髻」：「洗完後，一個小丫頭在旁邊用一把粉紅色大羽毛扇輕輕地扇者。」「輕輕」，就是「輕」，這種疊字衍聲複詞，不重疊也能使用。又如洪醒夫〈散戲〉：「阿旺嫂不知是聽不出她話裡有話，還是故意裝迷糊，仍然淡淡地拋下兩句話來。」「淡淡」，就是「淡」，這種疊字衍聲複詞，不重疊也能使用。又如廖鴻基〈黑與白——虎鯨〉：「如海面一朵綻放的黑色花朵，一扇尾鰭高高盛開。」「高高」，就是「高」，這種疊字衍聲複詞，不重疊也能使用。又如陳之藩〈失根的蘭花〉：「由於這些花，我自然而然的想起北平公園裡的花花朵朵。」「花花朵朵」，就是「花朵」，這種疊字衍聲複詞，不重疊也能使用。又如夏丏尊〈早老的懺悔〉：「我每當顧念自己的身體現狀時，常這樣暗暗歎息。」「暗暗」，就是「暗」，這種疊字衍聲複詞，不重疊也能使用。又如梁啓超〈爲學與做人〉：「但做到如此，眞是不容易，非時時刻刻做磨鍊意志的工夫不可。」「時時刻刻」，就是「時刻」，這種衍聲複詞，不重疊也能使用。又如楊喚〈夏夜〉：「朦朧地，田野靜靜地睡了！」「靜靜」，就是「靜」，這種疊字衍聲複詞，不重疊也可以使用。又如胡適〈差不多先生傳〉：「他從從容容地走到火車站，遲了兩分鐘，火車已開走了。」「從從容容」，就是「從容」，這種疊字衍聲複詞，不重疊也能使用。又如〈差不多先生傳〉：「那家人急急忙忙地跑過去。」「急急忙忙」，就是「急忙」，這種疊字衍聲複詞，不重疊也能使用。此外，尚有「慢慢」就是「慢」，「紅紅」就是「紅」、「微微」就是「微」，皆是不疊也能用的疊字衍聲複詞。「姊姊」、「妹妹」、「哥哥」、「弟弟」、「冷冷」、「清清」，也是不疊也能用的疊字衍聲複詞。

三、帶詞綴衍聲複詞

所謂帶詞綴衍聲複詞，是指複詞具有兩種成分，一是有詞彙意義，稱爲詞根；另一是沒有詞彙意義，稱爲詞綴；詞根與詞綴構成的衍聲複詞。詞綴在詞根之前，稱爲詞頭，也稱爲前綴、前加成分；詞綴在詞根中間，稱爲詞嵌，也稱爲中綴、中加成分；詞綴在詞根之後，稱爲詞尾，也稱爲後綴、後加成分。帶詞綴衍聲複詞可分爲帶詞頭衍聲複詞、帶詞尾衍聲複詞、帶詞嵌衍聲複詞三種。

㈠帶詞頭衍聲複詞：所謂帶詞頭衍聲複詞，是指在詞根之前，加詞綴的衍聲複詞。帶詞頭衍聲複詞，又稱爲帶前綴衍聲複詞、帶前加成分衍聲複詞。最常見帶詞頭「老」字的衍聲複詞，如吳明足《不吐絲的蠶．夜歸》：「老大跟他爸志同道合。」「老大」的「老」字，沒有「年年」的意義，是帶詞頭。又如宋晶宜〈雅量〉：「一位鞋店的老闆曾指著櫥窗裡一雙式樣毫不漂亮的鞋子說：『無論怎樣難看的樣子，還是有人喜歡，所以不怕賣不出去。』」「老闆」的「老」字，是帶詞頭，沒有「年老」的意義。又如吳明足《不吐絲的蠶．老爺班》：「想不到考完試，老師還發還試卷、訂正答案。」「老師」的「老」字，沒有「年老」之意，因此「老師」是帶詞頭衍聲複詞。帶詞頭「老」字的衍聲複詞，尚有「老鼠」、「老虎」、「老鷹」、「老公」、「老鄉」、「老婆」、「老大」、「老么」、「老王」、「老李」、「老劉」、「老兄」、「老弟」、「老百姓」。在姓之前除加「老」字，也加「小」字，如「小李」、「小王」、「小劉」、「小張」等。又如〈木蘭詩〉：「阿姊聞妹來，當戶理紅妝。」「阿姊」的「阿」字，沒有意義，因此「阿姊」是帶詞頭衍聲複詞。

又如《北史・河間王孝琬傳》：「孝琬爲和士開祖珽所譖，帝怒，使武衛赫連輔玄倒鞭撾之，孝琬呼阿叔。帝怒曰：『誰是爾叔？』」「阿叔」，叔父也，「阿」字沒有意義，因此「阿叔」是帶詞頭衍聲複詞。又如吳明足《不吐絲的蠶・名字的困擾》：「小時候，在家裡家人都喊我『阿足！阿足！』我感覺很自然又親切。」「阿足」的「阿」字，沒有意義而是帶詞頭，因此「阿足」是帶詞頭衍聲複詞。又如〈木蘭詩〉：「阿爺無大兒，木蘭無長兄。」人自稱其父謂之阿爺。「阿爺」的「阿」字，沒有意義而是帶詞頭，因此「阿爺」是帶詞頭衍聲複詞。又如北周〈童謠〉：「白楊樹，金雞鳴，祇有阿舅無外甥。」「阿舅」，母舅也，「阿」字沒有意義，因此「阿舅」是帶詞頭衍聲複詞。帶詞頭「阿」字的衍聲複詞，尚有「阿母」、「阿媽」、「阿公」、「阿伯」、「阿兄」、「阿嬌」、「阿英」、「阿香」、「阿秀」、「阿珠」、「阿斗」、「阿瞞」、「阿呆」、「阿姐」、「阿妹」、「阿月」、「阿蘭」。臺灣人取小名喜歡加「阿」字，這是帶詞頭，沒有意義。閩南人叫母舅，叫阿舅，與北周〈童謠〉相同。又如吳明足《不吐絲的蠶・夜歸》：「第一堂是文字學。古人造字的時候，想得眞高妙。例如『淡』字，右邊的兩個『火』重疊起來，表示炎熱；但是左邊是『水』旁，炎熱的火，被水一沖，調和一下，就淡了。」「第一」的「第」字，沒有意義，是帶詞頭，因此「第一」是帶詞頭衍聲複詞。又如蔣中正〈我們的校訓〉：「我們求學，第一就是要懂得做人的道理。」梁實秋〈早起〉：「那個舉動（指早

起）被稱為開始作人的第一件事。」此二例的「第一」的「第」字，也是沒有意義，也是帶詞頭。此外，尚有「第一章」、「第一節」、「第五」、「第七」、「第一集」、「第一幕」、「第十二」、「第二十二」、「第三十三」、「第一流」、「第一等」、「第一回」、「第一任」、「第一次」、「第一屆」等，皆是帶詞頭衍聲複詞。又如《易經．乾卦》：「初九，潛龍勿用。」「初」字是沒有意義、帶詞頭，因此「初九」是帶詞頭衍聲複詞。又如白居易〈秋思詩〉：「獸形雲不一，弓勢月初三。」「初」字也是帶詞頭、沒有意義，因此「初三」是帶詞頭衍聲複詞。又如《易經．乾卦》：「初六，履霜堅冰至。」「初」字也是沒有意義、帶詞頭，因此「初六」也是帶詞頭衍聲複詞。此外，尚有「初二」、「初三」、「初五」、「初七」等，皆是帶詞頭衍聲複詞。

㈡帶詞尾衍聲複詞：所謂帶詞尾衍聲複詞，是指在詞根之後，加詞綴的衍聲複詞。帶詞尾衍聲複詞，又稱為帶後綴衍聲複詞、帶後加成分衍聲複詞。最常見帶詞尾「子」字的衍聲複詞，如朱自清〈背影〉：「他給我揀定了靠車門的一張椅子。」「子」字，沒有意義、帶詞尾，因此「椅子」是帶詞尾衍聲複詞。又如曹雪芹《紅樓夢》「劉老老」：「（黛玉）便命丫頭把自己窗下常坐的一張椅子挪到下手，請王夫人坐了。」這裡的「椅子」，也是帶詞尾的衍聲複詞。又如劉克讓〈大樹之歌〉：「這棵基部足足可讓四人擁抱的大樹，葉子已經落得一乾二淨。」「葉子」的「子」字，是帶詞尾、沒有意義，因此「葉子」

是帶詞尾衍聲複詞。又如朱自清〈匆匆〉：「燕子去了，有再來的時候，楊柳枯了。」「燕子」的「子」字，也是沒有意義的帶詞尾，因此「燕子」是帶詞尾的衍聲複詞。又如吳明足《不吐絲的蠶．茶几下》：「他在院子裡高興地大叫。」「院子」的「子」字，也是沒有意義的帶詞尾，因此「院子」是帶詞尾的衍聲複詞。又如胡適〈差不多先生傳〉：「他的腦子也不小。」「腦子」的「子」字，也是沒有意義，因此「腦子」是帶詞尾「子」的衍聲複詞。此外，尚有「桌子」、「鏡子」、「領子」、「房子」、「箱子」、「扇子」、「毯子」、「方子」、「金子」、「鞋子」、「嫂子」、「肚子」、「亭子」、「帽子」、「棍子」、「車子」、「褲子」、「屋子」、「板子」、「裙子」、「襪子」、「鼻子」、「鬍子」、「辮子」、「筷子」、「刀子」、「笛子」、「獅子」、「葉子」、「猴子」等⑧。最常見帶詞尾「頭」字的衍聲複詞，如甘績瑞〈從今天起〉：「這『姑且做一次』的念頭，就是惡習慣戰勝我們的好機會，也便是惡習慣的根。」「念頭」的「頭」字，是沒有意義的帶詞尾，因此「念頭」是帶詞尾的衍聲複詞。又如吳明足《不吐絲的蠶．太太生病了》：「我可是足足地『吃』盡了苦頭。」「苦頭」的「頭」字，是沒有意義的帶詞尾，因此「苦頭」是帶詞尾的衍聲複詞。此外，尚有「石頭」、「饅頭」、「木頭」、「骨頭」、「磚頭」、「芋頭」、「甜頭」、「鋒頭」、「舌頭」、「派頭」、「拳頭」、「口頭」、「日頭」、「斧頭」、「上頭」、「下頭」、「外頭」、「裡頭」、「前頭」、「後頭」、「指頭」、「宿頭」、

「鐘頭」、「碼頭」等⑨，皆是帶詞尾的衍聲複詞。帶詞尾「兒」字的衍聲複詞，如曹雪芹《紅樓夢》「劉老老」：「你這麼大年紀兒，又這麼個好模樣兒。」「大年紀兒」、「好模樣兒」，皆是帶詞尾「兒」的衍聲複詞。又如朱自清〈春〉：「閉了眼，樹上髣髴已經滿是桃兒、杏兒、梨兒。」「桃兒」、「杏兒」、「梨兒」中的「兒」字，是沒有意義的帶詞尾，因此「桃兒」、「杏兒」、「梨兒」，是帶詞尾的衍聲複詞。又如徐志摩〈自剖〉：「五卅事件發生時我正在意大利山中，採茉莉花編花籃兒玩。」「花籃兒」的「兒」字，是沒有意義的帶詞尾，因此「花籃兒」是帶詞尾的衍聲複詞。又如王大空〈多雲的黃昏〉：「有許多鳥兒，我們從沒見過。」「鳥兒」的「兒」字，是沒有意義的帶詞尾，因此「鳥兒」是帶詞尾的衍聲複詞。此外，尚有「字兒」、「鳥兒」、「花兒」、「粉兒」（此二例皆是《紅樓夢》「劉老老」、「魚兒」、「貓兒」⑩、「乾裂兒」、「板擦兒」、「一聲兒」（《紅樓夢》「劉老老」）、「一會兒」、「乾乾淨淨兒」等，不遑臚列。帶詞尾「巴」字的衍聲複詞，如張騰蛟〈那默默的一群〉：「因爲施工不注意，弄得馬路上遍地是黃黃的泥巴。」「泥巴」的「巴」字，是沒有意義的帶詞尾，因爲「泥巴」是帶詞尾「巴」的衍聲複詞。又如吳明足《不吐絲的蠶．太太生病了》：「嗜好和我相同的老大嘟著小嘴巴，很不高興地說。」「小嘴巴」的「巴」字，是沒有意義的帶詞尾，因此「嘴巴」是帶詞尾「巴」的衍聲複詞。又如吳明足〈也談情趣〉：「湯故意一點鹽巴都不進。」「鹽巴」，是帶詞尾

「巴」的衍聲複詞。此外，尚有「啞巴」、「尾巴」、「下巴」、「結巴」、「乾巴」。帶詞尾「然」字的衍聲複詞，如《孟子．梁惠王上》：「天油然作雲，沛然下雨，則苗浡然興之矣。」「油然」，雲很盛的樣子「沛然」，雨很盛的樣子；「浡然」，苗興起的樣子。三個「然」字，皆是帶詞尾。因此，「油然」、「沛然」、「浡然」，是帶詞尾「然」的衍聲複詞。又如《論語．子張》：「君子有三變：望之儼然，即之也溫，聽其言也厲。」「儼然」，端莊的樣子，這是帶詞尾「然」的衍聲複詞。又如梁實秋〈快樂〉：「內心湛然，則無法而不樂。」「湛（音ㄉㄢ）然」，喜悅、和樂的樣子，這是帶詞尾「然」的衍聲複詞。又如李文炤（音ㄓㄠˋ）〈勤訓〉：「徒然食息於天地之間，是一蠹耳。」「徒然」，白白、無用、空空的樣子，這是帶詞尾「然」的衍聲複詞。又如劉容〈習慣說〉：「後蓉履其地，蹴（音ㄘㄨˋ）然以驚。」「蹴然」，是指腳好像踢到東西的樣子，這是帶詞「然」的衍聲複詞。又如夏丏尊〈生活的藝術〉：「我惘然了。」「惘然」，疑惑不解的樣子，這是帶詞尾「然」的衍聲複詞。又如方苞〈左忠毅公軼事〉：「及試，吏呼名，至史公，公瞿（音ㄐㄩˋ）然注視。」「瞿然」，目光專注而吃驚的樣子，這是帶詞尾「然」的衍聲複詞。又如范仲淹〈岳陽樓記〉：「滿目蕭然，感極而悲者矣。」「蕭然」，蕭條冷落的樣子，這是帶詞尾「然」的衍聲複詞。又如白居易〈與元微之書〉：「瞥然塵念，此際蹔（音ㄓㄢˋ）生。」「瞥然」，意想不到的樣子，這是帶詞尾「然」的衍聲複詞。又如柳宗元

〈始得西山宴遊記〉：「引觴滿酌，頹然就醉，不知日之入。」「頹然」，倒下來的樣子，這帶詞尾「然」的衍聲複詞。又如蘇軾〈赤壁賦〉：「蘇子愀（音ㄑㄠˇ）然，正襟危坐。」「愀然」，形容神色變得嚴肅的樣子，這是帶詞尾「然」的衍聲複詞。又如劉基〈賣柑者言〉：「出之燁（音ㄧㄝˋ）然，玉質而金色。」「燁然」光彩奪目的樣子，這是帶詞尾「然」的衍聲複詞。又如韓愈〈柳子厚墓誌銘〉：「能取進進士第，嶄然見頭角。」「嶄然」，高峻的樣子，是帶詞尾「然」的衍聲複詞。又如白居易〈琵琶行並序〉：「曲罷，憫然自敘少小時歡樂事。」「憫然」，感傷的樣子，這是帶詞尾「然」的衍聲複詞。此外，尚有「驀然」、「天然」、「毅然」、「固然」、「突然」、「偶然」、「自然」、「勃然」、「盎然」、「忽然」、「茫然」、「果然」、「欣然」、「井然」等[11]。裴學海《古書虛字集釋・卷五》：「其，猶然也。」[12]帶詞尾「其」字的衍聲複詞，如王粲〈登樓賦〉：「白日忽其將匿。」「原野闃（音ㄑㄩˋ）其無人兮。」「忽其」，意想不到的樣子；「闃其」，形容寂靜無人的樣子；這是帶詞尾「其」的衍聲複詞。又如《詩經・秦風・小戎》：「言念君子，溫其如玉。」「溫其」，溫和的樣子，這是帶詞尾「其」的衍聲複詞。又如洛夫〈時間之傷〉：「月光的肌肉何其蒼白。」「何其」，「多麼」之意，是帶詞尾「其」的衍聲複詞。此外，《詩經》尚有「爛其」、「瀏其」、「淒其」、「芸其」、「宛其」以及一般常用的「與其」、「何其」等，皆是帶詞尾「其」的衍聲複詞。王引之《經傳釋詞・卷七》：「爾，猶然也。」⑬帶詞尾「爾」的衍聲複詞，如屈原〈漁父〉：「漁父莞〈音ㄨㄢˇ〉爾而笑，鼓枻〈音ㄧˋ〉而去。」「莞爾」，微笑的樣子，是帶詞尾「爾」的衍聲複詞。又如《史記・仲尼弟子列傳》：「夫子喟爾歎。」「喟爾」，歎氣的樣子，是帶詞尾「爾」的衍聲複詞。又如梁實秋〈鳥〉：「黃昏時偶爾還看見寒鴉在古木上的鼓噪。」「偶爾」，「忽然」之意，這是帶尾「爾」的衍聲複詞。又如《論語・先進》：「子路率爾而對。」「率爾」，輕率的樣子，是帶詞尾「爾」的衍聲複詞。又〈先進〉：「鼓瑟希，鏗〈音ㄎㄥ〉爾，舍瑟而作。」「鏗爾」，形容聲音響亮有力的樣子，是帶詞尾「爾」的衍聲複詞。又如《論語・子罕》：「既竭吾才，如有所立卓爾。」「卓爾」，獨立的樣子，是帶詞尾「爾」的衍聲複詞。王引之《經傳釋詞・卷七》：「如，猶然也。」⑭「然」，「樣子」之意。帶詞尾「如」的衍聲複詞，如《論語・鄉黨》：「孔子於鄉黨，恂恂如也。」「恂恂如」，溫和恭敬的樣子，是帶尾「如」的衍聲複詞。〈子罕〉：「朝與下大夫言，侃侃如也；與上大夫言，誾〈音ㄧㄣˊ〉誾如也。君在，踧踖〈音ㄘㄨˋ ㄐㄧˊ〉如也，與與如也。」「侃侃如」，和氣快樂的樣子；「誾誾如」，中正的樣子；「踧踖如」，恭敬而心中不安的樣子；「與與如」，威儀適當而合禮的樣子；皆是帶詞尾「如」的衍聲複詞。又如〈鄉黨〉：「君召使擯，色勃如也，足躩〈音ㄐㄩㄝˊ〉如也。」「衣前後，襜〈音ㄔㄢ〉如也。趨進，翼如也。」「勃如」，莊敬的樣子；「躩如」，走路腳步加快的樣子；「襜如」，形容整齊的樣子；「翼如」，形容像鳥張開翅膀舒展的樣子；皆是帶詞尾「如」的衍聲複詞。又如《詩經．邶風．施丘》：「褎（音ㄧㄡˋ）如充耳。」〈鄭風．野有蔓草〉：「婉如清揚。」「褎如」，形容充耳盛美的樣子；「婉如」，美好的樣子；皆是帶詞尾「如」的衍聲複詞。段德森《實用古漢語虛詞》：「乎，助詞，表示情態，附著在形容詞、副詞後邊，有『……的樣子』的意思，而且可使它前面的成分具有感情色彩，這是感歎句末的『乎』演變來的。」⑮如《左傳．襄公二十九年》：「美哉！泱泱乎大風也哉！」「泱泱乎」，宏大的樣子，這是帶詞尾「乎」的衍聲複詞。又如《論語．泰伯》：「大哉！堯之爲君。巍巍乎，唯天爲大，唯堯則之。蕩蕩乎，民無能名焉。巍巍乎，其有成功也。煥乎，其有文章。」「巍巍乎」，崇高的樣子；「蕩蕩乎」，廣遠的樣子；「巍巍乎」，偉大的樣子；「煥乎」，光明的樣子；皆是帶詞尾「乎」的衍聲複詞。又如韓愈〈答李翊書〉：「儼乎其若思，茫乎其若迷。」「儼乎」，莊敬的樣子；「茫乎」，全無所知的樣子；皆是帶詞尾「乎」的衍聲複詞。又如屈原〈涉江〉：「懷信侘傺（音ㄔㄚˋ ㄔˋ，惆悵失意的樣子），忽乎吾將行兮。」「忽乎」，恍惚的樣子，這是帶詞尾「乎」的衍聲複詞。王引之《經傳釋詞．卷二》：「焉，狀事之詞也，與『然』同義。」⑯楊樹達《詞詮．卷七》：「焉，語末助詞，爲形容詞或副詞之語尾。」⑰段德森《實用古漢語虛詞》：「焉，表示情態，與『然』相通，用在副詞、形容詞後邊，表示情態，有『……的樣子』的附和義。」

⑱如《尚書・秦誓》：「其心休休焉，其如有容。」「休休焉」，胸懷寬大，能夠容人的樣子，這是帶詞尾「焉」的衍聲複詞。又如《詩經・小雅・小弁》：「我心憂傷，惄（音ㄋㄧˋ）焉如擣。」「惄焉」，憂思傷痛的樣子，這是帶詞尾「焉」的衍聲複詞。又如〈小雅・大東〉：「睠言顧之，潸（音ㄕㄢ）焉出涕。」「潸焉」，流淚的樣子，這是帶詞尾「焉」的衍聲複詞。又如《孟子・萬章上》：「始舍之，圉（音ㄩˇ）圉焉；少則洋洋焉，攸然而逝。」「圉圉焉」，困而未舒的樣子；「洋洋焉」，舒緩搖尾的樣子；皆是帶詞尾「焉」的衍聲複詞。又如司馬遷《史記・伯夷列傳》：「神農、虞、夏忽焉沒兮。」「忽焉」，很快的樣子，這是帶詞尾「焉」的衍聲複詞。又如劉勰《文心雕龍・神思》：「悄焉動容，視通萬里。」「悄焉」，靜寂的樣子，這是帶詞尾「焉」的衍聲複詞。又如柳宗元〈蠟說〉：「冥冥焉不可執政者。」「冥冥焉」，幽暗而不明的樣子，這是帶詞尾「焉」的衍聲複詞。帶詞尾「地」，既是結構助詞，又是狀語的標誌，也是副詞語尾。通常副詞常常帶有「地」（音˙ㄉㄜ）的衍聲複詞，稱爲帶詞尾「地」的衍聲複詞。如徐仁修〈油桐花編織的祕徑〉：「我戰戰兢兢地踩著落花前進。」「戰戰兢（音ㄐㄧㄥ）兢地」，是帶詞尾「地」的衍聲複詞。「戰戰兢兢」，害怕而謹慎小心的樣子。又如胡適〈差不多先生傳〉：「他從從容容地走到火車站，遲了兩分鐘，火車已開走了。」「從從容容地」，是帶詞尾「地」的衍聲複詞。「從從容容」，不慌不忙的樣子。又如楊喚〈夏夜〉：「在美麗

的夏夜裡愉快地旅行。」「愉快地」，是帶詞尾「地」的衍聲複詞。又如艾雯〈撲滿人生〉：「我們一生一世幾乎都在不斷地儲蓄。」「不斷地」，是帶詞尾「地」的衍聲複詞。又如吳明足《不吐絲的蠶．切莫否定自己》：「心想，走快一點，可以讓他們有比較充分的時間，安心地作答，得到好成績。」「安心地」，是帶詞尾「地」的衍聲複詞。又如紀弦〈告別臺北——呈鼎文、煦本、茂如三兄〉：「我就不聲不響地走啦，向東飛呀向東飛。」「不聲不響地」，是帶詞尾「地」的衍聲複詞。又如余光中的《蓮的聯想．永遠，我等》：「你的美無端地將我劈傷。」「無端地」，是帶詞尾「地」的衍聲複詞。又如琦君〈髻〉：「媽媽一定是戴上了一會兒就不好意思地摘下來。」「不好意思地」，是詞尾「地」的衍聲複詞。又如朱自清〈春〉：「呼朋引伴地賣弄清脆的喉嚨，唱出宛轉的曲子。」「呼朋引伴地」，是帶詞尾「地」的衍聲複詞。又如何懷碩《煮石集．收藏家》：「有目標、有研究地搜購某項藝術品，那是收藏。」「有研究地」，是帶詞尾「地」的衍聲複詞。此外，尚有「驀地」、「忽地」、「特地」、「霍地」，皆是帶詞尾「地」的衍聲複詞。形容詞常常帶「的」，有些學者歸入「的」字短語，又稱爲「的」字結構、「的」字短語；有些學者則視爲帶詞尾「的」衍聲複詞。帶詞尾「的」衍聲複詞，如朱自清〈春〉：「小草偷偷地從土裡鑽出來，嫩嫩的，綠綠的。」「嫩嫩的」、「綠綠的」，皆是帶詞尾「的」衍聲複詞。又如徐志摩〈我所知道的康橋〉：「遠近的炊煙，成絲的，成縷的，成捲的，輕快的，遲重的，濃灰的，淡青的，慘白的。」「輕快的」、「遲重的」、「濃灰的」、「淡青的」、「慘白的」，皆是帶詞尾「的」衍聲複詞。又如曹雪芹《紅樓夢》「劉老老」：「那劉老老入了坐，拿起箸來，沈甸甸的。」「沈甸甸的」，是帶詞尾「的」衍聲複詞。又如鄭愁予《鄭愁予詩選集·小小的島》：「那兒浴你的陽光是藍的，海風是綠的。」「藍的」、「綠的」，皆是帶詞尾「的」衍聲複詞。又如王鼎鈞《開放的人生·苦》：「人是注定要受『苦』的。」「苦的」，是帶詞尾「的」衍聲複詞。又如夏丏尊〈生活的藝術〉：「鹹的也有鹹的滋味。」「鹹的」，是帶詞尾「的」衍聲複詞。又如愛因斯坦著、劉君燦譯〈我心目中的世界〉：「在我看來，把社會分成許多階級的種種區別都是虛假的。」「虛假的」，是帶詞尾「的」衍聲複詞。此外，尚有「忠厚的」、「誠實的」、「憨厚的」、「乾巴巴的」等，皆屬這類。「價」（音˙ㄍㄚ），江浙方言中的副語語尾，用法與「的」、「地」字相當。如向陽〈春回鳳凰山〉：「嗶剝價響，沿路追燒我的故鄉。」嗶剝價響，嗶嗶剝剝地響。「嗶剝價」，是帶詞尾「價」的衍聲複詞。又如劉鶚《老殘遊記·第十二回寒風凍塞黃河水，煖氣催成白雪辭》：「只見那上游的冰，還一塊一塊的漫（音ㄇㄢ）漫價（音˙ㄍㄚ）來，到此地被前頭的攔住，走不動，就站住了。那後來的冰趕上他，只擠得嗤（音ㄔ）嗤價（音˙ㄍㄚ）響。」「漫漫」，冰不拘束流動的樣子。「嗤嗤」，冰流動發出的聲響，是狀聲詞。「漫漫價」、「嗤嗤價」，皆是帶詞尾「價」的衍聲複詞。又如劉鶚〈大明湖〉：「那

荷葉初枯，擦得船嗤嗤價響。那水鳥被人驚起，格格價飛。」「格格」，鳥飛時拍擊翅膀的聲音。「嗤嗤價響」、「格格價飛」，皆是帶詞尾「價」的衍聲複詞。帶有「們」詞尾的衍聲複詞，如朱自清〈背影〉：「我們過了江，進了車站。」「我們」，是帶詞尾「們」的衍聲複詞。又如司馬中原〈走進春天的懷裡〉：「早時聽老人們講故事。」「老人們」，是帶詞尾「們」的衍聲複詞。又如曹雪芹《紅樓夢》「劉老老」：「丫鬟們抱了個大錦褥子來。」「丫鬟們」，是帶詞尾「們」的衍聲複詞。又如吳明足《不吐絲的蠶．珍惜生命》：「目前正逢暑假，孩子們不必上學。」「孩子們」，是帶詞尾「們」的衍聲複詞。又如楊喚〈夏夜〉：「蝴蝶和蜜蜂們帶著花朵的蜜糖回來了。」「蜜蜂們」，是帶詞尾「們」的衍聲複詞。又如葉珊《燈船．給雅典娜》：「昨夕曾把植物們像彩紙似地，疊成一個山林。」「植物們」，是帶詞尾「們」的衍聲複詞。又如林良〈不要怕失敗〉：「作家、藝術家，都是追求完美的，他們常常踏著失敗前進，獲得成功。」「他們」，是帶詞尾「們」的衍聲複詞。又如吳明足《不吐絲的蠶．婚前故事》：「雙親們也希望我嫁近一點。」「雙親們」，是帶詞尾「們」的衍聲複詞。又如吳晟（音ㄔㄥˊ）〈負荷〉：「因爲你們熟睡的小臉，比星空更迷人。」「你們」，是帶詞尾「們」的衍聲複詞。此外，尚有「兵士們」（張騰蛟〈那默默的一群〉）、「小姐們」、「先生們」、「男士們」、「女士們」、「老師們」、「小哥們」、「姊姊們」、「同學們」、「咱們」、「她們」、「朋友們」等，不勝臚列。帶詞尾

「家」的衍聲複詞，如《水滸傳》「魯智深大鬧桃花村」：「洒（音ㄙㄚˇ）家趕不上宿頭。」「洒家」，關西人自稱爲洒家，這裡是魯智深自稱。「洒家」，猶「咱（音ㄗㄚˊ）家」，亦作「灑家」，是帶詞尾「家」的衍聲複詞。此外，尚有「頭家」、「渾家」（《水滸傳》「林冲夜奔」，謙稱自己的妻子叫渾家）等，皆屬於此類。

㈢帶詞嵌衍聲複詞：所謂帶詞嵌衍聲複詞，是指在詞根中間，加詞綴的衍聲複詞。帶詞嵌衍聲複詞，又稱爲帶中綴衍聲複詞、帶中加成分衍聲複詞。帶詞嵌「裡」的衍聲複詞，如亮軒〈藉口〉：「糊裡糊塗，偏說『大而化之』。」又如《國語日報辭典》：「他爲人糊裡糊塗，不肯用心去做事。」[19]「糊裡糊塗」，不明事理，這是帶詞嵌「裡」的衍聲複詞。又如吳明足《不吐絲的蠶．名字的困擾》：「琳達、珍妮、安娜等，怪裡怪氣太洋化的名字。」「怪裡怪氣」，形容名字奇特與一般不同，這是帶詞嵌「裡」的衍聲複詞。此外，尚有「流裡流氣」、「土裡土氣」、「粗裡粗氣」、「洋裡洋氣」、「油裡油氣」、「俗裡俗氣」、「傻裡傻氣」、「小裡小氣」、「邪裡邪氣」、「妖裡妖氣」、「寶裡寶氣」等，皆是帶詞嵌「裡」的衍聲複詞。帶詞嵌「之」的衍聲複詞，古代姓名之間加「之」，如「介之推」、「獨之武」（《左傳》）、「孟之反」（《論語》），均屬此類。帶有詞嵌「不」的衍聲複詞，如「酸不溜溜」（或作「酸不溜丢」）、「黑不溜秋」、「花不棱（或作「愣」）登」等。帶有「得」詞嵌的衍聲複詞，如羅家倫〈求學〉：「要國文好，只有讀得多，看得多，寫得多。」「讀得多」、「看得多」、「寫得多」，是帶詞綴「得」的衍聲複詞。又如胡適〈差不多先生傳〉：「他死後，大家都很稱讚差不多先生樣樣事情看得破，想得通。」「看得破」、「想得通」，這是帶詞嵌「得」的衍聲複詞。又如朱自清〈說話〉：「我認爲我們要說得巧，要說得少。」「說得巧」、「說得少」，皆是帶詞嵌「得」的衍聲複詞。此外，尙有「拿得動」、「走得開」、「看得見」、「飛得高」、「看得出」、「受得住」，皆屬於此類。帶有數詞詞嵌的衍聲複詞，如曹雪芹《紅樓夢》「劉老老」：「說著把一盤子花，橫三豎四的插了一頭。」「橫三豎四」，形容亂七八糟，這是帶詞嵌「三」的衍聲複詞。又如吳明足《不吐絲的蠶．有女萬事足》：「但是小把戲，二人把家裡弄得亂七八糟。」「亂七八糟」，形容不整齊，毫無條理，這是帶詞嵌「七」、「八」的衍聲複詞。又如吳敬梓《儒林外史》「范進中舉」：「一頓夾七夾八，罵的范進摸門不著。」「夾七夾八」，形容胡言亂語，嘮叨不休，這是帶詞嵌「七」的衍聲複詞。《儒林外史》尙有「不三不四」。此外，尙有「七上八下」、「看一看」、「走一走」、「一乾二淨」、「一清二白」、「七拼八湊」、「七零八落」、「七嘴八舌」、「低三下四」、「顛三倒四」、「丟三落四」、「三長兩短」、「三心兩意」等，皆是帶數詞詞嵌的衍聲複詞。又有帶詞綴「哩」的衍聲複詞，如有人說：「他說話嘀哩咕嚕的，我聽不明白。」「嘀哩咕嚕」，形容說話很快，使人聽不清楚，這是帶詞嵌「哩」的衍聲複詞。又如有一位朋友說：「這位小姐嘰哩呱啦得說個沒完。」「嘰哩呱啦」，形容大聲說話，這是帶詞嵌「哩」的衍聲複詞。此外，尚有「嘰哩咕嚕」，形容說不清楚，也是帶詞嵌「哩」的衍聲複詞。

貳、合義複詞

所謂合義複詞，是指由上下兩個字有意義關係構成的複詞，趙元任又稱爲複合詞、何容又稱爲結合詞、方師鐸又稱爲合成詞。合義複詞可分爲並列式合義複詞、偏正式合義複詞、造句式合義複詞三種。

一、並列式合義複詞

所謂並列式合義複詞，是指兩個字以並列、平行方式組成一個意義的複詞，又稱爲聯合式合義複詞、等立式合義複詞、並列式複合詞、並列複詞。並列式合義複詞構成方式，有意義相同、意義相近、意義相似、意義相反，因此並列式合義複詞可分爲同義複詞、近義複詞、意義相似的偏義複詞、意義相反的偏義複詞四類。

㈠同義複詞：所謂同義複詞，是指上下兩個字意義相同而構成一個複詞。如吳明足《不吐絲的蠶．有女萬事足》：「五官端正，身體健康。」「身體」，是意義相同的同義複詞。又如張騰蛟〈那默默的一群〉：「就這樣，這些街道和巷弄才可以經常保有一張清潔的容顏。」容，是面貌、容貌之意。顏，是面容之意。面容，是面貌、容貌之意。由此可知，「容顏」，是面貌，這是意義相同的同義複詞。又如郭騰尹〈改變，從現在開始〉：「他說以前經常抱怨工作辛苦、人生沒有意義。」「意」，是意思；「義」，也是意思，因此「意義」是意義相同的同義複詞。又如杜甫〈聞官軍收河南河北〉：「劍外忽傳收薊北，初聞涕淚滿衣裳。」「涕」，淚也。「涕淚」，是意義相同的同義複詞。又如王鼎鈞《開放人生．苦》：「精神抖擻，身體健康。」「健康」，是意義相同的同義複詞。又如吳敬梓《儒林外史》「王冕的少年時代」：「每日畫幾筆，讀古人的詩文，漸漸不秋衣食，母親心裡也歡喜。」「歡喜」，是意義相同的同義複詞。又如吳明足《不吐絲的蠶．廉價的母愛》：「那位胖胖的林秀枝臉上洋溢著喜悅的笑容。」「喜悅」，是意義相同的同義複詞。又如張騰蛟〈那默默的一群〉：「像兵士們護衛著疆土那樣，負責道路清潔的那默默的一群。」「清潔」，是意義相同的同義複詞。又如羅貫中《三國演義》「草船借箭」：「魯肅領了周瑜言語。」「言語」，是意義相同的同義複詞。又如胡適〈差不多先生傳〉：「他的思想也不細密。」「思想」，是意義相同的同義複詞。此外，尚有「人民」、「夜晚」、「顛倒」、「貧窮」、「平夷」、「乞丐」、「弘大」、「喜樂」、「豐盛」、「布施」、「分別」、「迷惑」、「解釋」、「懷抱」等㉑，皆是意義相同的同義複詞。

㈡近義複詞：所謂近義複詞，是指上下兩個字意義相似，而構成的一個複詞。如施耐庵《水滸傳．第九回》「林沖夜奔」：「林沖因見他兩口兒恭敬孝順，常把些銀兩與他做本錢。」「恭敬」，所謂「貌恭而心不敬」，「恭」在「貌」，「敬」在「心」，因此「恭敬」是意義相似的近義複詞。又如吳明足《不吐絲的蠶．居室記》：「在生命的組曲中，並不全以追逐快樂為焦點，適可而止的快樂。」「追逐」，渾言之則同，析言之則異，同中有異，屬於意義相似的近義複詞。「追」，表示「追及」；「逐」，表示逐走。一般多半解為互訓，追，逐也；逐，追也。其實，嚴格來說，屬於意義相似的近義複詞。因此，「追逐」，是意義相似的近義複詞。又如王鼎鈞《開放人生．苦》：「意志堅強，精神抖擻。」一般人說，精氣神，精氣旺則神盛，精氣衰則神弱。「精神」，渾言之則同，析言之則異，這是意義相似的近義複詞。又如司馬中原《駝鈴．走進春天的懷裡》：「飢餓、疲困、喪家失子的慘痛，把人們變成苦忍的駱駝。」「飢餓」，渾言之則同，析言之則異。「飢」，不足於食也；「餓」，甚於飢也，這是同中有異，因此「飢餓」屬於意義相似的近義複詞。又如朱自清〈背影〉：「到南京時，有朋友約去遊逛。」析言之，同師曰朋，同志曰友；渾言之，「朋」、「友」則同。因此，「朋友」，是意義相似的近義複詞。此外，尚有「閱讀」、「學習」、「教訓」、「嚴厲」、「看見」，皆是意義相似的近義複詞。

㈢意義不同的偏義複詞：所謂意義不同的偏義複詞，是指上下兩個字意義不同，構成側重上字或下字的意義而另一個字沒有意義、或產生兩個字以外的其他意義的一種複詞。如朱自清〈背影〉：「到徐州見著父親，看見滿院狼藉的東西。」「東西」是「物品」之

意，並不是「東」和「西」，是意義不同的偏義複詞。又如孫文〈中華民國臨時大總統就職宣言書〉：「國家之本，在於人民。」又如方聲洞〈赴義前稟父書〉：「兒今日竭力驅滿，盡國家之責任者，亦即所謂保身家也。」「國家」，側重「國」之意而無「家」之意，這是意義不同的偏義複詞。古代天子有「天下」，諸侯有「國」，卿大夫有「家」。如今「國」，指全國；「家」，指家庭。正如陳之藩〈失根的蘭花〉說：「國，就是土，沒有國的人，是沒有根的草，不待風雨折磨，即形枯萎了。」又說：「我十幾歲，即無家可歸，並未覺其苦，祖國已破，卻深覺出個中滋味了。」由此可證，「國」、「家」是兩個不同意義的單詞。此外，尚有「窗戶」，僅有「窗」之意。又如「兄弟今天到貴校來演講。」「兄弟」，僅有「弟」之意。又如「這位弟兄榮獲傑出青年。」「弟兄」，僅有「兄」之意。這些例子，皆屬於此類。又如「手足」比喻兄弟，並不是「兄」和「弟」之意，這是由兩個字意義不同而產生兩個字以外意義的偏義複詞。又如「骨肉」，比喻血統關係最接近的人，像父母、兒女、兄弟、姊妹等，並不是「骨」和「肉」之意，這也是由兩個字意義不同而產生兩個字以外意義的偏義複詞。此外，尚有「砥礪」，比喻「磨鍊」，而不是「砥」和「礪」之意，也屬於此類。

㈣意義相反的偏義複詞：所謂意義相反的偏義複詞，是指上下兩個字意義相反，構成側重上字或下字的意義而另一字沒有意義的複詞。如諸葛亮〈出師表〉：「今天下三分，益州疲弊，此誠危急存亡之秋也。」「存亡」，僅有「存」之意，而沒有「亡」之意。「存」、「亡」，是意義相反的。因此，「存亡」，是意義相反的偏義複詞。又如〈出師表〉：「宮中府中，俱為一體，陟罰臧否，不宜異同。」「異同」，僅有「異」之意，而沒有「同」之意。「異」、「同」，是意義相反的。因此，「異同」，是意義相反的偏義複詞。又如陶淵明〈五柳先生傳〉：「既醉而退，曾不吝情去留。」「去留」，僅有「去」之意，「去」、「留」是意義相反的。因此，「去留」是意義相反的偏義複詞。又如司馬遷《史記．倉公列傳》：「緩急無可使者。」「緩急」，僅有「急」之意，而沒有「緩」之意。「緩」、「急」，是意義相反的。因此，「緩急」，是意義相反的偏義複詞。又如范曄《後漢書．何進傳》：「先帝嘗與太后不快，幾至成敗。」「成敗」，僅有「敗」之意，而沒有「成」之意。「成」、「敗」，是意義相反的。因此，「成敗」，是意義相反的偏義複詞。此外，尚有「恩怨」，僅有「怨」之意；「輕重」，僅有「重」之意；「遠近」，僅有「遠」之意；「得失」，僅有「失」之意；「好歹」，僅有「好」之意。

二、偏正式合義複詞

所謂偏正式合義複詞，是指兩個字以主從或偏正方式構成一個意義的複詞，又稱為偏正式合成詞、偏正式結合詞、偏正式複合詞、主從式合義複詞、主從式複合詞、主從式合成詞、主從式結合詞、組合式合義複詞、組合式複合詞、組合式合成詞、組合式結合詞。

如宋晶宜〈雅量〉：「在他的男友和女友心中，往往認爲他如『天仙』或『白馬王子』般地完全無缺。」「白馬王子」，比喻女子心目中愛慕的對象，並不是「騎白馬的王子」，因此這是偏正式合義複詞。又如《二十年目睹之怪現狀·第三四回》：「承你一片熱心知照我，把這個美舉分給我做。」「熱心」，是偏正式的合義複詞。又如胡適〈差不多先生傳〉：「他一面說，一面慢慢地走回家，心裡總不很明白爲什麼火車不肯等他兩分鐘。」「火車」，是偏正式的合義複詞。又如吳魯芹〈數字人生〉：「所謂『放諸四海皆準』者是指全球各地通行，無論飛機公司、觀光旅館、百貨商店、以及盛宴小酌，一律可用，『方便』的結果是身無分文，身外有債。」「飛機」，是偏正式的合義複詞。又如陳幸蕙〈碧沈西瓜〉：「西瓜給人的感覺，說穿了，只是『痛快』二字。」又如余光中〈車過枋寮〉：「多少西瓜，多少圓渾的希望！」「西瓜」，是偏正式的合義複詞。又如陳之藩〈失根的蘭花〉：「祖國的山河，不僅是花木，還有可歌可泣的故事，可吟可詠的詩歌。」「祖國」，是偏正式的合義複詞。又如吳明足《不吐絲的蠶·隱渡舟》：「在第二年的夏天，我這顆鐵石心腸終於被他的熱情軟化，舉行文定之禮。」「熱情」，是偏正式的合義複詞。此外，尚有「汽車」、「唱針」、「淡菜」、「遠視」、「南瓜」、「電影」、「泡菜」、「冬瓜」等，皆是偏正式的合義複詞。

三、造句式合義複詞

所謂造句式合義複詞，是指兩個詞以造句方式而構成一個意義的合義複詞，又稱為造句式合成詞、造句式結合詞、造句式複合詞、結合式合義複詞、結合式複合詞、結合式合成詞、結合式結合詞。造句式合義複詞又分為主謂式合義複詞、述賓式合義複詞、述補式合義複詞、副述式合義複詞、副表式合義複詞五類。

㈠主謂式合義複詞：所謂主謂式合義複詞，是指後面一個詞描述或說明前面一個詞，而構成像句子中主語和謂語的形式的一種合義複詞，又稱為主謂式複合詞、主謂式合成詞、主謂式結合詞。如向陽〈春回鳳凰山〉，描述九二一大地震後，作者家鄉——南投的災情。〈春回鳳凰山〉，選自《九月悲歌——九二一大地震詩歌集》。「地震」，是主謂式合義複詞。「地」，是主語；「震」，是謂語。又如張潮《板橋雜記．小引》：「似此勝遊，眞堪神往。」「神往」，是主謂式合義複詞。「神」，是主語；「往」，是謂語。又如琦君〈髻〉：「托著個又矮又胖的身體，走起路來氣喘呼呼的。」又如阿盛〈火車與稻田〉：「即使閉上雙眼，摀住雙耳，我也聽得到父親施肥時沉重的走步聲與重沉的氣喘聲。」「氣喘」，是主謂式合義複詞。「氣」，是主語；「喘」，是謂語。又如《淮南子．氾論》：「春分而生，秋分而成。」「春分」、「秋分」，是主謂式合義複詞。「春」、「秋」，是主語；「分」，是謂語。又如曹雪芹《紅樓夢．第九一回》：「但是事情要密些，倘或聲張起來，不是玩的。」「聲張」，是主謂式合義複詞。「聲」，是主語；「張」，

是謂語。又如李漁《意中緣．露醜》：「你如今只去親熱他，不時把些肉麻的話，挑動他的春心。」「肉麻」，是主謂式合義複詞。「肉」，是主語；「麻」，是謂語。又如《二十年目睹之怪現狀．第十七回》：「你此刻不要心急，不要在路上自己急出個病來！」「心急」，是主謂式合義複詞。又如《兒女英雄傳．第十二回》：「爲了自己，遠路跋涉而來，已是老大的心疼。」「心疼」，是主謂式合義複詞。「心」，是主語；「疼」，是謂語。又如《逸周書．時訓解》：「冬至之月，蚯蚓結。」《史記．曆書》：「氣始于冬至，周而復生。」「冬至」，是主謂式合義複詞。「冬」，是主語；「至」，是謂語。此外，尚有「眼紅」、「天空」、「月亮」、「日蝕」、「國慶」、「體操」、「體重」、「民主」、「胎動」、「腸炎」、「頭痛」、「政變」、「年輕」、「夏至」、「便秘」、「心悸」、「海嘯」、「花生」、「耳鳴」等，皆是主謂式合義複詞。

㈡述賓式合義複詞：所謂述賓式合義複詞，是指前面一個詞表達動作式行爲，後面一個詞表達動作或行爲所支配的對象，而構成像句子中述語和賓語的形式的一種合義複詞，又稱爲動賓式合義複詞、述賓式複合詞、動賓式複合詞、述賓式合成詞、述賓式結合詞、動賓式合成詞、動賓式結合詞。如胡適〈差不多先生傳〉：「掌櫃的生氣了。」「氣」，是補充說明「生」的結果，因此「生氣」是述補式合義複詞。又如周芬伶〈傘季〉：「後來這份得意變失意，原因是我先把傘丟了。」「得意」、「失意」，皆是述賓式合義複詞。又如黃春明〈魚〉：「你要注意車子喔！來了就告訴我。」「注意」，是述賓式合義複詞。又如朱自清〈背影〉：「他肥胖的身子向左微傾，顯出努力的樣子。」「努力」，是述賓式合義複詞。又如胡適〈差不多先生傳〉：「大家都說他一生不肯認眞。」「眞」是補充說明「認」的結果，因此「認眞」是述賓式合義複詞。又如劉勰《文心雕龍．知音》：「知音其難哉！音實難知，知實難逢，逢其知音，千載其一乎！夫古來知音，多賤同而思古。」「知音」，是指知己之意，是述賓式合義複詞。又如阿盛〈火車與稻田〉：「計程車司機點燃一支菸，然後不停嘴地抱怨大城的交通。」「司機」，是述賓式合義複詞。此外，尚有「列席」、「出席」、「留級」、「開學」、「照相」、「納稅」、「失望」、「起草」、「註冊」、「畢業」、「革命」、「打仗」、「董事」、「幹事」、「出版」、「提議」、「結婚」、「進步」、「開心」、「知心」、「司儀」、「布景」、「傷心」、「出名」、「轉眼」、「聊天」、「作弊」、「到底」、「蹺課」、「趕場」、「來電」、「懸壺」、「轉眼」等。㉒

㈢述補式合義複詞：所謂述補式合義複詞，是指後一個詞補充說明前一個詞動作的結果或人事物的單位，而構成像句子中述語和補語的形式的一種合義複詞，又稱為動補式合義複詞、述補式複合詞、動補式複合詞、述補式合成詞、述補式結合詞、動補式合成詞、動補式結合詞。述補式合義複詞又分為表達動作的述補式合義複詞、表達人事物的述補式合義複詞兩種。表達動作的述補式合義複詞，如蔡元培〈我的新生活觀〉：「學是有一部分講現在工作的道理；懂了那種道理，工作必能改良。」又如向明〈臉〉：「他的臉有時我凝望許久，我竟幻想著世界可以由於凝望他的臉而得到改良。」「良」是補充說明「改」的結果，因此「改良」是述補式合義複詞。又如張水清《我教你寫論說文》：「解釋事物、說明意義，使人知道事物現象、因果知識的文章就是『說明文』。」「明」是補充詮釋「說」的結果，因此「說明」是述補式合義複詞。又如梁實秋《雅舍小品．鳥》：「一直等到夜晚，才又聽到杜鵑叫，由遠叫到近，由近叫到遠。」「到」是補充說明「聽」的結果，因此「聽到」是述補式合義複詞。梁實秋〈鳥〉：「自從離開四川以後，不再容易看見那樣多型類的鳥的跳盪。」「見」是補充說明「看」的結果，因此「看見」是述補式合義複詞。又如吳明足《不吐絲的蠶．精采的一幕》：「老大自動牽著弟弟的手就走，走不多遠，他發現巷子玩具店裡掛著幾支很大的玩具槍。」「現」是補充說明「發」的結果，因此「發現」是述補式合義複詞。此外，尚有「分開」、「改善」、「增加」、「提高」、「延長」、「打垮」、「提醒」、「推行」、「推廣」、「革新」、「吵醒」、「改正」、「澄清」、「縮小」、「放大」、「搧動」、「擴大」、「縮短」、「誇大」、「融化」、「肅清」、「養成」、「充滿」等㉓，皆是述補式合義複詞；黃慶萱《高級中學文法與修辭》上冊、黃春貴《高級中學文法與修辭》上冊，則列入偏正式合義複詞，可資參酌。

表達人事物的述補式合義複詞，如臺北市萬卷樓圖書股份有限公司出版《應用修辭學》。「股」，表達事物；「份」，表達事物單位；「份」是補充說明「股」的量詞、單位，「股」以「份」計，因此「股份」是表達事物的述補式合義複詞。又如《漢書．王莽傳上》：「羌豪、良願等種，人口可萬二千人。」又如大陸有十三億人口，臺灣有二千三百萬人口。「口」是補充說明「人」的量詞、單位，「人」以「口」計，因此「人口」是表達人的述補式合義複詞。又如《兒女英雄傳．第二回》：「這公子一直等一行車輛人馬都已走了，又讓那些送行的親友先行。」「輛」是補充說明「車」的量詞、單位，「車」以「輛」計，因此「車輛」是表達事物的述補式合義複詞。又如曹禺《日出．第二幕》：「你沒有從筆墨紙張裡找出點好處？」「張」是補充說明「紙」的量詞、單位，「紙」以「張」計，因此「紙張」是表達事物的述補式合義複詞。又如《儒林外史．第二四回》：「不論你走到一個僻巷裡面，總有一個地方懸著燈籠賣茶，插著時鮮花朵，烹著上好的雨水。」「朵」是補充說明「花」的量詞、單位，「花」以「朵」計，因此「花朵」是表達事物的述補式合義複詞。又如《易．中孚．六四》：「見幾望，馬匹亡，無咎。」「馬」以「匹」計，「匹」是補充說明「馬」的量詞、單位，因此「馬匹」是表達事物的述補式合義複詞。此外，尚有「詩篇」，「詩」以「篇」計，「篇」是補充說明「詩」的量詞，因此「詩篇」是表達事物的述補式合義複詞。又有以「匹」計「布」的「布匹」，以「本」計「書」的「書本」，以「間」計「房」的「房間」，以「匹」計「布」的「布匹」，以

「件」計「信」的「信件」，皆是表達事物的述補式合義複詞。

㈣副述式合義複詞：所謂副述式合義複詞，是指前面一個詞修飾後面一個詞的意義，而構成像句子中副語與述語的形式的一種合義複詞，又稱副述式複合詞、副述式合成詞、副述式結合詞。如李斯〈諫逐客書〉：「昭王得范睢，廢穰侯，逐華陽，彊公室，杜私門，蠶食諸侯，使秦成帝業。」「蠶食」，像蠶一樣逐漸侵呑各諸侯土地。「蠶」修飾「食」，「蠶」是副語，「食」是述語，因此「蠶食」是副述式合義複詞。又如《續孽海花》：「不料那位米小姐毫無一點熱愛深憐的表示，別來數月，音信不通。」「熱愛」，熱烈地愛。「熱」修飾「愛」，「熱」是副語，「愛」是述語，因此「熱愛」是副述式合義複詞。又如陶淵明〈歸去來辭並序〉：「僮僕歡迎，稚子候門。」「歡迎」，高興地迎接。「歡」修飾「迎」，「歡」是副語，「迎」是述語，因此「歡迎」是副述式合義複詞。此外，尚有「瓜分」、「鼎沸」、「前進」、「遲到」、「朗讀」、「吟唱」等，皆是副述式合義複詞。

㈤副表式合義複詞：所謂副表式合義複詞，是指前面一個詞修飾後面一個詞的意義，而構成像句子中副語和表語的形式的一種合義複詞，又稱副表式複合詞。如葉珊《燈船．給命運》：「死亡的陰影，如一條墨黑的絹帶。」「墨黑」，像墨汁一樣地漆黑。「墨」是副語，「黑」是表語，因此「墨黑」是副表式合義複詞。又如陳之藩〈謝天〉：「她雪白的頭髮，顫抖的聲音，在搖曳的燭光下，使我想起兒時的祖母。」「雪白」，像雪一樣地白。「雪」修飾「白」，「雪」是副語，「白」是表語，因此「雪白」是副表式合義複詞。又如張碧〈遊春詩〉：「千條碧綠輕拖水。」又如陳幸蕙〈碧沉西瓜〉：「那成點狀分布的碧綠，竟是臥在沙地上安恬地曬著太陽的西瓜。」「碧」，鮮綠的樣子，是副語，修飾表語「綠」，因此「碧綠」是副表式合義複詞。陳幸蕙〈碧沉西瓜〉：「那種剖開來時，碧沉與朱紅，或是碧沉與金黃的鮮活對比，都是其他一清二白的遠親所不能望其項背的。」「金」，「像金子一樣的顏色」之意，是副語，修飾表語「黃」，因此「金黃」是副表式合義複詞。此外，尚有像草一樣青綠的「草綠」，像冰一樣涼爽的「冰涼」，像紅棗一樣鮮紅的「棗紅」，像翡翠一樣青綠的「翠綠」，像小鵝絨毛一樣淡黃的「鵝黃」。

參、外來語複詞

所謂外來語複詞，是指將外來語言音譯或義譯、半音譯半義譯的一種複詞。此類楊如雪《高級中學文法與修辭》上冊稱爲音譯複詞，可資參酌。相當於修辭學上的「異語」。國語日報社出版一本《外來語辭典》，可惜據悉已絕版了。外來語的義譯較少，音譯較多。義譯外來語常用的是「新鮮人」，這個複詞是英語freshman的義譯，是指學校的新生或剛踏入社會的人。如「新鮮人總是充滿好奇心」。又如「電視」，是英語television的義

譯；又如「白宮」，是英語White House的義譯，也是常用的義譯外來語的複詞。音譯外來語的複詞綦多，如吳明足《不吐絲的蠶．小叔》：「小時候，家裡兄弟姊妹很多，而且個個風趣、幽默，相處在一起，眞是快樂無比。」「幽默」，是英語humor的音譯，含蓄深刻而詼諧風趣。又如鄭愁予《鄭愁予詩選集．小小的島》：「雲的幽默與隱隱的雷笑。」「幽默」，這也是音譯外來語的複詞，這裡指雲的形貌變化多端，趣味十足。又如老舍《且說屋裡》：「包善卿也似乎無可顧慮，躺在沙發上閉了眼。」「沙發」，是英文sofa的音譯，是西式坐椅的一種。靠背寬厚，矮腳，裝有彈簧。「沙發」，也是音譯外來語的複詞。又如茅盾《劫後拾遺．五》：「王先生，你這話就不大摩登了。」「摩登」，是英語modern的音譯，現代的、合時的、新奇時髦的。此外，尚有「雷射」，英語laser的音譯，是放射激發光波放大器的簡稱。「雷達」，英語radar的音譯，是一種電子裝置系統，利用無線電波測量目標物的方向、距離、速度及高度。「尼龍」，英語nylon的音譯，是工業用合成纖維，基本原料是煤、空氣、水的綜合體。「尼古丁」，英語nicotine的音譯，菸鹼，可以從煙草中提出，有劇毒。「血拼」，英語shopping的音譯，購物的意思。「透逗」，英語short的音譯，腦筋有問題的意思。「便當」，日本語「弁（音ㄅㄢˋ）當」的音譯，是一種隨身攜帶的飯盒。「菩提」，佛家語，梵文的Bodhi的音譯，意思是覺或正覺、道。佛教修行者從自覺、覺人而達到徹悟境界的成果。常用半音譯半義的外來語，有「冰淇淋」

（ice cream）、香檳酒（champagne）、保齡球（bowling）。

肆、名號複詞

所謂名號複詞，是指一個複詞是專名號，或書名號所構成的。此類何永清《高級中學文法與修辭》上冊稱爲特殊複詞，可資參酌。名號複詞分爲專名號複詞、書名號複詞。㉔

一、專名號複詞

所謂專名號複詞，是指一個複詞帶專名的符號。專名號複詞分爲國家、人物、地名、朝代、種族、山川湖泊、機關公司等。

㈠國家專名號複詞：所謂國家專名號複詞，是指國家專有名稱的符號，而構成的一種複詞。如陳之藩〈謝天〉：「我剛到美國時，常鬧得尷尬。」「美國」，是國家名稱，因此是國家專名號複詞。又如何懷碩《煮石集．中國美學》：「看孔老諸家的言論，中國無疑是人類歷史上最早的美學的起源地。」「中國」，是國家名稱，因此是國家專名號複詞。此外，尚有「日本」、「英國」、「法國」、「德國」、「韓國」、「泰國」、「新加坡」、「印尼」、「馬來西亞」、「印度」、「菲律賓」、「巴西」、「阿根廷」等，皆是國家專名號複詞。

㈡人物專名號複詞：所謂人物專名號複詞，是指人物專有名稱的符號，而構成的一種複詞。如陳之藩〈謝天〉：「像愛因斯坦之於《相對論》，像祖母之於我家。」「愛因斯坦」，是人物的名稱，因此是人物專名號複詞。又如吳敬梓《儒林外史》「王冕的少年時代」：「王冕放牛倦了，在綠草地上坐著。」「王冕」，是人物的名稱，因此是人物專名號複詞。又如陶淵明〈五柳先生傳〉：「黔婁之妻有言：『不戚戚於貧賤，不汲汲於富貴。』」「黔婁」，是人物的名稱，因此是人物專名號複詞。又如韓愈〈師說〉：「聖人無常師，孔子師郯子、萇弘、師襄、老聃。」「孔子」、「郯子」、「萇弘」、「師襄」、「老聃」，皆是人物的名稱，因此是人物專名號複詞。此外，尚有「老子」、「莊子」、「韓非子」、「孟子」、「揚雄」、「劉勰」、「陳騤」、「梁啓超」、「王國維」、「蔡元培」、「胡適」、「梁實秋」、「余光中」、「楊喚」、「王靖獻」、「鄭愁予」、「陳之藩」、「韓愈」、「柳宗元」、「歐陽脩」、「蘇東坡」、「黃庭堅」、「李白」、「杜甫」、「杜牧」、「白居易」、「文天祥」、「史可法」、「鄭成功」等，皆是人物專名號複詞。

㈢地名專名號複詞：所謂地名專名號複詞，是指朝代專有名稱的符號，而構成的一種複詞。如劉克襄〈大樹之歌〉：「以前爸爸去金山賞鳥，都會順路去探望它（指雀榕）。」「金山」，是臺北縣一個鄉名，係地名專名號複詞。又如朱自清〈背影〉：「父親要到南京謀事，我也要回北京念書，我們便同行。」「南京」、「北京」，皆是地名，也是地名專名號複詞。又如歐陽脩〈醉翁亭記〉：「太守謂誰？廬陵歐陽脩也。」「廬陵」，即今江西吉安，是歐陽脩的祖籍，因此是地名專名號複詞。又如徐志摩〈巴黎的鱗爪〉：「到過巴黎的一定不會再希罕天堂。」「巴黎」，是法國首都，因此是地名專名號複詞。又如吳明足《不吐絲的蠶．穩渡舟》：「他家住在海邊——布袋，我一直沒去過，想不到無意間說出的話，卻眞的兌現，且永遠屬於他。」「布袋」，係嘉義縣的一個鎭名，因此是地名專名號複詞。此外，尙有「紐約」、「多倫多」、「溫哥華」、「東京」、「倫敦」、「羅馬」、「柏林」、「新竹」、「高雄」、「臺北」、「臺中」、「臺南」、「南投」、「北投」、「基隆」、「宜蘭」、「花蓮」、「臺東」、「屏東」、「雲林」、「嘉義」、「彰化」、「苗栗」、「桃園」、「舊金山」、「大阪」、「神戶」、「京都」，皆是地名專名號複詞。

㈣朝代專名號複詞：所謂朝代專名號複詞，是指朝代及年號專有名稱的符號，而構成的一種複詞。如方苞〈左忠毅公軼事〉：「崇禎末，流賊張獻忠出沒蘄、黃、潛、桐間。」「崇禎」，係明思宗年號（西元一六二八至一六四四年），因此是朝代專名號複詞。又如何懷碩《煮石集．中國美學》：「宋明理學許多有關藝術與美學的材料。」「宋明」，係宋朝、明朝，因此是朝代專名號複詞。又如陶淵明〈桃花源記〉：「問今是何世？乃不知有漢，無論魏、晉。」「漢」，係指漢朝；「魏、晉」，係指魏朝、晉朝，因此是朝代專名號複詞。〈桃花源記〉：「晉太元中武陵人，補魚爲業。」「太元」，係東晉孝武帝的年號（西元三七六至三九六年），因此是朝代專名號複詞。又如曾國藩〈聖哲畫像記〉：「唐之

李、杜，宋之蘇黃；好之者十有七八，非之者亦且二三。」「唐之李、杜」，係指唐朝李白、杜甫；「宋之蘇黃」，係指宋朝蘇東坡、蘇庭堅；因此「唐」、「宋」是朝代專名號複詞。此外，尚有「元朝」、「明朝」、「清朝」、「南北朝」、「隋朝」、「西漢」、「東漢」，皆是朝代專名號複詞。

㈤種族專名號複詞：所謂種族專名號複詞，是指種族專有名稱的符號，而構成的一種複詞。如亞榮隆．撒可努〈煙會說話〉：「有了幾分醉意後，兩個人便開始對唱情歌，從排灣古調唱到日語老歌。」「排灣」，係排灣族，臺灣原住民的第三大族群，主要居住在屏東縣與臺東縣，擁有豐富的刺繡與雕刻文化㉕，因此是種族專名號複詞。又如〈快刀俠咻咻〉作者瓦歷斯．諾幹，泰雅族人，漢名吳俊傑，西元一九六一年生於臺中縣和平鄉。㉖「泰雅族」，係種族名稱，因此是種族專名號複詞。臺灣原住民分為平埔族、高山族。平埔族又分為凱達格蘭族、雷朗族、噶瑪蘭族、道卡斯族、拉瀑拉族、巴布薩族、和安雅族、西拉雅族九族。高山族又分為泰雅族、賽夏族、布農族、鄒族、魯凱族、排灣族、卑南族、阿美族、達悟族、邵族十族。㉗這十九族，皆是種族專名號複詞。又如孫文〈中華民國臨時大總統就職宣言〉：「合漢、滿、蒙、回、藏諸地為一國，即合漢、滿、蒙、回、藏諸族為一人。」「漢、滿、蒙、回、藏」，係種族的名稱，因此是種族專名號複詞。其實，目前大陸除漢族外，尚有五十五種民族，雲南昆明就有二十五族少數民族。

㈥山川湖泊專名號複詞：所謂山川湖泊專有名稱的符號，而構成的一種複詞。如蔣夢麟〈杭州、南京、上海、北平〉：「杭州最大的資產是西湖，西湖不但饒山水之勝，而且使人聯想到歷代文人雅士的風流韻事。」「西湖」，係湖名，因此是山川湖泊專名號複詞。又如羅家倫〈新疆歌〉：「阿爾泰高天山長，蔥嶺橫西極；崑崙抱南疆。」「阿爾泰」，係山名，亦作阿爾坦、阿勒壇，蒙語是「金」之意，所以又稱爲金山。「天山」，係山名，發脈於新疆省疏勒縣西北蔥嶺的烏赤別里山，山峰冬夏常積雪，所以又稱爲雪山、白山。「崑崙」，係山名，是中國最大山脈。因此，「阿爾泰」、「天山」、「崑崙」，皆是山川湖泊專名號複詞。又如劉鶚《老殘遊記．第二回》：「目下鄙人要往濟南府去，看看大明湖的風景。」「大明湖」，係湖名，是山東濟南第一勝地，因此是山川湖泊專名號複詞。又如《老殘遊記．第十二回》：「只見那黃河從西南上下來，到此卻正是個灣子，過此便向正東去了。」「黃河」，係河名，因此是山川湖泊專名號複詞。此外，尚有「長江」、「黑龍江」、「泰山」、「華山」、「恆山」、「嵩山」、「阿里山」、「日月湖」、「印度洋」、「太平洋」、「淡水河」、「愛河」、「觀音山」、「陽明山」、「富士山」、「武夷山」等，皆是山川湖泊專名號複詞。

㈦機關公司專名號複詞：所謂機關公司專名號複詞，是指機關或公司名稱的符號，而構成的一種複詞。如行政院、立法院、司法院、考試院、監察院，皆是機關專名號複詞。

又如教育部、內政部、交通部、外交部、臺北市政府、臺中市政府、高雄市政府、花蓮縣政府、臺東縣政府、嘉義縣政府、桃園縣政府、臺南市政府、嘉義市政府、屏東縣政府、高雄縣政府、臺北縣政府、宜蘭縣政府、布袋鎮公所、大安區公所、基隆市政府、苗栗縣政府、雲林縣政府、大安衛生所，皆是機關專名號複詞。又如臺灣電力公司、萬卷樓圖書股份有限公司、翰林出版事業股份有限公司、康軒文教事業股份有限公司、南一書局企業股份有限公司、三民書局股份有限公司、東大圖書股份有限公司、龍騰文化事業股份有限公司、中華航空公司、遠東航空公司、復興航空公司、西北航空公司、泰國航空公司、長榮航空公司、中華電視公司、中國電視公司、臺灣電視公司，皆是公司專名號複詞。

此外，尚有路街專名號複詞，如臺北市「羅斯福路」、「中正路」、「青田街」、「福州街」；又有學派專名號複詞，如「公安派」、「竟陵派」、「桐城派」、「陽湖派」、「湘鄉派」；又有工程建築專名號複詞，如「明德水庫」、「翡翠水庫」、「萬里長城」、「一〇一大樓」、「金字塔」；又有學校名稱，國立臺灣師範大學、國立中興大學、國立中正大學、國立政治大學、臺北市誠正國民中學、臺北市私立延平中學、臺南縣立鹽水國民中學、臺北市立大安國民小學、臺北市立金華國民小學、臺北市立新生國民小學、臺北市立龍安國民小學。

二、書名號複詞

所謂書名號複詞，是指書籍、篇章、歌曲、電影、報刊、雜誌等名稱的符號，而構成的一個複詞。書名號複詞又分為書籍名稱複詞、篇章名稱複詞、歌曲名稱複詞、電影名稱複詞、報紙名稱複詞、期刊名稱複詞等。

㈠書籍名稱複詞：所謂書籍名稱複詞，是指書籍名稱的符號，而構成的一個複詞。如〈生活的藝術〉的作者夏丏尊，著有《平屋雜文》、《文心》、《文章講話》，譯有《愛的教育》等書。㉘這四本書，皆是書籍名稱複詞。又如〈示愛〉的作者廖玉蕙，著有散文集《不信溫柔喚不回》、《嫵媚》、《如果記憶像風》等。㉙這三本散文集，皆是書籍名稱複詞。又如〈春回鳳凰山〉的作者向陽，本名林淇瀁，著有詩集《土地的歌》、《四季》、《十行集》、《歲月》等書。㉚這四本詩集，皆是書籍名稱複詞。此外，尚有《易經》、《書經》、《詩經》、《左傳》、《公羊傳》、《穀梁傳》、《周禮》、《儀禮》、《禮記》、《論語》、《孟子》、《爾雅》、《孝經》、《國語》、《史記》、《漢書》、《後漢書》、《三國志》、《老子》、《莊子》、《荀子》、《韓非子》、《列子》、《日知錄》、《說文解字》、《方言》、《法言》、《釋名》等，皆是書籍名稱複詞。

㈡篇章名稱複詞：所謂篇章名稱複詞，是指書籍中章節名稱的符號，而構成的一個複詞。如魏徵的〈諫太宗十思疏〉、韓愈的〈師說〉、柳宗元的〈始得西山宴遊記〉、白居易的〈與元微之書〉、范仲淹的〈岳陽樓記〉、司馬光的〈訓儉示康〉、歐陽脩的〈醉翁亭

記〉、曾鞏的〈墨池記〉、蘇轍的〈黃州快哉亭記〉、蘇軾的〈赤壁賦〉、歸有光的〈項脊軒志〉、顧炎武的〈廉恥〉、方苞的〈左忠毅公軼事〉、龔自珍的〈病梅館記〉、李斯的〈諫逐客書〉、陶淵明的〈桃花源記〉、陳之藩的〈謝天〉、朱自清的〈背影〉、周敦頤的〈愛蓮說〉、劉禹錫的〈陋室銘〉、徐志摩〈我所知道的康橋〉、琦君〈下雨天，眞好〉、司馬中原〈走進春天的懷裡〉、張曉風的〈炎涼〉、鍾理和的〈做田〉、余光中的〈車過枋寮〉，皆是篇章名稱複詞。又如〈逍遙遊〉、〈齊物論〉、〈養生主〉、〈大宗師〉，皆是《莊子》的篇名，也是篇章名稱複詞。又如〈原道〉、〈徵聖〉、〈宗經〉、〈正緯〉、〈辨騷〉，皆是《文心雕龍》的篇名，也是篇章名稱複詞。

㈢**歌曲名稱複詞**：所謂歌曲名稱複詞，是指歌曲名稱的符號，而構成的一個複詞。國語歌曲如「月亮代表我的心」、「夜來香」、「癡癡的等」、「女兒圈」、「茉莉花」、「南海姑娘」、「汪洋中的一條船」、「南屏晚鐘」、「多少柔情多少淚」、「紅豆詞」、「採紅菱」、「桃花江」、「今宵多珍重」、「回想曲」、「綠島小夜曲」、「寒雨曲」、「回娘家」、「恭喜恭喜」、「小城故事」、「繡荷包」、「長白山上」、「蘇武牧羊」、「恭喜發財」、「紅樓夢」、「蘇州河邊」、「夕陽下的祝福」，皆是歌曲名稱複詞。臺語歌曲，如「媽媽請您要保重」、「想厝的人」、「想厝的心情」、「望春風」、「要拚才會贏」、「期待再相會」、「快樂的出航」、「向前走」、「大船入港」、「港都夜雨」、「酒後的心聲」、

「家後」、「針線情」、「雙人枕頭」、「孤女的願望」、「河邊春夢」、「思慕的人」、「水車姑娘」、「素蘭小姐要出嫁」、「農村曲」、「思想枝」、「白鷺鷥」，皆是歌曲名稱複詞。

㈣電影名稱複詞：所謂電影名稱複詞，是指電影名稱的符號，而構成的一個複詞。如「斷臂山」、「獨臂刀」、「眞善美」、「滿城盡帶黃金甲」、「臥虎藏龍」、「色戒」、「魔戒」、「梁山伯與祝英台」、「理性與感性」、「推手」、「花木蘭」、「西施」、「精武門」、「死亡塔」、「猛龍過江」、「龍爭虎鬥」、「死亡遊戲」、「英雄本色」、「賭神」、「賭俠」、「賭后」、「六壯士」、「妲己」、「丐俠蘇乞兒」、「楚留香」、「斷腸劍」、「功夫」、「英雄」、「櫻花戀」、「東京鐵塔」、「勇敢復仇人」、「明日的記憶」、「神秘寶盒」、「成吉思汗」、「王牌天神」、「洞裡春天」、「先婚後友」、「結婚糾察隊」，皆是電影名稱複詞。

㈤報紙名稱複詞：所謂報刊名稱複詞，是指報紙名稱的符號，而構成的一個複詞。以往有民生報、中央日報、中華日報、新生報、自立晚報、中時晚報，現在有聯合報、中國時報、蘋果日報、自由時報、國語日報、臺灣時報、中國郵報、臺灣郵報、世界日報、韓國中央日報、民眾日報、經濟日報、聯合晚報，皆是報紙名稱複詞。

㈥期刊名稱複詞：所謂期刊名稱複詞，是指期刊名稱的符號，而構成的一個複詞。如

《孔孟月刊》、《中國語文月刊》、《國文天地》、《中華文化復興月刊》、《讀者文摘》、《孔孟學報》、《國文學報》、《師大學報》、《中國學術年刊》、《中國文哲研究集刊》、《漢學研究》、《臺大文史哲學報》、《清華學報》、《政大中文學報》、《中外文學》、《成大中文學報》、《文與哲》、《故宮學術季刊》、《東華人文學報》、《中國書目季刊》、《國家圖書館館刊》、《中央大學人文學報》、《臺灣文學研究學報》、《輔仁國文學報》、《東吳中文學報》、《東海中文學報》、《臺灣東亞文明研究學刊》、《東華漢學》、《臺灣文學學報》，皆是期刊名稱複詞。

此外，尚有詞牌名稱複詞，如李煜的〈虞美人〉、〈浪淘沙〉、柳永的〈八聲甘州〉、〈少年遊〉、〈雨霖鈴〉、李清照的〈武陵春〉、〈如夢令〉、〈一剪梅〉、〈聲聲慢〉、辛棄疾的〈破陣子〉、〈西江月〉、〈醉奴兒〉、〈南鄉子〉、〈菩薩蠻〉、陸游的〈釵頭鳳〉、岳飛的〈滿江紅〉、歐陽脩的〈踏莎行〉、姜夔的〈揚州慢〉、張志浩的〈漁歌子〉、范仲淹的〈蘇幕遮〉、晏殊的〈浣溪沙〉、朱敦儒的〈相見歡〉、白居易的〈憶江南〉、張先的〈天仙子〉、宋祁的〈玉樓春〉、蘇軾的〈念奴嬌〉、〈水調歌頭〉、〈定風波〉、〈江城子〉、秦觀的〈鵲橋仙〉、〈滿庭芳〉。曲牌名稱複詞，如張可久的〈人月圓〉、張養浩的〈山坡羊〉、〈十二月帶堯民歌〉（〈十二月〉、〈堯民歌〉）、馬致遠的〈落梅風〉、〈天淨沙〉、〈湘妃怨〉、〈秋思〉、關漢卿的〈大德歌〉、張可久的〈寒鴻秋〉、白樸的〈寄生草〉、〈沉醉東風〉、張養浩的〈南呂一枝花〉、〈雁兒落兼得勝令〉（〈雁兒落〉、〈得勝令〉）。

附錄二、第二章　注釋

① 參閱林尹《文字學概說》，臺北：正中書局印行，一九七一年十二月臺初版，頁五六至五七。

② 見郭良夫《詞匯》，北京：商務印書館印行，一九八五年七月初版，頁五。郭良夫認爲「字是文字的單位，書寫符號。」

③ 見竺家寧《漢語詞彙學》，臺北：五南圖書出版公司印行，一九九九年十月初版，頁一〇。

④ 見周遲明《國文比較文法》，臺北：正中書局印行，一九四八年八月初版，頁三。

⑤ 見黃慶萱《高中文法與修辭》上冊，臺北：國立編譯館印行，一九八六年八月初版，頁四。

⑥ 參閱②，頁八。

⑦ 參閱同⑤，頁五。

⑧ 詳見同③，頁二三一至二三二。

⑨ 詳見同③，頁二三二至二三三。

⑩ 詳見許世瑛《中國文法講話》，臺北：臺灣開明書店印行，一九六六年六月初版、一九九八年十一月廿四版，頁二三。

⑪ 詳見同③，頁二三七。

⑫ 見裴學海《古書虛字集釋》，臺北：成偉出版社印行，一九七五年十一月出版，頁三九一。

⑬ 見王引之《經傳釋詞》：臺北：漢京文化事業有限公司印行，一九八三年四月初版，頁一六三。

⑭ 同⑬，頁一四八。

⑮ 見段德森《實用古漢語虛詞》，太原：山西教育出版社印行，一九九〇年九月再版，頁三〇七。

⑯ 同⑬，頁四九。

⑰ 見楊樹達《詞詮》，上海：上海古籍出版社印行，一九八六年五月初版，頁三四七。

⑱ 同⑮，頁九四〇。

⑲ 見國語日報出版中心主編《新編國語日報辭典》，臺北：國語日報社印行，二〇〇六年五月修訂版，頁一三四八。

⑳ 詳見同③，頁二四五。

㉑ 詳見同③，頁三三七。

㉒ 詳見同③，頁七三至七四；黃慶萱書，同⑤，詳見頁一〇；楊如雪《高級中學文法與修辭》上冊，臺北：康熹文化事業股份有限公司印行，頁一六。

㉓ 詳見同③，頁一四〇，詳見同⑤，頁九，詳見㉒楊書，頁一六；詳見黃春貴《高級中學文法與修辭》上冊，臺南：翰林出版事業股份有限公司，二〇〇二年八月初版，二〇〇四年六月修訂版，頁二〇。

㉔ 參閱何永清《高級中學文法與修辭》上冊，臺北：三民書局印行，二〇〇〇年八月初版，頁二一至二三。

㉕ 見臺北：康軒文教事業股份有限公司印行《國中國文課本》第一冊，頁一六七，二〇〇二年九月初版。

㉖ 見臺南：南一書局企業股份有限公司印行《國中國文課本》第四冊，頁一四八，二〇〇六年二月初版。

㉗ 見姚德雄《拾穗九族》，南投：九族文化村初版，二〇〇二年十月初版，頁一六至二〇。

㉘ 見翰林出版事業股份有限公司印行《國中國文課本》三年級下學期，頁一三一，二〇

○七年二月修訂二版。

㉙ 同㉕，第三冊，頁一二八至一二九。

㉚ 同㉖，第五冊，頁二八至二九。

附錄三、第二章　術語的異稱表

表一、衍聲複句

術語	異稱
雙音節衍聲複詞	聯綿字、連綿字、連綿詞。
疊字衍聲複詞	重言、重字。
帶詞頭衍聲複詞	帶前綴衍聲複詞、帶前加成分衍聲複詞。
帶詞嵌衍聲複詞	帶中綴衍聲複詞、帶中加成分衍聲複詞。
帶詞尾衍聲複詞	帶後綴衍聲複詞、帶後加成分衍聲複詞。

表二一、合義複詞

術語	異稱
合義複詞	複合詞、結合詞、合成詞
並列式合義複詞	聯合式合義複詞、等立式合義複詞、並列式複合詞。並列複詞、並列式合成詞、並列式結合詞。
偏正式合義複詞	偏正式複合詞、偏正式合成詞、偏正式結合詞、主從式合義複詞、主從式複合詞、主從式合成詞、主從式結合詞、組合式合成詞、組合式結合詞、組合式合義複詞、組合式複合詞。
造句式合義複詞	造句式複合詞、造句式合成詞、造句式結合詞、結合式合義複詞、結合式複合詞、結合式合成詞、結合式結合詞。
主謂式合義複詞	主謂式複合詞、主謂式合成詞、主謂式結合詞。
述賓式合義複詞	述賓式複合詞、述賓式合成詞、述賓式結合詞、動賓式合義複詞、動賓式複合詞、動賓式合成詞、動賓式結合詞。
述補式合義複詞	述補式複合詞、述補式合成詞、述補式結合詞、動補式合義複詞、動補式複合詞、述補式結合詞。
副述式合義複詞	副述式複合詞、副述式合成詞、副述式結合詞。
副表式合義複詞	副表式複合詞、副表式合成詞、副表式結合詞。

表三、外來語複詞

術語	異稱
外來詞複詞	音譯複詞

表四、名號複詞

術語	異稱
名號複詞	特殊複詞

第三章 詞類的區別與活用

第一節 詞類的區別

詞類的區別，眾說紛紜，莫衷一是，茲舉其犖犖大者，析論之、詮證之。黎錦熙《新著國語文法》分爲五大類、九小類：㈠名詞、代名詞，是實體詞；㈡動詞，是述說詞；㈢形容詞、副詞，是區別詞；㈣介詞、連詞，是關係語；㈤助詞、歎詞，是情態詞；但形容詞的大部分，兼可用作述說詞，便歸入「同動詞」一類。黎氏未分實詞、虛詞，有待商榷。①許世瑛《中國文法講話》：「把詞分爲兩大類：㈠實詞，㈡虛詞。……實詞的分類，當以概念的種類爲根據；虛詞的分類，當以在句中的職務爲根據。」②他將實詞又分爲名詞、形容詞、動詞、限制詞（或稱副詞）、指稱詞五小類。虛詞又分爲關係詞、語氣詞兩小類。許世瑛將介詞、連詞，合稱爲關係詞；感歎詞、助詞，合稱爲語氣詞。此說可資參酌，但目前文法專書多分爲四小類。代名詞，改爲指稱詞；副詞，改爲限制詞。當下文法著作多採用副詞較多，採用限制詞比較罕見。代名詞，不止又稱爲指稱詞，也可以稱爲稱代詞、代詞、代名詞。當今海峽兩岸文法（語法）專書，多採用代詞。朱德熙《語法講義》把詞類分爲實詞、虛詞兩大類。實詞又分爲體詞、謂詞兩種。體詞又分爲名詞、處所詞、方位詞、時間詞、區別詞、數詞、量詞、代詞（體詞性）八小類。謂語又分爲代詞（謂語性）、動詞、形容詞三小類。虛詞又分爲副詞、介詞、連詞、助詞、語氣詞五小類。③此外，又增加擬聲詞、感歎詞二類，但未歸入實詞或虛詞，此說有待商榷。楊月蓉《實用漢語語法與修辭》將詞類分爲名詞、動詞、形容詞、數詞、量詞、代詞、副詞、介詞、連詞、助詞、歎詞、擬聲詞十二類。④楊氏未分實詞、虛詞兩大類，是美中不足的。劉蘭英、孫全洲《語法與修辭》上冊將詞分爲實詞、虛詞兩大類。實詞又分爲名詞、動詞、形容詞、數詞、量詞、副詞、代詞七種。虛詞又分爲介詞、連詞、助詞、歎詞、語氣詞五種。⑤劉、孫二氏將語氣詞獨立一類，是其特點。黃慶萱《高級中學文法與修辭》上冊將詞類分爲實詞、虛詞兩大類。實詞又分爲名詞、動詞、形容詞、數量詞、副詞、稱代詞六種。虛詞又分爲介詞、連詞、助詞、歎詞四種。⑥稱代詞，又稱爲代詞。一般將數量詞分爲數詞、量詞兩種。楊如雪《文法ＡＢＣ》將詞類分爲實詞、虛詞兩大類。實詞又分爲名詞、形容詞、動詞、副詞、稱代詞、數詞、量詞七種。虛詞又分爲介詞、連詞、助詞、歎詞四種。⑦黃春貴《高級中學文法與修辭》上冊，將詞的種類分爲實詞、虛詞兩大類。實詞又分爲名詞、動詞、形容詞、副詞、代詞、數詞、量詞七種。虛詞又分爲介詞、連詞、助詞、歎詞、象聲詞五種。⑧黃氏多增加「象聲詞」一類。

綜論所述，詞類分爲實詞、虛詞兩大類，無庸置疑。實詞，是指可以表達一個觀念，具有比較實際意義的詞；在文法功能上，可以單獨充當句子的成分。⑨實詞分爲名詞、動詞、形容詞、副詞、代詞、數詞、量詞七種。虛詞是指不表達實際意義的詞；在文法功能上，既不能單獨充當句子成分，也補能單獨成句；主要作用是表達文法關係，幫助實詞構成短語、句子。虛分爲介詞、連詞、助詞、歎詞、擬聲詞（又稱爲「狀聲詞」、「象聲詞」、「摹聲詞」五種）。

壹、實詞的類型

一、名詞

所謂名詞，是指人、事、物、時、地、方位以及各類學科所使用的名稱。例如：「人」、「魚」、「狗」、「父親」、「思想」，皆是名詞。名詞的特色：受形容詞、代詞、數詞和量詞所組成數量結構的修飾，但不受副詞的修飾，也不能重疊；在文法功能上，可以充當主語、賓語、斷語、定語、中心語、兼語。名詞的類型，分爲意涵性質、句子成分兩種。意涵、性質的名詞類型，可分爲稱人名詞、事物名詞、時間名詞、處所名詞、方位名詞五小類。⑩句子成分的名詞，是名詞充當句子的成分，因此句子成分的名詞類型，可分

爲名詞用作主語、名詞用作賓語、名詞用作斷語、名詞用作定語（又稱爲「加語」）、名詞用作中心語、名詞用作兼語六小類。⑪

㈠意涵性質的名詞類型

1.**稱人名詞**：所謂稱人名詞，是指稱呼各行各業的一般人物、有名有姓或字號的特定人物的名詞。稱人名詞可分爲普通稱人名詞、專有稱人名詞兩種。

⑴普通稱人名詞：所謂普通稱人名詞，是指呼稱各行各業一般人物的名詞。如韓愈〈師說〉：「巫、醫、樂師、百工之人，不恥相師。」「巫」、「醫」、「樂師」、「百工之人」，皆是普通稱人名詞。又如《尚書．梓材》：「我有師師，司徒、司馬、司空、尹、旅。」管民政的「司徒」，管軍政的「司馬」，管土地工程的司空，還有大夫、士，皆是普通稱人名詞。「尹」，正也，謂大夫。「旅」，眾也，謂士。⑫又如歐陽脩〈賣油翁〉：「陳康肅公善射，當世無雙。」「賣油翁」，是普通稱人名詞。「陳康肅」，是專有稱人名詞。又如朱自清〈背影〉：「他再三囑咐茶房，甚是仔細。」「茶房」，舊時稱在旅館、茶館或餐廳等處從事供應茶水等雜務的人，是普通稱人名詞。又如〈背影〉：「行李太多了，得向腳夫行些小費才可過去。」「腳夫」，搬運工人，是普通稱人名詞。又如張騰蛟〈那默默的一群〉：「最勇敢的戰士常常朝著最危險的地方走去。」「戰士」，從事戰鬥的士兵，是普通稱人名詞。又如琦君〈下雨天，眞好〉：「那時沒有氣象報告預測天氣好

壞，全靠有經驗的長工和母親看天色。」「長工」，長期雇用的工人。又如蓉子〈藝術家〉：「我們藉著你的翅膀飛翔，升起於一片雲海之上，緩緩地浮過萬重山岡。」「你」，指「藝術家」，能創造藝術品的人。此外，尚有「工程師」、「律師」、「會計師」、「建築師」等，皆是普通稱人名詞。

⑵專有稱人名詞：所謂專有稱人名詞，是指稱呼有名有姓或字號的特定人物的名詞。如《尚書．洪範》：「鯀則殛死，禹乃嗣興。」「鯀」，是「禹」的父親名字。「鯀」、「禹」，是專有稱人名詞。又如周敦頤〈愛蓮說〉：「晉陶淵明獨愛菊，自李唐來，世人盛愛牡丹。」「陶淵明」，田園詩人，是專有稱人名詞。又如劉鶚《老殘遊記．第二回》：「老殘道了謝，也就收拾箱籠，告辭動身上車去了。」「老殘」，姓鐵，名英，別號老殘，《老殘遊記》的主人翁，也是作者劉鶚自己的寫照。「劉鶚」，是專有稱人名詞。又如《孟子．告子下》：「舜發於畎畝之中，傅說舉於版築之間，膠鬲於魚鹽之中，管夷吾舉於士，孫叔敖舉於海，百里奚舉於市。」「舜」、「傅說」、「膠鬲」、「管夷吾」、「孫叔敖」、「百里奚」，皆是人名，係專有稱人名詞。又如羅貫中《三國演義》第四十五回、第四十六回「用奇謀孔明借箭」：「話說曹操中了周瑜之計，殺了蔡瑁、張允二人，於眾將內選毛玠、于禁為水軍都督，以代蔡、張二人之職。」「曹操」、「周瑜」、「蔡瑁」、「張允」、「毛玠」、「于禁」，皆是人名，係專有稱人名詞。又如吳敬梓《儒林外史．第三回》

「范進中舉」：「范進進學回家，母親妻子，俱各歡喜。」「范進」，是人名，係專有稱人名詞。又如屈原〈漁父〉：「屈原既放，游於江澤，行吟澤畔，顏色憔悴，形容枯槁。」「屈原」，是中國第一位偉大的詩人，係專有稱人名詞。此外，尚有「孔子」、「孟子」、「列子」、「荀子」、「韓非子」、「朱熹」、「王守仁」等，皆是專有稱人名詞。

2 **事物名詞**：所謂事物名詞，是指稱呼有形物象、無形事理的名詞。事物名詞又分爲有形物象的名詞、無形事理的名詞兩種。

(1)有形物象的名詞：所謂有形物象的名詞，是指有具體形狀的東西的名詞。如《尚書．召詔》：「越翼日戊午，乃社于新邑，牛一、羊一、豕一。」「牛」、「羊」、「豕」，皆是動物之名，係有形物象的名詞。又如梁實秋〈鳥〉：「入夜也還能聽見那像哭又像笑的鴟梟的怪叫。」「鴟梟」，音 ㄔ ㄒㄧㄠ，惡鳥也，同「鴟鴞」。《爾雅．釋鳥》：「鴟鴞，鸋鴂。」「鸋鴂」，俗稱「巧婦，小鳥名」。「鴟梟」，是鳥名，係有形物象的名詞。又如楊喚〈夏夜〉：「小弟弟夢見他變做一條魚在藍色的大海裡游泳。」「魚」，是有形物象的名詞。又如宋晶宜〈雅量〉：「（衣料）眞像一塊塊綠豆糕。」「綠豆糕」，是有形的東西，係有形物象的名詞。又如李捷金〈小白豬〉：「家中小白豬失蹤之後，媽一直很氣惱。」「白豬」，是有形的動物，係有形物象的名詞。此外，尚有「棋盤」、「稿紙」、「玫瑰」等，是有形物象的名詞。

(2)無形事理的名詞：所謂無形事理的名詞，是指沒有形狀而是抽象事理的名詞。如《論語．學而》：「孝弟也者，其爲仁之本與？」「孝」、「弟（同「悌」）、「仁」，皆是抽象事理的名詞，係無形事理的名詞。又如〈學而〉：「禮之用，和爲貴。」「禮」，是人事的準則，係無形事理的名詞。又如顧炎武〈廉恥〉：「禮、義，治人之大法；廉、恥，立人之大節。」「禮」、「義」、「廉」、「恥」，皆是抽象事理的名詞，係無形事理的名詞。又如宋晶宜〈雅量〉：「爲了減少摩擦，增進和諧，我們必須努力培養雅量。」「雅量」，是寬宏的度量，係無形事理的名詞。又如劉禹錫〈陋室銘〉：「山不在高，有仙則名；水不在深，有龍則靈。斯是陋室，惟吾德馨。」以「山」、「水」比喻「陋室」，「仙」、「龍」比喻「德」。「德」，是無形事理的名詞。「山」、「水」、「仙」、「龍」，是有形物象的名詞。此外，尚有「思想」、「道德」、「情感」、「品質」、「人性」、「原則」等，皆是無形事理的名詞。

3. **時間名詞**：所謂時間名詞，是指表達年、月、日等的名詞。如《左傳．魯隱公元年》：「鄭伯克段于鄢。」「元年」中的「年」，係時間名詞。又如《尙書．金縢》：「既商二年，王有疾，弗豫。」周武王十一年克商，十三年生病。天子生病曰不豫。「二年」中的「年」，是時間名詞。又如范仲淹〈岳陽樓記〉：「慶曆四年春，滕子京謫守巴陵郡。」「四年」中的「年」，指時間名詞。又〈岳陽樓記〉：「時（慶曆）六年九月十五

日。」「六年九月十五日」中之「年」、「月」、「日」，皆是時間名詞。又如柳宗元〈始得西山宴遊記〉：「是歲，元和四年也。」「四年」中之「年」，是時間名詞。又如白居易〈與元微之書〉：「四月十日夜，樂天白。」「四月十日」中之「月」、「日」，皆是時間名詞。又如王安石〈遊褒禪山記〉：「至和元年七月某日，臨川王某記。」「元年七月某日」中之「年」、「月」、「日」，皆是時間名詞。又如劉鶚《老殘遊記》「大明湖」：「次日清晨起來，吃點兒點心，便搖著串鈴滿街趟了一趟，虛應一應故事。」「次日清晨」中之「日」、「清晨」，係時間名詞。又如曾鞏〈墨池記〉：「慶曆八年九月十二日，曾鞏記。」「八年九月十二日」中之「年」、「月」、「日」，皆是時間名詞。又如蘇轍〈黃州快哉亭記〉：「元豐六年十一月朔日趙郡蘇轍記。」「六年十一月朔日」中之「年」、「月」、「日」，係時間名詞。又如歸有光〈項脊軒志〉：「余既為此志，後五年，吾妻來歸。」「五年」中之「年」，係時間名詞。又如施耐庵〈水滸傳・第九回〉「林沖夜奔」：「到第六日，只見管營叫喚林沖到點廳上。」「第六日」中之「日」，係時間名詞。又如李白〈黃鶴樓送孟浩然之廣陵〉：「故人西辭黃鶴樓，煙花三月下揚州。」「三月」中之「月」，是時間名詞。又如楊喚〈夏夜〉：「夏天的夜就輕輕地來了。」「夏天的夜」中之「夏天」、「夜」，皆是時間名詞。此外，尚有「春天」、「秋天」、「冬天」、「今年」、「明年」、「後年」、「上午」、「下午」、「夜晚」、「今天」、「昨天」、「明天」等，皆是時間名詞。

4. **處所名詞**：所謂處所名詞，是指表達普通地點或專有地名的名詞。處所名詞又分爲普通處所名詞、專有處所名詞兩種。

(1)普通處所名詞：所謂普通處所名詞，是指一般處所，如宮、室、宅等的名詞。如《尚書．大誥》：「艱大，民不靜，亦惟在王宮、邦君室。」「王宮」中之「宮」、「邦君室」中之「室」，皆是處所名詞。又如《尚書．洛誥》：「公！不敢不敬天之休，來相宅。」「相宅」中之「宅」，是處所名詞。又如陶淵明〈五柳先生傳〉：「先生不知何許人也，亦不詳其姓字。宅邊有五柳樹，因以爲號焉。」「宅」，是處所名詞。又如〈五柳先生傳〉：「性嗜酒，家貧不能常得。」「家貧」中之「家」，是處所名詞。又如蔣士銓〈鳴機夜課圖記〉：「先外祖家素不潤，歷年饑大凶，益窘乏。」「家素不潤」中之「家」，也是處所名詞。又如歸有光〈項脊軒志〉：「先是，庭中通南北爲一。」「庭」，即「庭院」，是處所名詞。又如〈項脊軒志〉：「軒凡四遭火，得不焚，殆有神護者。」「軒」，指「項脊軒」，是作者書房，係處所名詞。此外，尚有「書房」、「休息室」、「盥洗室」等，皆是普通處所名詞。

(2)專有處所名詞：所謂專有處所名詞，是指專有地名的名詞。如龔自珍〈病梅館記〉：「江寧之龍蟠，蘇州之鄧尉，杭州之西谿，皆產梅。」「江寧」、「龍蟠」、「蘇

州」、「杭州」、「西谿」，皆是地名，係專有處所名詞。「鄧尉」，係山名。又如歐陽脩〈醉翁亭記〉：「環滁皆山也。其西南諸峰，林壑尤美。」「滁」，即「滁州」，是地名，係專有處所名詞。又如范仲淹〈岳陽樓記〉：「予觀夫巴陵勝狀，在洞庭一湖。」「巴陵」，即「巴陵郡」，舊郡名，是專有處所名詞。又如《尚書．禹貢》：「濟、河惟兗州。」「濟」，水名。「河」，黃河。「兗」（音ㄧㄢˇ）州」，地名，係專有處所名詞。又如朱自清〈背影〉：「其實我那年已二十歲，北京已來往過兩三次。」「北京」，地名，係專有處所名詞。又如陳之藩〈謝天〉：「一直到前年，我在普林斯頓，瀏覽愛因斯坦的《我所看見的世界》，得到了新的領悟。」「普林斯頓」，在美國紐澤西州，地名，係專有處所名詞。此外，尚有「南京」、「上海」、「廣州」、「昆明」、「桂林」、「深圳」、「珠海」、「嘉義」、「臺北」、「高雄」、「臺中」、「新竹」、「桃園」等，皆是地名，係專有處所名詞。

5 **方位名詞**：所謂方位名詞，是指方位有單音節、雙音節的名詞。方位名詞又分爲單音節方位名詞、雙音節方位名詞兩種。

(1)單音節方位名詞：所謂單音節方位名詞，是指單音節有「東」、「西」、「南」、「北」、「上」、「中」、「下」、「內」、「外」、「前」、「後」、「左」、「右」等方位的名詞。如《尚書．顧命》：「以二干戈，虎賁百人，逆子釗於南門外。」「南門」中之

「南」，係方位，是單音節方位名詞。又如〈顧命〉：「一人冕執鉞，立于西堂。」「東堂」中之「東」，「西堂」中之「西」，皆是方位，係單音節方位名詞。又如《尚書．金縢》：「為壇於南方，北面，周公立焉。」「南方」中之「南」，「北面」中之「北」，皆是方位，係單音節方位名詞。又如《尚書．顧命》：「先輅在左塾之前，次輅在右塾之前。」「左塾」中之「左」、「之前」中的「前」、「右塾」中之「右」，皆是方位，係單音節方位名詞。又如〈顧命〉：「王出在應門之內。」「之內」中的「內」，是方位，係單音節方位名詞。又如〈顧命〉：「雖爾身在外，乃心罔不在王室。」「在外」中之「外」，是方位，係單音節方位名詞。又如柳宗元〈始得西山宴遊記〉：「縈青繚白，外與天際，四望如一。」「外」，係方位，是單音節方位名詞。又如朱自清〈背影〉：「他囑我路上小心，夜裡要警醒些，不要受涼。」「路上」中之「上」，是方位，係單音節方位名詞。又如〈背影〉：「我看那邊月臺的柵欄外有幾個賣東西的等著顧客。」「柵欄外」中之「外」，是方位，係單音節方位名詞。又如〈背影〉：「過鐵道時，他先將橘子散放在地上，自己慢慢爬下，再抱起橘子走。」「地上」中之「上」，「爬下」中之「下」，皆是方位，係單音節方位名詞。又如〈背影〉：「在晶瑩的淚光中，又看見那肥胖的青布棉袍、黑布馬褂的背影。」「淚光中」的「中」，係方位，是單音節方位名詞。又如陳之藩〈謝天〉：「在朋友的葬禮中，他（指愛因斯坦）所發表的談話。」「葬禮中」的

「中」，也是方位，係單音節方位名詞。

⑵雙音節方位名詞：所謂雙音節方位名詞，是指雙音節有「左右」、「上下」、「那邊」、「裡邊」、「上上」、「中中」、「下下」等方位的名詞。如《尚書．禹貢》：「厥土惟白壤，厥賦惟上上錯，厥田惟中中。」「上上」、「中中」，是方位，係雙音節方位名詞。又如〈禹貢〉：「厥土青埴墳，草木漸包。厥田惟上中，厥賦中中。」「上中」、「中中」，是方位，係雙音節方位名詞。又如〈禹貢〉：「厥土白墳，海濱廣斥。厥田惟上下，厥賦中上。」「上下」、「中上」，是方位，係雙音節方位名詞。又如〈禹貢〉：「厥土惟黃壤，厥田惟上上，厥賦中下。」「上上」、「中下」，是方位，係雙音節方位名詞。又如〈禹貢〉：「厥土青黎，厥田惟下上，厥賦下中三錯。」「下上」、「下中」，是方位，係雙音節方位名詞。又如〈禹貢〉：「厥土惟塗泥。厥田惟下下，厥賦下上、上錯。」「下下」、「下上」，是方位，係雙音節方位名詞。一言以蔽之，上上是第一等，上中是第二等，上下是第三等；中上是第四等，中中是第五等，中下是第六等；下上是第七等，下中是第八等，下下是第九等。又如《尚書．立政》：「用咸戒于王，曰王左右常伯、常任、準人、綴衣、虎賁。」「左右」，是方位，係雙音節方位名詞。又如朱自清〈背影〉：「進去吧，裡邊沒人！」「裡邊」，是方位，係雙音節方位名詞。又如〈背影〉：「我走了，到那邊來信！」「那邊」，是方位，係雙音節方位名詞。又如劉克襄〈大樹之歌〉：

「它（指雀榕）的旁邊還有一位垂倒的夥伴，大概是枯死一段時候了。」「旁邊」，是方位，係雙音節方位名詞。又如柳宗元〈始得西山宴遊記〉：「其高下之勢，岈然洼然，若垤若穴。」「高下」，是方位，係雙音節方位名詞。

㈡句子成分的名詞類型

1.**名詞用作主語**：如胡適〈差不多先生傳〉：「火車公司未免太認眞了。」「火車公司」，是名詞，這裡用作表態句的主語。「未免太認眞了」，是表語。又如宋晶宜〈雅量〉：「朋友買了一件衣料，綠色的底子帶白色方格。」「朋友買了一件衣料」，是敘事句。「朋友」，是主語，這是普通稱人名詞用作主語。「買了」，是述語。「一件衣料」，是賓語。又如吳敬梓《儒林外史》〈王冕的少年時代〉：「王冕已是十歲了。」全句係判斷句。「王冕」，係主語，專有稱人名詞用作主語。「是」，係繫語。「十歲」，係斷語。又如洪醒夫〈散戲〉：「秦香蓮回到戲臺邊。」此句是敘事句。「秦香蓮」，是主語，專有稱人名詞用作主語。「回到」，是術語；「戲臺邊」，是賓語。又如陶淵明〈桃花源記〉：「南陽劉子驥，高尚士也。」此句是判斷句。「南陽劉子驥」，是主語，專有稱人名詞用作主語。「高尚士」，是斷語。又如蘇軾〈念奴嬌．赤壁懷古〉：「江山如畫。」此句是準判斷句。「江山」，是名詞用作主語。「如」，是準繫語。「畫」，是斷語。

2.**名詞用作賓語**：如羅家倫〈運動家的風度〉：「威爾基失敗以後，還幫助羅斯福作種種外交活動。」全句係敘事句。「威爾基」，是主語；「幫助」，是述語；「羅斯福」，是名詞用作賓語。又如吳敬梓〈王冕的少年時代〉：「王冕看書。」此句是敘事句。「王冕」，是主語；「看」，是述語；「書」，是名詞用作賓語。又如梁實秋《雅舍小品・鳥》：「我愛鳥。」此句是敘事句。「我」，是主語；「愛」，是述語；「鳥」，是名詞用作賓語。又如賈誼〈過秦論〉：「齊有孟嘗，趙有平原，楚有春申，魏有信陵。」四分句皆是有無句。「齊」、「趙」、「楚」、「魏」，皆是主語。「有」，是述語。「孟嘗（君）」、「平原（君）」、「春申（君）」、「信陵（君）」，皆是名詞用作賓語。

3.**名詞用作斷語**：如秦牧〈蜜蜂的讚美〉：「眞正的哲學家，則是像蜜蜂一樣。」此句係準判斷句。「眞正的哲學家」，是主語；「像……一樣」，是準繫語；「蜜蜂」，是名詞用作斷語。又如蘇軾〈念奴嬌・赤壁懷古〉：「人生如夢。」此句是準判斷句。「人生」，是主語；「如」，是準繫語；「夢」，是名詞用作斷語。又如陳黎〈聲音鐘〉：「他們像陽光、綠野、花一樣。」全句是準判斷句。「他們」，是主語；「像……一樣」，是準繫語；「陽光、綠野、花」，是名詞用作斷語。又如張曉風《玉想・克拉之外》：「文學像女人。」此句係準判斷句。「文學」，是主語；「像」，是準繫語；「女人」，是名詞用作斷語。又如吳明足《不吐絲的蠶・珍惜暑假》：「四處訪友，過著渾然忘我、樂似神仙的日子。」「樂似神仙」，是準判斷句。「樂」是主語；「似」，是準繫語；「神仙」，是名詞用作斷語。又如張曉風《玉想·克拉之外》：「玉則像愛情。」此句係準判斷句。「玉」，是主語；「像」，是準繫語；「愛情」，是名詞用作斷語。

4.**名詞用作定語**（又叫「加語」、「加詞」）：如陳之藩〈謝天〉：「無論什麼事，不是需要先人的遺愛。」「先人的遺愛」，是定心短語，又叫定心結構、定心詞組。「先人」，是名詞用作定語；「遺愛」，是中心語。又如朱自清〈背影〉：「父親的差使也交卸了。」「父親的差使」，是定心短語。「父親」，是名詞用作定語；「差使」，是中心語。又如魯迅〈風箏〉：「北京的冬季，地上還有積雪。」「北京的冬季」，定心短語。「北京」，是名詞用作定語。「冬季」，是中心語。又如羅蘭〈欣賞就是快樂〉：「冬天外面是如銀的雪夜。」「銀的雪夜」，是定心短語。「銀」，是名詞用作定語；「雪夜」，是中心語。又如吳明足《不吐絲的蠶·母親母心》：「慈母的心永遠緊繫在遊子的身上。」「慈母的心」，是定心短語。「慈母」，是名詞用作定語；「心」，是中心語。又如洪醒夫〈紙船印象〉：「乾脆是曹操的戰艦——首尾相連。」「曹操的戰艦」，是定心短語。「曹操」，是名詞用作定語；「戰艦」，是中心語。

5.**名詞用作中心語**（又叫「端語」、「端詞」）：如魯迅〈風箏〉：「現在故鄉的春天又在這異地的空中了。」「故鄉的春天」，是定心短語。「故鄉」，是定語；「春天」，是名詞用作中心語。又如洪醒夫〈紙船印象〉：「那時，我們住的是低矮簡陋的農舍。」「低

矮簡陋的農舍」，是定心短語。「低矮簡陋」，是定語；「農舍」，是名詞用作中心語。又如楊喚〈夏夜〉：「火紅的太陽也滾著火輪子回家了。」「火紅的太陽」，是定心短語。「火紅」，是定語；「太陽」，是名詞用作中心語。又如胡適〈差不多先生傳〉：「差不多先生的相貌，和你和我都差不多。」「差不多先生的相貌」，是定心短語。「差不多先生」，是定語；「相貌」，是名詞用作中心語。又如陳之藩〈謝天〉：「我的學校就是從前的關帝廟。」「我的學校」，是定心短語。「我」，是定語；「學校」，是名詞用作中心語。又如《孟子．告子下》：「天將降大任於是人也，必先苦其心志，勞其筋骨，餓其體膚，空乏其身。」「其心志」、「其筋骨」、「其體膚」、「其身」，皆是定心短語。「其」，是定語。「心志」、「筋骨」、「體膚」、「身」，皆是名詞用作中心語。

6. **名詞用作兼語**：如朱自清〈背影〉：「（他）囑託茶房好好照應我。」「茶房」，係名詞，既是「（他）囑託茶房」的賓語，又是「茶房好好照應我」的主語，因此是名詞用作兼語。又如歸有光〈項脊軒志〉：「先是，庭中通南北為一」。「南北」，係方位名詞，既是「庭中通南北」的「賓語」，又是「南北為一」的主語，因此是名詞用作兼語。又如曹雪芹《紅樓夢》「劉老老」：「李紈便命素雲接了鑰匙，又命婆子出去。」「素雲」，係名詞，既是「李紈便命素雲」的「賓語」，又是「素雲接了鑰匙」的「主語」，因此是名詞用作兼語。又如《老子．第十二章》：「五色令人目盲；五音令人耳聾；五味令人口爽；

馳騁畋獵令人心發狂；難得之貨令人行妨。」「人」，是名詞，既是「五令人」、「五音令人」、「五味令人」、「馳騁畋獵令人」、「難得之貨令人」的「賓語」，又是「人目盲」、「人耳聾」、「人口爽」、「人心發狂」、「令人行妨」的「主語」，因此是名詞用作兼語。

二、動詞

所謂動詞，是指表達人、事、物的動作、行爲、感知、心理活動、存在、發展、變化、意義、能願、判斷、趨向、命令、現象、屬性、關係等情況涉及他物的詞。例如：「讀」、「寫」、「看見」、「覺得」等，皆是動詞。動詞的特色：既可以受副詞的修飾，如「品質提高」、「水平提升」；又可以充當句子的成分，如「他打球」、「我喝茶」；更可以用肯定否定的方式提問，如「是不是？」、「看不看？」。多半動詞既可以帶賓語，如「承認錯誤」；又可以重疊，如「看看」、「聽聽」；也可以帶助詞「了」、「著」、「過」或趨向補語，分別表達動作的持續、完成以及經歷的動態，如「說了」、「說著」、「說過」、「進來了」；更可以與「所」字構成用作定語，如「所評鑑的學校」、「所關心的人」⑬；在文法功能上，可以充當述語、繫語、準繫語、副語⑭。動詞的類型，分爲意涵性質、句子成分兩種。意涵性質的動詞類型，可分爲及物動詞、不及物動詞、判斷動詞（又稱爲同動詞）、致使動詞、意謂動詞、能願動詞、趨向動詞七小類⑮。句子成分的動詞，是動詞充當句子的成分，因此句子成分的動詞類型，可分爲動詞用作述語、動詞用作繫語或準繫語、動詞用作狀語（又稱爲「副語」）三小類。⑯

㈠意涵性質的動詞類型

1.**及物動詞**：所謂及物動詞，是指表達動作、行爲、心理活動，涉及他物的詞。如宋晶宜〈雅量〉：「你聽你的鳥鳴，他看他的日出，彼此都會有等量的美的感受。」「聽」、「看」，這是動作、行爲的動詞。動作、行爲涉及他物，是「鳥鳴」、「日出」。又如陳之藩〈謝天〉：「在搖曳的燭光下，使我想起兒時的祖母。」「想」，是心理活動的動詞。心理活動涉及他物，是「兒時的祖母」。又如胡適〈差不多先生傳〉：「他白瞪著眼，望著遠遠的火車上的煤煙。」「望」，是動作、行爲的動詞。動作、行爲涉及他物，是「火車上的煤煙」。又如琦君〈一對金手鐲〉：「乳娘從藍衫裡面掏了半天，掏出一個黑布包，打開取出一塊亮晃晃的銀元。」「掏」，是動作、行爲的動詞。動作、行爲涉及他物，是「一個黑布包」。又如吳敬恆〈我們的老祖宗〉：「想得出心思，辨得好壞，就是聰明勝過禽獸。」「想」，是心理活動的動詞。「心思」，是「主見」之意，也是心理活動涉及他物。此外，尚有「擔心」、「思念」、「愛」、「討論」、「走」、「研究」等，皆是及物動詞。

2.**不及物動詞**：所謂不及物動詞，是指表達動作、行爲、心理活動，僅涉及自己本身，而不涉及他物的詞。如胡適〈母親的教誨〉：「我從不知道她醒來坐了多久了。」「醒」、「坐」，皆是不及物動詞，不影響他人。又如琦君〈一對金手鐲〉：「阿月已很疲倦，拍著孩子睡著了。」「睡」，是不及物動詞。又如陳之藩〈謝天〉：「我忽然覺得我平靜如水的情感翻起滔天巨浪來。」「覺得」，是不及物動詞。「我平靜如水的情感」，是涉及自己本身，不涉及他物。又如陳冠學《田園之秋》：「牛群在原野上狂奔，羊群在哀哀慘叫，樹木在盡力縮矮。」「奔」、「叫」、「縮」，是不及物動詞。又如吳敬梓《儒林外史》「王冕的少年時代」：「你只在這一帶玩耍，不可遠去。」「玩耍」，是不及物動詞。又如古蒙仁〈吃冰的滋味〉：「一天三餐能夠吃飽，已不容易。」「吃」，是不及物動詞，而是涉及自己本身。又如朱自清〈背影〉：「我的淚很快地流下來了。」「流」，是不涉及他物動詞，而是涉及自己本身。此外，尚有「生長」、「擴大」等，皆是不及物動詞。

3. **判斷動詞**：所謂判斷動詞，是指表達判斷的詞，雖然沒有行爲、動作，但連繫判斷句或準判斷句的主語和斷語的動詞，黃慶萱又稱爲「同動詞」⑰。如魯迅〈風箏〉：「故鄉的風箏時節，是春二月。」此句是判斷句。「故鄉的風箏時節」，是主語；「是」，係繫語、判斷動詞、同動詞；「春二月」，是斷語。又如朱貝爾：「只有幻想而無實學的人，等於只有翅膀沒有腳。」此句係準判斷句。「只有幻想而沒有理想」，是主語；「等於」，是準繫語、判斷動詞、同動詞；「只有翅膀沒有腳」，是斷語。又如蘇軾〈念奴嬌．赤壁懷古〉：「人生如夢。」「人生如夢」，係準判斷句。「人生」，是主語；「如」，是準繫語、判斷動詞、同動詞；「夢」，是斷語。又如李魁賢〈痲雀〉：「田野是我們開放的世

界。」此句係準判斷句。「田野」，是主語；「是」係準繫語、判斷動詞；「我們開放的世界」，是賓語。又如胡適〈母親的教誨〉：「我母親管束我最嚴。她是慈母兼任嚴父。」「她是慈母兼任嚴父」，係判斷句。「她」，是主語；「是」，係繫語、判斷動詞、同動詞；「慈母兼任嚴父」，是斷語。又如波義耳：「挫折是智慧的褓姆。」此句係準判斷句。「挫折」，是主語；「是」，係準繫語、判斷動詞、同動詞；「智慧的褓姆」，是斷語。又如美國諺語：「貧窮是朋友的試金石。」此句係準判斷句。「貧窮」，是主語；「是」，係準繫語、判斷動詞、同動詞；「朋友的試金石」，是斷語。又如尼采：「人生無友，猶生活中無太陽。」此句係準判斷句。「人生無友」，是主語；「猶」，是準繫語、判斷句、同動詞；「生活中無太陽」，是斷語。又如維吾爾族諺語：「沒有知識的人，像不結果的樹。」此句係準判斷句。「沒有知識的人」，是主語；「像」，是準繫語、判斷動詞、同動詞；「不結果的樹」，是斷語。此外，尚有「非」、「爲」、「如同」、「如」、「似」等，皆是判斷動詞、同動詞。

4.**致使動詞**：所謂致使動詞，是指表達「使」、「令」、「讓」、「致」等詞，使賓語有所動作或變化的詞，又稱爲「役使動詞」、「使役動詞」。如《禮記．禮運》：「使老有所終，壯有所用，幼有所長，矜、寡、孤、獨、廢、疾者皆有所養。」「使」，是致使動詞。又如朱自清〈背影〉：「我本來要去的，他不肯，只好讓他去。」「讓」，是致使動詞詞。又如《論語．堯曰》：「興滅國，繼絕世。」意謂使快要滅亡的國家復興起來，使快要斷絕的世族能夠傳承下去。「興」、「繼」，是致使動詞，也是「致動用法」。誠如許世瑛《中國文法講話》：「致使繁句可以不用『使』、『令』等致使動詞做述詞，直接把止詞（即賓語）後面的動詞翻到前面，使它具有『致使』之意，這種用法叫『致動用法』。」⑱又如鄭燮〈與弟墨書〉：「好人爲壞人所累，遂令我輩開不得口。」「令」，是致使動詞。又如蔡元培〈文明之消化〉：「吸收者渾淪而吞之，致釀成消化不良之疾。」「致」，是致使動詞。又如李斯〈諫逐客書〉：「遂散六國之後，使之西面事秦。」「使」，是致使動詞。又《穀梁傳．成公元年》：「使眇者御眇者，使跛者御跛者，使僂者御僂者。」三個「使」字，皆是致使動詞。又如張香華〈行到水窮處〉：「隔著層泥，讓我，想望一片雲升起的樣子吧！」「讓」，是致使動詞。此外，尚有「遣」、「教」、「派」、「命令」、「差」等，皆是致使動詞。

5 **意謂動詞**：所謂意謂動詞，是指表達「認爲」、「誇獎」、「批評」等詞，表現事實，在人的心目中的動詞。文言文有時不用「以爲」或「謂」，直接將形容詞倒上去做動詞用，這限限文言文有這種用法，許世瑛稱爲「意動用法」。⑲如陶淵明〈桃花源記〉：「夾岸數百步，中無雜樹，芳草鮮美，落英繽紛；漁人甚異之。」「異之」，「以之爲異」之意，是意謂動詞，也是意動用法。又如《孟子．盡心上》：「孔子登東山，而小魯；登

泰山，而小天下。」「小魯」，「以魯為小」之意；「小天下」，「以天下為小」之意；皆是意謂動詞，亦是意動用法。又如沈復《浮生六記》「兒時記趣」：「定神細視，以叢草為林，以蟲蟻為獸，以土礫凸者為丘，凹者為壑，神遊其中，怡然自得。」「以……為……」，是意謂動詞。許世瑛《常用虛字用法淺釋》：「含意謂之意的『以……為……』和白話的『把……當……』或『覺得……是……』相當。」⑳又如柳宗元〈始得西山宴遊記〉：「以為凡是州之山有異態者，皆我有也，而未始知西山之怪特。」「以為」，是意謂動詞。又如甘績瑞〈從今天起〉：「假如我們要做一件正當的事，而不立刻去做，以為『將來做的時候多得很，今天不做，還有明天可做呢！』這樣一來，一次、二次、三次，……就被因循怠惰的習慣所誤了。」「以為」，是意謂動詞。又如陳之藩〈謝天〉：「但我一直認為只是一種不同的風俗儀式。」「認為」，是意謂動詞。此外，尚有「當」、「誇獎」、「批評」、「謂」，皆是意謂動詞。

6. **能願動詞**：所謂能願動詞，是指表達「可」、「願」、「能」、「會」、「可以」、「可能」、「必要」、「願意」、「可以」、「情願」、「應該」等詞，又稱為助動詞。如陳之藩〈謝天〉：「創業的人都會自然而然的想到上天，而敗家的人卻無時不想到自己。」「會」，是能願動詞。又如沈復〈兒時記趣〉：「余憶童稚時，能張目對日，明察秋毫。」「能」，是能願動詞。又如宋晶宜〈雅量〉：「如果經常逛布店的話，便會發現很少有一匹布沒有人選購過。」「會」，是能願動詞。又如杏林子〈手的故事〉：「在別人危難時及時伸出緩手，但願這也是一雙懂得安慰的手。」「願」，是「願意」、「情感」之意，係能願動詞。又如歸有光〈項脊軒志〉：「室僅方丈，可容一人居。」「可」，是「可以」之意，係能願動詞。又如王溢嘉〈撿海星的少年〉：「今天扔回去了，明天可能又被沖上來。」「可能」，是能願動詞。又如劉禹錫〈陋室銘〉：「可以調素琴，閱金經。」「可以」，是能願動詞。又如劉克襄〈大樹之歌〉：「他看起來還是很強壯，很能生長的樣子。」「能」，是能願動詞。又如李密〈陳情表〉：「猥以微賤，當侍東宮，非臣隕首所能上報。」「能」，是能願動詞。又如柳宗元〈鈷鉧潭西小丘記〉：「丘之小不能一畝，可以籠而有之。」「可以」，是能願動詞。此外，尚有「應該」、「必要」、「情願」等，皆是能願動詞。

7.**趨向動詞**：所謂趨向動詞，是指表示動作趨向的詞，運用「上」、「下」、「進」、「出」、「來」、「去」、「回」、「起」、「起」、「過」、「回去」、「起來」、「出去」、「過去」、「進來」、「回來」、「上去」、「下來」等詞。如賴和〈一桿「稱仔」〉：「該死的東西，到市場上來，只這規紀亦不懂，要做什麼生意?」「來」，是趨向動詞。又如朱自清〈背影〉：「我們過了江，進了車站，我買票，他忙著照看行李。」「過」、「進」，皆是趨向動詞。又如吳敬梓《儒林外史》「王冕的少年時代」：「他母親謝了擾，要回家去。」「回」、「去」，是趨向動詞。又如梁實秋〈鳥〉：「喜鵲不知逃到哪裡去了？帶哨子的鴿子也很少看見在天空打旋。」「去」，是趨向動詞。又如謝晶宜〈雅量〉：「就以『人』來說，又何嘗不是如此？」「來」，是趨向動詞。又如廖玉蕙〈心疼〉：「一面交代下回要想辦法去買東西果腹。」「回」、「去」，皆是趨向動詞。又如古蒙仁〈吃冰的滋味〉：「因為竹製的桿子，可拿來做遊戲。」「來」，是趨向動詞。又如吳明足《不吐絲的蠶．夜歸》：「今天晚上上四堂課，有充實而滿意的感覺。多來一趟，似乎知識的領域也可以更擴充一點。」「來」，是趨向動詞。又如施耐庵《水滸傳》「林沖夜奔」：「你去營中尋林教頭來認他一認。」「去」、「來」，皆是趨向動詞。此外，尚有「回去」、「起來」、「過來」、「過去」、「出去」、「進來」、「下去」、「上來」，皆是趨向動詞。

㈡句子成分的動詞類型

1.**動詞用作述語**：如宋晶宜〈雅量〉：「她覺得衣料就是衣料。」此句係敘事句。「她」，是主語；「覺得」，是動詞用來述語；「衣料就是衣料」，是賓語。又如楊喚〈夏夜〉：「羊隊和牛群告別了田野回家了。」此句係敘事句。「羊隊和牛群」，是主語；「告別」，是動詞用作述語；「田野」，是賓語。又如杏林子〈一顆珍珠〉：「他一再的研究試驗，忍受無數的失敗挫折。」此句係敘事句。「他一再的研究試驗」，是主語；「忍受」，是動詞用作述語；「無數的失敗挫折」，是賓語。又如陳之藩〈謝天〉：「我感謝面前的祖父母。」此句係敘事句。「我」，是主語；「感謝」，是動詞用作述語；「面前的祖父母」，是賓語。又如司馬遷《史記．張釋之馮唐列傳》「張釋之執法」：「釋之爲廷尉。」此句係敘事句。「釋之」，是主語；「爲」，是動詞用作述語；「廷尉」，是賓語。又如羅家倫《新人生觀》「運動家的風度」：「有風度的運動家，要有服輸的精神。」此句係有無句。「有風度的運動家」，是主語；「有」，是動詞用作述語；「服輸的精神」，是賓語。又如胡適〈老鴉〉：「人家討嫌我。」此句係敘事句。「人家」，是主語；「討嫌」，是動詞用作述語；「我」，是賓語。又如朱自清〈背影〉：「我心裡暗笑他的迂。」此句係敘事句。「我」，是主語；「暗笑」，是動詞用作述語；「他的迂」，是賓語。又如楊牧《亭午之鷹》「十一月的白芒花」：「現在我閉上眼睛休息。」此句係敘事句。「我」，係主語；「閉上」，是動詞用作述語；「眼睛休息」，是賓語。又如韓愈〈師說〉：「聖人無常師。」此句係有無句。「聖人」，是主語；「無」，是動詞用作述語；「常師」，是賓語。

2. **動詞用作繫語或準繫語**：如羅家倫《新人生觀》「運動家的風度」：「有風度的運動家是『言必信，行必果』的人。」此句係判斷句。「有風度的運動家」，是主語；「是」，係動詞用作繫語；「言必信，行必果」的人」，是斷語。又如張文亮《我聽見石頭在唱歌》「虎克——愛上跳蚤的男人」：「他是一個眞實的人。」此句係判斷句。「他」，

是主語；「是」，係動詞用作繫語；「一個眞實的人」，係斷語。又如王溢嘉《蟲洞書簡》「音樂家與職籃巨星」：「被譽爲二十世紀最傑出的鋼琴曲詮釋者魯賓斯坦，像巴哈、莫札特般，是個音樂神童。」此句係判斷句。「被譽爲二十世紀最傑出的鋼琴曲詮釋者魯賓斯坦」，是主語；「是」，係動詞用作繫語；「音樂神童」，是斷語。又如吳明足《不吐絲的蠶．我的名字》：「『小文』是我的小名。」此句係判斷句。「小文」，是主語；「是」，係動詞用作繫語；「我的小名」，是斷語。又如張老師《地瓜的聯想》「施與受」：「一個是淡水海。」此句係判斷句。「一個」，是主語；「是」，係動詞用作繫語；「淡水海」，是斷語。又如蕭蕭《來時路》「父王」：「手腳上的厚繭又是一番天地。」此句係準判斷句。「手腳上的厚繭」，是主語；「是」，含有「好像」之意，是動詞用作準繫語；「一番天地」，係斷語。又如葉珊《燈船．斷片》：「風是時間的嘆息。」此句係準判斷句。「風」，是主語；「是」，含有「好像」之意，是動詞用作準繫語；「時間的嘆息」，是斷語。又如法國諺語：「父親是天生的銀行。」此句係準判斷句。「父親」，是主語；「是」，含有「好像」之意，係動詞用作準繫語；「天生的銀行」，是斷語。

3. **動詞用作狀語**（又稱爲「副語」）：如宋晶宜〈雅量〉：「人總會去尋求自己喜歡的事物。」「去尋求」的「去」，本是動詞，這裡修飾「尋求」，「尋求」是動詞，因此「去」是動詞用作狀語。又如杏林子〈一顆珍珠〉：「流血的傷口，受傷的心，我們只會埋怨、訴苦、哀憐不滿。」「會埋怨」的「會」，本是動詞，這裡修飾「埋怨」，「埋怨」是動詞，因此「會」是動詞用作狀語。又如胡適〈差不多先生傳〉：「有一天，他爲了一件要緊的事，要搭火車到上海去。」「要搭」的「要」，本是動詞，這裡修飾「搭」，「搭」是動詞，因此「要」是動詞用作狀語。又如甘績瑞〈從今天起〉：「所以我們應當做的事，要從今天起，就開始去做。」「應當做」的「應當」，本是動詞，這裡修飾「做」，「做」是動詞，因此「應該」是動詞用作狀語。「去做」的「去」，本是動詞，這裡修飾「做」，「做」是動詞，因此「去」是動詞用作狀語。又如洪醒夫〈紙船印象〉：「每個人的一生都會遭遇許多事。」「會遭遇」的「會」，本是動詞，這裡修飾「遭遇」，「遭遇」是動詞，因此「會」是動詞用作狀語。又如雷驤〈小書〉：「不久，家中醞釀要遷出這個城市。」「要遷出」的「要」，本是動詞，這裡修飾「遷出」，「遷出」是動詞，因此「要」是動詞用作狀語。又如朱自清〈背影〉：「到這邊時，我趕緊去攙他。」「去攙」的「去」，本是動詞，這裡修飾「攙」，「攙」是動詞，因此「去」是動詞用作狀語。又如陳之藩〈謝天〉：「他們明明知道要滴下眉毛上的汗珠，才能撿起田中的麥穗，而爲什麼要謝天?」「要滴下」的「要」，本是動詞，這裡修飾「滴下」，「滴下」是動詞，因此「要」是動詞用作狀語。「能撿起」的「能」，本是動詞，這裡修飾「撿起」，「撿起」，是動詞，因此「能」是動詞用作狀語。

三、形容詞

所謂形容詞，是指用來區別或表達、修飾人、事、物的形狀、狀態、性質的詞。例如：好、壞、長、短、快、慢，皆是形容詞。形容詞的特色：可以接受否定副詞「不」和大多數程度副詞「很」的修飾。例如：「不小」、「不醜」、「不多」、「不長」、「不慢」、「不憂」、「不懼」、「不惑」、「很小」、「很醜」、「很多」、「很長」、「很慢」。大部分形容詞可以重疊，例如：「迷迷糊糊」、「明明白白」、「從從容容」、「急急忙忙」、「認認眞眞」、「乾乾淨淨」。大部分形容詞可以用肯定和否定重疊的方式，表示疑問。例如：「快樂不快樂」、「乾淨不乾淨」。形容詞的類型，分爲意涵性質的形容詞、句子成分的形容詞兩大類。意涵性質的形容詞又分爲表達性質的形容詞、表達形狀的形容詞、表達狀態的形容詞、非謂形容詞四種。[21]句子成分的形容詞分爲形容詞用作表語、形容詞用作定語（又稱爲「加語」）、形容詞用作狀語（又稱爲「副語」）、形容詞用作補語四類。

㈠意涵性質的形容詞

1. **表達性質的形容詞**：所謂表達性質的形容詞，是指表達人、事、物的性質的形容詞。如杏林子〈手的故事〉：「我曾有過一雙美麗的手。」「美麗」，是表達性質的形容詞。又如宋晶宜〈雅量〉：「你聽你的鳥鳴，他看他的日出，彼此都會有等量的美的感受。」「美」，是表達性質的形容詞。又如胡適〈差不多先生傳〉：「他的腦子也不小，但他的記性卻不很精明，他的思想也不細密。」「精明」、「細密」，皆是表達性質的形容詞。又如朱自清〈背影〉：「唉！我現在想想，那時眞是太聰明了！」「聰明」，是表達性質的形容詞。又如甘績瑞〈從今天起〉：「這『姑且做一次』的念頭，就是惡習慣戰勝我們的好機會。」「惡」、「好」，皆是表達性質的形容詞。又如〈從今天起〉：「壞的我，在昨天已經死了，從今天起，便不再做壞事；好的我，今天才生，從今天起，就要做好事。」兩個「壞」、兩個「好」，皆表達性質的形容詞。又如吳明足《不吐絲的蠶·夜歸》：「小傢伙可眞聰明，又十分可愛。」「聰明」、「可愛」，皆是表達性質的形容詞。又如《論語·泰伯》：「如有周公之才之美，使驕且吝，其餘不足觀也已。」「美」、「驕」、「吝」，皆是表達性質的形容詞。又如《論語·泰伯》：「大哉！堯之爲君也。」「大」，「偉大」之意，是表達性質的形容詞。此外，尚有「謙虛」、「優秀」、「勇敢」、「平常」、「惡劣」等，皆是表達性質的形容詞。

2.**表達形狀的形容詞**：所謂表達形狀的形容詞，是指表達人、事、物的形狀的形容詞。如陳之藩〈謝天〉：「她雪白的頭髮，顫抖的聲音。」「雪白」，是表達形狀的形容詞。又如吳敬梓《儒林外史》「王冕的少年時代」：「那黑雲邊上鑲著白雲，漸漸散去，透出一派日光來，照耀得滿湖通紅。」「通紅」，是表達形狀的形容詞。又如楊喚〈夏

夜〉：「火紅的太陽也滾著火輪子回家了。」「火紅」，是表達形狀的形容詞。又如陳冠學《田園之秋》：「霎時間，天昏地暗，抬頭一看，黑壓壓的。」「黑壓壓」，是表達形狀的形容詞。又如朱自清〈春〉：「春天像健壯的青年。」「健壯」，是表達形狀的形容詞。又如曾鞏〈墨池記〉：「羲之嘗慕『張芝臨池學書，池水盡黑。」「黑」，是表達形狀的形容詞。又如郭鶴鳴〈幽幽基隆河．平溪到十分〉：「排放的髒水，在河中翻滾成一條條黑黑褐褐的毒龍。」「黑黑褐褐」，是表達形狀的形容詞。又如劉克襄〈大樹之歌〉：「他看起來還是很強壯。」「強壯」，是表達形狀的形容詞。此外，尚有「高」、「低」、「粗」、「細」、「長」、「短」、「圓」、「扁」、「筆直」、「彎曲」、「平坦」、「崎嶇」、「碧綠」等，皆是表達形狀的形容詞。

3.**表達狀態的形容詞**：所謂表達狀態的形容詞，是指表達人、事、物的狀態的形容詞。如朱自清〈背影〉：「他和我走到車上，將橘子一股腦兒放在我的皮大衣上，於是撲撲衣上的泥土，心裡很輕鬆似的。」「輕鬆」，是表達狀態的形容詞。又如徐志摩〈我所知道的康橋〉：「靜極了，這朝來水溶溶的大道。」「靜」，是表達狀態的形容詞。又如吳明足《不吐絲的蠶．夜歸》：「他是急性子的人，樣樣都求快；我卻慢條斯理地一切慢慢來。」「快」，是表達狀態的形容詞。又如胡適〈老鴉〉：「天寒風緊，無枝可棲。」「寒」、「緊」，皆是表達狀態的形容詞。又如陳之藩〈謝天〉：「我剛到美國時，常鬧得尷尬。」「尷尬」，是表達狀態的形容詞。又如吳敬梓《儒林外史》「王冕的少年時代」：「我在學堂坐著，心裡也悶，不如往他家放牛，倒快活些。」「悶」、「快活」，皆是表達狀態的形容詞。又如鄭炯明〈誤會〉：「在熱鬧的廣場上，表演他的絕技。」「熱鬧」，是表達狀態的形容詞。此外，尚有「敏捷」、「愉快」、「迅速」、「從容」、「熟練」、「緊張」等，皆是表達狀態的形容詞。

4. **非謂形容詞**（又稱爲「區別詞」）：所謂非謂形容詞，是指不能充當謂語，而只能修飾名詞的形容詞。如吳明足《不吐絲的蠶．彩色鍋和水蜜桃》：「彩色鍋是我最喜歡的廚房用具。」「彩色」修飾名詞的「鍋」，因此「彩色」係非謂形容詞。又如胡適〈新生活〉：「新生活就是有意思的生活。」「新」修飾名詞「生活」，因此「新」係非謂形容詞。又如「新衣服」、「新領帶」、「新手錶」的「新」，亦係非謂形容詞。又如胡適〈新生活〉：「糊塗生活便是沒有意思的生活。」「糊塗」修飾名詞「生活」，因此「糊塗」係非謂形容詞。此外，尚有「大型冰箱」的「大型」、「新式衣服款式」的「新式」、「初級學校」的「初級」、「基本法規」的「基本」、「慢性疾病」的「慢性」、「共同市場」的「共同」、「袖珍字典」的「袖珍」、「新生嬰兒」的「新生」、「急性盲腸炎」的「急性」、「多項功能」的「多項」、「個別生活」的「個別」、「正班代」的「正」、「副班代」的「副」、「野生動詞」的「野生」、「法定人數」的「法定」等，皆是非謂形容詞。

㈡句子成分的形容詞

1.**形容詞用作表語**：如范仲淹〈岳陽樓記〉：「霪雨霏霏，連月不開。」「霪雨霏霏」，係表態句。「霪雨」，是主語；「霏霏」，細雨綿密的樣子，是形容詞用作表語。又如〈岳陽樓記〉：「薄暮冥冥。」此句係表態句。「薄暮」，是主語；「冥冥」，昏暗的樣子，是形容詞用作「表語」。又如陶淵明〈桃花源記〉：「土地平曠，屋舍儼然。」「屋舍儼然」，係表態句。「屋舍」，是主語；「儼然」，整齊的樣子，是形容詞用作表語。又如柳宗元〈始得西山宴遊記〉：「其高下之勢，岈（音ㄒㄧㄚ）然洼（音ㄨㄚ）然。」此句係表態句。「其高下之勢」，是主語；「岈然洼然」，是形容詞用作表語。「岈然」，山隆起的樣子；「洼然」，深陷的樣子。又如蘇轍〈黃州快哉亭記〉：「濤瀾洶湧。」此句係表態句。「濤瀾」，大波浪，是主語；「洶湧」，水勢很大的樣子，是形容詞用作表語。又如吳明足《不吐絲的蠶．夜歸》：「小傢伙可眞聰明。」此句係表態句。「小傢伙」，是主語；「聰明」，是形容詞用作表語。

2.**形容詞用作定語**（又稱爲「加語」、「加詞」）：如諸葛亮〈出師表〉：「今天下三分，益州疲弊，此誠危急存亡之秋也。」「危急存亡之秋」，係定心短語，又稱爲定心結構、定心詞組。「危急存亡」，是形容詞用作定語；「秋」，是中心語，又稱爲端語、端詞。又如〈出師表〉：「論其刑賞，以昭陛下平明之理。」「平明之理」，係定心短語。

「平明」，「公平開明」之意，是形容詞用作定語；「理」，是中心語。又如李密〈陳情表〉：「臣不勝犬馬怖懼之情，謹拜表以聞。」「怖懼之情」，係定心短語。「怖懼」，「害怕」之意，是形容詞用作定語；「情」，是中心語。又如劉鶚《老殘遊記》「明湖居聽」：「正在熱鬧哄哄的時節，只見那後臺裡又出來一位姑娘。」「熱鬧哄哄的時節」，是定心短語。「熱鬧哄哄」，熱鬧而喧嘩的樣子，是形容詞用作表語；「時節」，是中心語。

3. **形容詞用作狀語**（又稱爲「副語」）：如楊喚〈夏夜〉：「在美麗的夏夜裡愉快地旅行。」「愉快地旅行」，是狀心短語，又稱爲狀心結構、狀心詞組。「愉快」，是形容詞用作狀語；「旅行」，是中心語。又如李魁賢〈麻雀〉：「在工作中愉快地歌唱。」「愉快地歌唱」，是狀心短語。「愉快」，是形容詞用作狀語；「歌唱」，是中心語。又如徐仁修〈油桐花編織的秘徑〉：「我戰戰兢兢地踩著落花前進。」「戰戰兢兢地踩」，係定心短語。「戰戰兢兢」，害怕而謹愼小心的樣子，是形容詞用作狀語；「踩」，是中心語。又如王溢嘉〈音樂家與職籃巨星〉：「他並不氣餒，反而更賣力地磨鍊自己的球技。」「賣力地磨鍊」，係定心短語。「賣力」，是「做事很努力」的意思，係形容詞用作狀語；「磨鍊」，是中心語。又如洪醒夫〈散戲〉：「阿旺嫂不知是聽不出她話裡有話，還是故意裝迷糊，仍然淡淡地拋下兩句話來。」「淡淡地拋下」，係定心短語。「淡淡」，是形容詞用作狀語；「拋下」，是中心語。又如葉珊《燈船・青煙》：「樹林的風慢慢息了。」「慢慢

息」，係定心短語。「慢慢」，是形容詞用作狀語，「息」，是中心語。

4. **形容詞用作補語**：如胡適〈差不多先生傳〉：「他死後，大家都很稱讚差不多先生樣樣事情看得開，想得通。」形容詞「開」補充說明動詞「看」，因此「開」是形容詞用作補語。形容詞「通」補充說明動詞「想」，因此「通」是形容詞用作補語。又如張騰蛟〈那默默的一群〉：「我是起得很早的，但是當我看到她們的時候，她們的清潔工作老早就開始了。」形容詞「早」補充說明動詞「起」，因此「早」是形容詞用作補語。又如吳明足《不吐絲的蠶·書香書香》：「不懂的地方，只要向父親請教，他都爲我解釋得十分透徹、明瞭，使我對『書』更有興趣。」形容詞「透徹」、「明瞭」補充說明動詞「解釋」，因此「透徹」、「明瞭」是形容詞用作補語。又如逸妻〈看誰得第一〉：「有一天，我有意思吃快點。」形容詞「快」補充說明動詞「吃」，因此「快」是形容詞用作補語。又如吳明足〈茶几下〉：「我整個人都覺得輕鬆了許多，我感謝他給我力量，我要繼續努力。」形容詞「輕鬆」補充說明動詞「覺得」，因此「輕鬆」是形容詞用作補語。又如亮軒〈秘密〉：「秘密太多的人生活就演變得一天到晚在掩藏舊秘密，並且還在繼續製造新秘密，活得非常辛苦。」「辛苦」補充說「活」，因此「辛苦」是形容詞用作補語。又如余光中《蓮的聯想·滿月下》：「蛙聲嚷得暑意更濃。」形容詞「濃」補充說明動詞「嚷」，因此「濃」是形容詞用作補語。此外，尚有「考得好」、「跑得快」、「走得慢」，

「好」、「快」、「慢」，皆是形容詞用作補語。

四、副詞

所謂副詞，是指修飾、限制或補充動詞的動作、形容詞的性質或狀態的詞，又稱爲限制詞。例如：「永遠」、「陸續」、「正在」、「已經」、「忽然」、「反覆」、「親自」、「經常」、「永遠」、「立刻」、「屢次」、「非常」、「十分」、「都」、「很」、「已」、「曾」等，皆是副詞。副詞的特徵：既可以修飾動詞，如「早起來」、「立刻走」、「忽然離開」、「反覆練習」、「經常思考」等都是；又可以修飾形容詞，如「很漂亮」、「不斷努力」、「已經乾淨了」、「非常高興」、「最美麗」、「十分聰明」、「比較好」、「格外小心」等都是。副詞除表達狀態外，一般不能重疊，如「僅僅」、「漸漸」，是副詞的疊音構詞形式。極少數副詞重複出現，表達前呼後應的關聯作用，如「又快又好」、「愈多愈好」，也可以當作連詞使用。副詞分爲意涵性質的副詞、句子成分的副詞兩大類。意涵性質的副詞又分爲表達時間的副詞、表達頻率的副詞、表達程度的副詞、表達範圍的副詞、表達狀態的副詞、表達肯定否定的副詞、表達語氣的副詞七種[22]。句子成分的副詞，又分爲副詞用作狀語（又叫「加語」、「加詞」）、副詞用作補語兩種。

(一)意涵性質的副詞

1. **表達時間的副詞**：所謂表達時間的副詞，是指運用「已」、「已經」、「便」、「立

刻」、「曾經」、「忽然」、「然後」、「將」等詞，用來表達時間的副詞。如陳之藩〈謝天〉：「幾年來，我已變得很習慣了。」「已」，「已經」之意，係表達時間的副詞。又如甘績瑞〈從今天起〉：「我們要革除一種惡習慣，便須下極大的決心。」「便」，是表達時間的副詞。又如張騰蛟〈那默默的一群〉：「當我看到她們的時候，她們的清掃工作老早就開始了。」「早」、「就」，皆是表達時間的副詞。又如朱自清〈背影〉：「到這邊時，我趕緊去攙他。」「趕緊」，是表達時間的副詞。攙，音ㄔㄢ，「扶」之意。又如《尚書．君奭》：「君！已日時我。」意謂君奭！（老天）已經認為我們很善良了。「已」，「已經」之意，是表達時間的副詞。「時」，「善」也。又如張秀亞〈雲〉：「也許，你忽然感到冬天已經走來了。」「忽然」、「已經」，皆是表達時間的副詞。又如陳冠學《田園之秋》「西北雨」：「膽已破、魂已奪之際，接著便是閃電纏身。」兩個「已」字、一個「便」字，皆是表達時間的副詞。此外，尚有「方才」、「曾經」、「頓時」、「然後」、「終於」、「剛」、「正」、「將」等，皆是表達時間的副詞。

2.**表達頻率的副詞**：所謂表達頻率的副詞，是指運用「層次」、「常常」、「經常」、「始終」、「每每」、「偶爾」、「也」、「又」、「再」、「常」等詞，用來表達頻率的副詞。如胡適〈差不多先生傳〉：「掌櫃的生氣了，常常罵他。」「常常」，是表達頻率的副詞。又如羅家倫〈運動家的風度〉：「『任重道遠』和『貫徹始終』的精神，應由運動家表現。」「始終」，是表達頻率的副詞。又如梁實秋〈鳥〉：「黃昏時偶爾還聽見寒鴉在古木上鼓噪。」「偶爾」，是表達頻率的副詞。又如羅蘭〈欣賞就是快樂〉：「如果你會在做家事時，忽然發現一根蔥也有它的青翠之美。」「忽然」，是表達時間的副詞；「也」，是表達頻率的副詞。又如席慕容〈渡口〉：「明日又隔天涯。」「又」，是表達頻率的副詞。又如莫泊桑〈項鍊〉：「她沈醉在快樂之中，不斷的阿諛和讚嘆。」「不斷」，是表達頻率的副詞。此外，尚有「再」、「常」、「經常」、「往往」、「一向」、「一貫」、「不斷」、「一直」、「陸續」、「隨時」、「仍舊」、「永遠」等，皆是表達頻率的副詞。

3. **表達程度的副詞**：所謂表達程度的副詞，是指運用「很」、「太」、「愈」、「再」、「相當」、「非常」、「十分」等詞，用來表達程度的副詞。如吳晟〈採花生〉：「孩子畢竟還太小，耐力不能持久。」「太」，是表達程度的副詞。又如劉鶚《老殘遊記》「明湖居聽書」：「聲音初不甚大，只覺入耳有說不出的妙境。」「甚」，是表達程度的副詞。又如曾志朗〈螞蟻雄兵〉：「牠必須經常地換腳前進。」「經常」，是表達程度的副詞。又如陳之藩〈謝天〉：「幾年來，我已變得很習慣了。」「很」，是表達程度的副詞。又如莫泊桑〈項鍊〉：「她一直很不快樂，時常幻想自己住在溫暖舒適的豪宅裡。」「很」，也是表達程度的副詞。又如吳明足〈茶几下〉：「一家人談得異常高興。」「異常」，是表達程度的副詞。又如王熙元《文學心路．山間一日》：「我還是比較欣賞『花落春猶在』的境界，

花已凋落而春心猶在，不是更富生趣！更有情味？」「比較」、「更」，是表達程度的副詞。「已」，是表達時間的副詞。此外，尚有「十分」、「格外」、「尤其」、「稍微」、「相當」、「最」、「極」、「頂」等，皆是表達程度的副詞。

4.**表達範圍的副詞**：所謂表達範圍的副詞，是指運用「只」、「都」、「僅僅」、「一同」、「統統」等詞，用來表達範圍的副詞。如王安石〈泊船瓜州〉：「京口瓜洲一水間，鍾山只隔數重山。」「只」，是表達範圍的副詞。又如文天祥〈正氣歌〉：「牛驥同一皁，雞棲鳳凰食。」「同一」，是表達範圍的副詞。又如《荀子．勸學》：「生而同聲，長而異俗，教使之然也。」「同」、「異」，是表達範圍的副詞。又如《戰國策．齊策》「馮諼客孟嘗君」：「狡兔有三窟，僅得免死耳。」「僅」，是表達範圍的副詞。又如秦牧〈蜜蜂的讚美〉：「在某些地方，可以發現他們是有共同之處。」「共同」，是表達範圍的副詞。又如羅蘭〈欣賞就是快樂〉：「與大自然共享悠遊歲月的踏實感，使我至今受惠無窮。」「共」，是表達範圍的副詞。此外，尚有「都」、「一概」、「獨」、「一共」、「一同」、「總」等，皆是表達範圍的副詞。

5.**表達狀態的副詞**：所謂表達狀態的副詞，是指運用「安靜」、「懇切」、「熟練」、「愉快」、「流利」、「悄悄」、「竭力」、「親自」、「斷然」等詞，用來表達狀態的副詞。如羅蘭〈欣賞就是快樂〉：「讓我們的每一分秒都是一次愉快的完成。」「愉快」，是表達狀態的副詞。又如羅家倫〈運動家的風度〉：「現在國民選擇你的，我竭誠地賀你成功。」「竭誠」，是表達狀態的副詞。又如吳明足《不吐絲的蠶．夜歸》：「我卻喜歡慢條斯理地一切慢慢來。」「慢慢」，是表達狀態的副詞。又如葉珊《燈船．來自村落鐘鳴處》：「齊爲一種靜默而流淚。」「靜默」，是表達狀態的副詞。此外，尚有「快走」的「快」、「慢跑」的「慢」、「流利地說」的「流利」、「懇切地談」的「懇切」、「悄悄地走」的「悄悄」、「熟練地動作」的「熟練」，皆是表達狀態的副詞。

6. **表達肯定否定的副詞**：所謂表達肯定、否定的副詞，是指運用「必」、「必定」、「的確」、「不」、「未曾」、「未必」等詞，用來表達肯定或否定的副詞。如葉珊《燈船．來自村落鐘鳴處》：「那疲乏的影子已不再是自己。」「不」，是表達否定的副詞。又如余光中《聽蟬》：「知了知了你知不知。」「不」，是表達否定的副詞。又如侯文詠〈與風同行〉：「我不再熬夜寫稿，寧可利用正常的時間。」「不」，也是表達否定的副詞。又如吳明足〈方帽子〉：「我只有暗暗地告訴自己，無論如何我一定要再接再厲。」「一定」，是表達肯定的副詞。又如余光中《花的聯想．那天下午》：「你的眸中有美底定義。」「有」，是表達肯定的副詞。又如朱自清〈背影〉：「我兩三回勸他不必去。」「不必」，是表達否定的副詞。又如魯迅〈孔乙己〉：「我愈不耐煩了，努著嘴走遠。」「不」，是表達否定的副詞。此外，尚有「必然成功」的「必然」、「必贏了」的「必」、「的確害怕」之

「的確」、「未必歡迎」的「未必」、「莫憂愁」的「莫」皆是表達肯定否定的副詞。

7.**表達語氣的副詞**：所謂表達語氣的副詞，是指運用「可」、「倒」、「何嘗」、「竟然」、「乾脆」、「難道」、「何必」、「索性」等詞，用來表達語氣的副詞。如何懷碩《煮石集．收藏家》：「有錢可能是成爲收藏家有利的條件。」「可」，是表達語氣的副詞。又如宋晶宜〈雅量〉：「就以『人』來說，又何嘗不是如此？」「何嘗」，是表達語氣的副詞。又如胡適〈差不多先生傳〉：「凡事只要差不多就好了，何必太精明呢？」「何必」，是表達語氣的副詞。又如王溢嘉〈撿海星的少年〉：「將這裡的海星扔回去了，世界上其他地方又有更多的海星被沖上岸。難道你不知道再怎麼做，結果都一樣嗎？」「難道」，是表達語氣的副詞。又如王熙元《文學心路．山間一日》：「想想，果然是！風吹動時，花紛紛飄落是必然的。」「果然」，是表達語氣的副詞。「必然」，是表達肯定的副詞。此外，尚有「竟然成功了」的「竟然」、「居然失敗了」的「居然」、「難怪不好」的「難怪」、「乾脆苦幹下去吧！」的「乾脆」、「反正有靠山」的「反正」、「簡直瘋了」的「簡直」、「偏偏不信邪」的「偏偏」、「幸虧努力了」的「幸虧」、「幾乎太慢了」的「幾乎」，皆是表達語氣的副詞。

㈡句子成分的副詞

1.**副詞用作狀語**（又叫「加語」、「加詞」）：如宋晶宜〈雅量〉：「你聽你的鳥鳴，他看他的日出，彼此都會有等量的美的感受。」「都會」，是狀心短語。「都」，是表達範圍的副詞用作狀語；「會」，是能願動詞、中心語。又如琦君〈下雨天，眞好〉：「因爲下雨天長工不下田，母親不用老早起來做飯，可以在熱被窩裡多躺會兒。」「早起來」，是狀心短語。「早」，是表達時間的副詞用作狀語；「起來」，是趨向動詞、中心語。又如吳明足《不吐絲的蠶．教夫下廚記》：「我定可以更熟練地做出更上一層的拿手菜。」「更熟練地做」，是狀心短語。「更」，是表達程度的副詞用作狀語；「做」，是及物動詞、中心語。又如余光中《蓮的聯想．啊太眞》：「惟仲夏的驟雨可飲，月光可餐。」「可飲」，是狀心短語。「可」，是表達語氣的副詞用作狀語；「飲」，是動詞、中心語。「可餐」，係狀心短語。「可」，是表達語氣的副詞用作狀語；「餐」，是「吃」之意，係動詞、中心語。

2.**副詞用作補語**：除極少數的「很」、「極」等副詞可以用作補語外，其他副詞一般不能用作補語。如袁宏道《西湖雜記．晚遊六橋待月記》：「歌吹爲風，粉汗爲雨，羅紈之盛，多於隄畔之草，豔冶極矣！」「豔冶」，是「異常美麗」之意，表達性質的形容詞。「極」，是表達程度的副詞用作補語，補充說明形容詞「豔冶」。又如吳敬梓《儒林外史》「范進中舉」：「只因他歡喜很了，痰湧上來，迷了心竅。」「歡喜」，是表達狀態的形容詞；「很」，是表達程度的副詞用作補語，補充說明表達狀態的形容詞「歡喜」。又如吳明

足《不吐絲的蠶．太太生病了》：「我急性衝進臥房，用手按按妻的額頭，果然，燙得很。」「燙」，是不及物動詞。「很」，是表達程度副詞用作補語，修飾不及物動詞「燙」。此外，尚有「美極了」、「高興極了」、「興奮極了」、「睏極了」、「痛極了」、「樂極了」的「極」以及「好得很」「漂亮得很」、「辛苦得很」、「快樂得很」的「很」，皆是副詞用作補語。

五、代詞

所謂代詞，是指能夠指示、代替名物和名物的性質、性狀、情態、動作，甚至於名詞、動詞、形容詞、副詞、數詞、量詞、短語、句子的實詞，又稱爲指稱詞、稱代詞、英文叫代名詞。如「你」、「我」、「他」、「誰」、「孰」、「這」、「那」、「每」、「各」、「此」等，皆是代詞。代詞的特色是：㈠代詞和所代替的各類實詞，其文法功能是相同的。例如：所代替的名詞，在句子中充當主語、賓語、定語、補語，代詞的文法功能和名詞相同；但人稱代詞，可用作中心語。㈡代詞除人稱代詞外，一般不受其他詞語的修飾或限制。㈢除「每」外，僅能連用，但不能重疊。㈣人稱代詞除第二人稱的敬稱用「您」外，都可以加「們」，表達多數之意。表達多數，通常用「您幾位」，但不用「您們」。㈤文言代詞除「者」外，一般不充當偏正短語的中心語；白話人稱代詞偶爾可以充當中心語，如「喜愛讀書的他」。代詞分爲意涵性質的代詞、句子成分的代詞兩大類。意涵性質的代詞又分爲人稱代詞、指示代詞、疑問代詞三種。句子成分的代詞，又分爲代詞用作主語、代詞用作賓語、代詞用作定語、代詞用作中心語、代詞用作兼語五種。

㈠意涵性質的代詞

1.**人稱代詞**：所謂人稱代詞，是指自稱（如「我」、「我們」）、對稱（如「你」、「你們」）、他稱（如「他」、「他們」）、複稱（複指一句話中前面的名詞或代詞，如「自己」、「親自」）、統稱（如「大家」、「彼此」）[23]等代詞，又稱爲人稱稱代詞[24]、三身指稱詞[25]。如宋晶宜〈雅量〉：「我們不禁哄堂大笑。」「我們」，是自稱的人稱代詞。又如陳之藩〈謝天〉：「我總是坐在祖母身旁。」「我」，是自稱的人稱代詞。又如范仲淹〈岳陽樓記〉：「噫！微斯人，吾誰與歸！」「吾」，是自稱的人稱代詞。又如宋晶宜〈雅量〉：「你聽你的鳥鳴。」「你」，是對稱的人稱代詞。又如歸有光〈項脊軒志〉：「汝姊在吾懷，呱呱而泣。」「汝」，是對稱的人稱代詞；「吾」，是自稱的人稱代詞。又如徐志摩〈我所知道的康橋〉：「你那快活的靈魂也彷彿在那裡回響。」「你」，是對稱的人稱代詞。又如胡適〈差不多先生傳〉：「他一面說，一面慢慢地走回家。」「他」，是他稱的人稱代詞。又如宋晶宜〈雅量〉：「如果他能從這扇門望見日出的美景。」「他」，是他稱的人稱代詞。又如韓愈〈師說〉：「彼與彼年相若也，道相似也。」「彼」，是他稱的人稱代詞。又如宋晶宜〈雅量〉：「人總會去尋求自己喜歡的事物。」「自己」，是複稱的人稱代

詞。又如陳之藩〈謝天〉：「越是眞正作過一點事，越是感覺自己的貢獻之渺小。」「自己」，是複稱的人稱代詞。又如朱自清〈背影〉：「他躊躇了一會，終於決定還是自己送我去。」「他」，是他稱的人稱代詞；「自己」，是複稱的人稱代詞。又如宋晶宜〈雅量〉：「人與人之間，應該彼此容忍和尊重對方的看法與觀點的雅量。」「彼此」，是統稱的人稱代詞。又如奚淞〈美濃的農夫琴師〉：「有時他們會中途停下來，互相商量音律的高低與正誤。」「互相」，是統稱的人稱代詞。又如余光中《蓮的聯想．凝望》：「在彼此的眸中找尋自己。」「彼此」，是統稱的人稱代詞。「自己」，是複指的人稱代詞。又如吳明足〈我們的小天地〉：「只有我們這些『樂爲人師』的女老師，依然堅守著自己的崗位。」「我們」，是自稱的人稱代詞；「自己」，是複稱的人稱代詞。又如王熙元《文學心路．合歡山上》：「我們被夢也似的白雲擁抱，身子彷彿輕飄起來。」「我們」，是自稱的人稱代詞。

2. **指示代詞**：所謂指示代詞，是指眼前的人、事、物的近稱（如「這」、「這些」、「這個」）、遠稱（如「那」、「那些」、「那個」）、承前稱（一切代詞，都可以用爲承前稱，如「他」、「牠」）、不定稱（泛指一般，如「有的」、「有些」）的代詞，又稱爲指示稱代詞。如胡適〈差不多先生傳〉：「這位牛醫王大夫走近床前，用醫牛的法子給差不多先生治病。」「這」，是近稱的指示代詞。又如陳之藩〈謝天〉：「這次卻是由主人家的祖母謝飯。」「這」，是近稱的指示代詞。又如王溢嘉〈撿海星的少年〉：「一個來到沙灘玩耍的少年，看到這幅景象。」「這」，是近稱的指示代詞。又如張騰蛟〈那默默的一群〉：「凡被認爲是垃圾的那些東西出現在他們的防區，他們便予以清除。」「那些」，是遠稱的指示代詞。又如杏林子〈一顆珍珠〉：「那一位醜陋的沙礫已變成美麗的珍珠。」「那」，是遠稱的指示代詞。又如陳之藩〈謝天〉：「那天晚上，我忽然覺得我平靜如水的情感翻起滔天巨浪來。」「那」，是遠稱的指示代詞。又如石德華〈城中有座山〉：「父親去世很多年了，但我相信，他幽渺的魂魄想回家。」「他」，是承前稱的指示代詞。「他」，是指「父親」。又如朱自清〈背影〉：「我與父親不相見已二年餘了，我最不能忘記的是他的背影。」「他」，指「父親」，是承前稱的指示代詞。又如胡適〈母親的教誨〉：「我母親管束最嚴。她是慈母兼任嚴父。」「她」，指「母親」，是承前稱的指示代詞。又如梁實秋〈鳥〉：「多少樣不知名的小鳥，在枝頭跳躍，有的曳著長長的尾巴，有的翹著尖尖的長喙，有的是胸襟上帶著一塊照眼的顏色，有的是飛起來的時候才閃露一下斑爛的花彩。」「有的」，是不定稱的指示代詞。又如梁實秋〈畫展〉：「有的苦笑，有的撇嘴，有的愁眉苦臉，有的擠眉弄眼，大概總是面帶戚容者居多。」「有的」，是不定稱的指示代詞。又如王羲之〈蘭亭集序〉：「夫人之相與，俯仰一世，或取諸懷抱，晤言一室之內；或因寄所託，放浪形骸之外。」「或」，「有的」之意，是不定稱的指示代詞。又如梁實秋〈鳥〉：

「我感覺興趣的不是那人的悠閒，卻是那鳥的苦悶。」「那」，是遠稱的指示代詞。又如葉珊《燈船．斷片》：「這小小的部落，一百隻野鷺守護著的部落。」「這」，是近稱的指示代詞。又如吳明足〈父親的恩賜〉：「我父親小時候是個孤兒，他以半工半讀的方式，在臺南長榮中學，完成學業。」「他」，指「父親」，是承前稱的指示代詞。

3.**疑問代詞**：所謂疑問代詞，是指「什麼」、「怎樣」、「多少」、「誰」、「胡」、「孰」、「奚」等代詞。又稱爲疑問稱代詞、疑問指稱詞。如陶淵明〈歸去來辭並序〉：「歸去來兮！田園將蕪，胡不歸？既自以心爲形役，奚惆悵而獨悲？」「明」、「奚」，皆是疑問代詞。又如韓愈〈進學解〉：「蓋有幸而獲選，孰云多而不揚？」「孰」，是疑問代詞。又如白居易〈琵琶行並序〉：「座中泣下誰最多？江州司馬青衫溼。」「誰」，是疑問代詞。又如艾雯〈撲滿人生〉：「誰都不滿足自己的財富，卻都滿足自己的聰明。」「誰」，是疑問代詞。又如劉克襄〈大樹之歌〉：「什麼樣的樹呢？它是一棵雀榕。」「什麼」，是疑問代詞。又如梁實秋〈早起〉：「我們人早起有什麼好處呢？」「什麼」，是疑問代詞。又如胡適〈什麼叫做短篇小說〉：「短篇小說是用最經濟的文學手段，描寫事實中最精采的一段，或一方面，而能使人充分滿意的文章。」「什麼」，是疑問代詞。又如杜光庭〈虯髯客傳〉：「問去者處士第幾？住何處？」「何」，是疑問代詞。又如葉珊《燈船．崖上》：「誰將穿過那偉大的宮廊？」「誰」，是疑問代詞。又如余光中《蓮的聯想．

月光曲》：「弄琴人在想些什麼？」「什麼」，是疑問代詞。又如〈月光曲〉：「我是誰，誰在想這些？」「誰」，是疑問代詞。又如吳明足〈我的名字〉：「媽！爸說他春聯寫好了，還有什麼事要做？」「什麼」，是疑問代詞。王熙元《文學心路·意識與想像的關係》：「什麼是想像？所謂想像，就是用具體的事物來表現意識，也就是我們所說的意象。」「什麼」，是疑問代詞。又如王熙元〈意識與想像的關係〉：「怎樣才能培養想像力？」「怎樣」，是疑問代詞。又如歐陽脩〈醉翁亭記〉：「作亭者誰？山之僧智僊也。」「誰」，是疑問代詞。

㈡句子成分的代詞

1. **代詞用作主語**：如朱自清〈背影〉：「我買票，他忙著照看行李。」「我」、「他」，皆是代詞用作主語。又如陳之藩〈謝天〉：「我覺得是既多餘，又落伍的。」「我」，是代詞。又如沈復《浮生六記》「兒時記趣」：「余年幼，方出神，不覺呀（音ㄒㄧㄚ）然驚恐。」「余」，是代詞用作主語。又如吳敬梓《儒林外史》「王冕的少年時代」：「我何不自畫他幾枝？」「我」，是代詞用作主語。又如「司馬光〈訓儉示康〉：「吾本寒家，世以清白相承。」「吾」，是代詞用作主語。又如「陶淵明〈歸去來辭並序〉：「余家貧，耕植不足以自給。」「余」，是代詞用作主語。又如柳宗元〈答韋中立論師道書〉：「吾每爲文章，未嘗敢以輕心掉之。」「吾」，是代詞用作主語。

2.**代詞用作賓語**：如劉墉《超越自己．做硯與做人》：「我特別要求他，讓我自己試著刻一方硯。」「我特別要求他」，係敘事句。「我」，是主語；「要求」，是述語；「他」，是代詞用作賓語。又如胡適〈母親的教誨〉：「她看我清醒了。」「她」，是主語；「看」，是述語；「我」，是代詞用作賓語。又如蕭蕭〈憨孫吔，好去睏啊！〉：「她只要看著我，就心滿意足了。」「她」，是主語；「看」，是述語；「我」，是代詞用作賓語。又如朱自清〈背影〉：「他囑我路上小心。」「他」，是主語；「囑」，是述語；「我」，是代詞用作賓語。又如吳敬梓〈王冕的少年時代〉：「不是我有心要耽誤你。」「我」，是主語；「耽誤」，是述語；「你」，是代詞用作賓語。

3.**代詞用作定語**：如朱自清〈背影〉：「我的淚很快地流下來了。」「我的淚」，是定心短語：「我」，是代詞用作定語；「淚」，是中心語。又如陳之藩的〈謝天〉：「我的書桌就是供桌。」「我的書桌」，是定心短語。「我」，是代詞用作定語；「書桌」，是中心語。又如甘績瑞〈從今天起〉：「因爲因循怠情，是一條綑住手腳的繩子，它能使我們的事業永遠不能成功。」「我們的事業」，是定心短語。「我們」，是代詞用作定語；「事業」，是中心語。又如梁實秋〈鳥〉：「看牠高踞枝頭，臨風顧盼——好銳利的喜悅刺上我的心頭。」「我的心頭」，是定心短語。「我」，是代詞用作定語；「心願」，是中心語。又如林文月《讀中文的人．生日禮物》：「每年你的生日，我總不忘送你一張生日賀卡。」

「你的生日」，是定心短語。「你」，是代詞用作定語；「生日」，是中心語。

4.**代詞用作中心語**：如甘績瑞〈從今天起〉：「壞的我，在昨已經死了，從今天起，便不再做壞事；好的我，今天才生，從今天起，就要做好事。」「壞的我」，是定心短語；「壞」，是定語；「我」，是人稱代詞用作中心語。「好的我」，也是定心短語。「好」，是定語；「我」，是人稱代詞用作中心語。又如吳明足《不吐絲的蠶．用錢之道》：「婚後，草地郎的他，比我還差勁，凡事以我作主，而我又是不會用錢，祇是一味地貪『便宜』。」「草地郎的他」，是定心短語。「草地郎」，是定語；「他」，是代詞用作中心語。又如林文月《讀中文系的人．生日禮物》：「身研讀文學的我，只得憑自己的經驗據實以告。」「文學的我」，是定心短語。「文學」，是定語；「我」，是代詞用作中心語。

5.**代詞用作兼語**：如琦君《桂花雨》「一對金手鐲」：「七歲時，母親帶我回家鄉。」「母親帶我」，是敘事句。「母親」，是主語；「帶」，是述語；「我」，是賓語。「我回家鄉」，係敘事句。「我」，是主語；「回」，是述語；「家鄉」，是賓語。因此，「我」兼有上句賓語、下句主語，是代詞用作兼語。又如朱自清〈背影〉：「他囑我」，是敘事句。「他」，是主語；「囑」，是述語；「我」，是賓語。「我路上小心」，係表態句。「我」，是主語；「小心」，是表語。因此，「我」兼有上句的賓語、下句的主語，因此是代詞用作兼語。又如胡適〈差不多先生傳〉：「他媽媽叫他去買紅糖。」「他媽媽叫他」，係敘事句。「他媽媽」，是主語；「叫」，是述語；「他」，是賓語。「他去買紅糖」，係敘事句。「他」，是主語；「去買」，是述語；「紅糖」，是賓語。「他」兼有上句的賓語、下句的主語，因此是代詞用作兼語。

六、數詞

所謂數詞，是指表達數目多少（如「一」、「三」、「五」、「七」、「九」、「百」、「千」、「萬」等）或次序先後（如「第二」、「第六」、「第八」、「長子」、「次女」等）的詞。數詞的特色：㈠數詞一般不接受其他詞類的修飾。㈡數詞除少數成語或慣用語（如「三心兩意」、「三言兩語」、「九牛一毛」、「一舉兩得」、「九死一生」、「一言九鼎」、「三三二二」、「千千萬萬」等）外，一般不能重疊使用。㈢數詞可以加前綴，如「第一」、「第五」、「第七」等都是。㈣數詞可以與量詞構成數量短語，如「三件」、「五斤」、「七本」、「萬卷」、「千朵」等都是。[26]㈤數詞不能單獨充當句子成分。㈤讀數目時，讀「二」不讀「兩」，如「一、二、三」，不讀「一、兩、三」。㈥表達序數時，用「二」而不用「兩」，如「第二名」，不說「第兩名」。

七、量詞

所謂量詞，是指表達人、事、物或動作的單位的詞。量詞的特色：㈠單音節量詞可以重疊使用，重疊後表達「每一」之意。如佚名〈木蘭詩〉：「軍書十二卷，卷卷有爺名。」

「卷卷」，是「每一卷、每一卷」之意。又如陳黎〈聲音鐘〉：「如果你在心裡一遍遍學著，你一定可以聽到跟〈牛犁歌〉或〈丟丟銅仔〉一樣鮮活有趣的旋律。」「遍遍」，是「一遍一遍」之意。㈡量詞和數詞結合使用，構成以量詞為主的偏正短語（又叫「偏正結構」、「偏正詞組」、「主從短語」、「主從結構」、「主從詞組」，一般稱為數量詞。㉗數量詞的特色：㈠一般在名詞之前，作偏正短語的數量中心語。㈡用在動詞之後，充當述語的補語。㈢偶爾也作主語、斷語、表詞。㉘量詞分為物量詞（又叫「名量詞」）、動量詞、時量詞、複合量詞四類。㉙

㈠物量詞（又叫「名量詞」）

所謂物量詞，是指表人、事、物的單位的量詞，又叫「名量詞」。物量又分為個體量詞、集合量詞、度量詞、不定量詞、借用量詞五種。

1.**個體量詞**：所謂個體量詞，是指單個、獨立的人或物體的量詞。如「一個人」的「個」、「一把刀」的「把」、「一張紙」的「張」、「一隻鳥」的「隻」、「一件信」的「件」、「一顆紅豆」的「顆」、「一本書」的「本」、「一塊布」的「塊」、「一匹馬」的「匹」、「一根蔥」的「根」、「六十支光的燈」的「支」等，皆是個體量詞。

2.**集合量詞**：所謂集合量詞，是指集體的人、事、物的量詞，又稱為集體量詞㉚。如「一對鋼筆」的「對」、「一打鉛筆」的「打」、「一幫貨物」的「幫」、「一群動物」的

「群」、「一套西裝」的「套」、「一雙鞋子」的「雙」、「一副眼鏡」的「副」、「一種款式」的「種」、「兩類植物」的「類」、「一班車」的「班」等，皆是集合量詞。

3.**度量詞**：所謂度量詞，是指測量長短、輕重、面積、體積的量詞。如「一斤豬肉」的「斤」、「一兩黃金」的「兩」、「白髮三千丈」的「丈」、「一尺布料」的「尺」、「一寸刀片」的「寸」、「一斗米」的「斗」、「一磅牛肉」的「磅」、「一畝田」的「畝」、「一噸鋼鐵」的「噸」、「一里路」的「里」、「六十公里時速」的「公里」等，皆是度量詞。

4.**不定量詞**：所謂不定量詞，是指不肯定的人、事、物的量詞。如「有一些人會來」的「一些」、「給我一點兒時間」的「一點兒」、「你給我一些錢」的「一些」、「你給我一些個饅頭」的「一些個」，皆是不定量詞。

5.**借用量詞**：所謂借用量詞，是指把自己的財物借給他暫用，或暫時向別人借用財物的量詞。如「你可以借我一筆錢嗎」的「筆」、「請您給我一杯水」的「杯」、「他打我一記耳光」的「記」、「您的一船人幫我搬貨物，可以嗎？」的「船」、「我發一封信給您」的「封」、「給我一床被，好冷喔！」的「床」、「一碗飯值千金」的「碗」、「他扛了一捆紮」的「捆」等，皆是借用量詞。

(二)動量詞

所謂動量詞，是指表達人、事、物的動作、行爲的單位的量詞。動量詞分爲專用量詞、借用量詞兩種。

1.**專用量詞**：所謂專用量詞，是指專用某種需要或某人使用的量詞。如「他打一下」的「下」、「第一遭」的「遭」、「一陣風」的「陣」、「讀三遍」的「遍」、「他去過兩回」的「回」、「他來我這裡有三次」的「次」、「我特地走一趟」的「趟」、「吃一頓飯」的「頓」、「三番兩次」的「番」、「一場滂沱大雨」的「場」，皆是專用量詞。

2.**借用量詞**：所謂借用量詞，是指表達身體某部分或動作、行爲所憑藉的工具的量詞。如「他打我一拳」的「拳」、「我的手被切了一刀」的「刀」、「我踢他一腳」的「腳」、「他看我一眼」的「眼」、「舀一勺水給我」的「勺」、「他煮一鍋菜」的「鍋」，皆是借用量詞。

㈢時量詞

所謂時量詞，是指表達時間長短的計量單位的詞。如「他九十五年去美國」的「年」、「我三月去旅行」的「月」、「那天到寒舍聊天」的「天」、「臺灣星期六、星期日不上班」的「星期」、「現在差三分是下午三點鐘」的「分」、「點鐘」、「他一百尺跑十二秒」的「秒」，皆是時量詞。

㈣複合量詞

所謂複合量詞，是指由兩個詞表達不同單位的詞而複合構成的一種量詞。如「今年出國旅遊有多少人次」的「人次」（「人」和「次」複合）、「臺灣到美國的飛機有多少班次」（「班」和「次」複合）、「這艘航空母艦有多少噸位」的「噸位」（「噸」和「位」複合）、「昨天下雨，石門水庫累積水量有多少立方米」的「立方米」（「立方」和「米」複合）、「上個月我到韓國旅行。」的「個月」（「個」和「月」複合），皆是複合量詞。

通常數詞和量詞合用的情形，屢見不鮮，有些文法書稱爲數量詞。如胡適〈差不多先生傳〉：「他從從容容地走到火車站，遲了兩分鐘，火車已開走了。」「兩分鐘」，是數量詞。「兩」，是數詞；「分鐘」，是量詞。又如張騰蛟〈那默默的一群〉：「這五位負責道路清潔的婦人家。」「五位」，是數量詞。「五」，是數詞；「位」，是量詞。又宋晶宜〈雅量〉：「朋友買了一件衣料。」「一件」，是數量詞。「一」，是數詞；「件」，是量詞。又如范仲淹〈岳陽樓記〉：「慶曆四年春，滕子京謫守巴陵郡。」「四年」，是數量詞。「四」，是數詞；「年」，是量詞。又如吳明足〈三代同堂〉：「三代同堂了。」「三代」，是數量詞。「三」，是數詞；「代」，是量詞。

貳、虛詞的類型

一、介詞

所謂介詞，是指介繫、引進名詞、代詞或名詞性短語給句子中的述語或表語，表達時間、處所、方向、依據、方式、目的、理由、被動、對象、比較等種種關係的詞，又叫介繫詞。介詞的特色：㈠不能單獨充當句子的成分。㈡不能重疊使用。㈢不能帶時態助詞。㈣不能帶趨向動詞。㈤通常和名詞、代詞、短語合用，組成介詞短語，經常充當狀語、補語、定語。㉛介詞的類型，分爲表達時間、處所、方向的介詞、表達依據、方式的介詞、表達目的、原因、理由的介詞、表達被動的介詞、表達對象、關聯的介詞、表達比較的介詞、表達排除的介詞七種。㉜

㈠表達時間、處所、方向的介詞：所謂表達時間、處所、方向的介詞，是指介繫、引進名詞、代詞、短語給句子中的述語或表語，表達時間、處所、方向等種種關係的詞。如陳之藩〈謝天〉：「常到外國朋友家吃飯。當蠟燭燃起，菜肴布好，客主就位。」「到」，是處所的介詞：「當」，是時間的介詞。又如陶淵明〈桃花源記〉：「晉太元中武陵人，捕魚爲業，緣溪行，忘路之遠近。」「緣」，「沿著」之意，是表達方向的介詞。又如張騰蛟〈那默默的一群〉：「當她們每天早上來清掃，面對著那些黃黃的泥巴。」「當」，是表達時間的介詞。又如甘績瑞〈從今天起〉：「我們應當做的事，要從今天起，就開始去做。」「從」，是表達時間的介詞。又如歸有光〈項脊軒志〉：「余自束髮讀書軒中。」「自」，是表達時間的介詞。又如〈項脊軒志〉：「軒東故嘗爲廚，人往，從軒前過。」

「從」，是表達方向的介詞。又如張騰蛟〈那默默的一群〉：「最勇敢的戰士常常朝著最危險的地方走去。」「朝著」，是表達處所的介詞。此外，尚有「由」、「在」、「往」、「於」、「朝」、「自從」、「向」、「順著」，皆是表達時間、處所、方向的介詞。

㈡表達依據、方式的介詞：所謂表達依據、方式的介詞，是指介繫、引進名詞、代詞、短語給句子中的述語或表語，表達依據、方式等種種關係的詞。如朱自清〈背影〉：「走到那邊月臺，須穿過鐵道，須跳下去又爬上去。」「過」，是表達依據、方式的介詞。又如吳敬梓《儒林外史·第一回》〈王冕的少年時代〉：「只靠我做些針黹生活尋來的錢，如何供得你讀書？」「靠」，是表達依據、方式的介詞。又如海倫·凱勒〈假如給我三天光明〉：「如果我僅僅憑藉觸覺就能得到那麼多的快樂。」「憑」，是表達依據、方式的介詞。又如〈假如給我三天光明〉：「充分運用你的每一個感官，憑著天賦的感觸，去盡情享受你眼前世界的種種樂趣和美麗。」「憑」，是表達依據、方式的介詞。此外，尚有「通過」、「依照」、「經過」、「按照」、「遵照」、「按照」、「按」、「用」、「根據」、「以」，皆是表達依據、方式的介詞。

㈢表達目的、原因、理由的介詞：所謂表達目的、原因、理由的介詞，是指介繫、引進名詞、代詞、短語給句子中的述語或表語，表達目的、原因、理由等種種關係的詞。如海倫·凱勒〈假如給我三天光明〉：「因爲黑暗會令他更珍惜光明，寂寞會讓他更體會聲音的甜美。」「因爲」，是表達目的、原因、理由的介詞。又如杏林子〈心囚〉：「有些人看似生活得繁華熱鬧，卻往往是天底下最寂寞的人，因爲他們把自己的心封閉了。」「因爲」，是表達目的、原因、理由的介詞。又如亮軒〈藉口〉：「小時候，『因爲沒爲適當的指導』。」「因爲」，是表達目的、原因、理由的介詞。又如吳明足〈穩渡舟〉：「去年暑假，由於天氣太熱，我南北奔波了幾天，勞累過度，急病一場。」「由於」，是表達目的、原因、理由的介詞。此外，尚有「爲讀書而讀書」的「爲」、「爲了考試而讀書」的「爲了」、「爲著生活而勞碌奔波」的「爲著」，皆是表達目的、原因、理由的介詞。

㈣表達被動的介詞：所謂表達被動的介詞，是指介繫、引進名詞、代詞、短語給句子中的述語、表語，表達被動關係的介詞。又如張文亮〈虎克——愛上跳蚤的男人〉：「他掃到波義耳教室的門口，被波義耳叫進去。」「被」、「叫」，皆是表達被動的介詞。又如朱自清〈背影〉：「父親因爲事忙，本已說定不送我，叫旅館裡一個熟識的茶房陪我同去。」「叫」，是表達被動的介詞。「因爲」，是表達原因的介詞。又如曾志朗〈螞蟻雄兵〉：「你只要往外面望一眼，就會被烈日嚇得不敢再往外移動。」「被」，是表達被動的介詞。又如海倫．凱勒〈假如給我三天光明〉：「在光明的世界中，視覺這一天賦才能，竟只被作爲一種便利。」「被」，表達被動的介詞。又如胡適〈差不多先生傳〉：「好在王大夫同汪大夫也差不多，讓我試試看罷。」「讓」，是表達被動的介詞。又如杏林子〈心囚〉：「我看來多麼像是一個囚犯，一個被病禁錮在床的犯人。」「被」，表達被動的介詞。此外，尚有「教」、「給」、「爲」，皆是表達被動的介詞。

㈤表達對象、關聯的介詞：所謂表達對象、關聯的介詞，是指介繫、引進名詞、代詞、短語給句子中的述語、表語，表達對象、關聯等關係的介詞。如范仲淹〈岳陽樓記〉：「至若春和景明，波瀾不驚。」「至若」，「至於」之意，表達關聯的介詞。又如歐陽脩〈醉翁亭記〉：「至於負者歌於塗，行者休於樹。」「至於」，是表達關聯的介詞。又如胡適〈差不多先生傳〉：「好在王大夫同汪大夫也差不多，讓他試試看罷。」「同」，是表達對象的介詞。又如宋昌宜〈雅量〉：「人人的欣賞觀點不盡相同，那是和個人的性格與生活環境有關。」「和」、「與」，皆是表達對象的介詞。此外，尚有「把」、「將」、「替」、「跟」、「與」、「對於」、「關於」、「連」，皆是表達對象、關聯的介詞。

㈥表達比較的介詞：所謂表達比較的介詞，是指介繫、引進名詞、代詞、短語給句子中的述語、表語，表達比較關係的介詞。如朱自清〈背影〉：「近幾年來，父親和我都是東奔西走。」「和」，表達比較的介詞。又如杏林子〈一顆珍珠〉：「爲造福其他和他同樣命運的盲人，他一再的研究實驗。」「和」，是表達比較的介詞。又如秦牧〈蜜蜂的讚美〉：「由於搜集來的東西是經過自己的重新釀造，因此，蜂蜜就比一般鮮花的甜汁要甜美和精粹得多。」「比」，是表達比較的介詞。又如陳之藩〈寂寞的畫廊〉：「我看不出有誰比這位老太太再幸福。」「比」，是表達比較的介詞。又如梁實秋〈鳥〉：「世界上的生物，沒有比鳥更俊俏的。」「比」，是表達比較的介詞。又如蔡宗陽《不吐絲的蠶．序》：「你工作比我忙，深信有一天我可以趕上你、超過你。」「比」，是表達比較的介詞。

㈦表達排除的介詞：所謂表達排除的介詞，是指介繫、引進名詞、代詞、短語給句子中的述語、表語，表達排除關係的詞。如方祖燊《不吐絲的蠶．序》：「我進了中學，讀到我國的歷史，才逐漸了解過去我國的社會完全是男人活動的舞臺，女人除了呂后、武則天在政治，花木蘭、梁紅玉在軍事，烏孫公主在外交，班昭在史學方面，有一些成就之外，再也不容易舉出什麼特別知名的人物來了。」「除了……之外」，是表達排除的介詞。又如張文亮〈虎克——愛上跳蚤的男人〉：「在科學界裡，除了波義耳和巴斯比博外，虎克幾乎沒有朋友。」「除了……外」，是表達排除的介詞。又如何懷碩《煮石集．收藏家》：「一個民族的藝術要蓬勃發展，除了要有許多眞正爲藝術而努力的藝術之外，還要有更多熱愛的，眞正的收藏家。」「除了……之外」，是表達排除的介詞。

二、連詞

所謂連詞，是指連接詞與詞、語與語、句與句、段與段，以表達兩者之間某種意義關係的詞，又稱爲連接詞。連詞的特色：㈠連詞不能單獨充當句子的成分。㈡連詞對於詞、語、句本身通常沒有修飾作用。㈢連詞僅能將兩個或兩個以上的詞、語、句連接起來，表

達它們之間平行、轉折、選擇、順接、因果、主從、假設、遞進等種種意義關係，產生連接作用。㉝連詞依據連接的語言單位不同，可分爲經常連接名詞、代詞、定心短語的連詞、經常連接動詞、形容詞或狀心短語的連詞、經常連接分句或主謂短語的連詞、連接句子或句群的連詞四種。㉞

㈠經常連接名詞、代詞或定心短語的連詞：所謂連接名詞、代詞或名詞性短語的連詞，是指連接名詞與名詞、代詞與代詞、名詞性短語與名詞性短語，以表達兩者之間某種意義關係的詞。如宋晶宜〈雅量〉：「人與人偶有摩擦。」「人與人」的「與」，是表達名詞與名詞之間的連詞。又如朱自清〈背影〉：「他和我走到車上。」「他和我」的「和」，是表達代詞與代詞之間的連詞。又如胡適〈差不多先生傳〉：「他對於氣味和口味都不很講究。」「氣味和口味」的「和」，是表達名詞與名詞之間的連詞。又如吳敬梓《儒林外史》「王冕的少年時代」：「這幾件舊衣服和些舊傢伙，當的當了，賣的賣的。」「幾件舊衣服和些舊傢伙」的「和」，是表達定心短語與定心短語之間的連詞。又如羅家倫〈運動家的風度〉：「這次羅斯福與威爾基競選。」「羅斯福與威爾基」的「與」，是表達名詞與名詞之間的連詞。又如張岱〈湖水亭看雪〉：「天與雲、與山、與水，上下一白。」「天與雲、與山、與水」的「與」，是表達名詞與名詞之間的連詞。又如吳敬梓〈范進中舉〉：「正待燒鍋做飯，只見他丈人胡屠戶，手裡拿著一副大腸和一瓶酒，走了進來。」「一副大腸和一瓶酒」的「和」，是表達定心短語與定心短語之間的連詞。又如葉珊《燈船．冬季機場》：「風信旗和標桿，就是穿戴舒齊的畏縮於軍裝裡的。」「風信旗和標桿」的「和」，是表達名詞與名詞之間的連詞。又如陳之藩〈謝天〉：「主人家的小男孩或小女孩舉起小手。」「小男孩或小女孩」的「或」，是表達定心短語與定心短語之間的連詞。此外，尚有「跟」、「及」、「同」、「或者」、「以及」等，皆是表達連接名詞、代詞或定心短語之間的連詞。

㈡經常連接動詞、形容詞或狀心短語的連詞：所謂經常連接動詞、形容詞或狀心短語的連詞，是指連接動詞與動詞、形容詞與形容詞、狀心短語與狀心短語，以表達兩者之間某種意義關係的詞。如宋晶宜〈雅量〉：「人與人之間，應該有彼此容忍和尊重。」「容忍和尊重」的「和」，是表達形容詞與形容詞之間的連詞。「人與人」的「人」，是表達名詞與名詞之間的連詞。又如陳之藩〈謝天〉：「在我這方面看來，忘或不忘，也沒有太大的關係。」「忘或不忘」，是表達動詞與動詞之間的連詞。又如劉墉《超越自己．做硯與做人》：「只有在切磨打光之後，才能完全而持久地呈現。」「完全而持久」的「而」，是表達形容詞與形容詞之間的連詞。又如陳黎〈聲音鐘〉：「碰到颱風下雨，這些鐘自然也有停擺、慢擺或亂擺的時候。」「慢擺或亂擺」的「或」，是表達狀心短語的連詞。「慢擺」、「亂擺」，皆是狀心短語。「停」、「慢」、「亂」，是形容詞、狀語；「擺」，是動

詞、中心語。此外，尚有「並」、「並且」、「而且」、「或者」，皆是表達動詞、形容詞或狀心短語的連詞。

㈢經常連接分句或主謂短語的連詞：所謂經常連接分句或主謂短語的連詞，是指連接分句與分句、主謂短語與主謂短語，以表達兩者之間某種意義關係的詞。如劉墉《超越自己．做硯與做人》：「那石塊須經過嚴格的考驗，如同文質彬彬，外表敦和而中心耿介的君子。」「外表敦和而中心耿介」的「而」，是表達主謂短語與主謂短語之間的連詞。「外表敦和」、「中心耿介」，是主謂短語。「外表」、「中心」，是主語；「敦和」、「耿介」，是謂語、表語。又如王溢嘉〈音樂家與職籃巨星〉：「球技精湛，但教練還嫌他『矮』。」「但」，是表達分句與分句之間的連詞。又如吳明足〈方帽子〉：「高三那年，同學紛紛談及考大學的事，而我卻默默地找事做。」「而」，是表達分句與分句之間的連詞。又如吳明足〈業餘寫作樂無窮〉：「我起身快快去開門，並且對他神秘地一笑。」「並且」，是表達分句與分句之間的連詞。此外，尚有「因爲」、「如果」、「除非」、「雖然」、不過」、「不管」、「只要」、「不論」等，皆是表達分句、主謂短語的連詞。

㈣表達連接句子或句群的連詞：所謂表達連接句子或句群的連詞，是指連接句子與句子、句群與句群，以表達兩者之間某種意義關係的詞。如宋晶宜〈雅量〉：「人與人偶有摩擦，往往都是由於缺乏那份雅量的緣故。因此，爲了減少摩擦，增進和諧，我們必須努力培養雅量。」「因此」，是表達句群與句群之間的連詞。又如胡適〈差不多先生傳〉：「今天走同明天走，也還差不多。可是火車公司未免太認眞了。」「可是」，是表達句子與句子之間的連詞。又如陳之藩〈謝天〉：「幾年來，我已變得很習慣了。但我一直認爲只是一種不同的風俗儀式。」「但」，是表達句子與句子之間的連詞。又如吳明足〈居室記〉：「孟母一生中才三次遷居，我們有如游牧民族，最高紀錄在一年之中四易其所，眞是苦不堪言！因此，我們下定決心，省吃儉用，自購一層公寓。」「因此」，是表達句群與句群之間的連詞。此外，尚有「然而」、「所以」、「但是」，皆是表達句子或句群的連詞。

三、助詞

所謂助詞，是指附著在詞、語、句前後，產生輔助作用，表達某種結構關係或時態（又稱「動態」）、語氣、代詞性、音節的一定附加意義的詞。助詞的特色：㈠助詞不能單獨充當句子的成分。㈡助詞沒有實在的意義。㈢助詞沒有統一的文法功能，各類助詞的文法特點不同。㈣助詞的獨立性最差，不能單獨使用。㈤助詞必須附著在別的語言成分之中，才能產生輔助作用。[35]助詞的類型，可分爲結構助詞、時態助詞（又稱爲動態助詞）、語氣助詞、代詞性助詞、音節助詞五種。[36]

㈠結構助詞：所謂結構助詞，是指運用「是」、「之」、「的」、「地」、「得」等詞，

在句法結構中表達結構關係的助詞。結構助詞出現在語句的中間，有三種意義：一是表達語句中的助詞，沒有意義。如《左傳．成公二年》：「能進不能退，君無所辱命。」「君無所辱命」的「所」，是句中助詞，無意義。又如《儀禮．燕禮》：「君無所辱賜於使臣，臣敢辭。」「君無所辱賜於使臣」的「所」，也是句中助詞，無意義。又如《公羊傳．襄公二十七年》：「無所用盟，請使公子鱄約之。」「無所用盟」的「所」，也是句中助詞，無意義。二是表達語序結構的改變，如《論語．爲政》：「父母唯其疾之憂。」此句當作「父母唯憂其疾」。「之」，是句中結構助詞，無意義。又如韓愈〈祭十二郎文〉：「吾少孤，及長，不省所怙，唯兄嫂是依。」「唯兄嫂是依」，當作「唯依兄嫂」。「是」，係句中的結構助詞，無意義。又如《左傳．僖公五年》「宮之奇諫假道」：「鬼神非人實親，唯德是依。」「唯德是依」，此句當作「唯依德」。「是」，係句中結構助詞，無意義。三是表達短語或結構的關係。如楊喚〈夏夜〉：「在美麗的夏夜裡愉快地旅行。」「愉快地旅行」，係狀心短語。「愉快」，是狀語；「旅行」，是中心語；「地」，是句中結構助詞。又如胡適〈差不多先生傳〉：「他死後，大家都稱讚差不多先生樣樣事情看得破，想得通。」「看得破」、「想得通」的「得」，是句中結構助詞。又如陳之藩〈謝天〉：「她雪白的頭髮，顫抖的聲音，在搖曳的燭光下，使我想起兒時的祖母。」「雪白的頭髮」、「顫抖的聲音」、「搖曳的燭光」、「兒時的祖母」，皆是定心短語。「雪白」、「顫抖」、

「搖曳」、「兒時」，是定語；「頭髮」、「聲音」、「燭光」、「祖母」，是中心語。「的」，是表達句中結構助詞。

㈡時態助詞：所謂時態助詞，是指運用「著」、「了」、「過」、「矣」等詞，附著在動詞、形容詞之後，表達動作、變化的狀態的助詞，又稱爲動態助詞。如歸有光〈項脊軒志〉：「庭有枇杷樹，吾妻死之年所手植也；今已亭亭如蓋矣。」「矣」，是表達時態助詞。又如陳之藩〈謝天〉：「因爲在國內養成的習慣，還沒有坐好，就開動了。」「了」，是表達時態助詞。又如胡適〈差不多先生傳〉：「遲了兩分鐘，火車已開走了。」「了」，是表達時態助詞。又如宋晶宜〈雅量〉：「一位鞋店老闆曾指著櫥窗裡一雙式樣毫不漂亮的鞋子。」「著」，是表達時態助詞。又如朱自清〈背影〉：「我們過了江，進了車站。」「過」，是表達時態助詞。又如莫泊桑〈項鍊〉：「她的皮膚皺了，手也粗了。」「了」，是表達時態助詞。

㈢語氣助詞：所謂語氣助詞，是指運用「吧」、「啊」、「罷」、「嗎」、「呀」、「呢」、「乎」、「哉」、「耳」、「焉」、「耶」等詞，附著在句子之後，表達語氣的助詞。有些文法書單獨成立「語氣詞」一類，可以酌參。語氣助詞，如《論語．學而》：「學而時習之，不亦說乎？有朋自遠方來，不亦樂乎？人不知而不慍，不亦君子乎？」「乎」，「嗎」之意，是表達句末語氣助詞。又如蘇轍〈黃州快哉亭記〉：「楚王之所以爲樂，與

庶人之所以爲憂，此則人之變也，而風何與焉？」「焉」，「呢」之意，是表達句末語氣助詞。又如李白〈與韓荊書〉：「君侯何惜階前盈尺之地，不使白揚眉吐氣，激昂青雲耶？」「耶」，「呢」之意，是表達句末語氣助詞。又如魏徵〈諫太宗十思疏〉：「何必勞神苦思，代下司職，役聰明之耳目，虧無爲之大道哉？」「哉」，「呢」之意，是表達句末語氣助詞。又如曾鞏〈墨池記〉：「豈其徜徉肆志，而又嘗自休於此邪？」「邪」，音ㄧㄝˊ，「嗎」之意，是表達句末語氣助詞。又如蘇軾〈赤壁賦〉：「蘇子愀然，正襟危坐而問客曰：『何爲其然也？』」「也」，「呢」之意，是表達句末語氣助詞。又如胡適〈差不多先生傳〉：「好在王大夫同汪大夫也差不多，讓他試試看罷。」「罷」，同「吧」，是表達囑咐的句末語氣助詞。又如甘績瑞〈從今天起〉：「今天不做，還有明天可做呢！」「呢」，是表達句末語氣助詞。又如朱自清〈背影〉：「我這樣大年紀的人，難道還不能料理自己麼？」「麼」，同「嗎」，是表達句末語氣助詞。又如陳之藩〈謝天〉：「今天不要忘了，可別太快開動啊！」「啊」，是表達句末語氣助詞。又如夏丏尊〈生活的藝術〉：「那麼逢天雨仍替你送去吧！」「吧」，是表達句末語氣助詞。又如奚淞〈美濃的農夫琴師〉：「我們可以開始咧！」「咧」，是表達句末語氣助詞。又如徐志摩〈我所知道的康橋〉：「你能想像更適情、更適性的消遣嗎？」「嗎」，是表達句末語氣助詞。又如胡適〈母親的教誨〉：「娘（涼）什麼！老子都不老子呀！」「呀」，是表達句末語氣助詞。又如《論語．

述而》：「二三子以我爲隱乎？吾無隱乎爾！」「乎爾」，是表達句末語氣助詞。又如吳明足〈我的日課表〉：「偏偏人的一生中，『管』你的人還眞不少呢！」「呢」，是表達句末語氣助詞。

㈣代詞性助詞：所謂代詞性助詞，是指運用「所」、「見」、「相」等詞，附著在詞語（通常是「動詞」）之前的助詞。如《莊子．養生主》：「始臣之解牛之時，所見無非全牛者。」「所見無非全牛者」之「所」，附著在動詞「見」之前，是代詞性助詞。又如《史記．刺客列傳》：「所擊殺者數十人。」「所擊殺者」之「所」，附著在動詞「擊殺」之前，是代詞性助詞。又如《韓非子．顯學》：「所養者非所用，所用者非所養，此所以亂也。」「所養者」之「所」，是表達代詞性助詞。又如李密〈陳情表〉：「生孩六月，慈父見背。」「見背」之「見」，是表達代詞助詞。「見背」，「棄我而去」之意。又如陶淵明〈歸去來辭並序〉：「家叔以余貧苦，遂見用於小邑。」「見用」之「見」，是表達代詞性助詞。誠如楊伯峻、田樹生《文言常用虛詞》云：「『見』既表被動，又指代動作所涉及的對象，在句中作倒置的賓語。可譯爲『自己』、『我』等第一人稱代詞，或『他』等。」㊲又如王維〈相思〉：「紅豆生南國，春來發幾枝；願君多采擷，此物最相思。」「相思」的「相」，既表示「想」的動作由「我」發出的，而且包括被想的對象——紅豆，㊳因此「相」是表達代詞性助詞。又如韓愈〈答李翊書〉：「問於愈者多矣，念生之言不志乎

利，聊相爲言之。」「聊相爲言之」之「相」，是表達代詞性助詞。「聊相爲言之」，意謂姑且爲你寫了這些。又如〈焦仲卿妻〉：「誓不相隔卿，且暫還家去。」「誓不相隔卿」，意謂發誓不和你斷絕恩愛。「相」，是表達代詞性助詞。

㈤音節助詞：所謂音節助詞，是指運用「之」字湊足一個專名複詞的音節，舒緩語氣，使其更暢達、更流利的助詞。㊴如《左傳．僖公五年》：「宮之奇諫曰：『虢，虞之表也；虢亡，虞必從之。』晉不可啓，寇不可翫。」「宮之奇」的「之」，是表達音節助詞。「宮之奇」，是人名，姓宮，名奇。又如《左傳．僖公二十四年》：「晉侯賞從亡者；介之推不言祿，祿亦弗及。」「介之推」的「之」，是表達音節助詞。「介之推」，是人名，姓介，名推。又如《左傳．僖公三十年》：「佚之狐言於鄭伯曰：『國危矣！若使燭之武見秦君，師必退。』公從之。」「佚之狐」、「燭之武」的「之」，是表達音節助詞。「佚之狐」，是人名，姓佚，名狐，鄭國大夫。「燭之武」，是人名，姓燭，名武，鄭國大夫。

四、歎詞

所謂歎詞，是指運用「於乎」、「噫」、「嗟」、「嗚呼」、「啊」、「哇」、「哎喲」、「哼」、「喂」等詞，以表達讚美、驚訝、恐懼、醒悟、傷心、痛苦、輕蔑、憤怒、斥責、呼喚、應答等聲音情感或口吻的詞，又稱爲感歎詞。㊵歎詞的特色：㈠歎詞通常單獨使用。㈡歎詞既不附著在其他語言成分，又不和其他語言成分產生結構關係。㈢歎詞通常用在句首，不過偶爾有極少數用在句中或句末。㈣歎詞書寫時，要用標點符號隔開。㈤一個歎詞單獨使用，成爲句子的獨立成分，稱爲「獨詞句」，是省略句中最簡略的一種句子。㊶如韓愈〈祭十二郎文〉：「嗚呼！汝病吾不知時，汝歿吾不知日。」「嗚呼」，是表達傷心的歎詞。又如《詩經．周頌．烈文》：「於乎！前王不忘。」「於乎」，同「嗚呼」，是表達讚美的歎詞。又如《論語．先進》：「顏淵死，子曰：『噫！天喪予！天喪予！』」「噫」，傷心聲，是表達傷心痛苦的歎詞。又如《禮記．檀弓》「不食嗟來食」：「黔婁左奉食，右執飲，曰：『嗟！來食。』」「嗟」，「喂」之意，吆喝聲，是表達呼喚的歎詞。又如宋晶宜〈雅量〉：「一位對圍棋十分感興趣的同學說：『啊，好像棋盤似的。』」「啊」，是表達應答的歎詞。又如亞榮隆．撒可努〈飛鼠大學〉：「父親這時候說：『哇！這隻飛鼠天天都有上課，可能國小有畢業。』」「哇」，是表達驚訝的歎詞。又如吳明足〈切莫否定自己〉：「天啊！這簡直不像是備戰的積極陣容，而是一群未戰先疲的傷兵殘卒。」「啊」，是表達驚訝的歎詞。鍾理和〈做田〉：「犁擱淺了。『嘔！』犁田的大聲叱喝，舉起牛鞭向空一揮。」「嘔」，是表達呼喚的歎詞。「嘔」，獨立成句，可說是「獨詞句」。

五、擬聲詞

所謂擬聲詞，是指摹擬自然界及人、事、物的聲響的一種詞，又稱為「狀聲詞」、「象聲詞」、「摹聲詞」。擬聲詞的特色：㈠僅摹擬自然界及人、事、物的聲響，不表達任何意義。㈡能夠充當定語、狀語。㈢能夠單獨使用，成為句子的獨立成分，像歎詞一樣，稱為「獨詞句」，最省略句中最簡略的一種句。㊷如向陽〈春回鳳凰山〉：「嗶剝價響，沿路追燒我的故鄉。」「嗶剝價響」，意謂嗶嗶剝剝地響。「嗶剝」，擬聲詞，又稱為狀聲詞、象聲詞。又如陳黎〈聲音鐘〉：「但這些鐘可不是一成不變地只會敲著噹、噹、噹的聲音，或者每隔一個鐘頭伸出一隻小鳥『布穀、布穀』地向你報時。」「噹、噹、噹」，敲鐘的聲響，是擬聲詞，又稱為狀聲詞。又如奚淞〈美濃的農夫琴師〉：「他面無表情，也不多話，坐下來，順手撈起一把椰殼胡琴，就咿咿啞啞地調起弦來。」「咿咿啞啞」，調弦的聲響，是擬聲詞，又稱為狀聲詞。又如〈美濃的農夫琴師〉：「我們穿越街道，經過蟲聲唧唧的田野。」「唧唧」，蟲叫的聲音，是擬聲詞，又稱為狀聲詞。又如胡適〈老鴉〉：「我大清早起，站在人家屋角上啞啞的啼。」「啞啞」，摹擬烏鴉的啼叫聲，是擬聲詞，又稱為狀聲詞。又如〈木蘭詩〉：「唧唧復唧唧，木蘭當戶織。」「唧唧」，此指織布機織布時所發出的聲音，是擬聲詞，又稱為狀聲詞。又如琦君〈下雨天，眞好〉：「我跟著小木船在爛泥地裡踩水，吱嗒吱嗒的響。」「吱嗒吱嗒」，此指在爛泥地中踩水所發出的聲響，是擬聲詞，又叫狀聲詞。又如白居易〈慈烏夜啼〉：「慈烏失其母，啞啞吐哀音。」「啞啞」，此指烏鴉的叫聲，是擬聲詞，又叫狀聲詞。又如陳冠學《田園之秋》：「下午大雨滂沱，霹靂環起。」「霹靂」，此時急而響的雷聲，是擬聲詞，又叫狀聲詞。又如劉鶚《老殘遊記》：「那荷葉初枯，擦得船嗤嗤價響。那水鳥被人驚起，格格價飛。」「嗤嗤」，此指荷葉擦撞船的聲響，是擬聲詞，又叫狀聲詞。「格格」，此指鳥飛時拍擊翅膀的聲音，是擬聲詞，又叫狀聲詞。又如蘇軾〈赤壁賦〉：「客有吹洞簫者，倚歌而和之，其聲嗚嗚然：如怨、如慕、如泣、如訴。」「其聲嗚嗚然」之「嗚嗚」，形容吹洞簫的聲音，是擬聲詞，又稱爲狀聲詞。又如〈木蘭詩〉：「不聞爺孃喚女聲，但聞黃河流水鳴濺濺。」「濺濺」，水流聲，是擬聲詞，又叫狀聲詞。又如〈木蘭詩〉：「不聞爺孃喚女聲，但聞燕山胡騎聲啾啾。」「啾啾」，群馬鳴叫的聲音，是擬聲詞，又叫狀聲詞。又如《詩經．周南．關雎》：「關關雎鳩，在河之洲。」「關關」，鳥鳴聲，是擬聲詞，又叫狀聲詞。又如《詩經．小雅．鹿鳴》：「呦呦鹿鳴，食野之苹。」「呦呦」，鹿鳴聲，是擬聲詞，又叫狀聲詞。又如《詩經．齊風．雞鳴》：「蟲飛薨薨，甘與子同夢。」「薨薨」，蟲子群飛的聲音，是擬聲詞，又叫狀聲詞。又如《詩經．唐風．鴇羽》：「肅肅鴇羽，集于苞栩。」「肅肅」，鳥飛聲，是擬聲詞，又稱爲狀聲詞。

第二節　詞類的活用

所謂詞類的活用，是指一個實詞，除了本身詞性以外，靈活運用而轉變爲實詞本身詞性以外的其他詞類，這種現象相當於修辭學的「轉品」修辭手法。最常見的詞類活用，有名詞的活用、動詞的活用、形容詞的活用三大類型，又各分爲若干種。㊸

壹、名詞的活用

所謂名詞的活用，是指名詞靈活運用而轉變其本身以外的詞性，如動詞、形容詞、副詞等。因此，名詞的活用，又分爲名詞活用作動詞、名詞活用作形容詞、名詞活用作副詞三種。㊹

一、名詞活用作動詞

如方苞〈左忠毅公軼事〉：「一日，使史公更敝衣草屨，背筐，手長鑱，爲除不潔者。」「背筐」的「背」，本是名詞「背部」的「背」（音ㄅㄟ）；這裡活用作動詞「背」（音ㄅㄟ），「負荷」之意。「手長鑱」的「手」，本是名詞；這裡活用作動詞，「拿」之意。「背筐」、「手長鑱」，係述賓短語，又叫述賓結構、述賓詞組，「背」、「拿」，是述語。又如《論語・八佾》：「子語魯大師樂，曰：『樂其可知也。』」「子語魯大師樂」，是敘事句。「子」，指孔子，是主語；「語」，「告訴」之意，由名詞「語言」的「語」（音ㄩˋ）活用作動詞「語（音ㄩˋ）」；「魯大師樂」，是賓語。又如《論語・公冶長》：「子謂公冶長，『可妻也，雖在縲絏之中，非其罪也。』以其子妻之。」「可妻也」之「妻」、「以其子妻之」的「妻」，本是名詞「夫妻」之「妻（音ㄑㄧ）」；這裡活用作動詞「妻（音ㄑㄧˋ）」。「以女妻之」，意謂將女兒嫁給他。「妻（音ㄑㄧˋ）」，將女兒嫁給別人之意。又如《禮記・檀弓下》「不食嗟來食」：「其嗟也可去，其謝也可食。」「食」，「吃的東西」之意，本是名詞；這裡活用作動詞「食」，「吃」之意。又如「不食嗟來食」：「予唯不食嗟來之食。」此句是敘事句。「予」，「我」之意，是主語；「不食」之「食」，「吃」之意，是述語；「嗟來之食」，是賓語。又如《韓非子》「鄭人信度」：「鄭人有且置履者，先自度其足。」「度（音ㄉㄨˋ）」，本是名詞；這裡活用作動詞「度（ㄉㄨㄛˋ）」，「量」之意。「鄭人」，是主語；「度」，是述語；「其足」，是賓語。又如《戰國策》「鷸（音ㄩˋ）蚌相爭」：「今日不雨，明日不雨，即有死蚌。」兩個「不雨」之「雨」，本是名詞「雨（音ㄩˇ）」；這裡活用作動詞「雨（音ㄩˋ）」，「從上而降下」之意，即「下雨」之意。又如韓愈〈師說〉：「愛其子，擇師而教之，於其身也，則恥師焉，惑矣！」「恥師」，以向老師學習爲恥。「恥」，本是名詞；這裡活用作意謂動

詞，「以……爲恥」之意。「恥師」，是述賓短語。「恥」，是述語；「師」，是賓語。又如《論語．雍也》：「知者樂水，仁者樂山。」「樂（音ㄩㄝˋ）」，本是名詞；這裡活用作動詞，「樂（音ㄧㄠˋ）」，「喜好」之意。「知者」、「仁者」，是主語；「樂」是述語；「水」、「山」是賓語。又如司馬光〈訓儉示康〉：「平生衣取蔽寒，食取充腹；亦不敢服垢弊以矯俗干名，但順吾性而已。」「服」，本是名詞，衣裳的總稱；這裡活用作動詞，「穿」之意。「服垢弊」，是述賓短語。「服」，是述語；「垢弊」，是賓語。又如《論語．述而》：「飯疏食，飲水，曲肱而枕之。」「飯疏食」，是述賓短語。「飯」，本是名詞，煮熟的穀類；這裡活用作動詞，也是述語，「吃」之意。「枕之」，以之爲枕，把曲肱當作枕頭。「枕」，本是名詞；這裡活用作意謂動詞，「以……爲枕」。「枕之」，述賓短語。「枕」，是述語；「之」，指「曲肱」，是賓語。又如劉基《郁離子》：「山之果，公所樹與？」「樹」，本是名詞；這裡活用作動詞，「種植」之意。又如劉向《說苑．貴德》：「吾不能以春風風人，吾不能以夏雨雨人。」「春風風人」、「夏雨雨人」，係敘事句。「春風」、「夏雨」，是主語；「風」、「雨」，是述語；「人」，是賓語。「風（音ㄈㄥ）」，本是名詞；這裡活用作動詞，「風（音ㄈㄥˋ）」，「吹」之意。「雨（音ㄩˇ）」，本是名詞；這裡活用作動詞，「從上而降下」之意，即「淋」之意。又如司馬光〈訓儉示康〉：「季文子相三君，妾不衣帛，馬不食粟。」「衣（音ㄧ）」，本是名詞，穿在人身上的東西；這裡活用作動詞，衣（音ㄧˋ），「穿」之意。「食音ㄕˊ」，本是名詞，「吃的東西」；這裡活用作動詞，「食（音ㄙˋ）」，同「飼」。

二、名詞活用作形容詞

如司馬光〈訓儉示康〉：「吾今日之俸，雖舉家錦衣玉食，何患不能？」「錦衣」、「玉食」，係定心短語。「錦」、「玉」，是定語；「衣」、「食」，中心語。「錦」，本是名詞，是一種有彩色花紋的絲織品；這裡活用作形容詞，「錦繡的」、「華美的」之意。「玉」，本是名詞，一種光潤漂亮的上等石頭，半透明，質地潤滑堅硬；這種活用作形容詞，「精美」之意。又如《莊子．齊物論》：「女聞人籟而未聞地籟，女聞地籟而未聞天籟夫！」「人」、「地」、「天」，本是名詞；這裡活用作形容詞。「籟」，音ㄌㄞˋ，「聲音」之意。又如賈誼〈過秦論〉：「自以為關中之固，金城千里，子孫帝王萬世之業也。」「金城」，金鐵造的城，係定心短語。「金」，是定語、形容詞；「城」，是中心語、名詞。「金」，本是名詞；這裡活用作形容詞，是定語。又如鼂錯〈論貴粟疏〉：「有石城千仞，湯池百步，帶甲百萬，而亡粟，弗能守也。」「湯池」，滾水泡的護城河，係定心短語。「湯」，是定語，本是名詞，這裡活用作形容詞；「池」，是中心語、名詞。又如《論語．陽貨》：「夫子莞爾而笑曰：『割雞焉用牛刀？』」「牛刀」，是定心短語。「牛」，係定語，本是名詞；這裡活用作形容詞。「刀」，是名詞、中心語。

三、名詞活用作副詞

如《左傳．莊公八年》：「豕人立而啼。公懼，隊（同「墜」）于車。」「人立」，係狀心短語。「人」，本是名詞；這裡活用作副詞。「人」，是狀語；「立」，是中心語、動詞。又如李斯〈諫逐客書〉：「昭公得范雎，廢穰侯，逐華陽，彊公室，杜私門，蠶食諸侯，使秦成帝業。」「蠶食」，像蠶一樣地逐步侵吞，係狀心短語。「蠶」，本是名詞；這裡活用作副詞，是狀語。「食」，動詞、中心語。又如《孟子．萬章下》：「今而後，知君之犬馬畜伋。」「犬馬畜」，係狀心短語。「犬馬」，本是名詞；這裡活用作副詞、狀語。「畜」，是動詞、中心語。又如楊喚〈夏夜〉：「火紅的太陽也滾著火輪子回家了。」「火紅」，係狀心短語。「火」，本是名詞；這裡活用作副詞，修飾形容詞「紅」。「火」，是狀語；「紅」，是中心語、形容詞。又如陳之藩〈謝天〉：「她雪白的頭髮。」「雪白」，係狀心短語。「雪」，本是名詞；這裡活用作副詞，是狀語。「白」，是形容詞、中心語。「雪」修飾形容詞「白」，因此「雪」是副詞、狀語。又如葉珊《燈船．月落》：「月已西沈，留下一地冰涼。」「冰涼」，係狀心短語。「冰」，是狀語；「涼」，是中心語。「冰」修飾形容詞「涼」。因此，「冰」，本是名詞；這裡活用作副詞。又如葉珊〈給命運〉：「只有這一次，死亡的陰影，如一條墨黑的絹帶，由天落下。」「墨黑」，係狀心短語。「墨」，是狀語；「黑」，是中心語。「墨」修飾形容詞「黑」。因此，「墨」，本是名詞；這裡活用作副詞。又如賈誼〈過秦論〉：「有席捲天下，包舉宇內，囊括四海之意，并吞八荒之心。」「席捲」、「囊括」，係狀心短語。「席」、「囊」，是狀語；「捲」、「括」，是中心語。「席」、「囊」，本是名詞；這裡活用作副詞、狀語。又如賈誼〈過秦論〉：「天下雲集而響應，贏糧而景從。」「雲集」的「雲」、「景從」的「景」，本是名詞；這裡活用作副詞。又如蘇軾〈赤壁賦〉：「飄飄乎如遺世獨立，羽化而登仙。」「羽化」，係狀心短語。「羽」，是狀語；「化」，是中心語。「羽」修飾動詞「化」；「羽」本是名詞；這裡活用作副詞、狀語。又如蘇軾〈教戰守策〉：「是以區區之祿山一出而乘之，四方之民，獸奔鳥竄，乞爲囚虜之不暇。」「獸奔」、「鳥竄」，是狀心短語。「獸」、「鳥」，是狀語；「奔」、「竄」，是中心語。「獸」修飾動詞「奔」；「鳥」修飾動詞「竄」；因此「獸」、「鳥」，本是名詞；這裡活用作副詞、狀語。又如楊逵〈壓不扁的玫瑰〉：「枝頭長出了許多花苞，開滿著血紅的花。」「血紅」，係狀心短語。「血」，是狀語；「紅」，是中心語。「血」，本是名詞；這裡活用作副詞。

貳、動詞的活用

所謂動詞的活用，是指動詞靈活運用而轉變其本身以外的詞性，如名詞、形容詞、副詞等。因此，動詞的活用，又分爲動詞活用作名詞、動詞活用作形容詞、動詞活用作副詞

三種。㊺

一、動詞活用作名詞

如李密〈陳情表〉：「逮奉聖朝，沐浴清化。」「清化」，「清明的教化」之意，係定心短語。「清」，是定語；「化」，是中心語。「化」，本是動詞；這裡活用作名詞。又如《孟子．離婁上》：「有不虞之譽，有求全之毀。」「譽」，是「讚揚」之意；「毀」，是「毀謗」之意。「譽」、「毀」，本是動詞；這裡活用作名詞。又如陳之藩〈謝天〉：「一直到前年，我在普林斯頓，瀏覽愛因斯坦的《我所看見的世界》，得到了新的領悟。」「新的領悟」，係定心短語。「新」，是定語；「領悟」，是中心語。「領悟」，「了解」之意，本是動詞；這裡活用作名詞。又如亮軒〈藉口〉：「小時候，『因爲沒有適當的指導』。」「適當的指導」，係定心短語。「適當」，是定語；「指導」，是中心語。「指導」，本是動詞；這裡活用作名詞。又如陳火泉〈青鳥就在身邊〉：「幸福是一種心靈的感受。」「心靈的感受」，係定心短語。「心靈」，是定語；「感受」，是中心語。「感受」，本是動詞；這裡活用作名詞。又如羅蘭〈欣賞就是快樂〉：「讓我們的每一分秒都是一次愉快的完成。」「愉快的完成」，係定心短語。「愉快」，是定語；「完成」，是中心語。「完成」，本是動詞；這裡活用作名詞。又如秦牧〈蜜蜂的讚美〉：「由於蜜蜂釀蜜的方法，給予人們重要的啓示。」「重要的啓示」，係定心短語。「重要」，是定語；「啓示」，是中心語。

「啓示」，本是動詞；這裡活用作名詞。又如吳明足〈精采的一幕〉：「這出其不遇的攻擊，他煞有其事地一個箭步，躲到後院。」「出其不意的攻擊」，係定心短語。「出其不意」，是定語；「攻擊」，是中心語。「攻擊」，本是動詞；這裡活用作名詞。又如劉墉《超越自己．當頭棒喝》：「我也愈發堅定了一個信念：讓你到曼哈頓去上學，不要總是距家人太近，是正確的選擇。」「正確的選擇」，係定心短語。「正確」，是定語；「選擇」，是中心語。「選擇」，本是動詞；這裡活用作名詞。又如秦牧〈蜜蜂的讚美〉：「牠的釀蜜可以說是一種卓越的創造。」「卓越的創造」，係定心短語。「卓越」，是定語；「創造」，是中心語。「創造」，本是動詞；這裡活用作名詞。又如吳晟〈土〉：「至於揮汗吟哦自己的吟哦，詠嘆自己的詠嘆。」第一個「吟哦」、「詠嘆」，是動詞；第二個「吟哦」、「詠嘆」，是動詞活用作名詞。「自己的吟哦」、「自己的詠嘆」，係定心短語。「自己」，是定語；「吟哦」、「詠嘆」，是中心語。又如鄭愁予〈小小的島〉：「小鳥跳響在枝上，如琴鍵的起落。」「琴鍵的起落」，是定心短語。「琴鍵」，是定語；「起落」，是中心語。「起落」，本是動詞；這裡活用作名詞。又如孫福熙〈夏天的生活〉：「如果春天是像少年的發育，那麼夏天是壯年的力行。」「少年的發育」、「壯年的力行」，是定心短語。「少年」、「壯年」，是定語；「發育」、「力行」，是中心語。「發育」、「力行」，本是動詞；這裡活用作名詞。又如吳晟〈土〉：「滴不盡的汗漬，寫上誠誠懇懇的土地，不爭、不吵，沈默的期待。」「沈默的期待」，係定心短語。「沈默」，是定語；「期待」，是中心語。「期待」，本是動詞；這裡活用作名詞。又如范壽康〈發揚臺灣精神〉：「他是假此一塊地方暫時立足，暫時安身，做恢復中原、復興明朝的準備。」「明朝的準備」，係定心短語。「明朝」，是定語；「準備」，是中心語。「準備」，本是動詞；這裡活用作名詞。又如孫福熙〈夏天的生活〉：「沒有夏天的工作，就沒有秋天的收成。」「秋天的收成」，係定心短語。「秋天」，是定語；「收成」，是中心語。「收成」，本是動詞；這裡活用作名詞。又如陳立夫〈過去、現在與將來〉：「一個人凡是過去有了偉大的成就，他一定能充滿了自信心，而且一定對於他現在的生存，覺得非常有意義。」「偉大的成就」、「現在的生存」，係定心短語。「偉大」、「現在」，是定語；「成就」、「生存」，是中心語。「成就」、「生存」，本是動詞；這裡活用作名詞。又如林間〈草的故事〉：「我們不只保護土壤不受水和風的侵襲，還能充實土壤。」「風的侵襲」，係定心短語。「風」，是定語；「侵襲」，是中心語。「侵襲」，本是動詞；這裡活用作名詞。又如王靖獻〈料羅灣的漁舟〉：「人未曾走上去，就體認不出它的動盪；不曾飄海，就不了解它的起伏和不安。」「它的動盪」、「它的起伏」，係定心短語。「它」，是定語；「動盪」、「起伏」，是中心語。「動盪」、「起伏」，本是動詞；這裡活用作名詞。又如朱自清〈匆匆〉：「我赤裸裸的來到這世界，轉眼間也將赤裸裸的回去吧？」「赤裸裸的回去」，係定心短語。「赤裸裸」，是定語；「回去」，是中心語。「回去」，本是動詞；這裡活用作名詞。又如羅家倫〈運動家的風度〉：「運動是要守著一定的規律，在萬目睽睽的監視之下。」「萬目睽睽的監視」，係定心短語。「萬目睽睽」，是定語；「監視」，是中心語。「監視」，本是動詞；這裡活用作名詞。又如陳之藩〈謝天〉：「寫了幾篇學術的文章，眞正做了一些小貢獻以後，才有了一種新的覺悟。」「新的覺悟」，係定心短語。「新」，是定語；「覺悟」，是中心語。「覺悟」，本是動詞；這裡活用作名詞。

二、動詞活用作形容詞

如陶淵明〈桃花源記〉：「忽逢桃花林，夾岸數百步，中無雜樹，芳草鮮美，落英繽紛。」「落英」，係定心短語。「落」，是定語；「英」，「花」之意，是中心語。「落」，本是動詞；這裡活用作形容詞。又如范仲淹〈岳陽樓記〉：「北通巫峽，南極瀟湘，遷客騷人，多會於此，覽物之情，得無異乎？」「遷客」，係定心短語。「遷」，是定語；「客」，是中心語。「遷」，「放逐、貶謫」之意，本是動詞；這種活用作形容詞。又如陳之藩〈釣勝於魚〉：「他一邊說著，一邊登上小船，帶著他的釣具與幾本書，馬達照例不開，雙槳輕輕划破水面，悠然遠去。」「釣具」，「釣魚用的工具」之意，係定心短語。「釣」，是定語；「具」，是中心語。「釣」，本是動詞；這裡活用作形容詞。又如「釣船」，是「釣魚用的船」之意；「釣餌」，是「釣魚用的餌」之意；「釣竿」，是「釣魚用的竿子」之意；「釣」，本是動詞；這裡活用作形容詞。又如陳醉雲〈蟬與螢〉：「夏秋之間，是一個鳴蟲競奏的時節。」「鳴蟲」，係定心短語。「鳴」，是定語；「蟲」，是中心語。「鳴」，本是動詞；這裡活用作形容詞。

三、動詞活用作副詞

如范仲淹〈岳陽樓記〉：「陰風怒號，濁浪排空。」「怒號」，係狀心短語。「怒」，是狀語；「號」，是中心語。「怒」，本是動詞；這裡活用作副詞。又如《左傳．哀公十六年》：「使與國人以攻白公，白公奔山而縊。其徒微之。生拘不乞而問白公之死焉。」「生拘」，係狀心短語。「生」，是狀語；「拘」，是中心語。「生」，本是動詞；這裡活用作副詞。又如賈誼〈過秦論〉：「於是從散約解，爭割地而賂秦。」「爭割」，係狀心短語。「爭」，是狀語；「割」，是中心語。「割」，本是動詞；這裡活用作副詞。又如司馬光〈訓儉示康〉：「苟或不然，人爭非之。」「爭非」，係狀心短語。「爭」，是狀語；「非」，是中心語。「爭」，本是動詞；這裡活用作副詞。又如司馬遷《史記．李將軍列傳》：「廣殺二人，生得一人，果匈奴射雕者也。」「生得」，係狀心短語。「生」，是狀語；「得」，是中心語。「生」，本是動詞；這裡活用作副詞。

參、形容詞的活用

所謂形容詞的活用，是指形容詞靈活運用而轉變其本身以外的詞性，如名詞、動詞、副詞等。因此，形容詞的活用，又分爲形容詞活用作名詞、形容詞活用作動詞、形容詞活用作副詞三種。㊻

一、形容詞活用作名詞

如柳宗元〈始得西山宴遊記〉：「縈青繚白，外與天際，四望如一。」「青」，指「山」；「白」，指「水」或「雲」。借「青」代「山」；借「白」，代「水」或「雲」。「縈青」、「繚白」，是述賓短語。「縈」「繚」，是述語；「青」、「白」，是賓語。「青」、「白」，本是形容詞；這裡活用作名詞。又如海倫．凱勒〈假如給我三天光明〉：「因爲黑暗會令他珍惜光明，寂靜會讓他更體會聲音的甜美。」「聲音的甜美」，係定心短語。「聲音」，是定語；「甜美」，是中心語。「甜美」，本是形容詞；這種活用作名詞。又如《論語．學而》：「慎終追遠，民德歸厚矣。」「追遠」，係述賓短語。「追」，是述語；「遠」，「祖先」之意，是中心語。「遠」，本是形容詞；這裡活用作名詞。又如歐陽脩〈蝶戀花〉：「淚眼問花花不語，亂紅飛過秋千去。」「亂紅」，係定心短語。「亂」，是定語；「紅」，「花」之意，是中心語。「紅」，本是形容詞；這裡活用作名詞。又如張曉風

〈情懷〉：「我那一整天都懷抱著滿心異樣的溫柔。」「異樣的溫柔」，係定心短語。「異樣」，是定語；「溫柔」，是中心語。「溫柔」，本是形容詞；這裡活用作名詞。又如魯迅〈風箏〉：「早的山桃也多吐蕾，和孩子們的天上的點綴相照應，打成一片春日的溫和。」「春日的溫和」，係定心短語。「春日」，是定語；「溫和」，是中心語。「溫和」，本是形容詞；這裡活用作名詞。又如朱光潛《談美》「當局者迷，旁觀者清」：「要見出事的本身的美，我們一定要從實用世界跳開，以『無所爲而爲』的精神欣賞它們本身的形相。」「本身的美」，係定心短語。「本身」，是定語；「美」，是中心語。「美」，本是形容詞；這裡活用作名詞。又如李清照〈如夢〉：「昨夜雨疏風驟，濃睡不消殘酒。試問捲簾人，卻道海棠依舊。　知否，知否？應是綠肥紅瘦。」「綠肥」、「紅瘦」，是主謂短語。「綠」、「紅」，是主語；「肥」、「瘦」，謂（表）語。「綠」，指「葉」。「紅」，指「花」。「綠」、「紅」，本是形容詞；這裡活用作名詞。

二、形容詞活用作動詞

如魯迅〈風箏〉：「灰黑色的禿樹枝丫叉於晴朗的天空中，而遠處有一二風箏浮動。」「丫叉」，本是形容樹枝交錯的樣子；這裡活用作動詞，如「丫」、「叉」般的交錯。又如司馬光〈訓儉示康〉：「小人寡欲，則能謹身節用，遠罪豐家。」「遠」（音ㄩㄢˋ），本是形容詞；這裡活用作動詞「遠（音ㄩㄢˋ）」，「離開」之意。「遠罪」，係述賓短語。

「遠」，是述語、動詞；「罪」，是賓語、名詞。又如《論語．學而》：「恭近於禮，遠恥辱也。」「遠恥辱」，係述賓短語。「遠」，是述語；「恥辱」，是賓語。「遠」，本是形容詞；這裡活用作動詞。又如《論語．子路》：「冉有曰：『既庶矣，又何加焉？』曰：『富之。』」「富之」，「使之富」之意。「富之」，係述賓短語。「富」，是述語；「之」，是賓語。「富」，本是形容詞；這裡活用作致使動詞（又叫役使動詞、使役動詞）。又如諸葛亮〈出師表〉：「親小人，遠賢臣，此後漢所以傾頹也。」「遠」，本是形容詞；這裡活用作動詞。「遠賢臣」，係述賓短語。「遠」，是述語；「賢臣」，是賓語。又如《老子．第八十章》：「甘其食，美其服，安其居，樂其俗。」意謂以其食爲甘，以其服爲美，以其居爲安，以其俗爲樂。「甘」、「美」、「安」、「樂」，本是形容詞；這裡活用作意謂動詞。「甘其食」、「美其服」、「安其居」、「樂其俗」，係述賓短語。「甘」、「美」、「安」、「樂」，是述語；「其食」、「其服」、「其居」、「其俗」，是賓語。又如《孟子．梁惠王上》：「老吾老以及人之老，幼吾幼以及人之幼。」第一個「老」字，本是形容詞；這裡活用作動詞，「孝敬」之意。「老吾老」，係述賓短語。「老」，是述語；「吾老」，是賓語。第一個「幼」字，本是形容詞；這裡活用作動詞，「慈愛」之意。「幼吾幼」，係述賓短語。「幼」，是述語；「吾幼」，是賓語。又如《論語．學而》：「子夏曰：『賢賢易色，事父母能竭其力，事君能致其身，與朋友交，言而有信，雖曰未學，吾必謂之學矣。』」「賢賢」，「敬重賢人之心」之意。「賢」，本是形容詞；這裡第一個「賢」活用作動詞，「敬重」之意；第二個「賢」活用作名詞，「賢人之心」的意思。又如錢公輔〈義田記〉：「獨高其義，因以遺於世云。」「高其義」，「推崇其義」之意，係述賓短語。「高」，是述語；「其義」，是賓語。「高」，本是形容詞；這裡活用作動詞，「推崇」之意。

三、形容詞活用作副詞

如白居易〈與元微之書〉：「舉頭但見山僧一、兩人，或坐或睡；又聞山猿谷鳥哀鳴啾啾。」「哀鳴」，係狀心短語。「哀」，是狀語；「鳴」，是中心語。「哀」，本是形容詞；這裡活用作副詞。又如《戰國策．齊策》「馮諼客孟嘗君」：「馮諼曰：『君云視吾家所寡有者。』」「寡有」，係狀心短語。「寡」，本是形容詞；這裡活用作副詞。「寡」，是狀語；「有」，是中心語。「寡」修飾動詞「有」，因此「寡」是副詞。又如杜甫〈初月〉：「微升古塞外，已隱暮雲端。」「微升」、「已隱」，是狀心短語。「微」，是狀語；「升」，是中心語、動詞。「微」，本是形容詞；這裡修飾動詞「升」，活用作副詞。又如《論語．子罕》：「子罕言利，與命與仁。」「罕（音ㄏㄢˇ）言」，係狀心短語。「罕」，是狀語；「言」，是中心語。「罕」，「少」之意，修飾動詞「言（「說」之意）」；「罕」，本是形容詞；這裡活用作副詞。又如王維〈歸輞川作〉：「菱蔓弱難定，楊花輕易飛。」「難定」、「易飛」，係狀心短語。「難」、「易」，是狀語；「定」、「飛」，是中心語。「難」、「易」，本是形容詞；這裡修飾動詞「定」、「飛」，活用作副詞。又如胡適〈差不多先生傳〉：「他白瞪著眼，望著遠遠的火車上的煤煙。」「白瞪」，係狀心短語。「白」，是狀語；「瞪」，是中心語。「白」，本是形容詞；這裡修飾動詞「瞪」，活用作副詞。「白」，「徒然」之意。「瞪」，「看」之意。又如朱自清〈背影〉：「我買票，他忙著照看行李。」「忙著照看」，係狀心短語。「忙」，是狀語；「照看」，是中心語。「忙」，本是形容詞；這裡修飾動詞「照看」，活用作副詞。又如〈背影〉：「囑託茶房好好照應我。」「好好照應」，係狀心短語。「好好」，是狀語；「照應」，是中心語。「好好」，本是形容詞；這裡修飾動詞「照應」，活用作副詞。又如〈背影〉：「我那時眞是聰明過分，總覺他說話不大漂亮，非自己插嘴不可。」「眞是」，係狀心短語。「眞」，是狀語；「是」，係中心語。「眞」，本是形容詞；這裡修飾動詞「是」，活用作副詞。又如路寒袖〈等待冬天〉：「凡此種種，營造出一股臺灣特有的悲涼氛圍。」「特有」，係狀心短語。「特」，是狀語；「有」，是中心語。「特」，本是形容詞，「特別」之意；這裡修飾動詞「有」，活用作副詞。又如古蒙仁〈吃冰的日子〉：「最著名的花生冰和紅豆冰，一枝只要一毛錢，冰水一杯五毛，以現在的幣值來看，實在有夠便宜。」「實在有」，係狀心短語。「實在」，是狀語；「有」，是中心語。「實在」，本是形容詞；這裡修飾動詞

「有」，活用作副詞。又如范仲淹〈御街行〉：「年年今夜，月華如練，長是人千里。」「長是」，係狀心短語。「長」，是狀語；「是」，係中心語。「長」，本是形容詞；這裡修飾動詞「是」，活用作副詞。又如韋應物〈淮上喜會梁川故人〉：「歡笑情如舊，蕭疏鬢已斑。」「歡笑」，係狀心短語。「歡」，是狀語；「笑」，是中心語。「歡」，本是形容詞；這裡修飾動詞「笑」，活用作副詞。又如劉方平〈月夜〉：「今夜偏知春氣暖，蟲聲新透綠窗紗。」「偏知」，係狀心短語。「偏」，是狀語；「知」，是中心語。「偏」，本是形容詞；這裡修飾動詞「知」，活用作副詞。又如李清照〈如夢令〉：「昨夜雨疏風驟，濃睡不消殘酒。」「濃睡」，係狀心短語。「濃」，是狀語；「睡」，是中心語。「濃」，本是形容詞；這裡修飾動詞「睡」，活用作副詞。又如陸游〈釵頭鳳〉：「山盟雖在，錦書難託。」「難託」，係狀心短語。「難」，是狀語；「託」，是中心語。「難」，本是形容詞；這裡修飾動詞「託」，活用作副詞。又如陸游〈訴衷情〉：「胡未滅，鬢先秋，淚空流。」「空流」，係狀心短語。「空」，是狀語；「流」，是中心語。「空」，本是形容詞；這裡修飾動詞「流」，活用作副詞。又如晏幾道〈蝶戀花〉：「斜月半窗還少睡，畫屏閑展吳山翠。」「少睡」，係狀心短語。「少」，是狀語；「睡」，是中心語。「少」，本是形容詞；這裡修飾動詞「睡」，活用作副詞。又如李煜〈長相思〉：「菊花開，菊花殘，塞雁高飛人未還。」「高飛」，係狀心短語。「高」，是狀語；「飛」，是中心語。「高」，本是形容詞；這裡修飾動詞「飛」，活用作副詞。又如溫庭筠〈菩薩蠻〉：「新貼繡羅襦，雙雙金鷓鴣。」「新貼」，係狀心短語。「新」，是狀語；「貼」，是中心語。「新」，本是形容詞；這裡修飾動詞「貼」，活用作副詞。又如李存勗〈如夢令〉：「長記別伊時，和淚出門相送。」「長記」，係狀心短語。「長」，係狀語；「記」，是中心語。「長」，本是形容詞；這裡修飾動詞「記」，活用作副詞。又如歐陽炯〈江城子〉：「六代繁華，暗逐逝波聲。」「暗逐」，係狀心短語。「暗」，是狀語；「逐」，是中心語。「暗」，本是形容詞；這裡修飾動詞「逐」，活用作副詞。又如李煜〈相見歡〉：「胭脂淚，相留醉，幾時重？自是人生長恨水長東。」「長恨」，係狀心短語。「長」，是狀語；「恨」，是中心語。「長」，本是形容詞；這裡修飾動詞「恨」，活用作副詞。又如晏殊〈浣溪紗〉：「滿目山河空念遠，落花風雨更傷春。」「空念」，係狀心短語。「空」，是狀語；「念」，是中心語。「空」，本是形容詞；這裡修飾動詞「念」，活用作動詞。又如歐陽脩〈訴衷情〉：「思往事，惜流光，易成傷。」「易成」，係狀心短語。「易」，是狀語；「成」，是中心語。「易」，本是形容詞；這裡修飾動詞「成」，活用作副詞。又如柳永〈曲玉管〉：「暗想當初，有多少、幽歡佳會。」「暗想」，係狀心短語。「暗」，狀語；「想」，中心語。「暗」，本是形容詞；這裡修飾動詞「想」，活用作副詞。又如晏幾道〈虞美人〉：「初將明月比佳期，長向月圓時候、望人歸。」「長向」，係狀心短語。「長」，是狀語；「向」，

是中心語。「長」，本是形容詞；這裡修飾動詞「向」，活用作副詞。又如秦觀〈減字木蘭花〉：「困倚危樓， 過盡飛鴻字字秋。」「困倚」，係狀心短語。「困」，是狀語；「倚」，是中心語。「困」，本是形容詞；這裡修飾動詞「困」，「疲倦」之意，活用作副詞。又如元好問〈喜春來‧春宴〉：「紅袖遶，低唱喜春來。」「低唱」，係狀心短語。「低」，是狀語；「唱」，是中心語。「低」，本是形容詞；這裡修飾動詞「唱」，活用作副詞。又如貫雲石〈清江引〉：「知音三五人，痛飲何妨礙。」「痛飲」，係狀心短語。「痛」，是狀語；「飲」，是中心語。「痛」，本是形容詞，「盡情」之意，這裡修飾動詞「飲」，活用作副詞。又如張養浩〈慶東原〉：「一個啼殘翠煙，一個飛上青天。」「飛上」，係狀心短語。「飛」，是狀語；「上」，是中心語。「飛」，本是形容詞；這裡修飾動詞「上」，「從低處到高處」之意，活用作副詞。又如張養浩〈喜春來〉：「路逢餓殍須親問，道遇流民必細詢。」「細詢」，「仔細詢問」之意，係狀心短語。「細」，是狀語；「詢」，是中心語。「細」，本是形容詞；這裡修飾動詞「詢」，活用作副詞。又如張可久〈小桃紅‧寄鑑湖諸友〉：「一場秋雨豆花涼，閒倚平山望。」「閒倚」，係狀心短語。「閒」，是狀語；「倚」，是中心語。「閒」，本是形容詞；這裡修飾動詞「倚」，活用作副詞。「平山」，即「平山堂」。

附錄四、第三章　注釋

①見黎錦熙《新著國語文法》，臺北：臺灣商務印書館印行，一九六九年八月臺一版，頁五。

②見許世瑛《中國文法講話》，臺北：臺灣開明書店印行，一九六六年六月初版、一九八年十一月二十四版，頁三〇至三四。

③見朱德熙《語法講義》，北京：商務印書館印行，一九八二年九月初版，頁四〇。

④詳見楊月蓉《語用漢語語法與修辭》：重慶：西南師範大學出版社印行，一九九九年四月初版，頁六九至七八。

⑤詳見劉蘭英、孫全洲《語法與修辭》上冊，臺北：新學識文教出版中心印行，一九九八年十月三版，頁三四至八六。

⑥見黃慶萱《高級中學文法與修辭》上冊，臺北：國立編譯館印行，一九八六年八月初版，頁一一二至一一八。

⑦見楊如雪《文法ABC》，臺北：萬卷樓圖書股份有限公司印行，頁四六至六四。

⑧見黃春貴《高級中學文法與修辭》上冊，臺南：翰林出版事業股份有限公司印行，二

〇〇四年六月修訂版，頁二二至三九。

⑨ 參閱同⑥，頁一二；同⑦，頁四七；同⑤，頁三五。

⑩ 參閱劉靜宜《從今文尚書語法詮釋經文之探討》，二〇〇六年十二月逢甲大學中文所博士論文，頁五一至八二。

⑪ 參閱何永清《高級中學文法與修辭》上冊，臺北：三民書局印行，二〇〇〇年八月初版，頁二七至二八。

⑫ 見屈萬里《尚書釋義》，臺北：中華文化出版事業社印行，一九五六年八月初版，頁八九。

⑬ 參閱同⑥，頁一三；同⑧，頁二四至二六；同④，頁三九至四〇；同③，一九九九年四月初版，頁七一。

⑭ 參閱同⑪，頁二八。

⑮ 參閱⑬。

⑯ 參閱同⑪，頁二八。

⑰ 同⑥，頁一三。「判斷動詞」一詞，採用楊月蓉，見同⑫。

⑱ 見許世瑛《中國文法講話》，臺北：臺灣開明書店印行，一九六六年六月初版，一九九八年十一月二十四版，頁一八六。《論語．先進》：「小子鳴鼓而攻之，可也。」

「鳴鼓」，使鼓鳴。「鳴」，是致使動詞。杜甫〈春望〉：「感時花濺淚，恨別鳥驚心。」「濺淚」，使淚濺；「驚心」，使心驚。「濺」、「驚」，皆是致使動詞。

⑲ 同⑱，頁一九五。

⑳ 見許世瑛《常用虛字用法淺釋》，臺北：復興書局印行，一九八六年十月十版，頁五三。

㉑ 參閱同⑤，頁四二至四三；同④，頁七四至七五。

㉒ 參閱同⑤，頁五二至五五；同⑥，頁一五。

㉓ 同①，頁一一二至一一三。

㉔ 同⑥，頁一六。

㉕ 同②，頁三二。

㉖ 參閱同⑦，頁五六至五七；同③，頁七五。

㉗ 參閱同⑤，頁五一至五二。

㉘ 參閱同⑥，頁一四；同⑥，頁五六至五七。

㉙ 參閱同⑤，頁五〇至五一；同③，頁七五。

㉚ 「集合」，是「集體」之意，鄙人以爲「集合量詞」，也可以稱爲「集體量詞」。

㉛ 參閱同⑤，頁六一至六九；同⑥，頁一六；同③，頁七七；楊如雪《高級中學文法與

修辭》上冊，臺北：康熹文化事業股份有限公司印行，頁二五。

㉜ 同⑤，頁六一至六二。

㉝ 同⑥，頁一七；同⑥，頁五九，同④，頁七七。

㉞ 同⑤，頁六九至七〇。

㉟ 同④，頁七七至七八；同⑤，頁七四至七五；同⑤，頁一七；同⑥，頁六〇；同⑩，頁三三。

㊱ 同㉞；同㉛，楊書，頁二六。

㊲ 見楊伯峻、田樹生《文言常用虛詞》，長沙：湖南人民出版社印行，一九八三年十月初版，頁一二六至一二七。

㊳ 同㊲，頁二六九。

㊴ 同⑪，頁三三。段德森《實用古漢語虛詞》：「『之』用在句中，湊足音節，舒緩語氣，表示提頓。」見該書，頁五〇至五一，太原：山西教育出版社印行，一九九〇年九月再版。

㊵ 同⑤，頁，頁八四至八七；同⑩，頁三三；同⑥，頁一七至一八；同㉛，楊書，頁二六至二七。

㊶ 同㊵。

㊷ 同⑧，頁三八至三九；同④，頁七八；同⑤，頁六八。

㊸ 參閱同⑪，頁三五至三九；蔡宗陽《高級中學文法與修辭》下冊，臺北：三民書局印行，二〇〇三年二月修正初版二刷，頁六五至六九。

㊹ 參閱同⑥，頁二四一至二六七；同㊸，蔡書，頁六六至六八；董季棠《修辭析論》，臺北：文史哲出版社印行，一九九二年六月增訂初版，頁二三三至二四六。

㊺ 同㊹。

㊻ 同㊹。

附錄五、第三章 術語的異稱表

術語	異稱
代詞	代名詞、指稱詞、稱代詞。
副詞	限制詞
介詞	介繫詞
連詞	連接詞
歎詞	感歎詞
時態助詞	動態助詞
判斷動詞	同動詞
擬聲詞	狀聲詞、多聲詞、摹聲詞。
物量詞	名量詞
非謂形容詞	區別詞
致使動詞	役使動詞、使役動詞。
意謂動詞	意動用法
能願動詞	助動詞

第四章 短語的異稱與類型

第一節 短語的異稱及其內部結構類型

壹、短語的異稱

短語，係西方柏氏所謂「向心結構」①。短語，係國文文法②的單位，相當於英語語法的「片語」（phrase）。馬建忠《馬氏文通》稱爲「讀」，金兆梓《國文文法之研究》稱爲「字群」，劉復《中國文法講話》稱爲「擴詞」，高名凱《漢語語法論》稱爲「詞組」、「詞群」，嚴復《英文漢詁》稱爲「仂語」，王力《中國現代語法》、張志公《漢語語法常識》也稱爲「仂語」，黎錦熙《新著國語文法》稱爲「短語」、「語」③，呂叔湘《中國文法要略》則稱爲「關係」④；丁樹聲等《現代漢語語法講話》就不講詞組，而是把詞組結構的分析跟句子結構的分析合爲一體，則稱「結構」⑤短語的異稱，有「向心結構」、「讀」、「字群」、「擴詞」、「詞組」、「詞群」、「仂語」、「結構」、「關係」。臺灣綦多學者，採

用「結構」的說法。戴璉璋〈左傳造句法研究〉稱「語的結構」⑥，黃慶萱《高級中學文法與修辭》上冊則稱「詞語的結構」⑦，楊如雪《文法ABC》稱「語的結構」⑧，師承戴教授。其實，早在俄國的沙赫馬托夫、費爾圖那多夫、丹麥的葉斯泊森、美國的布龍菲爾德等人，就強調句子結構的分析⑨，臺灣學者採用「結構」的說法，良有以也。但近年來，大陸學者多採用「短語」，臺灣學者亦有採用「短語」。短語的類型，眾說紛紜，莫衷一是，茲綜合各家精華，歸納三大類，再分為若干類。職是之故，本文以「短語的類型」為題，就分為短語的內部結構類型、短語的詞性功能類型、短語的組合方式類型等三大類，闡析之、詮證之。

貳、短語的類型

短語的類型，或就結構分類，或就功能分類，或就一般分類，或就特殊分類，或就固定分類，或就詞性分類，或就臨時組合分類，或就非臨時組合分類，各有千秋，各有特色。茲擷取各家精英，分為短語的內部結構類型、短語的詞性功能類型、短語的組合方式類型，詮析之、闡論之。

參、短語的內部結構類型

短語的內部結構類型，或依一般短語分類，或依特殊短語分類，或依固定短語分類，或直接分類。短語的內部結構類型，茲依一般短語、派生短語、固定短語三大類，再分為若干小類。

一、一般短語

一般短語，又稱為一般結構、一般詞組。一般短語又分為並列短語、偏正短語、主謂短語、述賓短語、複指短語、連謂短語、謂補短語、兼語短語、重疊短語等九類。

㈠並列短語

並列短語，又稱為並列結構、並列詞組，也稱為聯合短語、聯合結構、聯合詞組，許世瑛《中國文法講話》，稱為聯合關係或詞聯。⑩並列短語又分為不加連詞、加連詞「及」字、加連詞「與」字、加連詞「之」字(即「與」之意)、加連詞「且」字、加「如」字、加「似」字、加「而」字、加「又」字、加「的」字、加「著」字、偏正式、主謂式、述賓式等十四小類。

1. **不加連詞**

⑴名詞與名詞

語。

(甲)《左傳・僖公三十年》「燭之武退秦師」：「晉侯、秦伯圍鄭，以其無禮於晉，且貳於楚也。」「晉侯」，指晉文公。「秦伯」，指秦穆公。「晉侯、秦伯」，係人名的並列短語。

(乙)《戰國策・魏策》「唐且不辱使命」：「夫韓、燕滅亡，而安陵以五十里之地存者，徒以有先生也。」「韓、燕」，係國名的並列短語。

(丙)《孟子・梁惠王上》：「齊宣王問曰：『齊桓、晉文之事，可得聞乎？』」「齊桓」，指齊桓公。「晉文」，指晉文公。「齊桓、晉文」，係人名的並列結語。

(丁)韓愈〈師說〉：「巫、醫、樂師、百工之人，君子不齒，今其智乃反不能及，其可怪也歟！」「巫、醫、樂師」，係名詞的並列短語。

(戊)王應麟《三字經》：「三才者，天、地、人；三光者，日、月、星。」「天、地、人」、「日、月、星」，皆是名詞的並列短語。

(己)何懷碩《煮石集・中國美學》：「梁啓超・王國維、蔡元培三位眞正開始近代中國美學研究的先驅之論述文字。」「梁啓超、王國維、蔡元培」，係人名的並列短語。

(庚)徐志摩〈我所知道的康橋〉：「在康橋騎車是普通的技術；婦人、稚子、老翁，一致享受這雙輪舞的快樂。」「婦人、稚子、老翁」，係名詞的並列短語。

(辛)方苞〈左忠毅公軼事〉：「崇禎末，流賊張獻忠出沒蘄、黃、潛、桐間，史公以鳳凰道奉檄守禦。」「蘄、黃、灊、桐」，指「蘄春、黃岡、灊山、桐城」，係地名的並列短語。

(壬)吳明足《不吐絲的蠶・何不說聲「謝謝」》：「經常見面的父子、夫婦、師生、朋友相處，一句發自內心的謝意，也會教人身心舒暢！」「父子、夫婦、師生、朋友」，係名詞的並列短語。

(癸)鹿橋《未央歌》：「門上神茶、鬱壘的像也有；戚繼光、狄青的畫像也有。」「神茶、鬱壘」、「戚繼光、狄青」，係名詞的並列短語。

(2)動詞與動詞

(甲)吳明足《美之音・結婚週年宴會》：「大家輕鬆地聚在一起，吃、玩、跳舞，歡笑一整天，我們共度了美好的時光。」「吃、玩」，係動詞的並列短語。

(乙)劉墉《肯定自己・世紀之痛》：「一方面防範、禁止，一方面幫助他們；使他們不要因爲買不起針筒，而大家共同一支。」「防範、禁止」，係動詞的並列短語。

(3)形容詞與形容詞

(甲)朱光潛《我們對於一棵古松的三種態度》：「眞、善、美都含有若干主觀的成分。」「眞、善、美」，係形容詞的並列短語。

(乙)吳明足《不吐絲的蠶・何不說聲「謝謝」》：「小時候在家裡，父親時常提醒我們，要勤勞、儉樸，應對進退要合乎禮節。」「勤勞、儉樸」，係形容詞的並列短語。

㈥愛因斯坦著、劉君燦譯〈我心目中的世界〉：「人總要有某些理想，來作為他努力判斷的指南——常常閃耀在我面前，使我的生活充滿快樂的理想是眞、善、美。」「眞、善、美」，係形容詞的並列短語。

⑷方位詞與方位詞

㈠歐陽脩〈醉翁亭記〉：「樹林陰翳，鳴聲上下，遊人去而禽鳥樂也。」「上、下」，指「樹上、樹下」，係方位詞的並列短語。

㈡蘇轍〈黃州快哉亭記〉：『蓋亭之所見，南、北百里，東、西一舍。』「南、北」、「東、西」，係方位詞的並列短語。「一舍」，即三十里。

㈥吳明足《不吐絲的蠶·孩子的疑問》：「（外子和我）畢業後，各奔東、西，雖然還有魚雁往還，但是相處的機會實在太少。」「東、西」，係方位詞的並列短語。

㈣《左傳·隱公九年》：「衷戎師，前、後擊之，盡殪。」「前、後」，係方位詞的並列短語。

㈤柳宗元〈捕蛇者說〉：「叫囂乎東、西，隳突乎南、北。」「東、西」、「南、北」，皆是方位詞的並列短語。

⑸數詞與數詞

(甲)不加連詞

①《論語・先進》：「方六、七十，如五、六十，求也爲之，比及三年，可使足民。」「六、七十」，指六、七十里的小國家，係數詞的並列短語。「五、六十」，指五、六十里的小國家，係數詞的並列短語。

②白居易〈琵琶行並序〉：「轉軸撥絃三、兩聲，未成曲調先有情。」「三、兩」，係數詞的並列短語。

③胡適〈母親的教誨〉：「十天之中，總有八、九天，我是第一個去開學堂門的。」「八、九」，係數詞的並列短語。

④吳明足《不吐絲蠶・融洽的大家庭》：「奇怪的是，以往我聽了三、四小時的訓示，卻不知所云之惑；但是，今天只短短的五十分鐘，我卻每句話都聽進去了。」「三、四」，係數詞的並列短語。

⑤白居易〈與元微之書〉：「舉頭但見山僧一、兩人，或坐或睡。」「一、兩」，係數詞的並列短語。

⑥辛棄疾〈西江月・夜行黃沙道中〉：「七、八個星天外，兩、三點雨山前。」「七、八」、「兩、三」，係數詞的並列短語。

(乙)加連詞「有」（「又」之意）

①《論語．爲政》：「子曰：『吾十有五而志於學；三十而立；四十而不惑；五十而知天命；六十而耳順；七十而從心所欲，不踰矩。』「十有五」，即「十五歲」之意，係數詞的並列短語。

②蔣士銓〈鳴機夜課圖記〉：「十二月，先府君即世；母哭瀕死者十餘次，自爲文祭之，凡百餘言，樸婉沈痛，聞者無親疏老幼，皆嗚咽失聲。時行年四十有三也。」「四十有三」，即「四十三歲」之意，係數詞的並列短語。

③蘇軾〈方山子傳〉：「前十有九年，余在岐下。」「前十有九年」，即十九年前。「十有九」，即數詞的並列短語。

④連橫〈臺灣通史序〉：「《臺灣通史》爲紀四、志二十四、傳六十，凡八十有八篇，表圖附焉。」「凡八十有八篇」，即「共八十八篇」。「八十有八」，係數詞的並列短語。

2. **加連詞「及」（或「和」）**

(1)名詞＋及（或「和」）＋名詞

(甲)《左傳．隱公元年》「鄭伯克段於鄢」：「初，鄭武公娶于申，曰武姜。生莊公及共叔段。」莊公指鄭莊公。共叔段，即鄭莊公之弟。「莊公及共叔段」，係名詞的並列短語。

(乙)劉墉《做個快樂讀書人・我喜歡你們畫的妖怪》：「今天晚上爸爸和媽媽跟著你，到你學校參觀。」「爸爸和媽媽」，係名詞的並列短語。

(2)代詞＋及（或「和」）＋代詞

(甲)《孟子・梁惠王上》：「商湯曰：『時日害喪，予及女偕亡！』民欲與之偕亡。」「予」，余也，即今語「我」。「女」，讀爲「汝」，汝也，即今語「你」。「予」、「女」，皆是代詞的並列短語。

(乙)吳明足《不吐絲的蠶・穩渡舟》：「說起他和我的結合，完全歸功於他那顆堅定不移的信心。」「他和我」，係代詞的並列短語。

(丙)胡適《差不多先生傳》：「差不多先生的相貌，和你和我都差不多。」「你和我」，係代詞的並列短語。

(3)短語＋及（或「和」）＋短語

(甲)簡媜《夏之絕句》：「有雷響、蛙聲、鳥鳴、及蟬唱。」「雷響」、「鳥鳴」、「蟬唱」，係主謂式並列短語。「蛙聲」，係偏正短語中的定心短語。渾言之，「雷響」、「蛙聲」、「鳥鳴」、「蟬唱」，皆是主謂式的並列短語。

(乙)林文月《讀中文系的人・偷得浮生一日閒》：「廚房之外是一個露天的水泥地，洗臉、洗澡和晾衣都在這兒。」「洗臉、洗澡和晾衣」，皆是述賓式的並列短語。

㈣羅貫中《三國演義》「空城計」：「孔明乃披鶴氅，戴綸巾，引二小童，攜琴一張，於城上敵樓前，凭欄而坐，焚香操琴。」「披鶴氅，戴綸巾」、「焚香操琴」，係述賓的並列結語。

3. **加連詞「與」（或「和」）**

⑴名詞＋與＋名詞

㈠《孟子．梁惠王上》：「鄒人與楚人戰，則王以為孰勝？」「鄒人與楚人」，係名詞的並列短語。

㈡杜光庭〈虬髯客傳〉：「道士對弈，虬髯與靖旁侍焉。」「虬髯與靖」，指虬髯客和李靖，係名詞的並列短語。

㈢徐志摩〈我所知道的康橋〉：「村舍與樹林是這地盤上的棋子。」「村舍與樹林」，係名詞的並列短語。

㈣李白〈長干行〉：「十五始展眉，願同塵與灰。」「塵與灰」，係名詞的並列短語。

㈤宋晶宜〈雅量〉：「人與人之間，應該有彼此容忍和尊重對方的看法與觀點的雅量。」「人與人」、「看法與觀點」，係名詞的並列短語。

㈥林文月《讀中文系的人．陶淵明、孟浩然及王維》：「王維與孟浩然，這兩顆寂寞的心，在他們的中年以後，始由相會而相知，溝通了一道靜謐的友誼之流。」「王維與孟浩然」，係名詞的並列短語。

(庚)楊喚〈夏夜〉：「蝴蝶和蜜蜂們帶著花朵的蜜糖回家了。」「蝴蝶和蜜蜂們」係名詞的並列短語。

(己)何懷碩《煮石集・中國美學》：「美學是民族心靈中精神價值的哲學，是宇宙觀與人生觀的反映。」「宇宙觀與人生觀」，係名詞的並列短語。

(庚)《莊子・秋水》：「莊子與惠子游於濠梁之上。」「莊子與惠子」，指莊周和惠施，係名詞的並列短語。

(2)代詞＋與（或「和」）＋代詞

(甲)韓愈〈師說〉：「彼與彼年相若也，道相似也。」「彼與彼」，係代詞的並列短語。上「彼」字，指「師」；下「彼」字，指「弟子」。

(乙)吳明足《不吐絲的蠶・隱渡舟》：「說起他和我的結合，完全歸功於他那顆堅定不移的恆心，是那麼地專一和癡癡地等待。」「他和我」，係代詞的並列短語。

(3)動詞＋與（或「和」）＋動詞

(甲)宋晶宜〈雅量〉：「人與人之間，應該有彼此容忍和雅量對方的看法與觀點的雅量。」「容忍和雅量」，係動詞的並列短語。

(乙)劉墉《創造自己・基本禮貌》：「愈是進步的國家，愈是講求禮貌，因爲那代表尊

重、體諒與包容。」「尊重、體諒與包容」，係動詞的並列短語。

(丙)侯文詠〈與風同行〉：「與人交往，我不再靠激情的吸引與衝擊，寧可保留像慢跑的耐心、付出與等待。」「吸引與衝擊」、「付出與等待」，係動詞的並列短語。

4 加連詞「之」（即「與」之意）

(1)名詞＋之＋名詞

(甲)《尚書・立政》：「惟有司之牧夫，是訓用違。」「有司之牧夫」，即「有司與牧夫」，係名詞的並列短語。

(乙)《左傳・文公十一年》：「皇父之二子。」杜預注：「皇父與穀甥及牛父皆死。」楊樹達《詞詮・卷五》：「之，連詞，與也。」「皇父之二子」，係名詞的並列短語。

(丙)《墨子・尚同下》：「是以選擇其次，立爲卿之宰。」「卿之宰」，即「卿與宰」，係名詞的並列短語。

(2)動詞＋之＋動詞

(甲)《孟子・萬章上》：「得之不得，曰有命。」「得之不得」，即「得與不得」，係動詞的並列短語。

(乙)《荀子・正論》：「其行之爲，至亂也。」「行之爲」，即「行與爲」，係動詞的並列短語。

(3)形容詞＋之＋形容詞

(甲)《禮記・中庸》：「知遠之近，知風之自，知微之顯。」「遠之近」、「微之顯」，即「遠與近」、「微與顯」，係形容詞的並列短語。「風之自」，即「眾與己」，今語「團體與個人」，係代詞的並列短語。《廣雅》：「風，眾也。」「自」，己也。

(乙)《國語・卷二國語中》：「棄壯之良而用幼弱。」「壯與良」，即「壯與良」，係形容詞的並列短語。裴學海《古書虛字集釋・卷九》：「之，猶與也。」

5.加連詞「且」

(1)名詞＋且＋名詞

(甲)林文月《讀中文系的人・陶淵明、孟浩然及王維》：「孟浩然的詩與陶淵明的詩，不僅形似且神似。」王引之《經傳釋詞・卷八》：「且，猶又也。」「形似且神似」，係名詞的並列短語。

(2)動詞＋且＋動詞

(甲)班固《漢書・郊祀志》：「黃帝且戰且學仙。」「且戰且學」，係動詞的並列短語。

(乙)韓愈〈送李愿歸盤谷序〉：「飲且食兮。」「飲且食兮」係動詞的並列短語。

(3)形容詞＋且＋形容詞

(甲)《詩經・小雅・魚麗》：「君子有酒，多且旨。」「多且旨」，係形容詞的並列短

語。旨，美也。

(乙)《論語・里仁》：「不義而富且貴，於我如浮雲。」「富且貴」，係形容詞的並列短語。

(丙)《論語・泰伯》：「如有周公之才之美，使驕且吝，其餘不足觀也已！」「驕且吝」，係形容詞的並列短語。

6. **加「如」（或「像」）**

(1)如＋名詞

(甲)劉鶚《老殘遊記》：「那雙眼睛，如秋水，如寒星，如寶珠，如白水銀裡頭養兩丸黑水銀。」「如秋水，如寒星，如寶珠」，係名詞的並列短語。

(乙)朱自清〈春〉：「看，（雨）像牛毛，像花針，像細絲。」「像牛毛，像花針，像細絲。」，係名詞的並列短語。

(丙)鹿橋《未央歌》：「如密的雨絲如窗紗、如絲幕。」「如窗紗、如絲幕」，係名詞的並列短語。

(2)如＋動詞

(甲)蘇軾〈赤壁賦〉：「其聲嗚嗚然：如怨、如慕、如泣、如訴。」「如怨、如慕、如泣、如訴」，係動詞的並列短語。

(乙)《論語・學而》：「子夏曰：『如切如磋，如琢如磨』，係動詞的並列短語。

7. **加「似」**

(1)似＋名詞

(甲)《莊子・齊物論》：「大木百圍之竅穴，似鼻，似口，似耳，似枅，似臼，……」「似鼻，似口，以耳，似枅，以臼」，係名詞的並列短語。

(2)名詞＋似

(甲)林文月《讀中文系的人・陶淵明、孟浩然與王維》：「孟浩然的詩與陶淵明的詩，不僅形似且神似。」「形似且神似」，係名詞的並列短語。

8. **加連詞「而」**

(1)形容詞＋而＋形容詞

(甲)蘇軾〈超然臺記〉：「臺高而安，深而明。」「高而安」、「深而明」，皆是形容詞的並列短語。

(乙)歐陽脩〈醉翁亭記〉：「望之蔚然而深秀者，琅邪也。」「蔚然而深秀」，係形容詞的並列短語。

(丙)劉墉《超越自己・早熟》：「你的骨骼開始變得粗壯，胸肩變得寬闊而厚實。」「寬闊而厚實」；係形容詞的並列短語。

(2)短語＋而＋短語

(甲)蘇軾〈超然臺記〉：「夏涼而冬溫，雨雪之朝，風月之夕，余未嘗不在。」「夏涼」、「冬溫」，係主謂短語。「夏涼而冬溫」，係主謂式並列短語。

(乙)歐陽脩〈醉翁亭記〉：「釀泉爲酒，泉香而酒洌。」「泉香」、「酒洌」，係主謂短語。「泉香而酒洌」，係主謂式並列短語。洌，清也。「泉香而酒洌」，是「泉洌而酒香」的錯綜，旨在新奇。

(丙)歐陽脩〈醉翁亭記〉：「樹林陰翳，鳴聲上下，遊人去而禽鳥樂也。」「遊人去」、「禽鳥樂」，係主謂短語。「遊人去而禽鳥樂」，係主謂式並列短語。

(丁)柳宗元〈捕蛇者說〉：「永州之野產異蛇，黑質而白章。」「黑質」、「白章」，係偏正短語。「黑質而白章」，係偏正式並列短語。

9. **加連詞「又」**

(1)動詞＋又＋動詞

(甲)劉墉《做個快樂讀書人．你是豌豆公主嗎》：「好多小朋友在那裡（指合作社）買東西，又叫又笑，爸爸卻站在他們當中，正經八百地演講。」「叫」、「笑」，係動詞。「又叫又笑」，係動詞的並列短語。

(乙)吳明足《不吐絲的蠶．夜歸》：「到了家門口，小兄弟倆聞聲出來開門，又叫又跳地搶著說話。」「叫」、「跳」係動詞。「又叫又跳」，係動詞的並列短語。

(2)形容詞＋又＋形容詞

(甲)楊喚〈夏夜〉：「撒了滿天的珍珠和一枚又大又亮的銀幣。」「大」、「亮」，係形容詞。「又大又亮」，係形容詞的並列短語。

(乙)胡適〈母親的教誨〉：「我母親心裡又悔又急，聽說眼翳可以用舌頭舔去，有一天夜她把我叫醒，眞用舌頭舔我的眼疾。」「悔」、「急」，係形容詞。「又悔又急」，係形容詞的並列短語。

(丙)吳明足《不吐絲的蠶．夜歸》：「細柔的臉蛋貼在我的面頰上，眞是又香又嫩，一整天的疲勞頓時煙消雲散。」「香」、「嫩」，係形容詞。「又香又嫩」，係形容詞的並列短語。

(丁)鍾理和〈做田〉：「一塊田便像一領攤開了的灰色毛毯，又平坦、又燙貼。」「平坦、又燙貼」，皆是形容詞。「又平坦、又燙貼」係形容詞的並列短語。

(3)短語＋又＋短語

(甲)張曉風〈炎涼〉：「生命中的好東西往往如此，極便宜又極耐用。」「極便宜」、「極耐用」，皆是偏正短語中的狀心短語。「極便宜又極耐用」，係偏正式並列短語。

10. **加「的」**

(1)形容詞＋「的」

(甲)徐志摩〈我所知道的康橋〉：「遠近的炊煙，成絲的，成縷的，成捲的，輕快的，遲重的，濃灰的，淡青的，慘白的。」「成絲的，成縷的，成捲的」，形容「煙的形狀」，係形容詞的並列短語。「輕快的，遲重的」，形容煙的流動速度；「濃灰的，淡青的，慘白的」，形容「煙的顏色」；皆是形容詞的並列短語。

(乙)朱自清〈春〉：「小草偷偷地從土裡鑽出來，嫩嫩的，綠綠的。」「嫩嫩的，綠綠的」，形容「小草的形態和顏色」，係形容詞的並列短語。

(丙)鹿橋〈未央歌〉：「依大家的年輕人習慣：乖僻的，傲慢的，固執的，遲鈍的，刻薄的，精明的各種性情都可忍耐，惟有虛華不實，竊名附雅的人一旦爲人發覺，便人人掩鼻而過。」「乖僻的，傲慢的，固執的，遲鈍的，刻薄的，精明的」，形容年輕人的各種性情，係形容詞的並列短語。

11. **加「著」**

(1)動詞＋「著」

(甲)朱自清〈春〉：「春天像小姑娘，花枝招展的，笑著，走著。」「笑」、「走」，係動詞。「笑著，走著」，係動詞的並列短語。

(乙)朱自清〈春〉：「坐著，躺著，打兩個滾，踢幾腳球，賽幾趟跑，捉幾回迷藏。」

「坐」、「躺」，係動詞。「坐著，躺著」，係動詞的並列短語。

(丙)林文月《讀中文系的人．偷得浮生二日閒》：「我們吃著、喝著、談著被歐利芙颱風吹倒的香蕉樹和當地的特產——掘不完的竹筍，一頓飯竟也吃了約莫一個半小時。」「吃」、「喝」、「談」，係動詞。「吃著、喝著，談著」，係動詞的並列短語。

(丁)鍾理和〈做田〉：「一切都集中在一個快樂而和諧的旋律裡，並朝著一個嚴肅的目的而滾動著，進行著。」「滾動」、「進行」，皆是動詞，「滾動著，進行著」，係動詞的並列短語。

12. **偏正式**

(甲)歐陽脩〈醉翁亭記〉：「蒼顏白髮，頹然乎其間者；太守醉也。」「蒼顏」、「白髮」，皆是偏正短語中的定心短語。「蒼顏白髮」，係偏正式並列短語。

(乙)馬致遠〈天淨沙．秋思〉：「枯藤、老樹、昏鴉。」「枯藤」、「老樹」、「昏鴉」，皆是偏正短語中的定心短語。「枯藤、老樹、昏鴉」，係偏正式並列短語。

(丙)吳均〈與宋元書〉：「白富陽至桐廬，一百許里，奇山異水，天下獨絕。」「奇山」、「異水」，皆是偏正短語中的定心短語。「奇山異水」，係偏正式並列短語。

(丁)何懷碩《煮石集．中國美學》：「西方有完整的體系、嚴密的邏輯、精確的觀念，我們卻未半是概念尚未確立的感性文字。」「完整的體系」、「嚴密的邏輯」、「精確的觀念」，皆是偏正短語中的定心短語。「完整的體系、嚴密的邏輯，精確的觀念」，係偏正式並列短語。

13.主謂式

(甲)施耐庵〈水滸傳・第四回小霸王醉入銷金帳，花和尚大鬧桃花村〉：「一日，正行之間，貪看山明水秀，不覺天色已晚，趕不上宿頭。」「山明」、「水秀」，皆是主謂短語。「山明水秀」，係主謂式並列短語。

(乙)蘇轍〈黃州快哉亭記〉：「煙消日出，漁夫樵父之舍，皆可指數。」「煙消」、「日出」，皆是主謂短語。「煙消日出」，係主謂式並列短語。

(丙)洪醒夫〈紙船印象〉：「屋頂上的雨水滴落下來，卻理直氣壯的在簷下匯成一道水流。」「理直」、「氣壯」，皆是主謂短語。「理直氣壯」，係主謂式並列短語。

(丁)鍾理和〈做田〉：「土腥、草香、汗臭，及爛在田裡的菁豆和死了的生物的，那揉在一起的氣味在空氣中飄散著。」「土腥」、「草香」、「汗臭」，皆是主謂短語。「土腥、草香、汗臭」，係主謂式並列短語。

(戊)鹿橋〈未央歌〉：「現在他想這無可奈何之一步，眼前是山窮水盡絕無生理了。」「山窮」、「水盡」，皆是主謂短語。「山窮水盡」，係主謂式並列短語。

(己)蔡宗陽《不吐絲的蠶・序》：「由於家務太忙、教學太忙、孩子纏身，使她始終騰不出時間來寫作。」「家務太忙」、「教學太忙」、「孩子纏身」，皆是主謂短語。「家務太忙、教學太忙、孩子纏身」，係主謂式並列短語。

㈢歐陽脩〈醉翁亭記〉：「臨谿而漁，谿深而魚肥。」「谿深」、「魚肥」，皆是主謂短語。「谿深而魚肥」，係主謂式並列短語。

14. **賓式**

㈠徐志摩〈我所知道的康橋〉：「帶一卷書，走十里路，選一塊清靜地，看天，聽鳥，讀書。」「帶一卷書」、「走十里路」、「選一塊清靜地」，皆是述賓短語。「帶一卷書，走十里路，選一塊清靜地」，係述賓式並列短語。「看天」、「聽鳥」、「讀書」，皆是述賓短語。「看天，聽鳥，讀書」，係述賓式並列短語。

㈡韓愈〈師說〉：「師者，所以傳道、受業、解惑也。」「傳道」、「受業」、「解惑」，皆是述賓短語。「傳道、受業、解惑」，係述賓式並列短語。

㈢蘇軾〈超然臺記〉：「擷園蔬，取池魚，釀秫酒，瀹脫粟，而食之。」「擷園蔬」、「取池魚」、「釀秫酒」、「瀹脫粟」，皆是述賓短語。「擷園蔬，取池魚，釀秫酒，瀹脫粟」，係述賓式並列短語。瀹，音ㄩㄝˋ，煮也。

㈣蘇轍〈黃州快哉亭記〉：「變化倏忽，動心駭目，不可久視。」「動心」、「駭目」，皆是述賓短語。「動心駭目」，係述賓式並列短語。

㈣范仲淹〈岳陽樓記〉：「銜遠山，呑長江，浩浩湯湯，橫無際涯。」「銜遠山」、「呑長江」，皆是述賓短語。「銜遠山，呑長江」，係述賓式並列短語。

㈢張曉風〈炎涼〉：「觸覺之美有如聞高士說法，涼意淪肌浹髓而來。」「淪肌」、「浹髓」，皆是述賓短語。「淪肌浹髓」，係述賓式短語。

㈤路寒袖〈等待冬天〉：「喜花、賞花的人不少，卻鮮有摯愛於芒草的。」「喜花」、「賞花」，皆是述賓短語。「喜花、賞花」，係述賓式並列短語。

㈥羅貫中〈空城計〉：「孔明乃披鶴氅，戴綸巾，引二小童，攜琴一張，於城上敵樓前。」「披鶴氅」、「戴綸巾」，皆是述賓短語。「披鶴氅，戴綸巾」，係述賓式並列短語。

㈦陶淵明〈桃花源記〉：「便要還家，設酒、殺雞、作食。」「設酒」、「殺雞」、「作食」，皆是述賓短語。「設酒、殺雞、作食」，係述賓式並列短語。

㈧鹿橋《未央歌》：「評議，論斷，毀譽，曲直，自會發芽，抽條，開花，結果。」「發芽」、「抽條」、「開花」、「結果」，皆是述賓短語。「發芽、抽條、開花、結果」，係述賓式並列短語。

㈡偏正短語

偏正短語、又稱偏正結構、偏正詞組，又稱爲主從短語、主從結構、主從詞組，呂叔湘《中國文法要略》與許世瑛《中國文法講話》則稱爲「組合關係」，簡稱「詞組」。偏正短語，依一般分類⑪，分爲定心短語、狀心短語兩類。

1.定心短語

又叫定心結構、定心詞組，也叫定中短語、定中結構、定中詞組。所謂定心短語，是指定語加中心語組成的短語。

(1)定語（名詞或代詞）＋「之」（或「的」）＋中心語（名詞）

(甲)《論語・憲問》：「古之學者爲己，今之學者爲人。」「古之學者」、「今之學者」，皆是定心短語。「古」、「今」，係定語⑫；「學者」係中心語⑬。

(乙)吳明足《不吐絲的蠶・我的名字》：「『小文』是我的名字，小時候母親及家人都這樣喚著我。」「我的名字」，係定心短語。「我」，是代詞，係定語。「名字」，係中心語。

(丙)楊喚〈夏夜〉：「夏天的夜就輕輕地來了。」「夏天的夜」，係定心短語。「夏天」，係定語。「夜」，係中心語。

(丁)周芬伶〈傘季〉：「千百年的愛情化爲這場煙雨迷離，那是神話的雨，斷腸的雨，美麗又哀愁。」「神話的雨」，係定心短語。「神話」，是名詞當形容詞用，係定語。「雨」，係中心語。

(戊)朱自清〈背影〉：「我與父親不相見已二年餘了，我最不能忘記的是他的背影。」

「他的背影」，係定心短語。「他」是代詞，係定語。「背影」，是名詞，係中心語。

(己)陳之藩〈謝天〉：「我的學校就是從前的關帝廟，我的書桌就是供桌。」「我的學校」、「我的書桌」，皆是定心短語。「我」，係定語。「學校」、「書桌」，皆是中心語。

(庚)宋晶宜〈雅量〉：「朋友買了一件衣服，綠色的底子帶白色方格。」「綠色的底子」，係定心短語。「綠色」，係定語。「底子」，係中心語。

(辛)陶淵明〈五柳先生傳〉：「黔婁之妻有言：『不戚戚於貧賤，不汲汲於富貴。』」「黔婁之妻」，係定心短語。「黔婁」，係定語，是人名，春秋時代魯國的賢者。「妻」，係中心語。

(壬)吳敬梓〈王冕的少年時代〉：「就在我這大門過去兩箭之地，便是七柳湖。」「兩箭之地」，係定心短語。「兩箭」，係定語。「地」，係中心語。

(癸)朱自清〈春〉：「東風來了，春天的腳步近了。」「春天的腳步」，係定心短語。「春天」，係定語。「腳步」，係中心語。

(2)定語（形容詞）＋之（或「的」）＋中心語（名詞）

(甲)楊喚〈夏夜〉：「在美麗的夏夜裡愉快地旅行。」「美麗的夏夜」，係定心短語。「美麗」，係定語。「夏夜」，係中心語。

(乙)林文月〈讀中文系的人・一本書〉：「覺得一節小小的車廂裡若有兩個緊張的異鄉

人，也未免嫌太多，故只好佯裝從容。」「緊張的異鄉人」，係定心短語。「緊張」，係定語。「異鄉人」，係中心語。

(丙)蔡宗陽《美之音・序》：「以往她用中文，寫了一本《不吐絲的蠶》；如今卻用英文，寫了一本《美之音》。」「美之音」，係定心短語。

(丁)路寒袖〈等待冬天〉：「遠眺群山，蒼蔚的綠意並因冬季的來臨而枯黃憔悴。」「蒼蔚的綠意」，係定心短語。「蒼蔚」，係定語。「綠意」，係中心語。

(戊)司馬光〈訓儉示康〉：「汝非從身當服行，當以訓汝子孫，使知前輩之風俗之。」「前輩之風俗」，係定心短語。「前輩」，係定語「風俗」，係中心語。

(己)徐志摩〈翡冷翠山居閑話〉：「那邊每株樹上都是滿掛著詩情最秀逸的果實。」「最秀逸的果實」，係定心短語。「最秀逸」，係定語。「果實」，係中心語。

(庚)鍾理和〈做田〉：「太陽剛剛昇出一竹竿高，一朵向雲在前面徘徊著，東南一角更湧起幾柱白中透熟淺灰的雲朵。」「淺灰的雲朵」，係定心短語。「淺灰」，係定語。「雲朵」，係中心語。

(辛)徐志摩〈我所知道的康橋〉：「朝露漸漸的升起，揭開了這灰蒼蒼的天幕。」「灰蒼蒼的天幕」，係定心短語。「灰蒼蒼」，係定心。「天幕」，係中心語。

(3)定語（名詞或代詞或形容詞）＋中心語

(甲)司馬光〈訓儉示康〉：「汝非從身當服行，當以訓汝子孫。」「汝子孫」，係定心短語。「汝」，定語。「子孫」，中心語。

(乙)白居易〈琵琶行並序〉：「尋聲闇問彈者誰？琵琶聲停欲語遲。」「琵琶聲」，係定心短語。「琵琶」，係主語。「聲」，係中心語。

(丙)歸有光〈項脊軒志〉：「三五之夜，明月半牆，桂影斑駁。」「桂影」，係定心短語。「桂」，係定語。「影」，係中心語。

(丁)《論語．里仁》：「人之過也，各於其黨。」「其黨」，係定心短語。「其」，係定語。「黨」，係中心語。黨，類也。

(4)定語（形容詞）＋中心語（名詞）

(甲)《論語．學而》：「有朋自遠方來，不亦樂乎？」「遠方」，係定心短語。「遠」，係定語。「方」，係中心語。

(乙)《詩經．衛風．碩人》：「巧笑倩兮，美目盼兮。」「美目」，係定心短語。「美」，係定語。「目」，係中心語。

(丙)徐志摩〈翡冷翠山居閑話〉：「那美秀風景的全部正像畫片似的展露在你的眼前，供你閑暇的鑒賞。」「美秀風景」，係定心短語。「美秀」，係定語。「風景」，係中心語。

(丁)楊喚〈夏夜〉：「小弟弟夢見他變做一條魚在藍色的大海裡游水。」「一條魚」，係定心短語。「一條」，係定語。「夢」，係中心語。

(戊)《孟子‧梁惠王上》：「庖有肥肉，廄有肥馬，民有飢色。」「肥肉」、「肥馬」、「飢色」，皆是定心短語。「肥」、「肥」、「飢」，係定語。「肉」、「馬」、「色」，係中心語。

(己)孟浩然〈過故人莊〉：「綠樹村邊合，青山郭外斜。」「綠樹」、「青山」，係定心短語。「綠」、「青」，係定語。「樹」、「山」，係中心語。

2.狀心短語

又叫狀心結構、狀心詞組，也叫狀中短語、狀中結構、狀中詞組。所謂狀心短語，是指狀語加中心語組成的短語。

(1)狀語（副詞）＋中心語（動詞）

(甲)白居易〈琵琶行并序〉：「銀瓶乍破水漿迸，鐵騎突出刀槍鳴。」「乍破」，係狀心短語。「乍」，係狀語。「破」，係中心語。

(乙)路寒袖〈等待冬天〉：「爲了乾淨，他們將芒毫細心打掉，剩下綠絲的穗梗。」「細心打掉」，係狀心短語。「細心」，係狀語。「打掉」，係中心語。

(丙)周敦頤〈愛蓮說〉：「(蓮)香遠益清，亭亭淨植，可遠觀而不可褻玩焉」。「淨植」、「遠觀」、「褻玩」，係狀心短語。「淨」、「遠」、「褻」，係狀語。「植」、「觀」、「玩」，係中心語。

(丁)吳明足《不吐絲的蠶．廉價的母愛》：「老二也嘟著小嘴巴細聲說：『你再去上班，我不跟你玩了。』」「細聲說」，係狀心短語。「細聲」，係狀語。「說」，係中心語。

(2)狀語（副詞）＋地（或「的」）＋中心語（動詞）

(甲)鍾理和〈做田〉：「鴿鷹在人們的頭頂的高空處非非非地鳴叫著。」「非非非地鳴叫」，係狀心短語。「非非非」，係狀語。「鳴叫」，係中心語。

(乙)愛因斯坦著、劉君燦譯〈我心目中的世界〉：「我很清楚地了解，要達到一個確定的目標，必須有人出來領導。」「很清楚地了解」，係狀心短語。「很清楚」，係狀語。「了解」，係中心語。

(丙)吳明足《不吐絲的蠶．廉價的母愛》：「我躡手躡腳地到廚房準備早餐」，「躡手躡腳地到」，係狀心短語。「躡手躡腳」，係狀語。「到」，係中心語。

(丁)徐志摩〈再別康橋〉：「輕輕的我走了，正如我輕輕的來。」「輕輕的來」，係狀心短語。「輕輕」，係狀語。「來」，係中心語。

(戊)陳之藩〈謝天〉：「創業的人都會自然而然地想到上天。」「自然而然地想到」，係狀心短語。「自然而然」，係狀語。「想到」，係中心語。

⑶狀語（副詞）＋中心語（形容詞）

㈠劉鶚《老殘遊記‧第二回歷山下古帝遺蹤明湖湖邊美人絕調》「明湖居聽書」：「一條藍布褲子，都是黑布鑲滾的，雖是粗布衣裳，倒十分潔淨。」「十分潔淨」，狀心短語。「十分」，係狀語。「潔淨」，係中心語。

㈡吳明足《不吐絲的蠶‧茶几下》：「有一張是圖案畫，舅舅讚賞說，可以畫在白色衣服上，很漂亮。」「很漂亮」，係狀心短語。「很」，係狀語。「漂亮」，係中心語。

㈢朱自清《背影》：「唉，我現在想想，那時眞是太聰明了！」「太聰明」，係狀心短語。「太」，係狀語。「聰明」，中心語。

㈣陳之藩《謝天》：「由於我的兒時，我想起一串很奇怪的現象。」「很奇怪」，係狀心短語。

㈢主謂短語

主謂短語，又稱爲主謂結構、主謂詞組，也稱爲主謂式造句結構、詞結。黃慶萱《高級中學文法與修辭》上冊，將造句結構⑭分爲主謂結構、述賓結構、主從式造句結構三種。許世瑛《中國文法講話》的結合關係，又叫造句關係、詞結，將詞結分爲句子形式的詞結、謂語形式的詞結兩類。又將謂語形式的詞結，分爲動詞＋賓語、副詞＋動詞＋賓語、副詞＋形容詞、副詞＋動詞四小類。⑮楊如雪《文法ＡＢＣ》：「根據造句結構的內

部成分可以分爲主謂式造句結構、謂語式造句結構、主從式造句結構和複合式造句結構四種。」⑯造句結構類型，眾說紛紜，近年來許多學者直接分別逕稱主謂短語、述賓短語、複指短語、連謂短語、謂補短語、兼語短語。⑰所謂主謂短語，是指主語加謂語組成的短語。

(1)主語（名詞）＋表語（「動詞」當「形容詞」用）

(甲)向陽〈看回鳳凰山〉：「要漫山鳥鳴陪我一段。」「鳥鳴」，係主謂短語。「鳥」，係主語。「鳴」，係謂語，又是表語，也有人認爲動詞化的形容詞，即本是動詞而這裡當形容詞用。

(乙)簡媜〈夏之絕句〉：「夏乃聲音的季節，有雨打、有雷響、蛙聲、鳥鳴、及蟬唱。」「雨打」、「雷響」、「鳥鳴」、「蟬唱」，係主謂短語。「雨」、「雷」、「鳥」、「蟬」，係主語，是名詞。「打」、「響」、「鳴」、「唱」，係表語，是動詞當形容詞用，有人稱爲動詞化的形容詞。

(丙)鹿橋《未央歌》：「正像早季末尾時的昆明的天氣，風馳雲捲之後，天氣又自緩緩地生理了。」「風馳」、「雲捲」，係主謂短語。「風」、「雲」，係主語。「馳」、「捲」，係表語，也是動詞當形容詞用。

(2)主語（名詞）＋表語（形容詞）

㈠辛棄疾〈西江月・夜行黃沙道中〉：「稻花香裡說豐年，聽取蛙聲一片。」「稻花香」，係主謂短語。「稻花」，係主語，也是名詞。「香」，係謂語，也是表語，是形容詞。

㈡《論語・泰伯》：「曾子曰：『士不可以不弘毅，任重而道遠。』」「任重」、「道遠」，係主謂短語。「任」、「道」，係主語。「重」、「遠」，係謂語，也是表語、形容詞。

㈢何懷碩《煮石集・畫廊》：「動機良好而目標模糊、方法錯謬的結果，『奉獻社會』的宏圖必定落空。」「動機良好」、「目標模糊」、「方法錯謬」，係主謂短語。「動機」、「目標」、「方法」，係主語。「良好」、「模糊」、「錯謬」，係謂語，也是表語、形容詞。

㈣《莊子・秋水》「濠梁之辯」：「女安知魚樂？」「女」，讀為「汝」，汝也，今語「你」。「魚樂」，係主謂短語。

㈤《莊子・勸學》：「肉腐出蟲，魚枯生蠹。」「肉腐」、「魚枯」，係主謂短語。「肉」、「魚」，係主語。「腐」、「枯」，係表語。

㈣述賓短語

所謂述賓短語，是指述語加謂語組成的短語。

㈠蘇洵〈六國論〉：「思厥先祖父，暴霜露，斬荊棘，以有尺寸之地。」「暴霜露」；「斬荊棘」，係述賓短語。「暴」、「斬」，係述語，是動詞。「霜露」、「荊棘」，係賓語，是名詞。

(乙)蔣士銓〈鳴機夜課圖記〉：「其童子蹲樹根、捕促織爲戲。」「蹲樹根」、「捕促織」，係述賓短語。「蹲」、「捕」，係述語、動詞。「樹根」、「促織」，係賓語。促織，蟋蟀的別名。

(丙)范仲淹〈岳陽樓記〉：「登斯樓也，則有去國懷鄉，憂讒畏譏，滿目蕭然，感極而悲者矣。」「去國」、「懷鄉」，係述賓短語。「去」、「懷」，係述語、動詞。「國」、「鄉」，係賓語、名詞。

(丁)《荀子．勸學》：「積土成山，風雨興焉。」「積土」，係述賓短語。「積」，係述語、動詞。「山」，係賓語、名詞。

(戊)張潮《幽夢影》：「對滑稽友，如閱傳奇小說。」「閱傳奇小說」，係述賓短語。「閱」，係述語、動詞。「傳奇小說」，係賓語、名詞。

(己)方祖燊《不吐絲的蠶．序》：「過去能讀書識字的女性，仍然比那些沒有受過教育的女性幸運多多。」「讀書」、「識字」，係述賓短語。「讀」、「識」，係述語、動詞。「書」、「字」係賓語、名詞。

(庚)林文月《讀中文系的人．陶淵明、孟浩然及王維》：「王維比孟浩然小十二歲，性淡遠，喜好彈琴賦詩，常嘯詠終日。」「彈琴」、「賦詩」，係述賓短語。「彈」、「賦」，係述語、動詞。「琴」、「詩」，係賓語、名詞。

(辛)《文心雕龍‧序志》：「夫文心者，言爲文之用心也。」「爲文」、「用心」，係述賓短語。「爲」、「用」，係述語、動詞。「文」、「心」，係賓語、名詞。

(壬)朱自清〈背影〉：「囑託茶房好好照應我。」「囑託茶房」，係述賓短語。「囑託」，是述語、動詞；「茶房」，是賓語、名詞。

(五)複指短語

複指短語，又叫複指結構、複指詞組，也叫同位短語，黃慶萱《高級中學文法與修辭》上冊，則稱「複語」⑱。所謂複指短語，是指詞與詞或短語與短語之間組合而成，互相說明，彼此詮釋，分別從不同角度，指同一個人、事、物，作爲句子的成分，一般中間沒有語音停頓，皆是同位關係，因此又叫同位短語。文法上的複指短語，相當於修辭學的「異稱」修辭手法。

(甲)諸葛亮〈出師表〉：「臣亮言：先帝創業未半，而中道崩殂。」「臣亮」，係複指短語。「臣」，係職稱。「亮」，係人名。

(乙)韓愈〈祭十二郎文〉：「季父愈聞汝喪之七日，乃能哀致誠。」「季父愈」，係複指短語。古時候以伯仲叔季排行，韓愈上有三兄，是以自稱季父。

㈣吳敬梓《儒林外史・第三回周學道校士拔眞才，胡屠戶行兇鬧捷報》「范進中舉」：「我自倒運，把個女兒嫁與你這現世寶、窮鬼，歷年以來，不知累了我多少。」「你這現世寶、寵兒、窮鬼」，係複指短語。「你」、「現世寶」、「窮鬼」，皆指范進，現世寶，意指丟人現眼的傢伙。

㈤杜光庭《太平廣記》「虬髯客」：「靖之友劉文靜者與之狎，因文靜見之可也。」「靖之友劉文靜」，係複指短語。李靖的朋友、劉文靜，同指一人。

㈥施耐庵《水滸傳・第四回小霸王醉入銷金帳，花和尚大鬧桃花村》：「老漢姓劉，此間喚做桃花村，鄉人都叫老漢做桃花莊劉太公。」「桃花莊劉太公」，係複指短語。

㈦司馬遷《史記・項羽本紀》「鴻門宴」：「楚右尹項伯者，項羽季父也；素善留侯張良。」「楚左尹項伯」、「留侯張良」，係複指短語。「楚」、「左尹」、「項伯」同指一人。「留侯」、「張良」，同指一人。

㈧余光中《左手的繆思・中國的良心——胡適》：「胡（適）先生畢竟是民主的鬥士，思想的長城，學界的重鎮，中國現代化運動的敲打樂器，新文學運動的破冰船」。「民主的鬥士」、「思想的長城」、「學界的重鎮」、「中國現代化運動的敲打樂器」、「新文學運動的破冰船」，同指一個人，是胡適，係複指短語。

㈨李密〈陳情表〉：「臣密言：『臣以險釁，夙遭閔凶』。」「臣密」，係複指短語。

「臣」、「密」，同指一人。

㈥連謂短語

所謂連謂短語，是指幾個意義上連貫，而動作有時間先後的動詞性詞語的連用，或動詞性詞語與形容性詞與連用。連謂短語，又稱為連謂結構、連謂詞組，也稱為連動短語、連動結構、連動詞組。

1. **動詞性詞語＋動詞性詞語**

㈠吳明足《不吐絲的蠶．穩渡舟》：「他以為時機成熟，把幾年來憋在心裡想說的話，一封接一封地傾盆直瀉，打大一開始『盯住』我開始，一直到畢業。」「一封接一封地傾盆直瀉」，係連謂短語。「一封接一封」、「傾盆直瀉」，係兩個動詞的連謂短語。「接」、「瀉」，係動詞。

㈡劉鶚《老殘遊記．第二回歷山山下古帝遺蹤，明湖湖邊美人絕調》「明湖居聽書」：「這一段，聞旁邊人說，叫做〈黑驢段〉，聽了去，不過是一個士子見一個美人騎了一個黑驢走過去的故事。」「見一個美人騎了一個黑驢走過去」，係連謂短語。「見」、「騎」、「走」，係動詞。

2. **動詞性詞語＋形容性詞語**

㈠劉鶚《老殘遊記．第二回歷山山下古帝遺蹤，明湖湖邊美人絕調》「明湖居聽

書」：「其音節全是快板，越說越快。」「越說越快」，係連謂短語。「說」，係動詞。「快」，係形容詞。

(乙)吳明足《不吐絲的蠶．彩色鍋和水蜜桃》：「看看水蜜桃的底部，依然有一點點腐爛，結果每個只吃到一半就想丟棄，而且吃起來淡而無味。」「吃起來淡而無味」，係連謂短語。「吃」，係動詞。「淡」，係形容詞。

(七)謂補短語

所謂謂補短語，是指謂語與補語組成的短語。謂語有動詞、形容詞，表示動作或情狀；補語是補充說明謂語的作用。謂補短語，又稱為謂補結構、謂補詞組，也稱為述補短語、述補結構、述補詞組、中補短語、中補結構、中補詞組。述語，係主要的部分，又稱為中心語。補語，係補充說明或修飾述語，是從屬的部分。

(1)謂（述）語＋補語

(甲)吳明足《不吐絲的蠶．荷葉上的水珠》：「他是我的活字典，我有絲毫疑難，他可以把來龍去脈有條有理有系統地，為我分析清楚，查字典說不一定還沒有這麼詳細呢！」「分析清楚」，係謂（述）補短語。「分析」，係謂（述）語、動詞。「清楚」，係補語。

(乙)吳敬梓《儒林外史》第一回「王冕的少年時代」：「初時畫得不好，畫到三個月之後，那荷花的精神、顏色，無一不像。」「畫得不好」，係謂（述）語短語。「畫」係謂

（述）語、動詞。「不好」係補語。

（丙）廖鴻基〈黑與白——虎鯨〉：「儘管第三個颱風寇克在臺灣東北外海滯留徘徊，長浪未定，不能再躑躅了。」「滯留徘徊」，係謂（述）補短語。「滯留」，謂（述）語、動詞。「徘徊」，補語。

（丁）徐志摩〈我所知道的康橋〉：「我沒有夸父的荒誕，但晚景的溫存，卻被我這樣偷嘗了不少。」「偷嘗了不少」，係謂（述）語短語。「偷嘗了」，係謂（述）語。「不少」，係補語。

（戊）杏林子〈手的故事〉：「杜瑞捧著這雙爲他犧牲的手，感動得流下淚來。」「感動得流下淚來」，係謂（表）補語。「感動」，係謂（表）語。「流下淚來」，係補語。

⑵謂（表）＋補語

（甲）吳明足《不吐絲的蠶・太太生病了》：「想不到翻過來的這一面，魚皮脫落，魚肉模糊，慘不忍睹，反正熟了就好。」「熟了就好」，係謂（表）補短語。「熟了」，係謂（表）語、形容詞。「就好」，係補語。

（乙）吳敬梓《儒林外史》第一回「王冕的少年時代」：「樹枝上都像水洗過一番的，尤其綠得可愛。」「綠得可愛」，係謂（表）補短語。「綠」，係謂（表）語、形容詞。「可愛」，係補語。

㈧兼語短語

所謂兼語短語，是指前面述賓短語與後面主謂短語組成的短語。前面的賓語，兼作後面的主語，叫做兼語。

㈠梁實秋《雅舍小品．舊》：「舊的東西之可留戀的地方固然很多。」「可留戀的地方」，係述賓短語。「可」，係述語；「留戀的地方」，係賓語。「留戀的地方固然很多」，係主謂短語。「留戀的地方」，係主語；「很多」，係謂語、表語。是以「留戀的地方」，係前面部分的賓語、後面部分的主語，是兼語。

㈡吳明足《不吐絲的蠶．婚前的故事》：「雙親們也希望我嫁得近一點。」「希望我」，係述賓短語。「希望」，係述語，「我」，係賓語。「我嫁得近一點」，係主謂短語。「我」，係主語；「嫁得近一點」，係謂語。是以「我」是有前面部分的賓語，兼有後面部分的主語，係兼語。

此外，尚有偏正式造句短語，又叫偏正式造句結構、偏正式造句詞組。所謂偏正式造句短語，是指形式上像偏正短語，若去掉「之」字，就變成主謂短語。

㈠韓愈〈師說〉：「師道之不傳也久矣。」若去掉「之」字，「師道不傳」係主謂短語。「師道之不傳」，係偏正短語。如此組成的短語，叫做偏正式造句短語。

㈡《禮記．禮運》：「大道之行也，天下為公。」「大道之行也」，形式上係偏正短語。若去掉「之」字，變成「大道行也」，係主謂短語。如此組成的短語，叫做偏正式造句短語。

㈤彭端淑〈為學一首示子姪〉：「人之為學，有難易乎？」「人之為學」，係偏正式造句短語，但從形式上看，卻是偏正式短語；若去掉「之」字，變成「人為學」，則是主謂短語。

㈨重疊短語

所謂重疊短語，是指由兩個或兩個以上重疊語所構成的短語，又稱為重疊詞組、重疊結構。⑲例如：

㈠陳黎〈聲音鐘〉：「這些鐘可不是一成不變地只會敲著噹、噹、噹的聲音，或者每隔一個鐘頭伸出一隻小鳥，『布穀、布穀』地向你報時。」「噹、噹、噹」、「布穀、布穀」，是擬聲詞作重疊短語。

㈡《詩經・衛風。碩鼠》：「碩鼠碩鼠，無食我黍。」「碩鼠碩鼠」，是名詞性詞語作重疊短語。

㈤王蒙《春之聲》：「辣味總是一下就能嘗到，甜味卻埋得很深很深。」「很深很深」，是形容詞性詞語作重疊短語。

此外，又有複合式造句短語，又稱為複合式造句結構、複合式造句詞組，也稱為複句

短語、複句結構、複句詞組、複主謂短語、複主謂結構、複主謂詞組。本文將複合式造句短語分為述賓式並列短語、主謂式並列短語。已析論之，茲不再贅及。

二、派生短語

派生短語，又稱為特殊短語、特殊結構、特殊詞組、派生結構、派生詞組。派生短語可分為數量短語、方位短語、介賓短語、助詞短語四類。助詞短語又分為的字短語、著字短語、所字短語、比況短語四小類。所謂派生短語，是虛詞附著在實詞或短語上構成的短語⑳。

㈠數量短語

所謂數量短語，是指數詞與量詞組成的短語。

㈠張曉風〈炎涼〉：「我有一張竹蓆，每到五、六月，天氣漸趨暖和。」「五、六月」，係數量短語。

㈡鍾理和〈做田〉：「天空清藍淨潔，恍如一匹未經漿洗過的陰丹士林布。」「一匹」，係數量短語。

㈢李密〈陳情表〉：「行年四歲，舅奪母志。」「四歲」，係數量短語。

㈡方位短語

又叫方位結構、方位詞組。所謂方位短語，是指方位詞與實詞組成的短語。

(甲)歸有光〈項脊軒志〉：「東犬西吠，客踰庖而宴。」「東犬」、「西吠」，係方位短語。「東」、「西」，係方位詞。

(乙)白居易〈琵琶行並序〉：「東船西舫悄無聲。」「東船」、「西舫」，係方位短語。「東」、「西」，係方位詞。

㈢介賓短語

又叫介賓結構、介賓詞組。所謂介賓短語，是指介詞與賓語組成的短語。

(甲)《論語．憲問》：「蘧伯玉使人於孔子。」「於孔子」，係介賓短語。「於」，係介詞。「孔子」，係賓語。

(乙)《左傳．僖公五年》：「晉侯復假道於虞，以伐虢。」「於虞」，係介賓短語。「於」，係介詞。「虞」，係賓語。

㈣助詞短語

又叫助詞結構、助詞詞組。所謂助詞短語，是指助詞與實詞組成的短語。

1.**的字短語**：又稱爲的字結構、的字詞組。

(甲)鍾理和〈假面〉：「次層是塗抹得最均勻的。」「最均勻的」，係的字短語。

(乙)席慕蓉〈一棵開花的樹〉：「在你身後落了一地的。」「一地的」，係的字短語。

2.**著字短語**：又稱爲著字結構、著字詞組。

短語。

(乙)歸有光〈項脊軒志〉：「庭有枇杷樹，吾妻死之年所手植也。」「所手植」，係所字短語。

(甲)〈木蘭詩〉：「問女何所思?問女何所憶?」「所思」、「所憶」，係所字短語。

3.**所字短語**：又叫所字結構、所字詞組。

(乙)朱自清〈背影〉：「有幾個賣東西的等著顧客。」「等著」，係著字短語。

(甲)鍾理和〈做田〉：「男人光著暗紅色的背脊。」「光著」，係著字短語。

4.**比況短語**：又叫比況結構、比況詞組。所謂比況短語，是指詞語中含有好像、似的、像……一樣、如、猶的短語。又叫：「似的」短語、「似的」結構、「似的」詞組。

(甲)孫福熙〈夏天的生活〉：「如果春天是好像少年的發育，那麼夏天是壯年的力行。」「好像少年的發育」，係比況短語。

(乙)白居易〈琵琶行並序〉：「大絃嘈嘈如急雨。」「如急雨」，係比況短語、謂語。

(丙)李金捷〈小白豬〉：「爸把牠（指小白豬）送到媽面前，邀功似的。」「邀功似的」，是比況短語。

(丁)楊逵〈壓不扁的玫瑰花〉：「我心正像它（指小漁船）一樣地漂蕩著。」「像它一樣」，係比況短語。「比況短語」，詳見二〇〇七年十月《中國語文月刊》一〇一卷四期〈總號六〇四期〉，頁二六至二九，蔡宗陽〈比況短語的類型〉；又見本書頁六六至六九，附錄一。

三、固定短語

又稱爲固定結構、固定詞組。所謂固定短語，是指比較固定的詞與詞、語與語組成的短語。固定短語分爲專有名稱、專門術語、習慣用語、常用成語四種。這四種固定短語，造句時相當於一個詞的作用，不能隨意更動，中間不宜插入別的詞語。固定短語，詳見第四章第二節。茲簡略分析如下：

㈠專有名稱：如「臺北一〇一大樓」，係偏正短語中的定心短語。「臺北」，係定語；「一〇一大樓」，係中心語。「南投日月潭」，係偏正短語中的定心短語。「南投」，係定語；「日月潭」，係中心語。「嘉義阿里山」，係偏正短語中的定心短語。「嘉義」，係定語；「阿里山」，係中心語。

㈡專門術語：如「物我共通思想」，係偏正短語中的定心短語。「物我共通」，係定心；「思想」，係中心語。「臺灣文學」，係定心短語。「臺灣」，係定語；「文學」，係中心語。

㈢習慣用語：人們口頭流行的習慣用語，包括諺語、歇後語。如「聰明人一點就透」，係主謂短語。「聰明人」，係主語。「一點就透」，係謂語。「姜太公釣魚——願者上鉤」，係主謂短語。「姜太公」、「願者」，係主語。「釣魚」、「上鉤」，係謂語。

(四)常用成語：如「勤能補拙」，係主謂短語，「勤」，係主語。「能補拙」，係謂語。「平分秋色」，係述賓短語。「平分」，係述語。「秋色」，係賓語。

第二節　短語的詞性功能類型

所謂短語的詞性功能類型，是指依據短語的性質、功能，加以分門別類。因此，短語的詞性功能類型，可分爲名詞性短語、動詞性短語、形容詞性短語三大類㉑。

壹、名詞性短語

所謂名詞性短語，是指以名詞爲中心語的偏正短語，或一些以動詞活用作名詞、形容詞活用作名詞爲中心語的偏正短語而以名詞、代詞作定語，或數詞和量詞構成數量詞的短語。因此，名詞性短語又分爲以名詞爲中心語而定語是名詞或代詞的名詞性短語、以動詞活用作名詞爲中心語而定語是名詞或代詞的名詞性短語、以形容詞活用作名詞爲中心語而定語是名詞或代詞的名詞性短語、以數量詞爲定語而中心語是名詞的名詞性短語四種㉒。

一、以名詞為中心語而定詞是名詞或代詞的名詞性短語

(一)商禽〈眉〉：「只有翅翼，而無身軀的鳥。」「身軀的鳥」，係定心短語、名詞性短

語。「身軀」，是定語、名詞；「鳥」，是中心語、名詞。因此，「身軀的鳥」，係以名詞為中心語而定語也是名詞的名詞性短語。

㈡朱自清〈背影〉：「這時我看見他的背影，我的淚很快地流下來了。」「他的背影」、「我的淚」，係定心短語、名詞性短語。「他」、「我」，是定語、代詞；「背影」、「淚」，是中心語、名詞。因此，「他的背影」、「我的淚」，係以名詞為中心語而代詞為定語的名詞性短語。

㈢陳之藩〈謝天〉：「祖母總是摸著我的頭。」「我的頭」，係定心短語、名詞性短語。「我」，是定語、代詞；「頭」，是中心語、名詞。「我的頭」，係以代詞為定語而以名詞為中心語的名詞性短語。

㈣胡適〈差不多先生傳〉：「差不多先生的相貌，和你和我都差不多。」「差不多先生的相貌」，係定心短語、名詞性短語。「差不多先生」，是定語、名詞；「相貌」，是中心語、名詞。因此，「差不多先生的相貌」，係名詞為中心語而定語也是名詞的名詞性短語。

㈤劉克襄〈大樹之歌〉：「那時你已長大到能爬上他的樹肩，站在他的肩膀，看到湛藍的海洋。」「他的樹肩」、「他的肩膀」，係定心短語、名詞性短語。「他」，是定語、代詞；「樹肩」、「肩膀」，是中心語、名詞。因此，「他的樹肩」、「他的肩膀」，係以名詞

爲中心語而定語是代詞的名詞性短語。

㈥古蒙仁〈吃冰的滋味〉：「冰淇淋的味道雖好，但總難敵童年那份甜美的記憶啊！」「冰淇淋的味道」，係定心短語、名詞性短語。「冰淇淋」，是定語、名詞；「味道」，是中心語、名詞。因此，「冰淇淋的味道」，係以名詞爲中心語而定語也是名詞的名詞性短語。

㈦楊牧〈十一月的白芒花〉：「母親的面容和聲音向我呈現。」「母親的面容」，係定心短語。「母親」，是定語；「面容」，是中心語。因此，「母親的面容」，係以名詞爲中心語而定語也是名詞的名詞性短語。

二、以動詞活用作名詞為中心語而定語是名詞或代詞的名詞性短語

㈠廖玉蕙〈示愛〉：「我當時除教書外，還得去上博士班的課程，有了母親的幫忙，的確讓我少操了不少的心。」「母親的幫忙」，係定心短語、名詞性短語。「母親」，是定語、名詞；「幫忙」，是中心語。「幫忙」，本是形容詞；這裡活用作名詞。因此，「母親的幫忙」，係以動詞活用作名詞爲中心語而定語也是名詞的名詞性短語。

㈡夏曼．藍波安《海浪的記憶》：「暴雨、大浪是增加我們的恐懼，也增添我們對生命的珍惜，就是不加強我們的力量，消耗我們的祈求。」「我們的恐懼」、「生命的珍惜」、「我們的祈求」，係定心短語、名詞性短語。「我們」、「生命」、「我們」，是定

語；「恐懼」、「珍惜」、「祈求」，係中心語，本是動詞；這裡活用作名詞。因此，「我們的恐懼」、「我們的祈求」，係以動詞活用作名詞爲中心語而定語是代詞的名詞性短語。「生命的珍惜」，係以動詞活用作名詞爲中心語而定語是名詞的名詞性短語。

㈢向陽〈春回鳳凰山〉：「沿途草花隨風綻放妳的叮嚀。」「妳的叮嚀」，係定心短語、名詞性短語。「妳」，是定語、代詞；「叮嚀」，是中心語；本是動詞，這裡活用作名詞。因此，「妳的叮嚀」，係以動詞活用作名詞爲中心語而定語是代詞的名詞性短語。

㈣羅蘭〈欣賞就是快樂〉：『「樂享」的心情不是來自外在的如意，而是來自內在的無私和對周圍小小事物的欣賞。」「事物的欣賞」，係定心短語、名詞性短語。「事物」，是定語、名詞；「欣賞」，是中心語，本是動詞；這裡活用作名詞。因此，「事物的欣賞」，係以動詞活用作名詞爲中心語而定語是名詞的名詞性短語。

㈤秦牧〈蜜蜂的讚美〉：「人們對於蜜蜂的讚美，尤其是充滿哲理的情趣。」「蜜蜂的讚美」，係定心短語、名詞性短語。「蜜蜂」，是定語、名詞；「讚美」，係中心語，本是動詞；這裡活用作名詞。因此，「蜜蜂的讚美」，係以動詞活用作名詞爲中心語而定語是名詞的名詞性短語。

㈥陳火泉〈青鳥就在身邊〉：「幸福是一種心靈的感受。」「心靈的感受」，係定心短語、名詞性短語。「心靈」，是定語、名詞；「感受」，是中心語，本是動詞；這裡活用作

名詞。因此，「心靈的感受」，係以動詞活用作名詞爲中心語而定語是名詞的名詞性短語。

(七)林懷民《雲門．傳奇．序》：「對觀眾而言，是作品，或許也是資深觀眾的某種青春的記憶。」「青春的記憶」，係定心短語、名詞性短語。「青春」，是定語、名詞；「記憶」，是中心語，本是動詞，這裡活用作名詞。因此，「青春的記憶」，係以動詞活用作名詞爲中心語而定語是名詞的名詞性短語。

三、以形容詞活用作名詞為中心語而定語是名詞或代詞的名詞性短語

(一)海倫．凱勒〈假如給我三天光明〉：「因爲黑暗會令他更珍惜光明，寂靜會讓他更體會聲音的甜美。」「聲音的甜美」，係定心短語、名詞性短語。「聲音」，是定語、名詞；「甜美」，本是形容詞，這裡活用作名詞。因此，「聲音的甜美」，係以形容詞活用作名詞爲中心語而定語是名詞的名詞性短語。

(二)魯迅〈風箏〉：「早的山桃也多吐蕾，和孩子們的天上的點綴相照應，打成一片春日的溫和。」「春日的溫和」，係定心短語、名詞性短語。「春日」，是定語、名詞；「溫和」，本是形容詞，這裡活用作名詞。因此，「春日的溫和」，係以形容詞活用作名詞爲中心語而定語是名詞的名詞性短語。

(三)梁實秋〈鳥〉：「我感覺興味的不是那人的悠閒，卻是那鳥的苦悶。」「人的悠

閒」、「鳥的苦悶」，係定心短語、名詞性短語。「人」、「鳥」，是定語、名詞；「悠閒」、「苦悶」，本是形容詞；這裡活用作名詞。因此，「人的悠閒」、「鳥的苦悶」，係以形容詞活用作名詞爲中心語而定語是名詞的名詞性短語。

㈣張曉風〈炎涼〉：「觸覺之美有如聞高士說法，涼意淪肌浹髓而來。」「觸覺之美」，係定心短語、名詞性短語。「觸覺」，是定語、名詞；「美」，是中心語，本是形容詞，這裡活用作名詞。因此，「觸覺之美」，係以形容詞活用作名詞爲中心語而定語是名詞性短語。

㈤陳列〈彩燈〉：「小孩馬上不講話了，變得一臉的沮喪。」「臉的沮喪」，係定心短語、名詞性短語。「臉」，是定語、代詞；「沮喪」，是中心語，本是形容詞；這裡活用作代詞。因此，「臉的沮喪」，係以形容詞活用作名詞爲中心語而定語是名詞的名詞性短語。

㈥崔瑗〈座右銘〉：「無道人之短，無說己之長。」「人之短」、「己之長」，係定心短語、名詞性短語。「人」、「己」，是定語、名詞；「短」、「長」，是中心語，本是形容詞；這裡活用作名詞。因此，「人之短」、「己之長」，係以形容詞活用作名詞爲中心語而定語是名詞的名詞性短語。

㈦林懷民《雲門．傳奇．序》：「面對近年來社會的躁亂，我在想：美，可不可以也

是一種立場，一項武器。」「社會的躁亂」，係定心短語、名詞性短語。「社會」，是定語、名詞；「躁亂」，是中心語，本是形容詞；這裡活用作名詞。因此，「社會的躁亂」，係以形容詞活用爲中心語而定語是名詞的名詞性短語。

四、以數量詞為定語而中心語是名詞的名詞性短語

㈠朱自清〈背影〉：「他給我揀定了靠車門的一張椅子。」「一張椅子」，係定心短語、名詞性短語。「一張」，是定語、數量詞；「椅子」，是中心語、名詞。因此，「一張椅子」，係以數量詞爲定語而中心語是名詞的名詞性短語。

㈡陳之藩〈謝天〉：「記住，飯碗裡一粒米都不許剩，要是糟蹋糧食，老天爺就不給咱們飯了。」「一粒米」，是定心短語、名詞性短語。「一粒」，是定語、數量詞；「米」，是中心語、名詞。因此，「一粒米」係以數量詞爲定語而中心語是名詞的名詞性短語。

㈢吳敬梓《儒林外史．第一回》「王冕的少年時代」：「秦老留著他母子兩個吃了早飯，牽出一條水牛來交與王冕。」「一條水牛」，係定心短語、名詞性短語。「一條」，是定語、數量詞；「水牛」，是中心語、名詞。因此，「一條水牛」，係以數量詞爲定語而中心語是名詞的名詞性短語。

㈣杏林子〈心囚〉：「在許多人眼裡，我看來多麼像是一個囚犯，一個被病禁錮在床的犯人。」「一個囚犯」，係定心短語、名詞性短語。「一個」，是定語、數量詞；「囚犯」，是中心語、名詞。因此，「一個囚犯」，係以數量詞爲定語而中心語是名詞的名詞性短語。

㈤曾志朗〈螞蟻雄兵〉：「瑞士的一組生物研究人員，花了好幾年的工夫，守在撒哈拉沙漠的不毛之物，耐心地觀測非洲銀蟻冒熱在沙上尋食的壯舉。」「一組生物研究人員」，係定心短語、名詞性短語。「一組」，是定語、數量詞；「生物研究人員」，是中心語、名詞。因此，「一組生物研究人員」，係以數量詞爲定語而中心語是名詞的名詞性短語。

㈥張曉風〈情懷〉：「在這樣的一種驛站上等車，車不來又何妨？事不辦又何妨？」「一種驛站」，係定心短語、名詞性短語。「一種」，是定語、數量詞；「驛站」，是中心語、名詞。因此，「一種驛站」，係以數量詞爲定語而中心語是名詞的名詞性短語。

㈦陳火泉〈青鳥就在身邊〉：「於是垂頭喪氣地回到家，才發現他們所飼養的那一隻鳥，就是藍背的小鳥——青鳥。」「一隻鳥」，係定心短語、名詞性短語。「一隻」，是定語、數量詞；「鳥」，是中心語、名詞。因此，「一隻鳥」，係以數量詞定語而中心語是名詞的名詞性短語。

㈧宋晶宜〈雅量〉：「如果經常逛布店的話，便會發現很少有一匹布沒有人選購過。」「一匹布」，係定心短語、名詞性短語。「一匹」，是定語、數量詞；「布」，是中心語、名詞。因此，「一匹布」，係以數量詞爲定語而中心語是名詞的名詞性短語。

貳、動詞性短語

所謂動詞性短語，是指以動詞爲中心語的偏正短語，或述賓短語、謂（述）補短語、連謂（動）短語、兼語短語。因此，動詞性的短語又分爲以動詞爲中心語而狀語是形容詞活用作副詞組成偏正短語的動詞性短語、以述語與賓語組成述賓短語的動詞性短語、以謂（述）語與補語組成謂（述）補短語的動詞性短語、以兩個謂（述）語組成連謂（動）短語的動詞性短語、以述賓短語與主謂短語組成兼語短語的動詞性短語五種。

一、以動詞為中心語而狀語是形容詞活用作副詞組成偏正短語的動詞性短語

(一)楊喚〈夏夜〉：「從山坡上輕輕地爬下來了。」「輕輕地爬」，係狀心短語、動詞性短語。「輕輕」，是狀心短語，本是形容詞；這裡活用作副詞。因此，「輕輕地爬」，係以動詞爲中心語而狀語本是形容詞活用作副詞組成偏正短語的動詞性短語。

(二)胡適〈差不多先生傳〉：「那家人急急忙忙地跑過去，一時尋不著東街的汪大夫，卻把西街的牛醫王大夫請來了。」「急急忙忙地跑」，係狀心短語、動詞性短語。「急急忙忙」，是狀語，本是形容詞；這裡活用作副詞。「跑」，是中心語、動詞。因此，「急急忙忙地跑」，係以動詞爲中心語而狀語本是形容詞活用作副詞組成偏正短語的動詞性短語。

㈢朱自清〈背影〉：「這時我看見他的背影，我的淚很快地流下來了。」「很快地流」，係狀心短語、動詞性短語。「很快」，是狀語，本是形容詞，這裡活用作副詞；「流」，是中心語、動詞。因此，「很快地流」，係以動詞爲中心語而狀語是形容詞活用作副詞組成偏正短語的動詞性短語。

㈣愛因斯坦著、劉君燦譯〈我心目中的世界〉：「我必須急切地努力，將他們給我的一切還回去。」「急切地努力」，係狀心短語、動詞性短語。「急切」，是狀語，本是形容詞，這裡活用作動詞；「努力」，是動詞。因此，「急切地努力」，係以動詞爲中心語而狀語本是形容詞活用作副詞組成偏正短語的動詞性短語。

㈤張曉風〈情懷〉：「留下我怔怔地站在書與書之間。」「怔怔地站」，係狀心短語、動詞性短語。「怔怔」，係狀語，本是形容詞，這裡活用作副詞；「站」，是中心語、動詞。因此，「怔怔地站」，係以動詞爲中心語而狀語是形容詞活用作副詞組成偏正短語的動詞性短語。

㈥陳冠學《田園之秋》「西北雨」：「於是匍匐在地的失魂者，便在雨水的不斷澆淋下，漸漸地蘇醒。」「漸漸地蘇醒」，係狀心短語、動詞性短語。「漸漸」，是狀語，本是形容詞，這裡活用作副詞；「蘇醒」，是中心語、動詞。因此，「漸漸地蘇醒」，係以動詞爲中心語而狀語本是形容詞活用作副詞組成偏正短語的動詞性短語。

(七)梁實秋〈鳥〉：「胳膊上架著的鷹，有時頭上蒙著一塊皮子，羽翮不整地蜷伏著不動。」「不整地蜷伏」，係狀心短語、動詞性短語。「不整」，是狀語，本是形容詞；這裡活用作副詞；「蜷伏」，是中心語、動詞。因此，「不整地蜷伏」，係以動詞為中心語而狀語本是形容詞活用作副詞組成偏正短語的動詞性短語。

二、以述語與賓語組成述賓短語的動詞性短語

(一)劉克襄〈大樹之歌〉：「他們在它身上纏繞了電線，還掛魚網鋪曬。」「掛魚網」，係述賓短語、動詞性短語。「掛」，是述語、動詞；「魚網」，是賓語、名詞。因此，「掛魚網」，係以述語與賓語組成述賓短語的動詞性短語。

(二)徐仁修〈油桐花編織的秘徑〉：「越過山澗時，我發現水中漂著眾多的油桐落花。」「越過山澗」，係述賓短語、動詞性短語。「越過」，是述語、動詞；「山澗」，是賓語、名詞。因此，「越過山澗」，係以述語與賓語組成述賓短語的動詞性短語。

(三)陶淵明〈五柳先生傳〉：「親舊知其如此，或置酒而招之。」「置酒」，係述賓短語、動詞性短語。「置」，是述語、動詞；「酒」，是賓語、名詞。因此，「置酒」，係以述語與賓語組成述賓短語的動詞性短語。

(四)沈復《浮生六記》「兒時記趣」：「余憶童稚時，能張目對日，明察秋毫。」「明察秋毫」，係述賓短語、動詞性短語。「明察」，係述語、動詞；「秋毫」，是賓語、名詞。

因此，「明察秋毫」，係以述語與賓語組成述賓短語的動詞性短語。

㈤朱自清〈背影〉：「回家變賣典質，父親還了虧空，又借錢辦了喪事。」「借錢」，係述賓短語、動詞性短語。「借」，是述語、動詞；「錢」，是賓語、名詞。因此，「借錢」，係以述語與賓語組成述賓短語的動詞性短語。

㈥陳之藩〈謝天〉：「剛上小學的我，正在念打倒偶像及破除迷信等爲內容的課文。」「打倒偶像」、「破除迷信」，係述賓短語、動詞性短語。「打倒」、「破除」，是述語、動詞；「偶像」、「迷信」，是賓語、名詞。因此，「打倒偶像」、「破除迷信」，係以述語與賓語組成述賓短語的動詞性短語。

㈦曾志朗〈螞蟻雄兵〉：「跳躍不是因爲牠得意忘形，而是爲了沙粒實在是太燙腳了。」「得意」、「忘形」，係述賓短語、動詞性短語。「得」、「忘」，是述語、動詞；「意」、「形」，是賓語、名詞。因此，「得意」、「忘形」，係以述語與賓語組成述賓短語的動詞性短語。

三、以謂（述）語與補語組成謂（述）補短語的動詞性短語

㈠劉克襄〈大樹之歌〉：「我們把樹洞清理了一下，偷偷地把魚網拉下來。」「清理了一下」、「拉下來」，係謂（述）補短語、動詞性短語。「清理」、「拉」，是謂（述）語、動詞；「一下」、「下來」，是補語，補充說明「清理」、「拉」的現象。因此，「清

理了一下」、「拉下來」，係以謂（述）語與補語組成謂（述）補短語的動詞性短語。

㈡朱自清〈背影〉：「我的淚很快地流下來了。」「流下來了」，係謂（述）補短語、動詞性短語。「流」，是謂（述）語、動詞；「下來了」，是補語，補充說明「流」的現象。因此，「流下來了」，係以謂（述）語與補語組成謂（述）補短語的動詞性短語。

㈢王溢嘉〈音樂家與職籃巨星〉：「周末若沒有比賽，他就從早到晚練球練個沒完。」「練個沒完」，係謂（述）補短語、動詞性短語。「練」，是謂（述）語、動詞；「沒完」，是補語，補充說明「練」的現象。因此，「練個沒完」，係以謂（述）語與補語組成謂（述）補短語的動詞性短語。

㈣亮軒〈藉口〉：「可是良藥苦口，用慣了『藉口』的人，除非願意忍受癮頭發作的痛苦，否則是吞不下去的。」「吞不下去的」，係謂（述）補短語、動詞性短語。「吞」，是謂（述）語、動詞；「不下去的」，是補語，補充說明「吞」的現象。因此，「吞不下去的」，係以謂（述）語與補語組成謂（述）補短語的動詞性短語。

㈤曾志朗〈螞蟻雄兵〉：「那時候，但見一隻蜥蜴都已被烤得全身動彈不得。」「烤得全身動彈不得」，係謂（述）補短語、動詞性短語。「烤」，是謂（述）、動詞；「全身動彈不得」，是補語，補充說明「烤」的現象。因此，「烤得全身動彈不得」，係以謂（述）語與補語組成謂（述）補短語的動詞性短語。

語。

㈥梁實秋〈鳥〉：「在白晝，聽不到鳥鳴，但是看得見鳥的形體。」「看得見」，係謂（述）補短語、動詞性短語。「看」，是謂（述）語、動詞；「見」，是補語，補充說明「看」的現象。因此，「看得見」，係以謂（述）語與補語組成謂（述）補短語的動詞性短語。

㈦胡適〈差不多先生傳〉：「他死後，大家都很稱讚差不多先生樣樣事情看得破，想得通。」「看得破」、「想得通」，係謂（述）補短語、動詞性短語。「看」、「想」，是謂（述）、動詞；「破」、「通」，是補語，補充說明「看」、「想」的現象。因此，「看得破」、「想得通」，係以謂（述）語與補語組成謂（述）補短語的動詞性短語。

四、以兩個謂（述）語組成連謂（動）短語的動詞性短語

㈠朱自清〈背影〉：「到這邊時，我趕緊去攙他。」「去攙」，係連謂（動）短語。「去」，是謂（述）語、趨向動詞；「攙（音ㄔㄢ）」，「扶」之意，謂（述）語及物動詞。因此，「去攙」，係以兩個謂（述）語組成連謂（動）短語的動詞性短語。

㈡古蒙仁〈吃冰的滋味〉：「小孩難得有什麼零用錢，一天三餐能夠吃飯，已不容易。」「能夠吃」，係連謂（動）短語、動詞性短語。「能夠」，是謂（述）語，係能願動詞；「吃」，是謂（述）語，係及物動詞。因此「能夠吃」，係以兩個謂（述）語組成連謂（動）短語的動詞性短語。

㈢朱自清〈背影〉：「父親要到南京謀事，我也要回北京念書。」「要到」、「要回」，係連謂（動）短語、動詞性短語。「要」，是謂（述）語，係能願動詞；「到」、「回」，是謂（述）語、及物動詞。因此，「要到」、「要回」，係以兩個謂（述）語組成連謂（動）短語的動詞性短語。

㈣吳敬梓《儒林外史‧第一回》「王冕的少年時代」：「鄉間人見畫得好，也有拿錢來買的。」「來買」，係連謂（動）短語、動詞性短語。「來」，是謂（述）語、趨向動詞；「買」，是謂（述）語、及物動詞。因此，「來買」，係以兩個謂（述）語組成連謂（動）短語的動詞性短語。

㈤海倫‧凱勒〈假如給我三天光明〉：「我想如果上帝願意給我光明，哪怕只是短短的三天，我一定會盡力去看看那些我平日極想看的事物。」「願意給」，係連謂（動）語短語、動詞性短語。「願意」，是謂（述）語、能願動詞；「給」，是謂（述）語、及物動詞。因此，「願意給」，係以兩個謂（述）語組成連謂（動）短語的動詞性短語。

㈥宋晶宜〈雅量〉：「如果經常逛布店的話，便會發現很少有一匹布沒有人購過。」「會發現」，係連謂（動）短語、動詞性短語。「會」，是謂（述）語，係能願動詞；「發現」，是謂（述）語、及物動詞。因此，「會發現」，係以兩個謂（述）語組成連謂（動）短語的動詞性短語。

㈦張騰蛟〈那默默的一群〉：「凡被認爲是垃圾的那些東西出現在他們的防區，他們便予以清除。」「認爲是」，係連謂（動）短語、動詞性短語。「認爲」，是謂（述）語、意謂動詞；「是」，係謂（述）語、判斷動詞（又叫「同動詞」）。因此，「認爲是」，係以兩個謂（述）語組成連謂（動）短語的動詞性短語。

五、以述賓短語與主謂短語組成兼語短語的動詞性短語

㈠孟浩然〈過故人莊〉：「邀我至田家。」「邀我」，係述賓短語。「邀」，是述語；「我」，是賓語。「我至田家」，係主謂短語。「我」，是主語；「至」，是述語；「田家」，是賓語。「我」，是上句的賓語、下句的主語，係兼語。因此，「邀我至田家」，係以述賓短語與主謂短語組成兼語短語的動詞性短語。

㈡朱自清〈背影〉：「囑託茶房好好照應我。」「囑託茶房」，係述賓短語。「囑託」，是述語、動詞；「茶房」，是賓語、名詞。「茶房好好照應我」，係主謂短語。「茶房」，是主語、名詞；「照應」，是述語、動詞；「我」，是賓語、代詞。「茶房」，是上句的賓語、下句的主語，係兼語。因此，「囑託茶房好好照應我」，係以述賓短語與主謂短語組成兼語短語的動詞性短語。

㈢吳敬梓《儒林外史・第一回》「王冕的少年時代」：「看看三個年頭，王冕已是十歲了，母親喚他到面前。」「喚他」，係述賓短語。「喚」，是述語、動詞；「他」，係賓

語、代詞。「他到面前」，係主謂短語。「他」，是主語、代詞；「到」，是述語、動詞；「面前」，是賓語。「他」，是上句的賓語、下句的主語，係兼語。因此，「喚他到面前」，係以述賓短語與主謂短語組成兼語的動詞性短語。

㈣劉克襄〈大樹之歌〉：「以前爸爸去金山賞鳥，都會順路去探望它。」「去金山」，係述賓短語。「去」，是述語、趨向動詞；「金山」，是賓語、名詞。「金山賞鳥」，係主謂短語。「金山」，是主語、名詞；「賞」，是述語、及物動詞；「鳥」，是賓語、名詞。「金山」，是上句的賓語、下句的主語，係兼語。因此，「去金山賞鳥」，係以述賓短語與主謂短語組成兼語的動詞性短語。

㈤孟浩然〈過故人莊〉：「把酒話桑麻。」「把酒」，「拿著酒杯」之意，係述賓短語。「把」，是述語；「酒」，是賓語。「酒話桑麻」，係主謂短語。「酒」，是主語、名詞；「話」，「談論」之意，是述語、動詞；「桑麻」，指農作物，是賓語、名詞。「酒」，是上句的賓語、下句的主語，係兼語。因此，「把酒話桑麻」，係以述賓短語與主謂短語組成兼語的動詞性短語。

㈥廖玉蕙〈心疼〉：「你念中學時，爲了到租書店租小說看，老把午飯錢省下來沒吃。」「到租書店」，係述賓短語。「到」，是述語、動詞；「租書店」，是賓語、名詞。「租書店租小說」，係主謂短語。「租書店」，是主語、名詞；「租」，是述語、動詞；「小說」，是賓語、名詞。「租書店」，是上句的賓語、下句的主語，係兼語。因此，「到租書店租小說」，係以述賓短語與主謂短語組成兼語的動詞性短語。

參、形容詞性短語

所謂形容詞性短語，是指以形容詞爲中心語的偏正短語，或謂（表）補短語。因此，形容詞性短語，又分爲以形容詞爲中心語而狀語是副詞組成偏正短語的形容詞性短語、以謂（表）語與補語組成謂（表）補短語的形容詞性短語兩種。

一、以形容詞為中心語而狀語是副詞組成偏正短語的形容詞性短語

(一)朱自清〈背影〉：「唉！我現在想想，那時眞是太聰明了。」「太聰明」，係偏正短語中的狀心短語。「太」，是狀語、副詞；「聰明」，是中心語、形容詞。因此，「太聰明」，係以形容詞爲中心語而狀語是副詞組成偏正短語的形容詞性短語。

(二)陳之藩〈謝天〉：「今天不要忘了，可別太快開動啊！」「太快」，係狀心短語。「太」，是狀語、副詞，「快」，是中心語、形容詞。因此，「太快」，係以形容詞爲中心語而狀語是副詞組成偏正短語的形容詞性短語。

(三)徐志摩〈我所知道的康橋〉：「徒步是一種愉快，但騎自行車是一種更大的愉快。」「更大的愉快」，係偏正短語中的狀心短語、形容詞性短語。「更大」，是狀語、副詞；

「愉快」，是中心語、形容詞。因此，「更大的愉快」，係以形容詞爲中心語而狀語是副詞組成偏正短語的形容詞性短語。

㈣吳明足〈寫稿樂〉：「奇怪的是，經他改了幾個字，不但文氣流暢，而且十分巧妙。」「十分巧妙」，係偏正短語中的狀心短語、形容詞性短語。「十分」，是狀語、副詞；「巧妙」，是中心語、形容詞。因此，「十分巧妙」，係以形容詞爲中心語而狀語是副詞組成偏正短語的形容詞性短語。

㈤張曉風〈情懷〉：「但整個事情發生得太快，牠一會撞到元雜劇上，一會又撞在《全唐詩》上，一會又撞到《莎劇全集》上，我簡直不知怎辦才好。」「太快」，係偏正短語中的狀心短語、形容詞性短語。「太」，是狀語、副詞；「快」，是中心語、形容詞。因此，「太快」，係以形容詞爲中心語而狀語是副詞組成偏正短語的形容詞性短語。

㈥張曉風〈情懷〉：「生命中的好東西往往如此，極便宜又極耐用。」「極便宜」，係偏正短語中的狀心短語、形容詞性短語。「極」，是狀語、副詞；「便宜」，是中心語、形容詞。因此，「極便宜」，係以形容詞爲中心語而狀語是副詞組成偏正短語的形容詞性短語。

㈦愛因斯坦著、劉君燦譯〈我心目中的世界〉：「我從他人那兒得到的東西實在太多了。」「太多」，係偏正短語中的狀心短語、形容詞性短語。「太」，是狀語、副詞；

「多」，是中心語、形容詞。因此，「太多」，係以形容詞爲中心語而狀語是副詞組成偏正短語的形容詞性短語。

(八)陳之藩〈謝天〉：「無論什麼事，得之於人者太多，出之於己者太少。」「太多」、「太少」，係偏正短語中的狀心短語、形容詞性短語。「太」，是狀語、副詞；「多」、「少」，是中心語、形容詞。因此，「太多」、「太少」，係以形容詞爲中心語而定詞是副詞組成偏正短語的形容詞性短語。

(九)鍾理和〈做田〉：「太陽昇得更高了。」「更高」，係偏正短語中的狀心短語、形容詞性短語。「更」，是狀語、副詞；「高」，是中心語、形容詞。因此，「更高」，係以形容詞爲中心語而狀語是副詞組成偏正短語的形容詞性短語。

(十)劉鶚《老殘遊記》「明潮居聽書」：「聲音初不甚大，只覺入耳有說不出來的妙境。」「甚大」，係偏正短語中的狀心短語、形容詞性短語。「甚」，是狀語、副詞；「大」，是中心語、形容詞。因此，「甚大」，係以形容詞爲中心語而狀語是副詞組成偏正短語的形容詞性短語。

二、以謂（表）語與補語組成謂（表）補短語的形容詞性短語

(一)吳敬梓《儒林外史・第一回》「王冕的少年時代」：「樹枝上都像水洗過一番的，尤其綠得可愛。」「綠得可愛」，係謂（表）補短語、形容詞性短語。「綠」，是謂（表）

語、形容詞；「可愛」，是補語，補充說明「綠」的現象。因此，「綠得可愛」，係以謂（表）語與補語組成謂（表）補短語的形容詞性短語。

㈡王熙元《文學心路．銀色世界》：「一層厚厚的雪，把遠處的山，近處的樹，都點綴得像粉粧玉琢一般，美極了！」「美極了」，係謂（表）補短語、形容詞性短語。「美」，是謂（表）語、形容詞；「極了」，是補語，補充說明「美」的現象。因此，「美極了」，係以謂（表）語與補語組成謂（表）補短語的形容詞性短語。

㈢吳明足《不吐絲的蠶．太太生病了》：「我急忙衝進臥房，用手按按妻的額頭，果然，燙得很。」「燙得很」，「很燙」、「極熱」之意，係謂（表）補短語、形容詞性短語。「燙」，是謂（表）語、形容詞；「很」，是補語，補充說明「燙」的現象。因此，「燙得很」，係以謂（表）語與補語組成謂（表）補短語的形容詞性短語。

㈣陳之藩〈寂寞的畫廊〉：「我翻吳爾夫的《無家可回》，翻書頁的聲音，在這樣靜夜，清脆得像一顆石子投入湖中。」「清脆得像一顆石子投入湖中」，係謂（表）補短語、形容詞性短語。「清脆」，是謂（表）語、形容詞；「像一顆石子投入湖中」，是補語，補充說明「清脆」的現象。因此，「清脆得像一顆石子投入湖中」，係以謂（表）語與補語組成謂（表）補短語的形容詞性短語。

㈤林海音《城南舊事．爸爸的花兒落了》：「他爲了叔叔給日本人害死，急得吐了血。」「急得吐了血」，係謂（表）補短語、形容詞性短語。「急」，是謂（表）語、形容詞；「吐了血」，是補語，補充說明「急」的現象。因此，「急得吐了血」，係以謂（表）語與補語組成謂（表）補短語的形容詞性短語。

㈥琦君《紅紗燈．髻》：「有的女人披著頭髮美得跟葡萄仙子一樣。」「美得跟葡萄仙子一樣」，係謂（表）補短語、形容詞性短語。「美」，是謂（表）語、形容詞；「跟葡萄仙子一樣」，是補語，補充說明「美」的現象。因此，「美得跟葡萄仙子一樣」，係以謂（表）語與補語組成謂（表）補短語的形容詞性短語。

㈦琦君〈髻〉：「她不時用拳頭捶著肩膀說：『手瘦得很，眞是老了。』老了，她也老了。」「瘦得很」，意謂「很瘦」，係謂（表）補短語、形容詞性短語。「瘦」，是謂（表）語、形容詞；「很」，是補語，補充說明「瘦」的現象。因此，「瘦得很」，係以謂（表）語與補語組成謂（表）補短語的形容詞性短語。

㈧朱自清〈背影〉：「我那時眞是聰明過分，總覺他說話不太漂亮，非自己插嘴不可。」「聰明過分」，係謂（表）補短語、形容詞性短語。「聰明」，是謂（表）語、形容詞；「過分」，是補語，補充說明「聰明」的現象。因此，「聰明過分」，係以謂（表）語與補語組成謂（表）補短語的形容詞性短語。

㈨吳明足《不吐絲的蠶．茶几下》：「我整個人都覺得輕鬆了許多。」「輕鬆了許

多」，係謂（表）補短語、形容詞性短語。「輕鬆」，是謂（表）語、形容詞；「許多」，是補語，補充說明「輕鬆」的現象。因此，「輕鬆了許多」，係以謂（表）語與短語組成謂（表）補短語的形容詞性短語。

(十)吳明足〈穩渡舟〉：「我變成孤軍奮戰，情勢危急得很。」「危急得很」，意謂「很危急」，係謂「表）補短語、形容詞性短語。「危急」，是謂（表）語、形容詞；「很」，是補語，補充說明「危急」的現象。因此，「危急得很」，係以謂（表）語與短語組成謂（表）補短語的形容詞性短語。

(土)沈從文〈菜園〉：「溪水繞菜園折向東去，水清見底，常有小蝦、小魚，魚小到除了看玩就無用處。」「清見底」，係謂（表）補短語、形容詞性短語。「清」，是謂（表）語、形容詞；「見底」，是補語，補充說明「清」的現象。因此，「清見底」，係以謂（表）語與補語組成謂（表）補短語的形容詞性短語。

(主)賴和〈一桿「稱仔」〉：「當鋪怕要關閉了，快一些去，取出就回來罷。」「快一些去」，係謂（表）補短語、形容詞性短語。「快」，是謂（表）語、形容詞；「一些去」，是補語，補充說明「快」的現象。因此，「快一些去」，係以謂（表）語與短語組成謂（表）補短語的形容詞性短語。

附錄六、第四章　比況短語的類型

一、比況短語的定義

所謂比況短語，是指由比況助詞「（好）像……一樣」、「（好）像……一般」或「……一般」、「……似的」或「似……」，附在其他詞與詞組成的短語，在句中經常擔任狀語、定語、謂語、補語。比況短語，又稱為比況結構、比況詞組。

二、比況短語的分類

比況短語分為「（好）像……一樣」或「……一樣」、「（好）像（或「彷彿」）……一般」或「……一般」、「……似的」或「似……」三種類型。

㈠「（好）像……一樣」或「……一樣」

1.楊逵〈壓不扁的玫瑰花〉：「我心正像它（指小漁船）一樣地漂蕩著。」「我心」，係主語、定心短語㉓。「像它一樣地漂蕩著」，係狀心短語，又稱為狀心結構、狀心詞組。「像它一樣」，係狀語、比況短語。「漂蕩」，係中心語。

2.吳明足《不吐絲的蠶．孩子的疑問》：『「媽！妳看妳，又叫爸『喂！』你們兩個人好像是陌生人一樣。』老二乘機又說我。」「你們兩個人」，係主語。「好像陌生人一樣」，係謂語、比況短語。

3.孫福熙〈夏天的生活〉：「我們青年要像夏天的太陽一樣，有一個赤熱的心。」「要像夏天的太陽一樣」，係謂語、比況短語。「我們青年」，係主語。

4.朱自清〈歌聲〉：「新鮮的微風吹動我的衣袂，像愛人的鼻息吹著我的手一樣。」「新鮮的微風吹動我的衣袂」，係主語、主謂短語㉔。「像愛人的鼻息吹著我的手一樣」，係謂語、比況短語。「愛人的鼻息吹著我的手」，係主謂短語。

㈡「（好）像（或『彷彿』、『如』）……一般」或「……一般」

1.鍾理和〈做田〉：「它們（指天、雲、山的倒影）就和田裡茂盛的菁豆之類糾纏在犁頭上，像圍脖一樣。」「它們就和田裡茂盛的菁豆之類糾纏在犁頭上」，係主語、主謂短語。「像圍脖一樣」，係謂語、比況短語。「圍脖」，今語「圍巾」。

2.朱自清〈綠〉：「她滑滑的明亮著，像塗了『明油』一般。」「她滑滑的明亮著」，係主語、主謂短語。「像塗了『明油』一般」，係謂語、比況短語。「塗了『明油』」，係述賓短語。

3.朱自清〈綠〉：「這個亭（指梅雨亭）踞在突出的一角的岩石上，上下都空空兒的；彷彿一隻蒼鷹展著翼翅在天宇中一般。」「這個亭踞在突出的一角的岩石上，上下都空空兒的」，係主語、主謂結構。「彷彿一隻蒼鷹展著翼翅誰天宇中一般」，係謂語、比況短語。「一隻蒼鷹展著翼翅在天宇中」，係主謂短語。

4.劉克讓〈大樹之歌〉：「這個（指金山）河口應該是一個大樹群生的地點，就像象群集聚的泥沼地一般的情景。」「這個河口應該是一個大樹群生的地點」，係主語、主謂短語。「就像象群集聚的泥沼地一般的情景」，係謂語、定心短語。「像象群集聚的泥沼地一般」，係狀語、比況短語。「情景」，係中心語。

5.徐仁修〈油桐花編織的秘徑〉：「（油桐花）飄盪者、旋轉著，好像仙女散花一般。」「（油桐花）飄盪著、旋轉著」，係主語、主謂短語。「好像仙女散花一般」，係謂語、比況短語。「仙女散花」，係主謂短語。

6.吳明足《不吐絲的蠶．荷葉上的水珠》：「在各項雜用方面，他有如父親對女兒一般地樣樣交代清楚。」「如父親對女兒一般地樣樣交代清楚」，係狀心短語。「如父親對女兒一般」，係狀語、比況短語。「交代清楚」，係中心語。

㈢「……似的」或「似……」

1.李金捷〈小白豬〉：「爸把牠（指小白豬）送到媽面前，邀功似的。」「爸把牠」，係主語。「送到」，係述語。「媽面前」，係賓語。「邀功以的」，係補語、比況短語。

2.洪醒夫〈紙船印象〉：「有一些事，卻像夏日的小河、冬天的落葉，像春花，也像秋草；似無所見。」「有一些事」，係主謂。「像夏日的小河、冬天的落葉，像春花，也像

秋草」，係謂語。「似無所見」，係補語、比況短語。

3.朱自清〈歌聲〉：「涓涓的東風祇吹來一縷縷餓了似的花香。」「涓涓的東風」，係主語。「吹來一縷縷餓了似的花香」，係謂語、定心短語。「吹來一縷縷餓了似」，定語、比況短語。「花香」，係中心語。

4.梁實秋《雅舍小品．鳥》：「一直等到夜晚，才又聽到杜鵑叫，由遠叫到近，由近叫到遠，一聲急似一聲，竟是淒絕的哀樂。」「急似一聲」，係定心短語。「急似」，定語、比況短語。「一聲」，係中心語。

三、結語

比況短語多半運用在白話文，文言文比較罕見。以上十一例當中，謂語有七例，狀語有三例，補語有二例，定語有二例。比況短語不論國文文法或漢語語法，比較少析論，特別野人獻曝，以資卓參，懇請匡我不逮，曷勝銘感之至。（作者現任國立臺灣師範大學國文系所教授、中國修辭學會榮譽理事長、國際儒學聯合會理事，曾任臺灣師大副校長、文學院院長、國文系所主任、第一、二任中國修辭學會理事長、中國經學研究會第三、四任理事長、《中國現代文學理論》季刊主編）

第三節　短語的組合方式類型

短語的組合方式，有臨時組合、非臨時組合兩類。因此，短語的組合方式類型，可分爲自由短語、固定短語兩種。㉕

壹、自由短語

所謂自由短語，是指一個詞依據一定的結構規律，可以和其他的詞自由組合的短語。㉖茲舉「小」、「少」、「美」、「多」、「大」、「好」和其他的詞語組合的自由短語，闡析之、詮證之。

一、「小」這個詞和其他的詞語組合的自由短語，如胡適〈母親的教誨〉：「犯的事小，她等到第二天早晨我睡醒時才教訓我。」「犯的事小」，係主謂短語。「犯的事」，是主語、定心短語；「小」，是謂（表）語、形容詞。「犯的事」，係偏正短語中的定心短語。「犯」，本是動詞，這裡活用作形容詞，係定語；「事」，是名詞，係中心語。又如李魁賢〈麻雀〉：「我們聲音小。」「聲音小」，係主謂短語。「聲音」，是主語、名詞；「小」，是謂（表）語。又如琦君〈髻〉：「比如我的五叔婆吧，她既矮小，又乾癟。」

「矮小」，係形容詞與形容詞組成的並列短語，又叫並列結構、並列詞組。「矮」，是形容詞；「小」，也是形容詞。又如《孟子．盡心上》：「孔子登東山而小魯，登泰山而小天下。」「小魯」、「小天下」，係述賓短語。「小」，本是形容詞，這裡活用作致使動詞。「小魯」，「使魯國變小」之意；「小天下」，「使天下變小」之意。因此，「小」，是述語、動詞；「魯」、「天下」，是賓語、名詞。又如吳明足〈夜歸〉：「小傢伙可真聰明，又十分可愛，我禁不住笑了。」「小傢伙」，係偏正短語中的定心短語。「小」，是定語、形容詞；「傢伙」，是中心語、名詞。又如陳之藩〈謝天〉：「菜肴布好，客主就位，總是主人家的小男孩或小女孩舉起小手，低頭感謝上天的賜予，並歡迎各人的到來。」「小男孩」、「小女孩」，係偏正短語中的定心短語。「小」，是狀語、形容詞；「男孩」、「女孩」，是中心語、名詞。因此，「小」這個詞和其他的詞語組合的自由短語，有主謂短語、並列短語、述賓短語、定心短語。

二、「少」這個詞和其他的詞語組合的自由短語，如陳之藩〈謝天〉：「這種謙抑，這種不居功，科學史中是少見的。」「少見」，係偏正短語的狀心短語。「少」，本是形容詞，這裡活用作副詞，係狀語；「見」，是中心語、動詞。「少」修飾「見」，因此「少見」，是狀心短語。又如黃永武〈磨〉：「現代人在生活中很少有『磨』的鍛鍊。」「很少」，係狀心短語。「很」，是狀語、副詞；「少」，是中心語、形容詞。又如吳明足〈同學們！請聽我說〉：「我們不可自暴自棄，否定自己的能力、秉賦，隨時都是起點，什麼時候都可以開始，不怕進得少，只怕站著不動。」「進得少」，係謂（述）補短語。「進」，是謂（述）語、動詞；「少」，是補語，補充說明「進」的現象。又如陶淵明〈五柳先生傳〉：「閑靜少言，不慕榮利。」「少言」，係狀心短語。「少」，本是形容詞，這裡活用作副詞，是狀語。「言」，是中心語、動詞。因此，「少」這個詞和其他的詞語組合的自由短語，有狀心短語，有狀心短語、謂（述）補短語。

三、「美」這個詞和其他的詞或短語組合的自由短語，如《論語．顏淵》：「君子成人之美，不成人之惡；小人反是。」「人之美」，係偏正短語中的定心短語。「人」，是定語、名詞；「美」，是中心語、本是形容詞，這裡活用作名詞。又如蔡昭明〈地瓜的聯想〉：「願人人今天都比昨天更美好。」「美好」，係並列短語。「美」，是形容詞；「好」，「善」之意，是形容詞。因此，「美好」，係形容詞與形容詞組成並列短語。又如簡媜〈問候天空〉：「雲本是行於天上的，不似太陽有火輪般的腳，所以不曾下凡來領受我的盛情美意。」「美意」，係偏正短語中的定心短語。「美」，是形容詞、定語；「意」，是名詞、中心語。又如黃錦鋐〈莊子文學的特質〉：「文學必須具備了科學的眞、理智的善、感情的美這三要素，才能發揮文學的功能，感染改變人的氣質，美化人生。」「感情的美」，係偏正短語語中的定心短語。「感情」，是定語、名詞；「美」，是中心語，本是

形容詞，這裡活用作名詞。又如吳明足〈穩渡舟〉：「再度被他的眞情感化，那年我和他攜手走入禮堂，共創美滿的人生。」「美滿」，「美好圓滿」之意，係並列短語。「美」、「滿」，皆是形容詞。又如余光中〈觀音山〉：「風景爲你而美，雲爲你舒展。」「你而美」，係主謂短語。「你」，是主語、代詞；「美」，是謂（表）語、形容詞。又如《資治通鑑．唐高祖武德元年》：「以德戡爲禮部尙書，外示美遷，實奪其兵柄。」「美遷」，「高升」之意，係狀心短語。「美」，是狀語，本是形容詞，這裡活用作副語；「遷」，是中心語、動詞。又如《易經．坤卦．文言》：「君子黃中通理，正位居體，美在其中，而暢於四支，發於事業，美之至也。」「美在其中」，係主謂短語。「美」，係主語，本是形容詞，這裡活用作名詞。「在其中」，述賓短語、謂語。「在」，述語，「其中」，賓語。「美之至也」，「美得很」之意，係謂（表）補短語。「美」，謂（表）語、形容詞；「至」，「極」、「很」之意，是補語，這裡補充說明「美」的現象。又如《莊子．人間世》：「遷令勸成殆事，美成在久，惡成不及改，可不愼與！」「美成」，「美滿的成功」之意，係定心短語。「美」，是定語、形容詞；「成」，是中心語，本是動詞，這裡活用作名詞。又如羅蘭〈欣賞就是快樂〉：「我欣賞鄉下的田園美景。」「美景」，係偏正短語中的定心短語。「美」，是語、形容詞；「景」，是中心語、名詞。因此，「美」這個詞和其他的詞語組合的自由短語，有主謂短語、定心短語、狀心短語、並列短語、謂（表）補短語。

四、「多」這個詞和其他的詞語組合的自由短語，如朱自清〈背影〉：「行李太多了，得向腳夫行些小費才可過去。」「太多」，係狀心短語。「太」，是狀語、副詞；「多」，是中心語、形容詞。又如甘績瑞〈從今天起〉：「將來做的時候多得很，今天不做，還有明天可做呢！」「多得很」，係謂（表）補短語。「多」，是謂（表）語、形容詞；「很」，是補語，補充說明「多」的現象。又如陳之藩〈謝天〉：「因為需要感謝的人太多了，就感謝天罷。」「太多」，係狀心短語。「太」，是狀語、副語；「多」，是中心語、形容詞。因此，「多」這個詞和其他的詞語組合的自由短語，有狀心短語、謂（表）補短語。

五、「大」這個詞和其他的詞語組合的自由短語，如黃永武〈磨〉：「天要對待你厚、成就你大，沒有不把你磨得又久又苦的。」「你大」，係主謂短語。「你」，是主語、代詞；「大」，是謂（表）語、形容詞。又如陳之藩〈謝天〉：「我就想，如此大功而竟不居，為什麼？」「大功」，係狀心短語。「大」，係定語、形容詞；「功」，是中心語、名詞。又如甘績瑞〈從今天起〉：「所以我們要革除一種惡習慣，便須下極大的決心，從今天起，就不再做。」「極大」，係狀心短語。「極」，是狀語、副詞；「大」，是中心語、形容詞。又如陳之藩〈謝天〉：「在我這方面看來，忘或不忘，也沒有太大的關係。」「太

大」，係狀心短語。「太」，是狀語、副語；「大」，是中心語、形容詞。又如劉義慶《世說新語．忿狷》「王藍田食雞子」：「王藍田性急，嘗食雞子，以筯刺之，不得，便大怒，舉以擲地。」「大怒」，係狀心短語。「大」，是狀語，本是形容詞，這裡活用作副詞。「怒」，是中心語、形容詞。又如劉克襄〈大樹之歌〉：「他的年齡比阿公和爸爸的年紀加起來都還大。」「還大」，係狀心短語。「還」，「再」之意，是狀語、副詞；「大」，是中心語、形容詞。因此，「大」這個詞和其他的詞語組合的自由短語，有主謂短語、定心短語、狀心短語。

六、「好」這個詞和其他的詞語組合的自由短語，如朱自清〈背影〉：「我將他給我做的紫毛大衣鋪好座位。」「好座位」，係定心短語。「好」，是定語、形容詞；「座位」，是中心語、名詞。又如朱自清〈背影〉：「我本來要去的，他不肯，只好讓他去。」「好讓」，係狀心短語。「好」，本是形容詞，這裡活用作副語，是狀語；「讓」，是中心語、動詞。又如杜甫〈聞官軍收河南河北〉：「白日放歌須縱酒，青春作伴好還鄉。」「好還」，係狀心短語。「好」，本是形容詞，這裡活用作副詞，是狀語；「還」，「回」之意，是中心語、動詞。又如吳明足〈也談情趣〉：「我且試試在家庭版，將他好的褒揚。」「好的褒揚」，係定心短語。「好」，係定語、形容詞；「褒揚」，本是動詞，這裡活用作名詞，是中心語。又如吳明足〈也談情趣〉：「很好！很好！這碗羹很好吃。」「很好」，係狀心短語。「很」，是狀語、副語；「好」，是中心語、形容詞。又如徐仁修〈油桐花編織的秘徑〉：「迎面而來的是許許多多雪片一般飛落的油桐花，飄盪著、旋轉著，好像仙女散花一般。」「好像」，係狀心短語。「好」，本是形容詞，這裡活用作副語，是狀語；「像」，「類似」之意，是動詞、中心語。又如王熙元《文學心路．葡萄成熟時》：「『久見』二字大約是他們客家人的習用語，猶如我們說『好久不見』的意思。」「好久」，係狀心短語。「好」，「很」之意，本是形容詞，這裡活用作副詞，是狀語；「久」，是中心語、形容詞。又如王熙元〈石門水庫行〉：「天好藍！好高曠！好爽朗！」「好藍」、「好高曠」、「好爽朗」，係狀心短語。「好」，「很」之意，本是形容詞，這裡活用作副詞，是狀語；「藍」、「高曠」、「爽朗」，是中心語、形容詞。又如吳敬梓《儒林外史》「王冕的少年時代」：「鄉間人見畫得好，也有拿錢來買的。」「畫得好」，係謂（述）補短語。「畫」，是謂（述）語、動詞；「好」，是補語，補充說明「畫」的現象。又如王溢嘉〈音樂家與職籃巨星〉：「我多麼希望我的鋼琴能夠彈得跟你一樣好。」「彈得跟你一樣好」，係謂（述）補短語。「彈」，是謂（述）語、動詞；「跟你一樣好」，是補語，補充說明「彈」的現象。又如廖玉蕙〈心疼〉：「太好笑了！誰想得出來！」「太好」、「好笑」，係狀心短語。「太」，是狀語、副語；「好」，是中心語、形容詞。「好」，本是形容詞，這裡活用作副語，是狀語；「笑」，是中心語、動詞。因此，「好」這個詞和其他的詞語組

合的自由短語，有定心短語、狀心短語、謂（述）補短語。

貳、固定短語

所謂固定短語，是指以現成的形式和固定的意義，而不能隨意更換的短語。固定短語分爲常用成語、習慣用語、專門術語、專有名稱四種㉗。

一、常用成語

常用成語多半是四個字組合的，但也有不少四個字以上組合的常用成語。以四個字組合的常用成語，如沈復《浮生六記》「兒時記趣」：「余憶童稚時，能張目對日，明察秋毫。」「明察秋毫」，源於《孟子．梁惠王上》：「明足以察秋毫之末，而不見輿薪。」「明察秋毫」，形容目光敏銳，連極細微的東西也能看得一清二楚；簡言之，形容觀察入微。「明察秋毫」，係述賓短語。「明察」，是述語、動詞；「秋毫」，是賓語、名詞。又如白居易〈琵琶行並序〉：「千呼萬喚始出來，猶抱琵琶半遮面。」「千呼萬喚」，意謂再三催促、邀請，形容人不願意出面或事情不容易促成。「千呼萬喚」，係並列式狀心短語。「千」、「萬」，本是形容詞，這裡活用作副詞，是狀語；「呼」、「萬」，是中心語、動詞。又如吳敬梓《儒林外史．第三回》「范進中舉」：「喫到日西時分，胡屠戶喫的醺醺的，這個母子兩個，千恩萬謝。」「千恩萬謝」，亦見於曹雪芹《紅樓夢．第三十七回》：「那婆子們站起來，眉開眼笑，千恩萬謝的不肯受。」「千恩萬謝」，意謂不斷地感恩道謝。「千恩萬謝」，係狀心短語。「千」、「萬」，本是形容詞，這裡活用作副詞，是狀語；「恩」，本是名詞，這裡活用作動詞，是中心語；「謝」，是中心語、動詞。因此，「千恩萬謝」，是並列式狀心短語。又如施耐庵《水滸傳．第四回》「魯智深大鬧桃花村」：「一日，正行之間，貪看山明水秀，不覺天色已晚，趕不上宿頭。」「山明水秀」，始於宋朝黃庭堅〈驀山溪〉：「山明水秀，盡屬詩人道。」「山明水秀」，形容風景優美、秀麗，係並列式主謂短語。「山」、「水」，係主語、名詞；「明」、「秀」，係謂（表）語、形容詞。又如劉鶚《老殘遊記．第二回》「明湖居聽書」：「忽羯鼓一聲，歌喉遽發，字字清脆，聲聲宛轉，如新鶯出谷，乳燕歸巢。」「新鶯出谷」，源於《老殘遊記》，比喻歌聲清脆宛轉，悅耳動人。「新鶯出谷」，係主謂短語。「新鶯」，是主語；「出」，是述語、動詞；「谷」，是賓語、名詞。「新鶯」，係定心短語。「新」，是定語、形容詞；「鶯」，是中心語、名詞。又如陶淵明〈桃花源記〉：「自云：先世避秦時亂，率妻子邑人來此絕境，不復出焉，遂與外人間隔。」「世外桃源」，即源於此，比喻隔絕現實社會的安樂地方。也用來形容風景秀麗而人跡罕至的地方。「世外桃源」，係定心短語。「世外」，是定語；「桃源」，是中心語。又如《荀子．勸學》：「學不可以已。青取之於藍，而青於藍；冰，水爲之，而寒於水。」「青出於藍」，即源於此，比喻學生成就勝過老

師。「青出於藍」，係主謂短語。「青」，是主語；「出於」，是述語；「藍」，是賓語。又如《詩經．豳風．七月》：「稱彼兕觥，萬壽無疆。」「萬壽無疆」，意謂祝福別人健康長壽，沒有限量，係主謂短語。「萬壽」，係主語；「無疆」，係謂（表）語、形容詞。「萬壽」，係定心短語。「萬」，是定語、形容詞；「壽」，是中心語、名詞。又如《孟子．梁惠王上》：「以若所爲，求若所欲，猶緣木而求魚也。」「緣木求魚」，即源於此，比喻方法或方向錯誤，徒勞無功。「緣木求魚」，係主謂短語。「緣木」，是主語；「求」，是述語、動詞；「魚」，是賓語、名詞。「緣木」，「爬到樹上」之意，係述賓短語。「緣」，是述語、動詞；「魚」，是賓語、名詞。又如柳宗元〈始得西山宴遊記〉：「縈青繚白，外與天際，四望如一。」「縈青繚白」，即源於此，指白雲環繞青山，係並列式述賓短語。「縈」、「繚」，是述語、動詞；「青」、「山」，本是形容詞，這裡活用作名詞，係中心語。又如《孟子．梁惠王下》：「簞食壺漿以迎王師，豈有它哉？避水火也。如水益深，火益熱，亦運而已矣。」「水深火熱」，即源於此，比喻生活處境非常艱難痛苦，無法生存。「水深火熱」，係並列式主謂（表）短語。「水」、「火」，是主語、名詞；「深」、「熱」，是表語、形容詞。又如《詩經．周南．關雎》：「關關雎鳩，在河之洲。窈窕淑女，君子好逑。」「窈窕淑女」，即源於此，形容女子秀外慧中，具備內在美、外在美。「窈窕淑女」，係定心短語。「窈窕」，是定語；「淑女」，是中心語。又如《孟子．告子上》：「一日暴之，十日寒之。」「一暴十寒」，即源於此，比喻做事沒有恆心，不能堅持到底。「一暴十寒」，係並列式狀心短語。「一」、「十」，係狀語；「暴」、「寒」，是中心語。又如《左傳．莊公十年》：「夫戰，勇氣也。一鼓作氣，再而衰，三而竭。」「一鼓作氣」，即源於此，比喻趁氣勢旺盛時，全力以赴，一次完成。「一鼓作氣」，係主謂短語。「一鼓」，是主語；「作」，是述語；「氣」，是賓語。又如《孟子．盡心上》：「楊子取爲我，拔一毛而利天下不爲也。」「一毛不拔」，即源於此，原指不出一絲一毫的力量，後來多比喻非常吝嗇。「一毛不拔」，係主謂短語。「一毛」，是主語；「不拔」，是謂語。又如《孟子．萬章上》：「非其義也，非其道也，一介不以與人，不介不以取諸人。」「一介不取」，即源於此，形容一個人非常清廉。「一介不取」，係主謂短語。「一介」，是主語；「不取」，是謂語。又如《孟子．滕文公下》：「一齊人傅之，眾楚人咻之，雖日撻而求其齊也，不可得矣。」「一傅眾咻」，即源於此，比喻環境的影響勝過一人的教導。「一傅眾咻」，係並列式主謂短語。「一」、「眾」，係主語；「傅」、「咻」，係謂（述）語。又如《史記．滑稽列傳》：「此鳥不飛則已，一飛沖天；不鳴則已，一鳴驚人。」「一飛沖天」、「一鳴驚人」，即源於此，係主謂短語。「一飛」、「一鳴」，是主語；「沖」、「驚」，是述語；「天」、「人」，是賓語。「一飛沖天」，比喻一旦有所作爲，就有驚人的表現。「一鳴驚人」，指人初試身手，就不同凡響。又如《孟子．離婁上》：「自暴者，不可與有言也；自棄者，不可與有爲也。言非禮義，謂之自暴；吾身不能居仁由義，謂之自棄也。」「自暴自棄」，即源於此，指自甘墮落，不求上進。「自暴自棄」，係並列式主謂短語。「自」，是主語；「暴」、「棄」，是謂語。又如王安石〈答司馬諫議書〉：「舉先王之政，以興利除弊，不爲生事。」「興利除弊」，即源於此，指振興利益，革除弊害。「興利除弊」，係並列式述賓短語。「興」、「除」，是述語；「利」、「弊」，是賓語。又如《論語．述而》：「舉一隅不以三隅反，則不復也。」「舉一反三」，即源於此，又見於唐朝虞世南《此堂書鈔．蔡邕別傳》：「邕與李則游學鄙士，時在弱冠，始共讀《左氏傳》，通敏兼人，舉一反三。」「舉一反三」，比喻由一件事類推，能領悟其他相關事情；指人領悟力甚強，善於觸類旁通。「舉一反三」，係並列式述賓短語。「舉」、「反」，是述語；「一」、「三」，是賓語。又如劉勰《文心雕龍．體性》：「叔夜儁俠，故興高采烈。」「興高采烈」，原指文章旨趣高超，文辭峻烈。後人多用來比喻興致高昂，精神愉悅。「興高采烈」，係並列式主謂短語。「興」、「采」，是主謂；「高」、「烈」，是謂（表）語。以上所舉成語，係以四個字組合的成語，不勝枚舉，其運用的短語，有並列式主謂短語、並列式述賓短語、主謂短語、述賓短語、並列式狀心短語、定心短語。

以四個字以上組合常用的成語，如《大學．六章》：「曾子曰：『十目所視，十手所指，其嚴乎！』」「十日所視，十手所指」，即源於此，指一個人的言行受眾人檢視，無法掩藏。「十目所視，十手所指」，係並列式主謂短語。「十目」、「十手」，是主語；「所視」、「所指」，是謂語。又如《管子．權修》：「一年之計，莫如樹穀；十年之計，莫如樹木；終身之計，莫如樹人。」「十年樹木，百年樹人」，即源於此，比喻培育人才是長遠的大計。「十年樹木，百年樹人」，係並列式主謂短語。「十年」、「百年」，是主語；「樹」，「培植」之意，是述語、動詞；「木」、「人」，是賓語、名詞。又如《隋書．煬帝紀上》：「方今宇宙平一，文軌攸同，十步之內，必有芳草，四海之中，豈無奇秀？」「十步之內，必有芳草」，即源於此，又見於劉向《說苑．說叢》：「十步之澤，必有香草；十室之邑，必有忠士。」「十步之內，必有芳草」，本來比喻到處都有出類拔萃的人材，後來比喻到處都有美好的人才或美女。「十步之內，必有芳草」，係主謂短語。「十步之內」，是主語；「有」，是述語；「芳草」，是賓語。又如《孟子．梁惠王上》：「兵刃既接，棄甲曳兵而走，或百步而後止，或五十步而後止。以五十步笑百步，則何如？」「五十步笑百步」，即源於此，比喻兩人都失敗，其小敗者笑大敗者之意。「五十步笑百步」，係主謂短語。「五十步」，是主語；「笑」，是述語；「百步」，是賓語。又如曹雪芹《紅樓夢．第六十九回》：「我和他井水不犯河水，怎麼就沖了他？」「井水不犯河水」，即源於此，比喻彼此不侵犯、不干涉，係主謂短語。「井水」，是主語、名詞；「犯」，是

述語、動詞；「河水」，是賓語、名詞。又如清朝秦紀文《再生緣·第七十一回》：「太后聽兒子說的也有一番道理，真是公說公有理，婆說婆有理。」「公說公有理，婆說婆有理」，即源於此，指雙方爭端，各有道理，難分是非、黑白，係並列式主謂短語。「公」、「婆」，是主語；「說」，是述語；「公有理」、「婆有理」，係賓語、主謂短語。「公」、「婆」，是主語；「有」，是述語；「理」，是賓語。又如清朝文康《兒女英雄傳·第二十九回》：「不然，姐姐只想，也有個八字兒沒有一撇兒，我就敢冒冒失失把他畫在一幅畫兒上的理嗎？」「八字沒一撇」，即源於此，比喻事情還沒有眉目，係主謂短語。「八字」，是主語；「沒」，是述語；「一撇」，是賓語。又如清朝章太炎〈答某書〉：「蓋開兩害相較，則取其輕。」「兩害相權取其輕」，即源於此，指在兩種傷害之間加以比較，選取傷害較小者，係主謂短語。「兩害相權」，是主語；「取」，是述語；「其輕」，是賓語。又如《孟子·公孫丑下》：「彼一時，此一時也。」「此一時，彼一時」，即源於此，又見於元朝王實甫《西廂記·第五本·第二折》：「此一時，彼一時，佳人才思，俺鶯鶯世間無二。」「此一時，彼一時」，指時間不同，情況也隨著不同；係並列式主謂短語。「此」、「彼」，是主語；「一時」，是謂語。又如曹雪芹《紅樓夢·第二十五回》：「彩霞咬著牙，向他頭上戳了一指頭，道：『沒良心的，狗咬呂洞賓，不識好人心。』」「狗咬呂洞賓，不識好人心」，即源於此，指罵人不領情，不知好歹，係主謂短語。「狗咬呂洞賓」，

是主語；「識」，是述語；「好人心」，是賓語。「狗咬呂洞賓」，是主謂短語。「狗」，是主語；「咬」，是述語；「呂洞賓」，是賓語。又如元朝高文秀《好酒趙元遇上皇．第一折》：「父親，和這等東西，有什麼好話，講出什麼道理來，狗口裡吐不出象牙。」「狗嘴吐不出象牙」，即源於此，又見於晉朝葛洪《抱朴子．清鑒》：「虎尾不附狸身，象牙不出鼠口。」比喻粗俗的人嘴裡不出好聽的話；係主謂短語。「狗嘴」，是主語；「吐」，是述語；「象牙」，是賓語。又如宋朝歐陽脩《筆說．駟不舌說》：「俗云：『一言出口，駟馬難追』，《論語》所謂：『駟不及舌』也。」「一言既出，駟馬難追」，即源於此，又見於《論語．顏淵》：「惜乎！夫子之說君子也，駟不及舌。」「一言既出，駟馬難追」，比喻話說出口，就無法追回；係並列式主謂短語。「一言」、「駟馬」，是主語；「既出」、「難追」，是謂語。又如《詩經．王風．采葛》：「彼采蕭兮，一日不見，如三秋兮！」「一日不見，如隔三秋」，即源於此，係主謂短語；比喻思念的心情異常深切。「一日不見」，係主語；「如隔三秋」，係謂語。又如清朝魏子安《花月痕．第二十五回》：「一失足成千古恨，再回頭是百年身。」「一失足成千古恨，再回頭已百年身」，即源於此，又見於《禮記．表記》：「君子不失足於人。」比喻做事不謹慎，一旦犯錯或誤入歧途，難以挽回。「一失足成千古恨，再回頭已百年身」，係並列式主謂短語。「一失足」、「再回頭」，是主語；「成千古恨」、「已百年身」，是謂語。又如唐朝王貞白〈白鹿

洞〉：「讀書不覺已春深，一寸光陰一寸金。」「一寸光陰一寸金」，即源於此，形容時光非常珍貴；係並列定心短語。「一寸」，是定語；「光陰」、「金」，是中心語。又如南朝梁元帝蕭繹《纂要》：「一年之計在於春，一日之計在於晨。」「一日之計在於晨」，即源於此，指做事宜早做安排、計畫；係主謂短語。「一時之計」，是主語；「在於」，是述語；「晨」，是賓語。又如宋朝郭茂倩《樂府詩集・長歌行》：「百川東到海，何時復西歸？少壯不努力，老大徒傷悲。」「少壯不努力，老大徒傷悲」，即源於此，是警惕人應該及時努力，避免年老再懺悔莫及；係並列式主謂短語。「少壯」、「老大」，是主語；「不努力」、「徒傷悲」，是謂語。又如曹雪芹《紅樓夢・第四十九回》：「可知俗云：『天下無難事，只怕有心人。』」「天下無難事，只怕有心人」，即源於此，又見於宋朝秦觀〈李訓論〉：「天下無難事，得其人則易於反掌。」是勉勵人只要肯努力，一定可以克服困難；係主謂短語。「天下無難事」，是主語；「怕」，是述語；「有心人」，是賓語。又如明朝蘭陵笑笑生《金瓶梅・第九回》：「天有不測風雲，人有旦夕禍福。今早脫下鞋和襪，未審明朝穿不穿，誰人保得常沒事？」「天有不測風雲，人有旦夕禍福」，即源於此，比喻福禍變化無常，災難隨時會降臨；係並列式主謂短語。「天」、「人」，是主語；「有」，是述語；「不測風雲」、「旦夕禍福」，是賓語。又如明朝馮夢龍《喻世明言・卷一》：「古人云：『天下無不散的筵席』，纔過十五元宵夜，又是清明三天。」「天下無不散的筵席」，即源於此；比喻世事變化無常，暫時分離是難免的；係主謂短語。「天下」，是主語；「散」，是述語；「筵席」，是賓語。又如施耐庵《水滸傳．第一回》：「好大膽，直來太歲頭上動土。」「太歲頭上動土」，即源於此，係主謂短語；比喻冒犯有權有勢的人。「太歲頭上」，是主語；「動」，是述語；「土」，係賓語。又如唐朝李白〈蜀道難〉：「劍閣崢嶸而崔嵬，一夫當關，萬夫莫開。」「一夫當關，萬夫莫敵」，即源於此，又見於《淮南子．兵略》：「一人守隘，而千人弗敢過也。」「一夫當關，萬夫莫敵」，係並列式主謂短語；比喻人十分勇敢善戰。「一夫」、「萬夫」，是主語；「當關」、「莫敵」，是謂語。又如元朝關漢卿《溫太眞玉鏡臺．第二折》：「一日爲師，終身爲父。」「一日爲師，終身爲父」，即源於此，係並列式主謂短語；意謂只要是自己的老師，就應該一輩子像父親一樣地尊敬他。「一日」、「終身」，是主語；「爲」，是述語；「師」、「父」，是賓語。以四個字以上組合常用的成語綦多，以上所析論的成語，其運用的短語，有主謂短語、並列式主謂短語、並列式定心短語。

二、習慣用語

習慣用語，是指世界各國各地人們口頭流行的習慣用語，包括諺語、歇後語。哈薩克族諺語：「最乾淨的水是泉水，最精煉的話是諺語。」世界各國各地諺語甚多，如英國諺語：「處順境必須謹愼，處逆境必須忍耐。」係並列式主謂短語。「處順境」、「處逆

境」，是主語；「必須謹慎」、「必須忍耐」，是謂語。又如臺灣閩南諺語：「食飽膾記得枵時。」此諺語勸人一旦得到溫飽，不要忘掉以前窮苦的日子；係主謂短語。「食飽」，是主語；「記得」，是述語；「枵時」，是賓語。又如維吾爾族諺語：「糖吃多了味苦，蜜吃多了味酸。」此諺語勸人吃東西，勿吃太多，要恰到好處；係並列式主謂短語。「糖吃多了」、「蜜吃多了」，是主語；「味苦」、「味酸」，是謂語。又如臺灣閩南諺語：「有狀元學生，毛（無）狀元先生。」臺灣客家諺語：「有狀元學生，無狀元先生。」意謂學生成就勝過老師；係並列式述賓短語。「有」、「毛（無）」、「無」，是述語；「學生」、「先生」，係賓語。「先生」，指「老師」。又如英國諺語：「讀書使心智豐富，交談使心智增美。」係並列式主謂短語。「讀書」、「交談」，是主語；「使」，是述語；「心智豐富」、「心智增美」，是賓語。又如維吾爾族諺語：「年輕時不怕辛勞，年老時可得溫飽。」係並列式主謂短語。「年輕時」、「年老時」，是主語；「不怕」、「可得」，是述語；「辛勞」、「溫飽」，是賓語。又如德國諺語：「言語是銀，沈默是金。」係並列式主謂短語。「言語」、「沈默」，是主語；「是銀」、「是金」，是謂語。又如西班牙諺語：「沒看清楚不要喝，沒讀明白不要簽字。」「係並列式主謂短語。「沒有看清楚」、「沒讀明白」，是主語；「不要喝」、「不要簽字」，是謂語。又如法國諺語：「人沒有朋友，有如地球上沒有太陽。」係主謂短語。「人沒有朋友」，是主語；「有如地球上沒有太陽」，係謂語。又如美國諺語：「貧窮是朋友的試金石。」係主謂短語。「貧窮」，係主語；「是朋友的試金石」，是謂語。又如土耳其諺語：「擇物件，注意其邊；擇妻子，注意其母。」係並列式主謂短語。「擇物件」、「擇妻子」，是主語；「注意其邊」、「注意其母」，是謂語。又如猶太諺語：「笑話中往往有很多眞話。」「笑話」，是主語；「有很多眞話」，是謂語。又如臺灣閩南諺語：「水盤過碗會少，話盤過喙會加。」此諺語勸人說話要詳實，不要搬弄是非；係並列式主謂短語。「水盤過碗」、「託盤過喙」，是主語；「會少」、「會加」，是謂語。

例如維吾爾族諺語：「木要靠刨，人要靠教。」係並列式主謂短語。「木」、「人」，是主語；「要靠刨」、「要靠教」，是謂語。又如臺灣客家諺語：「功夫到家，石頭開花。」係並列式主謂短語，意謂功夫用深，自然成功，連石頭也做得使其開花。「功夫」、「石頭」，是主語；「到家」、「開花」，是謂語。又如韓國諺語：「游泳知水深，談話知人心。」係並列式主謂短語。「游泳」、「談話」，是主語；「知水深」、「知人心」，是謂語。又如日本諺語：「要知海上事，須問打漁人。」係並列式述賓短語。「要知」、「須問」，是述語；「海上事」、「打漁人」，是賓語。又如阿拉伯諺語：「善於工作的人，能把失敗轉向成功。」係主謂短語。「善於工作的人」，是主語；「能把失敗轉向成功」，是謂語。又如俄羅斯諺語：「切一個麵包總要損失一點碎屑的，辦成一件事總要付出一定代

價的。」係並列式主謂短語。「切一個麵包」、「辦成一件事」，是主語；「總要損失一點碎屑的」、「總要付出一定代價的」，是謂語。又如越南諺語：「不畏勞動的人，就不擔心飢餓。」係主謂短語。「不畏勞動的人」，是主語；「就不擔心飢餓」，是謂語。又如希臘諺語：「成果是辛勤勞動的報酬。」係主謂短語。「成果」，係主語；「是辛勞勞動的報酬」，係謂語。又如拉丁美洲諺語：「勞動有幸福，勞動得智慧。」係並列式主謂短語。「勞動」，是主語；「有幸福」、「得智慧」，是謂語。又如納西族諺語：「好逸厭勞千金也能吃空，勤勞勇敢雙手也值千金。」係並列式主謂短語。「好逸厭勞」、「勤勞勇敢」，是主語；「千金也能吃空」、「雙手也值千金」，是賓語。又如柯爾克孜族諺語：「沒有翻不過的高山，沒有擊不敗的敵人。」係並列式述賓短語。「沒有」，是述語；「翻不過的高山」、「擊不敗的敵人」，是賓語。又如蒙古諺語：「在艱難的時候需要剛強，在快樂的時候需要警覺。」係並列式主謂短語。「在艱難的時候」、「在快樂的時候」，是主語；「需要剛強」、「需要警覺」，是謂語。又如俄羅斯諺語：「吃虧得教訓，人才變聰明。」係並列式主謂短語。「吃虧」、「人」，是主語；「得教訓」、「變聰明」，是謂語。又如希臘諺語：「年壽有限，名譽無窮。」係並列式主謂短語。「年壽」、「名譽」，是主語；「有限」、「無窮」，是謂語。又如日本諺語：「人生僅一世，流芳則千年。」係並列式主謂短語。「人生」、「流芳」，是主語；「僅一世」、「則千年」，是謂語。又如西班牙諺語：

「節約時間就是延長壽命。」係主謂短語。「節約」，是主語；「就是延長壽命」，係謂語。又如古巴諺語：「本領是從困難中學會的。」係主謂短語。「本領」，是主語；「是從困難中學會的」，係謂語。又如意大利諺語：「與其錢囊滿，毋寧心地寬。」係並列式主謂短語。「錢囊」、「心地」，是主語；「滿」、「寬」，是謂（表）語。又如羅馬尼亞諺語：「不愛護別人，就要毀滅自己。」係主謂短語。「不愛護別人」，是主語；「就要毀滅自己」，是謂語。又如韓國諺語：「要人尊重你，你先尊重人。」係並列式主謂短語。「要人」、「你」，是主語；「尊重你」、「先尊重人」，是謂語。又如傣族諺語：「水深不響，水響不深。」係並列式主謂短語。「水深」、「水響」，是主語；「不響」、「不深」，是謂語。又如尼泊爾諺語：「小人自大，小水聲大。」係並列式主謂短語。「小人」、「小水」，是主語；「自大」、「聲大」，是謂語。又如荷蘭諺語：「人而無錢，猶船之無帆。」係主謂短語。「人而無錢」，是主語；「猶船之無帆」，是謂語。又如芬蘭諺語：「一天考慮周到，勝過百日徒勞。」係主謂短語。「一天考慮周到」，是主語；「勝過百日徒勞」，是謂語。又如美國諺語：「財產是身上的枷鎖，知識是心靈的花環。」係並列式主謂短語。「財產」、「知識」，是主語；「是身上的枷鎖」、「是心靈的花環」，係謂語。又如蒙古諺語：「水草好，牛羊肥；知識多，人聰明。」係並列式主謂短語。「水草好」、「知識多」，是主語；「牛羊肥」、「人聰明」，是謂語。又如俄羅斯諺語：「幸福時

書使你愉快，不幸時書給你安慰。」係並列式主謂短語。「幸福時」、「不幸時」，是主語；「書使你愉快」、「書給你安慰」。又如蒙古族諺語：「巍峨的山峰離不開雲霧，聰明的人兒離不開讀書。」係並列式主謂短語。「巍峨的山峰」、「聰明的人兒」，是主語；「離不開雲霧」、「離不開讀書」，是謂語。世界各國各地的諺語，其運用的短語，有主謂短語、並列式主謂短語、並列式述賓短語。

歇後語，相當修辭學的「藏詞」。如《論語．爲政》：「吾十有五而志於學；三十而立；四十而不惑；五十而知天命；六十而耳順；七十而從心所欲，不踰矩。」「而立之年」，指三十歲；「不惑之年」，指四十歲；「知命之年」，指五十歲；「耳順之年」，指六十歲；皆是歇後語，也是藏詞，係定心短語。「而立」、「不惑」、「知命」、「耳順」，是定語；「年」，是中心語。又如洪醒夫〈紙船印象〉：「童年舊事，歷歷在目，而今早已年過而立，自然不再是涎著臉要求母親摺紙船的年紀。」「而立」，即「三十而立」之歇後語。「年過而立」，係主謂短語。「年」，是主語；「過」，是述語；「而立」，是賓語。又如朱西寧《我與將軍》：「你要知道，我們都是耳順之年了，晚年喪子，多大打擊！」「耳順之年」，即六十歲。「六十而耳順」，因此「耳順之年」，即六十歲，係定心短語。「耳順」，是定語；「年」，是中心語。一般常見歇後綦多，如「泥菩薩過河——自身難保。」見於明朝馮夢龍《警世通言．卷四。》：「我想江西不沈卻好，若沈了時節，正是泥菩薩落水，自身難保，還保得別人？」係並列式主謂短語。「泥菩薩」、「自身」，是主語；「過河」、「難保」，是謂語。又有「稻草人救火——自身難保。」也是並列式主謂短語。又如清朝孔尚仁《桃花扇．第二十四齣》：「這有何妨，太公釣魚，願者上鉤。」「姜太公釣魚——願者上鉤」，即源於此，比喻心甘情願做事，不是別人逼迫；係並列式主謂短語。「姜太公」、「願者」，是主語；「釣魚」、「上鉤」，是謂語。又如曾昭旭〈工具發達的時代〉：「走到電影街，觸景盡是漂亮女郎，花花的耀眼，但似乎總是衣服比臉漂亮，臉比心漂亮，眞是金玉其外啊！」「金玉其外」，見於劉基〈賣柑者言〉：「又何往而不金玉其外，敗絮其中也哉！」「金玉其外，敗絮其中」，係主謂短語。「金玉其外」，是主語；「敗絮其中」，是謂語。「金玉其外」，是歇後語、藏詞。又如紀昀贈和珅一副對聯：「醉翁之意不在，君子之交淡如。」「醉翁之意不在」，見於歐陽脩修〈醉翁亭記〉：「醉翁之意不在酒，在乎山水之間也。」「醉翁之意不在」，是歇後語、藏詞，藏「酒」字，係主謂短語。「醉翁之意不在」，是主語；「不在酒」，是謂語。「君子之交淡如」，見於《莊子．山木》：「君子之交淡若水，小人之交甘若醴。」「君子之交淡如」，是歇後語、藏詞，藏「水」字，係主謂短語。「君子之交」，是主語；「淡如水」，是謂語。對聯下聯醴字是平聲，將「若」改爲「如」。又如紫微〈無能之輩〉：「劉鎖成逞了一輩子能，這一回可落下一個『智者千慮』的話把兒。」「智者千慮」，見於《史記．淮陰侯列

傳》：「智者千慮，必有一失；愚者千慮，必有一得。」「智者千慮」，是歇後語、藏詞，藏「必有一失」；係主謂短語。「智者千慮」，是主語；「必有一失」，是謂語。又如劉禹錫〈陋室銘〉：「南陽諸葛廬，西蜀子雲亭。孔子云：『何陋之有？』」「何陋之有」，見於《論語．子罕》：「子欲居九夷，或曰：『陋，如之何？』子曰：『君子居之，何陋之有？』」「何陋之有」，是歇後語、藏詞，藏「君子君之」；係主謂短語。「君子居之」，是主語；「何陋之有」，是謂語。曹銘宗《臺灣歇後語》㉘舉例甚多，茲舉六例，加以闡明。㈠「乞食背葫蘆——假仙。」「乞食背葫蘆」，意謂乞丐假扮八仙中的李鐵拐。「乞食」，是主語；「背」，是述語；「葫蘆」，是賓語；因此，「乞食背葫蘆」，係主謂短語。㈡缺喙的食米粉——看現現。」「缺喙的食米粉」，指嘴巴合不起來，吃米粉時，別人可以看清楚米粉一條一條的。「缺喙的」，是主語；「食」，是述語；「米粉」，是賓語；因此，「缺喙的食米粉」，是主謂短語。㈢「白賊七仔講古——騙贛心人。」「白賊七仔」，是指說謊話的人。「講古」，說故事。意謂說謊的人講故事的內容也是謊言，只能騙憨厚的人。「白賊七仔」，是主語；「講」，是述語；「古」，是賓語；因此，「白賊七仔講古」，係主謂短語。㈣「阿婆仔生囝——眞拚。」意謂老太婆想要生小孩，就算拚了老命，也是很難的。「阿婆子」，是主語；「生」，是述語；「囝」，是賓語。因此，「阿婆生囝」，係主謂短語。㈤「兩角找五分——角五（覺悟）。」意謂兩角找五分，剩下一角五，簡稱「角五」，諧音「覺悟」，在修辭學上是「諧音析字」。「兩角」，是主語；「找」，是述語；「五分」，是賓語。因此，「兩角找五分」，係主謂短語。㈥「矮人爬厝頂——欠梯（欠椎）。」意謂矮人想要爬到屋頂，沒有樓梯是行不通的。由於缺乏樓梯，即「欠梯」，與閩南語「欠椎」諧音，即國語「欠揍」之意。「矮人」，是主語；「爬」，是述語；「屋頂」，是賓語。因此，「矮人爬屋頂」，係主謂短語。此外，尚有黃祥榮《維吾爾族諺語》[29]附錄「歇後語」，舉例不少，茲舉六例，加以詮釋。㈠「禿子搶木梳——多餘。」「禿子」，沒有頭髮的人，是主語；「搶」，是述語；「木梳」，是賓語。因此，「禿子搶木梳」，係主謂短語。㈡「老鼠找貓玩——找死。」貓捉老鼠，老鼠找貓玩，等於找死。「老鼠」，是主語；「找」，是述語；「貓玩」，是賓語。因此，「老鼠找貓玩」，係主謂短語。㈢「婚後敲皮鼓——馬後炮。」「婚後」，是主語；「敲」，是述語；「皮鼓」，是賓語。因此，「婚後敲皮鼓」，係主謂短語。㈣「瞎子丟了拐杖——失去依靠。」「瞎子」，是主語；「丟」，是述語；「枴杖」，是賓語。因此，「瞎子丟了拐杖」，係主謂短語。㈤「野貓攆走家貓——喧賓奪主。」「野貓」，是主語；「攆走」，是述語；「家貓」，是賓語。因此，「野貓攆走家貓」，係主謂短語。㈥「用泥巴罐子盛水——自身難保。」「用泥巴罐子」，是主語；「盛」，是述語；「水」，是賓語。因此，「用泥巴罐子盛水」，係主謂短語。此外，黃永達《臺灣客家俚諺語語典》[30]載有歇後語甚多，茲舉六例詮析

之。㈠「黃蓮樹下彈琴——苦中作樂。」「黃蓮樹下」，是主語；「彈」，是述語；「琴」，是賓語。因此，「黃蓮樹下彈琴」，係主謂短語。㈡「飲滾水假醉——騙人。」「飲滾水」，是主語；「假醉」，謂語。因此，「飲滾水假醉」，係主謂短語。㈢「新埔的剃頭師傅——客氣。」本是新埔剃頭師傅，既是客家人，又待人很客氣；後來比喻對待別人很客氣。「新埔的剃頭師傅」，係定心短語。「新埔」，是定語；「剃頭師傅」，是中心語。㈣「新娘上眠床——頭一擺。」比喻初次做事或初次出現的情況。「新娘」，是主語；「上」，是述語；「眠床」，是賓語。因此，「新娘上眠床」，係主謂短語。「頭一擺」，「第一次」之意。「眠床」，即「床鋪」。㈤「隔山照鏡——難見面。」「隔山」，是主語；「照」，是述語；「鏡」，是賓語。因此，「隔山照鏡」，係主語短語。㈥「趙孫李——欠錢。」《百家姓》頭一句是「趙、錢、孫、李」，這裡「趙、孫、李」，就是「欠錢」之意。「趙孫李」，係名詞與名詞組成的並列短語。歇後語運用短語，有並列式主謂短語、主謂短語、定心短語、並列短語。

三、專門術語

各類學科有各類學科的專門術語，如「文學臺灣」，係定心短語。「文學」，本是名詞，這裡活用作形容詞，係定語；「臺灣」，係名詞、中心語。又如「鄉土文學」，係定心短語。「鄉土」，本是名詞，這裡活用作形容詞，係定語；「文學」，係名詞、中心語。又如「天人共通思想」，係定心短語。「天人共通」，本是名詞，這裡活用作形容詞，係定語；「思想」，是名詞、中心語。又如「明心見性」，是佛家語。指修學佛法者徹見自心本性。後世多泛指大徹大悟，洞悉人生眞諦。「明心見性」，係並列式述賓短語。「明心見性」，源於《元史．仁宗紀》：「仁宗天性慈孝……嘗曰：『明心見性，佛教爲深；修身治國，儒道爲切。」又見於《孟子．盡心上》：「盡其心者，知其性也。」又如「知行合一」，是明朝王守仁提倡的一種學說，他認爲「知是行之始，行是知之成」。「知行合一」，係主謂短語。「知行」，是主語；「合一」，是謂語。又如「致良知」，係述賓短語。「致」，是述語；「良知」，是賓語。「致良知」，是王守仁提出講宗旨，繼承孟子的良知說，認爲人有良知，只要肯反省，去人欲，存天理，即成聖人。又如「野生動物」，係狀心短語。「野生」，係定語；「動物」，是中心語。又如「電子計算機」，係定心短語。「電子」，本是名詞，這裡活用作形容詞，係定語；「計算機」，名詞、中心語。又如「電視教學」，係定心短語。「電視」，本是名詞，這裡活用作形容詞，係定語；「教學」，是中心語。「電視教學」，是指透過電視授課的一種教學方式。又如「電子顯微鏡」，是指顯微鏡利用電子射線在電場或磁場折射現象所作成的，放大的作用超過光學顯微鏡。「電子」，本是名詞，這裡活用作形容詞，是定語；「顯微鏡」，是名詞、中心語。因此，「電子顯微鏡」，係定心短語。又如「電扶梯」，是指電動的扶梯，係定心短語。「電」，本是

名詞，這裡活用作形容詞，係定語；「扶梯」，是名詞、中心語。又如「電子手錶」，是指含有電子線路的手錶，係定心短語。「電子」，本是名詞，這裡活用作形容詞，是定語；「手錶」，是名詞、中心語。又如「電化教育」，是指利用錄音、廣播、電視、幻燈、電影等使用電的設備而進行的教育；係定心短語。「電化」，本是名詞，這裡活用作形容詞，係定語；「教育」，是名詞、中心語。專門術語運用的短語，有主謂短語、定心短語、述賓短語、並列式述賓短語。

四、專有名稱

有些事物的專有名稱，是固定短語組合的。如「南投日月潭」，係定心短語。「南投」，本是名詞，這裡活用作形容詞，係定語；「日月潭」，是名詞、中心語。又如「臺北陽明公園」，係定心短語。「臺北」，本是名詞，這裡活用作形容詞，係定語；「陽明公園」，是名詞、中心語。又如「屏東墾丁公園」，係定心短語。「屏東」，本是名詞，這裡活用作形容詞，係定語；「墾丁公園」，是名詞、中心語。又如「新店碧潭」，係定心短語。「新店」，本是名詞，這裡活用作形容詞，係定語；「碧潭」，是名詞、中心語。又如「日本富士山」，係定心短語。「日本」，本是名詞，這裡活用作形容詞，係定語；「富士山」，是名詞、中心語。又如「瑞士鐵力士山」，係定心短語。「瑞士」，本是名詞，這裡活用作形容詞，係定語；「鐵力士山」，是名詞、中心語。又如「韓國濟洲島」，係定心短語。「韓國」，本是名詞，這裡活用作形容詞，係定語；「濟洲島」，是名詞、中心語。又如「韓國雪嶽山」，係定心短語。「韓國」，本是名詞，這裡活用作形容詞，係定語；「雪嶽山」，是名詞、中心語。又如「法國羅浮宮」，係定心短語。「法國」，本是名詞，這裡活用作形容詞，係定語；「羅浮宮」，是名詞、中心語。又如「義大利米蘭教堂」，係定心短語。「義大利」，本是名詞，這裡活用作形容詞，係定語；「米蘭教堂」，是名詞、中心語。又如「威尼斯水都」，係定心短語。「威尼斯」，本是名詞，這裡活用作形容詞、定語；「水都」，是名詞、中心語。又如「法國自由女神像」，係定心短語。「法國」，本是名詞，這裡活用作形容詞，是定語；「自由女神像」，是名詞、中心語。又如「加拿大尼加拉瓜大瀑布」，係定心短語。「加拿大」，本是名詞，這裡活用作形容詞，係定語；「尼加拉瓜瀑布」，是名詞、中心語。又如「杭州西湖」，係定心短語。「杭州」，本是名詞，這裡活用作形容詞，係定語；「西湖」，是名詞、中心語。又如「蘇州寒山寺」，係定心短語。「蘇州」，本是名詞，這裡活用作形容詞，係定語；「寒山寺」，係名詞、中心語。又如「北京頤和園」，係定心語。「北京」，本是名詞，這裡活用作形容詞，係定語；「頤和園」，是名詞、中心語。又如「山東濟南大明湖」，係定心短語。「山東濟南」，本是名詞，這裡活用作形容詞，係定語；「大明湖」，係名詞、中心語。又如「臺北大安森林公園」，定心短語。「臺北」，本是名詞，這裡活用作形容詞，係定語；「大安森林公園」，係名詞、中心語。又如「臺東鯉魚潭」，係定心短語。「臺東」，本是名詞，這裡活用作形容詞，係定語；「鯉魚潭」，係名詞、中心語。又如「高雄澄清湖」，係定心短語。「高雄」，本是名詞，這裡活用作形容詞，係定語；「澄清湖」，是名詞、中心語。又如「屏東鵝鑾鼻燈塔」，係定心短語。「屏東」，本是名詞，這裡活用作形容詞，係定語；「鵝鑾鼻燈塔」，是名詞、中心語。又如「桃園石門水庫」，係定心短語。「桃園」，本是名詞，這裡活用作形容詞，係定語；「石門水庫」，係名詞、中心語。

又如「阿里山神木」，係定心短語。「阿里山」，本是名詞，這裡活用作形容詞，係定語；「神木」，係名詞、中心語。又如「雲南石林」，係定心短語。「雲南」，本是名詞，這裡活用作形容詞，係定語；「石林」，係名詞、中心語。又如「福建武夷山」，係定心短語。「福建」，本是名詞，這裡活用作形容詞，係定語；「武夷山」，係名詞、中心語。又如「上海東方明珠塔」，係定心短語。「上海」，本是名詞，這裡活用作形容詞，係定語；「東方明珠塔」，係名詞、中心語。又如「南京莫愁湖」，係定心短語。「南京」，本是名詞，這裡活用作形容詞，係定語；「莫愁湖」，是名詞、中心語。又如「舊金山金門大橋」，係定心短語。「舊金山」，本是名詞，這裡活用作形容詞，係定語；「金門大橋」，是名詞、中心語。專有名稱組合的短語，是定心短語。

附錄七、第四章 注釋

① 王力《中國語法理論》：「我們所謂仂語，就是柏氏所謂向心結構。『向心結構』，這術語是新創的。」所謂仂語，即短語、詞組、結構、關係；黃慶萱《高級中學文法與修辭》上冊，則稱爲「詞語結構」；戴璉璋〈左傳造句法研究〉則稱爲「語的結構」。

② 臺灣各大學中（國）文系課程，不是「國文文法」，便是「文法與修辭」；大陸各大學中文系課程，皆稱「漢語語法」；學術亦有稱「文法學」或「語法學」。俗諺有言：「語言是無形的文字，文字是無聲的語言。」語言與文字，如一刀兩面，二者互通，因此不論稱「文法」或「語法」皆可。

③ 見張靜《漢語語法疑難探解》，臺北：文史哲出版社印行，一九九四年四月初版，頁二七六。

④ 見呂叔湘《中國文法要略》，臺北：文史哲出版社印行，一九七五年九月再版，頁一八。

⑤ 同註③，頁二七五。

⑥見國立臺灣師範大學國文系印行《國文學報》，一九八一年六月初版，第十期，頁一七八至一八三。

⑦見黃慶萱《高級中學文法與修辭》，上冊，國立編譯館印行，一九八六年八月初版，頁一九至二三。

⑧見楊如雪《文法ＡＢＣ》，臺北：萬卷樓圖書股份有限公司印行，二〇〇二年二月增修版，頁六五至八五。

⑨同註③，頁二七五。以往臺灣學者曾用「關係」、「結構」、「詞組」、「短語」，罕用「仂語」、「讀」、「字群」、「擴詞」、「詞群」、「向心結構」，近年來多用「結構」或「短語」、「詞語」，「結構」有「語的結構」、「詞語的結構」。

⑩見許世瑛《中國文法講話》，臺北：臺灣開明書店印行，一九六六年六月初版，一九九八年十一月修訂廿四版，頁三三。

⑪偏正短語，又叫主從結構。黃慶萱《高級中學文法與修辭》上冊，將主從結構分為先從後主的主從結構、先主後從的主從結構兩類。先從後主的主從結構又分為形容性附加語＋端語，領屬性附加語＋端語、副詞性附加語＋端語三小類。茲依一般分法，分為定心短語、狀心短語兩小類。定心短語，又叫定心結構、定心詞組，也叫定中短語、定中結構、定中詞組。狀心短語，又叫狀心結構、狀心詞組，也叫狀中短語、狀

中結構、狀中詞組。定語、狀語，也叫加語、加詞。中心語也叫端語、端詞。

⑫ 定語，又叫附加詞、附加語、修飾語。

⑬ 中心語，又叫端詞、端語、被修飾語。

⑭ 造句結構，見註⑪，頁二一至二二，又叫造句短語、造句詞組，也叫詞結或結合關係、造句關係，見註⑩，頁四三至四四。

⑮ 同註⑩，頁四三至四五。

⑯ 同註⑧，頁八〇。

⑰ 見劉蘭英、孫全洲《語法與修辭》上冊，臺北：新學識文教出版中心印行，二〇〇二年四版，頁九八至一〇五。

⑱ 同註⑦，頁三四至三六。

⑲ 參閱范曉《短語》，北京：商務印書館印行，一九九一年十一月初版，頁一五〇至一五七。

⑳ 同⑲，頁一六七至一九二；同⑰，九五至一〇六。

㉑ 參閱張滌華、胡裕樹、張斌、林祥楣《漢語語法修辭詞典》，合肥：安徽教育出版社印行，一九八八年六月初版，頁一一〇一一一；范曉《短語》，北京：商務印書館印行，一九九一年一月初版、二〇〇〇年七月北京第二次印刷，頁八至一〇。

㉒同註㉑，頁三四至三六。

㉓定心短語，又稱爲定心結構、定心詞組。

㉔主謂短語，又稱爲主謂結構、主謂詞組。

㉕同⑲，頁一〇至一一；張滌華、胡裕樹、張斌、林祥楣《漢語語法修辭詞典》，合肥：安徽教育出版社印行，一九八八年六月初版，頁一一〇至一一一。

㉖同註㉕。

㉗同註㉕。

㉘曹銘宗《臺灣歇後語》，臺北：聯經出版事業公司印行，一九九三年十二月初版，凡一〇〇頁。

㉙黃祥榮《維吾爾族諺語》，成都：四川民族出版社印行，一九八一年八月初版，頁一七三至一七五。

㉚黃永達《臺灣客家俚諺語語典》，臺北：全威創意媒體股份有限公司印行，二〇〇五年十二月初版，凡四七五頁。

附錄八、第四章 術語的異稱表

術語	異稱
短語	向心結構、片語、讀、字群、擴詞、詞組、詞群、仂語、語、關係語的結構、詞語結構。
一般短語	一般結構、一般詞組。
並列短語	並列結構、並列詞組、聯合短語、聯合詞組、聯合結構、聯合關係、詞聯。
偏正短語	偏正結構、偏正詞組、主從短語、主從結構、主從詞組、組合關係、詞組。
定心短語	定心結構、定心詞組、定中短語、定中結構、定中詞組。
狀心短語	狀心結構、狀心詞組、狀中短語、狀中結構、狀中詞組。
主謂短語	主謂結構、主謂詞組、主謂式造句結構、造句關係、詞結、主謂式造句短語、主謂式造句詞組。
述賓短語	述賓結構、述賓詞組、動賓短語、動賓結構、動賓詞組。
複指短語	複指結構、複指詞組、同位短語、同位結構、同位詞組。

術語	異稱
連謂短語	連謂結構、連謂詞組、連動短語、連動結構、連動詞組。
謂補短語	謂補結構、謂補詞組、述補短語、述補結構、述補詞組、中補短語、中補結構、中補詞組。
兼語短語	兼語結構、兼語詞組。
重疊短語	重疊詞組、重疊結構。
偏正式造句短語	偏正式造句結構、偏正式造句詞組、主從式造句短語、主從式造句詞組。
派生短語	派生結構、派生詞組、特殊短語、特殊結構、特殊詞組。
方位短語	方位結構、方位詞組。
介賓短語	介賓結構、介賓詞組。
助詞短語	助詞結構、助詞詞組。
的字短語	的字結構、的字詞組。
著字短語	著字結構、著字詞組。
所字短語	所字結構、所字詞組。
比況短語	比況結構、比況詞組。
固定短語	固定結構、固定詞組。

第五章　句子的成分

所謂句子，是指由詞和短語，依照一定的規律構成，而能夠表達一個獨立而完整意義的語言單位。所謂句子的成分，是指構成句子的詞或短語。句子的成分，分爲句子的基本成分、句子的附加成分與補充成分、句子的特殊成分三種。①本章逐節闡析之、詮證之。

第一節　句子的基本成分

所謂句子的基本成分，是指句子由主語和謂語構成的基本成分。易言之，句子的基本成分，是主語和謂語。句子的基本成分，也是句子的主要成分、句子的直接成分。

壹、主語

所謂主語，是指句子的主要部分，不是行爲動作的主事者，就是被詮釋、闡明或描繪的對象。主語的特色：㈠實詞和短語都可以充當句子的主語。㈡以名詞、代詞爲主語，既是占最多，又是最普遍。㈢副語不能充當句子的主語。因此，主語可分爲實詞充當主語、短語充當主語兩種。

一、實詞充當主語

所謂實詞充當主語，是指以實詞充當句子的主語。例如：

㈠賈誼〈過秦論〉：「齊有孟嘗。」「齊」，是實詞中的名詞，係主語。因此，「齊」，係以實詞中的名詞充當句子的主語。

㈡朱自清〈背影〉：「我們過了江。」「我們」，是實詞中的代詞，係主語。因此，「我們」，係以實詞中的代詞充當句子的主語。

㈢文天祥〈正氣歌並序〉：「余囚北庭。」「余」，是實詞中的代詞，係主語。因此，「余」，係以實詞中代詞充當句子的主語。

㈣陳之藩〈謝天〉：「我感謝面前的祖父母。」「我」，是實詞中的代詞，係主語。因此，「我」，係以實詞中的代詞充當句子的主語。

㈤顧炎武〈廉恥〉：「我有一兒。」「我」，係實詞中的代詞，是主語。因此，「我」，係以實詞中代詞充當句子的主語。

㈥周敦頤〈愛蓮說〉：「陶淵明獨愛菊。」「陶淵明」，是實詞中的名詞，係主語。因此，「陶淵明」，係以實詞中的名詞充當句子的主語。

㈦連橫〈臺灣通史序〉：「臺灣固無史也。」「臺灣」，係實詞中的名詞，是主語。因此，「臺灣」，係以實詞中的名詞充當句子的主語。

(八)陳之藩〈自己的路〉：「劍橋有個很大很新的學院。」「劍橋」，是實詞中的名詞，係主語。因此，「劍橋」，係以實詞中的名詞充當句子的主語。

(九)曹丕《典論．論文》：「王粲長於辭賦。」「王粲」，係實詞中的名詞，是主語。因此，「王粲」，係以實詞中名詞充當句子的主語。

(十)王鼎鈞〈紅頭繩兒〉：「鐘是大廟的鎮廟之寶。」「鐘」，是實詞中的名詞，係主語。因此，「鐘」，係以實詞中的名詞充當句子的主語。

(土)范仲淹〈岳陽樓記〉：「滕子京謫守巴陵郡。」「滕子京」，是實詞中的名詞，係主語。因此，「滕子京」，係以實詞中的名詞充當句子的主語。

(土)王熙元〈銀色世界〉：「我們好傻！」「我們」，是實詞中的代詞，係主語。因此，「我們」，係以實詞中的代詞充當句子的主語。

二、短語充當主語

所謂短語充當主語，是指以短語充當句子的主語。例如：

(一)陶淵明〈桃花源記〉：「捕魚爲業。」「捕魚」，是述賓短語，係主語。因此，「捕魚」，係以述賓短語充當句子的主語。

(二)周敦頤〈愛蓮說〉：「可愛者甚蕃。」「可愛者」，是定心短語，係主語。因此，

「可愛者」，係以定心短語充當句子的主語。

㈢陳之藩〈謝天〉：「我的書桌就是供桌。」「我的書桌」，是定心短語，係主語。因此，「我的書桌」，係以定心短語充當句子的主語。

㈣《左傳．僖公三十年「燭之武退秦師」：「秦、晉圍鄭。」「秦」、「晉」，是並列短語，係主語。因此，「秦」、「晉」，係以並列短語充當句子的主語。

㈤楊逵〈壓不扁的玫瑰〉：「收工的號音響了。」「收工的號音」，是定心短語，係主語。因此，「收工的號音」，係以定心短語充當句子的主語。

㈥徐志摩〈我所知道的康橋〉：「村舍與樹林是這地盤上的棋子。」「村舍與樹林」，是並列短語，係主語。因此，「村舍與樹林」，係以並列短語充當句子的主語。

㈦陶淵明〈桃花源記〉：「茅草鮮美。」「芳草」，是定心短語，係主語。因此，「芳草」，係以定心短語充當句子的主語。

㈧方苞〈左忠毅公軼事〉：「風雪嚴寒。」「風雪」，是並列短語，係主語。因此，「風雪」，係以並列短語充當句子的主語。

㈨范仲淹〈岳陽樓記〉：「遷客騷人，多會於此。」「遷客騷人」，是並列短語，係主語。因此，「遷客騷人」，係以並列短語充當句子的主語。

㈩《荀子．勸學》：「干、越、夷、貉之子，生而同聲。」「干、越、夷、貉之子」，係定心短語，是主語。因此，「干、越、夷、貉之子」，係以定心短語充當句子的主語。

(十一)《詩經．小雅．蓼莪》：「缾之罄矣，維罍之恥。」意謂瓶已空了，是罍的恥辱。「缾之罄矣」，係主謂短語，是主語；「之」，「已」之意；「罄」，「空」之意，係表語。因此，「缾之罄矣」，係以主謂短語充當句子的主語。

(十二)文天祥〈正氣歌〉：「天地有正氣。」「天地」，係並列短語，是主語。因此，「天地」，係以並列短語充當句子的主語。

貳、謂語

所謂謂語，是指在句子當中陳述、闡明主語的成分。謂語的特色：㈠可以表達主語一種存在的關係或情況。㈡可以描繪主語的性質、形狀、情態。㈢可以闡明主語像什麼、是什麼、擔任什麼職務、發生什麼變化。㈣可以詮釋主語做什麼、有什麼。

謂語的類型，劉蘭英、孫全洲《語法與修辭》上冊，將謂語分爲動詞性謂語、形容詞性謂語、名詞性謂語、主謂謂語四種。③此四種謂語類型，因其中成分不同，又可分爲述語、賓語、表語、繫語、準繫語、斷語六類。

一、述語

所謂述語，是指謂語中述賓短語或述補短語的述語，表達人、事、物的行爲、動作、發展、變化、存在、消失、性質、性狀、情態、感知、心理活動、關係、趨向、判斷、可能、意願、祈使、命令等意義。述語的特色：㈠經常由動詞擔任述語，因此述語又稱爲動詞性謂語。㈡闡述主語涉及他物的行爲、動作的述語，必須帶賓語。㈢闡述主語不涉及他物的行爲、動作的述語，往往不帶賓語。因此，述語可分爲及物述語、不及物述語兩種。

㈠及物述語

所謂及物述語，是指闡述主語涉及他物的行爲、動作的述語，必須帶賓語。例如：

1.孟浩然〈過故人莊〉：「故人具雞黍。」意謂老朋友準備豐盛的飯菜。「具」，「準備」之意，係涉及他物的述語、動詞，因此帶有賓語「雞黍」。

2.亮軒〈藉口〉：「我們愛財。」「愛」，係涉及他物的述語、動詞，因此帶有賓語「財」。

3.朱自清〈背影〉：「我買票。」「買」，係涉及他物的述語、動詞，因此帶有賓語「票」。

4.周敦頤〈愛蓮說〉：「世人盛愛牡丹。」「愛」，係涉及他物的述語、動詞，因此帶有賓語「牡丹」。

5.吳敬梓《儒林外史．第一回》「王冕的少年時代」：「王冕看書。」「看」，係涉及他物的述語、動詞，因此帶有賓語「書」。

6.陶淵明〈五柳先生傳〉：「宅邊有五柳樹。」「有」，係涉及他物的述語、動詞，因此帶有賓語「五柳樹」。

7.古蒙仁〈吃冰的滋味〉：「夏日吃冰。」「吃」，係涉及他物的述語、動詞，因此帶有賓語「冰」。

8.白居易〈琵琶行並序〉：「予左遷九江郡司馬。」「左遷」，係涉及他物的述語、動詞，因此帶有賓語「九江郡司馬」。

9.李白〈春夜宴從弟桃花園序〉：「吾人詠歌。」「詠」，係涉及他物的述語、動詞，因此帶有賓語「歌」。

10.吳明足〈茶几下〉：「我們訂閱五份報紙。」「訂閱」，係涉及他物的述語、動詞，因此帶有賓語「五份報紙」。

11.王熙元《文學心路・再遊鸕鷀潭》：「一個學生在路邊發現一朵小野花。」「發現」，係涉及他物的述語、動詞，因此帶有賓語「一朵小野花」。

12.余光中《蓮的聯想・兩棲》：「東方有一枝蓮。」「有」，係涉及他物的述語、動詞，因此帶有賓語「一枝蓮」。

㈡不及物述語

所謂不及物述語，是指闡述主語不涉及他物的行爲、動作，僅是本身的行爲、動作，

通常不帶賓語；但有時帶補語。例如：

1.朱自清〈背影〉：「膀子疼痛得厲害。」這裡「疼痛」一詞，係不涉及他物的述語、動詞；但「厲害」係補語，補充說明「疼痛」的現象。

2.陳之藩〈謝天〉：「我已變得很習慣了。」這裡「變」字，係不涉及他物的述語、動詞；但「很習慣了」係補語，補充說明「變」的現象。

3.曾志朗〈螞蟻雄兵〉：「夏天眞的到了。」這裡「到」字，係不涉及他物的述語、動詞。

4.海倫．凱勒著〈假如給我三天光明〉：「那些有眼睛的人顯然看得很少。」這裡「看」字，係不涉及他物的述語、動詞；但「很少」係補語，補充說明「看」的現象。

5白靈〈風箏〉：「小小的希望能懸得多高呢。」這裡「懸」字，係不涉及他物的述語、動詞；但「多高」係補語，補充說明「懸」的現象。

6.吳明足《不吐絲的蠶．夜歸》：「古人造字的時候，想得眞高妙。」這裡「想」字，係不涉及他物的述語、動詞；但「眞高妙」係補語，補充說明「想」的現象。

7.王熙元《文學心路．葡萄成熟時》：「其實『看』字不如『吃』字來得直截了當些。」這裡「來」字，係不涉及他物的述語、動詞；但「直截了當」係補語，補充說明「來」的現象。

8.余光中《蓮的聯想．六角亭》：「雲等得不耐煩。」這裡「等」字，係不涉及他物的述語、動詞；但「不耐煩」係補語，補充說明「等」的現象。

9.劉鶚《老殘遊記．第二回》「明湖居聽書」：「夢湘先生論得透闢極了。」這裡「論」字，係不涉及他物的述語、動詞；但「透闢極了」係補語，補充說明「論」的現象。

10.洪醒夫〈散戲〉：「你以前演得眞好。」這裡「演」字，係不涉及他物的述語、動詞；但「眞好」係補語，補充說明「演」的現象。

二、賓語

所謂賓語，是指謂語中述賓短語的賓語，表達主語行爲、動作所涉及的對象，或主語所具有的事物。賓語的特色：㈠副詞不能充當句子的賓語。㈡實詞和短語都可以充當句子的賓語。㈢名詞、代詞充當句子的賓語，既是占最多，又是最常見。因此，賓語可分爲實詞充當賓語、短語充當賓語兩種。

㈠實詞充當賓語

所謂實詞充當賓語，是指以實詞充當句子的賓語。例如：

1.陳之藩〈謝天〉：「敗家的人卻無時不想到自己。」「想到」，係述語、動詞。「自己」，係實詞中的代詞，係賓語。因此，「自己」，係以實詞中的代詞充當句子的賓語。

2.吳明足〈茶几下〉：「爸爸也戴上老花眼鏡。」「戴上」，是述語、動詞；「老花眼鏡」，是實詞中的名詞，係賓語。因此，「老花眼鏡」，係以實詞中的名詞充當句子的賓語。

3.賈誼〈過秦論〉：「趙有平原。」「平原」，指「平原君」，姓趙名勝，戰國趙武靈王之子。「有」，是述語、動詞；「平原」，是賓語、名詞。因此，「平原」，係以實詞中的名詞充當句子的賓語。

4.屈原〈漁父〉：「吾聞之，新沐者必彈冠，新浴者必振衣。」「聞」、「彈」、「振」，是述語、動詞。「之」，是代詞、賓語；「冠」、「衣」，是名詞、賓語。因此，「之」，係以實詞中的代詞充當句子的賓語；「冠」、「衣」，係以實詞中的名詞充當句子的賓語。

5.劉鶚《老殘遊記‧第二回》「明湖居聽書」：「王小玉看見我了。」「看見」，是述語、動詞；「我」，是賓語、代詞。因此，「我」，係以實詞中的代詞充當句子的賓語。

6.廖鴻基〈黑與白——虎鯨〉：「長浪沖進港岬。」「沖進」，是述語、動詞；「港岬」，是賓語、名詞。因此，「港岬」，係以實詞中的名詞充當句子的賓語。

7.琦君〈髻〉：「劉嫂勸母親。」「勸」，是述語、動詞；「母親」，是賓語、名詞。因此，「母親」，係以實詞中的名詞充當句子的賓語。

8.琦君〈髻〉：「母親搖搖頭。」「搖搖」，是述語、動詞；「頭」，是賓語、名詞。因此，「頭」，係以實詞中的名詞充當句子的賓語。

㈡短語充當賓語

所謂短語充當賓語，是指以短語充當句子的賓語。例如：

1.朱自清〈背影〉：「這時我看見他的背影。」「看見」，是述語、動詞；「他的背影」，是賓語、定心短語。「他」，是定語、代詞；「背影」，是中心語、名詞。因此，「他的背影」，係以定心短語充當句子的賓語。

2.陳之藩〈謝天〉：「祖母總是摸著我的頭。」「摸著」，是述語、動詞；「我的頭」，是賓語、定心短語。「我」，是定語、代詞；「頭」，是中心語、名詞。因此，「我的頭」，係以定心短語充當句子的賓語。

3.陳之藩〈謝天〉：「不過，我卻很尊敬我的祖父母。」「尊敬」，是述語、動詞；「我的祖母」，是中心語、定心短語。「我」，是定語、代詞；「祖母」，是中心語、名詞。因此，「我的祖母」，係以定心短語充當句子的賓語。

4.陳之藩〈謝天〉：「我感謝面前的祖父母。」「感謝」，是述語、動詞；「面前的祖父母」，係定心短語。「面前」，是定語、形容詞；「祖父母」，是中心語、名詞。

5.陳之藩〈謝天〉：「我想起一串很奇怪的現象。」「想起」，是述語、動詞；「一串

很奇怪的現象」，是定心短語、賓語。「一串很奇怪」，是定語；「現象」，是中心語。

6.胡適〈母親的教誨〉：「我看見了她的嚴厲眼光。」「看見」，是述語、動詞；「她的嚴厲眼光」，是中心語、定心短語。「她」，是定語；「嚴厲眼光」，是中心語。

7.王溢嘉〈音樂家與職籃巨星〉：「即使音樂需要相當的天分。」「需要」，是述語、動詞；「相當的天分」，是賓語、定心短語。「相當」，是定語；「天分」，是中心語。

8.胡適〈母親的教誨〉：「眞用舌頭舔我的病眼。」「舔」，是述語、動詞；「我的病眼」，是中心語、定心短語。「我」，是定語；「病眼」，是中心語。

9.李魁賢〈麻雀〉：「我們在田野，追逐陽光、芒草、流泉。」「追逐」，是述語、動詞；「陽光、芒草、流泉」，是賓語、並列短語。「陽光、芒草、流泉」，是名詞與名詞的並列短語。

10.徐仁修〈油桐花編織的秘徑〉：「這比歡迎國王或總統的紅毯還要美麗、莊嚴、高貴。」「要」，是述語、動詞；「美麗、莊嚴、高貴」，是賓語、並列短語。「美麗、莊嚴、高貴」，是形容詞與形容詞的並列短語。

參、表語

所謂表語，是指闡明主語的性質、性狀、情態，或闡述主語不涉及他物的行爲、動作的語言成分。表語的特色：㈠表語通常是形容詞或具有形容詞的性質，因此表語又稱爲形容詞性謂語。④㈡表語若是動詞，一定是活用作形容詞，有人稱爲「動詞化的形容詞」，並非眞正的動詞。㈢表語不涉及他物的行爲、動作。㈣表語，通常是形容詞或具有形容詞的性質；但有些表語是形容詞與形容詞組成的並列短語。因此，表語可分爲形容詞充當表語、短語充當表語兩種。

㈠形容詞充當表語

所謂形容詞充當表語，是指闡述主語的表語，不是形容詞，就是具有形容詞的性質。例如：

1.陶淵明〈桃花源記〉：「落英繽紛。」「落英」，是主語；「繽紛」，是表語、形容詞。「英」，「花」之意。「繽紛」，繁雜的樣子。

2.陶淵明〈桃花源記〉：「屋舍儼然。」「屋舍」，是主語；「儼然」，是表語、形容詞。「儼然」，整齊的樣子。

3.柳宗元〈鈷鉧潭西小丘記〉：「嘉木立，美竹露，奇石顯。」「嘉木」、「美竹」、「奇石」，是主語；「立」、「露」、「顯」，本是動詞，這裡活用作形容，係表語。

4.陶淵明〈飲酒之五〉詩：「山氣日夕佳，飛鳥相與還。」「山氣」、「飛鳥」，是主語。「佳」，是表語、形容詞；「還」，「歸」、「回」之意，本是動詞，這裡活用作形容

詞。

5.范仲淹〈岳陽樓記〉：「霪雨霏霏，連月不開。」「霪雨」，是主語；「霏霏」，細雨綿密的樣子，是表語、形容詞。

6.歐陽脩〈醉翁亭記〉：「佳木秀而繁陰，風霜高潔。」「佳木」、「風霜」，是主語；「秀」、「高潔」，是表語、形容詞。

7.歐陽脩〈秋聲賦〉：「蓋夫秋之爲狀也，其色慘淡，煙霏雲斂；其容清明，天高日晶；其氣慄烈，砭人肌膚；其意蕭條，山川寂寥。」「其色」、「其容」、「其氣」、「其意」，是主語；「慘淡」、「清明」、「慄烈」、「蕭條」，是表語。「天」、「日」，是主語；「高」、「晶」，是表語、形容詞。

8.蘇軾〈赤壁賦〉：「餘音嫋嫋，不絕如縷。」「餘音」，是主語；「嫋嫋」，形容簫聲繚繞悠揚，是表語、形容詞。

9.蘇轍〈黃州快哉亭記〉：「濤瀾洶湧，風雲開闔。」「濤瀾」，是主語；「洶湧」，是表語、形容詞。

10.余光中《蓮的聯想．月光曲》：「廈門街的小巷纖細而長。」「廈門街的小巷」，是主語；「纖細而長」，是表語、形容詞。

㈡短語充當表語

所謂短語充當表語，是指說明主語的表語，是形容詞與形容詞構成的並列短語。例如：

1.陶淵明〈桃花源記〉：「芳草鮮美。」「芳草」，是主語；「鮮美」，「鮮嫩美麗」之意，是形容詞與形容詞構成的並列短語、表語。

2.陶淵明〈桃花源記〉：「土地平曠。」「土地」，是主語；「平曠」，「平坦寬闊」之意，是形容詞與形容詞構成的並列短語、表語。

3.歐陽脩〈秋聲賦〉：「其意蕭條，山川寂寥。」「山川」，是主語；「寂寥」，「寂靜空曠」之意，是形容詞與形容詞構成的並列短語、表語。

4.朱自清〈春〉：「小草偷偷地從土裡鑽出來，嫩嫩的，綠綠的。」「小草」，是主語；「嫩嫩的，綠綠的」，是形容詞與形容詞構成的並列短語、表語。

5.徐志摩〈我所知道的康橋〉：「遠近的炊煙，成絲的、成縷的、成捲的，輕快的、遲重的，濃灰的、淡青的、慘白的。」「遠近的炊煙」，是主語。「成絲的、成縷的、成捲的」，是形容詞與形容詞構成的並列短語、表語，形容炊煙不同的形狀。「輕快的、遲重的」，也是形容詞與形容詞構成的並列短語、表語，形容炊煙的輕重、濃淡。「濃灰的、淡青的、慘白的」，是形容詞與形容詞構成的並列短語、表語，形容炊煙的不同顏色。

6.余光中《蓮的聯想・升》：「洪荒將更老、更高。」「洪荒」，指太古時代，係主

語。「更老」、「更高」，係表語、形容詞與形容詞組成的並列短語。

7.王熙元《文學心路．再遊鸕鶿潭》：「不久，來到一處河岸，河水寬而且深。」「河水」，係主語、名詞；「寬而且深」，是形容詞與形容詞組合的並列短語、表語。

8.朱自清〈說話〉：「還有一部《紅樓夢》，裡面的對話也極輕鬆、漂亮。」「〈《紅樓夢》〉裡面的對話」，係主語：「輕鬆、漂亮」，係表語、形容詞與形容詞組合的並列短語。

肆、繫語

所謂繫語，是連繫主語與斷語，用來構成判斷句的一種語詞，具有詮釋、闡明、判斷等關係的語言成分，又稱爲繫詞。繫語的特色：㈠繫語是判斷動詞，又稱爲同動詞。㈡繫語必帶有斷語。㈢繫語多用「是」、「非」、「爲」、「係」、「乃」等字，相當於英文be動詞。例如：

㈠宋晶宜〈雅量〉：「她覺得衣料就是衣料，不是棋盤，也不是稿紙，更不是綠豆糕。」此句判斷衣料的是非。「是」、「不是」，係繫語，具有判斷作用。

㈡宋晶宜〈雅量〉：「人與人偶有摩擦，往往都是由於缺乏那分雅量的緣故。」此句詮釋人與人之間偶有摩擦的原因。「是」，係繫語，具有詮釋作用。

(三)胡適〈母親的教誨〉：「我母親管束我最嚴。她是慈母兼任嚴父。」此句闡明胡適的母親管教子女最嚴，有如嚴父。「是」，係繫語，具有闡明、判斷作用。

(四)古蒙仁〈吃冰的滋味〉：「夏日吃冰，是人生的一大享受。」此句詮釋夏天吃冰的益處。「是」，係繫語，具有詮釋作用。

(五)亮軒〈藉口〉：「撲破藉口的藥方是決心、毅力、勤奮。」此句闡明撲破藉口的方法。「是」，係繫語，具有闡明作用。

(六)朱自清〈背影〉：「父親是一個胖子。」此句闡明朱自清父親的體型，具有闡明、判斷作用。

(七)朱自清〈背影〉：「近幾年來，父親和我都是東奔西走。」此句闡明父子忙碌的情形。「是」，係繫語，具有闡明的作用。

(八)陳之藩〈謝天〉：「我的學校就是從前的關帝廟，我的書桌就是供桌。」前一句是把關帝廟當作學校，後一句是把供桌當作書桌。「是」，係繫語，具有闡明作用。

(九)陳之藩〈謝天〉：「我明明是個小孩子。」此句判斷作者當時是小孩子。「是」，係繫語，具有判斷作用。

(十)陳之藩〈謝天〉：「這種謙抑，這種不居功，科學史中是少見的。」此句闡明謙抑、不居功是罕見的。「是」，係繫語，具有闡明、判斷的作用。

(十一)魯迅〈風箏〉：「故鄉的風箏時節，是春二月。」此句闡明風箏時節。「是」，係繫語，具有闡明、詮釋的作用。

伍、準繫語

所謂準繫語，是指連繫主語與斷語，用來組成準判斷句的一種語詞，具有譬喻的喻詞性質，這種語言成分，又稱爲準繫語。準繫語的特色：㈠準繫語含有「好像」之意。㈡準繫語多用「像」、「好像」、「如」、「猶」、「像……一樣」等詞；也有用「是」（含有「好像」之意），相當於英文like。㈢準繫語必帶有斷語。例如：

㈠蘇軾〈念奴嬌．赤壁懷古〉：「人生如夢。」此言人生短促像夢一樣。「如」，係準繫語，「好像」之意，具有譬喻的喻詞性質。

㈡徐志摩〈再別康橋〉：「那河畔的金柳，是夕陽中的新娘。」此言金柳像新娘一般。「是」，含有「好像」之意，係準繫語，具有譬喻的喻詞性質。

㈢劉鶚《老殘遊記．第二回》「明湖居聽書」：「忽羯鼓一聲，歌喉遽發，字字清脆，聲聲宛轉，如新鶯出谷，乳燕歸巢。」此言歌聲清脆宛轉，如新鶯、乳燕。「如」，「好像」之意，係準繫語，具有譬喻的喻詞性質。

㈣張錦貴〈是非煩惱何時休？〉：「人生就好像一杯水，加了快樂，就是甜水；加了痛苦，就是苦水。」此言人生是甜美或是苦澀，由自己決定。「好像」，係準繫語，具有譬喻的喻詞性質。

(五)劉鶚《老殘遊記．第二回》「明湖居聽書」：「那雙眼睛，如秋水，如寒星，如寶珠，如白水裡頭養著兩丸黑水銀。」此言眼睛的清澈亮麗像秋水一般，眼睛的炯炯有神像寒星一般，眼睛的亮光閃爍像寶珠一般，眼睛的靈動圓潤像白水銀裡頭養著兩丸黑水銀一般。不同角度，形容眼睛明亮而有神，不遺餘力。四個「如」，「好像」之意，係準繫語，具有譬喻的喻詞性質。

(六)法國諺語：「人沒有朋友，有如地球上沒有太陽。」此言人不能沒有朋友，所謂「獨學而無友，則孤陋而寡聞」。「如」，「好像」之意，係準繫語，具有譬喻的喻詞性質。

(七)荷蘭諺語：「人而無錢，猶船之無帆。」此言人沒有錢是萬萬不能，所謂「有錢能使鬼推磨」。「猶」，「好像」之意，係準繫語，具有譬喻的喻詞性質。

(八)《莊子．山物》：「君子之交淡若水，小人之交甘若醴。」此言君子、小人交友的不同態度、角度。「若」，「好像」之意，係準繫語，具有譬喻的喻詞性質。

(九)張潮《幽夢影》：「少年讀書，如隙中窺月；中年讀書，如庭中望月；老年讀書，如臺上玩月。」此言閱歷愈多，所得愈多；閱歷愈少，所得愈少。三個「如」字，「好像」

之意，係準繫語，具有譬喻的喻詞性質。

(十)維吾爾族諺語：「沒有知識，像不結果的樹。」此言知識的重要。「像」，係準繫語，具有譬喻的喻詞性質。

(十一)朱自清〈匆匆〉：「過去的日子，如輕煙，被微風吹散；如薄霧，被初陽蒸融了。」此言過去的日子很快消失。兩個「如」字，「好像」之意，具有譬喻的喻詞性質。

(十二)祝振華〈西線有戰事〉：「美式婚姻像吃口香糖，越嚼越乏味，最後吐了；中式婚姻像吃長生果，越嚼越香，最後嚥了。」此言中美式婚姻不同的情形。兩個「像」字，係準繫語，具有譬喻的喻詞性質。

陸、斷語

所謂斷語，是指闡明主語的內涵、屬性，判斷主語的是非、異同，或用來譬喻主語人、事、物的語言成分。斷語的特色：(一)斷語一般是名詞或具有名詞的性質，因此斷語又稱名詞性謂語。⑤(二)斷語，不是與繫語組合，便是與準繫語組合。(三)斷語，既不能與述語組合，又不能與表語組合。斷語的類型，依組合方式不同，可分為與繫語組合的斷語、與準繫語組合的斷語兩種。

(一)與繫語組合的斷語

所謂與繫語組合的斷語，是指主語、繫語、斷語組成的判斷句，而斷語與繫語係重要關鍵的語言成分。例如：

1.亮軒〈藉口〉：「藉口是一種消除自怨自責的止痛劑。」「藉口」，係主語；「是」，係繫語；「一種消除自怨自責的止痛劑」，係斷語，闡明主語的內涵。因此，全句係判斷句。

2.沈從文〈菜園〉：「菜種是當年從北京帶來的。」「菜種」，是主語；「是」，係繫語；「當年從北京帶來的」，係斷語，詮釋主語的內涵。因此，全句係判斷句。

3.張騰蛟〈那默默的一群〉：「我是起得很早的。」「我」，係主語；「是」，係繫語；「起得很早的」，係斷語，詮釋主語的內涵。因此，全句係判斷句。

4.甘績瑞〈從今天起〉：「這『姑且做一次』的念頭，就是惡習慣戰勝我們的好機會。」「這『姑且做一次』的念頭」，係主語；「是」，係繫語；「惡習慣戰勝我們的好機會」，係斷語，闡明主語的內涵。因此，全句係判斷句。

5.張曉風〈情懷〉：「那時節是暮春。」「那時節」，係主語；「是」，係繫語；「暮春」，係斷語，說明主語的內涵。因此，全句係判斷句。

6.陳火泉〈青鳥就在身邊〉：「人生眞正的喜悅，就是肯定自己。」「人生眞正的喜悅」，係主語；「是」，係繫語；「肯定自己」，係斷語，詮釋主語的內涵。因此，全句係

判斷句。

7.徐志摩〈我所知道的康橋〉：「徒步是一種愉快。」「徒步」，係主語；「是」，係繫語；「一種愉快」，係斷語，闡釋主語的內涵。因此，全句係判斷句。

8.徐志摩〈我所知道的康橋〉：「騎自行車是一種更大的愉快。」「騎自行」，係主語；「是」，係繫語；「一種更大的愉快」，係斷語，闡明主語的內涵。因此，全句係判斷句。

9.梁實秋〈鳥〉：「黎明時，窗外是一片鳥囀。」「窗外」，係主語；「是」，係繫語；「一片鳥囀」，係斷語，詮釋主語的內涵。因此，全句係判斷句。

10.梁實秋〈鳥〉：「那一片聲音是清脆的，是嘹亮的。」「那一片聲音」，係主語；「是」，係繫語；「清脆的」、「嘹亮的」，係斷語，闡釋主語的內涵。因此，全句係判斷句。

(二)與準繫語組合的斷語

所謂與準繫語組合的斷語，是指主語、準繫語、斷語組成的準判斷句，而斷語與準繫語係重要關鍵的語言成分。例如：

1.劉墉〈做硯與做人〉：「那石塊且須經過嚴格的考驗，如同文質彬彬，外表敦和而中心耿介的君子，經過心志與肌膚的勞苦之後，才能承擔大任。」「那石塊且須經過嚴格的考驗」，係主語；「如同」，係準繫語；「文質彬彬，外表敦和中心耿介的君子，經過心志與肌膚的勞苦之後，才能承擔大任」，係斷語，詮釋主語的內涵。因此，全句係準判斷句。

2.王溢嘉〈撿海星的少年〉：「脫離海水的海星，像失去母親的嬰兒。」「脫離海水的海星」，係主語；「像」，係準繫語；「失去母親的嬰兒」，係斷語，闡明主語的內涵。因此，全句係準判斷句。

3.蘇軾〈永遇樂〉：「明月如霜，好風如水，清景無限。」此言眼前一片無限的美景。「明月」、「好風」，係主語；「如」，「好像」之意，係準繫語；「霜」、「水」，係斷語，闡釋明月的潔白、清風的溫柔。因此，全句係準判斷句。

4.張曉風〈炎涼〉：「人躺下去，如同躺在春水湖中的一葉小筏子上。」「人躺下去」，係主語；「如同」，係準繫語；「躺在春水潮中的一葉小筏子上」，係斷語，闡明主語的內涵。因此，全句係準判斷句。

5.周芬伶〈傘季〉：「撐著它（指油紙傘），好像從遙遠的古代走出來，走出古典與韻致。」「撐著它」，係主語；「好像」，係準繫語；「從遙遠的古代走出來，走出古典和韻致」，係斷語，詮釋主語的內涵。

6.朱自清〈春〉：「春天像剛落地的娃娃，從頭到腳都是新的。」「春天」，係主語；

「像」，係準繫語；「剛落地的娃娃，從頭到腳都是新的」，係斷語，闡明春天的內涵。

7.法國小說家福樓拜：「一聲爽朗的笑，猶如滿室黃金一樣眩人耳目。」「一聲爽朗的笑」，係主語；「猶如」，「好像」之意，係準繫語；「滿室黃金一樣眩人耳目」，係斷語，闡明一聲爽朗的笑的益處。因此，全句係準判斷句。

8.英國文學家狄福：「美而無德，有如沒有香味的花，虛有其表。」「美而無德」，係主語；「如」，係準繫語；「沒有香味的花，虛有其表」，係斷語，闡明美而無德的缺陷。因此，全句係準判斷句。

9.德國哲學家尼采：「人生無友，猶生活中無太陽。」此言人生不能沒有朋友。「人生無友」，係主語；「猶」，「好像」之意，係準繫語；「生活中無太陽」，係斷語，說明主語的內涵。因此，全句係準判斷句。

10.英國文學家約翰生：「理智像太陽，它的光是恆久的、不變的、持續的。」「理智」，是主語；「像」，是準繫語；「太陽，它的光是恆久的、不變的、持續的」，係斷語，詮釋主語的內涵。因此，全句係準判斷句。

綜上所述，可將謂語歸納爲三種基本形：㈠以述語爲中心，帶有賓語，係敘事句或有無句；而不帶賓語，但有補語，係敘事句；㈡以表語爲中心，係表態句；㈢以繫語與斷語組合，係判斷句；以準繫語與斷語組合，係準判斷句。

第二節 句子的附加成分與補充成分

所謂句子的附加成分，是指在句子的基本成分之前，附加修飾、限制的成分，使句子的基本成分所表達的意義更縝密、更明白、更正確，這些修飾、限制的成分。所謂句子的補充成分，是指在句子的基本成分之後，補充說明，使句子的基本成分所表達的意義更縝密、更明白、更正確。⑥

句子的附加成分，可分為形容性附加語、副詞性附加語兩種。句子的補充成分，僅有補語。此外，尚有類似副詞性附加語和補語的介賓短語（又稱為副賓語、次賓語），有用在句子基本成分之前，也有用在句子基本成分之後。⑦因此，本節分為附加成分、補充成分、介賓短語（又稱為補加成分、加補成分）三項，逐項詮析之。

壹、附加成分

句子的附加成分，分為形容性附加成分、副詞性附加成分兩種。

一、形容性附加成分

所謂形容性附加成分，是指附加在名詞或代詞之前的成分，又稱為「定語」、「加

語」、「形語」、「形容語」、「形容附加語」、「形容附加詞」。形容性附加成分的特色，即定語的特色：㈠形容性附加成分有時和名詞性詞語或代詞，配合一個結構助詞「之」或「的」、「底」，再組成「偏正短語」。㈡形容性附加成分，有時用來形容，有時表達領屬。㈢形容性附加成分，一般由名詞、代詞、形容詞、動詞、數量詞擔任，但短語，有時可作形容性語句。㈣形容性附加成分對名詞的數量、時間、處所、類屬、範圍、性質、性狀、情態等方面，可以產生修飾、限制、說明的作用。例如：

㈠沈復《浮生六記》「兒時記趣」：「夏蚊成雷，私擬作群鶴舞空。」「夏蚊」，係定心短語，又稱為定心結構、定心詞組。「夏」，本是名詞，這裡活用作形容詞，係定語，又稱為形容附加語、形容性附加成分。「蚊」，係名詞，是中心語，又稱為端語、端詞。

㈡胡適〈母親的教誨〉：「我母親管束我最嚴。」「我母親」，係定心短語。「我」，本是代詞，這裡活用作形容詞，係定語，又稱為形容性附加成分、形容附加語。「母親」，係名詞，是中心語，又稱為端語、端詞。

㈢李白〈黃鶴樓送孟浩然之廣陵〉：「孤帆遠影碧山盡。」「孤帆」、「遠影」，係定心短語、定心詞組、定心結構。「孤」、「遠」，係形容詞，是定語，又稱為形容附加語、形容性附加成分。「帆」、「影」，係名詞，是中心語，又稱為端語、端詞。

㈣王溢嘉〈撿海星的少年〉：「一個來到沙灘玩耍的少年，看到這幅景象，就彎下腰來，撿起被沖上岸的海星。」「玩耍」，本是動詞，這裡活用作形容詞，係定語，又稱為形容性附加成分、形容附加語。「少年」，是名詞，係中心語，又稱為端語。

㈤宋晶宜〈雅量〉：「朋友買了一件衣服。」「一件」，本是數量詞，這裡活用作形容詞，係定語，又稱為形容性附加成分、形容附加語。「衣服」，是名詞，係中心語，又稱為端語、端詞。

㈥劉墉〈做硯與做人〉：「因為好的硯石，質細而堅，也是最好的磨刀石。」「好的硯石」、「最好的磨刀石」，係定心短語。「好」、「最好」，是形容詞，係定語，又稱為形容性附加成分、形容附加語。「硯石」、「磨刀石」，係中心語，又稱為端語、端詞。

㈦王溢嘉〈音樂家與職籃巨星〉：「即使你的資質再好，若沒有經過琢磨，也是一塊沒有什麼價值的璞玉。」「你的資質」，係定心短語。「你」，本是代詞，這裡活用作形容詞，係定語，又稱為形容性附加語。「價值的璞玉」，係定心短語。「價值」，本是名詞，這裡活用作形容詞，係定語，又稱為形容性附加成分、形容附加語。「璞玉」，係名詞，是中心語，又稱為端語、端詞。

㈧甘績瑞〈從今天起〉：「所以我們要革除一種習慣，便須下極大的決心，從今天起，就不再做。」「一種習慣」，係定心短語。「一種」，本是數量詞，這裡活用作形容詞，係定語，又稱為形容性附加成分、形容附加語。「習慣」，係名詞，是中心語，又稱

爲端語、端詞。「極大的決心」，係定心短語。「極大」，是形容詞，係定語，又稱爲形容性附加成分、形容附加語。「決心」，是名詞，係中心語，又稱爲端語、端詞。

(九)范仲淹〈岳陽樓記〉：「陰風怒號，濁浪排空。」「陰風」、「濁浪」，係定心短語。「陰」、「濁」，是形容詞，係定語，又稱爲形容性附加成分、形容附加語。「風」、「浪」，是名詞，係中心語，又稱爲端語、端詞。

(十)歐陽脩〈秋聲賦〉：「是謂天地之義氣，常以肅殺而爲心。」「天地之正氣」，係定心短語。「天地」，本是名詞，這裡活用作形容詞，係定語，又稱爲形容性附加成分、形容附加語。「義氣」，係名詞，是中心語，又稱爲端語、端詞。

(土)白居易〈與元微之書〉：「況以膠漆之心，置於胡越之身。」「膠漆之心」、「胡越之身」，係定心短語，又稱爲定心結構、定心詞組。「膠漆」、「胡越」，本是名詞，這裡活用作形容詞，係定語，又稱爲形容性附加成分、形容附加語。「心」、「身」，係名詞，是中心語，又稱爲端語、端詞。

(土)《論語．衛靈公》：「工欲善其事，必先利其器。」「其事」、「其器」，係定心短語，又稱爲定心結構、定心詞組。「其」，本是代詞，這裡活用作形容詞，係定語，又稱爲形容性附加成分、形容附加語。「事」、「器」，是名詞，係中心語，又稱爲端語、端詞。

二、副詞性附加成分

所謂副詞性附加成分，是指附加在動詞、形容詞、副詞、數量詞之前的成分，又稱爲狀語、副語、副詞附加語、副詞附加語。副詞性附加成分的特色，即狀語的特色：㈠副詞性附加成分，一般由副詞擔任，有時名詞、動詞、形容詞、代詞、數量詞等，也可以擔任副詞性附加成分。㈡凡是附加在動詞、形容詞、短語等之前的成分，可以產生說明、修飾、限制的作用。例如：

㈠歐陽脩〈賣油翁〉：「陳康肅公善射，當世無雙。」「善射」，係狀心短語，又稱爲狀心結構、狀心詞組。「善」，本是形容詞，這裡活用作副詞，係狀語，又稱爲副詞性附加語、副詞附加語、副語。「射」，是動詞，係中心語，又稱爲端語、端詞。因此，這是副詞在動詞之前的附加成分，具有詮釋的作用；是由形容詞活用作副詞，擔任副詞性附加成分。

㈡朱自清〈背影〉：「唉！我現在想想，那時眞是太聰明了！」「太聰明」，係狀心短語，又稱爲狀心結構、狀心詞組。「太」，係副詞，是狀語，又稱爲副詞附加語、副詞性附加成分。「聰明」，是形容詞，係中心語，又稱爲端語、端詞。因此，這是副詞在形容詞之前的附加成分，具有說明的作用；也是由副詞擔任副詞性附加成分。

㈢王熙元《文學心路．鸕鶿潭去來》：「回到臺北，早已華燈滿市。」「早已華燈滿市」，係狀心短語。「早已」，係表達時間副詞，是狀語，又稱爲副詞附加語、副詞性附加成分。「華燈滿市」，係中心語，也是主謂短語。「華燈」，係主語；「滿市」，係賓語。因此，這是副詞在短語之前的附加成分，具有闡明的作用；也是由副詞擔任副詞性附加成分。

(四)吳明足〈茶几下〉：「有一張是圖案畫，舅舅讚賞說，可以畫在白色衣服上，很漂亮。」「很漂亮」，係狀心短語，又稱爲定心結構、定心詞組。「很」，係表達程度副詞，是狀語，又稱爲副詞附加語、副詞性附加成分、副詞附加語。「漂亮」，是形容詞，係中心語，又稱爲端語、端詞。因此，這是副詞在形容詞之前的附加成分，具有說明的作用；也是由副詞擔任副詞性附加成分。

(五)孟浩然〈過故人莊〉：「待到重陽日，還來就菊花。」「還來就菊花」，意謂再來欣賞菊花。還，音ㄏㄞˊ，「再」之意。就，「到」之意，引申爲「欣賞」之意。「還來就」，係狀心短語，又稱爲狀心結構、狀心詞組。「還」，係表達頻率副詞，是狀語，又稱爲副詞附加語、副詞性附加成分。「來就」，係動詞，是中心語，又稱爲端語、端詞。因此，這是副詞在動詞之前的附加成分，具有詮釋的作用；也是由副詞擔任副詞性附加成分。

(六)周敦頤〈愛蓮說〉：「予獨愛蓮之出淤泥而不染。」「獨愛」，係狀心短語，又稱爲狀心結構、狀心詞組。「獨」，係表達範圍副詞，是狀語，又叫副詞附加語、副詞性附加成分。因此，這是副詞在動詞之前的附加成分，具有闡明的作用；也是副詞擔任副詞性附加成分。

㈦吳敬梓《儒林外史》「范進中舉」：「那鄰居飛奔到集上，一地裡尋不見，直尋到集東頭。」「飛奔」，係狀心短語，又稱爲狀心結構、狀心詞組。「飛」，本是動詞，這裡活用作副詞，修飾動詞「奔」。「飛」，是狀語，又稱爲副詞性附加成分、副詞附加語；「奔」，是動詞，係中心語，又稱爲端語、端詞。因此，這是副詞在動詞之前的附加成分，具有詮釋作用；是由動詞活用作副詞，擔任副詞性附加成分。

㈧司馬遷《史記．滑稽列傳》：「此鳥不飛則已，一飛沖天；不鳴則已，一鳴驚人。」「一飛」、「一鳴」，係狀心短語，又稱爲狀心結構、狀心詞組。「一」，本是數詞，這裡活用作副詞，修飾動詞「飛」、「鳴」。「一」，係狀語，又稱爲副詞性附加成分、副詞附加語。「飛」、「鳴」，係中心語，又稱爲端語、端詞。因此，這是數詞活用作副詞，在動詞之前的附加成分，具有詮釋的作用；是數詞活用作副詞，擔任副詞性附加成分。

㈨歸有光〈項脊軒志〉：「比去，以手闔門，自語曰：『吾家讀書久不效，兒之成，則可待乎！』」「自語」，「自言自語」之意，係狀心短語，又稱爲狀心結構、狀心詞組。「自」，本是代詞，這裡活用作副詞，修飾動詞「語」。自」，是狀語，又稱爲副詞性附加成

分、副詞附加語。「語」，「說」之意，係中心語，又稱爲端語、端詞。因此，這是代詞活用作副詞，在動詞之前的附加成分，具有說明的作用；是代詞活用作副詞，擔任副詞性附加成分。

(十)蘇轍〈黃州快哉亭記〉：「南合沅、湘，北合漢、沔，其勢益張。」「南合」、「北合」，係狀心短語，又稱爲狀心結構、狀心詞組。「南」、「北」，本是方位名詞，這裡活用作副詞，修飾動詞「合」。「南」、「北」，係定語，又稱爲副詞性附加成分、副詞附加語；「合」，係中心語，又稱端語、端詞。因此，這是方位名詞活用作副詞，在動詞之前的附加成分，具有詮釋的作用；是名詞活用作副詞，擔任副詞性附加成分。

(十一)范仲淹〈岳陽樓記〉：「北通巫峽，南極瀟湘，遷客騷人，多會於此。」「北通」、「南極」，係狀心短語，又稱爲狀心結構、狀心詞組。「北」、「南」，本是方位名詞，這裡活用作副詞，修飾動詞「通」、「極」。「極」，「到」之意。「南」、「北」，係狀語，又稱副詞性附加語、副詞性附加成分。「通」、「極」，係中心語，又稱爲端語、端詞。因此，這是方位名詞活用作副詞，在動詞之前的附加成分，具有闡明的作用；是名詞活用作副詞，擔任副詞性附加成分。

(十二)陳之藩〈謝天〉：「在我這方面看來，忘或不忘，也沒有太大的關係。」「太大」，係狀心短語，又稱爲狀心結構、狀心詞組。「太」，係副詞，是狀語，又稱爲副詞附加語、副詞性附加成分。「大」，是形容詞，係中心語，又稱爲端語、端詞。因此，這是副詞在動詞之前的附加成分，具有詮釋的作用；也是副詞擔任副詞性附加成分。

貳、補充成分

所謂句子的補充成分，是指在述語、表語之後，對述語或表語所表達的動作、行爲，從程度、趨向、結果、數量等方面，加以補充說明的句子成分，又稱爲「補語」、「補足語」。句子補充成分的特色，即補語的特色：㈠補語是呈現在述語、表語後面。㈡補語具有補充說明的作用。㈢在述語、表語與補語之間，運用結構助詞「得」、「了」、「過」，以舒緩說話的語氣，或表達行爲、動作已成過去，或具有這種經驗。[8]因此，補語的類型，可分爲述語後面的補語、表語後面的補語兩種。

一、述語後面的補語

所謂述語後面的補語，是指在述語後面，加以補充說明的一種成分。例如：

㈠朱自清〈背影〉：「其實我那年已二十歲，北京已來往過兩三次，是沒有什麼要緊的了。」數量詞「兩三次」，係表達述語「來往」的數量。因此，數量詞「兩三次」，係述語後面的補語。述語和補語之間的「過」，係結構助詞，表達動作、行爲已經過去，或具有這種經驗。

㈡吳敬梓《儒林外史》「范進中學」：「范進不看便罷，看了一遍，又念一遍，自己把兩手拍了一下，笑了一聲道：『噫！好了！我中了！』」數量詞「一遍」、「一下」，係表達述語「看」、「念」、「拍」、「笑」的數量。因此，數量詞「一遍」、「一下」，係述語後面的補語。述語和補語之間的「了」，係結構助詞，表達行爲、動作已經過去，或具有這種經驗。

㈢張騰蛟〈那默默的一群〉：「有時候，路面已經被風吹洗得相當乾淨，她們還是照掃不誤，一絲不苟，絕不撿便宜。」「相當乾淨」，係表達述語「吹洗」的結果。因此，「相當乾淨」，係述語後面的補語。述語與補語之間的「得」，係結構助詞，旨在舒緩說話的語氣。

㈣吳敬梓《儒林外史．第一回》「王冕的少年時代」：「那黑雲邊上鑲著白雲，漸漸散去，透出一派日光來，照耀得滿臉通紅。」「滿臉通紅」，係表達述語「照耀」的結果。因此，「滿臉通紅」，係述語後面的補語。述語與補語之間的「得」，係結構助詞，旨在舒緩說話的語氣。

㈤司馬遷《史記．張釋之馮唐列傳》「張釋之執法」：「釋之爲廷尉。上行，出中渭橋，有一人從橋下走出，乘車馬驚。」「出」，係表達述語「走」的趨向。因此，「出」，係述語後面的補語。

㈥陳之藩〈謝天〉：「我剛到美國時，常鬧得尷尬。」「尷尬」，係表達述語「鬧」的結果。因此，「尷尬」，係述語後面的補語。述語與補語之間的「得」，係結構助詞，旨在舒緩說話的語氣。

㈦劉克襄〈大樹之歌〉：「我們把樹洞清理了一下，偷偷地把魚網拉了下來。」「一下」，係表達述語「清理」的次數。「下來」，係表達述語「拉」的趨向，因此，「一下」、「下來」，係述語後面的補語。述語與補語之間的「了」，係結構助詞，旨在舒緩說話的語氣。

㈧周芬伶〈傘季〉：「說得樂觀點，我有很多很多的傘。」「樂觀點」，係表達述語「說」的程度。因此，「樂觀點」，係述語後面的補語。述語與補語之間的「得」，係結構助詞，旨在舒緩說話的語氣。

㈨鍾理和〈做田〉：「這樣的花開遍了整個尖山洞田，把它點綴得十分鮮活可愛。」「十分鮮活可愛」，係表達述語「點綴」的結果。因此，「十分鮮活可愛」，係述語後面的補語。述語與補語之間的「得」，係結構助詞，旨在舒緩說話的語氣。

㈩吳明足〈穩渡舟〉：「氣得我七竅冒煙，怪氣人的是家父母也都舉雙手贊成，就那麼裡應外合。」「我七竅冒煙」，係表達述語「氣」的程度。因此，「我七竅冒煙」，係述語後面的補語。述語與補語之間的「得」，係結構助詞，旨在舒緩說話的語氣。

二、表語後面的補語

所謂表語後面的補語，是指在表語後面，加以補充說明的一種成分。例如：

㈠甘績瑞〈從今天起〉：「假如我們要做一件正當的事，而不立刻去做，以為『將來做的時候多得很，今天不做，還有明天可做呢！』這樣一來，一次，二次，三次，……就被因循怠惰的習慣所誤了。」「很」，係表達表語「多」的程度。因此，「很」，係表語「多」後面的補語。表語與補語之間的「得」，係結構助詞，旨在舒緩說話的語氣。

㈡周芬伶〈傘季〉：「大姊和我一向同進同出，每當下雨時，看她撐著透明傘，輕快自如地走在前面，我則撐著笨重的黑傘在後面追，更覺得那把透明傘美得好絕望，心中的失意簡直變成痛苦了。」「好絕望」，係表達表語「美」的結果。因此，「好絕望」，係表語（美）後面的補語。表語與補語之間的「得」，係結構助詞，旨在舒緩說話的語氣。

㈢張曉風〈第一幅畫〉：「春天，稻田一直澎澎湃湃漲到馬路邊，那濃綠，綠得滯人。」「滯人」，係表達表語「綠」的結果。因此，「滯人」，係表語「綠」後面的補語。表語與補語之間的「得」，係結構助詞，旨在舒緩說話的語氣。

㈣朱自清〈背影〉：「我那時眞是聰明過分。」「過分」，係表達表語「聰明」的程度。因此，「過分」，係表語「聰明」後面的補語。

㈤吳敬梓《儒林外史・第一回》「王冕的少年時代」：「樹枝上都像水洗過一番的，

尤其綠得可愛。」「可愛」，係表達表語「綠」的結果。因此，「可愛」，係表語「綠」後面的補語。表語與補語之間的「得」，係結構助詞，旨在舒緩說話的語氣。

㈥吳明足〈茶几下〉：「我整個人都覺得輕鬆了許多。」「許多」，係表達表語「輕鬆」的程度。因此，「許多」，係表語「輕鬆」後面的補語。表語與補語之間的「了」，係結構助詞，旨在舒緩說話的語氣。

㈦吳明足〈彩色鍋和水蜜桃〉：「孩子們看到那盒顏色美麗、香氣撲鼻的水蜜桃，高興得又叫又跳，爭著要吃。」「又叫又跳」，係表達表語「高興」的程度。因此，「又叫又跳」，係表語「高興」後面的補語。表語與補語之間的「得」，係結構助詞，旨在舒緩說話的語氣。

㈧蘇軾〈赤壁賦〉：「於是飲酒樂甚，扣舷而歌之。」「甚」，係表達表語「樂」的程度。因此，「甚」，係表語「樂」後面的補語。

㈨吳敬梓《儒林外史》「范進中舉」：「這個主意好得緊，妙得緊。」「緊」，「很」之意，係表達表語「好」、「妙」的程度。因此，「緊」，係表語「好」、「妙」後面的補語。表語與補語之間的「得」，係結構助詞，旨在舒緩說話的語氣。

㈩余光中《蓮的聯想．燭光中》：「聽，悲哀多靜，靜得多悲哀。」「多悲哀」，係表達表語「靜」的程度。因此，「多悲哀」，係表語「靜」後面的補語。表語與補語之間的

「得」，係結構助詞，旨在舒緩說話的語氣。

㈩王熙元《文學心路．葡萄成熟時》：「山色翠綠，綠得那麼可愛！天幕蔚藍，藍得那麼醉人！」「那麼可愛」、「那麼醉人」，係表達表語「綠」、「藍」的結果。因此，「那麼可愛」、「那麼醉人」，係表語「綠」、「藍」的補語。

參、介賓短語

所謂介賓短語，是指述語表達的行爲或動作，涉及直接賓語，可能又涉及另一個對象或因素，因此直接賓語以外，尚有一個性質類似副詞性附加成分的間接賓語，此間接賓語，一般稱爲副賓語（又稱爲次賓語）；而副賓語之前，一般常有一個介詞，於是又稱爲介詞賓語。介詞賓語說明或修飾受事對象、關切對象、交與對象、憑藉、時間、處所、原因、目的或比較對象，稱爲介賓短語，也稱爲介賓結構、介賓詞組。介賓短語的特色：㈠介賓短語有在句首，也有在述語、表語、述賓短語的前後。㈡介詞短語通常有介詞，但也有省略介詞的現象。㈢有些表語雖不帶賓語，但卻有可能帶介賓短語。㈣介賓短語修飾或說明受事對象、關切對象、交與對象、憑藉、時間、處所、原因、目的或比較對象。介賓短語的類型，可分爲表達受事的介賓短語、表達關切的介賓短語、表達交與的介賓短語、表達憑藉的介賓短語、表達時間的介賓短語、表達處所的介賓短語、表達原因的介賓短語、表達目的的介賓短語、表達比較的介賓短語九種。

一、表達受事的介賓短語

所謂表達受事的介賓短語，是指表達施受或告語的述語，如：問、教、告、予、贈等詞，除帶有（直接）賓語，通常尚有一個受事的對象（間接賓語）的一種介賓短語。例如：

㈠《論語．八佾》：「哀公問社於宰我。宰我對曰：『夏后氏以松，殷人以柏，周人以栗。』」「魯哀公」，是主語；「問」，是述語；「社」，「製作社主用什麼木」之意，係（直接）賓語；「宰我」，是問的對象（間接賓語），用介詞「於」，即今語「向」。因此，「於宰我」，係表達受事的介賓短語，又稱爲表達受事的介賓結構、表達受事的介賓詞組。

㈡《論語．述而》：「葉公問孔子於子路，子路不對。子曰：『女奚不曰：「其爲也，發憤忘食，樂以忘憂，不知老之將至云爾！」』」「葉（音ㄕㄜˋ）公」，是主語；「問」，是述語；「孔子」，是（直接）賓語；「子路」，係問的對象（間接賓語），用介「於」，即今語「向」。因此，「於子路」，係表達受事的介賓短語，又稱爲表達受事的介賓結構、表達受事的介賓詞組。

㈢《論語．顏淵》：「季康子問政於孔子曰：『如殺無道，以就有道，何如？』孔子對曰：『焉用殺？子欲善，而民善矣！君子之德風，小人之德草；草上之風必偃。』」「季

康子」，係主語；「問」，係述語；「政」，係（直接）賓語；「孔子」，係問的對象（間接賓語）；介詞「於」，即今語「向」。因此，「於孔子」，係表達受事的介賓短語，又稱爲表達受事的介賓結構、表達受事的介賓詞組。

㈣《論語．憲問》：「（孔）子問公叔文子於公明賈，曰：『信乎？夫子不言不笑不取乎？』公明賈對曰：『以告者過也！夫子時然後言，人不厭其言；樂然後笑，人不厭其笑；義然後取，人不厭其取。』子曰：『其然！豈其然乎？』」「（孔）子」，係主語；「問」，係述語；「公叔文子」，係（直接）賓語；「公叔文子」，係問的對象（間接賓語）；介詞「於」，即今語「向」。因此，「於公明賈」，係表達受事的介賓短語，又稱爲表達受事的介賓結構、表達受事的介賓詞組。

㈤《論語．衛靈公》：「衛靈公問陳（同「陣」）於孔子。孔子對曰：『俎豆之事，則嘗聞之矣；軍旅之事，未之學也。』」「衛靈公」，係主語；「問」，係述語；「陳」，係（直接）賓語；「孔子」，係問的對象（間接賓語）；介詞「於」，即今語「向」。因此，「於孔子」，係表達受事的介賓短語，又稱爲表達受事的介賓結構、表達受事的介賓詞組。

㈥《論語．陽貨》：「子張問仁於孔子。孔子曰：『能行五者於天下，爲仁矣。』請問之？曰：『恭、寬、信、敏、惠。恭則不侮，寬則得眾，信則人任焉，敏則有功，惠則足以使人。』」「子張」，係主語；「問」，係述語；「仁」，係（直接）賓語；介詞「於」，即今語「向」；「孔子」，係問的對象（間接賓語）。因此，「於孔子」，係表達受事的介賓短語，又稱爲表達受事的介賓結構、表達受事的介賓詞組。

(七)《論語．子張》：「子夏之門人，問交（友）於子張。子張曰：『子夏云何？』對曰：『子夏曰：「可者與之，其不可者拒之。」』子張曰：『異乎吾所聞：「君子尊賢而容眾，嘉善而矜不能。」我之大賢與，於人何所不容？我之不賢與，人將拒我，如之何其拒人也？』」「子夏之門人」，係主語；「問」，係述語；「交（友）」，係（直接）賓語；介詞「於」，即今語「向」；「子張」，係問的對象（間接賓語）。因此，「於子張」，係表達受事的介賓短語，又稱爲表達受事的介賓結構、表達受事的介賓詞組。

(八)朱自清〈背影〉：「我北來後，他寫了一封信給我。」「他」，係主語；「寫」，係述語；「一封信」，係（直接）賓語；「給」，係介詞。「我」，係「給」的對象（間接賓語）。因此，「給我」，係表達受事的介賓短語，又稱爲受事的介賓結構、表達受事的介賓詞組。

(九)韓愈〈師說〉：「不拘於時，請學於余，余嘉其能行古道，作〈師說〉以貽之。」「請」，是述語；「學」，是（直接）賓語；「於」，是介詞，即今語「向」；「余」，是問的對象（間接賓語）。因此，「於余」，係表達受事的介賓短語，又稱爲表達受事的介賓結構、表達受事的介賓詞組。

二、表達關切的介賓短語

所謂表達關切的介賓短語，是指謂語表達主語替人做某種動作、行爲、服務，這個接受服務或關切對象的一種介賓短語（又稱爲介賓結構、介賓詞組）。例如：

㈠朱自清〈背影〉：「他給我揀定了靠車門的一張椅子。」「他」，係主語；「揀定」，係述語；「一張椅子」，係（直接）賓語；「給」，係介詞；「我」，係服務的對象（間接賓語）。因此，「給我」，係表達關切的介賓短語，又稱爲表達關切的介賓結構、表達關切的介賓詞組。

㈡陳之藩〈謝天〉：「我曾給周倉畫上眼鏡。」「我」，係主語；「畫上」，係述語；「眼鏡」，係（直接）賓語；「給」，係介詞；「周倉」，係服務的對象（間接賓語）。因此，「給周倉」，係表達關切的介賓短語，又稱爲表達關切的介賓結構、表達關切的介賓詞組。

㈢陳之藩〈謝天〉：「（我）給關平戴上鬍子。」「戴上」，係述語；「鬍子」，係（直接）賓語；「給」，係介詞；「關平」，係服務的對象（間接賓語）。因此，「給關平」，係表達關切的介賓短語，又稱爲表達關切的介賓結構、表達關切的介賓詞組。

㈣吳敬梓《儒林外史．第一回》「王冕的少年時代」：「母親替他理理衣服。」「母親」，係主語；「理理」，係述語；「衣服」，係（直接）賓語；「替」，係介詞；「他」，指王冕，係服務的對象（間接賓語）。因此，「替他」，係表達關切的介賓短語，又稱爲表達關切的介賓結構、表達關切的介賓詞組。

㈤吳敬梓〈王冕的少年時代〉：「或遇秦家煮些醃魚、臘肉給他吃。」「素家」，係主語；「給」，係述語；「醃魚、臘肉」，係（直接）賓語；「給」，介詞；「他」，指王冕，係服務的對象（間接賓語）。因此，「給王冕」，係表達關切的介賓短語，又稱爲表達關切的介賓結構、表達關切的介賓詞組。

㈥楊逵〈壓不扁的玫瑰〉：「這幾天我可以回去一趟，順便給你帶（玫瑰花）回去好啦。」「我」，係主語；「帶」，係述語；「玫瑰花」，係（直接）賓語；「給」，係介詞；「你」，係服務的對象（間接賓語）。因此，「給你」，係表達關切的介賓短語，又稱爲表達關切的介賓結構、表達關切的介賓詞組。

㈦琦君〈髻〉：「母親就請她的朋友張伯母給她梳了個鮑魚頭。」「張伯母」，係主語；「梳」，係述語；「鮑魚頭」，係（直接）賓語；「給」，係介詞；「她」，係服務的對象（間接賓語）。因此，「給她」，係表達關切的介賓短語，又稱爲表達關切的介賓結構、表達關切的介賓詞組。

㈧琦君〈一對金手鐲〉：「我心中總有一對金手鐲，一隻套在我自己手上，一隻套在阿月手上，那是母親爲我們套上的。」「母親」，是主語；「套上」，是述語；「金手鐲」，係（直接）賓語；「爲」，「替」之意，係介詞；「我們」係服務的對象（間接賓語）。因此，「爲我們」，係表達關切的介賓短語，又稱爲表達關切的介賓詞組。

㈨《論語．雍也》：「子華使於齊，冉子爲其母請粟。」「冉有」，係主語；「請」，係述語；「粟」，係（直接）賓語；「爲」，「替」之意，係介紹；「其母」，係服務的對象（間接賓語）。因此，「爲其母」，係表達關切的介賓短語，又稱爲表達關切的介賓結構、表達關切的介賓詞組。

三、表達交與的介賓短語

所謂表達交與的介賓短語，是指用來表達和主語共同行爲、動作的人物的一種介賓短語。例如：

㈠朱自清〈背影〉：「他和我走到車上，將橘子一股腦兒放在我的皮大衣上。」「他」，是主語，「和」，是介詞；「我」，是與主語「他」共同行爲、動作的人物（間接賓語）；「走到」，是述語；「車上」，是（直接）賓語。因此，「和我」，係表達交與的介賓短語，又稱爲表達交與的介賓結構、表達交與的介賓詞組。

㈡吳敬梓《儒林外史．第一回》「王冕的少年時代」：「當夜商議定了，第二日，母親同他到間壁秦老家。」「母親」，係主語；「同」，係介詞；「他」，指王冕，係與主語「母親」共同行爲、動作的人物（間接賓語）；「到」，係述語；「間隔秦老家」，係（直接）賓語。因此，「同他」，係表達交與的介賓短語，又稱爲表達交與的介賓結構、表達交與的介賓詞組。

㈢蘇軾〈赤壁賦〉：「壬戌之秋，七月既望，蘇子與客泛舟遊於赤壁之下。」「蘇子」，係主語；「與」，係介詞；「客」，係與主語「蘇子」共同行爲、動作的人物（間接賓語）；「泛」，係述語；「舟」，係（直接）賓語。因此，「與客」，係表達交與的介賓短語，又稱爲表達交與的介賓結構、表達交與的介賓詞組。

㈣柳宗元〈始得西山宴遊記〉：「日與其徒上高山，入深林，窮迴溪；幽泉怪石，無遠不到。」「與」，係介詞；「其徒」，係與主語（指作者）共同行爲、動作的人物（間接賓語）；「上」，係述語；「高山」，係（直接）賓語。因此，「與其徒」，係表達交與的介賓短語，又稱爲表達交與的介賓結構、表達交與的介賓詞組。

㈤王維〈山中與裴秀才迪書〉：「足下方溫經，猥不敢相煩。輒便往山中，憩感配寺，與山僧飯訖而去。」「與」，係介詞；「山僧」，係與主語（指作者）共同行爲、動作的人物（間接賓語）；「訖」，係述語；「飯」，係（直接）賓語。因此，「與山僧」，係表達交與的介賓短語，又稱爲表達交與的介賓結構、表達交與的介賓詞組。

㈥王安石〈遊褒禪山記〉：「余與四人擁火以入，入之愈深，其進愈難，而其見愈奇。」「余」，係主語；「與」，係介語；「四人」，係與主語「余」共同行爲、動作的人物

（間接賓語）；「擁」，「拿」之意，係述語；「火」，係（直接）賓語。因此，「與四人」，係表達交與的介賓短語，又稱爲表達交與的介賓結構、表達交與的介賓詞組。

㈦諸葛亮〈出師表〉：「先帝在時，每與臣論此事，未嘗不嘆息痛恨於桓、靈也。」「先帝」，係主語；「與」，係介詞；「臣」，係與主語「先帝」共同行爲、動作的人物（間接賓語）；「論」，係賓語；「此事」，係（直接）賓語。因此，「與臣」，係表達交與的介賓短語，又稱爲表達交與的介賓結構、表達交與的介賓詞組。

㈧吳敬梓《儒林外史》「范進中舉」：「母親自和媳婦在廚下造飯。」「母親」，係主語；「和」，係介詞；「媳婦」，係與主語「母親」共同行爲、動作的人物（間接賓語）；「造」，係述語；「飯」，係（直接）賓語。因此，「和媳婦」，係表達交與的介賓短語，又稱爲表達交與的介賓結構、表達交與的介賓詞組。

四、表達憑藉的介賓短語

所謂表達憑藉的介賓短語，是指謂語表達主語用來憑藉而完成某個行爲、動作的事物的一種介賓短語。例如：

㈠李斯〈諫逐客書〉：「孝公用商鞅之法，移風易俗，民以殷盛，國以富彊，百姓樂用，諸侯服。」「孝公」，係主語；「用」，係介詞；「商鞅之法」，係憑藉（間接）賓語。因此，「用商鞅之法」，係表達憑藉的介賓短語，又稱爲表達憑藉的介賓結構、表達憑藉的介賓詞組。

(二)《戰國策．魏策四》「唐且不辱使命」：「夫韓、魏滅亡，而安陵以五十里之地存者，徒以有先生也。」「以」，係介詞；「有」，係述語；「先生」，係憑藉（間接）賓語。因此，「以」、「先生」，係表達憑藉的介賓短語，又稱爲表達憑藉的介賓結構、表達憑藉的介賓詞組。

(三)《戰國．齊策》「馮諼客孟嘗君」：「孟嘗君爲相數十年，無纖介之禍者，（以）馮諼之計也。」「（以）」，係介詞，這裡省略；「馮諼之計」，係憑藉（間接）賓語。因此，「（以）馮諼之計」，係表達憑藉的介賓短語，又稱爲表達憑藉的介賓結構、表達憑藉的介賓詞組。

(四)方苞〈左忠毅公軼事〉：「公辨其聲，而目不可開，乃奮臂以指撥眥。」「以」，係介詞；「指」，係憑藉（間接）賓語；「撥」，係述語；「眥（音ㄗˋ）」，「眼眶」之意，係（直接）賓語。因此，「以」、「指」，係表達憑藉的介賓短語，又稱爲表達憑藉的介賓結構、表達憑藉的介賓詞組。

(五)蘇軾〈留侯論〉：「當韓之亡，秦之方盛也，以刀鋸鼎鑊待天下之士。」「待」，係述語；「天下之士」係（直接）賓語；「以」，係介詞；「刀鋸鼎鑊」，係憑藉（間接）賓語。因此，「以刀鋸鼎鑊」，係表達憑藉的介賓短語，又稱爲表達憑藉的介賓結構、表達

憑藉的介賓詞組。

五、表達時間的介賓短語

所謂表達時間的介賓短語，是指用來闡明事情或行爲、動作發生的時間的一種介賓短語。例如：

㈠《論語．述而》：「子於是日哭，則不歌。」「子」，係主語；「哭」，係不及物動詞，沒有賓語；「於」，係介詞；「是日」，係表達時間的（間接）賓語。因此，「於是日」，係表達時間的介賓短語，又稱爲表達時間的介賓結構、表達時間的介賓詞組。

㈡歸有光〈項脊軒志〉：「余自束髮讀書軒中，一日，大母過余。」「余」，係主語；「讀」，係述語；「書」，係（直接）賓語；「自」，係介詞；「束髮」，指成年之童，即十五歲，係時間的（間接）賓語。因此，「自束髮」，係表達時間的介賓短語，又稱爲表達時間的介賓結構、表達時間的介賓詞組。

㈢諸葛亮〈出師表〉：「後值顛覆，受任於敗軍之際，奉命於危難之間，爾來二十有一年矣。」「受」、「奉」，係述語；「任」、「命」，係（直接）賓語；「於」，係介詞；「敗軍之際」、「危難之間」，係表達時間的（間接）賓語。因此，「於敗軍之際」、「於危難之間」，係表達時間的介賓短語，又稱爲表達時間的介賓結構、表達時間的介賓詞組。

㈣韓愈〈祭十二郎文〉：「東野云：汝歿以六月二日；耿蘭之報無月日。」「汝」，係主語；「歿」，係不及物動詞，沒有賓語；「以」，「於」之意，係介詞。楊樹達《詞詮．卷七》：「以，介詞，用同『於』，表時間。」「六月二日」，係表達時間的（間接）賓語。因此，「以六月二日」，係表達時間的介賓短語，又稱爲表達時間的介賓結構、表達時間的介賓詞組。

㈤顧炎武〈廉恥〉：「松柏後凋於歲寒，雞鳴不已於風雨。」「松柏」、「雞」，係主語；「凋」、「鳴」，係不及物動詞，沒有賓語；「於」，係介詞；「歲寒」、「風雨」，係表達時間的（間接）賓語。因此，「於歲寒」、「於風雨」，係表達時間的介賓短語，又稱爲表達時間的介賓結構、表達時間的介賓詞組。

㈥柳宗元〈始得西山宴遊記〉：「自余爲僇人，居是州，恆惴慄；其隙也，則施施而行，漫漫而遊。」「自」，係介詞；「余爲僇人」，係表達時間的（間接）賓語；「居」，係述語；「是州」，係（直接）賓語。因此，「自余爲僇人」，係表達時間的介賓短語，又稱爲表達時間的介賓結構、表達時間的介賓詞組。

六、表達處所的介賓短語

所謂表達處所的介賓短語，是指用來闡明事情或行爲、動作所發生的處所的一種介賓短語。例如：

㈠《孟子．告子下》：「孫叔敖舉於海，百里奚舉於市。」「孫叔敖」、「百里奚」，係主語；「舉」，係不及物動詞，沒有賓語；「於」，係介詞；「海」、「市」，係表達處所的（間接）賓語。因此，「於海」、「於市」，係表達處所的介賓短語，又稱爲表達處所的介賓結構、表達處所的介賓詞組。

㈡白居易〈與元微之書〉：「僕自到九江，已涉三載，形骸且健，方寸甚安。不至家人，幸皆無恙。長兄去夏自徐州至（九江）。」「長兄」，係主語；「至」，係述語；（九江），係（直接）賓語；「自」，係介詞；「徐州」，係表達處所的（間接）賓語。因此，「自徐州」，係表達處所的介賓短語，又稱爲表達處所的介賓結構、表達處所的介賓詞組。

㈢白居易〈與元微之書〉：「流水周於舍下，飛泉落於簷間。」「流水」、「飛泉」，係主語；「周」、「落」，係不及物動詞，沒有賓語；「於」，係介詞；「舍下」、「簷間」，係表達處所的（間接）賓語。因此，「於舍下」、「舍簷間」，係表達處所的介賓短語，又稱爲表達處所的介賓結構、表達處所的介賓詞組。

㈣蘇軾〈赤壁賦〉：「知不可乎驟得，託遺風於悲風。」「託」，係述語；「遺風」，係（直接）賓語；「於」，係介詞；「悲風」，係表達處所的（間接）賓語。因此，「於悲風」，係表達處所的介賓短語，又稱爲表達處所的介賓結構、表達處所的介賓詞組。

㈤沈復《浮生六記》「兒時記趣」：「又留蚊於素帳中，徐噴以煙，使之沖煙飛鳴，作青雲白鶴觀。」「留」，係述語；「蚊」，係（直接）賓語；「於」，係介詞；「素帳中」，係表達處所的（間接）賓語。因此，「於素帳中」，係表達處所的介賓短語，又稱爲表達處所的介賓結構、表達處所的介賓詞組。

㈥《論語．憲問》：「子擊磬於衛。」「子」，係主語；「擊」，係述語；「磬」，係（直接）賓語；「於」，係介詞；「衛」，係表達處所的（間接）賓語。因此，「於衛」，係表達處所的介賓短語，又稱爲表達處所的介賓結構、表達處所的介賓詞組。

七、表達原因的介賓短語

所謂表達原因的介賓短語，是指闡明事情或動作、行爲發生的原因的一種介賓短語。例如：

㈠《論語．衛靈公》：「君子不以言舉人，不以人廢言。」「君子」，係主語；「舉」、「廢」，係述語；「人」、「言」，係（直接）賓語；「以」，係介詞；「言」、「人」，係表達原因的（間接）賓語。因此，「以言」、「以人」，係表達原因的介賓短語，又稱爲表達原因的介賓結構、表達原因的介賓詞組。

㈡《史記．平原君列傳》：「仍欲以一笑之故殺吾美人，不亦愼乎！」「殺」，係述語；「吾美人」，係（直接）賓語；「以」，係介詞；「一笑之故」，係表達原因的（間接）賓語。因此，「以一笑之故」，係表達原因的介賓短語，又稱爲表達原因的介賓結構、表達原因的介賓詞組。

㈢李白〈長干行〉：「感此傷妾心，坐愁紅顏老。」「感」，係介詞；「此」，指「八月蝴蝶來，雙飛西園草」，係表達原因的（間接）賓語；「傷」，係述語；「妾心」，係（直接）賓語。因此，「感此」，係表達原因的介賓短語，又稱爲表達原因的介賓結構、表達原因的介賓詞組。

㈣范仲淹〈岳陽樓記〉：「予嘗求古仁人之心，或異二者之爲，何哉？不以物喜，不以己悲。」「古仁人」，承前省略，係主語；「喜」、「悲」，係不及物動詞，沒有賓語；「以」，係介詞；「物」、「己」，係表達原因的（間接）賓語。因此，「以物」、「以己」，係表達原因的介賓短語，又稱爲表達原因的介賓結構、表達原因的介賓詞組。

㈤司馬光〈訓儉示康〉：「何曾日食萬錢，至孫以驕溢傾家。石崇以奢靡誇人，卒以此死東市。」「何曾」、「石崇」，係主語；「傾」、「死」，係述語；「家」、「東市」，係（直接）賓語；「以」，係介詞；「驕溢」、「此」（指奢靡誇人），係表達原因的（間接）賓語。因此，「以驕溢」、「以死」，係表達原因的介賓短語，又稱爲表達原因的介賓結構、表達原因的介賓詞組。

㈥郭鶴鳴〈幽幽基隆河〉：「這兒素來以瀑布馳名。」「這兒」，指十分寮，係主語；「馳」，係述語；「名」，係（直接）賓語；「以」，係介詞；「瀑布」，係表達原因的（間接）賓語。因此，「以瀑布」，係表達原因的介賓短語，又稱爲表達原因的介賓結構、表達原因的介賓詞組。

八、表達目的介賓短語

所謂表達目的介賓短語，是指用來闡明一個行爲、動作能夠達到目的的一種介賓短語。例如：

㈠司馬遷《史記．貨殖列傳》：「天下熙熙，皆爲利來；天下攘攘，皆爲利往。」「來」、「往」，係表語，沒有賓語；「爲」，係介詞；「利」，係表達目的的（間接）賓語。因此，「爲利」，係表達目的的介賓短語，又稱爲表達目的的介賓結構、表達目的的介賓詞組。

㈡劉勰《文心雕龍．情采》：「昔詩人什篇，爲情而造文；辭人賦頌，爲文而造情。」「造」，係述語；「文」、「情」，係（直接）賓語；「爲」，係介詞；「情」、「文」，係表達目的的（間接）賓語。因此，「爲情」、「爲文」，係表達目的的介賓短語，又稱爲表達目的的介賓結構、表達目的的介賓詞組。

㈢歐陽脩〈縱囚論〉：「寧以義死，不苟幸生，而視死如歸，此又君子之尤難者也。」「死」，係不及物動詞，沒有賓語，係述語；「以」，係介詞；「義」，係表達目的的（間接）賓語。因此，「以義」，係表達目的的介賓短語，又稱爲表達目的的介賓結構、表達目的的介賓詞組。

㈣司馬光〈示儉示康〉：「平生衣服取蔽寒，食取充飢；亦不敢服垢弊以矯俗干名，但順吾性而已。」「服」，本是名詞，這裡活用作動詞，「穿」之意，係述語；「垢弊」，係（直接）賓語；「以」，係介詞；「矯俗干名」，係表達目的的（間接）賓語。因此，「以矯俗干名」，係表達目的的介賓短語，又稱爲表達目的的介賓結構、表達目的的介賓詞組。

㈤梁啓超〈學問之趣味〉：「學生爲畢業證書而做學問，著作家爲版權而做學問。」「學生」、「著作家」，係主語；「做」，係述語；「學問」，係（直接）賓語；「爲」，係介詞；「畢業證書」、「版權」，係表達目的的（間接）賓語。因此，「爲畢業證書」、「爲版權」，係表達目的的介賓短語，又稱爲表達目的的介賓結構、表達目的的介賓詞組。

九、表達比較的介賓短語

所謂表達比較的介賓短語，是指用來與主語做比較的人、事、物的一種介賓短語。例如：

㈠《論語・先進》：「季氏富於周公，而求也爲之聚斂而附益之。」「季氏」，係主語；「富」，係表語，沒有賓語；「於」，「比」之意，係介詞；「周公」，係表達比較的（間接）賓語。因此，「於周公」，係表達比較的介賓短語，又稱爲表達比較的介賓結構、表達比較的介賓詞組。

㈡韓愈〈師說〉：「弟子不必不如師，師不必賢於弟子。」「師」，係主語；「賢」，係表語，沒有賓語；「於」，「比」之意，係介詞；「弟子」，係表達比較的（間接）賓語。因此，「於弟子」，係表達比較的介賓短語，又稱爲表達比較的介賓結構、表達比較的介賓詞組。

㈢蘇洵〈六國論〉：「夫六國與秦皆諸侯，其勢弱於秦，而猶有可以不賂而勝之之勢。」「其勢」，指六國之勢，係主語；「弱」，係表語，沒有賓語；「於」，「比」之意，係介詞；「秦」，係表達比較的（間接賓語）。因此，「於秦」，係表達比較的介賓短語，又稱爲表達比較的介賓結構、表達比較的介賓詞組。

㈣曹雪芹《紅樓夢》「劉老老」：「那櫃子比我們一間房子還大、還高。」「那櫃子」，係主語；「大」、「高」，係表語，沒有賓語；「比」，係介詞；「我們一間房子」，係表達比較的（間接）賓語。因此，「比我們一間房子」，係表達比較的介賓短語，又稱爲表達比較的介賓結構、表達比較的介賓詞組。

㈤胡適〈差不多先生傳〉：「千字比十字只多一小撇，不是差不多嗎？」「千字」，係主語；「只多一小撇」，係表語，沒有賓語；「比」，係介詞；「十字」，係表達比較的（間接）賓語。因此，「比十字」，係表達比較的介賓短語，又稱爲表達比較的介賓結構、表達比較的介賓詞組。

(六)琦君〈髻〉：「母親已去世多年，垂垂老去的姨娘，亦終歸走向同一個渺茫不可知的方向，她現在的光陰，比誰都寂寞啊。」「她」，係主語；「寂寞」，係表語，沒有賓語；「比」，係介詞；「誰」，係表達比較的（間接）賓語。因此，「比誰」，係表達比較的介賓短語，又稱爲表達比較的介賓結構、表達比較的介賓詞組。

(七)琦君〈髻〉：「母親不久也由張伯母介紹了一個包梳頭陳嫂。她年紀比劉嫂大。」「她」，係主語；「大」，係表語，沒有賓語；「比」，係介詞；「劉嫂」，係表達比較的（間接）賓語。因此，「比劉嫂」，係表達比較的介賓短語，又稱爲表達比較的介賓結構、表達比較的介賓詞組。

(八)琦君〈髻〉：「她（指姨娘）的皮膚好細好白，一頭如雲的柔髮比母親的還要烏，還要亮。」「一頭如雲的柔髮」，係主語；「烏」、「亮」，係表語，沒有賓語；「比」，係介詞；「母親」，係表達比較的（間接）賓語。因此，「比母親」，係表達比較的介賓短語，又稱爲表達比較的介賓結構、表達比較的介賓詞組。

第三節　句子的特殊成分

句子除基本成分、附加成分與補充成分外，尚有特殊成分。句子的特殊成分，分爲複語、兼語、獨語三大類。⑨

壹、複語

所謂複語，是指在句子中的某一個成分和另一個或一個以上的成分，在意義上同指一個人、事、物，在結構上做同一種內涵的成分。複語又分為重疊複語、外位複語、總分複語三類。⑩

一、重疊複語

所謂重疊複語，是指同一種性質、意義的人、事、物，放置在同一個位置重疊而構成的，又稱為「同指複語」、「同一性質加語」。例如：

㈠吳敬梓《儒林外史》「范進中舉」：「我自倒運，把個女兒嫁與你這現世寶、窮鬼，歷年以來，不知累了我多少。」「女兒」，係主語；「嫁與」，係述語；「你這現世寶、窮鬼」，係賓語。「你」、「現世寶」、「窮鬼」，同指范進，係重疊複語，又稱為同位複語。

㈡余光中《左手的繆思．莎翁非馬羅》：「原來與莎士比亞同庚（均為一五六四年生）的馬羅是英國十六世紀末期有名的大詩人兼悲劇作家。」「馬羅」，係主語；「是」，係繫語；「大詩人兼悲劇作家」，係賓語。「大詩人」、「悲劇作家」，同指馬羅，係重疊複

語，又稱爲同位複語。

㈢余光中〈畢卡索〉：「畢卡索是現代藝術的焦點，現代藝術的一個幅射中心。」「畢卡索」，係主語；「是」，係繫語；「現代藝術的焦點，現代藝術的一個幅射中心」，係賓語。「現代藝術的焦點」、「現代藝術的一個幅射中心」，同指畢卡索，係重疊複語，又稱爲同位複語。

㈣施耐庵《水滸傳．第四回》「魯智深大鬧桃花村」：「老漢姓劉，此間喚做桃花村，鄉人都叫老漢做桃花村劉太公。」「鄉人」，係主語；「叫」、「做」，係述語；「老漢」、「桃花村劉太公」，係賓語。「老漢」、「桃花村」、「劉太公」，同指一人，係重疊複語，又稱爲同指複語。

㈤李密〈陳情表〉：「臣密言：『臣以險釁，夙遭閔凶。』」「臣密」，係主語；「言」，係賓語；「臣以險釁，夙遭閔凶」，係賓語。「臣」、「密」，同指一人，是李密，係重疊複語，又稱爲同位複語。

㈥顧炎武〈廉恥〉：「彼閹然媚於世者，能無愧哉？」「彼閹然媚於世者」，係主語；「能」，係述語；「無愧哉」，係賓語。「彼」、「閹然媚於世者」，同指一人，係重疊複語，又稱爲同位複語。

㈦施耐庵《水滸傳．第九回》「林沖夜奔」：「林沖正閒走間，忽然背後人叫，回頭看時，卻認得是酒生兒李小二。」「林沖」，係主語；「是」，係繫語；「酒生兒李小二」，係賓語。「酒生兒」、「李小二」，同指一人，係重疊複語，又稱爲同位複語。「酒生兒」，酒店裡的伙計。

(八)屈原〈卜居〉：「(屈原)乃往見太卜鄭詹尹。」「(屈原)」，係主語；「往見」，係述語；「太卜鄭詹尹」，係賓語。「太卜」、「鄭詹尹」，同指一人，係重疊複語，又稱爲同位複語。「太卜」，掌占卜之官。

(九)袁宏道〈晚遊六橋待月記〉：「杭人遊湖，止午、未、申三時。」「午、未、申」、「三時」，指相同時間。午、未、申、即三時。因此，「午、未、申三時」，係重疊複語，又稱爲同指複語。

(十)《孟子．滕文公上》：「有爲神農之言者許行，自楚之滕。」「有爲神農之言者」，即「許行」。因此，「有爲神農之言者」、「許行」，同指一人，係重疊複語，又稱爲同指複語。

二、外位複語

所謂外位複語，是指將句子的某一個成分放在句子的前面或後面，用標點符號隔開，並在句子中該成分出現的地方用代詞替代，這種現象的一種複語。外位複語又分爲外位主語、外位賓語、外位定語、外位兼語、外位介詞賓語五種。⑪

位主語。

㈠外位主語

1.《論語．衛靈公》：「過而不改，是謂過矣。」「是」，「此」也，係代詞，指「過而不改」，係形式上的主語。「謂」，係述語；「過」，係賓語。因此，「過而不改」，係外位主語。

2.《孟子．滕文公下》：「富貴不能淫，貧賤不能移，威武不能屈；此之謂大丈夫。」「此」，指「富貴不能淫，貧賤不能移，威武不能屈」，係形式上的主語。「謂」，係述語；「大丈夫」，係賓語。因此，「富貴不能淫，貧賤不能移，威武不能屈」，係外位主語。

3.顧炎武〈廉恥〉：「故士大夫之無恥，是謂國恥」。「是」，「此」也，係代詞，指「士大夫之無恥」，是形式上的主語。「謂」，係述語；「國恥」，係賓語。因此，「士大夫之無恥」，係外位主語。

4.曹丕《典論．論文》：「日月逝於上，體衰於下，忽然與萬物遷化，斯志士之大備也。融等已逝，唯幹著《論》，成一家之言。」「斯」，「此」也，是代詞，指「日月逝於上，體衰於下，忽然與萬物遷化」，係形式上的主語。「志士之大備」，係斷語。因此，「日月逝於上，體衰於下，忽然與萬物遷化」，係外位主語。

5.諸葛亮〈出師表〉：「侍中、尚書、長吏、參軍，此悉貞亮死節之臣也，願陛下親之信之，則漢室之隆，可計日而待也。」「此」，是代詞，指「侍中、尚書、長吏、參軍」，係形式上的主語。「悉」，係繫語；「貞亮死節之臣」，係斷語。因此，「侍中、尚書、長吏、參軍」，係外位主語。

6.《論語．爲政》：「由，誨女知之乎！知之爲知之，不知爲不知，是知也。」「是」，「此」也，係代詞、形式上的主語，指「知之爲知之，不知爲不知」。「知」，係斷語。因此，「知之爲知之，不知爲不知」，係外位主語。

7.韓愈〈師說〉：「生乎吾前，其聞道也，固先乎吾，吾從而師之。」「其」，係代詞、形式上的主語，指「生乎吾前」；「聞」，係述語；「道」，係賓語。因此，「生乎吾前」，係外位主語。

8.《論語．里仁》：「貧與賤，是人之所惡也，不以其道得之，不去也。」「是」，「此」也，係代詞、形式上的主語，指「貧與賤」。「人之所惡」，係斷語。因此，「貧與賤」，係外位主語。

9.《論語．顏淵》：「其言也訒，斯謂之仁已乎？」「斯」，「此」也，係代語、形式上的主語，指「其言也訒」。「謂」係述語；「仁」，係賓語。因此，「其言也訒」，係外位主語。

10.蘇洵〈六國論〉：「燕、趙之君，始有遠略，能守其土，義不賂秦。是故燕雖小國而後亡，斯用兵之效也。」「斯」，「此」也，係代詞、形式上的主語，指「燕雖小國而後亡」。「用兵之效」，係斷語。因此，「燕雖小國而後亡」，係外位主語。

11.琦君〈髻〉：「比如我的五叔婆吧，她既矮小又乾癟。」「她」，係代詞、形式上的主語，指「我的五叔婆」。「既矮小又乾癟」，係表語。因此，「我的五叔婆」，係外位主語。

㈡外位賓語

1.韓愈〈師說〉：「李氏子蟠，年十七，好古文，六藝經傳，皆通習之。」「李氏子蟠」，係主語；「通習」，係述語；「之」，係代詞、形式上的賓語，指「六藝經傳」。因此，「六藝經傳」，係外位賓語。

2.韓愈〈祭十二郎文〉：「是疾也，江南之人常常有之。」「江南之人」，係主語；「有」，係述語；「之」，係代詞、形式上的賓語，指「是疾」。因此，「是疾」，係外位賓語。

3.《詩經．周南．關雎》：「窈窕淑女，（君子）寤寐求之。」「君子」，係主語；「求」，係述語；「之」，係代詞、形式上的賓語，指「窈窕淑女」。因此，「窈窕淑女」，係外位賓語。

4.屈原〈漁父〉：「吾聞之，新沐者必彈冠，新浴者必振衣；安能以身之察察，受物之汶汶者乎？」「吾」，係主語；「聞」，係述語；「之」，係代詞、形式上的賓語，指「新沐者必彈冠，新浴者必振衣」。因此，「新沐者必彈冠，新浴者必振衣」，係外位賓語。

5.白居易〈與元微之書〉：「微之，微之，此夕此心，君知之乎？」「君」，係主語；「知」，係述語；「之」，係代詞、形式上的賓語，指「此夕此心」。因此，「此夕此心」，係外位賓語。

6.歐陽脩〈醉翁亭記〉：「醉翁之意不在酒，在乎山水之間也。山水之樂，得之（於）心而寓之（於）酒也。」「醉翁」，係主語；「得」、「寓」，係述語；「之」，係代詞、形式上的賓語，指「山水之樂」。因此，「山水之樂」，係外位賓語。

7.《左傳．桓公十年》：「初，虞叔有玉，虞公求旃。弗獻。既而悔之，曰：『周諺有之：「匹夫無罪，懷璧其罪。」吾焉用此，其以賈害也？』乃獻之。」「周諺」，係主語；「有」，係述語；「之」，係代詞、形式上的賓語，指「匹夫無罪，懷璧其罪」。因此，「匹夫無罪，懷璧其罪」，係外位賓語。

8.劉勰《文心雕龍．序志》：「昔涓子《琴心》，王孫《巧心》，心哉美矣，故用之焉。」「涓子《琴心》，王孫《巧心》」，係主語；「用」，係述語；「之」，係代詞、形式上的賓語，指「心哉美矣」。因此，「心哉美矣」，係外位賓語。

9.連橫〈臺灣通史序〉：「婆娑之洋，美麗之島，我先王先民之景命，實式憑之。」「我先王先民之景命」，係主語；「式憑」，係述語；「之」，係代詞、形式上的賓語，指

「婆娑之洋，美麗之島」。因此，「婆娑之洋，美麗之島」，係外位賓語。

10.《論語．為政》：「詩三百，一言以蔽之，曰思無邪。」「一言」，係主語；「蔽」，係述語；「之」，係代詞、形式上的賓語，指「詩三百」。因此，「詩三百」，係外位賓語。

11.《孟子．滕文公上》：「夏曰校，殷曰序，周曰庠，學則三代共之；皆所以明人倫也。」「三代」，係主語；「共」，係述語；「之」，係代詞、形式上的賓語；指「學」。因此，「學」，係外位賓語。

㈢外位定語

1.琦君〈髻〉：「母親就請她的朋友張伯母給她梳了個鮑魚頭。」「她的朋友」，係定心短語。「她」，係定語、代詞，指母親。「朋友」，係中心語。因此，「母親」，係外位定語。

2.《荀子．勸學》：「君子之學也，以美其身。」「其身」，係定心短語。「其」，係定語、代詞，指君子；「身」，係中心語。因此，「君子」，係外位定語。

3.韓愈〈師說〉：「郯子之徒，其賢不及孔子。」「其賢」，係主語、定心短語；「及」，係述語；「孔子」，係賓語。「其」，係代詞、定語，指「郯子之徒」；「賢」，係中心語。因此，「郯子之徒」，係外位定語。

4.錢公輔〈義田記〉：「今觀文正之義田，賢於平仲，其規模遠舉，又疑過之。」「其規模」，係定心短語。「其」，係定語、代詞，指「文正之義田」；「規模」，係中心語。因此，「文正之義田」，係外位定語。

5.錢公輔〈義田記〉：「嗚呼！世之都三公位，享萬鍾祿，其邸第之雄，車輿之飾，聲色之多，妻孥之富，止乎一己而已。」「其邸第」，係定心短語。「其」，係代詞、定語，指「世之都三公位，享萬鍾祿」；「邸第」，係中心語。因此，「世之都三公位，享萬鍾祿」，係外位定語。

6.蘇軾〈留侯論〉：「夫子房受書於圯上之老人也，其事甚怪。」「其事」，係定心短語、主語；「怪」，係表語。「其」，係定語、代詞，指「子房受書於圯上之老人。」因此，「子房受書於圯上之老人」，係外位定語。

7.林良〈父親的信〉：「黃士雄，他父親是教育局長。」「他父親」，係主語、定心短語；「是」，係繫語；「教育局長」，係斷語。「他」，係定語、代詞，指黃士雄；「父親」，是中心語。因此，「黃士雄」，係外位定語。

8.歐陽脩〈秋聲賦〉：「蓋夫秋之爲狀也，其色慘淡，煙霏雲斂。」「其色」，係主語、定心短語。「其」，係代詞、定語，指「秋之爲狀」；「色」，係中心語；「慘淡」，係表語。因此，「秋之爲狀」，係外位定語。

9.蘇洵〈六國論〉：「古人云：『以地事秦，猶抱薪救火，薪不盡，火不滅。』此言得之。」「此言」，係主語、定心短語。「此」，係定語、代詞，指「古人云：『以地事秦，猶抱薪救火，薪不盡，火不滅。』」「言」，係中心語；「得」，係述語；「之」，係賓語。因此，「古人云：『以地事秦，猶抱薪救火，薪不盡，火不滅。』」係外位定語。

10.蘇軾〈赤壁賦〉：「客有吹洞簫者，倚歌而和之，其聲嗚嗚然。」「其聲」，係主語、定心短語。「其」，係定語、代詞，指「客有吹洞簫者，倚歌而和之」。「聲」，係中心語；「嗚嗚然」，係表語。因此，「客有吹洞簫者，倚歌而和之」，係外位定語。

11.蘇轍〈黃州快哉亭記〉：「南合沅、湘，北合漢、沔，其勢益張。」「其勢」，係主語、定心短語。「其」，定語、代詞，指「南合沅、湘，北合漢、沔」；「勢」，係中心語；「張」，係表語。因此，「南合沅、湘，北合漢、沔」，係外位定語。

12.《論語．顏淵》：「仁者，其言也訒。」「其言」，係定心短語。「其」，係定語、代詞，指「仁者」；「言」，係中心語；「訒」，係表語。因此，「仁者」，係外位定語。

(四)外位兼語

1.《孟子．梁惠王下》：「賊仁者，謂之賊；賊義者，謂之殘。」「謂」，係述語；「之」，係上句賓語、代詞，指「賊仁者」、「賊義者」；「之賊」、「之殘」的「之」，係下句主語、代詞，指「賊仁者」、「賊義者」；「賊」、「殘」，係下句表語。因此，「賊仁者」、「賊義者」，是兼有上句賓語、下句主語的外位兼語。

2.《孟子．滕文公上》：「分人以財謂之惠，教人以善謂之忠，爲天下得人者謂之仁。」「謂」，係述語；「之」，係上句的賓語、代詞，指「分人以財」、「教人以善」、「爲天下得人者」。「之惠」、「之忠」、「之仁」的「之」，係下句的主語、代詞，指「分人以財」、「教人以善」、「爲天下得人者」；「惠」、「忠」、「仁」，係謂語。因此，「分人以財」、「教人以善」、「爲天下得人者」，係兼有上句賓語、下句主語的外位兼語。

3.梁啓超〈自由與制裁〉：「我中國謂其無自由乎?」「謂」，係述語；「其」，係上句的賓語、代詞，指「我中國」。「其無自由」的「其」，係下句的主語、代詞，指「我中國」；「無」，係述語；「自由」，係賓語。因此，「我中國」，係兼有上句賓語、下句主語的外賓兼語。

4.《中庸．第二十一章》：「自誠明，謂之性；自明誠，謂之教。」「謂」，係述語；「之」，係上句的賓語、代詞，指「自誠明」、「自明誠」。「之性」、「之教」的「之」，係下句的主語、代詞，指「自誠明」、「自明誠」；「性」、「教」，係謂語。因此，「自誠明」、「自明誠」，係兼有上句賓語、下句主語的外位兼語。

5.《中庸．第一章》：「喜怒哀樂之未發，謂之中；發而皆中節，謂之和。」「謂」，係述語；「之」，係上句的賓語、代詞，指「喜怒哀樂之未發」、「發而皆中節」。「之中」、「之和」的「之」，係下句的主語、代詞，指「喜怒哀樂之未發」、「發而皆中節」；「中」、「和」，係謂語。因此，「喜怒哀樂之未發」、「發而皆中節」，係兼有上句賓語、下句主語的外位兼語。

6.《中庸‧第十二章》：「《詩》云：『鳶飛戾天，魚躍于淵。』言其上下察也。」「言」，係述語；「其」，係上句的賓語、代詞，指「《詩》云：『鳶飛戾天，魚躍于淵。』「其上下察」，係主謂短語。「其」，係下句的主語、代詞，指「《詩》云：『鳶飛戾天，魚躍于淵。』」「上下察」，係謂語。因此，「《詩》云：『鳶飛戾天，魚躍于淵。』」係兼有上句賓語、下句主語的外位兼語。

7.司馬光〈訓儉示康〉：「管仲鏤簋朱紘，山楶藻棁，孔子鄙其小器。」「孔子」，係主語；「鄙」，係述語；「其」，係上句的賓語、代詞，指「管仲鏤簋朱紘，山楶藻棁」。「其小器」的「其」，係下句的主語、代詞，指「管仲鏤簋朱紘，山楶藻棁」；「小器」，係謂語。因此，「管仲鏤簋朱紘，山楶藻棁」，係兼有上句賓語、下句主語的外位兼語。

8.劉基《郁離子》「狙公」：「楚有養狙以爲生者，楚人謂之狙公。」「楚人」，係主語；「謂」，係述語；「之」，係上句的賓語、代詞，指「楚有養狙以爲生者」。「之狙公」的「之」，指下句的主語、代詞，指「楚有養狙以爲生者」；「狙公」，係謂語。因此，「楚有養狙以爲生者」，係兼有上句賓語、下句主語的外位兼語。

㈤外位介詞賓語

1.孫文〈黃花岡烈士事略序〉：「是役也，草木爲之含悲，風雲因而變色。」「草木」，係主語；「含」，係述語；「悲」，係賓語；「爲」，係介詞；「之」，係介詞賓語、代詞，指「是役」。因此，「是役」，係外位介詞賓語。

2.沈復《浮生六記》「兒時記趣」：「昂首觀之，項爲之強。」「項」，係主語；「強」，係表語；「爲」，係介詞；「之」，代詞、介詞賓語，指「昂首觀之（指『蚊』）」。因此，「昂首觀之」，係外位介詞賓語。

3.《韓非子．觀行》：「時有滿虛，事有利害，物有生死，人主爲三者發喜怒之色，則金石之士離心焉。」「人主」，係主語；「發」，係述語；「喜怒之色」，係賓語；「爲」，係介詞；「三者」，係介詞賓語、代詞，指「時有滿虛，事有利害，物有生死」。因此，「時有滿虛，事有利害，物有生死」，係外位介詞賓語。

三、總分複語

所謂總分複語，是指先有總敘，再分說的一種複語。例如：

一、《論語．學而》：「吾日三省吾身：爲人謀，而不忠乎?與朋友交，而不信乎?傳，不習乎?」「吾日三省吾身」，係總敘；「爲人謀，而不忠乎?與朋友交，而不信乎?傳，不習乎?」係分說。「爲人謀」、「與朋友交」、「傳」，此三項即三省。因此，全句

係總分複語。

二、《論語．公冶長》：「有君子之道四焉：其行己也恭，其事上也敬，其養民也惠，其使民也義。」「有君子之道四焉」，係總敘；「其行己也恭，其事上也敬，其養民也惠，其使民也義」，係分說。因此，全句係總分複語。

三、《論語．述而》：「子以四教：文、行、忠、信。」「子以四教」，係總敘；「文、行、忠、信」，係分說。因此，全句係總分複語。

四、《論語．憲問》：「君子道者三，我無能焉：仁者不憂，知者不惑，勇者不懼。」「君子道者三」，係總敘；「仁者不憂，知者不惑，勇者不懼」，係分說。因此，全句係總分複語。

五、《論語．季氏》：「君子有三畏：畏天命，畏大人，畏聖人之言。」「君子有三畏」，係總敘；「畏天命，畏大人，畏聖人之言」，係分說。因此，全句係總分複語。

六、《論語．子張》：「君子有三變：望之儼然，即之也溫，聽其言也厲。」「君子有三變」，係總敘；「望之儼然，即之也溫，聽其言也厲」，係分說。因此，全句係總分複語。

七、劉勰《文心雕龍．知音》：「將閱文情，先標六觀：一觀位體，二觀置辭，三觀通變，四觀奇正，五觀事義，六觀宮商；斯術既形，則優劣見矣。」「將閱文情，先標六觀」，係總敘；「一觀位體，二觀置辭，三觀通變，四觀奇正，五觀事義，六觀宮商」，係分說。。因此，全句係總分複語。

八、劉勰《文心雕龍．鎔裁》：「草創鴻筆，先標三準：履端於始，則設情以位體；舉正於中，則酌事以取類；歸餘於終，則撮辭以舉要。」「草創鴻筆，先標三準」，係總敘；「履端於始，則設情以位體；舉正於中，則酌事以取類；歸餘於終，則撮辭以舉要」，係分說。因此，全句係總分複語。

九、劉勰《文心雕龍．麗辭》：「麗辭之體，凡有四對：言對爲易，事對爲難，反對爲優，正對爲劣。」「麗辭之體，凡有四對」，係總敘；「言對爲易，事對爲難，反對爲優，正對爲劣。」「麗辭之體，凡有四對」，係總敘；「言對爲易，事對爲難，反對爲優，正對爲劣」，係分說。因此，全句係總分複語。

十、劉勰《文心雕龍．宗經》：「文能宗經，體有六義：一則情深而不詭，二則風清而不雜，三則事信而不誕，四則義貞而不回，五則體約而不蕪，六則文麗而不淫。」「文能宗經，體有六義」，係總敘；「一則情深而不詭，二則風清而不雜，三則事信而不誕，四則義貞而不回，五則體約而不蕪，六則文麗而不淫」，係分說。因此，全句係總分複語。

十一、《孟子．盡心上》：「君子有三樂，而王天下不與存焉。父母俱存，兄弟無故，一樂也；仰不愧於天，俯不怍於人，二樂也；得天下英才而教育之，三樂也。」「君

子有三樂」，係總敘；「父母俱存，兄弟無故，一樂也；仰不愧於天，俯不怍於人，二樂也；得天下英才而教育之，三樂也。」係分說。因此，全句係總分複語。

十二、《孟子．盡心上》：「君子之所以教者五：有如時雨化之者，有成德者，有達財者，有答問者，有私淑艾者。」「君子之所以教者五」，係總敘；「有如時雨化之者，有成德者，有達財者，有答問者，有私淑艾者」，係分說。因此，全句係總分複語。

十三、《孟子．盡心下》：「諸侯之寶三：土地、人民、政事。」「諸侯之寶三」，係總敘；「土地、人民、政事」，係分說。因此，全句係總分複語。

十四、《孟子．離婁下》：「世俗所謂不孝者五：惰其四肢，不顧父母之養，一不孝也；博弈，好飲酒，不顧父母之養，二不孝也；好貨財，私妻子，不顧父母之養，三不孝也；從耳目之欲，以爲父母戮，四不孝也；好勇鬥很，以危父母，五不孝也。」「世俗所謂不孝者五」，係總敘；「惰其四肢，不顧父母之養，一不孝也；博弈，好飲酒，不顧父母之養，二不孝也；好貨財，私妻子，不顧父母之養，三不孝也；從耳目之欲，以爲父母戮，四不孝也；好勇鬥很，以危父母，五不孝也。」係分說。因此，全句係總分複語。

十五、黃淳耀〈李龍眠畫羅漢記〉：「李龍眠畫羅漢渡江，凡十有八人。一角漫滅，存十五人有半，及童子三人。」「李龍眠畫羅漢渡江，凡十有八人」，係總敘；「一角漫滅，存十五人有半，及童子三人」，係分說。因此，全句係總分複語。

十六、《論語．季氏》：「君子有三戒：少之時，血氣未定，戒之在色；及其壯也，血氣方剛，戒之在鬥；及其老也，血氣既衰，戒之在得。」「君子有三戒」，係總敘；「少之時，血氣未定，戒之在色；及其壯也，血氣方剛，戒之在鬥；及其老也，血氣既衰，戒之在得」，係分說。因此，全句係總分複語。

十七、《論語．季氏》：「益者三友，損者三友：友直，友諒，友多聞，益矣；友便辟，友善柔，友便佞，損矣。」「益者三友，損者三友」，係總敘；「友直，友諒，友多聞，益矣；友便辟，友善柔，友便佞，損矣」，係分說。因此，全句係總分複語。

十八、《韓詩外傳．卷一》：「君子有三憂：弗知，可無憂與？知而不學，可無憂與？學而不行，可無憂與？」「君子有三憂」，係總敘；「弗知，可無憂與？知而不學，可無憂與？學而不行，可無憂與？」係分說。因此，全句係總分複語。

貳、兼語

所謂兼語，是指上句的賓語，同時又兼有下句的主語；易言之，一個詞語在句子中，同時兼有上句的賓語、下句的主語，這種雙重而特殊成分的現象。⑫例如：

一、胡適〈母親的教誨〉：「她看我清醒了。」「她」，係主語；「看」，係述語；「我」，係上句的賓語。「我清醒了」的「我」，係下句的主語；「清醒」，係謂（表）語。

因此，「我」，係兼有上句的賓語、下句的主語，是兼語。

二、胡適〈母親的教誨〉：「我母親管束我最嚴。」「我母親」，係主語；「管束」，係述語；「我」，係上句的賓語。「我最嚴」的「我」，係下句的主語；「最嚴」，係謂（表）語。因此，「我」，係兼有上句的賓語、下句的主語，是兼語。

三、楊喚〈夏夜〉：「火紅的太陽也滾著火輪子回家了。」「火紅的太陽」，係主語；「滾著」，係述語；「火輪子」，係上句的賓語。「火輪子回家了」的「火輪子」，係下句的主語；「回家」，係謂（表）語。因此，「火輪子」，係兼有上句的賓語、下句的主語，是兼語。

四、朱自清〈背影〉：「他囑我路上小心。」「他」，係主語；「囑」，係述語；「我」，係上句的賓語。「我路上小心」，係主謂短語。「我」，係下句的主語；「路上小心」，係謂（表）語。因此，「我」，係兼有上句的賓語、下句的主語，是兼語。

五、朱自清〈背影〉：「又囑託茶房好好照應我。」「囑託」，係述語；「茶房」，係上句的賓語。「茶房好好照應我」的「茶房」，係下句的主語；「照應」，係述語；「我」，係賓語。因此，「茶房」，係兼有上句的賓語、上句的主語，是兼語。

六、孟浩然〈過故人莊〉：「故人具雞黍，邀我至田家。」「故人具雞黍」，係主語；「邀」，係述語；「我」，係上句的賓語。「我至田家」的「我」，係下句的主語；「至」，係述語；「田家」，係賓語。因此，「我」，係兼有上句的賓語、下句的主語，是兼語。

七、孟浩然〈過故人莊〉：「把酒話桑麻。」「把」，係述語；「酒」，係上句的賓語。「酒話桑麻」的「酒」，係下句的主語；「話」，係述語；「桑麻」，係賓語。因此，「酒」，係兼有上句的賓語、下句的主語，是兼語。

八、吳敬梓《儒林外史．第一回》「王冕的少年時代」：「他母親做點針黹供他到村學堂裡去讀書。」「他母親」，係主語；「做」，係述語；「針黹」，係上句的賓語。「針黹供他到村學堂裡去讀書」的「針黹」，係下句的主語；「供」，係述語；「他到村學堂裡去讀書」，係賓語。因此，「針黹」，係兼有上句的賓語、下句的主語，是兼語。

九、海倫．凱勒〈假如給我三天光明〉：「我想如果上帝願意給我光明，哪怕只是短短的三天。」「上帝」，係主語；「願意給」，係述語；「我」，係上句的賓語。「我光明」的「我」，係主語；「光明」，係謂（表）語。因此，「我」，係兼有上句的賓語、下句的主語，是兼語。

十、胡適〈差不多先生傳〉：「她媽媽叫他去買紅糖。」「她媽媽」，係主語；「叫」，係述語；「他」，係上句的賓語。「他去買紅糖」的「他」，係下句的主語；「去買」，係述語；「紅糖」，係賓語。因此，「他」，係兼有上句的賓語、下句的主語，是兼語。

十一、劉克襄〈大樹之歌〉：「以前爸爸去金山賞鳥，都會順路去探望它。」「爸爸」，係主語；「去」，係述語；「金山」，係上句的賓語。「金山賞鳥」的「金山」，係下句的主語；「賞」，係述語；「鳥」，係賓語。因此，「金山」，係兼有上句的賓語、下句的主語，是兼語。

十二、朱自清〈背影〉：「我看見他戴著黑布小帽。」「我」，係主語；「看見」，係述語；「他」，係上句的賓語。「他戴著黑布小帽」的「他」，係下句的主語；「戴著」，係述語；「黑布小帽」，係賓語。因此，「他」，係兼有上句的賓語、下句的主語，是兼語。

十三、黃永武〈磨〉：「天要對待你厚。」「天」，係主語；「要對待」，係述語；「你」，係上句的賓語。「你厚」的「你」，係下句的主語；「厚」，係謂（表）語。因此，「你」，係兼有上句的賓語、下句的主語，是兼語。

十四、楊逵〈壓不扁的玫瑰〉：「她知道我是她弟弟的老師。」「她」，係主語；「知道」，係述語；「我」，係上句的賓語。「我是她弟弟的老師」的「我」，係下句的主語；「是」，係繫語；「她弟弟的老師」，係斷語。因此，「我」，係兼有上句的賓語、下句的主語，是兼語。

十五、鄭炯明〈誤會〉：「我以爲他是在用另一種角度。」「我」，係主語；「以爲」，係述語；「他」，係上句的賓語。「他是在用另一種角度」的「她」，係下句的主語；「是」，係繫語；「在用另一種角度」，係斷語。因此，「他」，係兼有上句的賓語、下句的主語，是兼語。

十六、郭鶴鳴〈幽幽基隆河〉：「這兒素來以瀑布馳名。」「這兒」，係主語、代詞，指十分寮；「以」，係述語；「瀑布」，係上句的賓語。「瀑布馳名」的「瀑布」，係下句的主語；「馳」，係述語；「名」，係賓語。因此，「瀑布」，係兼有上句的賓語、下句的主語，是兼語。

十七、蕭蕭〈父王〉：「我以父親是農夫爲榮。」「我」，係主語；「以」，係述語、意謂動詞；「父親是農夫」，係上句的賓語。「父親是農夫爲榮」的「父親是農夫」，係下句的主語；「爲」，係述語；「榮」，係賓語。因此，「父親是農夫」，係兼有上句的賓語、下句的主語，是兼語。

十八、歐陽脩〈醉翁亭記〉：「人知從太守遊而樂。」「人」，係主語；「知」，係述語；「從太守遊」，係上句的賓語。「從太守遊而樂」的「從太守遊」，係下句的主語；「樂」，係謂（表）語。因此，「從太守遊」，係兼有上句的賓語、下句的主語，是兼語。

參、獨語

所謂獨語，是指一個詞語能夠單獨成句，或在句子中作獨立表達意義的成分，不和句中任何其他成分產生結構上關係的一種特殊成分，又稱爲獨立語、獨立成分、插說。獨語

的類型，可分爲呼語、應語、歎語三種。⑬

一、呼語

所謂呼語，是指在說話時，稱呼對方的詞語；或在語句中，呼告對象的一種詞語，又稱爲呼告語、稱呼語。例如：

㈠吳敬梓《儒林外史‧第一回》「王冕的少年時代」：「看看三個年頭，王冕已是十歲了，母親喚他到面前來說道：『兒啊！不是我有心要耽誤你，只因你父親亡後，我一個寡婦人家，年歲不好，柴米又貴。』」「兒」，係王冕母親對王冕的呼叫，是呼語。

㈡王維〈山中與裴秀才迪書〉：「足下方溫經，猥不敢相煩。」「足下」，係呼語，指作者王維呼喚裴迪的詞語。

㈢白居易〈與元微之書〉：「微之，微之，作此書夜，正在草堂中，山窗下，信手把筆，隨意亂書，封題之時，不覺欲曙。」「微之，微之」，是作者白居易呼喚元微之的詞語，係呼語。

㈣施耐庵《水滸傳》「魯智深大鬧桃花村」：「大王上廳坐下，叫道：『丈人，我的夫人在那裡？』太公道：『便是怕著不敢出來。』」「丈人」，係大王對劉太公呼喚的詞語，是呼語。

㈤施耐庵《水滸傳‧第九回》「林沖夜奔」：「李小二應了，自來門首叫老婆道：

『大姐，這兩個人來得不尷尬。』。」「大姐」，係李小二對老婆呼叫的詞語，是呼語。

㈥羅貫中《三國演義》「草船借箭」：「孔明令各船上軍士齊聲叫曰：『謝丞相箭！』比及曹軍寨內報知曹操時，這裡船輕水急，已放回二十餘里，追之不及，曹操懊悔不已。」「丞相」，係孔明船上軍士呼叫曹操的詞語，是呼語。

㈦曹雪芹《紅樓夢》「劉老老」：「劉老老聽了，喜的忙跑過來拉著惜春，說道：『我的姑娘！你這麼大年紀兒，又這麼個好模樣兒，還有這個能幹，別是個神仙託生的罷！』」「我的姑娘」，係劉老老對惜春呼喚的詞語，是呼語。

㈧吳敬梓《儒林外史》「范進中舉」：「鄰居道：『范相公，快些回去！恭喜你中了舉人。報喜的人擠了一屋裡。』范進道是哄他，只裝不聽見，低著頭，往前走。」「范相公」，係鄰居對范進呼喚的詞語，是呼語。

㈨丘遲〈與陳伯之書〉：「陳將軍足下：無恙，幸甚！幸甚！」「陳將軍足下」，係作者丘遲對陳伯之呼喚的詞語，是呼語。

㈩司馬遷《史記．滑稽列傳》「淳于髡傳」：「淳于髡仰天大笑，冠纓索絕。王曰：『先生少之乎？』髡曰：『何敢！』」「先生」，係齊威王對淳于髡呼喚的詞語，是呼語。

⑾司馬遷《史記．項羽本紀》「鴻門之宴」：「項王按劍而寄曰：『客何為者？』張良曰：『沛公之參乘樊噲者也。』項王曰：『壯士！賜之卮酒。』則與斗卮酒。」「壯

士」，係項王對樊噲呼喚的詞語，是呼語。

(十二)《論語．公冶長》：「或曰：『雍也，仁而不佞。』」「雍也」，係有人對冉雍呼喚的詞語，是呼語。

(十三)《論語．雍也》：「子曰：『雍也，可使南面。』」「雍也」，係孔子對冉雍呼喚的詞語，是呼語。

(十四)《論語．先進》：「子曰：『回也，非助我者也！於吾言，無所不說。』」「回也」，係孔子對顏回呼喚的詞語，是呼語。

(十五)《論語．憲問》：「微生畝謂孔子曰：『丘，何爲是栖栖者與？無乃爲佞乎？』孔子曰：『非敢爲佞也，疾固也。』」「丘」，係微生畝對孔子呼喚的詞語，是呼語。

(十六)《論語．衛靈公》：「子曰：『賜也，女以予爲多學而識之者與？』對曰：『然，非與？』曰：『非也，予一以貫之。』」「賜」，係孔子對子貢呼喚的詞語，是呼語。

二、應語

所謂應語，是指在對話中，說話人回答問題時，應答或承諾的詞語，又稱爲應諾語、應答語。例如：

(一)司馬遷《史記．項羽本紀》「鴻門之宴」：「項伯許諾，謂沛公曰：『旦日不可不蚤自來謝項王。』沛公曰：『諾！』於是項伯復夜去。」「諾」，「好」之意，係沛公承諾項伯的詞語，是應語。

㈡《孟子．梁惠王下》：「齊宣王見孟子於雪宮。王曰：『賢者亦有此樂乎？』孟子對曰：『有。』」「有」，係孟子回答齊宣王的詞語，是應語。

㈢《孟子．梁惠王下》：「齊宣王問曰：『交鄰國有道乎？』孟子對曰：『有。』」「有」，係孟子回應齊宣王的詞語，是應語。

㈣《孟子．公孫丑上》：「公孫丑問曰：『夫子加齊之卿相，得行道焉，雖由此霸王不異矣。如此，則動心否乎？』孟子曰：『否。』」「否」，係孟子回答公孫丑的詞語，是應語。

㈤《孟子．公孫丑下》：「沈同以其私問曰：『燕可代與？』孟子曰：『可。』」「可」，是孟子回答沈同的詞語，係應語。

㈥《孟子．滕文公下》：「周霄問曰：『古之君子仕乎？』孟子曰：『仕』。」「仕」，係孟子回應周霄的詞語，是應語。

㈦《孟子．離婁上》：「淳于髡曰：『男女授受不親，禮與？』孟子曰：『禮也。』」「禮」，係孟子回答淳于髡的詞語，是應語。

㈧《孟子．萬章上》：「萬章曰：『堯以天下與舜，有諸？』孟子曰：『否。』」「否。」係孟子回答萬章的詞語，是應語。

(九)《孟子・告子下》：「曹交問曰：『人皆可以爲堯舜，有諸？』孟子曰：『然。』」「然」，是孟子回答曹交的詞語，係應語。

(十)《孟子・梁惠王下》：「(魯平)公曰：『將見孟子。』(臧倉)曰：『何哉？君所爲輕身以先於匹夫者，以爲賢乎？禮義由賢者出，而孟子之後喪踰前喪。君無見焉。』公曰：『諾。』」「諾」，係魯平公回答臧倉的詞語，是應語。

(十一)《孟子・梁惠王上》：「(齊宣王)曰：『若寡人者，可以保民乎哉？』(孟子)曰：『可。』」「可」，係孟子回答齊宣王的詞語，是應語。

(十二)《孟子・梁惠王上》：「孟子對曰：『王好戰，請以戰喻：塡然鼓之，兵刃既接，棄甲曳兵而走，或百步而後止，或五十步而後止。以五十步笑百步，則何如？』(梁惠王)曰：『不可。』」「不可」，係梁惠王回答孟子的詞語，是應語。

(十三)《禮記・檀弓上》：「司士賁告於子游曰：『請襲於床。』子游曰：『諾。』」「諾」，係子游回答司士賁的詞語，是應語。

(十四)《禮記・檀弓上》：「孟獻子之喪，司徒旅歸四布。夫子曰：『可也。』」「可」，係夫子回答司徒旅的詞語，是應語。

(十五)《禮記・檀弓上》：「(縣子曰：)『臣聞之，哭有二道：有愛而哭之，有畏而哭之。』(繆)公曰：『然。』」「然」，係繆公回答縣子的詞語，是應語。

(十六)《禮記．檀弓上》：「曾子以子游之言告於有子，有子曰：『然。』」「然」，係有子回答曾子的詞語，是應語。

三、歎語

所謂歎語，是指在對話中，說話人表達感歎的一種詞語，又稱爲感歎詞。例如：

(一)司馬遷《史記．項羽本紀》「鴻門之宴」：「項王則受璧，置之坐上，亞父受玉斗，置之地，拔劍撞而破之，曰：『唉！豎小！不足與謀，奪項王者，必沛公也，吾屬今爲之虜矣！』沛公至軍，立誅殺曹無傷。」「唉」，楊樹達《詞詮．卷十》：「歎詞，無義。」「唉」，這裡亞父明指項莊，暗責項羽缺乏果斷，不足與謀，是指桑罵槐。「唉」，係亞父對項羽失望而發出感歎的歎語。

(二)韓愈〈祭十二郎文〉：「吾曰：『是疾也，江南之人，常常有之。』未始以爲憂也。嗚呼！其竟以此而殞其生乎？」「嗚呼」，是歎詞，也是歎語。韓愈感歎十二郎竟得輭腳病而往生。

(三)韓愈〈師說〉：「嗚呼！師道之不復可知矣！」「嗚呼」，係歎語。韓愈感歎師道不能恢復。

(四)范仲淹〈岳陽樓記〉：「嗟夫！予嘗求古仁人之心，或異二者之爲，何哉？不以物喜，不以己悲，居廟之高，則憂其民；處江湖之遠，則憂其君。」「嗟夫」，是歎語，即今

語「唉」。范仲淹感歎「求古仁人之心，或異二者之爲」。

㈤《論語．先進》：「顏淵死，子曰：『噫！天喪予！天喪予！』」楊樹達《詞詮．卷七》：「噫，歎詞。即今語之『唉』字。」裴學海《古書虛字集釋．卷三》：「噫，爲傷痛之歎聲。」「噫」，是傷痛之歎詞，即歎語，這是孔子傷痛而感歎顏回英才早逝。

㈥《論語．子路》：「子曰：『噫！斗筲之人，何足算也！』」「噫」，是歎語。裴學海《古書虛字集釋．卷三》：「噫，爲心不平之歎聲。」孔子心中不平，而發出感歎的歎語。

㈦《莊子．知北遊》：「狂屈曰：『唉！予知之。』」「唉」，係狂屈感歎聲的歎語。

㈧《詩經．周頌．噫嘻》：「噫嘻成王，既昭假爾。」高亨《詩經今注》：「噫嘻，贊歎聲。」裴學海《古書虛字集釋．卷三》：「噫，歎美之聲。」「噫嘻」是讚美而感歎的歎語。

㈨柳宗元〈鈷鉧潭西小丘記〉：「噫！以茲丘之勝，致之灃、鎬、鄠、杜，則貴游之士爭買者，日增千金而愈不可得。」「噫」，是讚美而感歎的歎語。這是作者柳宗元讚美鈷鉧潭小丘的優美景色。

㈩柳宗元〈黔之驢〉：「噫！形之尨也，類有德；聲之宏也，類有能。」「噫」，是讚美而感歎的歎語。這是作者柳宗元讚美「黔之驢」的形體高大、聲音宏亮。

⑪柳宗元〈永某氏之鼠〉：「嗚呼！彼以其飽無禍爲可恆也哉！」柳宗元感歎「永某

氏之鼠」，居安而不思危。這是由感而發的歎詞。

㈩歐陽脩〈秋聲賦〉：「嗟呼！草木無情，有時飄零。」「嗟呼」，係作者歐陽脩感傷「草木無情，有時飄零」，何況是人。「嗟呼」，這是感傷的歎語。

㈢錢公輔〈義田記〉：「嗚呼！世之都三公位，享萬鍾祿，其邸第之雄，車輿之飾，聲音之多，妻孥之富，止乎一己而已。」「嗟呼」，係作者錢公輔感歎世人身居三公職位，只顧自己榮華富貴的享受。「嗟呼」，是歎語。

㈣蘇軾〈方山子傳〉：「余謫居於黃，過岐亭，適見焉，曰：『嗚呼！此吾故人陳慥季常也，何爲而在此？』方山子亦矍然問余所以至此者。」「嗚呼」，係作者蘇軾感歎他的老友陳慥季常爲何來黃州。「嗟呼」，是歎語。

㈤文天祥〈正氣歌並序〉：「嗟予遘陽九，隸也實力。」「嗟」，係作者文天祥感歎自己命途多舛，時運不濟。「嗟」，是歎語。

㈥吳敬梓《儒林外史》「范進中舉」：「范進不看便罷，看了一遍，又念一遍，自己把兩手拍了一下，笑了一聲道：『噫！好了！我中了！』說著，往後一交跌倒，牙關咬緊，不醒人事。」「噫」，係范進半信半疑地感歎，自己眞的高中廣東鄉試第七名亞元。「噫」，是歎語。

附錄九、第五章　注釋

① 參閱劉蘭英、孫全洲《語法與修辭》，臺北：新學識文教出版中心印行，一九九八年十月初版，頁一二三至一二七；黃慶萱《高級中學文法與修辭》上冊，臺北：國立編譯館印行，一九八六年八月初版，頁二四；黃春貴《高級中學文法與修辭》上冊，臺南：翰林出版事業股份有限公司印行，二○○二年八月初版、二○○四年六月修訂版，頁五八至五九；楊如雪《高級中學文法與修辭》上冊，臺北：康熹文化事業股份有限公司印行，頁四○；何永清《高級中學文法與修辭》上冊，臺北：三民書局印行，二○○○年二月初版，頁四七至四八。

② 同①劉、孫書，頁一二七至一四一；黃書，頁二五至二七；黃書，頁五九至七○；楊書，頁四一至四四；何書，頁四八至五○。

③ 同①，劉、孫書，頁一二七至一三五。

④ 同③；同①，楊書，頁四二。楊書以爲「表語」，又稱爲「形容詞謂語」。本書採用劉蘭英、孫全洲的說法，因此，將「表語」，又稱爲「形容詞性謂語」。

⑤ 同③；同①，楊書，頁四三。楊書以爲「斷語」，又稱爲「名詞謂語」。本書採用劉蘭

英、孫全洲的說法，因此，將「斷語」，又稱爲「名詞性謂語」。

⑥ 參閱黃慶萱《高級中學文法與修辭》上冊，臺北：國立編譯館印行，一九八六年八月初版，頁二七；楊如雪《高級中學文法與修辭》上冊，臺北：康熹文化事業股份有限公司印行，頁四五；何永清《高級中學文法與修辭》上冊，臺北：三民書局印行，二〇〇〇年八月初版，頁五一。

⑦ 同⑥，黃書，頁二七至三三；楊書，頁四五至五二；何書，頁五一至六五。

⑧ 同⑥，黃書，頁二九至三〇；楊書，頁五二；何書，頁五四至五六。

⑨ 參閱黃慶萱《高級中學文法與修辭》上冊，臺北：國立編譯館印行，一九八六年八月初版，頁三八；楊如雪《高級中學文法與修辭》上冊，康熹文化事業股份有限公司印行，頁五四至六〇；何永清《高級中學文法與修辭》上冊，頁六八至七八。

⑩ 同⑨，黃書，頁三四至三六；楊書，頁五四至五六；何書，頁六八至七四。

⑪ 同⑨，黃書，頁三五；楊書，頁五四至五六；何書，頁六九至七二。

⑫ 同⑨，黃，頁三六；楊書，頁五六；何書，頁七四。

⑬ 同⑨，黃書，頁三七；楊書，頁五七至五九；何書，頁七五至七七；黃春貴《高級中學文法與修辭》上冊，臺北：翰林出版事業股份有限公司印行，二〇〇四年六月修訂版，頁七〇至七三。

附錄十、第五章　術語的異稱表

術語	異稱
繫語	繫詞
準繫語	準繫詞
介賓短語	副賓語、次賓語、介賓結構、介賓詞組。
形容性附加成分	定語、加語、形語、形容語、形容附加語、形容附加詞。
中心語	端語、端詞。
副詞性附加成分	狀語、副語、副詞附加語、副詞附加詞。
補充成分	補語、補足語。
重疊複語	同指複語、同一性質加語。
呼語	呼告語、稱呼語。
應語	應諾語、應答語。
歎詞	感歎詞

第六章　單句的類型

句子係語言中獨立而完整的表達單位，亦是語言中最大的分析單位。句子依結構，可分爲單句、複句兩大類，再各分若干小類。

所謂單句，是指一個主語、一個謂語所構成的句子。謂語又可分爲兩類：一是謂語僅有一個述語、表語、斷語，或述語與賓語、繫語與斷語、準繫語與斷語。二是謂語含有上句賓語、下句主語的兼語或主謂短語、述賓短語、偏正短語、並列短語。有些單句有顛倒語序的倒裝，也有些單句有省略某些成分。因此，單句的類型，可分爲普通句、兼語句、包孕句、倒裝句、簡略句五類。①

第一節　普通句

所謂普通句，是指主語在前，謂語在後，謂語不帶兼語、主謂短語、述賓短語，主語亦不帶主謂短語或述賓短語，語序不顛倒，又不省略某些成分的句子，又稱爲簡句、單句普通式、普通式、普通單句。普通句依謂語的基本成分，又分爲敘事句、有無句、表態句、判斷句、準判斷句五種。②

壹、敘事句

所謂敘事句，是指用來敘述事物或行爲、動作的普通句。敘事句的特色：㈠包括主語、述語、賓語。㈡動詞係不及物動詞，則不帶賓語，但有補語，沒有補語而僅有動詞，有些人認爲這是形容詞化的動詞或動詞化的形容詞，係表語，屬於表態句。敘事句，又稱爲敘事簡句、敘述句、陳述句。敘事句的基本句型是：主語＋謂語（述語＋賓語）。例如：

一、宋晶宜〈雅量〉：「朋友買了一件衣料。」「朋友」，係主語；「買」，係述語；「衣料」，係賓語。「了」，係表達完成的時態助詞。「一件」，係定語，又稱爲形容（性）附加語、形語、加語、形容語。

二、李白〈黃鶴樓送孟浩然之廣陵〉：「故人西辭黃鶴樓。」「故人」，係主語；「辭」，係述語：「黃鶴樓」，係賓語。「西」，係狀語，又稱爲副詞（性）附加語、副語。

三、張繼〈楓橋夜泊〉：「夜半鐘聲到客船。」「鐘聲」，係主語；「到」，係述語；「客船」，係賓語。「夜半」，係定語，又稱爲形容（性）附加語、形語。

四、胡適〈差不多先生傳〉：「他從從容容地走到火車站。」「他」，係主語；「走到」，係述語；「火車站」，係賓語。「從從容容」，係狀語，又稱爲副詞（性）附加語、副語。

五、杏林子〈一顆珍珠〉：「我們只看見不幸的裡面。」「我們」，係主語；「看見」，係述語；「表面」，係賓語。「只」，係狀語，又稱爲副詞（性）附加語、副語。「不幸」，係定語，又稱爲形容（性）附加語、形語。

六、陳之藩〈謝天〉：「我感謝我的祖父母。」「我」，係主語；「感謝」，係述語；「祖父母」，係賓語。「我」，係定語，又稱爲形容（性）附加語、形語。

七、胡適〈母親的教誨〉：「我看見了她的嚴厲眼光。」「我」，係主語；「看見」，係述語；「嚴重眼光」，係賓語。「了」，係表達完成的時態助詞。「她」，係定語，又稱爲領屬（性）附加語。

八、王溢嘉〈音樂家與職籃巨星〉：「即使音樂需要相當的天分。」「即使」，係連詞。「音樂」，係主語；「需要」，係述語；「天分」，係賓語。「相當的」，係定語，又稱爲形容（性）附加語、形語。

九、張岱《陶庵夢憶》「湖心亭看雪」：「余拏一小舟。」「余」，係主語；「拏（音ㄋㄚˊ）」，「乘坐」之意，述語；「小舟」，係賓語。「一」，係定語，又稱爲形容（性）附加語、形語。

十、范仲淹〈岳陽樓記〉：「滕子京謫守巴陵郡。」「滕子京」，係主語；「守」，係述語；「巴陵郡」，係賓語。「謫」，「貶官」之意，係狀語，又稱爲副詞（性）附加語、副語。

十一、范仲淹〈岳陽樓記〉：「予觀夫（音ㄈㄨˊ）巴陵勝狀。」「予」，「我」之意，係主語；「觀」，係述語；「巴陵勝狀」，係賓語。「夫」，是代詞，「彼」之意，係定語，又稱爲領屬（性）附加語。

十二、歐陽脩〈醉翁亭記〉：「醉翁之意不在酒。」「意」，係主語；「在」，係述語；「酒」，係賓語。「醉翁」，係定語，又稱爲領屬（性）附加語。「不」，係表達否定的副詞，是狀語，又稱爲副詞（性）附加語、副語。

十三、吳敬梓《儒林外史》「范進中舉」：「范進看了眾人。」「范進」，係主語；「看」，係述語；「眾人」，係賓語。「了」，係表達完成的時態助詞。

十四、曹雪芹《紅樓夢》「劉老老」：「我們不吃茶。」「我們」，係主語；「吃」，係述語；「茶」，係賓語。「不」，是表達否定的副詞，係狀語，又稱爲副詞（性）附加語、副語。

十五、胡適〈老鴉〉：「人家討嫌我。」「人家」，係主語；「討嫌」，係述語；「我」，係賓語。

十六、文天祥〈正氣歌並序〉：「余囚北庭。」「余」，係主語；「囚」，係述語；「北庭」，指大都，即今北京，係賓語。

十七、梁實秋〈鳥〉：「我愛鳥。」「我」，係主語；「愛」，係述語；「鳥」，係賓語。

十八、《詩經．小雅．蓼莪》：「父兮生我。」「父」，係主語；「生」，係述語；「我」，係賓語。「兮」，用韻文中，用作語氣助詞。用在句中主謂之間，有自然間歇的地方，可以舒緩語氣，使句子增加詠歎的情調。③

十九、蔣士銓〈鳴機夜課圖記〉：「母有病。」「母」，係以人物爲主語；「有」，係述語；「病」，係賓語。

貳、有無句

所謂有無句，是指用來表達事物有、無或存在、不存在的普通句。有無句的特色：㈠包括主語、述語、賓語，與敘事句類似。㈡有無句的述語一定是「有」或「無」，敘事句的述語一定不是「有」或「無」。㈢述語的「有」、「無」，也表達「肯定」、「否定」的意義。有無句的主語類型，許世瑛《中國文法講話》、黃慶萱《高級中學文法與修辭》上冊，分爲時地性主語的有無句、分母性爲主語的有無句、領屬性主語的有無句三種④，可

資酌參。鄙人將有無句的主語類型，分爲人物爲主語的有無句、時間爲主語的有無句、處所爲主語的有無句、學術爲主語的有無句、事物爲主語的有無句、代詞爲主語的十無句、國名爲主語的有無句七種。

一、人物為主語的有無句

所謂人物爲主語的有無句，是指主語運用人物詞，是指主語運用人物詞，以表達在某個人物具有賓語的意義。例如：

㈠《論語．顏淵》：「人皆有兄弟。」「人」，係以人物爲主語；「有」，係述語；「兄弟」，係賓語。「皆」，是表達範圍的副詞，係狀語，又稱爲副詞（性）附加語、副語。

㈡《論語．衛靈公》：「人無遠慮。」「人」，係以人物爲主語；「無」，係述語；「慮」，係賓語。「遠」，係定語，又稱爲形容（性）附加語、形語。

㈢《論語．季氏》：「君子有三戒。」「君子」，係以人物爲主語；「有」，係述語；「戒」，係賓語。「三」，係定語，又稱爲形容（性）附加語、形語。

㈣《論語．季氏》：「君子有三畏。」「君子」，係以人物爲主語；「有」，係述語；「畏」，係賓語。「三」，係定語，又稱爲形容（性）附加語、形語。

㈤李密〈陳情表〉：「臣無祖母。」「臣」，係以人物爲主語；「無」，係述語；「祖母」，係賓語。

㈥《孟子．盡心上》：「君子有三樂。」「君子」，係以人物爲主語；「有」，係述語；「樂」，係賓語。「三」，係定語，又稱爲形容（性）附加語、形語。

㈦蘇軾〈水調歌頭〉：「人有悲歡離合。」「人」，係人物爲主語；「有」，係述語；「悲歡離合」，係賓語。

㈧《韓韓外傳．卷一》：「君子有三憂。」「君子」，係以人物爲主語；「有」，係述語；「憂」，係賓語。「三」，係定語，又稱爲形容（性）附加語、形語。

㈨韓愈〈師說〉：「古之學者必有師。」「學者」，係以人物爲主語；「有」，係述語；「師」，係賓語。「古」，係定語，又稱爲領屬（性）附加語。

㈩魏徵〈諫太宗十思疏〉：「君臣無事。」「君臣」，係人物爲主語；「無」，係述語；「事」，係賓語。

二、時間為主語的有無句

所謂時間爲主語的有無句，是指主語運用時間詞，以表達在某個時間，具有賓語的意義。例如：

㈠李密〈陳情表〉：「晚有兒息。」「晚」，係以時間爲主語；「有」，係述語；「兒息」，「兒子」之意，係賓語。

㈡蘇軾〈記承天夜遊〉：「何夜無月？」「夜」，係以時間爲主語；「無」，係述語；「月」，係賓語。「何」，係定語，又稱爲形容（性）附加語、形語。

㈢杜甫〈春宿左省〉：「明朝有封事。」「明朝」，係以時間爲主語；「有」，係述語；「封事」，係賓語。

三、處所為主語的有無句

所謂處所爲主語的有無句，是指主語運用處所詞，以表達在某一處具有賓語的意義。例如：

㈠柳宗元〈黔之驢〉：「黔無驢。」「黔」，即唐朝黔中道，係以處所爲主語；「無」，係述語；「驢」，係賓語。

㈡柳宗元〈永某氏之鼠〉：「永有某氏者。」「永」，指永州，即今湖南零陵縣，係以處所爲主語；「有」，係述語；「某氏者」，係賓語。「某氏」，「某姓」之意；「者」，「的人」之意。「某氏」，係定語，又稱爲領屬（性）附加語。

㈢陶淵明〈五柳先生傳〉：「宅邊有五柳樹。」「宅邊」，係以處所爲主語；

㈣文天祥〈正氣歌〉：「天地有正氣。」「天地」，係以處所爲主語；「有」，係述語；「正氣」，係賓語。

㈤《禮記．學記》：「家有塾。」「家」，係以處所爲主語；「有」，係述語；「塾」，係賓語。

㈥太上隱者〈答人〉：「山中無曆日。」「山」，係主語；「無」，係述語；「曆日」，係賓語。「曆日」，即「日曆」。

四、學術為主語的有無句

所謂學術爲主語的有無句，是指主語運用學術詞，以表達在學術上具有賓語的意義。

例如：

㈠韓愈〈師說〉：「術業有專攻。」「術業」，係以學術爲主語；「有」，係述語；「專攻」，係賓語。

㈡劉勰《文心雕龍．麗辭》：「麗辭之體，凡有四對。」「麗辭之體」，係以學術爲主語；「有」，係述語；「四對」，係賓語。「麗辭」、「四」，係定語，又稱爲形容（性）附加語、形語。

㈢劉勰《文心雕龍．宗經》：「體有六義。」「體」，係以學術爲主語；「有」，係述語；「六義」，係賓語。「六」，係定語，又稱爲形容（性）附加語、形語。

五、事物為主語的有無句

所謂事物爲主語的有無句，是指主語運用事物詞，以表達其一事物具有賓語的意義。

例如：

㈠賀知章〈題袁氏別業〉：「囊中自有錢。」「囊」，係以事物爲主語；「有」，係述語；「錢」，係賓語。「自」，係狀語，又稱爲副詞（性）附加語、副語。

㈡蘇軾〈超然臺記〉：「凡物皆有可觀。」「物」，係以事物爲主語；「有」，係述語；「觀」，係賓語。「凡」、「可」，係定語，又稱爲形容（性）附加語、副語。

㈢歐陽脩〈秋聲賦〉：「草木無情。」「草木」，係以事物爲主語；「無」，係述語；「情」，係賓語。

㈣蘇軾〈水調歌頭〉：「月有陰晴圓缺。」「月」，係以事物爲主語；「有」，係述語；「陰晴圓缺」，係賓語。

㈤張九齡〈感遇〉：「草木有本心。」「草木」，係以事物爲主語；「有」，係述語；「本心」，係賓語。又稱爲形容（性）附加語、形語。

六、代詞為主語的有無句

所謂代詞爲主語的有無句，是指主語運用代詞，以表達代詞具有賓語的意義。

㈠張曉風〈炎涼〉：「我有一張竹蓆。」「我」，係以代詞爲主語；「有」，係述語；「一張竹蓆」，係賓語。「一張」，係定語，又稱爲形容（性）附加語、形語。

㈡《論語．堯曰》：「朕躬有罪。」「朕躬」，「我本人」之意，係以代詞爲主語；「有」，係述語；「罪」，係賓語。

㈢《孟子．公孫丑上》：「吾善養吾浩然之氣。」「吾」，係以代詞爲主語；「養」，係述語；「浩然之氣」，係賓語。「善」，係狀語，又稱爲副詞（性）附加語、副語；第一個「吾」，係定語，又稱爲形容（性）附加語、形語。

㈣甘績瑞〈從今天起〉：「假如我們有一種不良的習慣。」「假如」，係連詞。「我們」，係以代詞爲主語；「有」，係述語；「習慣」，係賓語。「一種不良」，係定語，又稱爲形容（性）附加語、形語。

㈤洪醒夫〈紙船印象〉：「我曾經有過許多紙船。」「我」，係以代詞爲主語；「有」，係述語；「紙船」，係賓語。「曾經」，係表達時間的副詞，是狀語，又稱爲副詞（性）附加語、副語。「過」，表達曾經之意。「許多」，係定語，又稱爲形容（性）附加語、形語。

㈥顧炎武〈廉恥〉：「我有一兒。」「我」，係以代詞爲主語；「有」，係述語；「一兒」，係賓語。「一」，係定語，又稱爲形容（性）附加語、形語。

㈦杏林子〈手的故事〉：「我曾有過一雙美麗的手。」「我」，係以代詞爲主語；「有」，係述語；「手」，係賓語。「曾……過」，係表達時間的副詞，係狀語，又稱爲副詞（性）附加語、副語。

㈧王安石〈遊褒禪山記〉：「於是予有歎焉。」「於是」，係連詞。「予」，係代詞；

「有」，係述語；「歎焉」，係賓語。「焉」，「於是」、「於此」之意。

㈨胡適〈差不多先生傳〉：「他有一雙眼。」「他」，係以代詞爲主語；「有」，係述語；「雙眼」，係賓語。

七、國名為主語的有無句

所謂國名爲主語的有無句，是指主語運用國名，以表達國名具有賓語的意義。例如：

㈠賈誼〈過秦論〉：「楚有春申。」「楚」，係以國名爲主語；「有」，係述語；「春申」，係賓語。

㈡賈誼〈過秦論〉：「魏有信陵。」「魏」，係以國名爲主語；「有」，係述語；「信陵」，係賓語。

參、表態句

所謂表態句，是指描述人、事、物的性質、行爲、動作、狀態、形狀、聲音的普通句，又稱爲描寫句，也稱爲表態簡句、形容詞謂語句。表態句的特色：㈠包括主語、表語。㈡表語不是形容詞，就是形容詞性的詞語。㈢表語，又稱爲表詞、形容詞謂語。⑤表態句的基本句型是：主語＋謂語（表語）。例如：

一、胡適〈差不多先生傳〉：「他的思想也不細密。」「他的思想」，係主語；「細密」，係表語。「他」，係定語，又稱爲領屬（性）附加語。「也」，係表達頻率的副詞；「不」，係表達否定的副詞。「也不」，係狀語，又稱爲副詞（性）附加語、副語。

二、胡適〈差不多先生傳〉：「可是火車公司未免太認眞了。」「可是」，係連詞。「火車公司」，係主語；「認眞」，係表語。「未免」，「莫非」之意，係表達語氣副詞；「太」，係表達程度的副詞。「未免太」，係狀語，又稱爲副詞（性）附加語、副語。「了」，係表達句末的語氣助詞。

三、周芬伶〈傘季〉：「我很粗心。」「我」，係主語；「粗心」，係表語。「很」，係表達程度的副詞，是狀語，又稱爲副詞（性）附加語、副語。

四、張文亮〈虎克——愛上跳蚤的男人〉：「虎克更孤單了。」「虎克」，係主語；「孤單」，係表語。「更」，係表達程度的副詞，是狀語，又稱爲副詞（性）附加語、副語。「了」，係表達句末的語氣助詞。

五、范仲淹〈岳陽樓記〉：「霪雨霏霏。」「霪雨」，係主語；「霏霏」，係表語。「霪」，「久」之意，係狀語，又稱爲形容（性）附加語、形語。

六、歐陽脩〈醉翁亭記〉：「林壑尤美。」「林壑」，係主語；「美」，係表語。「尤」，係表達程度的副詞，係狀語，又稱爲副詞（性）附加語、副語。

七、歐陽脩〈秋聲賦〉：「星月皎潔。」「星月」，係主語；「皎潔」，係表語。

八、蘇轍〈黃州快哉亭記〉：「濤瀾洶湧。」「濤瀾」，係主語；「洶湧」，係表語。

九、曹雪芹《紅樓夢》「劉老老」：「今兒老太太高興。」「今兒」，係表達程度的副詞。「老太太」，係主語；「高興」，係表語。

十、吳敬梓《儒林外史》「范進中舉」：「老太太慌了。」「老太太」，係主語；「慌」，係表語。「了」，係表達句末的語氣助詞。

十一、曹丕《典論．論文》：「孔融體氣高妙。」「孔融體氣」，係主語；「高妙」，係表語。「孔融」，係定語，又稱爲領屬（性）附加語。

十二、諸葛亮〈出師表〉：「益州疲弊。」「益州」，係主語；「疲弊」，係表語。

十三、白居易〈與元微之書〉：「江酒極美。」「江酒」，係主語；「美」，係表語。「江」，指江州，係定語，又稱爲領屬（性）附加語。「極」，係狀語，又稱爲副詞（性）附加語、副語。

肆、判斷句

所謂判斷句，是指詮釋人、事、物的性質、內涵或判斷人、事、物的是非、異同的普通句。判斷句的特色：㈠包括主語、繫語、斷語。㈡文言文的繫語通常省略，但有時也用「爲」、「乃」等繫語。㈢繫語，又稱爲繫詞。判斷句的基本句型是：主語＋謂語（繫語＋

斷語）。例如：

一、蘇軾〈水調歌頭〉：「今夕是何年？」「今夕」，係主語；「是」，係繫語，又稱為繫詞；「何年」，係斷語。

二、胡適〈母親的教誨〉：「她是慈母兼任嚴父。」「她」，係主語；「是」，係繫語，又稱為繫詞；「慈母兼任嚴父」，係斷語。

三、朱自清〈背影〉：「父親是一個胖子。」「父親」，係主語；「是」，係繫語，又稱為繫詞；「一個胖子」，係斷語，偏正短語中的定心短語。「一個」，係定語，又稱為形容（性）附加語、形語。

四、陳之藩〈謝天〉：「我明明是個小孩子。」「我」，係主語；「是」，係繫語，又稱為繫詞；「小孩子」，係斷語。「明明」，係狀語，又稱為副詞（性）附加語、副語。「個」，係量詞。「小」，係定語，又稱為形容詞（性）附加語、形語。

五、張騰蛟〈那默默的一群〉：「我是起得很早的。」「我」，係主語；「是」，係繫語，又稱為繫詞；「起得很早的」，係斷語。「起得很早的」，意謂很早起床的人。「起得很早」，係定語，又稱為形容（性）附加語、形語。

六、蘇軾〈方山子傳〉：「方山子，光、黃間隱人也。」「方山子」，係主語；「光、黃間隱士」，係斷語。「也」，係句末的語氣助詞，省略繫語（詞）。「光、黃間」，指「光州、黃州之間」，係定語，又稱爲形容（性）附加語、形語。

七、張蔭麟〈孔子的人格〉：「教育是孔子心愛的職業。」「教育」，係主語；「是」，係繫語；「孔子心愛的職業」，係斷語。「孔子心愛」，係定語，又稱爲領屬（性）附加語。

八、劉墉〈你自己決定吧〉：「你母親是入學部的主任。」「你母親」，係主語；「是」，係繫語，又稱爲繫詞；「入學部的主任」，係斷語。「你」，係定語，又稱爲領屬（性）附加語。

九、歐陽脩〈秋聲賦〉：「商，傷也。」「商」，係主語；「傷」，係斷語。「也」，係表達句末的語氣助詞；繫語（詞）省略。

十、柳宗元〈蝜蝂傳〉：「蝜蝂者，善負小蟲也。」「蝜蝂」，係主語；「善負小蟲」，係表語。「善負小」，係定語，又稱爲形容（性）附加語、形語。「者」字，係結構助詞，含有……的東西。⑥「也」，係表達句末的語氣助詞；繫語（詞）省略。段德森《實用古漢語虛詞》：『也』作語氣助詞，表示確定不移的靜態語氣。」⑦

十一、諸葛亮〈出師表〉：「宮中府中，俱爲一體。」「宮中府中」，係主語、並列短語；「爲」，係繫語，又稱爲繫詞；「一體」，係斷語。「俱」，係表達範圍的副詞，是狀語，又稱爲副詞（性）附加語、副語。「一」，係定語，又稱爲形容（性）附加語、形語。

十二、司馬遷《史記．項羽本紀》：「楚左尹項伯者，項羽季父也。」「楚左尹項伯」，係主語；「項羽季父」，係斷語。「楚左尹」，係定語，又稱爲領屬（性）附加語。「者」，係結構助詞。「也」，係表達句末的語氣助詞。「項羽」，係定語，又稱爲領屬（性）附加語。「也」，，係表達句末的語氣助詞；繫語（詞）省略。

十三、王鼎鈞〈紅頭繩兒〉：「鐘是大廟的鎮廟之寶。」「鐘」，係主語；「是」，係繫語，又稱爲繫詞；「大廟的鎮廟之寶」，係斷語。「大廟」，係定語，又稱爲領屬（性）附加語。

十四、周芬伶〈傘季〉：「春天是戲劇性的季節。」「春天」，係主語；「是」，係繫語，又稱爲繫詞；「戲劇性的季節」，係賓語。「戲劇性」，係定語，又稱爲形容（性）附加語、形語。

伍、準判斷句

所謂準判斷句，是指表達主語具有某種身分、職務或發生一些變化，以譬喻闡明主語，這種句子介於敘事句、判斷句之間，所用動詞亦在動詞述語、繫語之間，而用準繫語，這類的普通句。準判斷句的特色：㈠包括主語、準繫語、斷語。準繫語，又稱爲準繫

詞。㈡常見準繫語有：爲、成爲、謂、猶、若、如、好像、似，係定語，又稱爲領屬（性）附加語等詞語。準判斷句的基本句型是：主語＋謂語（準繫語＋斷語）。例如：

一、蘇軾〈念奴嬌．赤壁懷古〉：「江山如畫。」「江山」，係主語；「如」，係準繫語；又稱爲準繫詞；「畫」，係斷語。

二、蘇軾〈永遇樂〉：「明月如霜。」「明月」，係主語；「如」，係準繫語，又稱爲準繫詞；「霜」，係斷語。「明，係定語，又稱爲形容（性）附加語、形語。

三、晁補之〈鹽角兒——毫社觀梅〉：「開時似雪。」「開時」，係主語；「似」，係準繫語，又稱爲準繫詞；「雪」，係斷語。「開」，係定語，又稱爲形容（性）附加語、形語。

四、李白〈春思〉：「燕草如碧絲。」「燕草」，係主語；「如」，係準繫語，又稱爲準繫詞；「碧絲」，係斷語。「燕」，係定語，又稱爲領屬（性）附加語。「碧」，係定語，又稱爲形容（性）附加語、形語。

五、岑參〈與高適薛據登慈恩寺浮圖〉：「連山若波濤。」「連山」，係主語；「若」，係準繫語，又稱爲準繫詞；「波濤」，係斷語。「連」，係定語，又稱爲形容（性）附加語、形語。

六、王勃〈杜少府之任蜀州〉：「天涯若比鄰。」「天涯」，係主語；「若」，係準繫語，又稱為準繫詞；「比鄰」，係斷語。

七、約翰生：「讚美像黃金與寶石。」「讚美」，係主語；「像」，係準繫語，又稱為準繫詞；「黃金與寶石」，係斷語，是並列式短語，又稱為並列式結構、並列式詞組。

八、德國諺語：「沈默是金。」「沈默」，係主語；「是」，含有「好像」之意，係準繫語，又稱為準繫詞；「金」，係斷語。

九、維吾爾族諺語：「水是農民的血液。」「水」，係主語；「是」，含有「好像」之意，係準繫語，又稱為準繫詞；「農民的血液」，係斷語。「農民」，係定語，又稱為領屬（性）附加語。

十、《哈薩克族民歌：心中的玫瑰》：「你像一朵待放的芭蕾。」「你」，係主語；「像」，係準繫語，又稱為準繫詞；「一朵待放的芭蕾」，係斷語。「一朵待放」，係定語，又稱為形容（性）附加語、形語。

十一、《維吾爾族民歌．母別歌》：「你像聰明的百靈。」「你」，係主語；「像」，係準繫語，又稱為準繫詞；「聰明的百靈」，係斷語。「聰明」，係定語，又稱為形容（性）附加語、形語。

十二、蘇軾〈念奴嬌．赤壁懷古〉：「人生如夢。」「人生」，係主語；「如」，係準繫語，又稱為準繫詞；「夢」，係斷語。

十三、朱自清〈春〉：「春天像健壯的青年。」「春天」，係主語；「像」，係準繫語，又稱爲準繫詞；「健壯的青年」，係斷語。「健壯」，係定語，又稱爲形容（性）附加語、形語。

十四、朱自清〈春〉：「春天像小姑娘。」「春天」，係主語；「像」，係準繫語，又稱爲準繫詞；「小姑娘」，係斷語。「小」，係定語，又稱爲形容（性）附加語、形語。

十五、徐志摩〈再別康橋〉：「那河畔的金柳，是夕陽中的新娘。」「那河畔的金柳」，係主語；「是」，含有「好像」之意，係準繫語，又稱爲準繫詞；「夕陽中的新娘」，係斷語。「那河畔」、「夕陽中」，係定語，又稱爲形容（性）附加語、形語。

十六、方苞〈左忠毅公軼事〉：「目光如炬。」「目光」，係主語；「如」，係準繫語，又稱爲準繫詞；「炬」，係斷語。「目」，，係定語，又稱爲領屬（性）附加語。

十七、徐志摩〈我所知道的康橋〉：「村舍與樹林是這地盤上的棋子。」「村舍與樹林」，係主語、並列式短語；「是」，含有「好像」之意，係準繫語，又稱爲準繫詞；「這地盤上的棋子」，斷語。「這地盤上」，係定語，又稱爲形容（性）附加語、形語。

十八、林語堂〈論東西文化幽默〉：「幽默是人類心靈的花朵。」「幽默」，係主語；「是」，含有「好像」之意，係準繫語，又稱爲準繫詞；「人類心靈的花朵」，係斷語。

十九、許雪銀〈太陽〉：「太陽是大地的母親。」「太陽」，係主語；「是」，含有

「好像」之意，係準繫語，又稱為準繫詞；「大地的母親」，係斷語。「大地」，係定語，又稱為領屬（性）附加語。

二十、徐志摩〈翡冷翠山居閒話〉：「自然是最偉大的一部書。」「自然」，係主語；「是」，係準繫語，又稱為準繫詞；「最偉大的一部書」，係斷語。「最偉大」，，係定語，又稱為形容（性）附加語、形語。

第二節 兼語句

所謂兼語句，是指上句主謂短語或述賓短語，與下句主謂短語重疊在一起，而上句的賓語兼作下句的主語，這種兼語構成的句子。兼語句的特色是：㈠上句的賓語，也是下句的主語，兼有上句的賓語、下句的主語的詞語，係兼語。㈡上句主謂短語或述賓短語，與下句主謂短語重疊而構成兼語句，又稱為連環句。㈢上句述語通常是致使動詞、意謂動詞、有無動詞。㈣上句主語有時省略。許世瑛《中國文法講話》、黃慶萱《高級中學文法與修辭》上冊，將兼語句分為致使句、意謂句兩大類，再分為若干小類。⑧黃春貴《高級中學文法與修辭》上冊，將兼語句分為致使句、意謂句、有字句三種。⑨楊如雪《高級中學文法與修辭》上冊，將兼語句分爲致使句兼語式、意謂句型語式、有無句兼語式三大類。⑩何永情《高級中學文法與修辭》上冊，將兼語句分爲主語＋述語＋賓語＋兼語＋述語＋賓語、主語＋述語＋兼語＋繫語＋斷語、主語＋述語＋兼語＋準繫語＋斷語、主語＋述語＋兼語＋表語四種。⑪茲綜合各家優點，擷取精華，將兼語句分爲主語＋述語＋兼語＋述語＋賓語、主語＋述語＋兼語＋述語（有或無）＋賓語、主語＋述語＋兼語＋表語、主語＋述語＋兼語＋繫語＋斷語、主語＋述語＋兼語＋準繫語＋斷語五種。

壹、主語＋述語＋兼語＋述語＋賓語

所謂主語＋述語＋兼語＋述語＋賓語，是指上下兩句都是敘事句重疊而組成的，上句的賓語，也是下句的主語，兼有上句的賓語、下句的主語，便是兼語；但上句的主語有時省略。例如：

一、曹雪芹《紅樓夢》「劉老老」：「李紈便命素雲接了鑰匙。」「李紈」，係主語；「命」，是致使動詞，係述語；「素雲」，係上句的賓語，兼有下句的主語，是兼語。「接」，係下句的述語；「鑰匙」，係下句的賓語。「便」，係表達時間的副詞，是狀語，又稱爲形容（性）附加語、形語。「了」，係表達完成的時態助詞。

二、曹雪芹《紅樓夢》「劉老老」：「祇見賈母已帶了一群人進來了。」上句的主語省略；「見」，係述語；「賈母」，係上句的賓語，兼有下句的主語，是兼語。「帶」，係下句的述語；「一群人進來」，係下句的賓語。「祇」，是表達時間的副詞，係狀語，又稱爲副詞（性）附加語、副語。「已」，是表達時間的副詞，係狀語，又稱爲副詞（性）附加語、副語。「了」，係表達句末的語氣助詞。

三、吳敬梓《儒林外史》「范進中舉」：「恭喜你中了舉人。」主語「（鄰居）」省略。「恭喜」，係述語；「你」，係上句的賓語，兼有下句的主語，是兼語。「中」，係下句的述語；「舉人」，係下句的賓語。「了」，表達完成的時態助詞。

四、胡適〈差不多先生傳〉：「他媽媽叫他去買紅糖。」「他媽媽」，係主語；「叫」係述語；「他」，係上句的賓語，兼有下句的主語，是兼語。「去買」，係下句的述語；「紅糖」，係下句的賓語。「他」，係定語，又稱爲領屬（性）附加語。「去」，係表達趨向的動詞。

五、洪醒夫〈紙艙印象〉：「母親摺船給孩子。」「母親」，係主語；「摺」，係述語；「船」，係上句的賓語，兼有下句的主語，是兼語。「給」，係下句的述語；「孩子」，係下句的賓語。

六、朱自清〈背影〉：「我看見他戴著黑布小帽。」「我」，係主語；「看見」，係述語；「他」，係上句的賓語，兼有下句的主語，是兼語。「戴著」，係下句的述語；「黑布

小帽」，係下句的賓語。「黑布小」，係定語，又稱爲形容（性）附加語、形語。

七、琦君〈一對金手鐲〉：「母親帶我回家鄉。」「母親」，係主語；「帶」，係述語；「我」，係上句的賓語，兼有下句的主語，是兼語。「回」，係下句的述語；「家鄉」，係下句的賓語。

貳、主語＋述語＋兼語＋述語（有或無）＋賓語

所謂主語＋述語＋兼語＋述語（有或無）＋賓語，是指上句係敘事句、下句係有無句重疊而組成的，上句的賓語，也是下句的主語，兼有上句的賓語、下句的主語，便是兼語；但上句的主語有時省略。例如：

一、李煜〈虞美人〉：「問君能有幾多愁？」省略主語「作者」。「問」，係述語；「君」，係上句的賓語，兼有下句的主語，是兼語。「有」，是有無動詞，係下句的述語；「幾多愁」，係下句的賓語。「能」，係表達能願動詞。「幾多」，係定語，又稱爲形容（性）附加語、形語。

二、韓愈〈師說〉：「聞道有先後。」省略主語。「聞」，係述語；「道」，係上句的賓語，兼有下句的主語，是兼語。「有」，係下句的述語；「先後」，係下句的賓語。

參、主語＋述語＋兼語＋表語

所謂主語＋述語＋兼語＋表語，是指上句係敘事句、下句係表態句重疊而組成的，上句的賓語，也是下句的主語，兼有上句的賓語、下句的主語，是兼語；但上句的主語有時省略。例如：

一、王之渙〈登鸛雀樓〉：「白日依山盡。」「白日」，係主語；「依」，係述語；「山」，係上句的賓語，兼有下句的主語，是兼語。「盡」，「隱沒」之意，係下句的表語；「白」，係定語，又稱爲形容（性）附加語、形語。

二、黃永武〈磨〉：「天要對待你厚。」「天」，係主語；「對待」，係述語；「你」，係上句的賓語，兼有下句的主語，是兼語。「厚」，係下句的表語；「要」，係表達能願動詞。

三、李白〈黃鶴樓送孟浩然之廣陵〉：「唯見長江天際流。」省略主語「（李白）」。「見」，係述語；「長江」，係上句的賓語，兼有下句的主語，是兼語。「流」，本是動詞，這裡活用作形容詞，係下句的表語；「天際」，係狀語，又稱爲副詞（性）附加語、副語。「唯」係表達範圍的副詞，是狀語，又稱爲副詞（性）附加語、副語。

肆、主語＋述語＋兼語＋繫語＋斷語

所謂主語＋述語＋兼語＋繫語＋斷語，是指上句係敘事句、下句係判斷句重疊而組成的；上句的賓語，也是下句的主語，兼有上句的賓語、下句的主語，是兼語；但上句的主語有時省略。例如：

一、沈復《浮生六記》「兒時記趣」：「（沈復）以土礫凸者爲丘。」「（作者沈復）」，係主語，這裡省略。「以」，是意謂動詞，係述語；「土礫凸者」，係上句的賓語，兼有下句的主語，是兼語。「爲」，係下句的繫語；「丘」，係下句的斷語。「土礫」，係定語，又稱爲領屬（性）附加語。

二、《莊子．列禦寇》：「（吾）以日月爲連璧。」「（吾）」，係主語，這裡省略。「以」，是意謂動詞，係述語；「日月」，係上句的賓語，兼有下句的主語，是兼語。「爲」，係下句的繫語；「連璧」，係下句的斷語。「連」，，係定語，又稱爲形容（性）附加語、形語。

伍、主語＋述語＋兼語＋準繫語＋斷語

所謂主語＋述語＋兼語＋準繫語＋斷語，是指上句係敘事句、下句係準判斷句重疊而

組成的；上句的賓語，也是下句的主語，兼有上句的賓語、下句的主語，是兼語；但上句的主語有時省略。例如：

一、施耐庵《水滸傳》「魯智深大鬧桃花村」：「鄉人都叫老漢做桃花村劉太公。」「鄉人」，係主語；「叫」，係述語；「老漢」，係上句的賓語，兼有下句的主語，是兼語。「做」，係下句的準繫語；「桃花村劉太公」，係斷語。「都」，係表達範圍的副詞，是狀語，又稱爲副詞（性）附加語、副語。「桃花村」，係定語，又稱爲領屬（性）附加語。

二、歸有光〈項脊軒志〉：「庭中通南北爲一。」「庭中」，係主語；「通」，係述語；「南北」，係上句的賓語，兼有下句的主語。「爲」，係準繫語；「一」，係斷語。

三、《論語．雍也》：「季氏使閔子騫爲費（音ㄅㄧˋ）宰。」「季氏」，係主語；「使」，是致使動詞，係述語；「閔子騫」，係上句的賓語，兼有下句的主語，是兼語。「爲」，係下句的準繫語；「費宰」，係下句的斷語。「費」，係定語，又稱爲領屬（性）附加語。

第三節　包孕句

所謂包孕句，是指各類句子的主語，敘事句、有無句的述語、賓語，表態句的表語，判斷句、準判斷句的斷語，係由造句短語組成的句子，也稱爲繁句、包句、子母句。⑫造句短語，又稱爲造句結構、造句詞組、詞結。包孕句的特色：㈠主語、述語、賓語、表語、斷語，包含有造句短語。㈡造句短語包含有主謂短語、述賓短語、偏正式的造句短語、複合式造句短語四種。複合式造句短語，又稱爲並列列式主謂短語。包孕句的句子功能，黃慶萱分爲作名詞性語句、作形容性語句、作副詞性語三種。⑬黃慶萱將包孕句的類型，分爲表態包孕句、敘事包孕句、有無包孕句、判斷包孕句、準判斷包孕句五種。⑭茲調整黃慶萱分類的次序，將包孕句的類型，分爲敘事包孕句、有無包孕句、表態包孕句、判斷包孕句、準判斷包孕句五種。

壹、敘事包孕句

所謂敘事包孕句，是指敘事句的主語或述語、賓語，帶有造句賓語的句子，又稱爲敘事繁句。例如：

一、羅家倫〈運動家的風度〉：「有風度的運動家，要有服輸的精神。」「有風度的運動家」，係主語。「有風度」，係述賓短語。「要有」，係述語。「要」，係表達能願動詞。「服輸的精神」，係賓語，是偏正短語中的定心短語，又稱爲偏正結構中的定心結構、偏正詞組中的定心詞組。「服輸」，係定語，又稱爲形容（性）附加語、形語。

二、秦牧〈蜜蜂的讚美〉：「十六世紀英國著名的哲學家哲根，講了一個譬喻讚美過蜜蜂。」「十六世紀英國著名的哲學培根」，係主語、定心短語。「十六世紀英國著名」，係定語，又稱爲領屬（性）附加語。「講」，係述語。「了」，係表達完成的助詞。「一個譬喻讚美過蜜蜂」，係以主謂短語爲賓語。「過」，係表達曾經的時態助詞。

三、秦牧〈蜜蜂的讚美〉：「全世界的昆蟲，給人類讚美得最多的。」「全世界的昆蟲」，係主語、定心短語。「全世界」，係定語，又稱爲領屬（性）附加語。「給」，係述語。「人類讚美得最多的」，係以主謂短語爲賓語。

四、羅家倫〈運動家的風度〉：「提倡運動的人，以爲運動可以增加個人和民族體力的健康。」「提倡運動的人」，係主語。「提倡運動」，係述賓短語。「以爲」，是意謂動詞，係述語。「運動可以增加個人和民族體力的健康」，係以主謂短語爲賓語。「可以」，係能願動詞。

五、劉義慶《世說新語》「王藍食雞子」：「王藍田性急，嘗食雞子。」「王藍田性急」，係主語、主謂短語。「嘗」，「曾經」之意，係表達時間的副詞，是狀語，又稱爲形容（性）附加語、形語。「食」，係述語；「雞子」，「雞蛋」之意，係賓語。

六、張文亮〈虎克——愛上跳蚤的男人〉：「硬骨頭的他，不肯向人借貸。」「硬骨頭的他」，係主語。「硬骨頭」，係定語，又稱爲形容（性）附加語、形語。「向」，係述

語。「不肯」，係狀語，又稱爲副詞（性）附加語、副語。「人借貸」，係主謂短語。「人」，係主語；「借貸」，係謂（表）語。

七、楊喚〈夏夜〉：「羊隊和牛群告別了田野回家了。」「羊隊和牛群」，係主語、並列短語。「告別」，係述語。上一個「了」，係表達完成的時態助詞。「田野回家了」，係主謂短語。「田野」，係主語；「回」，係述語；「家」，係賓語。下一個「了」，係表達句末的語氣助詞。

八、蔡昭明〈地瓜的聯想〉：「看到地瓜，而想起貧窮的人。」「看到地瓜」，係主語、述賓短語。「看到」，係述語；「地瓜」，係賓語。「而」，「就」之意，係表達時間的副詞，是狀語，又稱爲副詞（性）附加語、副語。「想起」，係述語；「貧窮的人」，係賓語。「貧窮」，係定語，又稱爲形容（性）附加語、形語。

九、鍾理和〈做田〉：「天，和雲，和山的倒影，靜靜地躺在注滿了水的田隴裡。」「天，和雲，和山的倒影」，係主語。「天，和雲，和山」，係定語，又稱爲領屬（性）附加語。「躺」，係述語。「在」，係介詞。「注滿了水的田隴裡」，係賓語。「注滿了水」，係定語，又稱爲形容詞（性）附加語、形語。「裡」，係「地方」之意，是名詞。「了」，係表達完成的時態助詞。「注滿」，係述語；「水」，係賓語。因此，「注滿了水」，係述賓短語。

十、《論語・陽貨》：「子之武城，聞弦歌之聲。」「子之武城」，係以主謂短語爲主語。「子」，係主語；「之」，「往」之意，係述語；「武城」，係賓語。「聞」，係述語；「弦歌之聲」，係賓語。「弦歌」，係定語，又稱爲領屬（性）附加語。

十一、蘇軾〈水調歌頭〉：「把酒問青天。」「把酒」，係以述賓短語爲主語。「問」，係述語；「青天」，係賓語。

貳、有無包孕句

所謂有無包孕句，是指有無句的主語、賓語，帶有造句短語的句子，又稱爲有無繁句。例如：

一、鍾理和〈做田〉：「那個蒔田班子裡有人唱著恒春小調。」「那個蒔田班子裡」，係以定心短語爲主語；「那個」，係定語，又稱爲形容（性）附加語、形語。「有」，係述語；「人唱著恆春小調」，係以主謂短語爲賓語。「人」，係主語；「唱著」，係述語；「恆春小調」，係賓語。

二、李清照〈聲聲慢〉：「如今有誰堪摘？」「如今」，係表達時間的副詞。「有」，係述語。「誰堪摘」，係以主謂短語爲賓語。「誰」，係主語；「堪摘」，係謂（表）語。「堪」，係狀語，又稱爲副詞（性）附加語、副語。

三、《莊子．應帝王》：「人皆有七竅以視聽食息。」「人」，係主語；「有」，係述語；「皆」，係表達範圍的副詞，是狀語，又稱爲副詞（性）附加語、副語。「七竅以視聽食息」，係以主謂短語爲賓語。「七竅」，係主語；「以」，「用來」之意，係意謂動詞、述語；「視聽食息」，係賓語。

四、《莊子．逍遙遊》：「宋人有善爲不龜手之藥者。」「宋人」，係主語；「有」，係述語；「善爲不龜手之藥春」，係以述賓短語爲賓語。「爲」，係述語；「不龜乎之藥者」，係賓語。「善」，係狀語，又稱爲副詞（性）附加語、副語。「不龜乎」，，係定語，又稱爲形容（性）附加語、形語。

五、《老子．第七十九章》：「和大怨，必有餘怨。」「和大怨」，係以述賓短語爲主語。「和」，「調和」之意，係述語；「大怨」，係賓語。「有」，係述語；「餘怨」，係賓語。「必」，係狀語，又稱爲副詞（性）附加語、副語。

六、《老子．第六十九章》：「用兵有言。」「用兵」，係以述賓短語爲主語。「用」，係述語；「兵」，係賓語。「有」，係述語；「言」，係賓語。

七、《老子．第七十四章》：「希有不傷其手矣。」「有」，係述語；「不傷其手矣」，係以述賓短語爲賓語。「傷」，係述語；「其手」，係賓語。「希」，係狀語，又稱爲副詞（性）附加語、副語。「不」，係表達否定的副詞，是狀語。「其」，係定語，又稱爲領屬（性）附加語。「矣」，係表達句末的語氣助詞。

八、蘇軾〈赤壁賦〉：「客有吹洞簫者。」「客」，係主語；「有」，係述語；「吹洞簫者」，係以述賓短語爲賓語。「吹」，係述語；「洞簫者」，係賓語。「洞簫」，係定語，又稱爲領屬（性）附加語。

九、曾鞏〈墨池記〉：「臨川之城東，有地隱然而高。」「臨川之城東」，係以定心短語爲主語。「臨川」，係定語，又稱爲領屬（性）附加語。「有」，係述語。「地隱然而高」，係以主謂短語爲賓語。「地」，係主語；「隱然而高」，係謂（表）語。「隱然」，係狀語，又稱爲副詞（性）附加語、副語。

十、王安石〈祭歐陽文忠公文〉：「夫事有人力之可致。」「夫」，係發語詞。「事」，係主語；「有」，係述語；「人力之可致」，係以偏正式之造句短語爲賓語。若去掉「之」字，係主謂短語；若插入「之」字，係偏正短語；像這種現象，稱爲偏正式造句短語。

十一、歐陽脩〈秋聲賦〉：「草木無情，有時飄零。」「草木無情」，係以主謂短語爲主語。「草木」，係主語；「無」，係述語；「情」，係賓語。「有」，係述語。「時飄零」，係以主謂短語爲賓語。「時」，係主語；「飄零」，係謂（表）語。

十二、彭瑞淑〈爲學一首示子姪〉：「人之爲學有難易乎？」「人之爲學」，係以偏正式造句短語爲主語。若去掉「之」字，係主謂短語；若插入「之」字，形式上像偏正短語；這種現象，稱爲偏正式造句短語。「有」，係述語；「難易」，係賓語；「乎」，係表達句末的疑問助詞。

參、表態包孕句

所謂表態包孕句，是指表態句的主語、表語，帶有造句短語的句子，又稱爲表態繁句。例如：

一、路寒袖〈等於冬天〉：「喜花、賞花的人不少。」「喜花、賞花的人」，係主語；「不少」，係表語。「喜花」、「賞花」，係述賓短語。「喜」、「賞」，係述語；「花」，係賓語。

二、蘇軾〈記承天夜遊〉：「解衣欲睡。」「解衣」，係以述賓短語爲主語。「解」，係述語；「衣」，係賓語。「欲」，係狀語，又稱爲副詞（性）附加語、副語。「睡」，係表語。

三、蘇軾〈赤壁賦〉：「於是飲酒樂甚。」「於是」，係連詞。「飲酒」，係以述賓短語爲主語。「飲」，係述語；「酒」，係賓語。「樂」，係表語。「甚」，係補語。

四、劉勰《文心雕龍．原道》：「文之爲德也大矣。」「文之爲德也」，係以偏正式造句短語爲主語。若去掉其中「之」字，係主謂短語。插入「之」字，形上上像偏正短語，像這種短語，便是偏正式造句短語。「也」，係表達句未助詞。「大」，係表語。「矣」，係表達句末助詞。

五、歐陽脩〈秋聲賦〉：「蓋夫秋之爲狀也，其色慘淡。」「其色」，係主語。「其」，係定語，又稱爲領屬（性）附加語；代詞，指「蓋夫秋之爲狀也」，係外位定語。「蓋夫」，係發語詞。「秋之爲狀」，係偏正式造句短語。若去掉「之」字，是主謂短語；若插入「之」字，形式上是偏正短語；這種現象，稱爲偏正式造句短語。「慘淡」，係表語。

肆、判斷包孕句

所謂判斷包孕句，是指判斷句的主語、斷語，帶有造句短語的句子，又稱爲判斷繁句。例如：

一、亮軒〈藉口〉：「撲滅藉口的藥方是決心、毅力、勤奮。」「撲滅藉口的藥方」，係主語。「撲滅藉口」，係述賓短語。「是」，係繫語；「決心」、「毅力」、「勤奮」，係斷語。

二、羅家倫〈運動家的風度〉：「有風度的運動家，是『言必信，行必果』的人。」

「有風度的運動家」，係主語。「有風度的運動家」，係述賓短語。「是」，係繫語。『言必信，行必果』的人」，係斷語。「言必信，行必果」，係複合式造句短語。

三、劉墉〈你自己決定吧〉：「你生、你死，是你自己的事！」「你生、你死」，係以複合式短語爲主語；「是」，係繫語；「你自己的事」，係斷語。

四、余光中〈母難日——今生今世〉：「我不會記得，是聽你說的。」「我不會記得」，係以主謂短語爲主語；「是」，係繫語；「聽你說的」，係以述賓短語爲斷語。

五、秦牧〈蜜蜂的讚美〉：「牠的釀蜜可以說是一種卓越的創造。」「牠的釀蜜」，係主語。「釀蜜」，係述賓短語；「是」，係繫語；「一種卓越的創造」，係斷語。

六、梁實秋〈鳥〉：「我感覺興味的不是那人的悠閒。」「我感覺興味的」，係以主謂短語爲主語；「是」，係繫語；「那人的悠閒」，係斷語。

七、張文亮〈虎克——愛上跳蚤的男人〉：「虎克是進去當掃地工友。」「虎克」，係主語；「是」，係繫語；「進去當掃地工友」，係以述賓短語爲斷語。

八、古蒙仁〈吃冰的滋味〉：「夏日吃冰，是人生的一大享受。」「夏日吃冰」，係以主謂短語爲主語。「夏日」，係主語；「吃冰」，係謂語（述語＋賓語）。「是」，係繫語；「人生的一大享受」，係斷語。

九、《孟子．公孫丑上》：「無辭讓之心，非人也。」「無辭讓之心」，係主語。「無辭讓」，係述賓短語。「非」，係繫語；「人」，係斷語。「也」，係句末的語氣助詞。

十、蘇軾〈六國論〉：「賂秦而力虧，破滅之道也。」「賂秦而力虧」，係主語。「賂秦」，係述賓短語。「力虧」，係主謂（表）短語。「(是)」，省略繫語。「破滅之道」，係斷語。「也」，係句末的語氣助詞。

伍、準判斷包孕句

所謂準判斷包孕句，是提準判斷句的主語、斷語，帶有造句短語的句子，又稱爲準判斷繁句。例如：

一、鍾理和〈我的書齋〉：「一個文人大抵都有一間書齋，就像一位將軍有他的辦公廳。」「一個文人大抵都有一間書齋」，係以主謂短語爲主語；「像」，係準繫語；「一位將軍有他的辦公廳」，係以主謂短語爲斷語。

二、張曉風〈炎涼〉：「觸覺之美有如聞高士說法。」「觸覺之美」，係主語；「如」，係準繫語；「聞高士說法」，你以述賓短語爲斷語。「聞」，係述語；「高士說法」，係賓語。

三、張潮《幽夢影》：「對淵博友，如讀異書。」「對淵博友」，係以述賓短語爲主語。「對」，係述語；「淵博友」，係賓語。「如」，「好像」之意，係準繫語。「讀異

書」，係以述賓短語爲斷語。「讀」，係述語；「異書」，指少見的書籍，係賓語。

四、向陽〈春回鳳凰山〉：「山石崩走如火。」「山石崩走」，係以主謂（表）短語爲主語。「山石」，係主語；「崩走」，本是動詞，這裡活用作形容詞，係謂（表）語。「如」，係準繫語；「火」，係斷語。

五、鍾理和〈做田〉：「天空清藍淨潔，恍如一匹未經漿洗過的陰丹士林布。」「天空清藍淨潔」，係以主謂短語爲主語。「天空」，係主語；「清藍淨潔」，係謂（表）語。「如」，係準繫語。「一匹未經漿洗過的陰丹士林布」，係斷語。

六、歐陽脩〈秋聲賦〉：「但聞四壁蟲聲唧唧，如助予之歎息。」「但聞四壁蟲聲唧唧」，係以述賓短語爲主語。「聞」，係述語；「四壁蟲聲唧唧」，係賓語。「如」，係準繫語；「助予之歎息」，係斷語。

七、德國詩人、哲學家尼采：「人生無友，猶生活中無太陽。」「人生無友」，係以主謂短語爲主語。「人生」，係主語；「無友」，係謂語。「猶」，「好像」之意，係準繫語。「生活中無太陽」，係以主謂短語爲斷語。「生活中」，係主語；「無太陽」，係謂語。

八、英國戲曲家莎士比亞：「家庭失和，是窮神之巢穴。」「家庭失和」，係以主謂短語爲主語。「家庭」，係主語；「失和」，係謂（表）語。「是」，含有「好像」之意，係準繫語。「窮神之巢穴」，係斷語。

九、德國劇作家席勒：「嫉妒是擴大細小事物的一面放大鏡。」「嫉妒」，係主語；「是」，含有「好像」之意，係準繫語；「擴大細小事物的一面放大鏡」，係斷語。

十、英國文學家狄福：「美而無德，有如沒有香味的花。」「美而無德」，係以主謂短語爲主語。「美」，係主語；「無德」，係謂語。「如」，係準繫語。「沒有香味的花」，係斷語。

十一、阿拉伯諺語：「諺語對語言好比鹽對人的營養。」「諺語對語言」，係以主謂短語爲主語。「諺語」，係主語；「對語言」，係謂語。「好比」，係準繫語。「鹽對人的營養」，係以主謂短語爲斷語。「鹽」，係主語；「對人的營養」，係謂語。

第四節　倒裝句

中國的語言，屬於漢、藏語系，是單音節孤立語。詞是由一個單音節、兩個或兩個以上單音節構成。兩個音節，又稱爲雙音節。兩個以上（即三個或三個以上）單音節，又稱爲多音節。中文一個詞決定詞性，是由詞在句子中的先後順序，而不是像英文靠詞尾的變化。中國文法有兩項特點：㈠詞在句子中的先後位置，即語言順序，簡稱爲語序，是極爲固定、穩定的。㈡實詞的詞類活用，是極為普遍的現象。

中國的語言，從歷史發展而言，語序並未有太多的變化。例如：主語通常在謂語的前面，述語通常在賓語的前面，介詞通常在副賓語的前面（稱為介賓短語）。自甲骨文伊始，大多是這種語序；可是，難免有些細微的變化。最明顯的現象是：早期漢語的代詞作賓語時，可能在述語之前，後來因受名詞賓語在述語後面的影響，才逐漸類化為述語在前，賓語在後的語序。中國的語言，雖然極為固定、穩固，可是在有些特殊的情況或修辭上的需要，某些句子的語序，還是可以更換、變動的。⑮一般將句子的語序變化，稱為倒裝句。有些文（語）法學家，認為倒裝句是語文的正則，並非倒裝；但是從不同觀點而言，還是有語序變化的現象。⑯最常見的倒裝句的類型，可分為敘事句的倒裝、有無句的倒裝、表態句的倒裝、判斷句的倒裝、準判斷句的倒裝、狀語的倒裝六大類。⑰倒裝句，又稱為倒序句。⑱

壹、敘事句的倒裝

所謂敘事句的倒裝，是指敘事句的原來語序，係主語＋謂語（述語＋賓語），因代詞充當疑問句賓語、代詞充當否定句賓語、述語前面加結構助詞或強調賓語、賓語字數較多而改變語序，造成倒裝的現象。最常見的敘事句的倒裝句型，可分為主語＋賓語＋述語、賓語＋主語＋述語、被動式三種。[19]

一、主語＋賓語＋述語

運用「主語＋賓語＋述語」的句型，有下列四種情形：

(一)代詞充當疑問句賓語

1.《詩經．小雅．蓼莪》：「無父何怙？無母何恃？」「無父何怙」、「無母何恃」，係「無父怙何」、「無母恃何」的倒裝。「父」、「母」，係主語。「何」，係代詞充當疑問句賓語，因此提到述語「怙」、「恃」之前。

2.《論語．子罕》：「吾誰欺？」係「吾欺誰」的倒裝。「吾」，係主語。「誰」，係代詞充當疑問句賓語，因此提到述語「欺」之前。

3.《左傳．僖公十四年》：「虢射曰：『皮之不存，毛將安傅？』」「毛將安傅」，係「毛將傅安」的倒裝。「毛」，係主語。「安」，「何」之意，係代詞充當疑問的賓語，因此提到述語「傅」之前。

4.《戰國策．齊策》「馮諼客孟嘗君」：「孟嘗君曰：『客何好？』曰：『客無好也。』曰：『客何能？』曰：『客無能也。』孟嘗君笑而受之。」「客何好」，係「客好何」的倒裝；「客何能」，係「客能何」的倒裝。「客」，係主語。「何」，係代詞充當疑問句賓語，因此提到述語「好」、「能」之前。

5.《孟子．告子下》：「宋牼將之楚，孟子遇於石丘，曰：『先生將何之？』」「先生將何之」，係「先生將之何」的倒裝。「先生」，係主語。「之」，「往」之意，係述語。「何」，係代詞充當疑問的賓語，因此提到述語「之」的前面。

6.《禮記．禮運》：「言偃在側，曰：『君子何歎？』」「君子何歎」，係「君子歎何」的倒裝。「君子」，係主語；「歎」，係述語；「何」，係賓語。「何」，係代詞充當疑問的賓語，因此提到述語「歎」之前。

7.彭瑞淑〈爲學一首示子姪〉：「貧者語於富者曰：『吾欲之南海，何如？』富者曰：『子何恃而往？』曰：『吾一瓶一缽足矣。』」「子何恃而往」，係「子恃何而往」的倒裝。「子」，係主語；「恃」，係述語；「何」，係賓語。「何」，係代詞充當疑問句賓語，因此提到述語「恃」之前。

8.《論語．述而》：「求仁而得仁，又何怨？」「何怨」，係「怨何」的倒裝。「怨」，係述語；「何」，係賓語。「何」，係代詞充當疑問句賓語，因此提到述語「怨」之前。

9.《論語．子罕》：「吾何執？」「吾何執」，係「吾執何」的倒裝。「吾」，係主語；「執」，係述語；「何」，係賓語。「何」，係代詞充當疑問句賓語，因此提到述語「執」之前。

㈡代詞充當否定句賓語

1.《論語．學而》：「不患人之不己知。」「不己知」，係「不知己」的倒裝。「知」，係述語；「己」，係賓語。「己」，係代詞充當否定句賓語，因此提到述語「知」之前。

2.《論語．子罕》：「未之思也。」「未之思也」，係「未思之也」的倒裝。「思」，係述語；「之」，係賓語。「之」，係代詞充當否定句賓語，因此提到述語「思」之前。

3.《論語．衛靈公》：「軍旅之事，未之學也。」「未之學也」，係「未學之也」的倒裝。「學」，係述語；「之」，係賓語、代詞，指「軍旅之事」；此句是外位賓語，既凸出強調賓語，又賓語字數較多，是以外位賓語前置。「之」，係代詞充當否定句賓語，因此提到述語「學」之前。

4.《孟子．梁惠王上》：「仲尼之徒無道桓、文之事者，是以後世無傳者，臣未之聞也。」「未之聞也」，係「未聞之也」的倒裝。「聞」，係述語；「之」，係賓語、代詞，指「桓、文之事者」。「之」，係代詞充當否定句賓語，因此提到述語「聞」之前。

5.司馬光〈訓儉示康〉：「近世寇萊公豪侈一時，然以功業大，人莫之非，子孫習其家風，今多窮困。」「人莫之非」，係「人莫非之」的倒裝。「人」，系主語；「非」，係述語；「之」，係賓語、代詞，指「功業大」。「之」，係代詞充當否定句賓語，因此提到述

語「非」之前。

㈢述語前加結構助詞，賓語前置

1.《論語．爲政》：「父母唯其疾之憂。」「父母唯其疾之憂」，係「父母唯憂其疾」的倒裝。「父母」，係主語；「憂」，係賓語；「其疾」，係賓語。「之」，係結構助詞，因此提到述語「憂」之前。

2.《孟子．盡心上》：「無恥之恥，無恥矣。」「無恥之恥」，係「恥無恥」的倒裝。「恥」，係述語；「無恥」，係賓語。「之」，係結構助詞，因此提到敘述「恥」之前。

3.《孟子．告子上》：「使弈秋誨二人弈，其一人專心致志，唯弈秋之爲聽。」「唯弈秋之爲聽」，「唯聽弈秋」的倒裝。「聽」；係述語；「弈秋」，係賓語。「之」、「爲」，係結構助詞，因此提到敘述「聽」之前。

4.《尚書．周書．蔡仲之命》：「皇天無親，唯德是輔。」「唯德是輔」，係「唯輔德」的倒裝「輔」，係述語；「德」，係賓語。「是」，係結構助詞，因此提到述語「輔」之前。

5《左傳．襄公十四年》：「唯余馬首是瞻。」「唯余馬首是瞻」，係「唯瞻余馬首」的倒裝。「瞻」，係述語；「余馬首」，係賓語。「是」，係結構助詞，因此提到述語「瞻」之前。

6.《左傳．僖二十四年》：「除君之惡，唯力是視。」「唯力是視」，係「唯視力」的倒裝。「視」，係述語；「力」，係賓語。「是」，係結構助詞，因此提到述語「視」之前。

7.《左傳．成公十三年》：「余雖與晉出入，余唯利是視。」「余唯利是視」，係「余唯視利」的倒裝。「余」，係主語；「視」，係述語；「力」，係賓語。「是」，係結構助詞，因此提到述語「視」之前。

8.《左傳．昭公七年》：「公曰：『何謂六物？』對曰：『歲時日月星辰是謂也。』」「歲時日月星辰是謂也」，係「謂歲時日月星辰」的倒裝。「謂」，係述語；「歲時日月星辰」，係賓語。「是」，係結構助詞，因此提到述語「謂」之前。

9.韓愈〈祭十二郎文〉：「及長，不省所怙，唯兄嫂是依。」「唯兄嫂是依」，係「唯依兄嫂」的倒裝。「依」，係述語；「兄嫂」，係賓語。「是」，係結構助詞，因此提到述語「依」之前。

10.丘遲〈與陳伯之書〉：「主上屈法申恩，吞舟是漏。」「吞舟是漏」，係「漏吞舟」的倒裝。「漏」，係述語；「吞舟」，係賓語。「是」，係結構助詞，因此提到述語「漏」之前。

㈣賓語無條件提到述語之前

古代漢語代詞充當賓語，賓語無條件提到述語之前，例如：

1.《尚書．周書．多士》：「唯爾王家我適。」「唯爾王家我適」，係「唯爾王家適我」的倒裝。「爾王家」，係主語；「適」，「往」之意，係述語；「我」，係賓語。「我」，係以代詞爲賓語，因此賓語「我」無條件，提到述語「適」之前，符合敘事句倒裝句型：主語＋賓語＋述語。

2.《詩經．小雅．節南山》：「赫赫師尹，民具爾瞻。」「民具爾瞻」，係「民具瞻爾」的倒裝。「民」，係主語；「瞻」，「看」之意，係述語；「爾」，「汝」之意，係代詞。「爾」，係以代詞爲賓語，因此賓語無條件，提到述語之前，符合敘事句倒裝句型：主語＋賓語＋述語。

此外，白話文常用「把」字，將賓語提到敘語之前，這種現象，稱爲「把」字式倒裝。例如：

1.胡適〈母親的教誨〉：「每天，天剛亮時，我母親便把我喚醒。」「我母親便把我喚醒」，係「我母親便喚醒我」的倒裝。「我母親」，係主語；「喚醒」，係述語；「我」，係賓語。這裡用介詞「把」字，將賓語「我」，提到述語「喚醒」之前，係「把」字式倒裝。

2.胡適〈母親的教誨〉：「到天大明時，她才把我的衣服穿好。」「她才把我的衣服穿好」，係「她才穿好我的衣服」的倒裝。「她」，係主語；「穿」，係述語；「我的衣服」，係賓語。這裡用介詞「把」字，將賓語「我的衣服」，提到述語「穿」之前，係「把」字式倒裝。

3.吳敬梓《儒林外史．第一回》「王冕的少年時代」：「如今沒奈何，把你雇在間隔人家放牛。」「把你雇在間隔人家放牛」，係「雇你在間隔人家放牛」的倒裝。「雇」，係述語；「你」，係賓語。這裡用介詞「把」字，將賓語「你」，提到述語「雇」之前，係「把」字式倒裝。

4.海倫．凱勒〈假如給我三天光明〉：「有時，我把手輕輕地放在一棵小樹上，就能感受到小鳥歡聲歌唱時的活蹦亂跳。」「我把手輕輕地放在一棵小樹上」，係「我輕輕地放手在一棵小樹上」的倒裝。「我」，係主語；「放」，係述語；「手」，係賓語。這裡用介詞「把」字，將賓語「手」，提到述語「放」之前，係「把」字式倒裝。

5.杏林子〈心囚〉：「有些人看似生活得繁華熱鬧，卻往往是天底下最寂寞的人，因爲他們把自己的心封閉了。」「他們把自己的心封閉了」，係「他們封閉了自己的心」的倒裝。「他們」，係主語；「封閉」，係述語；「自己的心」，係賓語。這裡用介詞「把」字，將賓語「自己的心」，提到述語「封閉」之前，係「把」字式倒裝。

6.陳冠學〈西北雨〉：「低著頭一心一意要把番薯蒂趕快摘完。」「把番薯蒂趕快摘完」，係「趕快摘完番薯蒂」的倒裝。「摘」，係述語；「番薯蒂」，係賓語。這裡用介詞「把」字，將賓語「番薯蒂」，提到述語「摘」之前，係「把」字式倒裝。

7.張文亮〈虎克——愛上跳蚤的男人〉：「心想閒來無事，就把跳蚤放在顯微鏡下觀察。」「把跳蚤放在顯微鏡下觀察」，係「放跳蚤在顯微鏡下觀察」的倒裝。「放」，係述語；「跳蚤」，係賓語。這裡用介詞「把」字，將賓語「跳蚤」，提到述語「放」之前，係「把」字式倒裝。

8.施耐庵《水滸傳》：「魯智深大鬧桃花村」：「智深把房中的桌椅等物都掇過了。」「智深把房中的桌椅等物都掇過了」，係「智深都掇過了房中的桌椅等物」的倒裝。「智深」，係主語；「掇」，係述語；「房中的桌椅等物」，係賓語。這裡用介詞「把」字，將賓語「房中的桌椅等物」，提到述語「掇」之前，係「把」字式倒裝。

9.施耐庵《水滸傳．第九回》「林沖夜奔」：「把槍搠在地裡，用腳踏住胸脯。」「把槍搠在地裡」，係「搠槍在地裡」的倒裝。「搠（音ㄕㄨㄛˋ）」，「刺擊」之意，係述語；「槍」，係賓語。這裡用介詞「把」字，將賓語「槍」，提到述語「搠」之前，係「把」字式倒裝。

10.施耐庵「林沖夜奔」：「把陸謙身上衣服扯開。」「把陸謙身上衣服扯開」，係「扯開陸謙身上衣服」的倒裝。「扯開」，係述語；「陸謙身上衣服」，係賓語。這裡用介詞

「把」字，將賓語「陸謙身上衣服」，提到述語「扯開」之前，係「把」字式倒裝。

11.施耐庵「林沖夜奔」：「把尖刀插了，將三個人頭髮結做一處，提入廟裡來。」「把尖刀插了」，係「插了尖刀」的倒裝。「插」，係述語；「尖刀」，係賓語。這裡用介詞「把」字，將賓語「尖刀」，提到述語「插」之前，係「把」字式倒裝。

二、賓語＋主語＋述語

運用「賓語＋主語＋述語」這類句型，有兩個目的：㈠表示強調賓語。㈡賓語字數較多。例如：

㈠鄭愁予〈小小的島〉：「你住的小小島我正思念。」「你住的小小島我正思念」，係「我正思念你住的小小島」的倒裝。賓語「你住的小小島」，係字數較多，因此提到。主語「我」之前，表示強調賓語，符合敘事句倒裝句型：賓語＋主語＋述語。

㈡袁枚〈祭妹文〉：「汝之詩，吾已付梓。」「汝之詩，吾已付梓」，係「吾已付梓汝之詩」的倒裝。「吾」，係主語；「付梓」，係述語；「汝之詩」，係賓語。賓語「汝之詩」係字數較多，因此提到主語「吾」之前，表示強調賓語，符合敘事句倒裝句型：賓語＋主語＋述語。

㈢白居易〈與元微之書〉：「此句他人尚不可聞，況僕心哉？」「此句他人尚不可聞」，係「他人尚不可聞此句」的倒裝。「他人」，係主語；「聞」，係述語；「此句」，係賓語。將賓語「此句」，提到述語「聞」之前，表示強調賓語，符合敘事句倒裝句型：賓語＋主語＋述語。

㈣《兒女英雄傳．第十六回》：「干他的事他也作。」「干他的事他也作」，係「他也作干他的事」的倒裝。「他」，係主語；「作」，係述語；「干他的事」，係賓語。賓語「干他的事」，係字數較多，因此提到主語「他」之前，表示強調賓語，符合敘事句倒裝句型：賓語＋主語＋述語。

三、被動式

文言文常見的敘事句被動式的倒裝句型，有下列幾種情形：

㈠賓語＋述語＋於＋主語

1.《孟子．滕文公上》：「勞心者治人，勞力者治於人。」「勞力者治於人」，係「人治勞人者」的倒裝。「人」，係主語；「治」，係述語；「勞力者」，係賓語。「於」，介詞，表示「被動」之意。楊樹《詞詮．卷九》：「於，介詞，表被動文中之原主動作者。」「勞力者治於人」，符合敘事句被動式的倒裝句型：賓語＋述語＋於＋主語。

2.《漢書．賈誼傳》：「然而兵破於陳涉。」「兵破於陳涉」，係「陳涉破兵」的倒裝。「兵」，係賓語；「破」，係述語；「於」，係介詞，表示「被動」之意；「陳涉」，係主語。因此，「兵破於陳涉」，係符合敘事句被動式的倒裝句型：賓語＋述語＋於＋主語。

3.屈原〈漁父〉：「聖人不凝滯於物，而能與世推移。」「聖人不凝滯於物」，係「物不凝滯聖人」的倒裝。「聖人」，係賓語；「凝滯」，係述語；「於」，係介詞，表示「被動」之意；「物」，係主語。因此，「聖人不凝滯於物」，符合敘事句被動式的倒裝句型：賓語＋述語＋於＋主語。

4.司馬光〈訓儉示康〉：「君子寡欲，則不役於物。」此句係「物不役君子寡欲」的倒裝。「君子寡欲」，係賓語；「役」，係述語；「於」，係表達被動的介詞；「物」，係主語。因此，此句符合敘事句被動式的倒裝句型：賓語＋述語＋於＋主語。

㈡賓語＋見＋述語＋於＋主語

1.《莊子．秋水》：「吾長見笑於大方之家。」「吾長見笑於大方之家」，係「大家之家長笑吾」的倒裝。「吾」，係賓語；「長」，係狀語，又稱爲副詞（性）附加語、副語；「見」，係表達被動的介詞；「笑」，係述語；「於」，也是表達被動的介詞；「大方之家」，係主語。因此，「吾長見笑於大方之家」，係符合敘事句被動式的倒裝句型：賓語＋見＋述語＋於＋主語。

2.司馬遷《史記．韓非子列傳》：「昔者彌子瑕見愛於衛君。」「彌子瑕見愛於衛君」，係「衛君愛彌子瑕」的倒裝。「彌子瑕」，係賓語；「見」，係表達被動的介詞；

「愛」，係述語；「於」，也是表達被動的介詞；「衛君」，係主語。因此，「彌子瑕見愛於衛君」，係符合敘事句被動式的倒裝句型：賓語＋見＋述語＋於＋主語。

3.《史記．禮書》：「循法守正者，見侮於世。」「循法守正者，見侮於世」，係「世侮循法守正者」的倒裝。「循法守正者」，係賓語；「見」、「於」，係表達被動的介詞；「侮」，係述語；「世」，係主語。因此，「循法守正者，見侮於世」，係符合敘事句被動式的倒裝句型：賓語＋見＋述語＋於＋主語。

4.蔡元培〈舍己爲群〉：「哥白尼爲新天文說，見讎於教皇。」「哥白尼爲新天文說，見讎於教皇」，係「教皇讎哥白尼爲新天文說」的倒裝。「哥白尼爲新天文說」，係賓語；「見」、「於」，係表達被動的介詞；「讎」，係述語；「教皇」，係主語。因此，「哥白尼爲新天文說，見讎於教皇」，係符合敘事句被動式的倒裝句型：賓語＋見＋述語＋於＋主語。

㈢賓語＋爲＋主語＋述語

1.司馬遷《史記．屈賈列傳》：「身客死於秦，爲天下笑。」此句係「天下笑身客死於秦」的倒裝。「身客死於秦」，係賓語；「爲」，係表達被動的介詞；「天下」，係主語；「笑」，係述語。此句符合敘事句被動式的倒裝句型：賓語＋爲＋主語＋述語。

2.歸有光〈先妣事略〉：「吾爲多子苦。」此句係「多子苦吾」的倒裝。「吾」，係賓語；「爲」，係表達被動的介詞；「多子」，係主語；「苦」，係述語。此句符合敘事句被動式的倒裝句型：賓語＋爲＋主語＋述語。

3.陶淵明〈歸去來辭並序〉：「心爲形役。」此句係「形役心」的倒裝。「心」，係賓語；「爲」，係表達被動的介詞；「形」，係主語；「役」，係述語。因此，此句符合敘事句被動式的倒裝句型：賓語＋爲＋主語＋述語。

(四)賓語＋爲＋主語＋所＋述語

1.鄭燮〈與弟墨書〉：「好人爲壞人所累，遂令我輩開不得口。」「好人爲壞人所累」，係「壞人累好人」的倒裝。「好人」，係賓語；「爲」，係表達被動的介詞；「壞人」，係主語；「所」，係帶詞頭；「累」，係述語。因此，「好人爲壞人所累」，係符合敘事句被動式的倒裝句型：賓語＋爲＋主語＋述語。

2.沈復《浮生六記》〈兒時記趣〉：「二蟲盡爲（癩蝦蟆）所吞。」「此句係「（癩蝦蟆）盡吞二蟲」的倒裝。「（癩蝦蟆）」，係主語，但此處省略；「吞」，係述語；「二蟲」，係賓語；「爲」，係表達被動的介詞；「所」，係帶詞頭。因此，此句符合敘事句被動式的倒裝句型：賓語＋爲＋主語＋所＋述語。

3.司馬遷《史記．匈奴傳》：「公孫敖出代郡，爲胡所敗。」此句係「胡敗公孫敖出代郡」的倒裝。「公孫教出代郡」，係賓語；「爲」，係表達被動的介詞；「胡」，係主

語；「所」，係帶詞頭；「敗」，係述語。此句符合敘事句被動式的倒裝句型：賓語＋為＋主語＋所＋述語。

4.范曄《後漢書．安帝紀》：「車騎大將軍鄧騭為種羌所敗。」此句係「種羌敗車騎大將軍鄧騭」的倒裝。「車騎大將軍鄧騭」，係賓語；「為」，係表達被動的介詞；「種羌」，係主語；「所」，係帶詞頭；「敗」，係述語。因此，此句符合敘事句被動式的倒裝句型：賓語＋為＋主語＋所＋述語。

5.袁宏道〈晚遊六橋待月記〉：「梅花為寒所勒。」此句係「寒勒梅花」的倒裝。「梅花」，係賓語；「為」，係表達被動的介詞；「寒」，係主語；「所」，係帶頭詞；「勒」，係述語。此句符合敘事句被動式的倒裝句型：賓語＋為＋主語＋所＋述語。

此外，尚有白話文比較常見的敘事句被動式的倒裝句型：賓語＋被＋主語＋（所）＋述語。有時多加「所」字，係帶頭詞，也是表達被動的介詞，使文氣更暢順。例如：

1.徐志摩〈我所知道的康橋〉：「晚景的溫存卻被我這樣偷嘗了不少。」此句係「我這樣偷嘗了不少晚景的溫存」的倒裝。「晚景的溫存」，係賓語；「被」，係表達被動的介詞；「我」，係主語；「嘗」，係述語；「偷」，係狀語，又稱為副詞（性）附加語、副語。此句符合敘事句被動式的倒裝句型：賓語＋被＋主語＋述語。

2.王溢嘉〈撿海星的少年〉：「更多的海星被（海水）沖上岸。」此句係「（海水）

沖更多的海星上岸」的倒裝。「更多的海星」，係賓語；「被」，係表達被動的介詞；「（海水）」，係主語，這裡省略；「沖」，係述語。此句符合敘事句被動式的倒裝句型：賓語＋被＋主語＋述語。

3.甘績瑞〈從今天起〉：「（我們要做一件正當的事）就被因循怠惰的習慣所誤。」此句係「因循怠惰的習慣誤（我們要做一件正當的事）」的倒裝。省略賓語「（我們要做一件正當的事）」；「被」、「所」，係表達被動的介詞；「因循怠惰的習慣」，係主語；「誤」，係述語。此句符合敘事句被動式的倒裝句型：賓語＋被＋主語＋（所）＋述語。

4.吳敬梓《儒林外史》「范進中舉」：「（范進）被胡屠戶知道，又罵了一頓。」「（范進）被胡屠戶知道」，係「胡屠戶知道（范進）」的倒裝。「（范進）」，係賓語，這裡省略；「被」，係表達被動的介詞；「胡屠戶」，係主語；「知道」，係述語。此句符合敘事句被動式的倒裝句型：賓語＋被＋主語＋述語。

5.吳敬梓〈范進中舉〉：「屠戶被眾人局不過」，只得連斟兩碗酒喝了。」「屠戶被眾人局不過」，係「眾人局屠戶」的倒裝。「屠戶」，係賓語；「被」，係表達被動的介詞；「眾人」，係主語；「局」，「逼迫」之意，係述語。此句符合敘事句被動式的倒裝句型：賓語＋被＋主語＋述語。

貳、有無句的倒裝

所謂有無句的倒裝，是指有無句原來語序，係主語＋謂語（述語＋賓語），因變化語序，而造成三種形式的倒裝現象。一是述語＋賓語＋主語；二是賓語＋主語＋述語；三是主語（常省略）＋賓語＋述語。

一、述語＋賓語＋主語

㈠《論語．子路》：「有是哉！子之迂也！」此句係「子之迂也，有是哉」的倒裝。「有」，係述語；「是」，「此」之意，指正名，係賓語；「子之迂」，係主語。此句符合有無句的倒裝句型：述語＋賓語＋主語。

㈡《淮南子．齊俗》：「群臣失禮而弗誅，是縱過也。有以夫，平公之不霸也！」「有以夫，平公之不霸也」，係「平公之不霸也，有以夫」的倒裝。「有」，係述語；「以」，「此」之意，代詞，係賓語。楊樹達《詞詮．卷七》：「以，指示代名詞，此也。」「平公之不霸也」，係主語。此句符合有無句的倒裝句型：述語＋賓語＋主語。

二、賓語＋主語＋述語

文言有時將賓語前置，在原賓語位置加上代詞「之」，使前置賓語成爲外位賓語，馬建忠《馬氏文通》稱爲「重指」。例如：

㈠《孟子．告子上》：「恭敬之心，人皆有之。」「人」，係主語；「皆」，係狀語，又稱爲副詞（性）附加語、副語；「有」，係述語；「之」，係賓語、代詞，指「恭敬之心」。「恭敬之心」，係外位賓語，提前到句首。全句符合有無句的倒裝句型：賓語＋主語＋述語。

㈡《論語．八佾》：「殷禮，吾能言之。」「吾」，係主語；「言」，係述語；「之」，係賓語、代詞，指「殷禮」。「殷禮」，係外位賓語，提前到句首。全句符合有無句的倒裝句型：賓語＋主語＋述語。

三、主語（常省略）＋賓語＋述語。

運用「主語＋賓語＋述語」句型，主語省略是通常的現象，因爲很難明確說出主語，所以時常省略。例如：

㈠《論語．里仁》：「能以禮讓爲國乎，何有？」「何有」，「何難之有」的意思，係「有何」的倒裝。「何」，是賓語；「有」，係述語。此句符合有無句的倒裝句型：主語（常省略）＋賓語＋述語。

㈡《論語．子路》：「一言而喪邦，有諸？」「有」，係述語。「諸」，「之乎」言音。楊樹達《詞詮．卷五》：「諸，代名詞兼助詞『之乎』二字之合聲。《小爾雅．廣訓》云：『諸，之乎也。』王引之曰：『急言之曰「諸」，徐言之曰「之乎」。』按或表疑問，或表感歎。」「之」，係賓語、代詞，指「一言而喪邦」，是外位賓語，因此提前到句首。全句符有無句的倒裝句型：主語（常省略）＋賓語＋述語。

㈢《論語．學而》：「不好犯上，而好作亂者，未之有也。」「未之有也」，係「未有之也」的倒裝。「有」，係述語；「之」，係賓語、代詞，指「不好犯上，而好作亂者」，是外位賓語，因此提前到句首。全句符合有無句的倒裝句型：主語（常省略）＋賓語＋述語。

㈣《大學．經一章》：「其所厚者薄，而其所薄者厚，未之有也。」「未之有也」，係「未有之也」的倒裝。「有」，係述語；「之」，係賓語、代詞，指「其所厚者薄，言其所薄者厚」，是外位賓語，因此提到句首。全句符合有無句的倒裝句型：主語（常省略）＋賓語＋述語。

㈤《孟子．梁惠王上》：「七十者衣帛食肉，黎民不飢不寒，然而不王者，未之有也。」「未之有也」，係「未有之也」的倒裝。「有」，係述語；「之」，係賓語、代詞，指「七十者衣帛食肉，黎民不飢不寒，然而不王者」，是外位賓語，因此提到句首。全句符合有無句的倒裝句型：主語（常省略）＋賓語＋述語。

㈥《孟子．梁惠王下》：「文王之囿，方七十里，有諸？」「有」，係述語；「諸」，係「之乎」合音。「之」，係賓語，指「文王之囿，方七十里」，是外位賓語，因此提前到句首。全句符合有無的倒裝句型：主語（常省略）＋賓語＋主語。

(七)《孟子．梁惠王下》：「湯放桀，武王伐紂，有諸？」「有」，係述語；「諸」，係「之乎」的合音。「之」，係賓語、代詞，指「湯放桀，武王伐紂」，是外位賓語，因此提前到句首。全句符合有無句的倒裝句型：主語（常省略）＋賓語＋述語。

參、表態句的倒裝

所謂表態句的倒裝，是指表態句的原來語序，係主語＋謂語（表語），變化語序爲謂語（表語）＋主語，這種語序變化，造成倒裝的現象。表態句倒裝的目的，係凸顯表語，表語有時帶有讚歎的語氣。例如：

(一)《論語．雍也》：「賢哉回也！」此句係「回也賢哉」的倒裝。「賢哉」，係表語，表達讚美語氣；「回」，指「顏回」，係主語。此句符合表態句的倒裝句型：謂語（表語）＋主語。

(二)《論語．泰伯》：「大哉，堯之爲君也！」此句係「堯之爲君也，大哉」的倒裝。「大哉」，係表語，表達讚美的語氣；「堯之爲君」，係主語。此句符合表態句的倒裝句型：謂語（表語）＋主語。

(三)《論語．述而》：「甚矣，吾之衰也。」此句係「吾之衰也，甚矣」的倒裝。「甚矣」，係表語，表達感歎的語氣；「吾之衰也」，係主語。

㈣徐志摩〈我所知道的康橋〉：「靜極了，這朝來水溶溶的大道！」此句係「這朝來水溶溶的大道，靜極了」的倒裝。「靜極了」，係表語，表達強調表語而提到句首；「這朝來水溶溶的大道」，係主語。全句符合表態句的倒裝句型：表語＋主語。

㈤蘇轍〈黃州快哉亭記〉：「快哉此風！」此句係「此風快哉」的倒裝。「快哉」，係表語，表達讚美的語氣；「此風」，係主語。全句符合表態句的倒裝句型：表語＋主語。

㈥葉珊《燈船・給命運》：「多崇高啊，一株波昂的長春籐。」此句係「一株波昂的長春藤，多崇高啊」的倒裝。「多崇高啊」，係表語，表達讚美的語氣；「一株波昂的長春藤」，係主語。全句符合表態句的倒裝句型：表語＋主語。

㈦《孟子・滕文公上》：「君哉，舜也！」此係係「舜也，君哉」的倒裝。「君哉」，係表語；「舜」，係主語。全句符合表態句的倒裝句型：表語＋主語。

㈧《易經・乾卦・彖辭》：「大哉，乾元！萬物資始，乃統天。」「大哉，乾元」，係「乾元，大哉」的倒裝。「大哉」，係表語，表達讚美的語氣；「乾元」，係主語。全句符合表態句的倒裝句型：表語＋主語。

㈨《左傳・襄公二十七年》：「善哉，君之主也！」此句係「君之主也，善哉」的倒裝。「善哉」，係表語，表達讚美的語氣；「君之主」，係主語。全句符合表態句的倒裝句型：表語＋主語。

㈩《列子．湯問》「愚公移山」：「甚矣！汝之不慧！」此句係「汝之不慧，甚矣！」「甚矣」，係表語，表達感歎的語氣；「汝之不慧」，係主語。全句符合表態句的倒裝句型：表語＋主語。

㈩㈠《論語．衛靈公》：「直哉史魚！邦有道，如矢；邦無道，如矢。」「直哉史魚」，係「史魚直哉」的倒裝。「直哉」，係表語；「史魚」，係主語。全句符合表態句的倒裝句型：表語＋主語。

㈩㈡吳晟〈階〉：「多麼悲戚！飄零的行程。」此句係「飄零的行程，多麼悲戚」的倒裝。「多麼悲戚」，係表語，表達感歎的語氣；「飄零的行程」，係主語。全句符合表態句的倒裝句型：表語＋主語。

㈩㈢吳晟〈苦笑〉：「好美啊！這些綠油油的稻子。」此句係「這些綠油油的稻子，好美啊」的倒裝。「好美啊」，係表語，表達讚美的語氣；「這些綠油油的稻子」，係主語。全句符合表態句的倒裝句型：表語＋主語。

㈩㈣《禮記．檀弓下》：「美哉輪焉，美哉奐焉！」此二句係「輪焉美哉，奐焉美哉」的倒裝。「美哉」，係表語，表達讚美的語氣；「輪焉」、「奐焉」，係主語。此二句符合

表態句的倒裝句型：表語＋主語。

（十五）《韓詩外傳．卷一》：「信哉！賢者之不以天下爲名利者也。」此句係「賢者之不以天下爲名利者也，信哉」的倒裝。此句符合表態句的倒裝句型：表語＋主語。

（十六）《中庸．第二十七章》：「大哉！聖人之道！」此句係「聖人之道，大哉」的倒裝。「大哉」，係表語；「聖人之道」，係主語。因此，全句符合表態句的倒裝句型：表語＋主語。

肆、判斷句的倒裝

所謂判斷句的倒裝，是指判斷句的原來語序，係主語＋繫語＋斷語，變化語序，造成倒裝的現象。判斷句倒裝有三種形式：一是斷語＋繫語＋主語，二是（繫語）＋斷語＋主語，三是主語＋斷語＋繫語。

一、斷語＋繫語＋主語

（一）徐志摩〈再別康橋〉：「但我不能放歌，悄悄是別離的笙簫。」「悄悄是別離的笙簫」，係「別離的笙簫是悄悄」的倒裝。「悄悄」，係斷語；「是」，係繫語；「別離的笙簫」，係主語。此句符合判斷句的倒裝句型：斷語＋繫語＋主語。

（二）徐志摩〈再別康橋〉：「夏蟲也爲我沈默，沈默是今晚的康橋！」「沈默是今晚的康橋」，係「今晚的康橋是沈默」的倒裝。「沈默」，係斷語；「是」，係繫語；「今晚的康橋」，係主語。此句符合判斷句的倒裝句型：斷語＋繫語＋主語。

㈢余光中《蓮的聯想．蓮池邊》：「醒著復寐著的，是一池紅蓮。」此句係「一池紅蓮，是醒著復寐著的」的倒裝。「醒著復寐著的」，係斷語；「是」，係斷語；「一池紅蓮」，係主語。此句符合判斷句的倒裝句型：斷語＋繫語＋主語。

二、（繫語）＋斷語＋主語

㈠《論語．顏淵》：「（爲）何哉？爾所謂達者！」此句係「爾所謂達者（爲）何哉」的倒裝。「（爲）」，係繫語，這裡省略。「何哉」，係斷語；「爾所謂達者」，係主語。此句符合判斷句的倒裝句型：（繫語）＋斷語＋主語。

㈡《禮記．檀弓上》：「伯魚之母死，期而猶哭。夫子聞之曰：『誰與？哭者！』門人曰：『鯉也。』」「誰與？哭者」，係「哭者，誰與」的倒裝。「（爲）」，係繫語，這裡省略。「誰與」，係斷語；「哭者」，係主語。此句符合判斷句的倒裝句型：（繫語）＋斷語＋主語。

㈢《呂氏春秋．重言》：「管子曰：『子耶？言伐莒者。』」「子耶？言伐莒者」，係「言伐莒者，子耶」的倒裝。「（爲）」，係繫語，這裡省略。「子耶」，係斷語；「言伐莒者」，係主語。全句符合判斷句的倒裝句型：（繫語）＋斷語＋主語。

三、主語＋斷語＋繫語

運用「主語＋斷語＋繫語」的判斷句倒裝，例如：

㈠《孟子．滕文公上》：「水由地中行，江、淮、河漢是也。」此句係「水由地中行，是江、淮、河、漢也」的倒裝。「水由地中行」，係主語；「江、淮、河、漢」，係斷語；「是」，係繫語。因此，全句符合判斷句的倒裝句型：主語＋斷語＋繫語。

㈡《孟子．離婁上》：「仁之實，事親是也。」此句係「仁之實，是事親也」的倒裝。「仁之實」，係主語；「事親」，係斷語；「是」，係繫語。因此，全句符合判斷句的倒裝句型：主語＋斷語＋繫語。

㈢《莊子．齊物論》：「人籟則比竹是已。」此句係「人籟則是比竹已」的倒裝。「人籟」，係主語；「是」，係繫語；「比竹」，係斷語。「則」，係承接連詞。「已」，係句末助詞。楊樹達《詞詮．卷七》：「已，語末助詞，表決定。」因此，全句符合判斷句的倒裝句型：主語＋斷語＋繫語。

㈣《孟子．梁惠王下》：「七十里爲政於天下者，湯是也。」此句係「七十里爲政於天下者，是湯也」的倒裝。「七十里爲政於天下者」，係主語；「湯」，係斷語；「是」，係繫語。因此，全句符合判斷句的倒裝句型：主語＋斷語＋繫語。

㈤《孟子．梁惠王下》：「古之人有行之者，文王是也。」此句係「古之人有行之者，是文王也」的倒裝。「古之人有行之者」，係主語；「文王」，係斷語；「是」，係繫語。因此，全句符合判斷句的倒裝句型：主語＋斷語＋繫語。

伍、準判斷句的倒裝

所謂準判斷句的倒裝，是指準判斷句的原來語序，係主語＋準繫語＋斷語，因語序改變，而造成倒裝的現象。準判斷句的語序改變形式，有二種倒裝現象：一是主語＋斷語＋準繫語；二是斷語＋準繫語＋主語。

一、主語＋斷語＋準繫語

運用「主語＋斷語＋準繫語」的準判斷句的倒裝，文言比較常見，例如：

㈠《論語．八佾》：「子夏問曰：『巧笑倩兮，美目盼兮，素以爲絢兮，何謂也？』」此句係「巧笑倩兮，美目盼兮，素以爲絢兮，謂何也？」的倒裝。「巧笑倩兮，美目盼兮，素以爲絢兮」，係主語；「謂」，係準繫語；「何」，係代詞充當疑問句斷語。「也」，係句末助詞，表示疑問。因此，全句符合準判斷句的倒裝句型：主語＋斷語＋準繫語。

㈡《論語．顏淵》：「舉直錯諸枉，能使枉者直，何謂也？」此句係「舉直錯諸枉，能使枉者直，謂何也？」的倒裝。「舉直錯諸枉，能使枉者直」，係主語；「何」，係斷語；「謂」，係準繫語。「何」，係疑問代詞充當斷語，因此提到準繫語「謂」之前。

「也」，係句末助詞，表示疑問。楊樹達《詞詮．卷七》：「也，語末助詞，表疑問。」因此，全句符合準判斷句的倒裝句型：主語＋斷語＋準繫語。

㈢《孟子．滕文公上》：「儒者之道，古之人『若保赤子』，此言何謂也？」此句係「儒者之道，古之人『若保赤子』，此言謂何也？」的倒裝。「此言」，係主語、代詞，指「儒者之道，古之人『若保赤子』」，是外位主語。「何」，係斷語；「謂」，係準繫語；「也」，係表達疑問的句末助詞。「何」，係疑問代詞充當斷語，因此提到準繫語「謂」之前。全句符合準判斷句的倒裝句型：主語＋斷語＋準繫語。

㈣劉義慶《世說新語．言語》：「白雪紛紛何所似？」此句係「白雪紛紛所似何」的倒裝。「白雪紛紛」，係主語；「何」，係斷語；「似」，係準斷語；「所」，係帶詞頭。「何」，係疑問代詞充當斷語，因此提到準繫語「似」之前。全句符合準判斷句的倒裝句型：主語＋斷語＋準繫語。

二、斷語＋準繫語＋主語

運用「斷語＋準繫語＋主語」的準判斷句的倒裝，詩歌比較常見，這類倒裝現象，相當於修辭學的倒喻。例如：

㈠王觀〈卜算子〉：「水是眼波橫。」此句係「眼是水波橫」的倒裝。「水」，係斷語；「是」，含有「好像」之意，係準繫語；「眼」係主語。此句「水」、「眼」二字倒裝，因此，全句符合準判斷句的倒裝句型：斷語＋準繫語＋主語。

㈡王觀〈卜算子〉：「山是眉峰聚。」此句係「眉是山峰聚」的倒裝。「山」，係斷語；「是」，含有「好像」之意，係準繫語；「眉」，係主語。此句「水」、「眉」二字倒裝（互換），因此符合準判斷句的倒裝句型：斷語＋準繫語＋主語。

㈢劉勰《文心雕龍．比興》：「金錫以喻明德。」此句係「明德以喻金錫」的倒裝。「金錫」，係斷語；「喻」，係準繫語；「明德」，係主語。此句「金錫」、「明德」二詞倒裝（互換），因此符合準判斷句的倒裝句型：斷語＋準繫語＋主語。

㈣劉勰《文心雕龍．比興》：「珪璋以譬秀民。」此句係「秀民以譬珪璋」的倒裝。「珪璋」，係斷語；「譬」，係準繫語；「秀民」，係主語。此句「珪璋」、「秀民」二詞互換，即倒裝，因此符合準判斷句的倒裝句型：斷語＋準繫語＋主語。

此外，尚有運用在白話詩文中的準判斷句的倒裝句型：準繫語＋斷語＋主語

運用「準繫語＋斷語＋主語」的準判斷句的倒裝，例如：

㈠「眞像被母親的手撫睡，這兒靜極了。」此句係「這兒靜極了，眞像被母親的手撫睡」的倒裝。「像」，係準繫語；「被母親的手撫睡」，係斷語；「這兒靜極了」，係主語。

㈡「終於成爲畫家了，她努力不懈的結果。」此句係「她努力不懈的結果，終於成爲畫

家了」的倒裝。「成爲」，係準繫語；「畫家」，係斷語；「她努力不懈的結果」，係主語。

陸、狀語的倒裝

所謂狀語的倒裝，是指在敘事句中，述語之前的狀語，提到句首的一種倒裝現象。敘事句原來語語序，係主語＋狀語＋述語＋賓語。敘事句狀語的倒裝句型：狀語＋主語＋述語＋（賓語）。[20]述語係不及物動詞，不帶賓語。例如：

一、徐志摩〈再別康橋〉：「輕輕的我走了，正如我輕輕的來。」「輕輕的我走了」，係「我輕輕的走了」的倒裝。「輕輕的」，係狀語，又稱爲副詞（性）附加語、副語。「我」，係主語；「走」，係述語是不及物動詞，不帶賓語。因此，此句符合狀語的倒裝句型：狀語＋主語＋述語。

二、徐志摩〈再別康橋〉：「悄悄的我走了，正如我悄悄的來。」「悄悄的我走了」，係「我悄悄的走了」的倒裝。「悄悄的」，係狀語；「我」，係主語；「走」，係述語，是不及動詞，不帶賓語。因此，此句符合狀語的倒裝句型：狀語＋主語＋述語。

三、余光中《蓮的聯想．等你在雨中》：「翩翩，你走來。」此句係「你翩翩走來」的倒裝。「翩翩」，係狀語；「你」，係主語；「走來」，係述語，是不及於動詞，不帶賓語。因此，此句符合狀語的倒裝句型：狀語＋主語＋述語。

四、余光中〈永遠，我等〉：「永遠，我等你分唇，啓齒，吐那動詞。」「永遠，我等你」，係「我永遠等你」的倒裝。「永遠」，係狀語；「我」，係主語；「等」，係述語，是及物動詞，帶有賓語；「你」，係賓語。因此，此句符合狀語的倒裝句型：狀語＋主語＋述語＋賓語。

五、《詩經．衛風．河廣》：「誰謂宋遠？跂予望之。」「跂予望之」，係「予跂望之」的倒裝。「跂」，係狀語，又稱爲副詞（性）附加語、副語。「予」，「我」之意，係主語；「望」，係述語，是及物動詞，帶有賓語；「之」，係賓語、代詞，指「宋」。因此，此句符合狀語的倒裝句型：狀語＋主語＋述語＋賓語。

第五節　簡略句

所謂簡略句，是指敘述或對話，由於上下文，能夠呈現表情達意，使一個句子的某些成分，不僅可以省略，並且有時爲了簡潔、緊湊而必須省略，這種省略的現象。簡略句可分爲省略句、無主語句、獨詞句三大類。省略句分爲敘述省略、對話省略兩種。㉑

壹、省略句

一、敘述省略

所謂敘述省略，又稱爲上下文省略，是指上下文互相省略，相當於修辭學的「互文」，也有因承上文而省略、因承下文而省略，或爲文章簡潔有力而省略，這些敘述省略的現象。敘述省略的類型，可分爲上下文互相省略、因承上文而省略、因承下文而省略、爲文章簡潔而省略四種。

㈠上下文互相省略

運用「上下文互相省略」的省略句，例如：

1.《詩經．小雅．蓼莪》：「父兮生我，母兮鞠兮。」「鞠」，「養」之意。此句係「父（母）兮生我，（父）母兮鞠我」的省略句。「父兮生我」省略「母」，因下文有「母」而省略，這是探下省略；「母兮鞠我」省略「父」，因上文有「父」而省略，這是承上省略。因此，此句係上下文互相省略。

2.白居易〈琵琶行並序〉：「主人下馬客在船。」此句係「主人（客）下馬（主人）客在船」的省略。「主人（客）下馬，因下文有「客」而省略，這是探下省略；「（主人）客在船」，因上文有「主人」而省略，這是承上省略。因此，此句係上下文互相省略。

3.文天祥〈正氣歌並序〉：「雞棲鳳凰食。」此句係「雞（鳳凰）棲（雞）鳳凰食」的省略句。「雞（鳳凰）棲」，因下文有「鳳凰」而省略，這是探下省略；「（雞）鳳凰食」，因上文有「雞」而省略，這是承上省略。因此，此句係上下文互相省略。

4.〈木蘭詩〉：「雄兔腳撲朔，雌兔眼迷離。」此句係「雄兔（雌兔）腳撲朔，（雄兔）雌兔眼迷離」的省略句。「雄兔（雌兔）腳撲朔」，因下文有「雌兔」而省略，這是探下省略；「（雄兔）雌兔眼迷離」，因上文有「雄兔」而省略，這是承上省略。因此，此句係上下文互相省略。

5.杜甫〈客至〉：「花徑不曾緣客掃，蓬門今始爲君開。」此句係「花徑不曾緣客掃，（花徑）（今始爲君）（掃）；（蓬門）（不曾）（爲）（客）（開），蓬門今始爲君開」的省略句。這是多層式省略，也是多層式互文。「（花徑）（今始爲君）（掃）」，「（花徑）」、「（掃）」，係承上文而省略；「（今始爲君）」，係探下文而省略；這是上下文互相省略。「（蓬門）（不曾）（爲）（客）（開）」，「（蓬門）」、「（爲）」、「（開）」，係探下文而省略；「（不曾）」、「（客）」，係承上文而省略；這是上下文互相省略。

(二)因承上文而省略

運用「因承上文而省略」的省略句，例如：

1.《論語・陽貨》：「孺悲欲見孔子，孔子辭以疾。將命者出戶，取瑟而歌，使之聞

之。」「取瑟而歌之」，係「(孔子)取瑟而歌之」的省略句，因上文有「孔子」而省略，這是因承上文而省略。

2.袁枚〈祭妹文〉：「前年予病，汝終宵刺探，減一分，則喜；增一分，則憂。」「減一分，則喜；增一分，則憂」，係「(予病)減一分，則(汝)喜；(予病)增一分，則(汝)憂」的省略句。「(予病)」、「(汝)」，皆是因上文有「予病」、「汝」而省略，這是因承上文而省略。

3.洪醒夫〈紙船印象〉：「我們住的是低矮簡陋的農舍，簷下無排水溝。」「簷下無排水溝」，係「(農舍)簷下無排水溝」的省略句，因上文有「農舍」而省略，這是因承上文而省略。

4.陶淵明〈桃花源記〉：「山有小口，彷彿若有光。」「彷彿若有光」，係「(小口)彷彿若有光」的省略，因上文有「上口」而省略，這是因承上文而省略。

5.朱自清〈背影〉：「他終於講定了價錢，就送我上車。」「就送我上車。」係「(他)就送我上車」的省略句，因上文有「他」而省略，這是因承上文而省略。

6.甘績瑞〈從今天起〉：「假如我們要做的一件正當的事，而不立刻去做，以爲『將來做的時候多得很，今天不做，還有明天可做呢！』這樣一來，一次，二次，三次，……就被因循怠惰的習慣所誤。」「就被因循怠惰的習慣所誤」，係「(我們要做一件正當的事），我被因循怠惰所誤」的省略句，因上文有「我們要做一件正當的事」而省略，這是因承上文而省略。

7柳宗元〈始得西山宴遊記〉：「自余爲僇人，居是州。」「居是州」，係「（余）居是州」的省略句。因上文有「余」而省略，這是因承上文而省略。

㈢因探下文而省略

運用「因承下文而省略」的省略句，例如：

1.楊喚〈夏夜〉：「聽完了老祖母的故事，小弟弟和小妹妹也闔上眼睛走向夢鄉了。」「聽完了老祖母的故事」，係「（小弟弟和小妹妹）聽完了老祖母的故事」的省略句。因下文有「小弟弟和小妹妹」而省略，這是因探下文而省略。

2.李密〈陳情表〉：「尋蒙國恩，除臣洗馬。」「尋蒙國恩」，係「（臣）尋蒙國恩」的省略句。因下文有「臣」而省略，這是因探下文而省略。

3.《詩經．豳風．七月》：「七月在野，八月在宇，九月在戶，十月蟋蟀入我床下。」「七月在野，八月在宇，九月在戶」，係「七月（蟋蟀）在野，八月（蟋蟀）在宇，九月（蟋蟀）在戶」的省略句，因下文有「蟋蟀」而省略，這是因探下文而省略。

4.朱自清〈背影〉：「等他的背影混入來來往往的人裡，再找不著了，我便進來坐下。」「再找不著了」，係「（我）再找不著了」的省略句，因下文有「我」而省略，這是

因探下文而省略。

5.胡適〈差不多先生傳〉：「於是這位牛醫王大夫走近床前，用醫牛的法子給差不多先生治病。」「這位牛醫王大夫走近（差不多先生）床前」的省略句，因下文有「差不多先生」而省略，這是因探下文而省略。

6.陳之藩〈謝天〉：「在小時候，每當冬夜，我們一大家人圍著個人圓桌吃飯。我總是坐在祖母身旁。」「在小時候」，係「在（我）小時候」的省略，因下文有「我」而省略，這是因探下文而省略。

7.余光中〈車過枋寮〉：「肥肥的甘蔗肥肥的田，雨落在屏東肥肥的田裡。」「肥肥的甘蔗肥肥的田」，係「（屏東）肥肥的甘蔗（屏東）肥肥的田」的省略句，因下文有「屏東」而省略，這是因探下文而省略。

㈣為文章簡潔而省略

爲了追求文章簡潔有力，而運用「爲文章簡潔而省略」的省略句。㉒例如：

1.劉義慶《世說新語．德行》：「陳太丘與友期行，期日中，過中不至，太丘舍去，去後，乃至。」此句係「陳太丘與友期行，（共）期日中，（友）過中不至，太丘舍（之，指友）去，（太丘）去後，（友）乃至」的省略句，這是爲文章力求簡潔而省略。

2.吳敬梓《儒林外史．第一回》「王冕的少年時代」：「可惜我這裡沒有一個畫工，把這荷花畫他幾枝。」此句係「可惜我這裡沒有一個畫工，（如果有一個畫工）把這荷花畫他幾枝」的省略句，這是爲力求文章簡潔而省略。

3《老子．第二十七章》：「善人者，不善人之師；不善人者，善人之資。不貴其師，不愛其資，雖智大迷；是謂要妙。」「不貴其師，不愛其資，雖智大迷；（貴其師，愛其資）；是謂要妙。」的省略句，爲了力求文章簡潔而省略。

4.《老子．第二章》：「有無相生，難易相成，長短相形，高下相傾，音聲相和，前後相隨。」「高下相傾」，係「高（低）（上）下相傾」的省略句，爲力求簡潔而省略。

5.《左傳．僖公二十四年》：「晉侯賞從亡者，介之推不言祿，祿亦弗及。其母曰：亦使知之，若何？對曰：『言，身之文也，身將隱，焉用文之？是求顯也。』」「是求顯也」，係「（若使知之），是求顯之」的省略句，爲力求簡潔而省略。

6.劉禹錫〈陋室銘〉：「南陽諸葛廬，西蜀子雲亭。孔子云：『何陋之有？』」「孔子云：『何陋之有？』」係「孔子云：『君子居之，何陋之有？』」的省略句，爲力求簡潔而省略。

二、對話省略

所謂對話省略，是指在說話或書信中，有些詞語，難免有省略的現象，又稱爲當前省略。例如：

㈠白居易〈與元微之書〉：「僕自到九江，已涉三載，形骸且健，方寸甚安。下至家人，幸皆無恙。長兄去夏自徐州至，又有諸院孤小弟妹六、七人，提挈同來。」「下至家人」，係「下至（僕）家人」的省略。「長兄去夏自徐州至」，係「（僕）長兄去夏自徐州至（九江）」的省略。「又有諸院孤小弟妹六、七人」，係「又有（僕）諸院孤小弟妹六、七人」的省略。省略「僕」、「九江」，皆是承上文「僕自到九江」中的「僕」、「九江」，在書信中，常有承上省略，一則力求簡潔，再則避免贅詞、重視。

㈡王維〈山中與裴秀才迪書〉：「足下方溫經，猥不敢相煩。輒便往山中，憩感配寺，與山僧飯訖而去。北涉玄灞，清月映廓，夜登華子岡。」「輒便往山中」，係「（王維）輒便往山中」的省略。「與山僧飯訖而去」，係「（王維）與山僧飯訖而去」的省略。「北涉玄灞」，係「（王維）北涉玄灞」的省略。這三例省略，皆是爲了力求簡潔，不拖泥帶水，而省略作者「王維」，書信常省略作者或對方收信人。

㈢王維〈山中與裴秀才迪書〉：「非子天機清妙者，豈能以此不急之務相邀？然是中有深趣矣。無忽！」「豈能以此不急之務相邀」，係「豈能以此不急之務邀（子）」的省略。「子」，指「裴迪」。「無忽」，係「（請子）無忽」的省略。此「子」，亦指「裴迪」。「忽」，「忘記」之意。這封書信，除省略作者「王維」外，亦省略收信人「裴迪」，省略寄信人、收信人的名字，在古今書信中，時常出現這種情況。

㈣《孟子．梁惠王下》：「齊宣王問曰：『湯放桀，武王伐紂，有諸？』孟子對曰：『於傳有之。』曰：『臣弒其君，可乎？』曰：『賊仁者，謂之賊；賊義者，謂之殘。殘賊之人，謂之一夫。聞誅一夫紂矣，未聞弒君也。』」「於傳有之」，係「（湯放桀，武王伐紂），於傳有之」的省略。「曰：『臣殺其君，可乎？』」係「（齊宣王問）曰：『臣弒其君，可乎？』」的省略。「曰：『賊仁者，謂之賊；賊義者，謂之殘。殘賊之人，謂之一夫。聞誅一夫紂矣，未聞弒君也。』」係「（孟子對）曰：『賊仁者，謂之賊；賊義者，謂之殘。殘賊之人，謂之一夫。聞誅一夫紂矣，未聞弒君也』」的省略。在面對面說話中，難免有省略現象，也是為了力求簡潔而不拖泥帶水。

㈤《孟子．梁惠王下》：「孟子謂齊宣王曰：『王之臣，有託其妻子於其友，而之楚遊者；比其反也，則凍餒其妻子，則如之何？』王曰：『棄之。』曰：『士師不能治士，則如之何？』曰：『已之。』曰：『四境之內不治，則如之何？』王顧左右而言他。」「王曰：『棄之。』」，係「（齊宣）王曰：『（王之臣）棄之（指「其友」）』」的省略。「曰：『士師不能治士，則如之何？』」係「（孟子謂齊宣王）曰：『士師不能治士，則如之何？』」的省略。「王曰：『已之。』」係「（齊宣）王曰：『已之（指「士師」）。』」的省略。「曰：『四境之內不治，則如之何？』」係「（孟子）曰：『四境之內不治，則如之何？』的省略。」「王顧左右而言他」，係「（齊宣）王顧左右而言他」的省略。這段對話

的省略，都是當前省略，也是承上文而省略。

貳、無主語句

所謂無主語句，是指僅有謂語，而沒有主語的句子，也稱無主句。有些句子的主語，係自然現象或人事情況，是泛指的，或很難肯定而精確地指出主語來。例如：

一、《荀子．勸學》：「不登高山，不知天之高也。」此句沒有主語，而僅有謂語（述語＋賓語），係無主語句，又稱爲無主句。「登」，係述語；「高山」，係賓語；沒有主語，很難精確地說出主語來。

二、《荀子．勸學》：「不臨深谿，不知地之厚也。」此句沒有主語，而僅有謂語（述語＋賓語），係無主語句，又稱爲無主句。「臨」，係述語；「深谿」，係賓語；沒有主語，很難精確地說出主語來。

三、余光中〈聽聽那冷雨〉：『下雨了！』溫柔的灰美人來了。」「下雨了」，沒有主語，很難精確地說出主語來。「下」，係述語；「雨」，係賓語。「下雨了」，係沒有主語，而僅有謂語（述語＋賓語），是無主語句，又稱爲無主句。

四、《荀子．勸學》：「不聞先王之遺言，不知學問之大也。」此句沒有主語，而僅有謂語（述語＋賓語），係無主語句，又稱爲無主句。「聞」，係述語；「先王之遺言」，係賓語；沒有主語，很難精確地指出主語來。

五、余光中《蓬的聯想·燭光中》：「聽，悲哀多靜，靜得多悲哀。」「聽，悲哀多靜」，係沒有主語，而僅有謂語（述語＋賓語），是無主語句，又稱爲無主句。「聽」，係述語；「悲哀多靜」，係賓語；沒有主語，很難精確地說出主語來。

六、黃祥榮《維吾爾族諺語》：「要學好，一輩子；若學壞，一下子。」「要學好」，係沒有主語，而僅有謂語（述語＋賓語），是無主語句，又稱爲無主句。「要」，係述語；「學好」，係賓語；沒有主語，很難精確地說出主語來。

七、周長楫、林鵬祥、魏南安《臺灣閩南諺語》：「不聽老人言，食苦佇眼前。」意謂不聽老人言，吃虧在眼前。「聽」，係述語；「老人言」，係賓語；沒有主語，很難精確地說出主語來。因此，「不聽老人言」，係沒有主語，而僅有謂語（述語＋賓語），是無主語句，又稱爲無主句。

八、黃永達《臺灣客家俚諺語語典》：「掩人面目。」即掩人耳目，欺騙人家之意。此句沒有主語，而僅有謂語（述語＋賓語），係無主語句，又稱爲無主句。「掩」，係述語；「人面目」，係賓語；沒有主語，很難精確指出主語來。

九、英國諺語：「積蓄一分錢，等於賺來一分錢。」「積蓄一分錢」，係沒有主語，而僅有謂語（述語＋賓語），是無主語句，又稱爲無主句。「積蓄」，係述語；「一分錢」，

係賓語；沒有主語，很難精確而肯定地說出主語來。

十、日本諺語：「不輕視微小的敵人。」此句沒有主語，而僅有謂語（述語＋賓語），係無主語句，又稱為無主句。「輕視」，係述語；「微小的敵人」，係賓語；沒有主語，很難肯定而精確地指出主語來。

十一、日本諺語：「不害怕狂暴的對手。」此句沒有主語，而僅有謂語（述語＋賓語），係無主語句，又稱為無主句。「害怕」，係述語；「狂暴的對手」，係賓語；沒有主語，很難肯定而精確地說出主語來。

十二、中國諺語：「把握住今天，勝過兩個明天。」「把握今天」，係沒有主語，而僅有謂語（述語＋賓語），係無主語句，又稱為無主句。「把握」，係述語；「今天」，係賓語；沒有主語，很難肯定而精確地指出主語來。

參、獨詞句

所謂獨詞句，是指一個詞或短語構成的句子，又稱為獨語詞、單詞句。名詞、動詞、形容詞、歎詞、短語，皆可以構成獨詞句。例如：

一、白居易〈與元微之書〉：「微之，微之，不見足下面已三年矣。」「微之」、「微之」，係以名詞構成的獨詞句，又稱為獨語句。

二、韓愈〈師說〉：「嗟乎！師道之不傳也久矣！」「嗟乎」，係以歎詞構成的獨詞句，又稱爲獨語句。

三、范仲淹〈岳陽樓記〉：「嗟夫！予嘗求古仁人之心，或異二者之爲，何哉？」「嗟夫」，係以歎詞構成的獨詞句，又稱爲獨語句。

三、馬致遠〈天淨沙．秋思〉：「枯藤、老樹、昏鴉。」「枯藤」、「老樹」、「昏鴉」，係以偏正短語中的定心短語構成獨詞句，又稱爲獨語句。「枯」、「老」、「昏」，係定語，又稱爲形容（性）附加語、形語；「藤」、「樹」、「鴉」係，中心語。

四、洪醒夫〈散戲〉：「對！既然說了，也就不怕你生氣。」「對」，係以形容詞構成的獨詞句，又稱爲獨語句。

五、洪醒夫〈散戲〉：「喂，喂，係講話要有良心。」「喂」，係以打招呼的聲音構成的獨詞句，又稱爲獨語句。

六、洪醒夫〈散戲〉：「唉！是應該老老實實呆在家裡了。」「唉」，係以歎詞構成的獨詞句，又稱爲獨語句。

六、廖鴻基〈黑與白——虎鯨〉：「身材高大的土匪在我身後氣喘吁吁，反覆叨唸：『虎鯨！是虎鯨……』」「虎鯨」，係以名詞構成的獨詞句，又稱爲獨語句。

七、袁枚〈祭妹文〉：「嗚呼！身前既不可想，身後又不可知。」「嗚呼」，係以歎詞

構成的獨詞句。

八、范仲淹〈岳陽樓記〉：「噫！微斯人，吾誰與歸！」「噫」，「唉」之意，係以歎詞構成的獨詞句。

九、司馬遷《史記．項羽本紀》「鴻門之宴」：「沛公曰：『諾！』於是項伯復夜去。」「諾」，係以應答別人的詞語構成的獨詞句，又稱爲獨語句。

十、司馬遷〈鴻門之宴〉：「項王曰：『壯士！能復飲乎？』」「壯士」，係以名詞構成的獨詞句，又稱爲獨語句。

十一、司馬遷〈鴻門之宴〉：「項王未有以應，曰：『坐！』樊噲從良坐。」「坐」，係以動詞構成的獨詞句，又稱爲獨語句。

十二、丘遲〈與陳伯之書〉：「遲頓首，陳將軍足下：無恙，幸甚！幸甚！」「幸甚」，係以形容詞構成的獨詞句，又稱爲獨語句。

十三、朱自清〈背影〉：「唉！我不知何時再能與他相見！」「唉」，係以歎詞構成的獨詞句。

十四、吳明足〈業餘寫作樂無窮〉：「快！快！先讓我看看，妳寫得怎樣？」「快」，係以形容詞構成的獨詞句，又稱爲獨語句。

十五、周敦頤〈愛蓮說〉：「噫！菊之愛，陶後鮮有聞。」「噫」，「唉」之意，係以歎詞構成的獨詞句，又稱爲獨語句。

十六、吳明足《不吐絲的蠶．教夫下廚記》：「好！當然好！下回妳再生個女兒時，我一定可以更熟練地做出更上一層的拿手菜。」「好」，係以形容詞構成的獨詞句，又稱爲獨語句。

十七、吳敬梓《儒林外史．第一回》「王冕的少年時代」：「小哥！你只在這一帶玩耍，不可遠去。」這是秦老對王冕稱呼的詞語，係以名詞構成的獨詞句，又稱爲獨語句。

十八、吳明足〈小叔〉：「阿嫂！妳那天有空？我陪你走一趟，妳就知道了。」「阿嫂」，這是小叔對嫂嫂稱呼的詞語，係以名詞構成的獨詞句，又稱爲獨語句。

十九、白居易〈慈烏夜啼〉：「嗟哉！斯徒輩，其心不如禽！」「嗟哉」，係以歎詞構成的獨詞句，又稱爲獨語句。

二十、廖玉蕙〈示愛〉：「媽！你別信妹妹的甜言賓語。」「媽」，是兒女對母親稱呼的詞語，係以名詞構成的獨詞句，又稱爲獨語句。

二十一、徐志摩〈我所知道的康橋〉：「看天，聽鳥，讀書。」「看天」、「聽鳥」、「讀書」，係造句短語中的述賓短語。「看」、「聽」、「讀」，係述語；「天」、「鳥」、「書」，係賓語。因此，「看天」、「聽鳥」、「讀書」，係以述賓短語構成的獨詞句，又稱爲獨語句。

附錄十一、第六章　注釋

① 參閱黃慶萱《高級中學文法與修辭》上冊，臺北：國立編譯館印行，一九八六年八月初版，頁三九至四五；黃春貴《高級中學文法與修辭》上冊，臺南：翰林出版事業股份有限公司，二〇〇四年六月修訂版，頁七五至九八；楊如雪《高級中學文法與修辭》上冊，臺北：康熹文化事業股份有限公司印行，頁六三至七三；何永清《高級中學文法與修辭》上冊，臺北：三民書局印行，二〇〇〇年八月初版，頁七九至一〇六。

② 普通句，又稱簡句、普通單句。大陸從作用和語氣來看，單句分爲陳述句、疑問句、祈使句、感歎句四種，詳見劉蘭英、孫全洲《語法與修辭》上冊，臺北：新學識文教出版中心印行，一九九八年十月三版，頁一九至二〇一；上海復旦大學范曉教授多增加「呼應句」，共有五種。從結構來看，單句分爲完全句、省略句、體詞句、謂詞句、歎詞句五種，詳見劉、孫書，頁二〇二至二〇三。本節以臺灣分類爲主，再酌參大陸。

③ 見段德森《實用古漢語虛詞》，太原：山西教育出版社印行，一九九〇年九月再版，頁一八六至一八七。

④見同①，許世瑛《中國文法講話》，臺北：臺灣開明書店印行，一九六六年六月出版、一九九八年十一月廿四版，頁一六四至一六九；黃慶萱書，頁四一至四二；楊如雪書，頁六四至六七；黃春貴書，頁七八至七九。

⑤同①，黃慶萱書，頁三九至四〇；黃春貴書，頁七七；楊書，頁六七至六八；何書，頁八四至八五。

⑥同③，頁六三七。

⑦同③，頁一〇八。

⑧同⑤，許書，頁一八一至一九六；黃慶萱書，頁四六至五〇。

⑨同①，黃春貴書，頁八四至八六。

⑩同①，楊書，頁七四至七八。

⑪同①，何書，頁九〇至九三。

⑫參閱同①，楊如雪書，頁八一；黃春貴書，頁八三。

⑬見同①，黃慶萱書，頁五九。

⑭同⑬，頁六〇至六四；本節同時參閱同①，黃春貴書，頁八三至八四；楊如雪書，頁八一至八八；何永清書，頁九三至九八。

⑮參閱同①，黃慶萱書，頁五一；楊書，頁八九。

⑯文言文的倒裝，當時可能是詩文的正則，但不同觀點視之，有語序變化的現象，語序變化的現象即一般稱爲倒裝。例如：臺語「鬧熱」、「風颱」，即國語「熱鬧」、「颱風」；從國語觀點而言，臺語有語序變化的現象，即倒裝。又如《戰國策．齊策》「馮諼客孟嘗君」：「計會」，即白話文「會計」；《文心雕龍．原道》：「輝光」，即白話文「光輝」；從白話文看文言文的觀點而言，文言有語序變化的現象，即倒裝。修辭學的倒裝，有四種現象：㈠爲平仄協調而倒裝。㈡爲押韻而倒裝。㈢爲對仗而倒裝。㈣爲文章波瀾而倒裝。詳見黃慶萱《修辭學》，臺北：三民書局印行，二〇〇二年十月增訂三版，頁八〇四至八〇九。

⑰參閱黃慶萱《修辭學》，同⑪，頁七八五至八〇四；同①，黃慶書，頁五一至五八；楊如雪分爲敘事句的語序變化、有無句的語序變化、表態句的語序變化、判斷句的語序變化、準判斷句的語序變化五種，見同①，楊書，頁八九至一〇一；黃春貴分爲謂語前置、賓語前置、定語後置、狀語後置四種，見同①，黃春貴書，頁八七至八七；何永清分爲賓語＋實、是（倒裝助詞）＋述語、賓語＋之（倒裝助詞）＋述語、否定性質詞語（莫、不、未）＋賓語＋述語、疑問性質的賓語（誰、何）＋述語（或副賓語＋介詞）、疑問性質的斷語（焉、何）＋準繫語（如）、疑問性質的副賓語＋介詞、「把」字式：主語＋把＋賓語＋述語七種，見同①，何書，頁九九至一〇二；楊說、

黃（春貴）說、何說，可資酌參。

⑱ 見何淑貞《古漢語語法與修辭研究》，臺北：福記文化圖書有限公司印行，一九八七年四月初版，頁一二一。

⑲ 同①，黃慶萱書，頁五二至五五；楊書，頁九〇至九七。

⑳ 同⑪，黃書，頁八〇〇至八〇二。

㉑ 同①，黃慶萱書，頁六四至六七；楊書，頁一〇二至一一〇；黃春貴書，頁八九至九一；黃慶萱《修辭學》，同⑪，頁八二七至八三一；許世瑛《中國文法講話》，臺灣開明書店印行，一九六六年六月初版、一九九八年十一月廿四版，頁三五七至三六〇。

㉒ 參閱同⑮，許書，頁三五七；黃慶萱《修辭學》，頁八二八至八二九。

附錄十二、第六章　術語的異稱表

術語	異稱
敘事句	敘事簡句、敘述句、陳述句
表態句	描寫句、表態簡句、形容詞謂語句
表語	表詞、形容詞謂語
繫語	繫詞
準繫語	準繫詞
包孕句	繁句、包句、子母句。
敘事包孕句	敘事繁句
有無包孕句	有無繁句
表態包孕句	表態繁句
判斷包孕句	判斷繁句
準判斷句	準判斷繁句
獨詞句	獨語句、單詞句

第七章 複句的類型

所謂複句，是指兩個或兩個以上的單句，在意義上，有密不可分的關係；在結構上，各分句彼此之間不充當句子成分；在語音停頓上，前面分句僅能較小停頓，末尾分句才能較大停頓；在關係上，不是以平等並立關係連接而構成，就是以主從或先後關係連接而構成。所謂分句，是指複句的成分；易言之，連接而構成複句的每個單句。

所謂關聯詞語，是指在複句中，運用連詞或副詞，表達分句之間的關係；易言之，即連詞或副詞，因此又稱為接連詞語；但也有些複句不用關聯詞語。依據分句之間的意義關係，複句的類型，可分為並列複句、偏正複句兩大類。並列複句，又稱為聯合複句、等立複句；偏正複句，又稱為主從複句。①

第一節 並列複句

所謂並列複句，是指兩個或兩個以上的單句，以平行聯合、平等並立的關係連接在一起的複句，又稱爲聯合複句、等立複句。②依據分句之間的關係，並列複句的類型，又分

爲連貫複句、遞進複句、平行複句、正反複句、選擇複句、轉折複句、總分複句、補充複句八種。③

壹、連貫複句

所謂連貫複句，是指分句之間，表達動作或事件連續發生，依照動作發生的時間順序或事件發展的次序，或事理的先後排列，連接而構成的複句，又稱爲順接複句、順承複句、承接複句。通常分句之間的關聯詞語，係「然後」、「於是」、「便」、「就」、「也」、「而」、「亦」、「乃」、「遂」等；但有時不用關聯語。④例如：

一、甘績瑞〈從今天圮〉：「我們認爲正當的事，應當做的事，從今天起，便開始去做。」依事理的順序，分爲三層：一是正當的事，應當做的事；二是今天起；三是開始去做。運用關聯詞語的副詞「就」、「便」，連接上下分句，使上、下文連貫。因此，此句是連貫複句，又稱爲順接複句、順承複句、承接複句。

二、胡適〈母親的教誨〉：「她看我清醒了，便對我說昨天我做錯了什麼事。」「她看我清醒了」，係前分句；「對我說昨天我做錯了什麼事」，係後分句；前、後分句之間，用關聯詞語的副詞「便」，連接上、下分句，使上、下文連貫，這是連貫複句。

三、楊喚〈夏夜〉：「當街燈亮起來向村莊道過晚安，夏天的夜就輕輕地來了。」

「當街燈亮起來向村莊道過晚安」，係第一層「夏天的夜」，係第二層；「輕輕地來了」，係第三層。第一、二層，沒有關聯詞語；第二、三層，有關聯詞語的副詞「就」連接，使上、下文連貫，這是連貫複句。「當街燈亮起來」，是「夏天的夜」的前奏，因此省略關聯詞語。

四、吳明足〈荷葉上的水珠〉：「我經他悉心指導，拙文也經常在報上發表。」前分句「我經他悉心指導」，敘述指導的情形；後分句「拙文經常在報上發表」，敘述指導的成果。此句運用關聯詞語「也」，連接前、後分句，構成關係的複句，簡稱連貫複句。

五、朱自清〈背影〉：「他和我走到車上，將橘子一股腦兒放在我的皮大衣上；然後撲撲衣上的泥土，心裡很輕鬆似的。」此句有四分句：第一分句，係「他和我走到車上」；第二分句，係「將橘子放在我的皮大衣上」；第三分句，係「撲撲衣上的泥土」；第四分句，係「心裡很輕鬆似的」。第一、二分句與第三、四分句之間，運用關聯詞語的連詞「然後」，連接上下分句，使上、下文連貫，這是連貫複句。

六、《孟子．梁惠王上》：「上下交征利，而國危矣。」第一分句「上下交征利」，係因在前；第二分句「國危矣」，係果在後；運用關聯詞語的連詞「而」，連接上、下分句，使上、下文連貫，這是連貫複句。

七、陶淵明〈桃花源記〉：「南陽劉子驥，高堂士也，聞之，欣然規往，未果，尋病終；後遂無問津者。」此句有三層：第一層，係「劉子驥規往」；第二層，係「未果，尋病終」；第三層，係「後無問津者」。重點在第二、三層之間，因此運用關聯詞語的連詞「遂」，連接上、下分句，使上、下文連貫，這是連貫複句。

八、歸有光〈項脊軒志〉：「余久臥病無聊，乃使人修葺南閤子，其制稍異於前。」此複句有三分句：第一分句，係「余久臥病無聊」；第二分句，係「使人修葺南閤子」；第三分句，係「其制稍異於前」。運用關聯詞語的副詞「乃」，連接上、下分句，使上、下文連貫。因此，此句係連貫複句。

九、陶淵明〈桃花源記〉：「太守即遣人隨其往，尋向所誌，遂迷不復得路。」此句分爲三個分句：第一分句，係「太守即遣人隨其往」；第二分句，係「尋向所誌」；第三分句，「迷不復得路」。依據前後順序，分爲三分句。第一、二分句沒有關聯詞語，第二、三分句運用關聯詞語的連詞「遂」，連接上、下分句，連貫上、下文，使上、下文連貫，這是連貫複句。

十、陶淵明〈桃花源記〉：「既出，得其船，便扶向路，處處誌之。」此句有四分句。第一分句，係「既出」；第二分句，係「得其船」；第三分句；係「便扶向路」；第四分句，係「處處誌之」。第一、二分句與第三、四分句之間，使用關聯詞語的副詞連接，使上、下文連貫，這是連貫複句。

十一、《戰國策．齊策》「馮諼客孟嘗君」：「孟嘗君使人給其食用，無使乏；於是馮諼不復歌。」此句有三分句。第一分句，係「孟嘗君使人給其食用」；第二分句，係「無使乏」；第三分句，係「馮諼不復歌」。第一、二分句，係「因」第三分句，係「果」。在因、果之間，加一關聯詞語的連詞「於是」，使上、下文連貫，這是連貫複句。

十二、歐陽脩〈醉翁亭記〉：「山行六、七里，漸聞水聲潺潺，而瀉出於兩峰之間者，釀泉也。」此句有四分句。第一分句，係「山行六、七里」；第二分句，係「漸聞水聲潺潺」；第三分句，係「瀉於兩峰之間」；第四分句，係「釀泉也」。第一、二分句與第三、四分句之間，運用關聯詞語的連詞「而」，連接上、下分句，使上、下文連貫的複句，這是連貫複句。

十三、司馬光〈訓儉示康〉：「常數月營聚，然後敢發書。」此句有二分。第一分句，係「常數月營聚」；第二分句，係「敢發書」。第一分句是「先準備」，第二分句是「再請客」，前後有序，運用關聯詞語的連詞「然後」，連接上、下分句，使上、下文連貫的複句，這是連貫複句。

十四、琦君〈髻〉：「母親已去世多年，垂垂老去的姨娘，亦終歸走向同一個渺茫不可知的方向。」此句有三分句。第一分句，係「母親已去世多年」；第二分句，係「垂垂老去的姨娘」；第三分句，係「（姨娘）終歸走向同一個渺茫不可知的方向」。作者認爲母

親已往生很久，姨娘已垂垂老矣，不必再與姨娘計較，姨娘終究也會往生。因此，在第二、三分句之間，運用關聯詞語的副詞「亦」，使上、下文連貫，這是連貫複句。

十五、徐志摩〈我所知道的康橋〉：「你那快活的靈魂，也彷彿在那裡回響。」此句有二分句。第一分句，係「你那快活的靈魂」；第二分句，係「彷彿在那裡回響」。第一分句，係「先有靈魂」；第二分句，「後有回響」。這裡加上關聯詞語的「也」，接連上、下分句，使上、下文連貫，這是連貫複句。

十六、劉鶚《老殘遊記》「大明湖」：「吃點兒點心，便搖著串鈴滿街趟了一趟。」此句有二分句。第一分句，係「吃點兒點心」；第二分句，係「搖著串鈴滿街趟了一趟」。第一分句，係「先吃飯」；第二分句，係「再做事」。此句先後有序，運用關聯詞語的副詞「便」，連接上、下分句，使上、下文連貫，這是連貫複句。

十七、《左傳．僖公二十四年》：「介之推不言祿，祿亦弗及。」此句有二分句。第一分句，係「介之推不言祿」，是「因」；第二分句，係「祿弗及」，是「果」。「因」在先，「果」在後，運用副詞連接上、下分句，連貫上、下文，這是連貫複句。

貳、遞進複句

所謂遞進複句，是指分句之間，在時間、程度、數量、範圍等方面，由輕而重、先淺後深、由易而難、先小後大的層次區別，層層遞升或遞降的複句，又稱爲層遞複句、進層複句、加合複句。⑤遞進複句常用的關聯詞語，有「不但……，也……」、「不但……，而且……」、「不唯……」、「既……，終……」、「不僅……，並且……」、「既……，又……」、「又……」、「又……又……」、「並且」、「何況」、「且……，況……」、「尤其」、「而」、「更」、「甚至」、「愈……，愈……」、「況且」等。⑥例如：

一、劉墉〈做硯與做人〉：「好的工作，就像好的硯石，不但成就了工作，也精益了工作者。」「成就了工作」，係程度較淺；「精益了工作者」，係程度較深。由淺而深，運用關聯詞語「不但……，也……」，構成遞進關係的複句，簡稱遞進複句。

二、陳之藩〈謝天〉：「老天爺也者，我覺得是既多餘，又落伍的。」「多餘」，係較輕；「落伍」，係較重。先輕後重，層層遞升，運用關聯詞語「既……，又……」，連接上、下分句，使上、下文構成遞進關係的複句，簡稱遞進複句。

三、袁枚〈祭妹文〉：「嗚呼！身前既不可想，身後又不可知。」「身前」、「身後」，有時間先後的區別，因此運用關聯詞語「既……，又……」，連接上、下分句，構成遞進關係的複句，簡稱遞進複句。

四、歐陽脩〈醉翁亭記〉：「飲少輒醉，而年又最高，故自號曰醉翁也。」「飲少輒醉」，即「醉翁」之「醉」；「年又最高」，即「醉翁」之「翁」。先說「醉」，後說

簡稱遞進複句。

「翁」，事情有先後，因此運用關聯詞語「而」，連接上、下分句，構成遞進關係的複詞，簡稱遞進複句。

五、林良〈不要怕失敗〉：「我當時又羞又急，眞想扭頭回家。」「急」比「羞」，更進一層，因此構成遞進關係的複詞，簡稱遞進複句。

六、李密〈陳情表〉：「既無叔伯，終鮮兄弟。」「終」字的作用和「又」相同。⑦依輩分言，「叔伯」比「兄弟」輩分高；依親疏言，「兄弟」比「叔伯」更親近。這句運用關聯詞語「既……，終……」，構成遞進關係的複句，簡稱遞進複句。

七、亞榮隆．撒可努〈飛鼠大學〉：「父親輕輕地走到樹洞下，又輕輕地往樹幹敲了幾下。」「走到樹洞下」，在前；「往樹幹敲了幾下」，在後。這是動作前後的順序，運用關聯詞語「又」，構成遞進關係的複詞，簡稱遞進複句。

八、《孟子．公孫日上》：「非徒無益，而又害之。」「害之」比「無益」，更深一層。因此，運用關聯詞語「非徒……，而又……」，構成遞進關係的複句，簡稱遞進複句。

九、白居易〈與元微之書〉：「此句他人尚不可聞，況僕心哉！」「僕心」比「他人」，感受更深。因此，運用關聯詞語「尚……，況……」，構成遞進關係的複詞，簡稱遞進複句。

十、白居易〈與元微之書〉：「不唯忘歸，可以終老。」「終老」比「忘歸」，更深一層。因此，運用關聯詞語「不唯……」，構成遞進關係的複詞，簡稱遞進複句。

十一、司馬光〈訓儉示康〉：「汝非徒身當服行，當以訓汝子孫。」「身當服行」，是「以身作則」；「訓汝子孫」，是「推己及人」。由「己」而「人」，係遞進關係。因此，運用關聯詞語「非徒……，當以……」，構成遞進關係的複句，簡稱遞進複句。

十二、羅家倫〈運動家的風度〉：「罵他不但無聊，而且是無恥。」「無恥」比「無恥」，更深一層。因此，運用關聯詞語「不但……，而且……」，構成遞進關係的複句，簡稱遞進複句。

十三、陳幸蕙〈世界是一本大書〉：「我們豈不都該勻出些時間，推窗起身，去瀏覽雲的傳奇、草的鋪敘、樹影花光的句讀，並且走到人群之中，去讀一讀市井街衢的面貌、人間生活的樣態、周遭諸人眼神表情的變化？」先談瀏覽自然界景物，再說觀察人生界百態。先自然，後人生，先後有序。因此，運用關聯詞語「（不僅……，）並且……」，構成遞進關係的複詞，簡稱遞進複句。

十四、《老子．第二十三章》：「天地尚不能久，而況於人乎？」「飄風不終朝，驟雨不終日」，因此「天地不能久」。先敘述「天」，再陳述「人」，先後有序。因此，運用關聯詞語「尚……，而況……」，構成遞進關係的複句，簡稱遞進複句。

十五、吳魯芹〈數字人生〉：「另一次不但是『禍不單行』的成語顯靈，而且是『禍從天外飛來』。」先敘說「禍不單行」，再陳述「禍從天外飛來」，先後有序。因此，運用關聯詞語「不但……，而且……」，構成遞進關係的複句。

十六、魏徵〈諫太宗十思疏〉：「臣雖下愚，知其不可，而況於明哲乎？」先敘說「自己」，再陳述「明哲」，先後有序。因此，運用關聯詞語「而況」，構成遞進關係的複詞，簡稱遞進複句。

十七、白居易〈琵琶行並序〉：「我聞琵琶已歎息，又聞此語重唧唧！」先敘說「我聞琵琶已歎息」，再陳述「聞此語重唧唧」，先後有序。因此，運用關聯詞語「又」，構成遞進關係的複詞，簡稱遞進複詞。

十八、柳宗元〈答韋中立論師道書〉：「爲眾人師且不敢，況敢爲吾子師乎？」第一分句，係「不敢爲眾人師」；第二分句，係「敢爲吾子師乎」。先言「不敢爲一般人老師」，後言「怎麼敢做您的老師」，先後有序，因此運用關聯詞語「且……，況……」，構成遞進關係的複句，簡稱遞進複句。

十九、陳義芝《不盡長江滾滾來．新詩導論．詩與生活》：「把生活原樣搬進詩裡，不僅平凡平淡，並且瑣碎、枯燥、無意義。」作者認爲生活轉化爲詩，必須靠「博觀約取」的藝術手法。若是將原樣生活移入詩中，既是平凡平淡，更是瑣碎、枯燥、無意義。「瑣碎、枯燥、無意義」比「平凡平淡」，更深一層，因此運用關聯詞語「不僅……，並且……」，構成遞進關係的複句，簡稱遞進複句。

二十、陳義芝〈新詩導論．詩的聲律〉：「變化愈多，感人的力量愈大。」作者認為聲韻的巧妙安排，既有聚合作用，又有愉悅效果；聲韻的變化愈多，感人的力量愈大。先有聲韻的變化，後有感人的力量，先後有序。因此，運用關聯詞語「愈……，愈……」，構成遞進關係的複句，簡稱遞進複句。

二十一、《孟子．公孫丑下》：「仁、智，周公未之盡也；而況於王乎？」此言周公係古聖人，尚且未能做到仁、智，更況齊王非聖人，如何做到仁、智。先言周公，後言齊王，係遞進複句。

二十二、劉勰《文心雕龍．知音》：「彼實博徒，輕言負誚，況乎文士，可安談哉！」此言樓護本是地位卑賤的人，信口開河，尚且被人譏笑，更何況是文人，怎麼可以隨便發表議論呢？先敘說樓護信口開河，被人譏笑，再陳述文人不可以隨便亂發表議論，先後有序，因此運用關聯詞語「尚且……，（更何）況……」，構成遞進關係的複句，簡稱遞進複句。

參、平行複句

所謂平行複句，是指各分句結構相似，字數相等，具有平行對等關係，構成平行關係的複句。通常不用關聯詞語的副詞或連詞連接，有時同用一個主語。例如：

一、《老子・第六十四章》：「合抱之木，生於毫末；九層之臺，起於累土；千里之行，始於足下。」作者認為「合抱之木」、「九層之臺」、「千里之行」，皆是順其自然的結果，並非故意去做。此句有三分句，結構相似，字數相等，不用關聯詞語的連詞或副詞連接，僅是平行關係構成的複句，簡稱平行複句。

二、《老子・第四十七章》：「不出戶，知天下；不窺牖，見天道。」意謂天下雖大，不出戶亦可知；天道雖廣，不窺牖亦可見。此句有二分句，結構相似，字數相等，不用關聯詞語的連詞或副詞連接，僅是平行關係構成的複句，簡稱平行複句。

三、《老子・第二章》：「有無相生，難易相成，長短相形，高下相傾，音聲相和，前後相隨。」「有無」、「難易」、「長短」、「高下」、「音聲」、「前後」，雖是相對論，但相互為用，相輔相成，相得益彰。此六分句，結構相似，字數相等，不用關聯詞語的連詞或副詞連接，僅是平行關係構成的複句，簡稱平行複句。

四、《老子・第一章》：「道可道，非常道；名可名，非常名。」「道」，是天地萬物的本源；「名」，係道的眞相。《老子》之道，無狀無象，是形而上的，因此不可名。此句有二分句，結構相似，字數相等，不用關聯詞語的連詞或副詞連接，僅是平行關係構成的複句，簡稱平行複句。

五、《老子．第八十章》：「甘其食，美其服，安其居，樂其俗。」此言小國寡民，人民不慕榮利，恬淡自足；飲食雖然粗俗，都以爲很甜美；穿衣雖然樸素，卻以爲很美觀；居住雖然簡陋，卻以爲很安舒；風俗雖然簡樸，卻以爲很快樂。此句有四分句，結構相似，字數相等，不用關聯詞語的連詞或副詞連接，僅是平行關係構成的複句，簡稱平行複句。

六、《論語．學而》：「君子食無求飽，居無求安。」同用一個主語「君子」。「食無求飽，居無求安」，此二分句，結構相似，字數相等，不用關聯詞語的連詞或副詞連接，僅是平行關係構成的複句，簡稱平行複句。

七、陶淵明〈桃花源記〉：「土地平曠，屋舍儼然。」此二分句，結構相似，字數相等，不用關聯詞語的連詞或副詞連接，僅是平行關係構成的複句，簡稱平行複句。

八、《論語．公冶長》：「老者安之，朋友信之，少者懷之。」此三分句，結構相似，字數相等，不用關聯詞語的連詞或副詞連接，僅是平行關係構成的複句，簡稱平行複句。

九、陳義芝《不安的居住．操場．陪父親散步有感》：「兒女虧欠了他，六十歲時；金錢虧欠了他，五十歲時；農田虧欠了他，三十歲時。」此三分句，從「兒女」、「金錢」、「農田」，描述虧欠的情況。此三分句，結構相似，字數相等，不用關聯語的連詞或副詞連接，僅是平行關係構成的複句，簡稱平行複句。

十、陳義芝《青衫．海上之傷．一九七八年南中國海記事》：「生吃海蚌的肉，生飲殼中的汁。」這是描述海上漂流的難民，「生吃」、「生飲」的痛苦生活。此二分句，結構相似，字數相等，不用關聯詞語的連詞或副詞連接，僅是平行關係構成的複句，簡稱平行複句。

十一、《孟子．盡心上》：「飢者甘食，渴者甘飲。」此言「飢者」、「渴者」未得正常飲食，才會「甘食」、「甘飲」。此二分句，結構相似，字數相等，不用關聯詞語的連詞或副詞連接，僅是平行關係構成的複句，簡稱平行複句。

十二、《孟子．公孫丑上》：「惻隱之心，仁之端也；羞惡之心，義之端也；辭讓之心，禮之端也；是非之心，智之端也。」此言「惻隱」、「羞惡」、「辭讓」、「是非」，係「仁」、「義」、「禮」、「智」的四端。此四分句，結構相似，字數相等，係以平行關係構成的複詞，簡稱平行複句。

十三、《孟子．梁惠王上》：「庖有肥肉，廄有肥馬，民有餓色，野有餓莩。」此言國君養肥禽獸、餓死人民的作風，簡直是率獸食人。此四分句，結構相似，字數相等，係以平行關係構成的複句，簡稱平行複句。

十四、《孟子．梁惠王上》：「權，然後知輕重；度，然後知長短。」此言「權」、「度」，可知輕重、長短。物如此，人心何嘗不是如此？此二分句，是結構相似，字數相等，係以平行關係構成的複句，簡稱平行複句。

十五、《孟子．滕文公上》：「夏曰校，殷曰序，周曰庠。」此言夏、商、周的學校，各有不同名稱。此三分句，是結構相似，字數相等，係以平行關係構成的複句，簡稱平行複句。

十六、《呂氏春秋．卷二情欲》：「耳之欲五聲，目之欲五色，口之欲五味。」「耳欲五聲」、「目欲五色」、「口欲五味」，此乃人之情也。此三分句，是結構相似，字數相等，係以平行關係構成的複句，簡稱平行複句。

十七、《呂氏春秋．卷二情欲》：「秋早寒，則冬必煖矣；春多雨，則夏必旱矣。」此言天地不能同時兼顧秋冬、春夏。此二分句，是結構相似，字數相等，係以平行關係構成的複句，簡稱平行複句。

十八、《呂氏春秋．卷二功名》：「善釣者，出魚乎十仞之下，餌香也；善弋者，下鳥乎百仞之上，弓良也。」此言善爲君者，德厚也；如善釣者，餌香也；善弋者，弓良

也。」此二分句，是結構相似，字數相等，係以平行關係構成的複句，簡稱平行複句。

十九、《墨子．兼愛》：「子自愛，不愛父，故虧父而自利；弟自愛，不愛兄，故虧兄而自利；臣自愛，不愛君，故虧君而自利。」作者認爲天下紊亂的原因，在於子女不孝順父母，弟弟不恭敬哥哥，臣子不忠愛國君，而只顧自己的利益。此三分句，是結構相似，字數相等，係以平行關係構成的複句，簡稱平行複句。

二十、梁啓超〈論進取冒險〉：「有女德而無男德，有病者而無健者，有暮氣而無朝氣。」此言國家有女德、有病者、有暮氣，而無男德、無健者、無朝氣，是岌岌可危。此三分句，是結構相似，字數相等，係以平行關係構成的複句，簡稱平行複句。

二十一、《孫子兵法．勢篇第五》：「聲不過五，五聲之變，不可勝聽也；色不過五，五色之變，不可勝觀也；味不過五，五味之變，不可勝嘗也。」此言戰勢不過奇正，奇正之變，不可勝窮也；如五聲之變，不可勝聽也；五色之變，不可勝觀也；五味之變，不可勝嘗也。此三分句，係結構相似，字數相等，係以平行關係構成的複句，簡稱平行複句。

二十二、《孫子兵法．九變篇第八》：「必死，可殺也；必生，可虜也；忿速，可悔也；廉潔，可辱也；愛民，可煩也。」此言將帥性情偏執，而不知變通，就有失敗的危殆。此五分句，是結構相似，字數相等，係以平行關係構成的複句，簡稱平行複句。

二十三、顧炎武〈廉恥〉：「松柏後凋於歲寒，雞鳴不已於風雨。」此二分句，比喻君子處在亂世，不改變節操。此二分句，是結構相似，字數相等，係以平行關係構成的複句，簡稱平行複句。

二十四、白居易〈與元微之書〉：「湓魚頗肥，江酒極美。」此言湓水的魚很肥大，江州的酒很甜美。此二分句，係結構相似，字數相等，係以平行關係構成的複句，簡稱平行複句。

二十五、魏徵〈諫太宗十思疏〉：「求木之長者，必固其根本；欲流之遠者，必浚其泉源；思國之安者，必積其德義。」此言國君能積德，國家必定長治久安。此三分句，是結構相似，字數相等，係以平行關係構成的複句，簡稱平行複句。

二十六、〈木蘭詩〉：「東市買駿馬，西市買鞍韉，南市買轡頭，北市買長鞭。」花木買駿馬、鞍韉、轡頭、長鞭，準備代父從軍。此四分句，是結構相似，字數相等，係以平行關係構成的複句，簡稱平行複句。

二十七、吳均〈與宋元思書〉：「蟬則千轉不窮，猿則百叫無絕。」此言蟬、猿鳴叫的情況。此二分句，是結構相似，字數相等，係以平行關係構成的複句，簡稱平行複句。

二十八、王鼎鈞《開放的人生．苦》：『苦』使人頭腦清醒，意志堅強，精神抖擻，身體健康。」此言「苦」的益處。「人」，係主語。「頭腦清醒」、「意志堅強」、

「精神抖擻」、「身體健康」，同用一個主語「人」。此四分句，是結構相似，字數相等，係以平行關係構成的複句，簡稱平行複句。

二十九、劉禹錫〈陋室銘〉：「山不在高，有仙則名；水不在深，有龍則靈。」作者將「陋室」比喻作「山」、「水」，「德」比喻作「仙」、「龍」，強調道德的重要。此二分句，是結構相似，字數相等，係以平行關係構成的複句，簡稱平行複句。

三十、范仲淹〈岳陽樓記〉：「浮光耀金，靜影沈璧。」此言岳陽樓的浮光、靜影的美景。此二分句，係結構相似，字數相等，係以平行關係構成的複句，簡稱平行複句。

肆、正反複句

所謂正反複句，是指先正後反或先反後正的分句，係以一正一反或一反一正的正反關係構成的複句，簡稱正反複句，又稱爲對待複句。⑧例如：

一、《論語．學而》：「不患人之不己知，患不知人也。」「不患」、「患」，係正反關係。此二分句，係以正反關係構成的複句，簡稱正反複句，又稱爲對待複句。

二、《論語．學而》：「父在觀其志，父沒觀其行。」「在」、「沒」，係正反關係。此二分句，係以正反關係構成的複句，簡稱正反複句，又稱爲對待複句。

三、《荀子．勸學》：「鍥而舍之，朽木不折；鍥而不舍，金石可鏤。」「舍之」、

「不舍」，係正反關係。第一分句「鍥而舍之，朽木不折」，是「半途而廢」之意，係反面意義；第二分句「鍥而不舍，金石可鏤」，是「有志竟成」之意，係正面意義。此句係先反後正的關係構成的複句，簡稱正反複句，又稱爲對待複句。

四、劉禹錫〈陋室銘〉：「談笑有鴻儒，往來無白丁。」「有」與「無」、「鴻儒」與「白丁」，是正反關係。此二分句，係以正反關係構成的複句，簡稱正反複句，又稱爲對待複句。

五、《論語・憲問》：「有德者必有言，有言者不必有德。」「必有」、「不必有」，係正反關係。此二分句，係以正反關係構成的複句，簡稱正反複句，又稱爲對待複句。

六、《論語・里仁》：「不患無位，患所以立。」「不患」、「患」，係正反。此二分句，係以正反關係構成的複句，簡稱正反複句，又稱爲對待複句。

七、《論語・里仁》：「唯仁者，能好人，能惡人。」「仁者」，係主語。「好」、「惡」，係正反關係。「能好人，能惡人」，係以正反關係構成的複句，簡稱正反複句，又稱爲對待複句。

八、彭端淑〈爲首一首示子姪〉：「學之，則難者亦易矣；不學，則易者亦難矣。」此言人之爲學，雖有難易，然肯學必易，不肯學必難。「學之」、「不學」，係正反關係。此二分句，係以正反關係構成的複句，簡稱正反複句，又稱爲對待複句。

九、陶淵明〈五柳先生傳〉：「不戚戚於貧賤，不汲汲於富貴。」「貧賤」、「富貴」，係正反關係。此二分句，係以正反關係構成的複句，簡稱正反複句，又稱爲對待複句。

十、歐陽脩〈醉翁亭記〉：「禽鳥知山林之樂，而不知人之樂。」「知」、「不知」，係正反關係。此二分句，係以正反關係構成的複句，簡稱正反複句，又稱爲對待複句。

十一、王安石〈祭歐陽文忠公文〉：「唯公生有聞於當時，死有傳於後世。」「生」、「死」，係正反關係。同用一個主語「公」。此二分句，係以正反關係構成的複句，簡稱正反複句，又稱爲對待複句。

十二、《論語．顏淵》：「君子成人之美，不成人之惡。」同用一個主語「君子」。「成」與「不成」、「美」與「惡」，係正反關係。此二分句，係以正反關係構成的複句，簡稱正反複句，又稱爲對待複句。

十三、《孟子．告子下》：「生於憂患，而死於安樂也。」「生」與「死」、「憂患」與「安樂」，係正反關係。此二分句，係以正反關係構成的複句，簡稱正反複句，又稱爲對待複句。

十四、《孟子．離婁上》：「滄浪之水清兮，可以濯我纓；滄浪之水濁兮，可以濯我足。」「清」、「濁」，係正反關係。此二分句，係以正反關係構成的複句，簡稱正反複句，又稱爲對待複句。

十五、《孟子．公孫丑上》：「天作孽，猶可違；自作孽，不可活。」「猶可違」、「不可活」，係正反關係。此二分句，係以平行關係構成的複句，簡稱平行複句，又稱爲對待複句。

十六、《論語．微子》：「往者不可諫，來者猶可追。」「往」與「來」、「可」與「不可」，係正反關係。此二分句，係以正反關係構成的複句，簡稱正反複句，又稱爲對待複句。

十七、《論語．衛靈公》：「君子病無能焉，不病人之不己知也。」「病」、「不病」，係正反關係。同用一個主語「君子」。此二分句，係以正反關係構成的複句，簡稱正反複句，又稱爲對待複句。

十八、《論語．衛靈公》：「志士仁人，無求生以害仁，有殺身以成仁。」「無」、「有」，係正反關係。同用一個主語。「無求生以害仁，有殺身以成仁」，係以正反關係係構成的複句，簡稱正反複句，又稱爲對待複句。

十九、《論語．述而》：「君子坦蕩蕩，小人長戚戚。」「君子」與「小人」，係正反關係。此二分句，係以正反關係構成的複句，簡稱正反複句，又稱爲對待複句。

二十、《論語．里仁》：「君子喻於義，小人喻於利。」「君子」與「小人」、「義」

與「利」，係正反關係。此二分句，係以正反關係構成的複句，簡稱正反複句，又稱爲對待複句。

二十一、《論語．憲問》：「貧而無怨，難；富而無驕，易。」「貧」與「富」、「難」與「易」，係正反關係。此二分句，係以正反關係構成的複句，簡稱正反複句，又稱爲對待複句。

二十二、《論語．憲問》：「君子上達，小人下達。」「君子」與「小人」、「上」與「下」，係正反關係。此二分句，係以正反關係構成的複句，簡稱正反複句，又稱爲對待複句。

二十三、《論語．子路》：「其身正，不令而行；其身不正，雖令不從。」「正」與「不正」、「令」與「不令」，係正反關係。此二分句，係以正反關係構成的複句，簡稱正反複句，又稱爲對待複句。

二十四、鄭愁予〈錯誤〉：「我不是歸人，是個過客。」同用一個主語「我」。「不是」與「是」，係正反關係。此二分句，係以正反關係構成的複句，簡稱正反複句，又稱爲對待複句。

二十五、歐陽脩〈醉翁亭記〉：「人知從太守遊而樂，而不知太守之樂其樂也。」「知」與「不知」，係正反關係。第一、二分句之間，用連詞「而」連接。此二分句，係以正反關係構成的複句，簡稱正反複句，又稱爲對待複句。

二十六、《論語・憲問》：「仁者必有勇，勇者不必有仁。」「必」與「不必」，係正反關係。此二分句，係以平行關係構成的複句，簡稱平行複句，又稱爲對待複句。

伍、選擇複句

所謂選擇複句，是指列舉兩個或兩個以上的幾種情況和敘述幾件事情，表達「二者擇一」或「數者擇一」的選擇關係，構成的複句，又稱爲交替複句。⑨選擇複句常用的關聯詞語，有「雖然……，但是……」，「或……，或……」、「不是……，即是……」、「不是……，就是」、「或」、「或是」、「與其……，寧……」、「不……，則……」、「抑或」、「抑」等；但也有不用關聯詞語的。例如：

一、陳之藩〈謝天〉：「無論什麼事，不是需要先人的遺愛與遺產，即是需要眾人的支持與合作。」「需要先人的遺愛與遺產」、「需要眾人的友與合作」，係「二者擇一」的選擇關係，因此運用關聯詞語「不是……，即是……」，構成選擇關係的複句，簡稱選擇複句，又稱爲交替複句。

二、陳之藩〈謝天〉：「他的貢獻不是源於甲，就是由於乙。」「源於甲」、「由於乙」，係「二者擇一」的選擇關係，因此運用關聯詞語「不是……，就是……」，構成選擇

關係的複句，簡稱選擇複句，又稱爲交替複句。

三、《孟子．梁惠王上》：「兵刃既接，棄甲曳兵而走，或百步而後止，或五十步而後止。」「百步而後止」、「五十步而後止」，係「二者擇一」的選擇關係，因此運用關聯詞語「或……，或……」，構成選擇關係的複句，簡稱選擇複句，又稱爲交替複句。

四、《論語．學而》：「夫子至於是邦也，必聞其政，求之與？抑與之與？」「求之」、「與之」，係「二者擇一」的選擇關係，因此運用關聯詞語「抑」，構成選擇關係的複句，簡稱選擇複句，又稱爲交替複句。

五、《論語．八佾》：「禮，與其奢也，寧儉。」「奢」、「儉」，係「二者擇一」的選擇關係，因此運用關聯詞語「與其……，寧……」，構成選擇關係的複句，簡稱選擇複句，又稱爲交替複句。

六、《論語．八佾》：「喪，與其易也，寧戚。」「易」，「注重外表的虛文」之意。「易」、「戚」，係「二者擇一」的選擇關係，因此運用關聯詞語「與其……，寧……」，構成選擇關係的複句，簡稱選擇複句，又稱爲交替複句。

七、曹雪芹《紅樓夢．第四回》：「每日或飯後，或晚間，薛姨媽便過來。」「飯後」、「晚間」，係「二者擇一」的選擇關係，因此運用關聯詞語「或……，或……」，構成選擇關係的複句，簡稱選擇複句，又稱爲交替複句。

八、曹雪芹《紅樓夢．第四回》：「寶釵日與黛玉、迎春姊妹等一處，或看書下棋，或做針黹。」「看書下棋」、「做針黹」，係「二者擇一」的選擇關係，因此運用關聯詞語「或……，或……」，構成選擇關係的複句，簡稱選擇複句，又稱爲交替複句。

九、徐志摩〈我所知道的康橋〉：「在初夏陽光漸煖時，你去買一支小船，划去橋邊蔭下，躺著念你的書，或是做你的夢。」「躺著念你的書」、「做你的夢」，係「二者擇一」的選擇關係，因此運用關聯詞語「或」，構成選擇關係的複句，簡稱選擇複句，又稱爲交替複句。

十、韓愈〈師說〉：「句讀之不知，惑之不解，或師焉，或否焉。」「師」、「否」，係「二者擇一」的選擇關係，因此運用關聯詞語「或……，或……」，構成選擇關係的複句，簡稱選擇複句，又稱爲交替複句。

十一、廖鴻基〈黑與白——虎鯨〉：「無論眼睛、鏡頭或是心情都還來不及抓住牠拔水躍起的影像。」「眼睛」、「鏡頭」、「心情」，係「數者居其一」的選擇關係，因此運用關聯詞語「或」，構成選擇關係的複句，簡稱選擇複句，又稱爲交替複句。

十二、吳明足〈婚前的故事〉：「凡是要帶我北上定居，或遠渡重洋的，必先被我否決掉，雙親們也希望我嫁得近一點。」「北上定居」、「遠渡重洋」、「嫁得近一點」，係「數者擇一」的選擇關係，因此運用關聯詞語「或」，構成選擇關係的複句，簡稱選擇複

句，又稱爲交替複句。

十三、茅盾《春蠶》：「通寶，你是賣繭子呢，還是自家做絲。」「賣繭子」、「自家做絲」，係「二者擇一」的選擇關係，因此運用關聯詞語「是……，還是……」，構成選擇關係的複句，簡稱選擇複句，又稱爲交替複句。

十四、草明《姑娘的心事》：「石玉芒寧願受點委曲，也不願宣布自己的『秘密』。」「受點委曲」、「宣布自己的『秘密』」，係「二者擇一」的選擇關係，因此運用關聯詞語「寧願……，也不願……」，構成選擇關係的複句，簡稱選擇複句，又稱爲交替複句。

十五、《韓非子．外儲說左上》：「寧信度，無自信也。」「信度」、「自信」，是「二者擇一」的選擇關係，因此運用關聯詞語「寧……，無……」，構成選擇關係的複句，簡稱選擇複句，又稱爲交替複句。

十六、劉墉〈你自己決定吧〉：「帶到新家，抑或丟進垃圾袋？全在你的一念之間！」「帶到新家」、「丟進垃圾袋」，係「二者擇一」的選擇關係，因此運用關聯詞語「抑或」，構成選擇關係的複句，簡稱選擇複句，又稱爲交替複句。

十七、《禮記．中庸》：「子路問強。子曰：『南方之強與？北方之強與？抑而強與？』」「南方之強」、「北方之強」、「而強」，是「數者擇一」的選擇關係，因此運用關聯詞語「抑」，構成選擇關係的複句，簡稱選擇複句，又稱爲交替複句。

十八、《左傳．哀公二十六年》：「子將大滅衛乎？抑納君而已乎？」「大滅衛」、「納君」，係「二者擇一」的選擇關係，因此運用關聯詞語「抑」，構成選擇關係的複句，簡稱選擇複句，又稱爲交替複句。

十九、《國語．周語下》：「敢問天道乎？抑人故也？」「天道」、「人故」，係「二者擇一」的選擇關係，因此運用關聯詞語「構成選擇關係的複句，簡稱選擇複句，又稱爲交替複句。

二十、《大戴禮記．五帝德》：「請問黃者人邪？抑非人邪？」「人」、「非人」，係「二者擇一」的選擇關係，因此運用關聯詞語「抑」，構成選擇關係的複句，簡稱選擇複句，又稱爲交替複句。

二十一、《國語．晉語一》：「床笫之不安邪？抑驪姬之不存側邪？」「床笫之不安邪」、「抑驪姬之不存側邪」，係「二者擇一」的選擇關係，因此運用關聯詞語「抑」，構成選擇關係的複句，簡稱選擇複句，又稱爲交替複句。

二十二、《孟子公孫丑上》：「求牧與芻而不得，則反諸其人乎？抑亦立而視其死與？」「反諸其人」、「立而視其死」，係「二者擇一」的選擇關係，因此運用關聯詞語「抑亦」，構成選擇關係的複句，簡稱選擇複句，又稱爲交替複句。

二十三、《韓非子．內儲說上》：「爲我悔也，寧亡三城而悔，無危而悔。」「亡三

城而悔」、「危而悔」，係「二者擇一」的選擇關係，因此運用關聯詞語「寧……，無……」，構成選擇關係的複句，簡稱選擇複句，又稱為交替複句。

二十四、《左傳．宣公十二年》：「寧我薄人，無人薄我！」「我薄人」、「人薄我」，係「二者擇一」的選擇關係，因此運用關聯詞語「寧……，無……」，構成選擇關係的複句，簡稱選擇複句，又稱為交替複句。

二十五、司馬遷《史記．老子韓非列傳》：「我寧游戲污瀆之中自快，無為有國者所羈。終身不仕，以快吾志焉。」「游戲污瀆之中自快」、「為有國者所羈」，係「二者擇一」的選擇關係，構成選擇關係的複句，簡稱選擇複句，又稱為交替複句。

二十六、班固《漢書．霍光傳》：「臣寧負王，不敢負社稷。」「負王」、「負社稷」，是「二者擇一」的選擇關係，因此運用關聯詞語「抑……，不……」，構成選擇關係的複句，簡稱選擇複句，又稱為交替複句。

二十七、蓉子《青鳥集．不願》：「不願做綠蔭下的池水一泓，寧願化身為一片雨雲。」「做綠蔭下的池水一泓」、「化身為一片雲」，是「二者擇一」的選擇關係，因此運用關聯詞語「不願……，寧願……」，構成選擇關係的複句，簡稱選擇複句，又稱為交替複句。

陸、轉折複句

所謂轉折複句，是指後一分句修正前一分句，或前一分句修正後一分句，表達全部或部分在意義上有明顯的對立，即相反情況，或者否定前一分句，表達意外狀況與無可奈何的心態的一種複句。⑩轉折複句通常用關聯詞語的連詞「而」、「然」、「但」、「但是」、「不過」、「只是」、「可是」、「然而」和副詞「乃」、「卻」、「顧」等來連繫。例如：

一、胡適〈差不多先生傳〉：「他有一雙眼，但看得不很清楚。」前一分句「一雙眼」，本是看得很清楚；後一分句「看得不很清楚」，係否定前一分句。因此，在一、二分句間，運用關聯詞語的連詞「但」連繫，表達轉折關係，此句是構成轉折關係的複句，簡稱轉折複句。

二、陳之藩〈謝天〉：「這種想法並未因年紀長大，而有任何改變。」一般人「年紀長大」，想法會改變，可是作者並沒有改變。前一分句「年紀長大」，不會改變想法；後一分句「有任何改變」。這是前一分句否定後一分句，在一、二分句間，運用關聯詞語的連詞「而」連繫，表達轉折關係，此句是構成轉折關係的複句，簡稱轉折複句。

三、彭端淑〈為學一首示子姪〉：「西蜀之去南海，不知幾千里也。僧之富者不能至，而貧者至焉。」前一分句「僧之富者不能至」、後一分句「貧者至焉」，二者相反狀

況。「富」與「貧」、「不至」與「至」，二者明顯對立。因此，在前後分句之間，運用關聯詞語的連詞「而」連繫，構成轉折關係的複句，簡稱轉折複句。

四、廖枝春〈談興趣〉：「興趣是我們最眞摯的朋友，但是它不會自己送上門來。」前分句「興趣是我們最眞摯的朋友」，後分句「它不會自己送上門來」，運用關聯詞語「但是」，修正前分句，構成轉折關係的複句，簡稱轉折複句。

五、宋晶宜〈雅量〉：「也許我們看某人不順眼，但是在他的男友和女友心中，往往認爲他如『天仙』或『白馬王子』般地完美無缺。」前分句「我們看某人不順眼」，後分句係情人眼裡出西施，修正前分句，造成轉折關係，因此運用關聯詞語的連詞「但」連繫，構成轉折關係的複句，簡稱轉折複句。

六、林良〈不要怕失敗〉：「我不過是缺乏經驗罷了，也許我能做得比他更好。」後一分句「我能做得比他更好」，修正前一分句「缺乏經驗」，因此運用關聯詞語「不過……，也許……」連繫，構成轉折關係的複句，簡稱轉折複句。

七、張岐《金燦燦的貝殼》：「如今舅舅銀霜滿頭了，精力卻如此旺盛。」前一分句「銀霜滿頭」，即年紀已老，頭髮斑白，一般老人精力較衰弱。後一分句「精力旺盛」，修正前一分句「精神衰弱」，因此運用關聯詞語的副詞「卻」連繫，構成轉折關係的複句，簡稱轉折複句。

八、洪醒夫〈紙船印象〉：「屋頂上的雨水滴落下來，卻理直氣壯地在簷下匯成一道水流。」後一分句「匯成一道水流」，修正前一分句「雨水滴落下來」，係轉折關係，因此運用關聯詞語的副詞「卻」連繫，構成轉折關係的複句，簡稱轉折複句。

九、藍蔭鼎〈飲水思源〉：「又該到水源地去行禮了，可是一連多天的雨，使老人遲遲不能啓程。」後二、三分句「因下雨而不能啓程」，修正前一分句「該到水源地去行禮」，一分句與二、三分句，係轉折關係。因此，運用關聯詞語的連詞「可是」連繫，構成轉折關係的複句，簡稱轉折複句。

十、曹丕《典論・論文》：「孔融體氣高妙，有過人者；然而不能持論，理不勝辭。」前一、二分句「體氣高妙而過人」，後三、四分句「不能持論而理不勝辭」，係後三、四分句修正前一、二分句，是轉折關係。因此，運用關聯詞語「然」連繫，構成轉折關係的複句，簡稱轉折複句。

十一、《荀子・天論》：「受時與治世同，而殃禍與治世異。」一、二分句係正反情況，明顯對立，「同」與「異」，係轉折關係。因此，運用關聯詞語「而」連繫，構成轉折關係的複句，簡稱轉折複句。

十二、司馬遷《史記・屈原列傳》：「舉世混濁，而我獨清。」「清」與「濁」，係相反情況。後一分句「我獨清」，修正前一分句「舉世混濁」，前、後分句運用關聯詞語「而」

連繫，構成轉折關係的複句，簡稱轉折複句。

十三、司馬遷《史記．高紀本紀》：「周勃厚重少文，然安劉氏者必勃也。」後一分句「安劉氏者必勃也」，修正前一分句「周勃厚重少文」，運用關聯詞語「然」連聯前、後分句，構成轉折關係的複句，簡稱轉折複句。

十四、陳義芝《爲了下次的重逢．別後消息》：「在論文指導上，我算是老師的關門弟子，但怎料得轉眼間，他連師門也關了。」後分句「怎料得轉眼間，他連師門也關了」，修正前分句「在論文指導上，我算是老師的關門弟子」，此句運用關聯詞語「但」，構成轉折關係的複句，簡稱轉折複句。

十五、《論語．先進》：「季氏富於周公，而求也爲之聚斂而附益之。」後一分句「求也爲之聚斂而附益之」，修正前一分句「季氏富於周公」，造成前、後分句意外狀況，因此運用關聯詞語「而」，連繫前、後分句，構成轉折關係的複句，簡稱轉折複句。

十六、《論語．雍也》：「不有祝鮀之佞，而有宋朝之美，難乎免於今之世矣。」後一分句「有宋朝之美」，修正前一分句「不有祝鮀之佞」，因此運用關聯詞語「而」，連繫前、後分句，構成轉折關係的複句，簡稱轉折複句。

十七、《孟子．離婁下》：「其妻問所與飲食者，則盡富貴也；而未嘗有顯者來。」後三分句「未嘗有顯著來」，修正前一、二分句「所與飲食者，則盡富貴也」，因此運用關聯詞語「而」，連繫二、三分句，構成轉折關係的複句，簡稱轉折複句。

十八、《漢書．郭解傳》：「自是之後，俠者極眾，而無足數者。」後三分句「無足數者」，修正前二分句「俠者極眾」，因此運用關聯詞語「而」，連繫二、三分句，構成轉折關係的複句，簡稱轉折複句。

十九、諸葛亮〈出師表〉：「先帝創業未半，而中道崩殂。」一、二分句，表達意外狀況，因此運用關聯詞語「而」，連繫一、二分句，構成轉折關係的複句，簡稱轉折複句。

二十、《孟子．梁惠王上》：「七十者衣帛食肉，黎民不飢不餓，然而不王者，未之有也。」前一二分句與後三、四分句，產生意外狀況，因此運用關聯詞語「然而」，連繫一、二分句與三、四分句，構成轉折關係的複句，簡稱轉折複句。

二十一、司馬遷〈訓儉示康〉：「近世寇萊公豪侈冠一時，然以功業大，人莫之非。」前一分句「豪侈冠一時」與後二分句、三分句「功業大，人莫之非」，係產生意外狀況，因此運用關聯詞語「然」，連繫前一分句與二、三分句，構成轉折關係的複句，簡稱轉折複句。

二十二、司馬光〈訓儉示康〉：「古人以儉為美德，今人乃以儉相詬病。」後一分句「今人以儉相詬病」，修正「古人以儉為美德」，這是正反對立，產生相反狀況，因此運用關聯詞語的副詞「乃」，連繫前、後分句，構成轉折關係的複句，簡稱轉折複句。

二十三、《晏子春秋．內篇雜上》：「今子長八尺，乃為人僕御。」後一分句「為人僕御」與前一分句「今子長八尺」，二者表達事實相反狀況，因此運用關聯詞語的副詞「乃」，表示轉折，「卻」之意，構成轉折關係的複句，簡稱轉折複句。

二十四、司馬遷《史記．越王句踐世家》：「今弟有罪，大人不遣，乃遣少弟，是吾不肖。」前一二分句「今弟有罪，大人不遣」與後三、四分句「遣少弟，是吾不肖」，二者表達事實相反，因此運用關聯詞語的副詞「乃」，連繫一、二分句與三、四分句，表示轉折，構成轉折關係的複句，簡稱轉折複句。

二十五、韓愈〈原毀〉：「彼能是，我乃不能是。」前一分句「彼能是」與後一分句「我不能是」，係正反狀況，因此運用關聯詞語「乃」，連繫一、二分句，表示轉折，構成轉折關係的複句，簡稱轉折複句。

二十六、劉勰《文心雕龍．序志》：「予生七齡，乃夢彩雲若錦，則攀而采之。」前一分句「予生七齡」與後二、三分句「夢彩雲若錦，則攀而采之」，表示出乎意外，因此運用關聯詞語「乃」，「竟」、「居然」之意，連繫一分句與二、三分句，表示轉折，構成轉折關係的複句，簡稱轉折複句。

二十七、《戰國策．齊策》：「先生不羞，乃有意欲為收責於薛乎？」前一分句「先生不羞」與後一分句「有意欲爲收責於薛」，此二者表示出乎意外，因此運用關聯詞語「乃」，「竟然」之意，連繫前、後分句，表示轉折，構成轉折關係的複句，簡稱轉折複句。

二十八、劉義慶《世說新語》：「非唯無益，乃增吾憂也。」前一分句「無益」，後一句「增吾憂」，表達意外狀況，因此運用關聯詞語「乃」，「反而」之意，表示轉折，構成轉折關係的複句，簡稱轉折複句。

柒、總分複句

所謂總分複句，是指用兩個或兩個以上分句，先總敘後分說或先分說後總敘的一種複句，又稱爲解說複句、分合複句。通常不用關聯詞語。[11]例如：

一、甘績瑞〈從今天起〉：「『從今天起』這一句話，有兩層意思：一是我們認爲不正當的事，不應當做的事，從今天起，就決定不再去做。二是我們認爲正當的事，應當做的事，從今天起，便開始做。」「兩層意思」，係總敘；「不正當、不應做的事，不再去做」、「正當、應做的事，開始去做」，這是分說。因此，全句係以先總後分的方式，構成總分關係的複句，簡稱總分複句，又稱爲解說複句。

二、洪醒夫〈紙船印象〉：「每個人的一生都會遭遇許多事，有些是過眼雲煙，倏忽

即逝；有些是熱鐵烙膚，記憶長存；有些像是飛鳥掠過天邊，漸去漸遠。」第一分句「遭遇許多事」，係總敘；第二、三分句「過眼雲煙，倏忽即逝」，四、五分層「熱鐵烙膚，記憶長存」，第六分句「飛鳥掠過天邊，漸去漸遠」，係分說。因此，全句係以先總後分的方式，構成總分關係的複句，簡稱總分複句，又稱爲解說複句。

三、俗諺：「老人十誡：㈠戒閒，㈡戒累，㈢戒固，㈣戒躁，㈤戒妒，㈥戒疑，㈦戒煙，㈧戒酒，㈨戒葷，㈩戒色。」「老人十誡」，係總敘，「戒閒、戒累、戒固、戒躁、戒妒、戒疑、戒煙、戒酒、戒葷、戒色」，係分說。因此，全句係以先總後分的方式，構成總分關係的複句，簡稱總分複句，又稱爲解說複句。

四、《老子·第十四章》：「視之不見名曰夷，聽之不聞名曰希，搏之不得名曰微。此三者不可致詰，故混而爲一。」「夷」、「希」、「微」，係分說；「此三者」，係總敘。因此，全句係以先分後總的方式，構成總分關係的複句，簡稱總分複句，又稱爲解說複句。

五、《老子·第六十七章》：「我有三寶，持而保之；一曰慈，二曰儉，三曰不敢爲天下先。」「三寶」，係總敘；「慈」、「儉」、「不敢爲天下先」，係分說。因此，全句係以先總後分的方式，構成總分關係的複句，簡稱總分複句，又稱爲解說複句。

六、陳義芝《不盡長江滾滾來·新詩導論·新詩與古典》：「學習古典有沒有可依循的原則？根據古人提示，大要有三：一、博覽群書，專心研閱；二、綜括其要領，而掌握重點；三、依靠自己的精神氣度，融會古人之作，加以變化。」「學習古典，大要有三」，係總敘；「研閱群書」、「掌握重點」、「融會貫通」，係分說。因此，全句係以先總後分的方式，構成總分關係的複句，簡稱總分複句，又稱為解說複句。

七、陳之藩〈失根的蘭花〉：「花圃有兩片，裡面的花，種子是從中國來的。一片是白色的牡丹，一片是白色的雪球。」前一分句「花圃有兩片」，係總敘，二、三分句「雪球」、「牡丹」，係分說。因此，全句係以先總後分的方式，構成總分關係的複句，簡稱總分複句，又稱為解說複句。

八、施耐庵《水滸傳．第九回》：「林沖夜奔」：「林沖聽得三個人時，一個是差撥，一個是陸虞美，一個是富安。」「三個人」，係總敘；「差撥」、「陸虞美」、「富安」，係分說。因此，全句係以先總後分的方式，構成總分關係的複句，簡稱總分複句，又稱為解說複句。

九、彭端淑〈為學一首示子姪〉：「蜀之鄙有二僧，其一貧，其一富。」「蜀之鄙有二僧」，係總敘；「其一貧，其一富」，係分說。因此，全句係以先總後分的方式，構成總分關係的複句，簡稱總分複句，又稱為解說複句。

十、《孟子．萬章下》：「天子一位，公一位，侯一位，伯一位，子、男同一位，凡五等也。」「天子、公、侯、伯、子與男」，係分說；「五等」，係總敘。因此，全句係以先分後總的方式，構成總分關係的複句，簡稱總分複句，又稱爲解說複句。

十一、《孟子．盡心下》：「諸侯之寶三：土地，人民，政事。」「諸侯之寶三」，係總敘；「土地」、「人民」、「政事」，係分說。因此，全句係以先總後分的方式，構成總分關係的複句，簡稱總分複句，又稱爲解說複句。

十二、《中庸．第二十章》：「知、仁、勇，三者，天下之達德也。」「知」、「仁」、「勇」，係分說；「三者」，係總敘。因此，全句係以先分後總的方式，構成總分關係的複句，簡稱總分複句，又稱爲解說複句。

十三、《中庸．第二十章》：「君臣也，父子也，夫婦也，昆弟也，朋友之交，五者，天下之達道也。」「君臣」、「父子」、「夫婦」、「昆弟」、「朋友」，係分說；「五者」，係總敘。係全句係以先分後總的方式，構成總分關係的複句，簡稱總分複句，又稱爲解說複句。

十四、梁實秋《雅舍小品．臉譜》：「就粗淺的經驗說，人的臉大別爲二種，一種是令人愉快的，一種是令人不愉的。」「人的臉大別爲二種」，係總提；「一種是令人愉快的，一種是令人不愉快的」，係分說。全句係以先總後分的方式，構成總分關係的複句，簡稱總分複句，又稱爲解說複句。

十五、胡適〈讀書〉：「讀書有兩個要素：第一要精，第二要博。」「讀書有兩個要素」，係總敘；「第一要精，第二要博」，係分說。全句係以先總後分的方式，構成總分關係的複句，簡稱總分複句，又稱爲解說複句。

十六、《孟子．公孫丑下》：「天下有達尊三：爵一，齒一，德一。」「天下有達尊三」，係總敘；「爵一，齒一，德一」，係分說。全句係以先總後分的方式，構成總分關係的複句，簡稱總分複句，又稱爲解說複句。

十七、《孟子．梁惠王下》：「老而無妻曰鰥，老而無夫曰寡，老而無子曰獨，幼而無父曰孤；此四者，天下之窮民而無告者；文王發政施仁，必先斯四者。」「老而無妻曰鰥，老而無夫曰寡，老而無子曰獨，幼而無父曰孤」，係分說；「此四者，天下之窮民而無告者」，係總提。全句係以先分後總的方式，構成總分關係的複句，簡稱總分複句，又稱爲解說複句。

十八、劉勰《文心雕龍．知音》：「將閱文情，先標六觀：一觀位體，二觀置辭，三觀通變，四觀奇正，五觀事義，六觀宮商。」「將閱文情，先標六觀」，係總敘；一觀位體，二觀置辭，三觀通變，四觀奇正，五觀事義，六觀宮商」，係分說。全句係以先總後分的方式，構成總分關係的複句，簡稱總分複句，又稱爲解說複句。

十九、劉勰《文心雕龍．情采》：「立文之道，其理有三：一曰形文，五色是也；二

曰聲文，五音是也；三曰情文，五性是也。」「立文之道，其理有三」，係總敘。「一曰形文，五色是也；二曰聲文，五音是也；三曰情文，五性是也」，係分說。全句係以先總後分的方式，構成總分關係的複句，簡稱總分複句，又稱爲解說複句。

二十、劉勰《文心雕龍．鎔裁》：「草創鴻筆，先標三準：履端於始，則設情以位體；舉正於中，則酌事以取類；歸餘於終，則撮辭以舉要。」「草創鴻筆，先標三準」，係總敘；「履端於始，則設情以位體；舉正於中，則酌事以取類；歸餘於終，則撮辭以舉要」，係分說。全句係以先總後分的方式，構成總分關係的複句，簡稱總分複句，又稱爲解說複句。

二十一、王應麟《三字經》：「三才者，天、地、人。」「三才者」，係總敘；「天、地、人」，係分說。全句係以先總後分的方式，構成總分關係的複句，簡稱總分複句，又稱爲解說複句。

二十二、王應麟《三字經》：「三光者，日、月、星。」「三光者」，係總敘；「日、月、星」，係分說。全句係以先總後分的方式，構成總分關係的複句，簡稱總分複句，又稱爲解說複句。

二十三、王應麟《三字經》：「三綱者，君臣義、父子親，夫婦順。」「三綱者」，係總敘；「君臣義，父子親，夫婦順」，係分說。全句係以先總後分的方式，構成總分關係的複句，簡稱總分複句，又稱爲解說複句。

二十四、王應麟《三字經》：「曰春夏，曰秋冬；此四時，運不窮。」「曰春夏，曰秋冬」，係分說；「此四時，運不窮」，係總敘。全句係以先分後總的方式，構成總分關係的複句，簡稱總分複句，又稱爲解說複句。

二十五、王應麟《三字經》：「曰水火，木金土；此五行，本乎數。」「曰水火，木金土」，係分說；「此五行，本乎數」，係總敘。全句係以先分後總的方式，構成總分關係的複句，簡稱總分複句，又稱爲解說複句。

二十六、王應麟《三字經》：「曰仁義，禮智信；此五常，不容紊。」「曰仁義，禮智信」，係分說；係分說；「此五常，不容紊」，係總敘。全句係以先分後總的方式，構成總分關係的複句，簡稱總分複句，又稱爲解說複句。

二十七、美國政治家兼文學家富蘭克林：「忠實的朋友只有三個——老妻、老狗和現鈔。」「忠實的朋友只有三個」，係總敘；「老妻、老狗和現鈔」，係分說。全句係以先總後分的方式，構成總分關係的複句，簡稱總分複句，又稱爲解說複句。

二十八、羅家倫〈求學〉：「求學有三句話，少一句也不行。就是：㈠志願要堅，㈡思想要靈，㈢行爲要笨。」「求學有三句話，少一句也不行」，係總敘；「㈠志願要堅，㈡思想要靈，㈢行動要笨」係分說。此二分句係先總後分的方式，構成總分關係的複句，簡

稱總分複句，又稱為解說複句。

二十九、蔡元培〈怎樣纔配稱做現代學生〉：「我以為至少要具備下列三個基本條件，纔配稱做現代學生：㈠獅子樣的體力，㈡猴子樣的敏捷，㈢駱駝樣的精神。」「具備三個基本條件，纔稱做現代學生」，係總敘；「㈠獅子樣的體力，㈡猴子樣的敏捷，㈢駱駝樣的精神」，係分說。此二分句係先總後分的方式，構成總分關係的複句，簡稱總分複句，又稱為解說複句。

三十、羅家倫《新人生觀．俠出於偉大的同情》：「俠有三個條件：第一是大仁，第二是大義，第三是大勇。」「俠有三個條件」，係總敘；「第一是大仁，第二是大義，第三是大勇」，係分說。全句係以先總後分的方式，構成總分關係的複句，簡稱總分複句，又稱為解說複句。

捌、補充複句

所謂補充複句，是指上、下兩個分句，互相補充或一問一答，表達完整意義的複句，構成補充關係的複句，簡稱補充複句。補充複句通常不用關聯詞語，但有時也用關聯詞語。補充複句只有上、下二分句，互相補充，使意義完整；而平行複句可以二分句、三分句、四分句甚至於四分句以上，不必有互相補充意義，是各說各話。⑫補充複句綦多，例如：

一、《論語．子張》：「仕而優則學，學而優則仕。」此言「學而優則仕」，可以兼善天下；「仕而優則學」，可以獨善其身。既能獨善其身，又能兼善天下，可謂完人矣。「仕而優則學」、「學而優則仕」，此二分句互相補充，使意義更完整，構成補充關係的複句，簡稱補充複句。

二、《論語．學而》：「弟子入則孝，出則弟（同「悌」）。」此言弟子在家孝順父母；出外恭敬長上，豈不是最孝悌之人？「入則孝」、「出則弟」，此二分句互相補充，使意義更完整，構成補充關係的複句，簡稱補充複句。

三、《孟子．盡心上》：「仰不愧於天，俯不愧於地。」此言俯仰不愧於天地，豈不樂哉？「仰不愧於天」、「俯不愧於地」，此二分句互相補充，使意義更完整，構成補充關係的複句，簡稱補充複句。

四、李密〈陳情表〉：「臣無祖母，無以至今日；祖母無臣，無以終餘年。」此言母孫二人，相依為命，令人感動，十分敬佩。「臣無祖母，無以至今日」，係李密不忘養育、栽培之恩；「祖母無臣，無以終餘年」，係李密飲水思源，不忘感恩。「臣無祖母，無以至今日」、「祖母無臣，無以終餘年」，此二分句互相補充，使意義更完整，構成補充關係的複句，簡稱補充複句。

五、〈飲馬長城窟行〉：「上有加餐食，下有長相憶。」「加餐食」、「長相憶」，前者係物質，後者係精神，此二分句互相補充，使意義更完整，構成補充關係的複句，簡稱補充複句。

六、韓愈〈師說〉：「弟子不必不如師，師不必賢於弟子。」此言師生聞道有先後，但師生術業有專攻，成就不同。因此，「弟子不必不如師」、「師不必賢於弟子」，此二分句互相補充，使意義更完整，構成補充關係的複句，簡稱補充複句。

七、李密〈陳情表〉：「外無期功彊近之親，內無應門五尺之僮。」此言內外無親屬、幼僕協助，李密孤獨無依。「外無期功彊近之親」、「內無應門五尺之僮」，此二分句互相補充，使意義更完整，構成補充關係的複句，簡稱補充複句。

八、《詩經．小雅．蓼莪》：「父兮生我，母兮鞠我。」「鞠」，養也。此言父母生我，父母養我。「父兮生我」、「母兮鞠我」，此二分句互相補充，使意義更完整，構成補充關係的複句，簡稱補充複句。

九、〈木蘭詩〉：「雄兔腳撲朔，雌兔眼迷離。」此言雄兔雌兔腳撲朔，雄兔雌兔眼迷離。「雄兔腳撲朔」、「雌兔眼迷離」，此二分句互相補充，使意義更完整，構成補充關係的複句，簡稱補充複句。

十、白居易〈琵琶行並序〉：「座中泣下誰最多？江州司馬青衫溼。」「座中泣下誰最多」、「江州司馬青衫溼」，此二分句運用一問一答，表達更完整的意義，構成補充關係的複句，簡稱補充複句。

十一、歐陽脩〈醉翁亭記〉：「作亭者誰？山之僧智僊也。」「作亭者誰」、「山之僧智僊也」，此二分句運用一問一答，表達更完整的意義，構成補充關係的複句，簡稱補充複句。

十二、歐陽脩〈醉翁亭記〉：「太守謂誰？廬陵歐陽脩也。」「太守謂誰」、「廬陵歐陽脩」，此二分句運用一問一答，表達更完整的意義，構成補充關係的複句，簡稱補充複句。

十三、杜甫〈客至〉：「花徑不曾緣客掃，蓬門今始爲君開。」此言花徑不曾緣客掃，花徑今始爲君掃；蓬門不曾緣客開，蓬門今始爲君開。「花徑不曾緣客掃」、「蓬門今始爲君開」，此二分句互相補充，使意義更完整，構成補充關係的複句，簡稱補充複句。

十四、《禮記．坊記》：「君子約言，小人先言。」此言君子約言，小人多言；君子後言，小人先言。「君子約言」、「小人先言」，此二分句互相補充，使意義更完整，構成補充關係的複句，簡稱補充複句。

十五、柳宗元〈捕蛇者說〉：「悍吏之來吾鄉，叫囂乎東西，隳突乎南北。」此言悍

吏在家鄉，叫囂乎東西南北，隳突乎東西南北。「叫囂」，「叫喊喧嘩」之意；「隳突」，「騷擾莽撞」之意。東西南北，指到處。「叫囂乎東西」、「隳突乎南北」，此二分句互相補充，使意義更完整，構成補充關係的複句，簡稱補充複句。

十六、杜甫〈恨別〉：「思家步月清宵立，憶弟看雲白日眠。」此言思家步月清宵立，看雲白日眠；憶弟步月清宵立，看雲白日眠。「思家步月清宵立」、「憶弟看雲白日眠」，此二分句互相補充，使意義更完整，構成補充關係的複句，簡稱補充複句。

十七、馬致遠〈四塊玉．歎世〉：「帶月行，披星走。」此言帶月披星行，帶月披星走。「帶月行」、「披星走」，此二分句互相補充，使意義更完整，構成補充關係的複句，簡稱補充複句。

十八、杜甫〈寄李十二白二十韻〉：「筆落驚風雨，詩成泣鬼神。」此言筆落驚風雨，泣鬼神；詩成驚風雨，泣鬼神。「筆落驚風雨」、「詩成泣鬼神」，此二分句互相補充，使意義更完整，構成補充關係的複句，簡稱補充複句。

十九、晏殊〈無題〉：「梨花院落溶溶月，柳絮池塘淡淡風。」此言梨花院落、柳絮池塘溶溶月，梨花院落、柳絮池塘淡淡風。「梨花院落溶溶月」、「柳絮池塘淡淡風」，此二分句互相補充，使意義更完整，構成補充關係的複句，簡稱補充複句。

二十、孫文〈黃花岡烈士事略序〉：「草木為之含悲，風雲因而變色。」此言草木、風雲爲之含悲，草木、風雲因而變色。「草木爲之含悲」、「風雲因而變色」，此二分句互相補充，使意義更完整，構成補充關係的複句，簡稱補充複句。

二十一、古詩十九首〈迢迢牽牛星〉：「迢迢牽牛星，皎皎河漢女。」此言迢迢牽牛星、河漢女，皎皎牽牛星、河漢女。「迢迢牽牛星」、「皎皎河漢女」，此二分句互相補充，使意義更完整，構成補充關係的複句，簡稱補充複句。

二十二、歐陽脩〈醉翁亭記〉：「負者歌於塗，行者休於樹。」「此言負者、行者歌於塗，負者、行者休於樹。「負者歌於塗」、「行者休於樹」，此二分句互相補充，使意義更完整，構成補充關係的複句，簡稱補充複句。

二十三、〈木蘭詩〉：「當窗理雲鬢，對鏡貼花黃。」此言當窗、對鏡理雲鬢，當窗、對鏡貼花黃。「當窗理雲鬢」、「對鏡貼花黃」，此二分句互相補充，使意義更完整，構成補充關係的複句，簡稱補充複句。

二十四、范仲淹〈岳陽樓記〉：「不以物喜，不以己悲。」此言不以物、己喜，不以物、己悲。「不以物喜」、「不以己悲」，此二分句互相補充，使意義更完整，構成補充關係的複句，簡稱補充複句。

二十五、杜甫〈潼關吏〉：「大城鐵不如，小城萬丈餘。」此言大城、小城鐵不如，大城、小城萬丈餘。「大城鐵不如」、「小城萬丈餘」，此二分句互相補充，構成補充關係

的複句，簡稱補充複句。

二十六、古樂府〈焦仲卿妻〉：「東西植松柏，左右種梧桐。」此言東西、左右植松柏，東西、左右種梧桐。東西、左右，指四周。「東西植松柏」、「左右種桐樹」，此二分句互相補充，構成補充關係的複句，簡稱補充複句。

二十七、秦牧〈海漢拾貝〉：「一個人在海灘漫步，東撿一個花螺，西拾一塊雪貝。」「東撿一個花螺，西拾一塊雪貝」，此言東撿一個花螺、一塊雪貝，西拾一個花螺、一塊雪貝；易言之，到處撿拾花螺、雪貝。「東撿一個花螺」、「西拾一塊海貝」，此二分句互相補充，構成補充關係的複句，簡稱補充複句。

第二節　偏正複句

所謂偏正複句，是指兩個或兩個以上的單句，以不平行聯合、平等並立的關係連接在一起；而以主要分句、次要分句構成的複句。主要分句，稱爲正句，又稱爲主句；次要分句，稱爲偏句，又稱爲從句、副句；因此，偏正複句，又稱爲主從複句。⑬

偏正複句構成的形式有兩種：㈠偏句在前，正句在後；㈡正句在前，偏句在後。偏正複句的關聯詞語，通常使用，但有時不使用。偏正複句的類型，依正句、偏句關係，可分爲因果複句、假設複句、條件複句、比較複句、擒縱複句、目的複句、時間複句七種。[14]

壹、因果複句

所謂因果複句，是指前分句表達原因，後分句表達結果；或前分句表達結果，後分句表達原因；或前分句表達目的，後分句表達行爲、事實的一種複句；易言之，偏句表達原因、目的，正句表達結果、事實與行爲的複句，構成因果關係的複句，簡稱因果複句。因果複句的關聯詞語，有「因爲」、「所以」、「因」、「因爲」、「是以」、「故」、「因爲」、「以」等，有時不用關聯詞語。例如：

一、《淮南子．原道》：「土處下，不在高，故安而不危。」前分句「土處下，不在高」，係提出條件；後分句「安而不危」，係說明結果。因此，運用關聯詞語的連詞「故」，連繫前、後分句，構成假設關係的複句，簡稱假設複句。

二、李密〈陳情表〉：「母孫二人，更相爲命；是以區區，不能廢遠。」前分句「母孫二人，更相爲命」，係因；後分句「區區不能廢遠」，係果。因此，運用關聯詞語「是以」，連繫前、後分句，構成因果關係的複句，簡稱因果複句。

三、李密〈陳情表〉：「臣以供養無主，辭不赴命。」此言李密因爲無人奉養祖母，所以辭謝而不赴命。前一分句「臣供養無主」，係因；後一分句「辭不赴命」，係果。因此，運用關聯詞語「以」，連繫前、後分句，構成因果關係的複句，簡稱因果複句。

四、林良《爸爸的十六封信．第七封朋友就像一本一本的好書》：「朋友能增長你的知識，擴充你的生活經驗，所以朋友眞像是一本一本的好書。」前分句「朋友能增長你的知識，擴充你的生活經驗」，係因；後分句「朋友眞像是一本一本的好書」，係果。因此，運用關聯詞語「所以」，連繫前、後分句，構成因果關係的複句，簡稱因果複句。

五、林良《爸爸的十六封．第六封別人可以跟你「不同」》：「有些美國人把中國人吃狗看成一種野蠻，因爲他們想到家裡養的白狐狗、臘腸狗、哈巴狗、大丹狗。」前一分句「有些美國人把中國人吃狗看成一種野蠻」，係果；後一分句「他們想到家裡養的白狐狗、臘腸狗、哈巴狗、大丹狗」，係因。因此，運用關聯詞語「所以」，連繫前、後分句，構成因果關係的複句，簡稱因果複句。

六、林良《爸爸的十六封信．第五封不敢站起來說話的人》：「因爲害羞，最怕上的是說話課。」前一分句「害羞」，係因；後一分句「最怕上的是說話課」，係果。因此，運用關聯詞語「因爲」，連繫前、後分句，構成因果關係的複句，簡稱因果複句。

七、《論語．公冶長》：「伯夷、叔齊，不念舊惡，怨是用希。」「是用」，即「是以」，「因此」之意。「希」，通「稀」，「少」之意。前分句「不念舊惡」，係因；後分句「怨希」，係果。因此，運用關聯詞語「是用」，連繫前、後分句，構成因果關係的複句，簡稱因果複句。

八、諸葛亮〈出師表〉：「先帝知臣謹慎，故臨崩寄臣以大事也。」前一分句「先帝知道臣謹慎」，係因；後一分句「臨崩寄臣以大事」，係果。因此，運用關聯詞語「故」，連繫前、後分句，構成因果關係的複句，簡稱因果複句。

九、李斯〈諫逐客書〉：「泰山不讓土壤，故能成其大。」前一分句「泰山不讓土壤」，係因；後一分句「能成其大」，係果。因此，運用關聯詞語「故」，連繫前、後分句，構成因果關係的複句，簡稱因果複句。

十、李密〈陳情表〉：「臣以險釁，夙遭閔凶。」前一分句「臣險釁」，係因；後一分句「夙遭閔凶」，係果。因此，運用關聯詞語「以」，連繫前、後分句，構成因果關係的複句，簡稱因果複句。

十一、梁實秋《雅舍小品．書》：「讀書樂，所以有人一卷在手往往廢寢忘食。」前一分句「讀書樂」，係因；後一分句「有人一卷在手往往廢寢忘食。」因此，運用關聯詞語「所以」，連繫前、後分句，構成因果關係的複句，簡稱因果複句。

十二、梁實秋〈舊〉：「舊的事物之所以可愛，往往是因爲它有內容，能喚起人的回憶。」前一分句「舊的事物之所以可愛」，係果；後分句「它有內容，能喚起人的回憶」，係因。因此，運用關聯詞語「因爲」，連繫前、後分句，構成因果關係的複句，簡稱因果複句。

十三、《論語・先進》：「由也兼人，故退之。」此言仲由好勇過人，所以抑制他退讓。前一分句「由也兼人」，「勝人」之意，係因；後一分句「退之」，係果。因此，運用關聯詞語「故」，連繫前、後分句，構成因果關係的複句，簡稱因果複句。

十四、《莊子・德充符》：「無人之情，故是非不得於身。」前一分句「無人之情」，係因；後一分句「是非不得於身」，係果。因此，運用關聯詞語「故」，連繫前、後分句，構成因果關係的複句，簡稱因果複句。

十五、《呂氏春秋・制樂》：「我必有罪，故天以此罰我也。」前一分句「我必有罪」，係因；後一分句「天以此罰我」，係果。因此，運用關聯詞語「故」，連繫前、後分句，構成因果關係的複句，簡稱因果複句。

十六、《論語・子罕》：「吾少也賤，故多能鄙事。」前一分句「吾少也賤」，係因；後一分句「多能鄙事」，係果。因此，運用關聯詞語「故」，連繫前、後分句，構成因果關係的複句，簡稱因果複句。

十七、《老子・第二章》：「夫唯弗居，是以不去。」此言功成不居，其功永垂不朽。前一分句「弗居」，係因；後一分句「不去」，係果。因此，運用關聯詞語「夫唯……，是以……」，連繫前、後分句，構成因果關係的複句，簡稱因果複句。

十八、《老子・第七章》：「天地所以能長且久者，以其不自生，故能長生。」此言天長地久。不自生，謂不自營其生，即「無私」之意。前分句「其不自生」，係因；後分句「能長生」，係果。因此，運用關聯詞語「以……，故……」，連繫前、後分句，構成因果關係的複句，簡稱因果複句。

十九、方祖燊《生活藝術・舌粲如花》：「古人因爲害怕食言，不敢輕諾。」前一分句「古人害怕食言」，係因；後一分句「不敢輕諾」，係果。因此，運用關聯詞語「因爲……」，連繫前、後分句，構成因果關係的複句，簡稱因果複句。

二十、《老子・第八章》：「夫唯不爭，故無尤。」「尤」，「怨尤」之意。前一分句「不爭」，係因；後一分句「無尤」，係果。因此，運用關聯詞語「夫唯……，故……」，連繫前、後分句，構成因果關係的複句，簡稱因果複句。

二十一、《老子・第十五章》：「夫唯不盈，故能蔽而新成。」此言不自滿，能除舊更新，推陳出新。「盈」，「滿」之意。前一分句「不盈」，係因；後一分句「能蔽而新成」，係果。因此，運用關聯詞語「夫唯……，故……」，連繫前、後分句，構成因果關係的複句，簡稱因果複句。

二十二、《韓非子・外儲說右上》：「能獨斷者，故可以爲天下主。」前一分句「能獨斷者」，係因；後一分句「可以爲天下主」，係果。因此，運用關聯詞語「故」，連繫

前、後分句，構成因果關係的複句，簡稱因果複句。

二十三、劉勰《文心雕龍．原道》：「高卑定位，故兩儀既生矣。」前一分句「高卑定位」，係因；後一分句「兩儀既生矣」，係果。因此，運用關聯詞語「故」，連繫前、後分句，構成因果關係的複句，簡稱因果複句。

二十四、林良《小太陽．大》：「她模仿力極強，所以全家缺點都在她一身。」前一分句「她模仿力極強」，係因；後一分句「全家缺點都在她一身」，係果。因此，運用關聯詞語「所以」，連繫前、後分句，構成因果關係的複句，簡稱因果複句。

二十五、羅家倫《新人生觀．道德的勇氣》：「眞正道德的勇氣，是從知識裡面產生出來的；因爲經過知識的磨鍊而產生的道德的勇氣，才是有意識的。」後分句「經過知識的磨鍊而產生的道德的勇氣，才是有意識的」，係因；前分句「眞正道德的勇氣，是從知識裡面產生出來的」，係因。因此，運用關聯詞語「因爲」，連繫前、後分句，構成因果關係的複句，簡稱因果複句。

二十六、羅家談《新人生觀．悲觀與樂觀》：「因爲慾望愈多，則愁苦也愈多；所以生命愈發展，痛苦愈增加。」前分句「慾望愈多，則愁苦也愈多」，係因；後分句「生命愈發展，痛苦愈增加」，係果。因此，運用關聯詞語「因爲……，所以……」，連繫前、後分句，構成因果關係的複句，簡稱因果複句。

二十七、吳明足《不吐絲的蠶·母親·母心》：「因爲每次去總是讓她忙個團團轉，使我們心裡異常不安。」前一分句「每次去總是讓她忙個團團轉」，係因；後一分句「使我們心裡異常不安」，係果。因此，運用關聯詞語「因爲……，所以……」，連繫前、後分句，構成因果關係的複句，簡稱因果複句。

二十八、林良《爸爸的十六封信·快樂的敵人——發脾氣》：「你有了病痛，所以『肝火特別旺』。」前一分句「你有了病痛」，係因；後一分句「肝火特別旺」，係果。因此，運用關聯詞語「（因爲）……，所以……」，連繫前、後分句，構成因果關係的複句，簡稱因果複句。

二十九、蔡昭明〈地瓜的聯想〉：「想想過去吃地瓜，是因爲貧乏。」前一分句「過去吃地瓜」，係果；後一分句「貧乏」，係因。因此，運用關聯詞語「因爲」，連繫前、後分句，構成因果關係的複句，簡稱因果複句。

三十、蔡昭明〈地瓜的聯想〉：「今天吃地瓜，是因爲豐厚。」前一分句「今天吃地瓜」，係果；後一分句「豐厚」，係因。因此，運用關聯詞語「因爲」，連繫前、後分句，構成因果關係的複句，簡稱因果複句。

三十一、胡適〈差不多先生傳〉：「他爲了一件要緊的事，要搭火車到上海去。」前一分句「他爲了一件要緊的事」，係因；後一分句「要搭火車到上海去」，係果。因此，運

用關聯詞語「爲了」，連繫前、後分句，構成因果關係的複句，簡稱因果複句。

三十二、琦君〈一對金手鐲〉：「她是月半（生），我是月底（生），所以她就取名阿月。」前分句「她是月半（生），我是月底（生）」，係因；後分句「她就取名阿」，係果。因此，運用關聯詞語「所以」，連繫前、後分句，構成因果關係的複句，簡稱因果複句。

三十三、陳義芝《不安的居住．在大風雪之夜．母親告訴我》：「做夢，因爲她的兄弟失蹤，不知陷身陣前或在敵後。」前分句「她的兄弟失蹤」，係因；後分句「不知陷身陣前或在敵後」，係果。因此，此句運用關聯詞語「因爲」，構成因果關係的複句，簡稱因果複句。

三十四、胡適〈差不多先生傳〉：「差不多先生的名字，天天掛在大家的口頭，因爲他是中國全國人的代表。」前分句「差不多先生的名字，天天掛在大家的口頭」，係果；後分句「他是中國全國人的代表」，係因。因此，運用關聯詞語「因爲」，連繫前、後分句，構成因果關係的複句，簡稱因果複句。

貳、假設複句

所謂假設複句，是指前分句先提出假設，後分句再說明結果的一種複句。假設複句的關聯詞語，通常使用連詞「如果」、「假如」、「倘若」、「苟」、「若」、「而」、「假使」、「令」、「使」等，但有時不用關聯詞語。⑮例如：

一、甘績瑞〈從今天起〉：「假使想要成佛，而不能立刻放下屠刀，那成佛的希望，不過是幻想罷了。」前分句「想要成佛，而不能立刻放下屠刀」，係提出假設；後分句「那成佛的希望，不過是幻想罷了」，係說明結果。因此，運用關聯詞語的連詞「假使」，連繫前、後分句，構成假設關係的複句，簡稱假設複句。

二、宋晶宜〈雅量〉：「如果經常逛布店的話，便會發現很少有一匹布沒有人選購過。」前一分句「經常逛布店的話」，你提出假設；後一分句「便會發現很少有一匹布沒有人選購過」，係說明結果。因此，運用關聯詞語的連詞「如果」，連繫前、後分句，構成假設關係的複句，簡稱假設複句。

三、宋晶宜〈雅量〉：「如果他能從這扇門望見日出的美景，你又何必要求他走向那扇窗去聆聽鳥鳴呢？」前一分句「他能從這扇門望見日出的美景」，係提出假設；後一分句「你又何必要求他走向那扇窗去聆聽鳥鳴呢」，係說明結果。因此，運用關聯詞語的連詞「如果」，連繫前、後分句，構成假設關係的複句，簡稱假設複句。

四、陳義芝《爲了下一次的重逢．生在花蓮》：「如果交給你爸爸去處理啊，恐怕五千塊都賣不出去。」前一分句「交給你爸爸去處理啊」，係提出假設；後一分句「恐怕五千塊都賣不出去」，係說明結果。因此，運用關聯詞語的連詞「如果」，連繫前、後分句，

構成假設關係的複句，簡稱假設複句。

五、陳義芝《為了下一次的重逢．美麗的工作》：「假如我占有一朵花，我可以把它摘下來帶著走。」前一分句「我占有一朵花」，係提出假設；後一分句「我可以把它摘下來帶著走」，係說明結果。因此，運用關聯詞語的連詞「假如」，連繫前、後分句，構成假設關係的複句，簡稱假設複句。

六、吳明足《不吐絲的蠶．當女人眞好》：「如果我早一點生個娃娃，那就好了。」前一分句「我早一點生個娃娃」，係提出假設；後一分句「那就好了」，係說明結果。因此，運用關聯詞語的連詞「如果」，連繫前、後分句，構成假設關係的複句，簡稱假設複句。

七、吳明足《不吐絲的蠶．切莫否定自己》：「如果這個良好的成果，只是部分不負責的老師『放水』所致。」前一分句「這個良好的成果」，係提出假設；後一分句「只是部分不負責的老師『放水』所致」，係說明結果。因此，運用關聯詞語的連詞「如果」，連繫前、後分句，構成假設關係的複句，簡稱假設複句。

八、林良《小太陽．南下找太陽》：「如果旅客自己上山瞎撞，沒有四小時恐怕下不了山。」前一分句「旅客自己上山瞎撞」，係提出假設；後一分句「沒有四小時恐怕下不了山」，係說明結果。因此，運用關聯詞語的連詞「如果」，連繫前、後分句，構成假設關係的複句，簡稱假設複句。

九、林良《小太陽．為「斯諾」寫的》：「如果白狐狸狗的毛是黃的，主婦一定相當忙。」前一分句「白狐狸狗的毛是黃的」，係提出假設；後一分句「主婦一定相當忙」，係說明結果。因此，運用關聯詞語的連詞「如果」，連繫前、後分句，構成假設關係的複句，簡稱假設複句。

十、方祖燊《生活藝術．談節儉》：「假使放縱欲望，講究享受，隨意亂花，不加節制，就是上億家財，也會揮霍一光。」前分句「放縱欲望，講究享受，隨意亂花，不加節制」，係提出假設；後分句「就是上億家財，也會揮霍一光」，係說明結果。因此，運用關聯詞語的連詞「假使」，連繫前、後分句，構成假設關係的複句，簡稱假設複句。

十一、方祖燊《生活藝術．論道德與愛刑罰》：「若沒有道德觀念來規範行為，有些人就會做出踰禮、不義、寡廉、可恥的事來。」前一分句「沒有道德觀念來規範行為」，係提出假設；後一分句「有些人就會做出踰禮、不義、寡廉、可恥的事來」，係說明結果。因此，運用關聯詞語的連詞「若」，連繫前、後分句，構成假設關係的複句，簡稱假設複句。

十二、羅家倫《新人生觀．榮譽與愛榮譽》：「假如你說某人無榮譽，他們一定認為這是對於他最大的侮辱。」前一分句「你說某人無榮譽」，係提出假設；後一分句「他們

一定認爲這是對於他最大的侮辱」，係說明結果。因此，運用關聯詞語的連詞「假如」，連繫前、後分句，構成假設關係的複句，簡稱假設複句。

十三、羅家倫《新人生觀．榮譽與愛榮譽》：「如果自己對人類眞有貢獻，即使名不得，又有何妨？」前一分句「自己對人類眞有貢獻」，係提出條件；後一分句「即使名不得，又有何妨」，係說明結果。因此，運用關聯詞語的連詞「如果」，連繫前、後分句，構成假設關係的複句，簡稱假設複句。

十四、陳義芝《爲了下一次的重逢．美麗的工作》：「假如我占有一條圍巾，我，我可把它纏在脖子上帶著走。」前分句「我占有一條圍巾」，係提出假設；後分句「我可把它纏在脖子上帶著走」，係說明結果。因此，運用關聯詞語的連詞「假如」，連繫前、後分句，構成假設關係的複句，簡稱假設複句。

十五、林良《小太陽．爲「斯諾」寫的》：「如果白狐狸狗的毛是花的，連先生也相當忙。」前一分句「白狐狸狗的毛是花的」，係提出條件；後一分句「連先生也相當忙」，係說明結果。因此，運用關聯詞語的連詞「如果」，連繫前、後分句，構成假設關係的複句，簡稱假設複句。

十六、《左傳．襄公三十年》：「子產而死，誰其嗣之？」前一分句「子產死」，係提出假設；後一分句「誰其嗣之」，說明結果。因此，運用關聯詞語的連詞「而」，連繫前、後分句，構成假設關係的複句，簡稱假設複句。

十七、《論語．衛靈公》：「過而不改，是謂過矣。」「而」，「如果」之意。楊樹達《詞詮．卷十》：「而，假設連詞，用同『如』。」前一分句「過不改」，係提出假設；後一分句「是謂過矣」，係說明結果。因此，運用關聯詞語的連詞「而」，連繫前、後分句，構成假設關係的複句，簡稱假設複句。

十八、《論語．為政》：「人而無信，不知其可也。」「而」，「如果」之意。楊伯峻、田樹生《文言常用虛詞》：「而，表假設關係。『而』和作假設連詞的『如』、『若』，古音相近，意義相通。」前一分句「人無信」，係提出假設；後一分句「不知其可也」，係說明結果。因此，運用關聯詞語「而」，連繫前、後分句，構成假設關係的複句，簡稱假設複句。

十九、《孟子．滕文公下》：「苟行王政，四海之內皆舉首而望之，欲以為君。」前一分句「行王政」，係提出假設；後分句「四海之內皆舉首而望之，欲以為君」，係說明結果。因此，運用關聯詞語的連詞「苟」，連繫前、後分句，構成假設關係的複句，簡稱假設複句。

二十、《易經．繫辭下》：「苟非其人，道不可虛行。」楊樹達《詞詮．卷三》：「苟，假設連詞，若也，如也。」前一分句「非其人」，係提出條件；後一分句「道不可虛

行」，係說明結果。因此，運用關聯詞語的連詞「苟」，連繫前、後分句，構成假設關係的複句，簡稱假設複句。

二十一、《左傳．昭公五年》：「苟有其備，何故不可？」前一分句「有其備」，係提出假設；後一分句「何故不可」，說明結果。因此，運用關聯詞語的連詞「苟」，連繫前、後分句，構成假設關係的複句，簡稱假設複句。

二十二、《論語．里仁》：「苟志於仁，無惡也。」前一分句「志於仁」，係提出假設；後一分句「無惡也」，係說明結果。因此，運用關聯詞語的連詞「苟」，，連繫前、後分句，構成假設關係的複句，簡稱假設複句。

二十三、蘇軾〈赤壁賦〉：「苟非吾之所有，雖一毫而莫取。」前一分句「非吾之所有」，係提出假設；後一分句「雖一毫無莫取」，係說明結果。因此，運用關聯詞語的連詞「苟」，連繫前、後分句，構成假設關係的複句，簡稱假設複句。

二十四、司馬光〈赤壁之戰〉：「苟如君言，劉豫州何不遂事之乎？」前一分句「如君言」，係提出假設；後一分句「劉豫州何不遂事之乎」，係說明結果。因此，運用關聯詞語的連詞「苟」，連繫前、後分句，構成假設關係的複句，簡稱假設複句。

二十五、《禮記．中庸》：「苟無其人，不敢作禮樂焉。」前一分句「無其人」，係提出假設；後一分句「不敢作禮樂焉」，係說明結果。因此，運用關聯詞語的連詞「苟」，連繫前、後分句，構成假設關係的複句，簡稱假設複句。

二十六、司馬遷《史記·淮南王傳》：「苟如公言，不可徼幸邪？」前一分句「如公言」，係提出假設；後一分句「不可徼幸邪」，係說明結果。因此，運用關聯詞語的連詞「苟」，連繫前、後分句，構成假設關係的複句，簡稱假設複句。

二十七、顧炎武〈廉恥〉：「人而如此，則禍敗亂亡，亦無所不至。」前分句「人如此」，係提出假設；後分句「則禍敗亂亡，亦無所不至」，係說明結果。因此，運用關聯詞語的連詞「而」，連繫前、後分句，構成假設關係的複句，簡稱假設複句。

二十八、《論語·八佾》：「管氏而知禮，孰不知禮？」前一分句「管氏知禮」，係提出條件；後一分句「孰不知禮」，係說明結果。因此，運用關聯詞語的連詞「而」，連繫前、後分句，構成假設關係的複句，簡稱假設複句。

二十九、琹涵〈生命的火花〉：「如果我們只替個人打算，畢竟過於褊狹。」前一分句「我們只替個人打算」，係提出條件；後一分句「畢竟過於褊狹」，係說明結果。因此，運用關聯詞語的連詞「如果」，連繫前、後分句，構成假設關係的複句，簡稱假設複句。

三十、《左傳·僖公二十八年》：「戰而捷，必得諸侯。」前一分句「戰捷」，係提出條件；後一分句「必得諸侯」，係說明結果。因此，運用關聯詞語的連詞「而」，連繫前、後分句，構成假設關係的複句，簡稱假設複句。

三十一、司馬遷《史記．張儀傳》：「苟與吾地，絕齊未晚也。」前一分句「與吾地」，係提出條件；後一分句「絕齊未晚也」，係說明結果。因此，運用關聯詞語的連詞「苟」，連繫前、後分句，構成假設關係的複句，簡稱假設複句。

三十二、林良《小太陽．爲「斯諾」寫的》：「如果白狐狸狗的毛是黑的，連孩子們也都跌入了忙碌的漩渦。」前一分句「白狐狸狗的毛是黑的」，係提出條件；後一分句「連孩子也都跌入了忙碌的漩渦」，係說明結果。因此，運用關聯詞語的連詞「如果」，連繫前、後分句，構成假設關係的複句，簡稱假設複句。

三十三、林良《小太陽．專心的人是活神仙》：「如果你在做功課的時候，老是停下來聽聲音，你就永遠找不到不吵的地方了。」前分句「你在做功課的時候，老是停下來聽聲音」，係提出假設；後分句「你就永遠找不到不吵的地方了」，係說明結果。因此，運用關聯詞語的連詞「如果」，連繫前、後分句，構成假設關係的複句，簡稱假設複句。

三十四、顏艾琳〈黑暗溫泉〉：「如果生活很累，道德很輕，那麼，卸下一切，投入黑暗中吧！」前分句「生活很累，道德很輕」，係提出假設；後分句「那麼，卸下一切，投入黑暗中吧」，係說明結果。因此，運用關聯詞語「如果」，連繫前、後分句，構成假設關係的複句，簡稱假設複句。

三十五、陳義芝《不安的居住．鑄幣術．側寫改行務農的父親》：「蘆筍長出來了，如果是金條多好，上輩子沒有用掉的財富，這輩子重新又出土。」前分句「是金條多好」，係提出假設；後分句「上輩子沒有用掉的財富，這輩子重新又出土」，係說明結果。因此，運用關聯詞語「如果」，構成假設關係的複句，簡稱假設複句。

參、條件複句

所謂條件複句，是指前分句提出事情的條件，後分句表達條件的推論結果的一種複句。條件複句的關聯詞語，通常運用「只要……，一定……」、「無論……，總……」、「不管……」、「一旦……，必……」、「則」、「就」等；但有時不用關聯詞語。[16]例如：

一、梁啟超〈學問之趣味〉：「你只要肯一層一層的往裡面追，我保你一定被他引到『欲罷不能』的地步。」前一分句「你肯一層一層的往裡面追」，係提出條件；後一分句「我保你被他引到『欲罷不能』的地步」，係推論結果。因此，運用關聯詞語「只要……，一定……」，連繫前、後分句，構成條件關係的複句，簡稱條件複句。

二、《論語．子路》：「見小利，則大事不成。」前一分句「見小利」，係提出條件；後一分句「大事不成」，係推論結果。因此，運用關聯詞語「則」，連繫前、後分句，構成條件關係的複句，簡稱條件複句。

三、《論語．子路》：「欲速，則不達。」前一分句「欲速」，係提出條件；後一分句「不達」，係推論結果。因此，運用關聯詞語「則」，連繫前、後分句，構成條件關係的複句，簡稱條件複句。

四、劉鶚《老殘遊記》「明湖居聽書」：「無論做什麼事，總不入神。」前一分句「無論做什麼事」，係提出條件；後一分句「不入神」，係推論結果。因此，運用關聯詞語「無論……，總……」，連繫前、後分句，構成條件關係的複句，簡稱條件複句。

五、胡適〈母親的教誨〉：「無論怎樣重罰，總不許我哭出聲音來。」前一分句「怎樣重罰」，係提出條件；後一分句「不許我哭出聲音來」，係推論結果。因此，運用關聯詞語「無論……，總……」，連繫前、後分句，構成條件關係的複句，簡稱條件複句。

六、司馬光〈訓儉示康〉：「一旦異於今日，家人習奢已久，不能頓儉，必致失所。」前分句「異於今日，家人習奢已久，不能頓儉」，係提出條件；後分句「致失所」，係推論結果。因此，運用關聯詞語「一旦……，必……」，連繫前、後分句，構成條件關係的複句，簡稱條件複句。

七、艾雯〈路〉：「不管選什麼路，必須要不停地一步步地走去。」前一分句「選什麼路」，係提出條件；後一分句「必須不停地一步步地走去」，係推論結果。因此，運用關聯詞語「不管……，要……」，連繫前、後分句，構成條件關係的複句，簡稱條件複句。

八、梁啓超〈最苦與最樂〉：「盡得大的責任，就得大快樂。」前一分句「盡得大的責任」，係提出條件；後一分句「得大快樂」，係推論結果。因此，運用關聯詞語「就」，連繫前、後分句，構成條件關係的複句，簡稱條件複句。

九、梁啓超〈最苦與最樂〉：「時時盡責任，便時時快樂。」前一分句「時時盡責任」，係提出條件；後一分句「時時快樂」，係推論結果。因此，運用關聯詞語「便」，連繫前、後分句，構成條件關係的複句，簡稱條件複句。

十、顧炎武《日知錄．廉恥》：「不恥，則無所不爲。」前一分句「不恥」，係提出條件；後一句「無所不爲」，係推論結果。因此，運用關聯詞語「則」，連繫前、後分句，構成條件關係的複句，簡稱條件複句。

十一、司馬遷《史記．項羽本紀》：「公徐行，即免死；疾行，則及禍。」前分句「公徐行，免死」，係提出條件；後分句「疾行，及禍」，係推論結果。因此，運用關聯詞語「即……，則……」，連繫前、後分句，構成條件關係的複句，簡稱條件複句。

十二、《荀子．勸學》：「不聞先王之遺言，不知學問之大也。」前一分句「不聞先王之遺言」，係提出條件；後一分句「不知學之大也」，係推論結果。此句不用關聯詞語，構成條件關係的複句，簡稱條件複句。

十三、《荀子．勸學》：「不登高山，不知天之高也。」前一分句「不登高山」，係提出條件；後一分句「不知天之高也」，係推論結果。此句不用關聯詞語，構成條件關係的複句，簡稱條件複句。

十四、《荀子．勸學》：「不臨深谿，不知地之厚也。」「谿」，同「溪」。前一分句「不臨深谿」，係提出條件；後一分句「不知地之厚也」，係推論結果。此句不用關聯詞語，構成條件關係的複句，簡稱條件複句。

十五、顧炎武《日知錄．廉恥》：「不廉，則無所不取。」前一分句「不廉」，係提出條件；後一分句「無所不取」，係推論結果。因此，運用關聯詞語「則」，連繫前、後分句，構成條件關係的複句，簡稱條件複句。

十六、梁啓超〈最苦與最樂〉：「處處盡責任，便處處快樂。」前一分句「處處盡責任」，係提出條件；後一分句「處處快樂」，係推論結果。因此，運用關聯詞語「便」，構成條件關係的複句，簡稱條件複句。

十七、魏徵〈諫太宗十思疏〉：「文武爭馳，君臣無事，可以盡豫遊之樂，可以養松喬之壽。」前分句「文武爭馳，君臣無事」，係提出條件；後分句「可以盡豫遊之樂，可以養松喬之壽」，係推論結果。此句不用關聯詞語，構成條件關係的複句，簡稱條件複句。

十八、蘇軾〈赤壁賦〉：「自其變者而觀之，則天地曾不能以一瞬。」前一分句「自其變者而觀之」，係提出條件；後一分句「天地曾不能以一瞬」，係推論結果。因此，運用關聯詞語「則」，連繫前、後分句，構成條件關係的複句，簡稱條件複句。

十九、蘇軾〈赤壁賦〉：「自其不變者而觀之，則物與我皆無窮也。」前一分句「自其不變者而觀之」，係提出條件；後一分句「物與我皆無窮也」，係推論結果。因此，運用關聯詞語「則」，連繫前、後分句，構成條件關係的複句，簡稱條件複句。

二十、李斯〈諫逐客書〉：「必秦國之所生然後可，則是夜光之璧，不飾朝廷。」前分句「必秦國之所生然後可」，係提出條件；後分句「夜光之璧，不飾朝廷」，係推論結果。因此，運用關聯詞語「則」，連繫前、後分句，構成條件關係的複句，簡稱條件複句。

二十一、司馬遷《史記・廉頗藺相如列傳》：「欲勿予，即患秦兵之來。」前一分句「欲勿予」，係提出條件；後一分句「患秦兵之來」，係推論結果。因此，運用關聯詞語「即」，連繫前、後分句，構成條件關係的複句，簡稱條件複句。

二十二、袁枚〈祭妹文〉：「除吾死外，當無見期。」前一分句「吾死」，係提出條件；後一分句「當無見期」，係推論結果。因此，運用關聯詞語「除……外」，連繫前、後分句，構成條件關係的複句，簡稱條件複句。

二十三、《論語・學而》：「慎終追遠，民德歸厚矣。」前一分句「慎終追遠」，係提出條件；後一分句「民德歸厚矣」，係推論結果。因此，此句不用關聯詞語，構成條件

關係的複句，簡稱條件複句。

二十四、羅家倫《新人生觀．榮譽與愛榮譽》：「沒有榮譽心的人，就談不上人格。」前一分句「沒有榮譽的人」，係提出條件；後一分句「談不上人格」，係推論結果。因此，運用關聯詞語「就」，連繫前、後分句，構成條件關係的複句，簡稱條件複句。

二十五、羅家倫《新人生觀．目的與手段》：「人格一有缺陷，即不易恢復完整。」前一分句「人格一有缺陷」，係提出條件；後一分句「不易恢復完整」，係推論結果。因此，運用關聯詞語「即」，連繫前、後分句，構成條件關係的複句，簡稱條件複句。

二十六、方祖燊《生活藝術．平凡最快樂》：「做人平凡，一生安樂。」前一分句「做人平凡」，係提出條件；後一分句「一生安樂」，係推論結果。因此，此句不用關聯詞語，構成條件關係的複句，簡稱條件複句。

二十七、方祖燊《生活藝術．平凡最快樂》：「做事切實，自然卓犖。」前一分句「做事切實」，係提出條件；後一分句「自然卓犖」，係推論結果。因此，此句不用關聯詞語，構成條件關係的複句，簡稱條件複句。

二十八、方祖燊《生活藝術．談節儉》：「人類需要終年辛勞地耕種工作，才能收穫豐穰，勉強溫飽。」前分句「人類需要終年辛勞地耕種工作」，係提出條件；後分句「能收穫豐穰，勉強溫飽」，係推論結果。因此，運用關聯詞語「才」，連繫前、後分句，構成條件關係的複句，簡稱條件複句。

二十九、袁宗道〈論文〉：「凡有一語不肖古者，即大怒。」前一分句「凡有一語不肖古者」，係提出條件；後一分句「大怒」，係推論結果。因此，運用關聯詞語「即」，構成條件關係的複句，簡稱條件複句。

三十、張天民〈創業〉：「一個人只要有革命的志氣，就什麼人間奇蹟都能夠創造出來。」前一分句「一個人只要有革命的志氣」，係提出條件；後一分句「什麼人間奇蹟都能夠創造出來」，係推論結果。因此，此句運用關聯詞語「只要……，就……」，構成條件關係的複句，簡稱條件複句。

三十一、法國文學家紀德：「凡是不能獲得他人信任的人，永遠別想成功。」前一分句「凡是不能獲得他人信任的人」，係提出條件；後一分句「永遠別想成功」，係推論結果。因此，此句不用關聯詞語，構成條件關係的複句，簡稱條件複句。

三十二、老舍〈我愛新北京〉：「不管我在那裡，我還是拿北京作小說的背景。」前一分句「我在那裡」，係提出條件；後一分句「我拿北京作小說的背景」，係推論結果。因此，全句運用關聯詞語「不管……，還是……」，連繫前、後分句，構成條件關係的複句，簡稱條件複句。

三十三、拿破崙：「不會從失敗中找教訓的人，他們成功之路是遙遠的。」前一分句

「不會從失敗中找教訓的人」，係提出條件；後一分句「他們成功之路是遙遠的」，係推論結果。因此，全句不用關聯詞語，構成條件關係的複句，簡稱條件複句。

三十四、吳伯簫〈歌聲〉：「不管認識不認識，見到誰都打招呼。」前一分句「認識不認識」，係提出條件；「見到誰打招呼」，係推論結果。因此，全句運用關聯詞語「不管……，都……」，連繫前、後分句，構成條件關係的複句，簡稱條件複句。

肆、比較複句

所謂比較複句，是指前、後分句互相比較，使意義更明顯、更凸出的一種複句。比較複句的關聯詞語，通常用「不如」、「比」、「較」、「不若」、「更」、「亦」、「也」等；但有時也不用關聯詞語。[17]例如：

一、吳敬梓《儒林外史》「王冕的少年時代」：「我在學堂坐著，心裡也悶，不如往他家放牛，倒快活些。」前分句「我在學堂坐著，心裡也悶」、後分句「往他家放牛，倒快活些」，後分句與前分句的程度比較，「倒快活些」與「心裡也悶」係差比，更易於彰顯其意義。因此，此句運用關聯詞語「不如」作比較，構成比較關係的複句，簡稱比較複句。

二、連橫〈臺灣通史序〉：「顧修史固難，修臺之史更難。」此言修臺史比修史更爲困難。前、後分句比較，後分句「修臺史」比前分句「修史」更難。因此，運用關聯詞語「更」作比較，構成比較關係的複句，簡稱比較複句。

三、歸有光〈項脊軒志〉：「語未畢，余泣，嫗亦泣。」前分句「余泣」、後分句「嫗亦泣」，前、後分句係平比。因此，全句運用關聯詞語「亦」，構成比較關係的複句，簡稱比較複句。

四、蘇洵〈六國論〉：「秦以攻取之外，小則獲邑，大則得城；較秦之所得，與戰勝而得者，其實百倍。」前分句「秦以攻取之外，小則獲邑，大則得城」、後分句「秦之所得，與戰勝而得者，其實百倍」，係多少的差比。因此，此句運用關聯詞語「較」，構成比較關係的複句，簡稱比較複句。

五、劉鶚《老殘遊記・第十二回》：「雲是白的，山也是白的。」前一分句「雲是白的」、後一分句「山是白的」，係相同的平比。因此，此句運用關聯詞語「也」，構成比較關係的複句，簡稱比較複句。

六、劉鶚《老殘遊記・第十二回》：「雲有亮光，山也有亮光。」前一分句「雲有亮光」、後一分句「山有亮光」，係相同的平比。因此，此句運用關聯詞語「也」，構成比較關係的複句，簡稱比較複句。

七、《尚書・周書・康誥》：「怨不在大，亦不在小。」前一分句「怨不在大」、後

一分句「不在小」，係大小的差比。因此，此句運用關聯詞語「亦」，構成比較關係的複句，簡稱比較複句。

八、《左傳．宣公十四年》：「謀人，人亦謀己。」前一分句「謀人」、後一分句「人謀己」，係相同的平比。因此，此句運用關聯詞語「亦」，構成比較關係的複句，簡稱比較複句。

九、林嗣環〈口技〉：「夫起大呼，婦亦起大呼。」前一分句「夫起大呼」、後一分句「婦起大呼」，係相同的平比。因此，此句運用關聯詞語「亦」，構成比較關係的複句，簡稱比較複句。

十、《孟子．告子上》：「魚，我所欲也；熊掌，亦我所欲也。」前分句「魚，我所欲也」、後分句「熊掌，我所欲也」，係相同的平比。因此，此句運用關聯詞語「亦」，構成比較關係的複句，簡稱比較複句。

十一、《孟子．公孫丑上》：「孟施舍之守氣，又不如曾子之守約也。」前一分句「孟施舍之守氣」、後一分句「曾子之守約」，係差比。因此，此句運用關聯詞語「不如」，構成比較關係的複句，簡稱比較複句。

十二、《孟子．公孫丑上》：「不受於褐寬博，亦不受於萬乘之君。」前一分句「不受於褐寬博」、後一分句「不受於萬乘之君」，係相同的平比。因此，此句運用關聯詞語

「亦」，構成比較關係的複句，簡稱比較複句。

十三、《兒女英雄傳．第三十八回》：「我自來不會合人家頑笑，也從沒人合我頑笑。」前一分句「我自來不會合人家頑笑」、後一分句「從沒有人合我頑笑」，係相同的平比。因此，此句運用關聯詞語「亦」，構成比較關係的複句，簡稱比較複句。

十四、《呂氏春秋．貴公》：「智而用私，不若愚而用公。」前一分句「智而用私」、後一分句「愚而用公」，係智愚、公私的差比。因此，此句運用關聯詞語「不若」，構成比較關係的複句，簡稱比較複句。

十五、《左傳．文公七年》：「先君何罪？其嗣亦何罪？」前一分句「先君何罪」、後一分句「其嗣何罪」，係相同的平比。因此，此句運用關聯詞語「亦」，構成比較關係的複句，簡稱比較複句。

十六、司馬遷《史記．吳王濞傳》：「吳得釋其罪，謀亦益解。」前一分句「吳得釋其罪」、後一分句「謀益解」，係相同的平比。因此，此句運用關聯詞語「亦」，構成比較關係的複句，簡稱比較複句。

十七、司馬遷《史記．項羽本紀》「鴻門之宴」：「項莊拔劍起舞，項伯亦拔劍起舞。」前一分句「項莊拔劍起舞」、後一分句「項伯拔劍起舞」，係相同的平比。因此，此句運用關聯詞語「亦」，構成比較關係的複句，簡稱比較複句。

十八、《左傳．僖公三十年》：「然鄭亡，子亦有不利焉。」前一分句「鄭亡」、後一分句「子有不利焉」，係相同的平比。因此，此句運用關聯詞語「亦」，構成比較關係的複句，簡稱比較複句。

十九、《老子．第二十三章》：「同於道者，道亦樂之。」前一分句「同於道者」、後一分句「道樂得之」，係相同的平比。因此，此句運用關聯詞語「亦」，構成比較關係的複句，簡稱比較複句。

二十、《老子．第四十二章》：「人之所教，我亦教之。」前一分句「人之所教」、後一分句「我教之」，係相同的平比。因此，此句運用關聯詞語「亦」，構成比較關係的複句，簡稱比較複句。

二十一、《老子．第四十九章》：「善者吾善之，不善者吾亦善之。」前一分句「善者吾善之」、後一分句「不善者吾善之」，係相同的平比。因此，此句運用關聯詞語「亦」，構成比較關係的複句，簡稱比較複句。

二十二、《老子．第四十九章》：「信者吾信之，不信者吾亦信之。」前一分句「信者吾信之」、後一分句「不信者吾信之」，係相同的平比。因此，此句運用關聯詞語「亦」，構成比較關係的複句，簡稱比較複句。

二十三、《老子．第六十章》：「非其神不傷人，聖人亦不傷人。」前一分句「非其神不傷人」、後一分句「聖人不傷人」，係相同的平比。因此，此句運用關聯詞語「亦」，構成比較關係的複句，簡稱比較複句。

二十四、《老子．第二十三章》：「同於德者，德亦樂得之。」前一分句「同於德者」、後一分句「德樂得之」，係相同的平比。因此，此句運用關聯詞語「亦」，構成比較關係的複句，簡稱比較複句。

二十五、《老子．第二十三章》：「同於失者，失亦樂得之。」前一分句「同於失者」、後一分句「失樂得之」，係相同的平比。因此，此句構成比較關係的複句，簡稱比較複句。

二十六、《荀子．勸學》：「吾嘗終日而思矣，不如須臾之所學也。」前一分句「吾嘗終日而思矣」、前一分句「須臾之所學」，係「思」與「學」的差比。因此，此句運用關聯詞語「不如」，構成比較關係的複句，簡稱比較複句。

二十七、《老子．第二十五章》：「道大，天大，地大，人亦大。」前分句「道大，天大，地大」、後分句「人大」，係相同的平比。因此，此句運用關聯詞語「亦」，構成比較關係的複句，簡稱比較複句。

二十八、《老子．第三十二章》：「始制有名，名亦既大。」前一分句「始制有名」、後一分句「名既大」，係相同的平比。因此，此句構成比較關係的複句，簡稱比較複句。

伍、擒縱複句

所謂擒縱複句，是指前、後分句處於相反的地位，但承認前分句的事實或理由，有如欲擒故縱，又有如表達讓步的一種複句，又稱爲讓步複句。擒縱複句的關聯詞語，分爲㈠縱予關係構成的複句，通常使用「縱……」、「即使……」、「縱使……」；㈡認容關係構成的複句，通常使用「雖……」、「雖……，而……」、「雖然……，卻……」、「雖然……，但……」等。因此，擒縱複句的類型，又分爲認容複句、縱予複句兩類。⑱

一、認容複句

所謂認容複句，是指承認前分句是事實，但容許後分句成立的一種複句，又稱爲容認複句。這類複句的關聯詞語，通常使用「雖……」、「雖然……」、「雖……，然……」、「雖然……，但……」等。例如：

㈠司馬遷《史記．荊軻列傳》：「荊軻雖於酒人乎，然其爲人，沈深好書。」前分句「荊軻於酒人乎」，係承認事實；後分句「其爲人，沈深好書」，係容許成立。因此，此句運用關聯詞語「雖……，然……」，構成認容關係的複句，簡稱認容複句，又稱爲容認複句。

㈡陳義芝《爲了下一次的重逢·一個指環》：「雖然有人說他們還不能一道去旅行，但情人會聽誰的話！」前分句「有人說他們還不能一道去旅行」，係承認事實；後分句「情人會聽誰的話」，係容許成立。因此，此句運用關聯詞語「雖然……，但（是）……」，構成認容關係的複句，簡稱認容複句，又稱爲容認複句。

㈢吳明足《不吐絲的蠶·老爺班》：「雖然本班號稱『老爺班』，但是我們修讀的科目，和其他班完全一樣。」前分句「本班號稱『老爺班』」，係承認事實；後分句「我們修讀的科目，和其他班完全一樣」，係容許成立。因此，此句運用關聯詞語「雖然……，但是……」，構成認容關係的複句，簡稱認容複句，又稱爲容認複句。

㈣林良《爸爸的十六封信·第一封信·爲什麼大家不理我》：「我雖然已經上了五年級，卻難過得想哭。」前分句「我已經上了五年級」，係承認事實；後分句「難過得想哭」，係容許成立。因此，此句運用關聯詞語「雖然……，卻……」，構成認容關係的複句，簡稱認容複句，又稱爲容認複句。

㈤林良《爸爸的十六封信·第九封信·誰都怕失敗，但是……》：「失敗雖然使人痛苦，雖然粉碎了一個人的美夢，但是它使人增長智慧和經驗。」前分句「失敗使人痛苦，粉碎了一個人的美夢」，係承認事實；後分句「它使人增長智慧和經驗」，係容許成立。因此，此句運用關聯詞語「雖然……，雖然……，但是……」，構成認容關係的複句，簡稱認容複句，又稱爲容認複句。

㈥方祖燊《生活藝術．平凡最快樂》：「成功雖然榮耀，失敗卻極痛苦。」前分句「成功雖然榮耀」，係承認事實；後分句「失敗卻極痛苦」，係容許成立。因此，此句運用關聯詞語「雖然……，卻……」，構成認容關係的複句，簡稱認容複句，又稱爲容認複句。

㈦向陽評李魁賢〈薩摩斯島——希臘詩抄之一〉：「雖然海峽兩岸同文同種，互通有無，共享一個天堂，共享同一樣的繁花景象，都說同一樣的語言，都信奉同一個眞主（百分之九十八的人都信奉回教）；但祇要有一水之隔，便隔出了不同的偏見，連至親也成爲敵人。」前分句「海峽兩岸同文同種，互通有無，共享一個天堂，共享同一樣的繁花景象，都說同一樣的語言，都信奉同一個眞主（百分之九十八的人都信奉回教）」，係承認事實；後分句「祇要有一水之隔，便融出了不同的偏見，連至親也成爲敵人」，係容許成立。因此，此句運用關聯詞語「雖然……，但……」，構成認容關係的複句，簡稱認容複句，又稱爲容認複句。

㈧蘇軾〈石鐘山記〉：「今以鐘磬置水中，雖大風浪，不能鳴也。」前分句「今以鐘磬置水中，大風浪」，係承認事實；後分句「不能鳴」，係容許成立。因此，此句運用關聯詞語「雖……」，構成認容關係的複句，簡稱容認複句。

(九)白居易〈與元微之書〉：「僕門內之口雖不少，司馬之俸雖不多，量入儉用，亦可自給，身衣口食，且免求人。」前分句「僕門內之口不少，司馬之俸不多」，係承認事實；後分句「量入儉用，亦可自給，身衣口食，且免求人」，係容許成立。因此，此句運用關聯詞語「雖……，雖……」，構成認容關係的複句，簡稱認容複句，又稱爲容認複句。

(十)《韓非子．說林上》：「海水雖多，火必不滅矣。」前分句「海水多」，係承認事實；後分句「火必不滅矣」，係容許成立。因此，此句運用關聯詞語「雖……」，構成認容關係的複句，簡稱認容複句，又稱爲容認複句。

(土)琦君〈一對金手鐲〉：「我雖知道和她生活環境距離將日益遙遠，但我們的心還是緊緊靠在一起，彼此相通的。」前分句「我雖知道和她生活環境距離將日益遙遠」，係承認事實；後分句「我們的心還是緊緊靠在一起，彼此相通的」，係容許成立。因此，此句運用關聯詞語「雖……，但……」，構成認容關係的複句，簡稱認容複句，又稱爲容認複句。

(圭)文天祥〈指南錄後序〉：「北雖貌敬，實則憤怒。」前分句「北貌敬」，係承認事實；後分句「實則憤怒」，係容許成立。因此，此句運用關聯詞語「雖……」，構成認容關係的複句，簡稱認容複句，又稱爲容認複句。

㈢蘇軾〈教戰守策〉：「天下雖平，不敢忘戰。」前分句「天下平」，係承認事實；後分句「不敢忘戰」，係容許成立。因此，此句構成認容關係的複句，簡稱認容複句，又稱爲容認複句。

㈣蘇軾〈教戰守策〉：「雖有盜賊之變，而民不至於驚潰。」前分句「有盜賊之變」，係承認事實；後分句「民不至於驚潰」，係容許成立。因此，此句運用關聯詞語「雖……，而……」，構成認容關係的複句，簡稱認容複句，又稱爲容認複句。

㈤韓愈〈馬說〉：「是馬也，雖有千里之能，食不飽，力不足，才美不外見。」前分句「是馬也，有千里之能」，係承認事實；「食不飽，力不足，才美不外見」，係容許成立。因此，此句運用關聯詞語「雖……」，構成認容關係的複句，簡稱認容複句，又稱爲容認複句。

㈥袁枚〈祭妹文〉：「自汝歸後，雖爲汝悲，實爲予喜。」前分句「自汝歸後，爲汝悲」，係承認事實；後分句「實爲予喜」，係容許成立。因此，此句運用關聯詞語「雖……」，構成認容關係的複句，簡稱認容複句，又稱爲容認複句。

㈦《孟子．告子上》：「雖與之俱學，弗若之矣。」前分句「與之俱學」，係承認事實；後分句「弗若之矣」，係容許成立。因此，此句運用關聯詞語「雖……」，構成認容關係的複句，簡稱認容複句，又稱爲容認複句。

㈩劉墉〈你自己決定吧〉：「雖然搬家不是打仗，但是當搬家公司的車子到達時，如果你還沒有整理好東西，我們全家的行動不都要受影響嗎？」前分句「搬家不是打仗」係承認事實；後分句「當搬家公司的車子到達時，如果你還沒有整理好東西，我們全家的行動不都要受影響嗎？」，係容許成立。因此，此句運用關聯詞語「雖然……，但是……」，構成認容關係的複句，簡稱認容複句，又稱為容認複句。

㈨陳之藩〈哲學家皇帝〉：「雖然眼前景色這樣靜，這樣美，但在我腦筋中，依然是日間同事們的緊張面孔和急促步伐的影子。」前分句「眼前景色這樣靜，這樣美」，係承認事實；後分句「在我腦筋中依然是日間同事們的緊張面孔和急促步伐的影子」，係容許成立。因此，此句運用關聯詞語「雖然……，但……」，構成認容關係的複句，簡稱認容複句，又稱為容認複句。

㈢袁枚〈祭妹文〉：「凡此瑣瑣，雖為陳跡，然我一日未死，則一日不能忘。」前分句「凡此瑣瑣，為陳跡」，係承認事實；後分句「我一日未死，則一日不能忘」，係容許成立。因此，此句運用關聯詞語「雖……，然……」，構成認容關係的複句，簡稱認容複句，又稱為容認複句。

㈢羅家倫《新人生觀．道德的勇氣》：「鄉間的農夫，看來雖是愚笨，卻很淳樸誠懇。」前分句「鄉間的農夫，看來是愚笨」，係承認事實；後分句「很淳樸誠懇」，係容許

成立。因此，此句運用關聯詞語「雖……，卻……」，構成認容關係的複句，簡稱認容複句，又稱爲容認複句。

㈢蔣經國〈永遠與自然同在——追憶吳稚暉先生〉：「先生有一篇遺囑，內容雖然都是講的家事，但很富有教育意義。」前分句「(吳稚暉)先生有一篇遺囑，內容都是講的家事」，係承認事實；後分句「很富有教育意義」，係容許成立。因此，此句運用關聯詞語「雖然……，但……」，構成認容關係的複句，簡稱認容複句，又稱爲容認複句。

㈢《論語．子罕》：「雖違眾，吾從下。」前分句「違眾」，係承認事實；後分句「吾從下」，係容許成立。因此，此句運用關聯詞語「雖」，構成認容關係的複句，簡稱認容複句，又稱爲容認複句。

二、縱予複句

所謂縱予複句，是指承認前分句的事情，僅是假使，後分句提出結果，而構成縱予關係的一種複句。這類複句使用的關聯詞語，是「縱使……」、「即使……」等；但有時使用「雖」，這個「雖」，含有「即使」、「縱使」、「縱然」之意。例如：

㈠王溢嘉〈音樂家與職籃巨星〉：「即使音樂需要相當的天分，但魯賓斯坦強調的卻是『苦練』，而非『天分』。」前分句「音樂需要相當的天分」，係提出假設事情；後分句「魯賓斯坦強調的卻是『苦練』，而非『天分』」，係推論假設事情的結果。因此，此句運用關聯詞語「即使……」，構成縱予關係的複句，簡稱縱予複句。

㈡梁啓超〈最苦與最樂〉：「縱然不見他的面，睡在夢裡，都像有他的影子來纏著我。」前分句「不見他的面，睡在夢裡」係提出假設事情；後分句「都像有他的影子來纏著我」，係推論假設事情的結果。因此，此句運用關聯詞語「縱然」，構成縱予關係的複句，簡稱縱予複句。

㈢陸游《老學庵筆記．卷七》：「縱使字字得出處，去少陵之意益遠矣。」前分句「字字得出處」，係提出假設事情；後分句「去少陵之意益遠矣」，係推論假設事情的結果。因此，此句運用關聯詞語「縱」，構成縱予關係的複句，簡稱縱予複句。

㈣《論語．子罕》：「予縱不得大葬，予死於道路乎？」前分句「予不得大葬」，係提出假設事情；後分句「予死於道路乎」，係推論假設事情的結果。因此，此句運用關聯詞語「縱」，構成縱予關係的複句，簡稱縱予複句。楊伯峻、田樹生《文言常用虛詞》：「『縱』是連詞。用在複合句的前一個分句，表示假設性的讓步。下一分句由於這種假設的情況，而出現相應的結果或結論。」[19]

㈤司馬遷《史記．項羽本紀》：「縱江東父老憐而王我，我何面目見之？」前分句「江東父老憐而王我」係提出假設；後分句「我何面目見之」，係推論結果。因此，此句運用關聯詞語「縱」，構成縱予關係的複句，簡稱縱予複句。

(六)司馬遷《史記．魏公子列傳》：「公子縱輕（趙）勝，棄之，降秦，獨不憐公子姊乎？」前分句「公子輕（趙）勝，棄之」，提出假設；後分句「降秦，獨不憐公子姊乎」，係推論結果。因此，此句運用關聯詞語「縱」，構成縱予關係的複句，簡稱縱予複句。

(七)《詩經．鄭風．子衿》：「縱我不往，子寧不嗣音？」前分句「我不往」，係提出假設；後分句「子寧不嗣音」，係推論結果。「嗣音」，「寄以音信」之意。因此，此句運用關聯詞語「縱」，構成縱予關係的複句，簡稱縱予複句。

(八)《荀子．君道》：「縱不能用，使無去其疆域。」前分句「不能用」，係提出假設；後分句「使無去其疆域」，係推論結果。因此，此句運用關聯詞語「縱」，構成縱予關係的複句，簡稱縱予複句。

(九)顏之推《顏氏家訓．歸心》：「縱使得仙，終當有死。」前分句「得仙」，係提出假設；後分句「終當有死」，係推論結果。因此，此句運用關聯詞語「縱使」，構成縱予關係的複句，簡稱縱予複句。

(十)《左傳．定公元年》：「縱子忘之，山川鬼神其忘諸乎？」前分句「子忘之」，係提出假設；後分句「山川鬼神其忘諸乎」，係推論結果。因此，此句運用關聯詞語「縱」，構成縱予關係的複句，簡稱縱予複句。

(土)柳宗元〈封建論〉：「縱令其亂人，戚之而已。」前分句「令其亂人」，係提出假設；後分句「戚之而已」，係推論結果。因此，此句運用關聯詞語「縱」，構成縱予關係的複句，簡稱縱予複句。

(十二)白居易〈有木詩〉：「縱非梁棟材，獨勝尋常木。」前分句「非梁棟材」，係提出假設；後分句「獨勝尋常木」，係推論結果。因此，此句運用關聯詞語「縱」，構成縱予關係的複句，簡稱縱予複句。

(十三)司馬曙〈江村即事〉：「縱然一夜風吹去，只在蘆花淺水邊。」前分句「一夜風吹去」，係提出假設；後分句「只在蘆花淺水邊」，係推論結果。因此，此句運用關聯詞語「縱然」，構成縱予關係的複句，簡稱縱予複句。

(十四)鄭思肖〈心史總後敘〉：「縱大於天地，亦不能違乎此心。」前分句「縱大於天地」，係提出假設；後分句「亦不能違乎此心」，係推論結果。因此，此句運用關聯詞語「縱」，構成縱予關係的複句，簡稱縱予複句。

(十五)《左傳．莊公十四年》：「吾一婦人，而事二夫。縱勿能死，其又奚言？」前分句「勿能死」，係提出假設；後分句「其又奚言」，係推論結果。因此，此句運用關聯詞語「縱」，構成縱予關係的複句，簡稱縱予複句。

(十六)《左傳．襄公二十七年》：「以誣道蔽諸侯，罪莫大焉。縱無大計，而又求賞，無厭之甚也。」前分句「無大計」，係提出假設；後分句「而又求賞，無厭之甚也」，係推論

相反的結果。因此，此句運用關聯詞語「縱」，構成縱予關係的複句，簡稱縱予複句。

(十七)吳文英〈唐多令〉：「離人心上秋，縱芭蕉不雨也颼颼。」前分句「芭蕉不雨」，提出假設；後分句「也颼颼（聲令人煩惱）」，係推論相反的結果。因此，此句運用關聯詞語「縱」，構成縱予關係的複句，簡稱縱予複句。

(十八)司馬遷《史記・張儀傳》：「今縱弗忍殺之，又聽其邪說，不可。」前分句「今弗忍殺之」，係提出假設；後分句「又聽其邪說，不可」，係推論相反的結果。因此，此句運用關聯詞語「縱」，構成縱予關係的複句，簡稱縱予複句。

(十九)司馬遷《史記・汲黯傳》：「已在其位，縱愛身，奈辱朝廷何？」前分句「已在其位，愛身」，係提出假設；後分句「奈辱朝廷何」，係推論結果。因此，此句運用關聯詞語「縱」，構成縱予關係的複句，簡稱縱予複句。

(二十)班固《漢書・王莽傳》：「即令臣莽非是，顧下雷霆，誅臣莽。」前分句「臣莽非是」，係提出假設；後分句「顧下雷霆，誅臣莽」，係推論結果。因此，此句運用關聯詞語「即令」，構成縱予關係的複句，簡稱縱予複句。

(二十一)《禮記・檀弓上》：「吾縱生無益於人，吾可以死害於人乎哉？」前分句「吾生無益於人」，係提出假設；後分句「吾可以死害於人乎哉」，係推論結果。因此，此句運用關聯詞語「縱」，構成縱予關係的複句，簡稱縱予複句。

(二二)吳曾祺《涵芬樓文談》：「或全書盡出於僞託，或眞僞各半，且即使皆眞，而言之紕繆者已不少矣。」前分句「全書皆眞」，係提出假設；後分句「言之紕繆者已不少矣」，係推論結果。因此，此句運用關聯詞語「即使」，構成縱予關係的複句，簡稱縱予複句。

(二三)司馬遷《史記・田儋傳》：「縱彼畏天子之詔不敢動我，我獨不媿於心乎？」前分句「彼畏天子之詔不敢動我」，係提出假設；後分句「我獨不媿於心乎」，係推論結果。因此，此句運用關聯詞語「縱」，構成縱予關係的複句，簡稱縱予複句。

(二四)顏艾琳〈黑暗溫泉〉：「讓你來汲取我的溫潤吧！即使再深的疲倦，都將在黑暗的溫泉裡，洗褪。」前分句「再深的疲倦」，係提出假設；後分句「都將在黑暗的溫泉裡，洗褪。」，係推論結果。因此，此句運用關聯詞語「即使」，構成縱予關係的複句，簡稱縱予複句。

(二五)司馬遷《史記・呂后紀》：「諸君縱欲阿意背約，何面目見高帝地下？」前分句「諸君欲阿意背約」，係提出假設；後分句「何面目見高帝地下」，係推論結果。因此，此句運用關聯詞語「縱」，構成縱予關係的複句，簡稱縱予複句。

(二六)鄭頻〈成功〉：「一個自甘墮落、自我放棄的人，即使是在較好的環境中，由於他的不願意學習，也依舊一無所成。」前分句「在較好的環境中」，係提出假設；後分句「由於他的不願意學習，也依舊一無所成」，係推論結果。因此，此句運用關聯詞語「即使」，構成縱予關係的複句，簡稱縱予複句。

(二七)司馬遷《史記．魏公子列傳》：「公子即合符，而晉鄙不受公子兵，而復請之，事必危矣。」「即」，「縱使」之意。前分句「公子合（兵）符」，係提出假設；後分句「而晉鄙不受公子兵，而復請之，事必危矣」，係推論結果。因此，此句運用關聯詞語「即」，構成縱予關係的複句，簡稱縱予複句。

(二八)余光中〈雙人床〉：「今夜，即使會山崩或地震，最多跌進你低低的盆地。」前分句「會山崩或地震」，係提出假設；後分句「最多跌進你低低的盆地」，係推論結果。因此，此句運用關聯詞語「即使」，構成縱予關係的複句，簡稱縱予複句。

陸、目的複句

所謂目的複句，是指一個分句表達行爲、動作的手段或措施，另一個分句表達這種行爲、動作或措施的目的，構成目的關係的一種複句。目的複詞的關聯詞語，通常使用「以」、「所以（表示『目的』，並非「因爲、所以」的「所以」，而是『用來』、『用以』之意）」、「爲了」、「爲的是」、「以便」、「以免」、「免得」、「以利於」、「爲了……，就……」等；但有時不用關聯詞語。⑳例如：

一、子敏《小太陽．爲「斯諾」寫的》：「爲了想進客廳跟我們相聚，你常常用你豐滿的『臀部』去阻擋紗門。」後分句「你常用你豐滿的『臀部』去阻擋紗門」，係行爲的手段；前分句「想進客廳跟我們相聚」，係行爲的目的。因此，此句運用關聯詞語「爲了」，構成目的關係的複句，簡稱目的複句。

二、韓愈〈師說〉：「余嘉其能行古道，作〈師說〉以貽之。」前分句「余嘉其能行古道」，係行爲的手段；後分句「作〈師說〉貽之」，係行爲的目的。因此，此句運用關聯詞語「以」，構成目的關係的複句，簡稱目的複句。

三、羅家倫《新人生觀・榮譽與不榮譽》：「爲了榮譽問題而實行決鬥，也是常見的事。」前分句「（把）榮譽問題（看得比生命重要）」，係表達行爲的目的；後分句「（爲榮譽而）實行決鬥」，係表達行爲的手段。因此，此句運用關聯詞語「爲了」，構成目的關係的複句，簡稱目的複句。

四、林良《爸爸的十六封信・櫻櫻的話・爲什麼會有這十六封信》：「我在小學念書的時候，父親爲了工作的緣故，一天忙到晚。」後分句「（父親）一天忙到晚」，係表達行爲的手段；前分句「父親工作的緣故」，係表達行爲的目的。因此，此句運用關聯詞語「爲了」，構成目的關係的複句，簡稱目的複句。

五、林良《爸爸的十六封信・櫻櫻的話・爲什麼會有這十六封信》：「爲了細細的看，我喜歡把信放進書包，在學校裡利用休息的時間讀信。」前分句「細細的看（信），

係行爲的手段；後分句「我喜歡把信放進書包，在學校裡利用休息的時間讀信」，係行爲的手段。因此，此句運用關聯詞語「爲了」，構成目的關係的複句，簡稱目的複句。

六、楊牧〈柏克萊精神〉：「取名爲柏克萊，爲的是紀念英國哲學家柏克萊。」前分句「取名爲柏克萊」，係行爲的手段；後分句「紀念英國哲學家柏克萊」，係行爲的目的。因此，此句運用關聯詞語「爲的是」，構成目的關係的複句，簡稱目的複句。

七、魏巍〈依依惜別的深情〉：「爲了美化營地，他們簡直成了傳統中煉石補天的女神。」前分句「美化營地」，係行爲的目的；後分句「他們簡直成了傳統中煉石補天的女神」，係行爲的手段。因此，此句運用關聯詞語「爲了」，構成目的關係的複句，簡稱目的複句。

八、夏承楹〈運動最補〉：「爲了多得幾分，而犧牲健康，是錯誤的選擇。」前分句「多得幾分」，係行爲的目的；後分句「犧牲健康」，係行爲的手段。因此，此句運用關聯詞語「爲了」，構成目的關係的複句，簡稱目的複句。

九、揚宗珍〈智慧的累積〉：「爲外在目的，而讀書，書本對你只像是一堆無根浮萍，一陣風來，把它吹向你，又一陣風來，把它吹向了別處！」前分句「外在目的」，係行爲的目的；後分句「讀書」，係行爲的手段。因此，此句運用關聯詞語「爲」，構成目的關係的複句，簡稱目的複句。

十、琦君〈一對金手鐲〉：「為了生活，萬不得已中，金手鐲被我一分分、一錢錢地剪去變賣，化作金錢救急。」前分句「生活」，係行為的目的；後一分句「萬不得已中，金手鐲被我一分分、一錢錢地剪去變賣，化作金錢救急」，係行為的手段。因此，此句運用關聯詞語「為了……，竟……」，構成目的關係的複句，簡稱目的複句。

十一、羅家倫〈論自我實現〉：「為了這些理想和理想的實現，雖犧牲一切，在所不惜。」前分句「這些理想和理想的實現」，係行為的目的；後分句「雖犧牲一切，在所不惜」，係行為的手段。因此，此句運用關聯詞語「為了」，構成目的關係的複句，簡稱目的複句。

十二、柳宗元〈始得西山宴遊記〉：「知吾嚮之未始遊，遊於是乎始，故為之文以志。」「嚮」，「以前」之意。「以」，「為了」之意。前分句「知吾嚮之未始遊，遊於是乎始」，係行為的手段；後分句「為之文以志」，係行為的目的。因此，此句運用關聯詞語「以」，構成目的關係的複句，簡稱目的複句。

十三、白居易〈與元微之書〉：「計足不久不得僕書，必加憂望；今故錄三泰，以先奉報。」「故」，「特地」之意。前分句「今故錄三泰」，係行為的手段；「先奉報」，係行為的目的。因此，此句運用關聯詞語「以」，構成目的關係的複句，簡稱目的複句。

十四、廖玉蕙〈心疼〉：「我聯想起就為了女兒吃不慣外頭賣的早餐，外子一早起

來，在廚房又煮麵、又煎蛋，搞得手忙腳亂的。」前分句「女兒吃不慣外頭賣的早餐」，係行爲的目的；後分句「外子一早起來，在廚房又煮麵、又煎蛋，搞得手忙腳亂的」，係行爲的手段。因此，此句運用關聯詞語「爲了」，構成目的關係的複句，簡稱目的複句。

十五、韓愈〈祭十二郎文〉：「捨汝而旅食京師，以求斗斛之祿。」前分句「捨汝而旅食京師」，係行爲的手段；後分句「求斗斛之祿」，係行爲的目的。因此，此句運用關聯詞語「以」，構成目的關係的複句，簡稱目的複句。

十六、諸葛亮〈出師表〉：「誠宜開張聖聽，以光先帝遺德，恢宏志士之氣。」前分句「誠宜開張聖聽」，係行爲的手段；後分句「光先帝遺德，恢宏志士之氣」，係行爲的目的。因此，此句運用關聯詞語「以」，構成目的關係的複句，簡稱目的複句。

十七、諸葛亮〈出師表〉：「不宜妄自菲薄，引喻失義，以塞忠諫之路也。」前分句「不宜妄自菲薄，引喻失義」，係行爲的手段；後分句「塞忠諫之路」，係行爲的目的。因此，此句運用關聯詞語「以」，構成目的關係的複句，簡稱目的複句。

十八、歐陽脩〈縱囚論〉：「吾見上下交相賊，以成此名也。」前分句「吾見上下交相賊」，係行爲的手段；後分句「成此名」，係行爲的目的。因此，此句運用關聯詞語「以」，構成目的關係的複句，簡稱目的複句。

十九、吳明足《不吐絲的蠶・寫稿樂》：「爲了百尺竿頭，更進一步，我利用空閒寫寫塗塗地。」前分句「百尺竿頭，更進一步」，係行爲的目的；後分句「我利用空閒寫寫塗塗地」，係行爲的手段。因此，此句運用關聯詞語「爲了」，構成目的關係的複句。

二十、吳明足《不吐絲的蠶‧儲蓄並不苦》：「除必用開銷外，我仍然秉持原則，爲了理想的目標，而繼續努力。」前分句「除必用開銷外，我仍然秉持原則」，係行爲的手段；後分句「爲了理想的目標，而繼續努力」，係行爲的目的。因此，此句運用關聯詞語「爲了」，構成目的關係的複句，簡稱目的複句。

二十一、《呂氏春秋‧去私》：「殺人者死，傷人者刑，此所以禁殺、傷人也。」「所以」，「以之」之意，即今語「用來」、「目的」。前分句「殺人者死，傷人者刑」，係行爲的手段；後分句「此禁殺、傷人也」，係行爲的目的。因此，此句運用關聯詞語「所以」，構成目的關係的複句，簡稱目的複句。

二十二、劉義慶《世說新語‧言語》：「偷本非禮，所以不拜。」前分句「偷本非禮」，係行爲的手段；後分句「所以不拜」，係行爲的目的。因此，此句運用關聯詞語「所以」，構成目的關係的複句，簡稱目的複句。

二十三、梁啓超〈學問之趣味〉：「我以爲凡人必常常生活於趣味之中，生活才有價值。」前分句「凡人必常常生活於趣味之中」，係行爲的手段；後分句「生活才有價值」，係行爲的目的。此句不運用關聯詞語，構成目的關係的複句，簡稱目的複句。

二十四、梁啓超〈學問之趣味〉：「學生爲畢業證書而做學問。」前分句「學生爲畢業證書」，係行爲的目的；後分句「（學生）做學問」，係行爲的手段。因此，此句運用關聯詞語「爲」，構成目的關係的複句，簡稱目的複句。

二十五、梁啓超〈學問之趣味〉：「著作家爲版權而做學問。」前分句「著作家爲版權」，係行爲的目的；後分句「（著作家）做學問」，係行爲的手段。因此，此句運用關聯詞語「爲」，構成目的關係的複句，簡稱目的複句。

二十六、顏艾琳〈黑暗溫泉〉：「爲了誘引你的到來，我將空氣搓揉——成秋天森林的乾爽氣味，適合助燃，我們燃點很低的肉體。」前分句「誘引你的到來」，係行爲的目的；後分句「我將空氣搓揉——成秋天森林的乾爽氣味，適合助燃，我們燃點很低的肉體」，係行爲的手段。因此，此句運用關聯詞語「爲了」，構成目的關係的複句，簡稱目的複句。

二十七、薛福成〈巴黎觀油畫記〉：「余問：法人好勝，何以自繪敗狀，令人氣喪若此？譯者曰：『所以昭炯戒，激眾憤，圖報復也。』則其意深長矣。」「所以」，「以之」、「用來」、「目的」之意。前分段「法人好勝，何以自繪敗狀，令人氣喪若此」，係行爲的手段；後分句「昭炯戒，激眾憤，圖報復」，係行爲的目的。因此，此句運用關聯詞語「所以」，構成目的關係的複句，簡稱目的複句。

二十八、陳火泉〈青鳥就在身邊〉：「人爲了追求幸福，總是在現實生活中徬徨、摸索，往往捨近求遠。」前分句「人追求幸福」，係行爲的目的；後分句「總是在現實生活中徬徨、摸索，往往捨近求遠」，係行爲的手段。因此，此句運用關聯詞語「爲了」，構成目的關係的複句，簡稱目的複句。

柒、時間複句

所謂時間複句，是指分句之間，表面上敘述事情，實際上表明事情發生的時間，時間有先後、同時或永恆的一種複句。時間複句的關聯詞語，通常使用「比（音ㄅㄧˋ）」、「迨（音ㄉㄞˋ）」、「及」、「方」、「到」、「等到……，就……」、「及至」、「然後」、「於是」等；但有時不用關聯詞語。㉑例如：

一、歐陽脩〈秋聲賦〉：「歐陽子方夜讀書，聞有聲自西南來者。」前分句「歐陽子方夜讀書」，係敘述讀書的時間是夜晚；後分句「聞有聲自西南來者」，係敘述讀書時聽到秋聲。因此，此句運用關聯詞語「方」，構成時間關係的複句，簡稱時間複句。

二、歸有光〈項脊軒志〉：「迨諸父異爨，內外多置小門牆，往往而是。」「迨（音ㄉㄞˋ）」，「乘趁」之意。楊樹達《詞詮．卷二》：「迨，時間介詞，表『乘趁』之義。……《爾雅．釋言》：『迨，及也。』《詞詮．卷四》：「及，時間介詞，至也，比也。」

前分句「迨諸父異爨（音ㄘㄨㄢˋ）」，係敘述伯父、叔分居分食；後分句「內外多置小門牆，往往而是」，係敘述分居後，室內外多設小門、圍牆。「異爨」，「分居分食」之意。「往往」，「到處」之意。因此，此句運用關聯詞語「迨」，構成時間關係的複句，簡稱時間複句。

三、《詩經・豳風・鴟鴞》：「迨天之未陰雨，徹彼桑土，綢繆牖戶。」前分句「天之未陰雨」，係表達未陰雨之前的時間；後分句「徹彼桑土，綢繆牖戶」，係敘述未雨綢繆的情形。因此，此句運用關聯詞語「迨」，構成時間關係的複句，簡稱時間複句。

四、陳冠學〈西北雨〉：「因爲是在家屋附近，又爲了趕工，直待到閃電與霹靂左右夾擊，前後合攻，我才逃進屋裡。」前分句「直待到閃電與霹靂左右夾擊，前後合攻」，係表達閃電與霹靂夾擊、合攻的時刻；後分句「我才逃進屋裡」，係敘述閃電與霹靂夾擊、合攻時，爲了安全，不得不逃避進屋裡。因此，此句運用關聯詞語「到」，構成時間關係的複句，簡稱時間複句。

五、梁實秋〈鳥〉：「等到旭日高升，市聲鼎沸，鳥就沈默了，不知到哪裡去了。」前分句「旭日高升，市聲鼎沸」，係敘述早晨旭日東升，市場熱鬧的時候；後分句「鳥就沈默了，不知到哪裡去了」，係敘述早晨鳥就不見了。因此，此句運用關聯詞語「等到……，就……」，構成時間關係的複句，簡稱時間複句。

六、蘇軾〈記承天夜遊〉：「元豐六年十月十二日夜，解衣欲睡，月色入戶，欣然起行。」前分句「元豐六年十月十二日夜，解衣欲睡」，係敘述行為的時間；後分句「月色入戶，欣然起行」，係敘述作者夜遊承天寺，尋友人張懷民的情況。因此，此句運用關聯詞語，構成時間關係的複句，簡稱時間複句。

七、《老子．第十三章》：「吾所以有大患者，為吾有身；及吾無身，吾有何患？」「及」，「等到」之意。前分句「及吾無身」，係敘述無身的時間；後分句「吾有何患」，係敘述無身時，就無禍患。因此，此句運用關聯詞語「及」，構成時間關係的複句，簡稱時間複句。

八、《老子．第四十八章》：「取天下，常以無事；及其有事，不足以取天下。」「及」，「等到」之意。前分句「其有事」，係敘述有事的時間；後分句「不足以取天下」，係敘述有事，無法取天下。因此，此句運用關聯詞語「及」，構成時間關係的複句，簡稱時間複句。

九、《韓非子．外儲說左上》：「及反，市罷，遂不得履。」「及」，「等到」之意。前分句「及反，市罷」，係敘述等到回來時，集市已經散了；後分句「遂不得履」，係敘述沒有買到鞋。因此，此句運用關聯詞語「及」，構成時間關係的複句，簡稱時間複句。

十、張爾岐〈辨志〉：「及其既成，則不可改也。」「及」，「等到」之意。前分句「及其既成」，係敘述成功的時間；後分句「不可以改」，係敘述不能改變。因此，此句運用關聯詞語「及」，構成時間關係的複句，簡稱時間複句。

十一、《韓非子．和氏》：「及厲王薨，武王即位，和又奉其璞，而獻之武王。」「及」，「等到」之意。前分句「及厲王薨，武王即位」，係敘述時間；後分句「和又奉其璞，而獻之武王」，係敘述和氏獻璞玉之事。因此，此句運用關聯詞語「及」，構成時間關係的複句，簡稱時間複句。

十二、司馬遷《史記．宋微子世家》：「彼眾我寡，及其未渡，擊之。」「及」，「趁」之意。前分句「及其未渡」，係敘述未渡河之前的時間；後分句「擊之」，係敘述未渡完河之前，攻擊他們的事情。因此，此句運用關聯詞語「及」，構成時間關係的複句，簡稱時間複句。

十三、司馬遷《史記．扁鵲倉公列傳》：「及其未舍五藏，急治之。」「及」，「趁」之意。前分句「及其未舍五藏」，係敘述未捨五臟的時間；後分句「急治之」，係敘述趕快醫治的事情。因此，此句運用關聯詞語「及」，構成時間關係的複句，簡稱時間複句。

十四、范曄《後漢書．班超傳》：「及臣生在，令勇目見中土。」「及」，「趁」之意。前分句「及臣生在」，係敘述臣活著的時間；後分句「令勇目見中土」，係敘述班勇親見中國風土人情。因此，此句運用關聯詞語「及」，構成時間關係的複句，簡稱時間複句。

十五、司馬遷《史記．儒林傳》：「及至秦之季世，焚《詩》、《書》，坑術士。」「及」，「等到」之意。前分句「及至秦之季世」，係敘述秦朝的時間；後分句「焚《詩》、《書》，坑術士」，係敘述焚書坑儒的事情。因此，此句運用關聯詞語「及」，構成時間關係的複句，簡稱時間複句。

十六、司馬遷《史記．佞幸傳》：「及其女弟李夫人卒後，愛弛，則禽誅延年昆弟也。」「及」，「等到」之意。前分句「及其女弟李夫人卒後，愛弛」，係敘述李夫人死後，受寵改變的時候；後分句「禽誅延年昆弟」，係敘述李夫人死後，李延年兄弟相繼被殺的情況。因此，此句運用關聯詞語「及」，構成時間關係的複句，簡稱時間複句。

十七、《孟子．梁惠王下》：「比其反也，則凍餒其妻子。」楊樹達《詞詮．卷一》：「比，時間介詞，讀去聲。及，至也。與口語『到』同。」前分句「比其反也」，係敘述等到朋友回來的時候；後分句「凍餒其妻子」，係敘述未照顧朋友妻子的情形。因此，此句運用關聯詞語「比」，構成時間關係的複句，簡稱時間複句。

十八、司馬遷《史記．吳王濞傳》：「比至城陽，兵十餘萬。」「比」，「等到」之意。前分句「至城陽」，係敘述到城陽的時候；後分句「兵十餘萬」，係敘述十多萬兵的事情。因此，此句運用關聯詞語「比」，構成時間關係的複句，簡稱時間複句。

十九、班固《漢書．翟義傳》：「比驚救之，已皆斷頭。」「比」，「等到」之意。前分句「驚救之」，係敘述驚救的時間；後分句「已皆斷頭」，係敘述已斷頭的情形。因此，此句運用關聯詞語「及」，構成時間關係的複句，簡稱時間複句。

二十、司馬遷《史記．陳涉世家》：「比至陳，車六、七百乘，騎千餘，卒數萬人。」「比」，「等到」之意。前分句「及至陳」，係敘述等待到達陳縣的時候；後分句「車六、七百乘，騎千餘，卒數萬人」，係敘述戰車、騎兵、步兵的數量。因此，此句運用關聯詞語「比」，構成時間關係的複句，簡稱時間複句。

二十一、駱賓王〈爲徐敬業討武曌檄〉：「昔充太宗下陳，曾以更衣入侍。洎乎晚節，穢亂春宮。」「洎」，音ㄐㄧˋ，「等到」之意。前分句「洎乎晚節」，係敘述晚年的時候；「穢亂春宮」，係敘述武則天與太子淫亂的情形。因此，此句運用關聯詞語「洎」，構成時間關係的複句，簡稱時間複句。

二十二、宋濂〈送東陽馬生序〉：「當余之從師也，負笈曳履，行深山巨谷中。」前分句「當余之從師也」，後敘述作者出外求學的時候；後分句「負笈曳履，行深山巨谷中」，係敘述出外求學的情形。因此，此句運用關聯詞語「當」，構成時間關係的複句，簡稱時間複句。

二十三、柳宗元〈始得西山宴遊記〉：「幽泉怪石，無遠不到。到則披草而坐，傾壺而醉。」前分句「幽泉怪石，無遠不到」，係敘述作者到西山的時候；後分句「則披草而坐，傾壺而醉」，係敘述作者於西山坐在草地上喝酒的情形。因此，此句運用關聯詞語「到」，構成時間關係的複句，簡稱時間複句。

二十四、陶淵明〈桃花源記〉：「山有小口，彷彿若有光。便舍船，從口入。」前分句「山有小口，彷彿若有光」，係敘述漁夫走到山口的時候；後分句「舍船，從口入」，係敘述漁夫離開船，走入山洞。因此，此句運用關聯詞語「便」，構成時間關係的複句，簡稱時間複句。

二十五、歸有光〈項脊軒志〉：「庭有枇杷樹，吾妻死之年所手植也。」前分句「庭有枇杷樹」，係敘述作者親自種枇杷樹的情況；後分句「吾妻死之年所手植也」，係敘述作者種枇杷樹的時間。此句不運用關聯詞語，構成時間關係的複句，簡稱時間複句。

二十六、《論語．先進》：「由也爲之，比及三年，可使有勇，且知方也。」「比」，「等到……時候」之意。前分句「比及三年」，係敘述子路去治理，只要三年的時間；後分句「可使有勇，且知方也」，係敘述子路治國三年，可以使人民有勇氣，並且懂得道理。因此，此句運用關聯詞語「比」，構成時間關係的複句，簡稱時間複句。

二十七、司馬遷《史記．魯周公世家》：「比及葬，三易衰。」「比」，「等到……時候」之意。前分句「比及葬」，係敘述等到下葬的時候；後分句「三易衰」，係敘述更換三次喪服的情形。因此，此句運用關聯詞語「及」，構成時間關係的複句，簡稱時間複句。

二十八、《新唐書．韓愈傳》：「及長，盡能通《六經》、百家學。」「比」，「等到……時候」之意。前分句「比長」，係敘述韓愈成人的時候；後分句「盡能通《六經》、百家學」，係敘述韓愈都能精通《六經》、諸子百家的著作。因此，此句運用關聯詞語「比」，構成時間關係的複句，簡稱時間複句。

二十九、方苞〈左忠毅公軼事〉：「公閱畢，即解貂覆生，為掩戶。」前分句「公閱畢」，係敘述左光斗看完文稿的時候；後分句「即解貂覆生」，係敘述左光斗脫下貂皮大衣覆蓋在史可法身上，替他關好房門。因此，此句運用關聯詞語「即」，構成時間關係的複句，簡稱時間複句。

三十、陶淵明〈桃花源記〉：「晉太元中，武陵人，捕魚為業，緣溪行，忘路之遠近，忽逢桃花行。」前分句「晉太元中，武陵人，捕魚為業，緣溪行」，係敘述漁夫緣溪行的時間；後分句「忘路之遠近，忽逢桃花林」，係敘述漁夫走到桃花林的情形。因此，此句不運用關聯詞語，構成時間關係的複句，簡稱時間複句。

三十一、鄭燮〈與弟墨書〉：「一捧書本，便想中舉，中進士，作官。」前分句「一捧書本」，係敘述一拿書的時候；後分句「便想中舉，中進士，作官」，係敘述剛拿起書來，就想作官的情形。因此，此句運用關聯詞語「便」，構成時間關係的複句，簡稱時間複句。

三十二、《論語．季氏》：「及其老也，血氣既衰，戒之在得。」前分句「及其老也」，係敘述到老年的時候；後分句「血氣既衰，戒之在得」，係敘述年老體衰，勿貪得無饜。因此，此句運用關聯詞語「及」，構成時間關係的複句，簡稱時間複句。

附錄十三、第七章　注釋

①參閱黃慶萱《高級中學文法與修辭》上冊，臺北：國立編譯館印行，一九八六年八月初版，頁七〇至八三；黃春貴《高級中學文法與修辭》上冊，臺南：翰林出版事業股份有限公司公司印行，二〇〇四年六月修訂版，頁九八至一〇九；楊如雪《高級中學文法與修辭》上冊，臺北：康熹文化事業股份有限公司印行，頁一一二至一二九；何永清《高級中學文法與修辭》上冊，臺北：三民書局印行，二〇〇〇年八月初版，頁一〇七至一二九；許世瑛《中國文法講話》，臺北：臺灣開明書店印行，一九六六年六月初版、一九九八年十一月廿四版，頁二〇〇至二八七；劉蘭英、孫全洲》上冊，臺北：新學識文教出版中心印行，二〇〇二年四版，頁二〇九至二四一。

②黃慶萱、黃春貴、楊如雪三位先生，將並列複句，稱爲聯合複句（見同①），可資酌參。鄙人認爲以往稱聯合式合義複詞，如今多稱並列式合義複詞，因此採用並列複句，而不採用聯合複句，俾前後呼應，力求一致。

③並列複句的類型，參閱①，而綜合各家說法；但以黃慶萱爲主，再酌參其他各家，有增有減。

④參閱同①，楊書，頁一一三至一一四；黃春貴書，頁一〇〇；劉、孫書，頁二一七至二一八；黃慶萱書，頁七〇至七一。

⑤同①黃慶萱書，頁七一至七二；黃春貴書，頁一〇〇至一〇一；楊書，頁一一四；何書，頁一〇八至一一〇；許書，頁二〇二至二〇七；劉、孫書，頁二一九至二二〇。

⑥同⑤。

⑦同①，許書，頁二〇四。

⑧同①，許書，頁二一二至二一四；黃慶萱書，頁七五；何書，頁一一三至一一四。

⑨同①，許書，頁二二〇至二二二；黃慶萱書，頁七六；黃春貴書，頁一〇一至一〇二；楊書，頁一一六至一一七；何書，頁一一五至一一六。

⑩同①，劉、孫書，頁二二〇至二二二。劉、孫書，將轉折複句，分爲重轉、輕轉兩種，可資參酌。同①，黃慶萱書，頁七二至七三；黃春貴書，頁一〇六至一〇七；楊

書，頁一二三至一二五；何書，頁一一五。

⑪ 同①，劉、孫書，頁二二〇；黃春貴書，頁一〇二至一〇四；楊書，頁一一九至一二〇。

⑫ 同①，許書，頁二一〇至二一二；黃慶萱書，頁七四至七五；楊書，頁一一八至一一九；何書，一一一至一一三。

⑬ 同①，黃慶萱書，頁七八至；黃春貴書，頁一〇四；楊書，頁一二二；何書，頁一一八。

⑭ 同①，黃慶萱書，頁七八至八三；黃春貴書，頁一〇四至一〇九；楊書，頁一二二至一二九；何書，頁一一八至一二八。

⑮ 同①，許書，頁二五八至二六四；劉、孫書，頁二二二至二二三；黃慶萱書，頁八〇至八一；黃春貴書，頁一〇七至一〇八；楊書，頁一二七；何書，頁一二四至一二六。

⑯ 同①，許書，頁二六四至二六六；劉、孫書，頁二二五至二二七；黃慶萱書，頁八一；黃春貴書，頁一〇八至一〇九；楊書，頁一二五至一二六；何書，頁一二六。

⑰ 同①，黃慶萱書，頁八二；許書，頁二二四至二三四；何書，頁一一八至一一九。

⑱ 同①，黃慶萱書，頁八二至八三；楊書，頁一二八；何書，頁一二六至一二七。

⑲ 見楊伯峻、田樹生《文言常用虛詞》，長沙：湖南人民出版社印行，一九八三年十月初版，頁三七七。

⑳ 同①，見許書，頁二五六至二五八；劉、孫書，頁二二七至二二九；黃春貴書，頁一〇九。

㉑ 同①，許書，頁二三四至二四七；黃慶萱書，頁七八至七九；楊書，頁一二九；何書，頁一一九至一二二。

附錄十四、第七章 術語的異稱表

表一、並列複句

術語	異稱
並列複句	聯合複句、等立複句。
連貫複句	順接複句、順承複句、承接複句、連貫關係複句。
遞進複句	層遞複句、進層複句、加合複句、遞進關係複句。
平行複句	平行關係複句
正反複句	正反關係複句、對待複句。
選擇複句	交替複句、選擇關係複句。
轉折複句	轉折關係複句
總分複句	解說複句、分合複句、總分關係複句。
補充複句	補充關係複句

表二、偏正複句

術語	異稱
偏正複句	主從複句
因果複句	因果關係複句
假設複句	假設關係複句
條件複句	條件關係複句
比較複句	比較關係複句
擒縱複句	擒縱關係複句、讓步複句
目的複句	目的關係複句
時間複句	時間關係複句
認容複句	容認複句

第八章　本書主要參考文獻

本書主要參考文獻分為文法、語法、修辭類、實詞、虛詞類、各級學校教科書類、與本書相關古今著作類四類。臺灣印行書籍，皆改為西元，以求體例一致。再版、修訂版，同時註明初版，除非不可考，僅列現行再版、修訂版印行日期，若為初版，逕列出版日期。排列順序，係作者、書名、出版社、出版日期。

壹、文法、語法、修辭類

一、許世瑛《中國文法講話》，許世瑛，臺北：臺灣開明書店印行，一九六六年六月初版、一九九八年十一月修訂廿四版。

二、黃慶萱《高級中學文法與修辭》（上冊），黃慶萱，臺北：國立編譯館印行，一九八六年八月初版、一九九二年八月七版。

三、黃春貴《高級中學文法與修辭》（上冊），臺南：翰林出版事業股份有限公司印行，二〇〇二年八月初版、二〇〇四年六月修訂版。

四、楊如雪《高級中學文法與修辭》（上冊），臺北：康熹文化事業股份有限公司印行，未註明出版日期，但教育部審定日期爲二〇〇一年十一月十三日。

五、何永清《高級中學文法與修辭》（上冊），臺北：三民書局印行，初版一刷二〇〇〇年八月、初版二刷二〇〇一年八月。

六、劉蘭英、孫全洲《語法與修辭》（上冊），廣西教育出版社合法授權臺北：新學識文教出版中心印行，一九九〇年一月初版，二〇〇二年十月四版。

七、陳寶條《國語構詞法舉例》，高雄：高雄復文圖書出版社印行，一九九二年六月初版。

八、楊如雪《文法ABC》，臺北：萬卷樓圖書股份有限公司印行，一九九八年九月初版、二〇〇六年十月修訂再版四刷。

九、王力《中國文法學初探》，臺北：臺灣商務印書館印行，一九六六年十月臺一版、一九六八年三月臺二版。

十、王力《中國語法綱要》，上海：開明書店印行，一九四六年三月初版。

十一、王力《中國語法理論》，臺北：臺灣商務印書館印行，一九四七年二月初版，一九七七年三月臺一版。

十二、張靜《漢語語法疑難探解》，臺北：文史哲出版社印行，一九九四年四月初版。

十三、朱德熙《語法講話》，北京：商務印書館印行，一九八二年九月初版，二〇〇七年三月北京十三刷。

十四、黎錦熙《新著國語文法》，臺北：臺灣商務印書館印行，一九六九年八月臺一版。

十五、趙聰《語文法講話》，香港：友聯出版社印行，未註明出版日期。

十六、呂叔湘《中國文法要略》，臺北：文史哲出版社印行，一九七五年九月再版。

十七、黃六平《漢語文言語法綱要》，臺北：漢京文化事業有限公司印行，一九八三年四月初版。

十八、周遲明《國文比較文法》，臺北：正中書局印行，一九四八年八月初版，一九六九年三月臺三版。

十九、何容《簡明國語文法》，臺北：正中書局印行，一九五〇年九月初版，一九八〇年十月臺十三版。

二十、何容《中國文法論》，臺北：臺灣開明書店印行，一九五四年九月臺一版、一九六六年十一月臺三版。

二十一、趙元任著、丁邦新譯《中國話的文法》，香港：中文大學出版社印行，一九

八〇年初版，二〇〇二年增訂版；本書英文原著，美國加州大學出版社印行，一九六八年初版。

二十二、范曉《短語》，北京：商務印書館印行，一九九一年十一月初版，二〇〇〇年七月北京初版二刷。

二十三、楊月蓉《實用漢語語法與修辭》，重慶：西南師範大學出版社印行，一九九九年四月初版。

二十四、何淑貞《古漢語語法與修辭研究》，臺北：福記文化圖書有限公司印行，一九八七年四月初版。

二十五、呂叔湘、朱德熙《語法修辭講話》，北京：中國青年出版社印行，一九五二年二月北京初版，一九七九年八月北京再版，一九九一年十二月北京六刷。

二十六、周靖《現代漢語語法修辭》，北京：中國經濟出版社印行，一九九一年二月初版。

二十七、劉景農《漢語文言語法》，北京：中華書局印行，一九九四年六月初版。

二十八、高葆泰《語法修辭六講》，銀川：寧夏人民出版社印行，一九八一年四月初版。

二十九、于根元、蘇培實、徐樞、饒長溶《實用語法修辭》，合肥：安徽教育出版社印行，一九九三年六月初版。

三十、全國外語院系《語法與修辭》編寫組《語法與修辭》，南寧：廣西教育出版社印行，一九八七年八月初版，一九九一年三月初版三刷。

三十一、宋玉柱《現代漢語語法基本知識》，北京：語出版社印行，一九九二年九月初版。

三十二、黃貴放《國語文法圖解》，臺北：益智書局印行，一九六九年四月初版。

三十三、傅雨賢《現代漢語語法學》，廣東：廣東高等教育出版社印行，一九八八年十月初版。

三十四、何杰《現代漢語量詞研究》，北京：民族出版社印行，二〇〇〇年九月初版、二〇〇一年二月北京二刷。

三十五、竺家寧《漢語詞彙學》，臺北：五南圖書出版公司印行，一九八八年十月初版。

三十六、黃慶萱《修辭學》，臺北：三民書局印行，一九七五年一月初版，二〇〇二年十月增訂一刷。

三十七、黃麗貞《實用修辭學》，臺北：國家出版社印行，二〇〇〇年四月初版二刷。

三十八、沈謙《修辭學》，臺北：國立空中大學印行，一九九五年元月修訂版，二〇〇〇年七月再版。

三十九、陳望道《修辭學發凡》，上海：上海人民出版社印行，一九七六年七月初版。

四十、董季棠《修辭析論》，臺北：文史哲出版社行，一九九二年六月增訂初版。

四十一、蔡宗陽《應用修辭學》，臺北：萬卷樓圖書股份有限公司印行，二〇〇一年十二初版，二〇〇四年十月初版四刷。

四十二、蔡宗陽《修辭學探微》，臺北：文史哲出版社印行，二〇〇一年四月初版。

四十三、唐松波、黃建霖《漢語修辭格大辭典》，北京：中國國際廣播出版社印行，一九八九年十二月北京初版。

四十四、馬建忠《馬氏文通》，臺北：臺灣商務印書館印行，一九六八年六月臺一版。

四十五、王力《古代漢語》，北京：中華書局印行，一九六二年十一月初版、一九八一年二月修訂版。

四十六、尹世超《漢語語法修辭論集》，北京：中國社會科學出版社印行，二〇〇二年一月初版。

四十七、王占馥《語法修辭新論》，南昌：百花洲文藝出版社印行，二〇〇六年九月初版。

四十八、申小龍《當代中國語法學》，廣東：廣東教育出版社印行，一九九五年十二月初版。

四十九、成偉鈞、唐仲揚、向宏業《修辭通鑒》，北京：中國青年出版社印行，一九九一年六月北京初版。

五十、林裕文《詞匯、語法、修辭》，上海：上海教育出版社印行，一九八五年三月初版。

五十一、郭良夫《詞匯》，北京：商務印書館印行，一九八五年七月初版、二〇〇〇年七月北京二刷。

五十二、宋玉柱《現代漢語特殊句式》，太原：山西教育出版社印行，一九九一年十月初版。

五十三、俞光中、(日)植田均《近代漢語語法研究》，上海：學林出版社印行，一九九九年七月初版，二〇〇〇年一月初版二刷。

五十四、金立鑫《語法的多視角研究》，上海：上海外語教育出版社印行，二〇〇〇年六月初版，二〇〇二年一月初版二刷。

五十五、張旺熹《漢語特殊句法的語義研究》，北京：北京語言文化大學出版社印行，一九九九年九月初版。

五十六、許仰民《古漢語語法新編》，鄭州：河南大學出版社印行，二〇〇一年八月初版。

五十七、史存直《文言語法》，北京：中華書局印行，二〇〇五年七月北京初版。

五十八、許威漢《古漢語語法精講》，上海：上海大學出版社印行，二〇〇二年二月初版。

五十九、葉子雄《語法修辭》，上海：復旦大學出版社印行，一九八九年二月初版。

六十、程祥徽、田小琳《現代漢語》，香港：三聯書店印行，一九八九年十一月初版。

六十一、奧托・葉斯柏森《語法哲學》，北京：語文出版社印行，一九八八年十二月初版。

貳、實詞、虛詞類

一、王引之《經傳釋詞》，臺北：漢京文化事業有限公司印行，一九八三年四月初版。

二、吳昌瑩《經詞衍釋》，北京：中華書局印行，一九五六年十月初版，一九八三年五月北京初版四刷。

三、劉淇《助詞辨略》，臺北：臺灣開明書店印行，一九五八年四月臺一版，一九六六年二月臺再版。

四、楊樹達《詞詮》，上海：上海古籍出版社印行，一九八六年五月初版。

五、許世瑛《常用虛字用法淺釋》，臺北：復興書局印行，一九八六年十月十版。

六、裴學海《古書虛字集釋》，臺北：成偉出版社印行，一九七五年十一月初版。

七、楊伯峻、田樹生《文言常用虛詞》，長沙：湖南人民出版社印行，一九八三年十月初版。

八、段德森《實用古漢詞虛詞》，太原：山西教育出版社印行，一九九〇年九月再版。

九、黃建霖、趙振鈞《文言虛詞滙解》，北京：中國集郵出版社印行，一九八六年十月初版。

十、王引之《經義述聞》，臺北：廣文書局印行，一九六三年五月初版。

十一、陳霞村《古代漢語虛詞類解》，太原：山西教育出版社印行，一九九二年四月。

十二、陝西師範大學詞典編寫組《古漢語虛詞用法詞典》，西安：陝西人民出版社印行，一九八八年四月初版。

參、各級學校教科書類

一、幼獅文化公司大專國文選編輯委員會主編《大專國文選》，臺北：幼獅文化事業公司印行，一九九七年四月初版。

二、大專院校國文教學研討會主編《大學國文選》，臺北：幼獅文化事業公司印行，一九八八年九月五版。

三、黃志民等《普通高級中學》，第一至六冊，臺北：三民書局印行，二〇〇六年八月初版，二〇〇七年八月修訂版。

四、何寄澎主編《普通高級中學國文》，第一至六冊，臺北：龍騰文化事業股份有限公司印行，未註用出版日期。

五、董金裕主編《普通高級中學國文》，第一至六冊，臺中：康熙圖書網路股份有限公司印行，二〇〇二年八月修訂三版。

六、王新華新主編《普通高級中學國文》，第一至六冊，臺南：南一書局股份有限公司印行，二〇〇七年八月初版。

七、莊萬壽主編《國民中學國文》，第一至六冊，臺南：南一書局股份有限公司印行，二〇〇七年八月修訂版。

八、宋裕主編《國民中學國文》，第一至六冊，臺南：翰林出版事業股份公司印行，二〇〇六年八月修訂二版。

九、董金裕主編《國民中學國文》，第一至六冊，臺北：康軒文教事業股份有限公司印行，二〇〇七年九月六版。

肆、與本書相關古今著作類

一、十三經注疏，嘉慶二十年江西南昌府學開雕。

二、司馬遷《史記》，臺北：藝文印書館印行。

三、班固《漢書》，臺北：藝文印書館印行。

四、余培林《新譯老子讀本》，臺北：三民書局印行，一九七三年一月初版。

五、黃錦鋐《新譯莊子讀本》，臺北：三民書局印行，一九七四年一月初版，一九七七年三月再版。

六、吳仁傑《新譯孫子讀本》，臺北：三民書局印行，一九九六年一月初版，二〇〇七年一月再版。

七、許維遹《呂氏春秋集釋》，臺北：世界書局印行，一九七五年三月四版。
八、陳廣忠《淮南子譯注》，臺北：建宏出版社印行，一九九六年一月初版。
九、王先謙《荀子集解》，臺北：藝文印書館印行，一九七三年九月三版。
十、陳奇猷《韓非子集釋》，臺北：漢京文化事業有限公司印行，一九八三年五月初版。
十一、賴炎元《韓詩外傳今註今譯》，臺北：臺灣商務印書館印行，一九七二年九月初版。
十二、宋朝朱熹《四書集注》，臺北：學海出版社印行，一九八八年六月初版。
十三、王更生《文心雕龍讀本》，臺北：文史哲出版社印行，一九八五年三月初版。
十四、邱燮友《新譯唐詩三百首》，臺北：三民書局印行，一九七三年五月初版，二〇〇六年修訂四版八刷。
十五、汪中《新譯宋詞三百首》，臺北：三民書局印行，一九七七年十一月初版，二〇〇七年四月再版。
十六、賴橋本、林玫儀《新譯元曲三百首》，臺北：三民書局印行，一九九五年十一月初版，二〇〇五年九月再版。
十七、黃沛榮《新譯三字經》，臺北：三民書局印行，一九九二年五月初版。

十八、羅家倫《新人生觀》，臺北：漢京文化事業有限公司印行，一九八七年三月初版。

十九、梁實秋《雅舍小品》合訂本，臺北：正中書局印行，一九八六年五月臺初版，一九九三年一月臺初版六刷。

二十、子敏《小太陽》，臺北：麥田出版社印行，一九九七年一月一日初版，二〇〇六年八月初版四六刷。

二十一、林良《爸爸的十六封信》，臺北：國語日報社印行，二〇〇六年七月初版，二〇〇七年八月初版七刷。

二十二、吳明足《不吐絲的蠶》，臺北：學生出版社印行，一九七九年二月初版。

二十三、陳義芝《爲了下一次的重逢》，臺北：九歌出版社印行，二〇〇六年九月初版，二〇〇六年十一月初版二刷。

二十四、陳義芝《不安的居住》，臺北：九歌出版社印行，一九九八年二月初版。

二十五、隱地《詩集爾雅》，臺北：爾雅出版社印行，二〇〇五年七月初版。

二十六、馮保善《新譯幽夢影》，臺北：三民書局印行，一九九八年四月初版，二〇〇四年一月初版。

二十七、王熙元《文學心路》，臺北：大林出版社印行，一九七三年五月初版。

二十八、鄭愁予《鄭愁予詩選集》，臺北：志文出版社印行，一九七四年三月初版，一九七五年十一月三版。
二十九、余光中《蓮的聯想》，臺北：大林出版社印行，一九六四年五月初版。
三十、余光中《左手的繆思》，臺北：大林出版社印行，一九七八年十二月再版。
三十一、葉珊《燈船》，臺北：愛眉文藝出版社印行，一九七〇年十一月初版。
三十二、管梅芬《智慧語錄》，臺南：文國書局印行，二〇〇三年三月初版。
三十三、周長楫、林鵬祥、魏南安《臺灣閩南諺語》，臺北：自立晚報社文化出版部印行，一九九二年三月初版。
三十四、曹銘宗《臺灣歇後語》，臺北：聯經出版事業公司印行，一九九三年二月初版，一九九四年十二月初版三刷。
三十五、黃永達《臺灣客家俚諺語語典》，臺北：全威創意媒體股份有限公司印行，二〇〇五年十二月初版。
三十六、黃祥榮《維吾爾族諺語》，成都：四川民族出版社印行，一九八一年八月初版。
三十七、武占坤、馬國凡《諺語》，呼和浩特：內蒙古人民出版社印行，一九八〇年二月初版。
三十八、陳義芝《不盡長江滾滾來——中國新詩選注》，臺北：幼獅文化事業公司印

二十八、鄭愁予《鄭愁予詩選集》，臺北：志文出版社印行，一九七四年三月初版，一九七五年十一月三版。

二十九、余光中《蓮的聯想》，臺北：大林出版社印行，一九六四年五月初版。

三十、余光中《左手的繆思》，臺北：大林出版社印行，一九七八年十二月再版。

三十一、葉珊《燈船》，臺北：愛眉文藝出版社印行，一九七〇年十一月初版。

三十二、管梅芬《智慧語錄》，臺南：文國書局印行，二〇〇三年三月初版。

三十三、周長楫、林鵬祥、魏南安《臺灣閩南諺語》，臺北：自立晚報社文化出版部印行，一九九二年三月初版。

三十四、曹銘宗《臺灣歇後語》，臺北：聯經出版事業公司印行，一九九三年二月初版，一九九四年十二月初版三刷。

三十五、黃永達《臺灣客家俚諺語語典㈠》，臺北：全威創意媒體股份有限公司印行，二〇〇五年十二月初版。

三十六、黃祥榮《維吾爾族諺語》，成都：四川民族出版社印行，一九八一年八月初版。

三十七、武占坤、馬國凡《諺語》，呼和浩特：內蒙古人民出版社印行，一九八〇年二月初版。

三十八、陳義芝《不盡長江滾滾來——中國新詩選注》，臺北：幼獅文化事業公司印

十八、羅家倫《新人生觀》，臺北：漢京文化事業有限公司印行，一九八七年三月初版。

十九、梁實秋《雅舍小品》合訂本，臺北：正中書局印行，一九八六年五月臺初版，一九九三年一月臺初版六刷。

二十、子敏《小太陽》，臺北：麥田出版社印行，一九九七年一月一日初版，二〇〇六年八月初版四六刷。

二十一、林良《爸爸的十六封信》，臺北：國語日報社印行，二〇〇六年七月初版，二〇〇七年八月初版七刷。

二十二、吳明足《不吐絲的蠶》，臺北：學生出版社印行，一九七九年二月初版。

二十三、陳義芝《爲了下一次的重逢》，臺北：九歌出版社印行，二〇〇六年九月初版，二〇〇六年十一月初版二刷。

二十四、陳義芝《不安的居住》，臺北：九歌出版社印行，一九九八年二月初版。

二十五、隱地《詩集爾雅》，臺北：爾雅出版社印行，二〇〇五年七月初版。

二十六、馮保善《新譯幽夢影》，臺北：三民書局印行，一九九八年四月初版，二〇〇四年一月初版。

二十七、王熙元《文學心路》，臺北：大林出版社印行，一九七三年五月初版。

國家圖書館出版品預行編目資料

國文文法／蔡宗陽著. -- 初版. -- 臺北市：萬卷樓, 2008.01

面；　　公分

參考書目：面

ISBN 978－957－739－621－1 (平裝)

1.漢語語法

802.6　　96025469

國文文法

著　　者：蔡宗陽

發 行 人：陳滿銘

出 版 者：萬卷樓圖書股份有限公司

臺北市羅斯福路二段 41 號 6 樓之 3

電話(02)23216565・23952992

傳真(02)23944113

劃撥帳號 15624015

出版登記證：新聞局局版臺業字第 5655 號

網　　址：http://www.wanjuan.com.tw

E－mail：wanjuan@tpts5.seed.net.tw

承印廠商：晟齊實業有限公司

定　　價：500 元

出版日期：2008 年 1 月初版

ISBN 978－957－739－621－1